이북명
소설 선집

이북명
소설 선집

남원진 엮음

현대문학

이북명.

이북명.

이북명 필적 : 「질소비료공장」.

소설 : 「질소비료공장」, 《조선일보》, 1932년 5월 29일.

소설 : 「노동일가」, 《조선문학》 창간호,
1947년 창간특대호(9월).

이북명단편집 : 『노동일가』, 문화전선사,
1950년.

리북명단편선집 : 『질소 비료 공장』,
조선작가동맹출판사, 1958년.
(표지 : 1957년 발행, 판권지 : 1958년 1월 30일 발행).

리북명단편집 : 『해풍』,
조선작가동맹출판사, 1959년.

현대조선문학선집 35 : 『질소비료공장』,
문학예술출판사, 2003년.

중편소설 : 『당의 아들』,
조선작가동맹출판사, 1961년.

장편소설 : 『등대』, 문예출판사, 1975년.

작가수기 : 「두 청춘기를 살며」, 《청년문학》 321호, 1985년 8호.

작가수기 : 「새 삶의 탄생과 개화」, 《조선문학》 454호, 1985년 8호.

독자편지 : 최준국, 「리 북명 선생님에게」, 《문학신문》, 1960년 6월 17일.

리 북명과 단편 소설집 《해풍》

강 능 수

〈◇〉

평론 : 강능수, 「리 북명과 단편 소설집 『해풍』」, 《문학신문》, 1960년 3월 18일.

한국현대문학은 지난 백여 년 동안 상당한 문학적 축적을 이루었다. 한국의 근대사는 새로운 문학의 씨가 싹을 틔워 성장하고 좋은 결실을 맺기에는 너무나 가혹한 난세였지만, 한국현대문학은 많은 꽃을 피웠고 괄목할 만한 결실을 축적했다. 뿐만 아니라 스스로의 힘으로 시대정신과 문화의 중심에 서서 한편으로 시대의 어둠에 항거했고 또 한편으로는 시대의 아픔을 위무해왔다.

이제 한국현대문학사는 한눈으로 대중할 수 없는 당당하고 커다란 흐름이 되었다. 백여 년의 세월은 그것을 뒤돌아보는 것조차 점점 어렵게 만들며, 엄청난 양적인 팽창은 보존과 기억의 영역 밖으로 넘쳐나고 있다. 그리하여 문학사의 주류를 형성하는 일부 시인·작가들의 작품을 제외한 나머지 많은 문학적 유산들은 자칫 일실의 위험에 처해 있는 것처럼 보인다.

물론 문학사적 선택의 폭은 세월이 흐르면서 점점 좁아질 수밖에 없고, 보편적 의의를 지니지 못한 작품들은 망각의 뒤편으로 사라지는 것이 순리다. 그러나 아주 없어져서는 안 된다. 그것들은 그것들 나름대로 소중한 문학적 유물이다. 그것들은 미래의 새로운 문학의 씨앗을 품고 있을 수도 있고, 새로운 창조의 촉매 기능을 숨기고 있을 수도 있다. 단지 유의미한 과거라는 차원에서 그것들은 잘 정리되고 보존되어야 한다. 월북 작가들의 작품도 마찬가지이다. 기존 문학사에서 상대적으로 소외된 작가들을 주목하다보니 자연히 월북 작가들이 다수 포함되었다. 그러나 월북 작가들의 월북 후 작품들은 그것을 산출한 특수한 시대적 상황의 고려 위에서 분별 있게 이해되어야 할 것이다.

이러한 당위적 인식이, 2006년 한국문화예술위원회의 문학소위원회에서 정식으로 논의되었다. 그 결과, 한국의 문화예술의 바탕을 공고히 하기 위한 공적 작업의 일환으로, 문학사의 변두리에 방치되어 있다시피 한 한국문학의 유산들을 체계적으로 정리, 보존하기로 결정되었다. 그리고 작업의 과정에서 새로운 의미나 새로운 자료가 재발견될 가능성도 예측되었다. 그러나 방대한 문학적 유산을 정리하고 보존하는 것은 시간과 경비와 품이 많이 드는 어려운 일이다. 최초로 이 선집을 구상하고 기획하고 실천에 옮겼던 한국문화예술위원회의 위원들과 담당자들, 그리고 문학적 안목과 학문적 성실성을 갖고 참여해준 연구자들, 또 문학출판의 권위와 경륜을 바탕으로 출판을 맡아준 현대문학사가 있었기에 이 어려운 일이 가능하게 되었다. 이런 사업을 해낼 수 있을 만큼 우리의 문화적 역량이 성장했다는 뿌듯함도 느낀다.

〈한국문학의 재발견-작고문인선집〉은 한국현대문학의 내일을 위해서 한국현대문학의 어제를 잘 보관해둘 수 있는 공간으로서 마련된 것이다. 문인이나 문학연구자들뿐만 아니라 더 많은 사람들이 이 공간에서 시대를 달리하며 새로운 의미와 가치를 발견하기를 기대해본다.

2010년 2월

출판위원 염무웅, 이남호, 강진호, 방민호

한때 유행처럼 노동문학, 노동자 작가에 대해 관심을 갖던 때도 있었다. 그런데 이제는 잊혀진 이름의 하나로 남은 것이 이북명과 그의 문학이다. 이제는 잊혀진 것에 제 빛깔을 찾아줄 때가 아닌가 한다. 그가 고민했던 것은 무엇이고, 그의 시대가 어떠했는가에 대한 객관적 성찰이 진정 필요한 때가 풍요 속에 허덕이는 지금이 아닐까.

우리의 문학예술은 첫째로도 둘째로도 노동 계급을 위하여 복무할 것이라는 나의 신념에는 예나 지금이나 변함이 없습니다. / 공장은 나의 작가 수업의 대학이었습니다. 왜놈들에 대한 불타는 증오를 느끼게 됨과 동시에 절대 다수의 노동 대중이 소수의 자본가에게 얽매인 채 이처럼 착취를 당하며, 무권리 속에서 학대를 받는 것이 무슨 때문인가? 그 당시 나에게는 심각한 문제였습니다. 노동 대중과 자본가는 물과 불처럼 결코 합칠 수 없을 뿐더러, 소련에서처럼 노동자의 단결된 힘으로 자본가를 없애 버리기 전에는 노동 대중 앞에 광명한 새날이 올 수 없다는 것을 깨닫게 되었습니다.
  —이북명, 『질소 비료 공장』, 조선작가동맹출판사, 1958년, 315~316쪽

그가 진정 고민했고 바랐던 현실은 무엇일까? 그는 착취당하고 학대받던 당대 노동 계급을 위하여 복무할 것을 희망했다. 그로 인해 그는 노동 계급의 새날을 위해서 작가인 '내가 무엇을 할 수 있을까'를 항상 고민했던 것이다. 그는 그에 준하는 삶과 시대를 살았다. 그래서 식민지 시

대에는 공장에서 노동생활과 노동운동에 복무했고, 노동자 출신 작가로서 활동했다. 한때 견뎌내기 위한 수단으로 친일적 성격의 소설을 쓰기도 했지만, 이에 대한 섬세한 탐구도 필요한 것은 오늘의 시점에서 당연한 것이리라.

해방 후 이북에서도 새날을 만들기 위해 복무했던 것은 당연한 일이었다. 새날에 대한 그의 감격과 환희가 객관적 현실을 가리고 체제에 복무하기 시작했지만, 그 새날이 그를 눈멀고 귀 막게 했던 것이다. 역사 너머의 현실을 역사 안의 현실로 착각했던 것이다. 노동자를 위한 문학이 체제를 위한 문학으로 변질되었다는 것이다.

그러나 그가 착취와 학대가 없고 일본이나 미국 군대가 남북의 사람과 대지를 유린하지 않는 세상을 꿈꾸었던 것만은 인정할 필요가 있지 않을까. 대단한 것을 하자는 것은 아니다. 단지, 그가 꿈꿨던 세상에 대한 그만의 자리는 남겨두어야 하지 않을까. 그만의 자리를 인정해야 하지 않을까. 그것이 우리 세대에게 부과된 과제가 아니겠는가. 아직 그에 대한 섬세한 탐구의 결과물이 많지 않은 것이 안타까운 현실이지만, 그래서 잊혀진 작가 이북명과 그의 작품에 대해 주목해야 하는 이유가 여기에 있지 않겠는가.

2010년 2월
남원진

* 일러두기

1. 이 선집은 이북명의 시기별 작품 경향을 알 수 있도록 선별해서 수록했다. 단지 발표 당시 작품
   이 검열로 인해 게재 중단된 경우나 원본을 찾을 수 없는 경우에는 단행본에 실렸던 작품들을
   실었다.(남한에서 발행된 단행본에서도 삭제된 부분이 있어서 원본을 바탕으로 복원했다.)
2. 표기는 원문을 최대한 살리는 범위 내에서 현행 한글맞춤법에 의거해 고쳤다. 단지 대화나 사
   투리는 작가의 개성적인 표현으로 간주하여 표기 그대로 두는 것을 원칙으로 했다.
3. 이북에서 발표된 작품들은 이북의 표기 체계를 살리는 것을 원칙으로 하되, 띄어쓰기는 우리말
   규범에 따랐다. 하지만 두음법칙이나 우리 어법과는 상이한 표현은 가능하면 최소한으로 수정
   했다. 예) 랭습한 → 냉습한, 안해 → 아내, 해볕 → 햇볕, 색갈 → 색깔, 퇴페 → 퇴폐, 원쑤 → 원
   수, 쏘련 → 소련, 땅크 → 탱크, 에네르기 → 에너지, 찌프리다 → 찌푸리다, 옳바르다 → 올바
   르다
4. 한자는 가능한 한 줄이고 해독의 편리를 위하여 필요하다고 판단되는 경우에 병기했다. 또한
   어려운 단어는 주석을 달아 각주 처리했다. 단 '용언'의 경우 활용어미를 사용하지 않고 종결어
   미로 통일하여 뜻풀이를 달았다. 예) 아름찬 → 아름차다, 묘준한다 → 묘준하다, 두덮어 → 두
   덮다
5. 이북명 작품은 연재 중단, 원문 삭제, 개작 등의 여러 가지 과정을 거쳤다. 그러하기에 연구자의
   편의를 위해서 작품 말미에 수록된 순서대로 그 출전을 밝혔다.
6. 작품 연보의 표기는 원제를 그대로 살리는 것을 원칙으로 했다. 띄어쓰기는 현행 한글맞춤법에
   의거해서 일부만 했다. 북한에서 발표된 것은 당시의 표기 체계를 따르는 것을 원칙으로 했다.
   북한의 갈래 규정이 표기된 것은 그대로 명기했다. 잘못된 작품 연보는 바로잡아서 새로 작성
   했다.

차례

제1부_ 단편소설

제2부_ 작가 수업

해설_ 이북명 그리고 노동자 작가, 노동소설 • 457

제 1 부 단편소설

질소비료공장

유안* 직장은 언제나 무시무시한 음향과 암모니아가스의 독한 구린 내로 충만되어 있었다.

금시 어떤 불의의 변이라도 생길 것만 같은 우람찬 기계의 소음에서 받는 위압감과 불안감이 노동자들로 하여금 기를 못 펴게 한다. 새로 운전을 개시한 1백 마력 송풍기만 하더라도 그 나래치는 회전음이 어찌나 기승 사나운지 귀청이 터지고 얼을 잃을 지경이다. 시운전 때에 한 운전견습공의 왼쪽 팔 하나를 통째로 잘라먹었다는 이 기계 곁을 노동자들은 될수록 피하여 다니는 것이었다.

유안 직장은 철근 콘크리트로 땅속 깊이 뿌리를 박고 솟은 완강한 건물이건만 강대한 기계의 힘은 이것을 줄곧 뒤흔든다. 마치 지진 때처럼.

인접한 높은 건물들 때문에 종일 가도 햇빛이라고는 통 구경할 수 없는 냉습**한 이 직장은 마치 어둠침침한 동굴 속에 괴물들이 모여 제멋대

---

* 류안(원문) → '유안硫安'의 북한어. 황산암모늄.
** 랭습(원문) → '냉습冷濕'의 북한어. 차고 습함.

로 용을 쓰며 울부짖는 듯한 인상을 준다.

이것이, '질소비료공장'이라는 딴 세상에 오기는 왔으나 아직 그 생활에 생소한 조선인 노동자들—그들 중에는 따사로운 햇볕 아래 안목이 모자라게 넓디넓은 전원에서 맑은 공기와 물만은 마음껏 마시면서 자라난 빈농 출신이 많았다.—의 일반적인 느낌이었다. 따라서 그들이 공장 생활에 정을 붙이기란 오랜 시간을 두고도 여간 힘든 일이 아니었다.

겨울도 아닌데 서릿발이 새하얗게 내돋친 액체 암모니아 탱크에서 슴새는* 암모니아가스가 눈, 코, 목구멍 할 것 없이 잔침질**하듯 들쑤신다. 그것이 보통 구린내라면 실컷 맡아온 그들이니만큼 대수롭지 않겠으나 이 직장에서 풍기는 냄새는 그보다 열 배 스무 배나 더 심한 것이었다.

포화기飽和器에서 뭉게뭉게 떠오르는 유산의 증기와 쇠가 산화하는 냄새에다, 기계 기름이 타는 냄새가 암모니아가스와 화합化合하면서 일종의 독특한 악취를 직장 안 가득히 풍기고 있다. 이 악취 때문에 가슴은 체기를 받은 듯 찌뿌듯하며 차츰 식욕이 줄어져갔다.

그나 그뿐인가? 기침이 생기고 따라서 목구멍이 갈리면서 염증을 병발하였다.*** 감기도 아닌데 콧물이 흐르고, 눈에서는 쉴 새 없이 눈물이 흘러서 앞을 잘 분간할 수 없었다. 이런 현상은 신입공일수록 더 심했다.

"적어도 눈물을 두어 바가지는 착실히 짜고야 됩면다."

이것은 그들이 노상 신입공들에게 농조로 잘 하는 말이었으나 그 말은 경험에서 나온 진담이었다.

노동자들은 냄새를 막기 위해서 두툼하고 큼직한 마스크를 걸어보았다. 그러나 악취는 겹겹으로 무어서 만든 마스크를 꿰뚫고 속속들이 폐

---

* 슴새는(원문)→ '슴배는'의 뜻으로 보임. 슴배다 : 조금씩 스며들어 안으로 배다.
** 잔침질(一鍼一) : 북한어, 들이쑤시는 소소한 자극이나 걱정을 비유적으로 이르는 말.
*** 병발하다(竝發一, 倂發一) : 두 가지 이상의 일이 한꺼번에 일어나다.

부에까지 스며들었다. 되려 호흡이 더 곤란함을 느끼자 그들은 벗어 팽 개치고 말았다. 이 악취는 방지할 수 없는 불가항력의 것은 아니었다. 다 만 문제는 회사 측이 여기 대해서 돌리는 관심 여부에 달려 있었다.

만일 '일본질소비료주식회사'가 이 공장에서 노동하는 인간의 생명 과 건강에 대해서 다소나마 유의하고 있다면 이미 악취는 훨씬 제거되었 을 것이고 팔을 통째로 잘라먹는 기계에 안전장치를 하였을 것이 아닌 가? 이것은 비단 유안 직장에만 국한되는 문제가 아니었다. 유황* 철광을 태워 유산을 제조하는 유산 직장에서는 배소로焙燒爐가 내뿜는 아황산** 가스 때문에 하는 수 없이 30분 교대를 실시하고 있으나 그래도 노동자 들은 가스에 중독되어 노 앞에서 철썩철썩 나가쓰러지는 형편이었다.

"유산! 유사안!"

키가 작달막한 포화기 운전공이 유산 탱크 쪽을 향해 냅다 고함을 질 렀다. 그러나 그 소리는 불과 2~30미터의 거리도 되나 마나 한 그곳까 지 닿기 전에 기계 소리에 홀랑 삼키어버렸다. 다우쳐*** 되풀이해볼 양으 로 턱을 쑥 쳐들었다가 그는 기침머리가 치밀자 그만 그 자리에 주저앉 고 말았다. 그러자 다른 한 친구가 바꾸어 나섰다.

"어이…… 아차 이 정신 좀 봐."

유별나게 누덕누덕 기운 작업복에 군대 각반을 무릎까지 걸싸게**** 올려 친 친구가 목구멍까지 내밀었던 소리를 도로 삼키고 부리나케 주머 니에 손을 찌르더니 무엇인가 끄집어내어 입에 물었다. 호로록호로록 호 각을 부는 것이었다. 이대로 가다가는 목구멍이 몇 개가 있어도 안 되겠 기에 감독의 눈을 피해가면서 만든 것이었다. 호각 소리를 듣자 친구들

* 류화(원문) → '류황'의 오식 → 유황硫黃.
** 아류산(원문) → 아황산亞酸 : 이산화황을 물에 녹여서 만든 산성 액체.
*** 다우치다 : '다그치다'의 북한어.
**** 걸싸다 : 북한어. 성미 따위가 몹시 괄괄하고 세차다.

21

이 한바탕 웃어댔다.

"오냐 보낸다."

벌둥지처럼 구멍이 뿡뿡 뚫린 작업복 저고리섶을 온통 바지춤에 쑤셔 박고 허리를 바지띠 대신 노끈으로 죄여 맨 친구가 호각 소리를 웃음으로 받고 돌아서더니만 잽싸게 '밸브'의 핸들을 틀었다.

농유산*은 툭한 연관鉛管을 통하여 팽이형으로 생긴 거창한 포화기 안으로 콸콸 흘러들었다. 한편 송풍기로부터 쏴 나오는 바람이 암모니아 가스를 몰아가지고 포화기의 밑구멍으로부터 치쏘는 서슬에 농유산이 무섭게 소용돌이친다. 이 통에 노란 액체가 차츰 우윳빛으로 변하면서 침전한다. 이 침전물을 진공관으로 뽑아 올려서 원심분리기遠心分離機로 유산과 수분을 말짱** 뽑아버리면 백색 가루만이 남는다. 이것이 유산암모니아 즉 유안 비료인 것이다.

"상금*** 20분이나…… 제기."

문길이는 원심분리기 아래의 제자리에 밀어다 세운 빈 수송차에 지친 몸을 의지한 채 기계실 벽에 걸린 전기 시계를 바라보면서 하품 섞인 소리로 중얼거렸다. 11시 40분이었다. 지금 그에게는 밥보다도 휴식이 간절히 요구되었다. 원심분리기에서 떨어뜨리는 유안 비료가 수송차 안으로 푹푹 쏟아져 내렸다.

"20분이면 아직 세 축은 더 해야겠군. 쩻!"

정신이 풀주머니처럼 된 문길이는 꽁무니에 찼던 수건을 빼서 얼굴과 목덜미의 땀을 닦으면서 또 입이 째여지게 하품을 하는 것이다. 가슴이 무를 먹고 체한 듯이 갑갑하고 기분이 뜨물처럼 흐리어 있었다. 어디

* 농류산(원문) → 농유산濃硫酸. 북한어. 진한 황산.
** 말짝(원문) → 말짱 : 속속들이 모두.
*** 상금尙今 : 지금까지. 또는 아직.

라고 꼭 짚어서 말할 수는 없었으나 몸이 오싹오싹 불편하였다. 그는 주의 깊은 눈으로 사방을 돌아보았다. 요행 현장 감독이 보이지 않았다. 좋은 찬스라고 생각한 문길이는 포화기 밑에 감추어두었던 빈 석유초롱을 끄집어내기가 바쁘게 냅다 식당으로 달렸다. 수도가 거기 있었다. 그는 석유초롱에 절반 남을싸하게 물을 받아 들고 헐떡거리면서 대장간으로 갔다. 점심을 먹자면 우선 기름때와 유산으로 해서 흡사 까마귀발처럼 된 손부터 씻어야 했다. 그런데 더운물에 가리 비누*가 아니면 그것은 잘 벗겨지지 않았다. 물을 데우는 당번에 걸린 문길이는 이 일을 아주 재빨리 해치우고 제자리로 돌아갔다. 현장 감독은 작업 중에 물을 데우는 것을 엄금했다. 들키면 감봉 처분을 받는 판이다. 그러나 그자의 지시대로 사이렌이 운 후에 물을 데우기 시작한다면 30분은 허양** 달아나고 만다. 30분의 휴식—그들에게 있어서 이 시간이야말로 귀중한 것이었다.

'돈이나 어디서 한 만 원 생겼으면…… 흥! 만 원은 고사하고라도.'

문길이는 유산과 물로 질척거리는 아스팔트 바닥에 시선을 박은 채 생각에 잠겨 있었다. 관을 쓰고 수염이 수북한 일본 영감을 그린 지전이 눈앞에 나타났다. 문길이에게는 돈이 몹시 요구되었다. 지금 이 순간에도 눈에 보이지 않는 무수한 벌레가 가슴속의 어딘가를 파먹어 들어가고 있는 것만 같은 무서운 병을 고쳐야 하겠다는 간절한 일념에서 나온 꿈이었다.

유안을 다 떨구고 난 친구가 원심분리기를 씻느라고 들이댄 호스의 물총을 맞자 소스라쳐 꿈에서 깬 문길이는 눈깔이 빠진 자식이라고 욕지거리를 하면서도 본능적으로 두 팔에 힘을 쏟아 수송차를 밀려고 한다. 그러나 유안을 만재한 차는 얼어붙은 듯 꿈쩍도 하지 않는다. 재차 두 다

---

* 가리 비누(加里—): 칼리 비누. 고급 지방산의 칼륨염을 이용하여 만든 비누.
** 허양: 북한어. ① 거침없이 그냥. ② 남는 것 없이 깡그리. ③ 맥없이 그냥 또는 곧바로 손쉽게.

리에 힘을 주어보나 주면 줄수록 밑바닥이 닳아서 반질반질해진 짜개신발이 줄줄 늘겼다*. 문길이는 애를 태우다 못해 마지막 수단으로 차에다 등을 들이대고 허리와 발꿈치에 부쩍 힘을 주었다. 이렇듯 승강이 끝에 간신히 차가 움직이기 시작했으나 그는 터져 나오는 기침을 한동안 막을 도리가 없었다.

원심분리기에서 떨구는 유안을 밀차에 받아 '엔드레스'까지 운반하는 것이 수송부의 일이다. 어느 일인들 쉬우랴만, 중에서도 수송부의 일은 고되었다.

'엔드레스'가 비료를 만재한 차를 통째로 물어 올리면 반대로 빈 차가 내려왔다. 그것을 받아 제자리까지 밀고 오면 이어 위에서 비료가 평평 쏟아져 내린다. 그처럼 생각이 간절한 담배 한 대를 피울 짬도 없었다. 맨 아래 바닥에서 작업하니만큼 유산과 물을 가장 많이 뒤집어쓰는 것도 또한 그들이었다. 한 방울의 유산은 작업복에다 동전 한 닢만큼씩 한 구멍을 뚫어주었다. 이처럼 독한 유산이 묻은 살은 즉시에 물로 씻지 않으면 통세**를 냈다. 문길이의 손등과 목덜미에 생긴 흠집은 모두가 유산이 태운 것이었다.

수송부의 노동자들은 11시만 되면 벌써 허기증이 생겨서 혀를 가로 물고 연송*** 시계만 쳐다보면서 휴식 시간을 기다렸다. 그들은 모두가 '직공채용시험'(이 시험에는 사상 동태를 조사하는 외에 분밀처럼 작은 구멍이 많이 뚫린 널쪽에다 못 꽂기, 모래섬 메고 달리기, 모래섬 밀고 끌기 등등이 있었다.)에서 적어도 경쟁자를 8, 9명씩은 물리치고 합격된 끝날같은**** 청년들이었다. 그중의 한 사람인 한문길이는 이 공장에 오기

* 늘기다 : '늘리다'의 함경 방언.
** 통세痛勢 : 상처나 병의 아픈 형세.
*** 연송 : '연방'의 북한어.
**** 끝날같다 : 씩씩하고 끝끝하다.

전에 촌 씨름판에서 총각상을 끌은 적도 있었던 젊은이다.

> 공장의 기계는 우리 피로 돌고
> 수리조합 봇돌은 내 눈물로 찬다.
> 아리랑 아리랑 아라리요.
> ⋯⋯⋯⋯.

바로 문길이의 머리 위에 밑 빠진 쇠바구니처럼 내려 드리운 원심분리기에서 운전공이 유안을 떨구면서 목청을 돋구어 멋들어지게 부르는 아리랑 노래다. 그 노래를 듣자 문길이의 머리에는 퍼뜩 물총을 맞던 생각이 떠올랐다.

'흥! 저 자식은 뭣이 저리 좋아서 노래를 다 부르구. 듣기 싫어.'

문길이는 올려 받아 툭 쏴주고 싶었다. 공기가 빠진 고무공처럼 탄력을 잃은 자기 육체의 이상을 알게 된 후부터 그는 우울증에 사로잡혀 있었다. 모든 일이 귀찮게만 생각되었다. 그러면서* 가슴이 괴롭고 기침이 잦아졌다. 더구나 식욕이 줄어가면서 무시로 식은땀이 흐르고 미열이 생기는 것이 심상치 않았다. 초기에 겨우 한 번 공장 병원에 뵈어보았으나 일본인 의사는 그저 괜찮다고만 했다. 문길이는 더는 병원으로 가기가 싫었다. 아니 무서웠다. 이번에 가기만 하면 아무아무 병으로 인한 노동력 상실자라는 선고를 받을 것만 같은 예감이 생활에 대한 공포를 불러 일으켰기 때문이다.

망할 놈의 세상! 될 대로 되라지. 죽는대야 한 번 밖에 더 죽겠니—

문길이는 단 몇 시간 동안이라도 마음의 고민을 잊기 위해서 소주를 마

| * 그리면서(원문) → 그러면서.

시고 자포자기한 때도 있었다.

　　상금 13분.

　　"밟아버릴 놈의 시계가 안 가기두 한다. 쩻!"

　　문길이는 죄 없는 시계를 향해서 발칵 짜증을 냈다.

　　"여보게 시계가 빵크나겠네, 그렇게 눈총질하다가는…… 10분만 더
참게 참아."

　　농 잘하는 용수가 수송차를 제자리에 밀어다 세우고 나서 문길의 등
을 가늘게 두드렸다.

　　"마른 명태가 어찌된 셈이야? 통 뜨지 않는데……."

　　현장 감독의 별명이다. 몸집이 빼빼 마른 데다 멋없이 키만 컸다. 처
음에는 '록샤쿠六尺'라고 불렀으나 그자가 알아차렸기 때문에 이렇게 바
꾼 것이다. 놈이 현장에 나타나기만 하면

　　'떴다, 떴다.'로 피차 신호를 주었다.

　　"오늘은 개가 호랭이 노릇을 하는 모양이야. 계장이 없으니까 사무실
에 자빠져 있다네."

　　"그래? 진작 알았더라면……."

　　문길이는 그새 조금이라도 몸을 쉬지 못한 것이 후회되었다. 바로 그
때 빈차를 밀고 온 상호가 문길의 곁에 다가서더니 툭한 목청으로 한 곡
조 뽑기 시작했다.

　　　민중의 기 붉은 기는
　　　전사의 시체를 싼다.
　　　………….

그것은 '적기가'였다.

"닥쳐라 닥쳐!"

불시에 가슴이 철렁 내려앉은 문길이는 눈이 휘둥그레져서 손으로 상호의 입을 막았다. 몹시 당황해하는 표정이었다.

"너 이걸—하고 상호의 모가지를 가리키면서—몇 개나 가지고 있다구 그런 노래를 부르니? 하필 내 곁에서……."

문길이는 수건을 빼어 이마의 땀을 닦았다. 듣던 중 무서운 노래였다.

"참 그렇지. 자네 마누라는 배가 또 남산이더구만. 자식! 몸이 아프다면서 맨들기두 세과지*는 맨든다. 돼지새끼처럼……."

상호의 말에 문길이는 아무 대꾸도 없이 그저 쓸쓸히 웃을 뿐이었다.

'그렇다. 돼지새끼처럼.'

문길에게는 이 말이 조금도 귀에 거슬리지 않았다.

"그러기다 그런 노래를 함부로 부르지 말란 말이다. 내 밥바가지가 떨어지면 네가 멕여 살려줄 테야? 자식두! 지난번 친목회 사건을 잊어서는 안 돼."

문길의 말을 듣고 그들은 잠시 무엇을 회상하는 듯 침묵을 지켰다. '마른 명태'가 간밤에 처먹은 술이 여직 만취해서** 사무실에 자빠져 있다는 것을 알게 된 노동자들이 여기저기서 일손을 떼고 노래를 부르거나 담배를 피우면서 '사보'(사보타주, 태업)를 시작했다. 이런 일은 노상 있었다.

"아니 그래 친목회를 조직하는 것이 나쁘단 말인가? 친목회의 목적은 노동자들끼리 서로 도와주면서 한마음 한뜻으로 지내자는 것이야. 그래 이것이 어째 나쁜가? 외돛처럼 혼자 살고*** 싶은가? 자네처럼 병들어

---

* 세과지 : 억척스럽고 거센 모양(함경 방언).
** 밀취해서(원문) → 만취해서. 만취하다(漫醉—, 滿醉—) : 술에 잔뜩 취하다.
*** 살기(원문) → 살고.

서, 이렇게 말한다구 나뻬는 생각하지 말게—만약 죽는다고 치세. 과연 회사 측이 손톱눈만큼이래두 생각해줄 것 같니? 어림두 없어 없어. 과부의 설움은 과부래야 아는 법이야. 회사 측은 지내 신경과민증에 걸려 있네. 친목회의 창립준비위원을 해고시키다니 말이 되나. 다 우리가 아직 한마음 한뜻이 되지 못한 탓이야. 알겠어?"

상호는 용수의 손가락짬에서 담배를 빼어 서너 모금 깊이 빨아들이고 내던졌다. 죄 없는 벗들을 빼앗긴 것이 생각할수록 억울했다. 직장에서는 기계 소리가 차츰 멎어갔다.

"옳아! 그런데 친목회 사건도 그렇지만 철식이의 건(件)을 봐두 반드시 고자질하는 새끼가 있단 말이야. 그 새끼를 잡아 치워야 해."

용수가 농 대신 심각한 표정으로 하는 말을 듣고 문길이는 다시 한 번 가슴이 선뜻했다.

"아니 또 무슨 일이 생겼나?"

문길이는 눈알을 희번득거리면서 주위를 휘돌아보았다. 대뜸 가슴이 떨려나기 시작했다.

"아직 말을 내서는 절대 안 돼. 철식이가 친목회를 재조직하고 있다는 혐의로…… 쉿! 떴다, 떴다."

용수는 말을 끊기가 바쁘게 바람처럼 포화기 뒤에 숨어버렸다. 문길이와 상호는 제 차에 가서 붙어 섰다.

"이 자식들, 바리바리 일이나 해라."

'마른 명태'는 누구에게랄 것 없이 제 김에 한바탕 호통을 치고는 입이 째여지게 하품을 했다.

문길이는 가쁜 숨을 토하면서 수송차를 밀었다. 한 절반쯤 밀고 갔을 때 12시를 알리는 사이렌이 목쉰 소리로 짖어댔다.

'에익! 시간두 참 길기두 하다.'

문길이는 밀고 가던 차를 그 자리에 팽개치고 대장간으로 달렸다. 수송차와 '엔드레스' 간의 거리는 불과 다섯 발자국도 안 되었다.

*

식당 칠판에는 서투른 글씨로 다음과 같은 '알림'이 씌어 있었다.

여러분! 점심이 끝난 후 제품창고에서 유안계와 유산계의 배구시합이 있소. 선수는 물론 유안계의 여러분은 우울한 식당에 남아 있지 말고 전원이 단결의 힘으로 응원합시다.

철식이가 쓴 것이다. '우울한 식당에 남아 있지 말자'는 문구에는 그럴듯한 이유가 있었다.

일본에 본사를 둔 '키보우'사社라는 종교단체에서 발간하는 《이즈미노하나泉之花》《키보우希望》 등 종교잡지의 애독자들이 마치 저희들만이 공장의 충직한 직공이라는 듯한 낯짝으로 식당에 남는 것을 넌지시 야유한 것이었다. 노동자들의 사상 '선도'에 이용하기 위해서 회사 측이 직접 지사支社가 되어가지고 전체 노동자들에게 이런 종류의 잡지를 강제로 팔았던 것이다.

"단결의 힘으로 응원하자구? 좋은 말인데……."

"암 하구말구, 해야지."

이렇게 지껄대는 친구들도 있었으나 대부분은 말없이 주린 창자부터 채우느라고 정신이 없었다. 노동자들은 빨리 먹기 내기라도 하는 듯, 젓갈이 연송 입으로 들락날락한다.

문길이는 간간이 물을 마셔가면서 맥없이 젓갈을 놀렸다. 좁쌀에 감자를 섞은 밥이 굳어져서 목이 메었다. 빠른 친구들은 어느새 두꺼비가 파리 잡아먹듯 먹어치우고 제품창고로 나갔다. 문길이는 그들보다 훨씬 늦게야 젓갈을 놓았다. 먹고 싶지 않은 밥을 몸을 생각해서 억지로 먹었으나 그래도 3분의 1쯤은 남기고야 말았다.

"문길이! 우울한 식당에 백혀 있으면 기분이 더 우울해진다니까. 어서 배구 구경을 가자구."

문길이를 찾아 들어온 상호가 그의 손에서 잡지 《키보우》를 빼앗아 주머니에 찔렀다.

"책을 이리 보내게. 보내라는데두 그래. 난 몸이 괴로워서 여기서 좀 쉴 테야."

전번 친목회 사건 때에 겁을 집어먹은 그는—그때 그의 이름도 회원 명단에 들어 있었다.—그 후부터 《키보우》를 읽기 시작하였던 것이다.

"글쎄 몸을 돌봐서두 여기 있으면 못써. 그래 이 책이 자네 병을 고쳐주고 먹을 것을 갖다준다던가? 천만의 말씀이지. 어서 일어나게."

상호의 억지에 못 이겨 일어서기는 했으나 문길이는 미안쩍은 심정으로 뒤를 돌아다보면서 나갔다. 그러나 만약 상호의 말이 그의 머릿속에 공감을 일으키지 않았더라면 아무리 억지가 세었다 한들 그것만으로 쉽사리 따라설 문길이의 심경이 아니었다. 상호는 식당에 남은 6, 7명의 잡지 '애독자'의 눈들이 자기의 등을 향하여 총질하는 것을 알 리가 없었다.

제품(유안)창고는 우리가 보통 생각하고 있는 그런 것과는 달리 여러만 톤의 유안 비료라도 저장할 수 있게 지은 넓고 높은 철근 콘크리트 건물이다. 유리창이 있어 채광도 된다. 창고라고 하지만 유안 직장보다 오히려 나은 편이다. 이것만 보아도 회사 측이 노동자보다 제품을 더 귀중히 여긴다는 것을 알 수 있었다. 만약 일정한 간격을 두고 임립한' 철주만 아니라면 실내 체육장으로도 될 것이다.

벽, 철주, 바닥 할 것 없이 온통 아스팔트로 포장한 창고의 서쪽에 큼직한 비료산이 들어앉았는데 뾰족한 봉우리가 일곱 개나 솟아 있다. 슬레이트 지붕의 깨여진 구멍으로 새어든 정오의 태양광선이 비료산에 직사하여 유안의 흰빛을 유난히 돋구어준다. 북쪽 출입구에서는 날삯 인부들이 가솔린차에다 결박한 10관들이 비료섬을 메여 나르느라고 땀을 철철 흘리고 있었다.

배구장으로 동쪽 구석을 잡았다. 거기는 텅 비어 있었다. 점심을 필한 두 직장 노동자들이 벌써 2백 명도 더 모여들었다. 보매 한 대씩 피워 물지 않은 친구라고는 없는 듯싶었다. 뿌연 연기가 지붕을 향하여 떠올랐다. 유안 직장에서 이 창고의 지붕 밑으로 길게 뻗어 나온 '엔드레스'에 비료 수송차 여러 대가 둥둥 달렸는데 그중 두 대는 위치로 보아 배구장의 바로 위에 멎어 있었다.

유산 직장의 뚱뚱보가 끈을 단 호각을 가슴에 드리우고 뚱기적거리면서 나타났다. 체육을 즐기는 그는 그들 중에서 배구 '룰'에 밝은 편이어서 이런 시합 때마다 심판관 노릇을 해온다.

뚱뚱보가 호각을 길게 불자 선수들은 연습을 그만두고 자기 위치를 찾아 섰다. 어느새 3백 명 이상으로 는 군중 속에서 박수가 터졌다.

"유안! 잘해라. 이기면 쇠주 한 말 사준다."

이런 땔수록 엿장사 가위처럼 말이 다사한 용수가 마수걸이로 내던지자 장내에서는 한바탕 웃음이 터졌다.

"헹! 또 나발이 시작됐군. 개뿔두 없는 건달이가 큰소리는⋯⋯."

유산 측에서 누가 받아넘기는 말에 가라앉으려던 웃음이 다시 떠올

| * 임립하다(林立—) : 숲의 나무처럼 빽빽하게 죽 늘어서다.

랐다. 군중들은 차츰 웅성거리기 시작했다.

유안과 유산은 그 실력이 백중하였다. 점수가 앞서거니 뒤서거니 하면서 시합이 진행되는 것이 오히려 군중의 흥미를 돋구었으며 그들로 하여금 응원에 나서게 하였다.

"유안 이겨라!"

"유안 이겨라!"

'괜히 나왔지, 무슨 재미가 있다구……'

문길이는 시들하게 생각하면서도 그 자리를 뜨려고 하지 않았다. 어느새엔가 그는 자기도 모르게 그 명랑한 분위기에 휩싸여버렸던 것이다. 유안이 득점할 때마다 그는 환성을 올리고 박수를 치면서 신이 나했다. 그럴 수밖에 없는 것이 한창 일하고 있는 인부들까지 비료섬을 두 개씩 어깨에 겹쳐 멘 채 무거운 줄도 모르고 우두커니 서서 구경하면서 좋아하는 판이니까.

참말로 30분이라는 시간은 귀중한 휴식시간이었다. 지금 제품창고에 모인 노동자들의 감정은 완전히 한 도가니 속에서 이글거리고 있었다. 도가니를 왼쪽으로 기울이면 왼쪽으로 쏠리고 오른쪽으로 기울이면 오른쪽으로 쏠린다. 군중 속에 끼어 선 철식이가 아까부터 주의 깊게 지키고 있는 것은 바로 이 도가니였다. 역시 있다. 그러면 그렇지! 그는 속으로 외쳤던 것이다.

친목회 사건이 있은 후부터 얼마나 외로운 철식이었던가! 친목회를 마치 복마전처럼 무섭게 여기고《키보우》와《이즈미노하나》쪽으로 기울어지거나 좌왕우왕하는 노동자들 속에서 그는 한동안 어찌할 바를 몰랐다. 우리의 정당한 일을 위해서 누구와 손을 잡을 것인가? 우리의 힘을 어떻게 어다다 집중시켜야 할 것인가? 이미 알뜰한 벗들을 놈들에게 빼앗긴 철식이에게는 할 일이 너무나 많았다. 그러나 그것은 철식이에게 지내 아름찬* 부담이 아닐 수 없었다. 무엇부터 시작할 것인가? 그는 며칠 동안 깊은 생각에 빠져 있었다. 그러던 끝에 생각해낸 것이 체육이었다. 이것은 감정의 통일뿐만 아니라 다른 직장의 노동자들과 긴밀한 연락을 맺는 데도 필요한 수단으로 될 수 있었기 때문이다. 또 다른 한 가지 목적이 있었는데 그것은 이 체육행사를 통해서 '알뜰한 친구'를 찾아내자는 것이었다. 그는 벌써 전부터 상호와 용수에게 각별한 주의를 돌렸다. 지금 이 시각에 있어서의 그의 판단에 의하면 용수는 어딘가 가벼운 일면이 있고 게다가 입이 헤픈 데가 있으나 상호는 그 침착한 행동으로나 사색하는 방법으로나 묵중한 입가짐으로 보아 가히 믿을 만했다. 철식이는 문길의 옆에 서 있는 상호의 모얼굴을 바라보면서 내심 적이 기뻐했다. 한 사람의 벗이 얼마나 그리운 지금인가!

유안이, 두 점을 앞섰던 유산을 따라잡은 데다 도로 한 점을 리드하자 피차의 응원이 고조에 다다랐다. 넓은 창고 안이 들썩들썩한다. 합성合成, 전해電解, 인산燐酸 등 각 직장에서도 구경을 왔다. 승부는 취업 사이렌이 울 때까지의 득점수로 결정된다. 27 대 24로 유안이 3점을 리드했을 때였다. 유안계의 왜놈 급사 아이가 나와 거듭 호명하면서 철식이를 찾았다.

"경비계장이 오라오. 지금 곧……."

급사 아이는 간단히 전하고 쪼르르 달려 나가버렸다.

시합이 최고조에 달한 때였으나 그들의 시선이 일제히 철식에게로 쏠렸다. 동시에 어떤 불길한 예감이 그들의 가슴을 찔렀던 것이다.

'올 것이 왔구나.'

철식이는 이미 각오한 바 있었는지 태연한 기색으로 한번 군중을 돌

| * 아름차다 : 북한어. 두 팔을 벌려 껴안은 둘레의 길이에 가득하다.

아보고 떠났다.

"철식이!"

귀에 익은 목소리가 그의 걸음을 멈추게 했다. 상호였다.

"상호! 앞으로도 체육을 계속해달라구. 부탁하오."

철식이는 그의 손을 힘 있게 잡아주고 나가버렸다.

제품창고 안은 갑자기 폭풍이 일과한 밀림 속처럼 고요해지고 노동자들은 서리 맞은 잠자리처럼 풀이 죽어졌다.

얼마나 외로운 우리들인가! 침울한 표정들이 이렇게 한탄하는 듯하였다. 한쪽 구석에 굴러간 채 외롭게 멎어 있는 배구공처럼 그들의 심정역시 외롭고 쓸쓸했던 것이다.

약 일 삭 전 어느 날 밤이었다. 때는 춘삼월 초순이라고 하지만 이곳의 밤은 아직 추웠다. 달빛에도 부드러운 감촉보다 어딘가 쌀쌀한 맛이있었다. 그러나 밤은 노동자들에게 있어서 가장 자유로운 시간이었다.

이날 밤—이미 그전부터 계획해왔지만—동윤이, 영구, 창호, 철식이의 네 명이 주동이 되어가지고 운중리 막바지에 있는 동윤네 하숙집에서처음으로 유안 친목회 조직준비위원회를 결성하였다. 아직 아무런 조직체도 가져보지 못한 미조직 노동자들 속에서 추려서 회원 명단까지 작성하였다.

유안 친목회 조직준비위원회—이것은 너무나 의지할 곳이 없는 자기들이 말할 수 없이 외로운 개개의 존재였기 때문에 응당 찾아야 할 것조차 찾지 못하고 있다는 지난날의 쓰라린 경험에서 깨달은 최초의 단결에로의 맹아였다. 이제까지 그들은 많은 경우에 있어서 에고이스트였다.그런데 그들은 에고이즘이 결국 자기 자신에게 불리한 조건과 불안한 생활을 가져다주는 해독물 이외의 아무것도 아니라는 것을 많은 비참사를 치르고 희생을 바친 후에야 비로소 통감하기 시작했던 것이다.

준비위원회의 노력에 의해서 그 며칠 후에 다시 동윤네 하숙집에서 유안 친목회가 조직되었다. 30명이 모였는데 그중에는 문길이의 얼굴도 있었다. 비록 어리고 연약한 싹이었으나 그들은 얼마나 기쁘고 마음 든든한지 몰랐다. 회원들의 일치한 의견에 의해서 조직준비위원회 위원들이 그대로 유안 친목회의 책임 간부들로 되었다. 동윤이가 회장 겸 문예부를, 영구가 부회장 겸 외교부를, 철식이가 체육부를, 창호가 생활부를 각각 담당했다.

그중에서도 외교부와 문예부의 사명이 중하였다. 이제까지 사회와 격리된 울타리 속에서 돌아가는 세상 물정을 모르고 눌려서만 살아온 그들이었다. 그러나 이젠즉 그들도 찾으면 있으리라고 믿어지는 새로운 생활의 탐구를 위해서 외부와 연계를 맺고 그 지도를 받아야 할 필요성을 절실히 느끼게 되었던 것이다.

문예부는 한마디로 말해서 계몽사업에 주력한다는 것이었으나 기실인즉 노동자들이 할 일과 갈 길을 밝힌 서적을 구입해서 회원들에게 읽히며 강연회, 연구회 등을 통하여 그들의 머리를 깨우쳐주는 것이 목적이었다. 그러나 이런 목적은 앞으로 친목회 조직이 어느 정도 뿌리를 깊이 박았을 때의 과제이고, 당면한 '슬로건'은 어디까지나 상호 친목과 상호 부조였다. 때문에 노동자들의 관심이 생활부에 더 많이 쏠린 것은 사실이다. 유안 친목회를 본받아 다른 직장들에서도 친목회를 조직할 데 대한 기운이 높아갔다.

바로 이때에 회사 측에서 이것을 알게 되었다. 친목회는 결코 비합법적 조직체로는 될 수 없었으나 회사 측은 이것을 비밀결사로 몰았던 것이다. 놈들은 없는 사건을 고의적으로 꾸며냈던 것이다.

전체 직장에 걸쳐 바야흐로 준비가 진행되고 있던 친목회 조직을 해산시키기 위해서 회사 측은 경찰과 합세해가지고 덤벼들었다. 각 직장에서 도합 9명이 잡혀갔다. 그중에 동윤이, 영구, 창호가 끼여 있었다. 철식이는 그때 염병 같은 독감으로 누워 있었기 때문에 겨우 유치장 신세만은 면하였던 것이다.

공장에 온 지가 1년이 조금 넘은 동윤이는 H고등보통학교 2학년에서 독서회 사건으로 퇴학당한 새파란 청년이다. 글을 배우지 못한 노동자들 속에 나타난 동윤이의 이론은 어디서나 날이 섰다. 노동자들에 비해서 얼마나 아는 것이 많은지 몰랐다. 그러나 그 반면에 또 그들보다 무식한 데도 있었다. 아버지가 물산객주업을 영위하는 중류 소시민 가정에 태어난 그는 '생활'에 대해서 잘 모르는 데다 알려고도 하지 않았다.

영구는 지금으로부터 이태 전에 있은 K군 농조 사건에, 그리고 창호는 3년 전 T평야 야학교 사건에 각각 약간씩이나마 관계가 있었으나 이 것만은 누구에게도 알릴세라 비밀에 부치고 있었다.

알맹이들을 잡아간 후에도 '경비'(주로 재향군인과 퇴직경관들로 편성된 회사 직속의 경찰이다.)와 형사들이 공장 안을 미친개처럼 싸대쳤다. 그 통에 문길이도 한 번 경비실로 불리어 갔다. 그때 놈들이 격검채를 휘두르면서 어찌나 으르떽떽거렸던지 문길이는 지금도 '경비'라면 대뜸 공포감에 사로잡히는 것이었다.

이 사건을 계기로 회사 측은 '경비'를 증원하는 동시에 각 직장에다 비밀리에 심복들을 박아 넣기 시작했다. 그러면서 한편으로는 '불온사상'을 뿌리 빼기 위해서 종교잡지 《키보우》와 《이즈미노하나》를 더욱 광범히 보급시켰다. 따라서 어느 직장 할 것 없이 그 영향이 차츰 뻗어가고 있었다.

철식이가 지하도를 지나 경비계장실의 도어를 밀었을 때 거기에는 계장 외에 얼핏 보아 알 수 있는 형사 두 놈이 앉아 있었다. 놈들은 철식이를 보자 하던 말을 뚝 끊고 살기를 띤 눈초리로 그의 거동을 아래위로 훑어보았다. 철식이가 이 방에 들어서보기는 이번이 두 번째다.

"거기 앉아."

육군 중좌로 있다가 퇴역한 말상통의 경비계장은 전과 마찬가지로 거만한 태도다.

"이철식이지?"

"그렇소."

형사 두 놈은 여전히 철식이를 쏘아보고 있다.

"너를 부른 이유는…… 전번에 이야기했으니까 다시 말하지* 않아도 알 테지?"

"……."

철식이는 다문 입을 열지 않았다. 그는 대답 대신에 '말상통'의 어깨 너머로 구석에다 열 개도 더 세워 놓은 격검채를 보고 있었다.

"왜 대답이 없나, 엉? 친목회 사건 말이다."

'말상통'은 벌컥 역정을 냈다. 그의 관자놀이에서 경련이 일었다. 이것이 조금만 더 심해지면 격검채가 바람을 일쿠게 되는 것이다.

"그러나 친목회는 저…… 상호 친목과 상호 부조를 목적으로 한 것뿐이지 다른 비밀이라구는 아무것도 없지 않소?"

각오를 다진 탓인지 철식이는 꽤 침착한 태도로 대답했다.

"뭐? 아무 비밀도 없다구? 나쁜 자식 같으니라구. 이놈아 그것이 신성한 회사의 규칙 즉 공장법에 위반된단 말이다. 이 자식 알겠나?"

"그러면 일심회一心會 같은 것도 공장법에 위반되오? 우리는……."

| * 말치(원문) → 말하지.

"주둥이를 닥쳐! 이 새끼."

'말상통' 대신 왼쪽 볼때기에 칼 맞은 흠집이 있는 형사놈이 돼지 멱 찌르는 소리를 질렀다. 일심회라는 것은 일본인들끼리 돈을 모아서 만든 계契다. 철식이는 어디까지나 친목회의 정체를 합리화시키기 위해서 일심회를 끌어다 대어보았던 것이다.

"이미 너는 각오하고 있을 테지? 네가 지은 죄상에 대해서 말이다. 그러니까 선량한 직공들을 위해서 너를 이 이상 공장에 둘 수는 없어. 알겠니?"

순간 철식이의 가슴속에 슬픔보다도 일종의 조소가 떠올랐다. 한 사람의 노동자를 이렇다 할 근거도 없이 내쫓기 위해서 이렇듯 면밀히 거미줄을 쳐 놓고 밑구멍이 멘 개처럼 놈들이 줄곧 싸대치는 꼴이 도리어 우스웠던 것이다.

'얼마나 의로운 우리들인가! 언제까지 우리는 이렇게 살아야 하는가!'

다음 순간 철식이는 이렇게 생각하면서 한숨을 길게 뽑았다. 그러나 그 한숨은 그에게 절망이 아니라 도리어 비장한 결의를 다져주었다.

바로 그때 철식이의 눈앞에 이미 세상을 떠난 아버지의 얼굴이 얼핏 나타났다가 사라졌다. 아버지는 철공장에서 잔뼈가 굵어진 장골이었다. 철공의 대개가 그러하듯 성미가 사납고 주색을 즐겼다. 철식이는 한때 아버지 밑에서 견습공 노릇을 하다가 암만해도 그 직업이 마음에 맞지 않아서 이 공장으로 일자리를 옮겼고 아버지는 계속 그곳—역시 '노구치' 재벌이 건설하고 있던 동 장진 수력발전소 공사장—에서 노동하였다. 그것이 벌써 3년 전의 일로 되었다.

그러나 철식이는 3년이 아니라 30년 뒤까지도 뼈에 사무친 원한을 풀고야 말겠노라고 굳게 마음먹었다. 철식이가 이 공장에 와서 석 달이 되던 어느 날 밤에 아버지는 작당을 한 왜놈들의 칼에 맞아 죽었던 것이다. 배우지 못해서 무식은 했으나 의협심만은 강한 아버지였다. 조선 사람을 모욕하거나 가해하려는 왜놈은 보기만 하면 그냥 두지 않았다. 죽은 그날 낮에만 해도 그는 젊은 산골 아낙네를 붙잡고 희롱하는 왜놈을 개 패듯 해주었는데 아마 그 사건이 쪽발이들의 앙심을 더욱 유발시킨 것이 분명했다. 아버지를 잃은 후 철식이는 한동안 주색에 빠졌다가 여러 친구들의 충고로 도정신을 했는데 그때부터 그는 왜놈이라면 눈엣가시처럼 미워하기 시작했던 것이다.

이제는 볼 장을 다 보았다고 생각한 철식이는 의자에서 일어섰다. 그런데 그때 그는 마지막판으로 한 번 더 '말상통'에게 넌지시 야유를 던져보고 싶은 충동을 느꼈다.

"계장님! 오랫동안 걱정을 끼쳐서 미안하오. 그러나 앞으로 또 신세를 질 때가 있을는지 모르니 잘 부탁합시다. 이젠 가도 무방하겠지요?"

철식이는 나갈 양으로 돌아섰다.

"뭣이 어쩌구 어째? 거기 섯!"

아까 그 형사놈이 후다닥 일어나면서 소리를 질렀다.

"너 새끼가 상금 나쁜 물을 씻지 못했구나. 엉? 안 되겠다. 저기까지 함께 가자."

철식이는 말이 없이 두 형사놈의 새에 끼어 경찰서로 갔다.

*

회사 전용의 축항 쪽에서 화물선의 고동이 길게 운다. 여러 대의 '트랜스포터'(기중기의 일종)가 호상* 경쟁이나 하듯 용을 쓰면서 화물선에

| * 호상互相: '상호相互'의 북한어.

다 뻔질나게 비료섬을 물어 나르고 있다. 축항에서 분주하게 일하는 인부들이 이곳에서는 개미떼처럼 작게 보였다. 일직선으로 하늘과 맞닿은 아득한 수평선상에 점점이 보이는 것은 비료를 만재하고 떠난 화물선들이다. 가슴을 펴고 고함을 치면서 냅다 달리고 싶은 벅찬 의욕이 동하는, 가없이 푸른 동해바다의 풍경은 한 폭의 그림처럼 아름답다. 그러나 이것은 누구나 다 같이 느끼는 의욕일 수는 없었다.

한 톤에 90원! 화물선 한 척에 5천 톤을 싣는다 치고 그 가격이 얼마나 될까? 문길이는 그 엄청난 금액에 혼자 놀라는 것이었다.

점심을 필한 문길이는 직장 밖 남쪽 벽에 나가 기대어 앉아 있었다. 내려 쪼이는 정오의 태양이 얼마나 따사로운지 몰랐다. 거기서는 축항과 바다의 풍경이 한눈에 들었다. 그의 곁에서 4, 5명의 노동자들이 소곤소곤 이야기를 나누고 있었으나 문길이는 그 축에도 끼이고 싶지 않았다.

철식이마저 빼앗긴 뒤로는 유안 직장 노동자들은 더욱 풀이 죽었다. 상호가 철식이의 뜻을 이어 그새 두 번 체육경기를 조직했으나 예상했던 바와는 딴판으로 아주 동원이 적었다. 문길이는 푸른 수평선에 시선을 박은 채 어떤 회합을 막론하고 절대로 참가하지 않겠노라고 다시 한 번 자신에 맹세하는 것이었다. 이미 자기의 병명과 병상을 알게 된 그에게는 아무것도 귀찮았다. 친구도 회합도 심지어는 《키보우》까지도 싫었다. 다만 고독과 더불어 벗하고 싶었던 것이다.

문길이의 고향은 H평야의 북녘에 있었다. 허허벌판은 끝에서 끝까지 모두가 기름진 전답이었으나 그에게는 한 줌의 흙도 자기의 것이라고는 없었다. 어려서 아버지를 잃은 그는 소작과 고용노동 속에서 잔뼈가 굵어졌다. 그러나 아무리 손톱이 모지라지게 일을 해도 가난은 독사처럼 그의 몸을 칭칭 감고 놓지 않았다. 그런 생활 속에서도 그는 야학교만은 좋아했다. 글을 배우고 좋은 이야기를 듣는 것이 무엇보다도 낙이었다.

그런데 그 낙도 오래는 가지 못했다. 단 한 분밖에 없는 야학교 선생이 잡혀갔던 것이다. 이 통에 설상가상으로 문길이는 소작을 떼이게 되었다. 그는 쌓이고 쌓였던 분풀이로 지주네 낟가리에 몰래 불을 지르고 고향을 하직했던 것이다.

문길이는 지금 일급이 90전이다. 4년 전에 그가 살 길을 찾아 이 공장에 왔을 때에 비해서 겨우 30일을 곧장 노동해야 27원이 생긴다. 그러나 다달이 이틀은 쉬어야 했고 이외에도 잘리는 돈이 있고 보니 그저 22, 3원이 고작이었다. 이 돈으로 칠순 고개에 오른 늙은 어머니와 아내, 그리고 어린것 넷을 길러야 했다. 아무리 쪼개어 써도 다달이 모자랐다.

얼마 전에 문길이는 친구들에게서 푼전을 꾸어 모아가지고 H시에서 명성이 높은 한의를 찾아갔다. 진단의 결과 폐환이었다. 그는 한약 열 첩을 지어가지고 집에 돌아와서 달여 먹었으나 차도가 없었다. 문길이는 실망 끝에 기분이 더 우울해졌다. 여러 친구들이 그에게 쉬기를 권고했으나 그는 권고를 받아들일 수 없는 딱한 처지에 놓여 있었다. 쉰다는 것은 그에게 있어서 더없이 무서운 일이었다. 하루를 쉬면 온 식구가 하루를 굶어야 했기 때문이다. 이 얼마나 무서운 일인가!

문길이는 때때로 《키보우》 가운데 있는 '명구'(?)를 조용히 읊어보았다.

'노동은 신성하다. 부지런히 일하는 자에게는 신神이 복을 내려준다.'—그는 이 '명구'를 외우면서 순간적이나마 어떤 희망을 꿈꾼 적이 있었다. 그러나 그다음 순간 그는 땅이 꺼질 듯한 한숨을 후유 하고 내뿜었던 것이다.

자기 병도 병이지만 아내의 산월이 임박했는데 아직 미역 한 꼭지 장만하지 못한 것을 생각하니 마음이 저절로 암담해졌다.

이러다가 해고를 당한다면—순간 전신에 소름이 끼치면서 눈앞이 캄캄해지는 문길이었다.

'제기, 될 대루 되라지.'

문길이는 무엇이 스렁거리는 윗내의를 벗어 뒤집었다.

"여기 있구만. 얼마나 찾았는지 알아?"

상호가 싱글벙글 웃으면서 다가왔다. 문길이는 그를 힐끔 쳐다보았을 뿐 아무 대꾸도 하지 않았다.

"뭘 하구 있어, 이 친구야! 옳지, 이 사냥을,—상호는 문길의 어깨에 손을 얹고—이얘기가 있네."

"이얘기? 난 안 듣겠네."

문길이로서는 단호한 태도였으나 상호는 그렇게 받아들이지 않았다.

"무슨 겁이 그렇게 많아. 그래 한 잔 할 일인데두 싫단 말인가?"

"한 잔? 어데서?"

문길이는 귀가 솔깃해서 얼굴을 들었으나 경계하는 마음만은 늦추지 않았다.

"오늘 아침에 창호하구 철식이가 나왔어."

상호는 목소리를 낮추어 귓속말로 소곤거렸다.

"정말이야? 온 모르겠다. 나를 속이자구, 안 속아."

문길이는 반가우면서도 한편 곧이듣지 않았다.

"내가 언제 자네를 속이던가? 말이 났으니 말이지, 그들을 위로할 겸 우리끼리 한 잔씩 당겨보자는 거야. 어떤가?"

"그 친구들이 정말 놓여났나?"

문길에게는 그들이 그처럼 쉬이 나오리라고는 믿어지지 않았던 것이다.

"정말이구말구. 농두 할 때가 있지."

"술은 누가 내나?"

문길이는 차츰 구미가 동하는 모양이었다. 이전부터 술이라면 사족을 못 쓰던 그는 지금 앓으면서도 역시 싫다 하지 않았다.

"그런 걱정은 말구, 잔을 당겨만 주게."

"글쎄! 그런데……."

"글쎄는 무슨 글쎄야. 주대장이 출석하지 않구서야 되나."

"흥! 주대장두 옛날이지. 난 그만둘까 하네."

"자네 너무 벌벌 떨지 말게. 병 때문에라면 할 수 없지만…… 우리는 한 직장에서 날마다 만나지만 두 친구는 어차피 이곳을 뜰 사람들이니까 말하자면 이것이 송별회야."

상호는 끈기 있게 문길에게 달라붙을 뱃심이었다. 그에게는 지금 한 사람의 벗이 얼마나 그리운지 몰랐다.

"그렇다면 가기는 가야 하겠는데 또……."

문길이는 아까부터 친목회 사건을 생각하고 날래 결단을 내리지 못했다. 그러나 그의 마음의 십중팔구는 벌써 송별회 석상에 가 있었던 것이다.

상호는 그들이 공장에 남겨놓고 간 단 한 사람의 후계자였다. 홀로 남은 그는 고독감을 느낄 때가 많았다. 중요한 임무를 두 어깨에 짊어진 그는 짓누르는 책임감 때문에 장밤 잠을 이루지 못할 때도 있었다.

어디다 마음을 의지하고 누구에게서 지도를 받을 것인가! 이렇다 할 묘책조차 아직 구상하지 못한 상호는 '고립무원' 속에서 몸부림을 치고 있었다. 동윤이, 철식이, 영구, 창호들의 뒤를 이은 그는 우선 알뜰한 벗을 물색하여가지고 그들과 함께 이 중대한 '기초공사'를 완수하자는 것이었다. 이것은 말할 것도 없이 대단히 어렵고 위험한 공사가 아닐 수 없었다.

산업합리화와 노동 강화에 의한 잉여노력의 축소에 따르는 무단해고! 이것은 단지 동윤이나 철식이들 몇몇 노동자들에게만 국한된 문제가 아니라 이 공장의 수천 명의 노동자들의 생활과 생명을 위협하는 마수였다.

'일본질소비료주식회사 N공장'이라는 간판이 달린 본 사무소 앞마당에서 날마다 욱실거리는 수많은 실업자의 정경을 보라! 비도, 눈도, 욕설도 굶주린 그들을 쫓지 못했다. 그들은 어떠한 불리한 조건 밑에서라도 살기 위해서 일할 것을 사양하지 않는 무리들이었다. 최저의 생활이나마 부지하기 위해서는 남의 희생을 생각할 여유란 있을 수 없었다.

이런 환경 속에서 노동자들은 전전긍긍—과연 그렇다. 전전긍긍한 마음으로 고된 노동을 계속하고 있었다.

*

오후 8시 반.

약속한 대로 노동자들이 철식이가 하숙하고 있는 집에 모였다.

유안 직장에서 상호, 문길이, 용수들 다섯 명이 왔고 유산 직장, 전해 직장, 합성 직장, 그리고 기타 직장에서도 한 사람씩 참가하였다. 도합 열한 명이었다.

창호와 철식이는 노동자들의 손을 하나하나 잡으면서 여간 반가워하는 것이 아니었다. 철식이에게는 혹시나 하던 문길이가 와준 것이 더욱 반가웠다. 역시 문길이는 진실한 사람이라고 생각하였다.

둥그런 밥상을 가운데 놓고 그 둘레에 열세 명이 빼곡이 둘러앉았다. 이어 술이 나왔다. 그들은 술통을 지고 가라면 못 가도 마시고 가라면 선뜻 나설 고래들이었다. 흥들한 소주 냄새를 맡자 좌석에서는 농이 나오기 시작했다. 우선 주발뚜껑으로 '대포'가 한 잔씩 쭉 돌았다.

"자네들이 봉변을 당한 뒤부터 일이 통 손에 붙어야 말이지. 그렇지 않아두 붙지 않던 일인데……."

주고받던 농담이 끝나기를 기다려 상호가 화제를 돌렸다. 술을 우정 조심해서 마신 탓으로 그는 아무렇지도 않았으나 벌써 거나한 친구들도 있었다.

"사실이지 그 며칠 동안은 맥이 탁 풀리고 정신이 얼떨떨했다니까."

용수가 눈을 끔벅거리면서 한마디 던졌으나 웃는 사람은 없었다.

"말이 났으니 말이지, 가슴은 왜 골풍구처럼 그렇게 자꾸만 뻣쳐. 거 참…… 그게 다 아직 단련되지 못한 탓이야."

한 친구가 실토를 하자 그들 중 몇몇이 고개를 끄떡거렸다.

철식이는 그들의 이야기를 들으면서 꽁초를 주워 신문지에 말아 붙여 물었다. 그는 거퍼 두 모금 빨아들인 연기를 내뿜고 나서 낮으나마 힘 있는 음성으로 이야기를 시작했다.

"그런 심정은 알 만하오. 그렇지만 일이 손에 붙지 않고 가슴이 뻣는 다는 그런 것으로는 일이 해결될 수 없지 않아?"

철식이는 가끔 병적으로 근질거리는 뭉툭한 코를 문지르면서 말을 이었다.

"일을 해결하기 위해서는 모두가 한마음, 한뜻이 돼야 해. 이것이 즉 힘이거든. 힘은 돈으로도 살 수 없는 귀중한 보배요. 예를 하나 들어 볼까?"

철식이는 피우다 반쯤 남은 담배를 창호에게 넘기고 계속했다.

"집을 짓고 있던 목수가 부상을 당해서 드러눕게 됐네. 그렇다고 해서 기둥만 세워 놓은 집을 그대로 버려둔다면 어떻게 되겠는가? 그 기둥은 비눈물에 썩거나 바람에 넘어질 것이 아니야? 그때는 부상당한 목수만 세월없이 기다릴 것이 아니라 다른 목수가 대신 그 집을 완성해야 하네. 그런 의미로 볼 때 우리가 모두 그 목수의 노릇을 해야 하는 걸세. 어서 잔들을 들라구. 술은 아직 많으니까."

철식이는 사기잔의 술을 단모금에 쭉 들이마시고 빈 잔을 상호에게

건넸다. 술은 상호가 외투를 전당포에 잡힌 돈으로 사온 것이다.

"자네 말이 옳네!"

상호는 잔을 받으면서 머리를 끄떡거렸다. 그는 자기를 비록 솜씨는 없을망정 그 목수로 생각했다. 철식이가 한 이야기에 대한 응대는 그 이상 더는 없었다. 모두가 꿀 먹은 벙어리처럼 덤덤히 앉아서 무엇인가 깊이 생각들 하는 눈치였다. 10촉짜리 전등이 천장의 거미줄 속에서 졸고 있었다. 얼마 후 방 안의 침묵을 깨뜨리는 듯 창호가 입을 열었다.

"머지않아 대량 해고가 있다는 소문을 못 들었어? 소문이 아니라 사실인 모양인데."

창호의 말에 놀란 그들은 숙였던 머리를 일제히 쳐들고 그의 얼굴을 뚫어지게 응시했다. 그의 말은 누구에게도 초문이었으니만큼 따라서 청천의 벽력이기도 하였다. 방 안의 공기가 갑자기 긴장되어갔다. 창호는 말을 계속했다.

"동윤이서껀 우리는 친목회 사건으로 희생이 되었지만 그러나 그것을 우리는 후회하지 않소. 우리는 우리가 응당 해야 할 일을 했소. 그런데 그 일을 끝을 맺지 못하고 이렇게 된 것만은 생각할수록 분하오……."

그때 문 옆*에 앉았던 누가 방문을 비스듬히 열었다. 그는 밖에다 상반신을 쑥 내밀고 두 번 기침 소리를 내고 도로 문을 닫았다. 문길이었다. 기침머리가 치밀어서가 아니라 밤말은 쥐가 듣는다는 경계심에서였다.

"옳네 조심해야 하네.—창호는 문길이를 보고 머리를 끄덕거리고 나서—우리는 공장을 쫓겨났지만 공장을 잊지 않겠네. 단결된 힘! 이것이 우리에게는 가장 큰 밑천일세. 우리가 지금 사람의 대우를 못 받는 것도 또 하루에 열두 시간 노동을 하면서 삯전을 새 발의 피만큼밖에 못 받는

| * 문역(원문)→문 옆.

것두 다 아직 우리가 한마음, 한뜻이 되지 못한 탓이라네. 잘 생각해보게, 억울한 일이 아닌가?!"

창호는 술 한 잔을 쭉 들이마셨다. 그는 차츰 흥분하기 시작했던 것이다.

"아까 목수의 이얘기가 나왔네만 우리 모두가 친목회를 다시 조직하는 목수가 돼야 하네. 듣자니까 요새 노동자들 가운데는 친목회 사건 후 풀이 죽어진 사람이 적지 않다는데 이런 태도는 되려 회사 측에 유리한 조건을 주는 거야. 우리에게는 첫째도 단결, 둘째도 단결이라네. 만약 한 사람, 한 사람이 제각기 제 일만 생각하는 날에는 우리는 더욱더 비참한 생활을 할 수밖에 딴 도리는 없어. 친목회 하나 없이 해고선풍을 만나보게, 어떻게 되는가……"

흥분 때문에 창호의 목소리는 가늘게 떨렸다. 방 안은 담배 연기와 함께 다치면 터질 듯한 긴장된 공기로 호흡마저 가쁠 지경이다. 거미줄과 파리똥으로 더러워진 천장을 쳐다보는 친구가 있는가 하면 신문지를 더덕더덕 바른 방바닥에 시선을 박은 친구도 있다. 마치 초상난 집 밤을 연상시키는 정경이었다.

창호의 말을 듣고 누구보다도 놀란 것은 문길이었다. 그의 놀란 가슴이 대뜸 후들후들 떨리더니만 급기야 그것이 공포증으로 변해갔다.

"대량 해고라는 것은 숱한 노동자의 목을 자른다는 말이지? 그래 그 말이 정작인가?"

문길이가 조심스러운 어조로 물었다. 그에게는 창호의 말이 그대로 곧 이들리지 않았다. 아니 처음부터 그 말을 믿으려고 하지 않았던 것이다.

"정작이구말구, 두고 보게."

창호 대신 철식이가 자신 있게 대답했다. 문길이는 더 묻지 않았다. 몽둥이로 골통을 되싸게 얻어맞았을 때처럼 정신이 어리둥절하고 눈앞이 캄캄해졌다. 철식이가 말을 이었다.

"소위 그놈 산업합리화 때문에 또 모가지를 따는 된바람이 불 것이란 말이야. 실례를 들어 이야기하는 것이 알기 쉬울 것이다. 유안 직장을 놓고 보자구. 현재 한 대의 엔드레스에서 몇 사람이 일하는가?"

"여덟!"

"그렇지 한 대에 8명씩이니까 두 대면 16명이 아닌가? 그런데 불과 몇 달 후면 그 엔드레스가 콘베어로 변한단 말이야. 한 대에 2명씩 4명이면 된다니까 나머지 12명이 헌신짝처럼 될 셈이지. 이런 예는 어느 직장에도 수두룩해. 솔직한 말이지, 우리가 '목대'를 반대해서 싸우지 않는다면 이 N공장 거리에 숱한 거지가 나 헤어질는지 모르지. 자 한잔씩 들라구."

철식이는 술 한 모금을 마시고 나서 또 코를 비비었다. 코가 가려운 병이 있었다.

"그런데 그 해고 처분이 아주 교묘한 방법으로 행해지니까 잘 모를 수도 있어. 오늘은 합성계에서 한 명 내일은 인산과 전해에서 각각 두 명씩—이런 방법으로 이러저러한 구실을 붙여서 그럴듯하게 내쫓으니까 잘 모를 수 있소. 여보! 경덕이! 미안하지만 밖에 나가 한바퀴 삥 돌아봐주오."

철식이는 송풍기 운전 견습공인 경덕에게 '피켓'을 부탁했다.

"불원에 춘기 직공 신체검사가 있다는데 거기서도 희생자가 적지 않을……."

"그것두 정말인가?"

문길이는 철식이의 말을 중도에서 가로챘다. 이미 병마의 침노를 받은 그에게는 신체검사란 말이 마치 사형선고란 말처럼 무섭게 들렸던 것이다. 암담한 자기의 전정을 생각할 때 그는 목놓아 울고라도 싶었다. 문길이는 이 회합에 참가한 것을 차라리 잘한 일이라고 생각했다. 철식이나 창호의 말에서 비로소 회사 측의 속통을 알 수 있었다. 《키보우》나 《이즈미노하나》에 씌어 있는 글의 내용과는 정반대로 철식이들의 말 속에 진리가 있음을 깨닫게 되었던 것이다.

"철식이!"

합성 직장에서 온 황이라는 친구의 목소리다. 그러자 뭇시선이 그의 입가로 집중되었다.

"이 자리에서 말해두 좋겠소?"

"좋소."

철식이는 끌려가기 전에 이미 몇 개 직장의 친구들에게 일정한 지시를 준 바 있었던 것이다. 그 외의 직장의 알맹이들에게도.

"그저께 밤에 세 명으로 합성 친목회 조직준비위원회가 결성됐소."

"수고했소."

철식이는 춘만이의 손을 잡아 흔들었다. 방 안에서는 숨소리 하나 들리지 않는다. 그때 11시를 알리는 공장 사이렌이 밤하늘에 울려 퍼졌다.

"우리 직장은 모레 밤에 준비위원회를 맨들기로 돼 있소. 4명으로……."

전해 직장에서 온 박이라는 친구는 약간 떨리는 음성으로 말하고 얼굴을 붉혔다.

"잘 부탁하오."

철식이와 창호가 그의 손을 잡아주었다. 그들은 새싹을 본 데 대해서 내심 만족했다. 아직 연락을 맺지 못한 전해 직장에서까지 이처럼 조직의 싹이 돋아나리라고는 미처 생각하지 못했던 것이다.

이밖에도 유산 직장과 인산 직장에서 조직 준비가 진행되고 있었다. 상호는 철식이를 대할 면목이 없었다. 그는 유안 직장이 아직 준비위원회조차 재건하지 못한 데 대해서 마음의 가책을 받지 않을 수 없었다. 무능한 자기를 속으로 꾸짖기까지 했다. 경덕이가 들어와서 이상이 없음을 알렸다.

"그럼 이렇게 하는 것이 어떻겠소?"

철식이가 친구들의 시선을 자기에게 집중시켜 놓고 의견을 제기했다.

"여기 모인 사람들이 그대로 자기 직장별로 친목회 조직준비위원이 되는 것이 어떻소? 이미 조직된 데는 좋고……."

"그게 좋아마 싶소."

상호와 다른 몇 친구가 동시에 찬성했다.

"무슨 다른 의견이 없소?"

철식이가 마저 묻는 말에

"없소."

하고 그제야 이구동성으로 대답했다. 사실 지금 형편으로는 새로 추린대야 더 나은 사람이 있을 상싶지 않았다.

철식이가 친목회의 조직 절차와 그 운영 방법을 세세히 이야기하고 나자 이어 창호가 회사 측이 박아놓은 앞잡이에 대해서 충분히 경계할 것과 비밀을 절대로 지킬 것을 강조하였다.

"이것은 아주 재미있는 책이오. 모두 잘 읽어보오."

헤어질 때 철식이는 그들에게 팸플릿을 한 책씩 나누어주었다.—「탱크의 물」이었다.

*

이튿날 아침.

상호와 용수 외에 4, 5명의 노동자가 유안 계장실로 불리어 갔다. 간밤에 있은 모임이 어느새 벌써 계장의 귀에 들어갔던 것이다. 그런데 이상한 일은 문길이만 쏙 빠지고 그 대신 전연 뚱딴지같은 친구가 둘이나 그들과 함께 걸려들었던 것이다.

"그래 어젯밤 또 무슨 숙덕공론들을 하느라구 뫼였나? 엉? 바른대루 말해봐."

염소수염의 계장은 하나하나의 얼굴 표정을 살피면서 마치 범인을 취조하듯 했다.

"절대로 그런 일은 없었소. 소주를 몇 잔씩 마시고 왔을 뿐이외다."

상호의 말을 따라 다른 친구들도 한결같이 단순한 술추렴이었다고 발뺌을 했다. 가지도 않고 억울하게 걸린 두 친구만은 생사람을 잡는다고 주둥이가 댓 자나 나와서 투덜거리고 있었다.

끝내 아무것도 알아내지 못한 '염소수염'은 체면상 그대로 돌려보내기가 면구해서 한바탕 설교를 늘어놓은 후 다시는 철식이, 창호들과 술추렴을 하지 않겠다는 다짐을 받고서야 그들을 놓아주었다.

"만약 13명 가운데 있었다면⋯⋯."

상호는 심히 불안스러운 표정으로 계장실을 나왔다.

"혹시 문길이가⋯⋯ 아니다. 그는 그럴 사람이 아니다."

상호는 친구에 대한 의심을 털어버리듯 머리를 설레설레 흔들었다. 그는 13명 가운데서 샌 말이 아니라고 단정을 내렸다. 만약 그 가운데서 새었다면 비밀이 전부 탄로되었을 것이고 따라서 지금쯤은 유치장 신세를 지고 있을 것이 아닌가!

"그러나 아직 몰라⋯⋯."

상호는 외부의 어떤 자가 냄새를 맡고 밀고한 것이 분명하다고 생각하면서도 간이 콩알만큼 되어 있었다.

수송차에 몸을 의지하고 있던 문길이는 자기가 불리지 않은 것을 다행으로 여겼으나 한편으로는 역시 불안스러워 못 견딜 지경이었다.

"차라리 안 갔더라면…… 그런데 어떤 자식이……."

그때 '엔드레스'의 인철이가 큰 '스패너'를 메고 휘파람을 불면서 그의 앞을 지나갔다. 그의 가무잡잡한 얼굴을 보자 문길이는 문득 어제 저녁의 일이 생각났다. 낮노동을 필하고 지하도를 통해 공장 문을 나선 문길이가 혼자서 구룡리 고개에 막 올라섰을 때였다.

"문길 형!"

누가 부르는 소리에 그는 걸음을 멈추고 얼굴을 돌렸다.

"인철인가!"

고급사원 구락부에서 잡부 노릇을 하다가 몇 달 전에 유안 직장에 들어온 그다. 나이에 비해서 조숙한 그는 언행이 일본 사람을 먹고 닮은 데다 됨됨이 간사하기 때문에 노동자들은 그를 좋아하지 않았다. 그런데 사람이 좋은 문길이만은 가끔 그의 말동무가 되어주었던 것이다.

"거기루 가지요?"

인철이가 궐련 한 대를 권하면서 묻는 말이었다.

"거기라니?"

"철식이네게 말이요."

"엉! 가볼까 하는데…… 갑자기 그건 왜?"

"아니 그저…… 헤헤, 다 알 만한 사람들이 가지요? 몇 명이나 되오?"

"모르겠어. 먹으러 오라니 갈 뿐이네."

"형님! 몸두 좋지 않은데 조심하시오."

갈림길에서 헤어질 때 인철은 문길이를 크게 생각이나 하는 듯 이렇게 말했던 것이다.

'옳아, 바로 그놈이군.'

문길이는 이 사실을 즉시로 상호에게 알렸다.

"쩻! 그러다 사람이 지내 좋아두 못써. 보게! 잡귀신이 자네에게만 침노하지 않는가? 아예 그 자식을 가까이 말게."

상호는 문길이를 나무랐다.

그날 점심 때 식당의 칠판에 한 장의 게시문이 나붙었다.

게 시

유안계 직공 제군! 얼마 전에 불온분자의 선동에 의하여 일부 선량한 직공들이 그릇된 길로 나가려던 것을 회사 측에서 사전에 탐지하고 징계한 일이 있었다. 그런데 최근 또다시 불온분자의 책동에 속아 넘어가려는 경향이 있음을 탐문하였다. 회사 측은 경찰 당국과 협력하여 충분히 조사한 후 철저한 대책을 강구할 방침이다.

선량한 종업원 제군은 회사 측의 취지를 깊이 이해하고 우리 N비료 공장의 명예를 더럽히지 않도록 각자가 주의하며 또 노력할 것이다.

3월 ××일 유안 계장

같은 날 거의 같은 시각에 다른 직장에도 이런 내용의 게시문이 나붙었다. 이것을 읽은 일부 노동자들의 가슴속에 다시 동요가 일어난 것은 사실이다. 또다시 검거선풍이 휘몰아치지나 않을까? 하고 불안을 느끼게 되었다. 그들의 마음이 두 길로 갈라질 것은 전번 경험으로 미루어 보아도 상상하기 어렵지 않았다.

회사 측의 공세로 하여 위기가 밀물처럼 각일각으로 다가왔다. 대가리도 꽁지도 없는 뜬소문이 각 직장으로 퍼져갔다. 동시에 낙서 사건이 도처에서 빈발하였다. 직장 내의 변소에서, 담벽에서, 식당에서, 나아가서는 가두에서까지.

"회사 측은 당황하기 시작하였다. 우리가 단결의 힘을 보여줄 때는 바로 지금이다."

유안 직장의 변소에 연필로 씌어진 낙서다.

"노동 대중의 힘은 자본가의 힘보다 더 강하다. 싸우자, 싸우자!"

합성 직장 앞 담벽에 백묵으로 씌어진 낙서다. 이밖에도 삯전을 올리라느니 경찰서에 잡혀간 노동자들을 즉시 석방하라느니…… 등등의 낙서가 나타났던 것이다.

게 시

낙서를 하는 자는 발견하는 대로 해고 처분과 함께 엄벌에 처함.

3월 ××일 경비 계장

노동자들의 움직임에 놀란 회사 측은 '말상통'에게 지시해서 이런 게시를 정문 앞 게시판에 내붙였다. 동시에 '경비'들이 각 직장을 밑구멍이 멘 개처럼 싸대치기 시작했다.

이런 정세에 정면으로 부닥치게 된 상호는 노동자들의 움직임을 어디로 어떻게 끌고 나갔으면 옳을는지 몰라서 마음을 태우고 있었다. 확실히 그에게는 힘에 겨운 일이었다.

그간 해놓은 일이라면 겨우 유안 친목회를 불과 7명으로 재조직한 것뿐이다. 그러나 그것은 머리만 되었지 아직 동체나 다리가 없는 조직체였다. 그들은 생각던 끝에 우선 친목회 회원부터 획득하기로 하였다. 상호는 이틀 건너로 밤마다 사람의 눈을 피해가면서 철식이와 창호를 만나 공장 내의 정세를 보고하고 지도를 받았다.

마침 이 무렵에 영구와 동윤이가 놓여나왔다. 철식이, 창호, 상호들은 그 이튿날 밤 늦게 구룡리 바닷가에서 그들과 다시 손을 잡았다. 이 밀회에서는 N질소비료공장 친목회 대표자회의를 결성할 것과 대량 해고를 반대하여 투쟁할 데 관한 방침이 토의되었다.

각 직장 친목회의 회원(이때는 이미 대부분의 직장에 친목회가 조직되어 있었다.)들은, 5월, 둘째 일요일을 기해서 지구별로 4개소—구룡 지구는 뱃놀이, 운중 지구는 들놀이, 유정 지구와 천기 지구는 각각 산놀이 형식으로—에서 회합하여 'N질소비료공장 친목회 대표자회의' 결성회를 가지기로 했다. 일백 수십 명이 한자리에 모인다는 것은 위험할 뿐더러 도저히 불가능한 일이었기 때문에 이런 방법을 취한 것이었다.

유치장에서 나온 친구들은 통 두문불출했다. 그러나 모든 통화가 교환대를 통하듯 그들은 각 직장과 직접 연결된 '줄'을 쥐고 있었다. 이리하여 회사 측이 발광적이라면 그들은 또한 결사적이었다.

*

"박××."

간호부가 한 사람 한 사람씩 내과실로 불러들였다. 노동자들은 공장 부속병원 복도에서 순번을 지루하게 기다리면서 떠들고 있었다.

3월 하순 어느 날! 그날 아침부터 우선 유안 직장 노동자들의 춘기 신체검사가 시작되었다. 건강에 자신을 가지고 있다는 노동자들까지도 혹시나 하는 불안감에 사로잡혀 있었다. 이번 신체검사에서 많이 추려내 뜨린다는 소문이 퍼진 것이 벌써 하루 이틀 전의 일이 아니었던 것이다.

한문길이는 박이라는 노동자가 진단을 끝낸 다음에도 다섯 명 만에야 불리었다. 의사를 눈앞에 대하자 그의 가슴이 갑자기 더 두근거려 났다. 그는 의사에게 자기가 건강체라는 인상부터 주기 위해서 애써 가슴을 펴고 아랫배에 힘을 주었다. 그러나 그것은 도리어 기침을 유발하는 데 도움을 주었을 뿐이다.

"으음!"

청진기를 여러 번 문길의 앞뒤 등에 대어보고 난 의사는 무테안경 밑에다 마스크를 하면서 신음하는 듯한 소리를 냈다. 문길이는 불길한 예감에 가슴이 선뜩하였다. 의사는 다시 손가락 끝으로 그의 가슴을 똑똑 두드려보고 혀를 내밀라고 했다.

"식욕이 있나?"

"괜찮게 있습니다."

"있어? 오후면 미열이 생기지? 식은땀도 흐르고……."

"간혹 그런 일이 있습니다."

"간혹?"

의사가 자기의 가슴속을 빤히 들여다보면서 묻는데 거짓말을 하는 것이 문길에게는 여간 괴로운 일이 아니었다.

"어떻습니까? 선생님!"

문길이는 조심스럽게 물었다. 그러나 의사는 그를 거들떠보지도 않고 소독수에 손을 씻고 있었다. 그 무테안경쟁이가 초기에 문길이의 병을 진단하고 별일 없다고 말한 바로 그 의사였다.

병원 문을 나선 문길의 기분은 그 어느 때보다도 침울했다. 해고통지서를 손에 쥐고 큰길가에 혼자 우두커니 서 있는 자기의 비참한 모습이 눈앞에 나타났다. 그는 설레설레 머리를 흔들었으나 그 환상은 찰거머리처럼 머리에 붙어서 떨어지지 않았다. 황소처럼 건장하던 4년 전의 자신을 돌이켜 보고 그는 신작로가 깨어질 듯이 무거운 한숨을 내뿜었던 것이다.

'종간나것 될 대루 되라지.'

그는 그날 밤 소주 반 되를 외상으로 받아다 마시고 죄 없는 아내에게 늦도록 실컷 주정을 하였다.

3월 그믐날은 급료날이었다. 노동자들은 다달이 한 번씩 있는 이 날을 '걱정날', 그리고 급료 주머니를 '걱정 주머니'라고 한다. 문길이의 사정은 그들 중에서도 딱한 편이었다. 생활비를 줄일 대로 줄이고 잡비를 극력 덜어도 늘어가는 것은 빚뿐이었다. 문길이는 생활비 외에 약값과 아내의 해산 준비만으로도 돈이 형편없이 모자랐다. 빚을 갚을 염은 바이 낼 수도 없었다. 이날 석양 무렵이었다.

문걸이가 유안을 잔뜩 실은 수송차를 '엔드레스'에 밀어 가고 대신 빈 차를 밀고 막 원심분리기 아래에 왔을 때 급사가 그를 사무실로 불러갔다.

'염소수염'은 문길이에게 의자까지 권하면서 전에 없이 반가이 맞아 주었다.

'염소수염'은 궐련을 한 대 붙여 물더니 천천히 그리고 무겁게 입을 떼었다.

"한 군! 자네를 부른 것은 다름이 아니라…… 애 찻물을 가져와. 둘을……."

심상치 않은 그의 태도에서 문길이는 벌써 불길한 징조를 엿볼 수 있었다. 왈칵하고 가슴에서 불안증이 치밀어 올라 그대로는 의자에 앉아 있을 수 없을 지경이었다. 급사 아이가 가져 온 찻물을 한 모금 마시고 나서 계장은 말을 이었다.

"군은 만 3년간 공장을 위해서 아주 착실히 일해주었네. 에, 그런데…… 군에게 이런 말을 해서 안됐네만 사실인즉 신체검사의 결과 군의 건강 상태가 대단히 좋지 못하네. 의사의 진단에 의하면 그 몸으로는 도저히 공장노동을 할 수……."

"아니, 계장님! 그런 말씀은 마십시오. 아직 일할 수 있습니다."

문길이는 질겁해서 '염소수염'의 말을 가로챘다. 그대로 듣고 있는 것이 무서워서 못 견딜 지경이었다.

"군의 그 심정은 알겠네만 회사 측의 결정이고 보니 할 수 없네. 공장을 나가주게. 군의 건강을 위해서……."

대뜸 눈앞이 캄캄해진 문길에게는 바로 코앞에 앉아 있는 계장의 얼굴조차 보이지 않았다. 계장은 그에게 사형선고를 언도했던 것이다. 한동안 얼빠진 사람처럼 앉아 있던 문길이는 약간 떨리는 목소리로 말했다. 아니 대들었다.

"그건 너무 심한 말이오. 나는 지금 늙은 어머니를 모시고 아내와 어린것 넷을 내 주먹으로 벌어멕이고 있소. 내가 공장을 쫓겨나면 가족의 형편이 어떻게 되겠소. 생각해보시오."

문길의 가슴속에서는 불안과 공포가 차츰 하나의 목적을 가진 불같은 결의로 변해가고 있었다. 그 표현의 하나로 그는 방금 전까지 '염소수염'에 대해서 쓰던 경어를 집어쳤던 것이다.

"군의 사정이 딱한 것은 짐작되네만 그저께 간부회에서 결정한 일이니까 할 수 없어."

"싫소. 나는 그대로 일할 테요. 튼튼하던 내 몸이 어데서 이렇게 못쓰게 됐는지 당신은 잘 알면서두 모르는 척하지요? 다 이 공장에서……."

"듣기 싫어. 그런 소리를 하면……."

'염소수염'은 말을 맺지 않고 암시만 주었다. 위협으로 상대를 누르는 상투적인 수단이었다.

"내가 만약 공장을 쫓겨나면 회사에서 내 가족을 멕여 살려야 하오. 그렇지 않고서는……."

문길에게는 이것이 가장 절박한 요구였다. 그는 무척 망설이던 끝에 죽을 셈치고 이 말을 입 밖에 냈던 것이다. 그로서는 전력을 다한 투쟁이었다. 비록 이만큼이나마 그로 하여금 싸울 수 있게 한 힘이 어디서 왔는가? 그것이 친목회라는 조직에서 온 것임을 누구보다도 '한문길' 자신이 인식하고 있었던 것이다.

"그런 것은 나는 몰라. 간부회의 일이니까. 나쁘 생각 말고 정양이나 잘하게."

"어데 보자! 어떻게 되는가……."

해고통지서를 쪽쪽 찢으면서 사무실을 나선 그를 먼저 상호가 맞아
주었다.

"어떻게 됐어? 무슨 이야기가 그렇게 많았어?"

퍽 기다린 듯한 상호가 문길이의 손을 덥석 잡으면서 물었다.

"……."

양어깨가 축 처진 문길이는 한동안 아무 말이 없이 상호의 얼굴을 바라
보고만 있었다. 광채를 잃은 그의 두 눈이 분명 구원을 청하는 듯하였다.

구태여 이야기를 듣지 않아도 그 사정을 짐작할 수 있는 상호의 가슴
이 뻐개지는 듯했다. 그는 문길이의 어깨에다 묵직한 손을 얹었다.

"눈물을 닦으라구! 울어서 될 일이 아니야, 투쟁이네, 투쟁!"

문길이의 눈에 맺힌 눈물을 본 상호는 비장한 얼굴로 그를 격려하고
피가 지도록 자기의 입술을 깨무는 것이었다.

이곳 운전면雲田面 '사아래'에 이처럼 대규모의 근대적 공장을 건설한
'노구치' 재벌은 특히 조선인 노동자들의 생명과 생활에 대해서 전혀 무
관심했다. 그들에게는 노동자의 생명보다 유안 비료—뿐 아니지만—가
더 소중했다. 한 가마니의 비료라도 더 제조해서 동해 건너에 있는 본국
으로 실어 보내는 것이 급선무였다. 인간보다 이윤의 획득에만 정신이
환장한 무리들인 것이다.

그들은 조선인 노동자를 위해서 안전보호시설이나 생활 개선에 더는
투자할 필요를 느끼고 있지 않았다. 그들의 호언에 의하면 모든 길이 H
읍으로 통하게 된 오늘 값싼 노력의 후비* 같은 것은 무궁무진하다는 것

| * 후비後備 : 북한어. 앞날을 대비하여 준비하는 일. 또는 그런 사람.

이다.

구태여 유리창문을 열 필요조차 없이 얼핏 내다보기만 해도 길가에 '산업예비군'이 우글거리고 있지 않는가! 태 맞고 골병이 들어 쓸모없이 된 자들을 내쫓고 그 대신 황소 같은 자를 골라서 갈아 채우는 것쯤은 식은 죽 먹기로 생각하고 있었다.

만일 바다 건너 본국에서 보통 노동자 한 명을 데려온다면 그 수지가 어떻게 되는가? 노임을 배로 올려주는 동시에 재선수당在鮮手當까지 붙이게 된다. 그뿐인가? 가족을 합친 전근비가 막대하게 지출되고 사택을 제공해야 했다. 잇속이 밝은 회사 측의 계산에 의하면 보통 일본인 노동자 한 명을 불러오는 비용이면 조선인을 열 명도 더 쓸 수 있다는 것이다. 때문에 그들은 필요한 수의 일본인 노동자 외에는 전부 조선 사람으로 채우기로 하였던 것이다.

이렇듯 '유리한 조건' 때문에 오늘까지 적지 않은 조선인 노동자들이 퇴직금 한 푼 못 받고 쫓겨났으며 이번에는 한문길이라는 노동자에게 또 그 차례가 온 것이다.

어느새 소문이 퍼졌는지 수십 명의 노동자들이 일자리를 떠나와서 문길이를 겹겹이 둘러쌌다.

"4년을 하루같이 일하던 사람을 헌신짝 버리듯 하다니. 글쎄 이런 법이 어데 있어."

"회사 측이 너무해. 무슨 방책이 없이는 안 되겠어. 조선 사람을 업신여겨두 분수가 있지."

노동자들은 제각기 회사 측의 부당한 조치를 비난하면서 웅성거렸다. 상호는 그들의 목소리를 들으면서 인철이를 찾아보았으나 눈에 띄지 않았다.

"옳은 말들이오. 이것은 비단 한문길이라는 일개 노동자의 문제가 아니라고 생각하오. 무슨 방책이 있어야 하겠다고 방금 누가 말했지만 그 말이 옳소. 무슨 방책이 없이는 안 되겠소. 그러자면 우리가 우선 한마음 한뜻이 돼야 하겠소…….”

상호는 이 자리를 우정 조직할래야 할 수 없는 좋은 기회라고 생각했다. 그들의 마음에 불을 말아주기 좋았고 또한 그 속에서 참된 친구를 찾아낼 수도 있었기 때문이다.

“그렇게 하자면 먼저 우리는…….”

상호가 예까지 말하였을 때

“이 자식들 게서 뭣들 하는 거야?”

불시에 ‘마른 명태’가 서슬이 시퍼래서 나타났다. 노동자들이 동요하기 시작했다.

“모두 까딱 말구 서 있자.”

용수가 말하자 흩어지려던 그들의 대부분이 도로 그 자리에 발을 멈추었다. 그러자 다가오던 ‘마른 명태’도 딱 서버렸다. 노동자들의 기세에 위압을 당한 모양이었다.

“바리바리 제자리나 가라 가, 오소오소 일이나 해라.”

‘마른 명태’는 속이 안달아서* 돼지 먹찌르는 소리를 질렀으나 뭇 눈동자가 그를 쏘아볼 뿐 노동자들은 움직이지 않았다. 그때 군중을 헤치고 누가 쑥 앞에 나섰다. 문길이었다. 그의 눈에서는 눈물이 아니라 불꽃이 튀고 있었다. 감히 범접하지 못할 엄한 기색이었다.

“어따 대구 큰소리야? 이 사람들은 지금 나하구 작별인사를 나누고 있다. 그것도 안 된다는 말이냐? 이놈아! 네게 마지막으로 말해둔다만 조선 사람을 업신여기구 천대하다가는 재미가 적다 적어. 알겠니?”

| * 안달다 : 북한어. 뜻대로 되지 않아 몹시 안타깝고 마음이 죄어들다.

문길이는 대범하게 말을 던지고 '마른 명태'의 낯짝을 무섭게 노려보았다. 황겁해 난 그놈은 눈알을 희번덕거리면서 분주히 사방을 휘둘러보다가 응원자가 없음을 알자 천방지축 사무실 쪽으로 냅다 뛰었다. 그와 동시에 노동자들의 얼굴에 통쾌한 웃음이 떠올랐다.

그러면 누가 문길이에게 이런 용기를 주었던가? 아까 계장실에서 보여준 용기가 친목회에서 얻은 것이라면 이번 것은 바로 지금 한마음, 한뜻으로 한자리에 모여 선 친구들에게서 얻은 힘인 것이다.

"마른 명태가 왜 쫓겨 갔는지 알겠소? 우리의 힘이 무서웠기 때문이오. 우리가 진작 힘을 합쳤더라면 문길 형이 이렇게 되지 않았을 수도 있소. 우리는 우리의 힘을 소중히 간직해야 하겠소. 우리의 밑천은 다만 무쇠덩이 같은 힘뿐이오. 이만 헤어집시다."

상호는 이외에도 할 말이 많았으나 섣불리 내놓을 수가 없어서 철식이들과 상의한 후 다시 좋은 기회를 이용하기로 마음먹었다. 노동자들은 제각기 문길이의 손이나 어깨를 잡아주지 않으면, 위로와 격려의 말을 던지고 뿔뿔이 헤어져 갔다. 상호는 큰일이나 성공한 듯 내심 기뻤다. 그들의 마음에다 약간의 불이나마 달아준 것은 사실이고 다른 한 가지 소득이라면 친목회 회원으로 받아도 무방하겠다고 생각되는 적지 않은 노동자들을 점찍어 놓은 것이었다.

*

한문길은 대낮에 녹초가 되어 집으로 돌아왔다. 돌아오던 길에 선술집에서 마신 열 잔의 '대포'가 지내 과했던 것이다.

"아니 공장은 어떡하구 대낮부터 이태백이오? 이건 뭐유?"

몸이 무거워서 씨근거리는 아내가 간신히 남편을 방 아랫목에다 부축해 들이고 신문지 꾸러미를 헤쳐보았다. 빈 '벤또'*와 길가에 내던져도 주어 갈 사람이 없을 거덜난 작업복이었다. 기름때가 까맣게 밴 위에 흰 구두약 같은 유안의 모액이 더덕더덕 묻은 작업복에서는 고약한 냄새가 풍겼다.

"피! 이 잘난 건 갖다 뭘 하자구—찡그린 얼굴로 작업복을 문밖에 내어놓으면서—옷이 이 모양 이 꼴이 됐으니 아무리 무쇠 같은 몸인들……."

아내는 남편에게서 얻어들은 그 무시무시한 직장 광경을 상상하면서 가슴 아파하는 것이었다.

"흥! 술장사(갈보) 10년에 깨진 주전자만 남는다더니 내사 4년 동안 죽두룩 일해서 남은 것이 그것뿐이라네. 제에기, 자네두 팔자 사나운 계집이야! 후유."

문길이는 방고래가 꺼질 듯 한숨을 내뿜다가 기침머리가 치밀어서 매감조감했다. 아내는 그의 이마에서 흐르는 땀을 헌 수건으로 닦아주고 작업복을 물끄러미 내다보았다. 방금 남편이 한 말이 명치끝에 걸려서 내려가지 않았기 때문이다. 그때 남편이 물을 청했다.

"무슨 일이 생겼는지 옛소, 이걸 마시구 말이나 좀 하우."

대접에 떠 온 냉수를 권하면서 아내는 차츰 심상치 않게 생각하는 눈치였다.

"어, 언제나 변치 않는 건 물맛뿐이군! 어머니는 어데 갔소?"

"가긴 어데루, 마을루 나갔지요."

아내는 그럴듯하게 거짓말을 했다. 사실인즉 허리가 활처럼 휜 어머니는 구룡리 바닷가로 파도에 밀려드는 파래(해초의 일종)와 부스러기

| * 벤또(べんとう, 辨當): '도시락'의 일본어.

미역을 주우러 나갔던 것이다. 오늘이 벌써 사흘째다. 며느리는 처음부터 한사코 말렸으나 노인은 종시 우기고 나섰다. 파래는 찬거리에 보태고 부스러기 미역은 말려두었다가 며느리가 몸을 풀면 쓰자는 것이었다.

"시장하겠는데 뭘 좀 잡수시우. 국······."

아내는 '국수'라고 말하려다 돈이 없음을 깨닫고 몰래 한숨을 지었다.

"싫소, 싫어······ 술, 술이 먹구퍼. 자 걱정 주머니가 여기 있소. 술을 반 되만 사오라구 제에기."

"몸두 좋지 않은데 또 술이오? 암만해두 무슨 곡절이 있는가보오."

아내는 웬일인지 손맥이 풀려 돈을 세어보지도 않고 허리춤에 꽂았다. 그의 머릿속에 차츰 못된 생각이 떠오르기 시작했던 것이다.

문길이는 또 냉수를 들이키고 새빨갛게 충혈한 눈을 껌뻑거리면서 정주를 내다보았다. 어린것들이 생각났던 것이다. 보니 두 살내기 봉칠이와 다섯 살내기 봉삼이, 게다가 일곱 살짜리 봉남이가 입을 것을 못 입고 세상없이 자고 있었다. 열 살짜리 봉덕이는 그 짬에 엎드려서 헌 그림책을 보고 있었다. 봉덕이는 사립보통학교 1학년이었다. 문길이는 언제인가 상호가 농조로 돼지새끼 같다던 말을 생각하면서 얼굴을 아내에게로 돌렸다. 아내가 마치 어미돼지로 보이자 슬며시 부아가 치밀어 올랐다.

"여보! 이젠 아이를 제발 좀 작작 맨들라구."

"홍, 누가 할 말을 누가 하구 있는지 모르겠소. 사내라는 것은 염치두 없는가봐? 쯧쯧!"

남편의 심정을 알 리 없는 아내는 뽀로통해서 톡 쏴주고 혀를 찼다.

"그런데 이번은 쌍둥이가 아니야? 저 올챙이 같은 배를 보지······."

아내의 배는 여느 아이 때보다 유독 불룩했다.

"듣기 싫소. 나보다두 맨든 사람이 알겠지. 나중에는 별소리를 다⋯⋯."

아내는 남편의 말이 마음에 아니꼬워서 눈을 흘겼다. 아무리 취중이
라 해도 저이는 오늘따라 왜 저런 말만 할까? 아내는 슬며시 마음이 서
운해지기도 했다.

"그것만 낳구는 제발 낳지 말라구. 여보! 나는 오늘 공장을 쫓겨났
소⋯⋯."

문길이는 무너지듯 방바닥에 쓰러졌다. 뜨거운 것은 뭉클하고 목구
멍까지 치밀었으나 그는 간신히 도로 삼켜버렸다.

"엣? 아니 그게 정말이오?"

아내는 까무러칠 듯이 놀랐다. 불시에 천변이라도 만난 듯 온몸이 후
들후들 떨리고 가슴이 무너져 내렸다. 어느새 그는 마른 벼락에 넋을 잃
은 사람처럼 남편의 손목을 으스러지게 붙잡고 있었다.

"내가 못난 녀석이었소. 4년을 내려오면서 그놈들한테 속았단 말이
오. 후유."

문길이는 아내의 손목을 마주 꽉 잡아주었다. 역시 아내밖에 없다는
듯이.

"글쎄 이게 무슨 변이우? 이런 변두 세상에 있소? 그래 우리 집 사정
이야기를 해봤소? 떼두 좀 써보구⋯⋯."

"사정이구 떼구 막무가내야. 그놈들이 어떤 놈들이라구. 허가 맡은
살인강도라니까."

"그래 그 육시를 할 놈들이 무엇* 때문에 생사람을 내쫓는답데까?"

"병이 있으니 소용이 없다는 거지. 어데 나뿐인 줄 아오? 아마 수십
명은 될 거요. 천하에 악독한 쪽발이 새끼들이라니까."

---

* 무슨(원문) → 무엇.

"글쎄 세상에 이런 법두 있소. 그놈의 공장이 밀물에 칵 떠내려가기나 하지. 여보! 늙은 어머니하구 잔새끼들을 데리구 어떻게 살아가겠소? 아이구 이 일을 어떡하면 좋아, 아이구."

아내는 여적 꾹 참고 있던 울음을 끝내 터뜨리고야 말았다. 그는 눈물을 방울방울 흘리면서 흐느꼈다. 봉덕이는 문전에 붙어 선 채 눈물을 짜면서 부모의 동정만 살피고 있었다. 그때 선잠이 깬 두 살내기 봉칠이가 울음을 내었다. 그 통에 또 잠을 깬 봉삼이와 봉남이는 어머니와 형의 눈에서 흐르는 눈물을 보자 덩달아 코를 쿨쩍거리면서 울었다. 마치 초상난 집처럼 어수선한 광경이었다.

"울긴 왜 울어? 그놈의 공장이 아니면 입에 거미줄 쓸가봐? 헹! 걱정 마오 말아…… 거 시원한 냉수나 한 그릇 더 떠 오라구."

문길이는 아내가 떠 온 냉수를 단숨에 반 대접이나 쭉 들이키고 노래를 부르기 시작했다. '아리랑'인데 혀 꼬분 소리로 뒤죽박죽이었다. 눈치 밝은 봉덕이는 아버지의 노래가 끝나기 전에 벌써 아이들을 데리고 어디론지 가버렸고 아내는 싸리바구니를 들고 장마당으로 생선을 사러 갔다. 빚도 갚을 겸.

이미 글러진 일은 하는 수 없거니와 내일부터 살아갈 일을 생각해서라도 극력 남편을 섬겨 날래 병을 고쳐드려야 하겠다고 마음먹었다. 허구한 날을 숱한 식솔 때문에 기름진 음식을 한번 배불리 먹어보지도 못하고 하루를 편안히 쉬지도 못하다가 이 모양 되고 보니 남편에 대한 측은한 정이 전에 없이 얼마나 간절한지 몰랐다. 남편에게서 큰소리 한번 들어보지 못하고 오늘까지 살아온 아내였다. 말하자면 남편은 그에게 있어서 하늘이자 땅이며 '온 세상'이었던 것이다.

방에 혼자 남아서 노래를 부르고 있던 문길이는 갑자기 입을 닫고 도 정신했다. 그러자 그는 무서운 눈초리로 맞은켠 벽을 쏘아보았다. 그의

시선이 박혀 움직이지 않는 곳에

　　노동은 신성하다!

　라고 쓴 종이가 붙어 있었다. 문길이의 눈에는 그 글자 한 자 한 자가 차츰 사람의 얼굴로 변해 보였다. '염소수염' '형사' '마른 명태' '말상통' 등등 미운 놈들의 얼굴만 나타났다.
　'뭣? 노동이 신성해? 에익! 종간나것.'
　문길이는 후닥닥 뛰어 일어나는 서슬로 팔을 내밀어 그 종이를 쪽쪽 찢어 치웠다. 이젠즉 그에게는 노동이 신성하다는 말이나 글은 듣기도 싫었고 보기도 싫었다. 좌우명으로 하던 글이 이제는 도리어 문길이의 가슴에다 회사 측, 즉 일본 사람에 대한 원한의 불길을 일으켜주는 작용을 놀게 된 것이다.
　방 아랫목에 팔을 베개 삼고 누운 문길이는 신문지로 바른 천장에다 괴로운 생각을 그려보고 있었다. 차츰 맑은 정신이 들어가자 그는 짓누르는 고독감에 사로잡히기 시작했다.
　'아— 친구가 그립구나.'
　문길이는 넓은 세상에서 홀로 버림을 받은 고독한 심정을 달랠 길이 없이 몸부림을 쳤다. 그가 알뜰한 친구들의 구원의 손길을 이처럼 고대한 적은 일찍이 없었다. 동시에 일개 노동자의 힘이란 참으로 보잘것없다는 것도 차츰 깨닫게 되었다.
　'내가 미친놈이었지.'
　그는 알뜰한 친구들을 따를 대신 한때 《키보우》나 《이즈미노하나》를 믿으려고 했던 그 생각이 얼마나 어리석었는가를 뼈가 저리도록 뉘우쳐지는 것이었다.

'이런 때 철식이나 와줬으면……'

문길이는 자기의 심정을 알아주는 벗이 이 세상에 수없이 있어주기를 간절히 기원하였다. 철식이, 동윤이, 창호와 같은 벗들이 많았더라면 그 뭉친 힘으로 하여 자기가 쫓겨나지 않았을 것이며 언제인가 동윤이가 하던 말대로 대우도 개선되고 떳떳이 모임도 가질 수 있게 되었으리라고 생각했다. 그런 날을 하루속히 맞기 위해서도 수천수만의 벗이 있어주기를 진정으로 바라는 것이었다.

"한 형 계시오?"

문길이가 무거운 생각에 잠겼을 때 누가 방문을 열고 상반신을 쑥 들이밀었다. 문길이는 철식이를 생각하던 끝이라 혹시나 하고 다우쳐 일어나 앉았다. 그러나 찾아온 사람은 인철이었다.

"무슨 일로 왔는가?"

문길이의 얼굴에 대뜸 노기가 떠올랐다. 그것을 눈치 채자 인철이는 눈을 말똥거리면서 계면쩍어했다.

인철이는 직장 내의 긴장된 공기가 육신을 짓누를 뿐 아니라 냉랭한 뭇시선이 자기를 총질하고 있음을 느끼자 은근히 등이 달아났다. 휴식 시간에 노동자들은 식당에 모여 회사 측에 대한 불만을 토로하는 한편 생쥐(밀고자)를 없애치워야 한다고 기세를 올렸다. 그 통에 발이 저려난 인철이는 그 기세에 압도되어 종시 식당으로 들어가지 못하고 말았다. 그러면서도 제 버릇 개 못 준다는 격으로 또 문길네 집으로 살금살금 냄새 맡으러 온 것이다.

"형님의 일이 참 안됐소. 대관절 무슨 때문이랍데까? 형님처럼 착한 분을……"

"그게야 나보다두 네가 더 잘 알 겐데……"

인철이의 낯짝을 보자 불쑥 울분이 머리끝까지 치밀어오른 문길이는 직판 '너'라고 하대질하면서 빈틈을 주지 않겠노라고 도사렸다.

"그 무슨 말씀을…… 그런 말씀도 하오? 형님두. 너무 속상해 마시오. 화가 변해서 복이 되는 수도 있잖소? 형님은 마음씨가 고와서 꼭 그렇게 될 거요. 더러 찾아오지 않았습데까? 친구들이……."

인철의 주의 깊은 시선이 정주방에서 무엇을 찾아내려는 것이 분명했다. 그 얄미운 태도를 보자 문길이는 끝내 천동같이 노기를 터뜨리고 말았다.

"썩 가거라. 이 생쥐야!"

문길이는 목침을 잡기가 무섭게 옜다 받아봐라 하고 냅다 던졌다.

"앗! 저 저 저 사람이 밥바가지가 떨어지더니 정신이 환장을 했나봐. 어디 내 몸에 털끝만치래두 상처를 내기만 해라. 당장에 없다, 없어."

목침은 인철이의 오른쪽 귓전에 바람을 일구면서 아슬아슬하게 스쳐지나갔다. 대번에 진땀을 뺀 그는 힐끔힐끔 뒤를 돌아보면서 뺑소니를 쳐버렸다. 문길이가 비운에 빠진 것을 기화로 그를 낚아볼 계책을 품고 왔으나 틀렸던 것이다.

"이 망종아. 알구 한 번이구 모르구 한 번이지."

문길이가 시궁창에 빠진 목침을 바라보면서 분기를 참지 못해 씨근거리고 있을 때 갑자기 큰길가에서 사람들의 중얼거리는 소리가 들려왔다. 문길이는 문선을 붙잡고 발돋움으로 그 쪽을 내다보았다. 십여 명의 노동자들이 혼솔바로 자기 집으로 올라오는데 귀에 익은 상호와 용수의 말소리가 들려왔다.

*

춘기 신체검사의 결과, 합성 직장에서 2명, 유산 직장에서 3명, 진해 직장에서 1명…… 이렇게 해서 전 공장에서 도합 50여 명의 태 맞고 골병이 든 노동자가 쫓겨났다. 그런데 원체 직장 수가 많기 때문에 누구에게도 단번에 50여 명은 눈에 띄지 않았다. 이런 방법으로 진행된 해고선풍은 노동자들이 미처 알기도 전에 이미 끝났던 것이다.

유안 친목회는 상호, 용수들의 활동으로 4월 초순—이미 예정된 날짜까지—에 노동자들의 5분의 2(목표는 3분의 1이었다.)를 회원으로 획득했다. 전 공장적으로 보아 네댓 직장이 잘 움직여주지 않는 외에는 회원 수로는 목적을 달성한 것으로 되었다. 이 보고를 받은 공장 밖에 있는 동무들(동윤이, 철식이, 창호, 영구들이다.)은 '생쥐'에 대해서 언제 어디서나 날카로운 눈초리로 감시하라고 지시를 주었다.

그런데 바로 이 무렵에 철식이, 창호들과 동윤이, 영구들 간에는 춘기 신체검사와 관련된 무단해고를 반대하는 투쟁방침에서 이론적으로 의견이 대립되어 있었다.

'N질소비료공장 친목회 대표자회의'를 결성한 후에 전 공장적으로 힘을 집결하면서 시기를 노리다가 삐라 투쟁으로 전개해야 한다는 철식이와 창호의 이론에 대해서 동윤이와 영구는 이미 대부분의 직장이 노동자의 3분의 1 이상씩을 획득한 것과 각 직장에서 회사 측에 대한 불평이 높아가고 있는 것으로 보아 지금이라도 '아지프로'*만 잘한다면 능히 군중적 시위투쟁을 전개할 수 있다는 것이었다.

초저녁부터 첫닭이 홰칠 때까지 토의가 계속된 끝에 결국 철식이와 창호의 주장이 채택되었다. 그런데 동윤이는 철식이보다 책으로 읽은 것이 많았으나 공장 생활에 경험이 짧은 데다 젊은 혈기가 불길처럼 왕성하였다. 따라서 그에게는 자기 자신을 지내 과신하며 제기되는 문제를

| * 아지프로.agitation propaganda : 선동을 목적으로 하는 선전.

자기 개인의 주관으로만 해석해버리려는 경향이 있었다.

철식이의 경우는 그와 달랐다. 철식이는 배운 것은 없지만 공장 생활에 경험이 많았다. 그는 어떤 문제가 제기되면 우선 노동자들과 상의했다. 많은 노동자들의 의견 가운데는 참말로 좋은 것들이 많았다. 철식이는 그런 의견을 듣기를 좋아했고 또 거기서 배우고 있었다. 채택된 철식이의 투쟁 방침도 결국은 노동자들의 머리에서 짜낸 좋은 의견을 참작한 것이었다.

고고의 소리도 없이 탄생한 지 불과 며칠밖에 안 되는 친목회를 당장 폭풍 속으로 내몬다는 것은 아무리 생각해봐야 위험천만의 일이 아닐 수 없었다. 동윤이는 각 직장에서 계속되고 있는 '낙서 사건'을 가지고 노동자들이 앙양된 기세를 보여주는 대표적인 실례로 삼으려 했으나 철식이는 동의할 수 없었다. 만약 이런 판단 밑에 노동자들을 섣불리 내몰았다가 세찬 바람에 휩쓸려 조직체가 한 모퉁이로부터 무너지기나 한다면 재건은 그야말로 피투성이의 공사가 되어야 했다. 강적과 맞서기 위해서 그리고 이기기 위해서는 우선 전체 노동자들의 힘과 의사를 통솔할 수 있는 모체가 필요했다. 그 모체인 'N질소비료공장 친목회 대표자회의'가 결성된 후에도 어느 기간 노동자들에게 여러 가지 방법으로 훈련을 주는 것이 현재 공장 실정에 알맞은 투쟁 방침이었던 것이다.

"그러면 그것은 그렇다 치고 앞으로 조직될 대표자회의를 누구에게 맡기겠소? 이론적으로 무장된 동무가 반드시 앉아야 하잖겠소?"

그날 밤 동윤이는 끝으로 이런 의견을 내놓으면서 특히 '이론적으로 무장된 동무'라는 말에다 힘을 주었다.

"글쎄 그러니 배울 길이 없어 못 배운 노동자들 중에 그런 유식한 사람이 어데 쌀의 뉘만큼이나 있겠소? 그러지 말구 이론이 아직 어려도 진실하고 잘 싸울 줄을 아는 사람을 택하는 것이 좋겠소. 이론은 동무가 가르쳐주면 될 거구, 우리가 한 부서씩 나눠서 맡읍시다. 잘 싸울 줄을 아는 사람은 잘 배울 줄도 아는 사람이라고 나는 생각하오."

철식이의 의견은 창호와 영구의 지지를 받았다. 동윤이는 벗들이 자기를 몰라주는 것만 같이 생각돼서 내심 불만스러웠으나 더는 입을 열지 않았다. 그가 말한 '이론적으로 무장된 동무'는 바로 동윤이 자신이었는데 이것을 철식이가 모를 리 없었다.

4월 10일 밤 10시—바로 이 시각에 'N질소비료공장 친목회 대표자 회의'를 결성하기 위한 모임이 예정대로 4개 지구에서 동시에 열리었다.

이날 밤 문길이는 구룡리 지구에서 열린 모임(철식이가 지도했다.)에 참가하였다. 처음 예정했던 뱃놀이 형식을 바꾸어 산비탈에 외따로 있는 노동자의 집에 모였다. 파도가 센 데다 축항에 산적한 물자를 경비하는 회사의 풍풍선이 서치라이트를 비치면서 오가고 있었기 때문이었다.

옳다! 내게는 무엇보다도 벗이 제일이야. 벗을 태산처럼 믿어야 해. 그들이 한마음, 한뜻이 돼서 나가는 길로 나도 따라갈 수밖에 딴 길은 없다.—며칠을 두고 곰곰이 생각하던 끝에 그가 도달한 결론이 이것이었다. 문길이는 그새 두 번 철식이를 찾아갔는데 매번 새롭고도 좋은 이야기를 들을 수 있었다. 철식이의 진실한 말에서 기운을 되살리게 된 문길이는 그날 밤 모임에서 자진해 '피켓'에 나섰던 것이다.

아름드리 백양나무 그루에 착 붙어 선 그는 충혈된 눈으로 박쥐 한 마리 놓칠세라 어둠 속을 응시하고 있었다. 백양나무 가지로부터 회장까지 약 70미터 구간에 가느다란 철사를 늘이고 회장에 들어간 철사 끝에다 불알이 있는 깡통을 달아매었다. 철사를 다치기만 하면 깡통이 절렁하고 소리를 내게 됐다. 신호는 간단하였다. 백양나무 가지를 한 번 당겼다 놓기만 하면 수상한 그림자가 떴으니 주의하라는 것이고 세 번 이상 계속하는 것은 해산하라는 위험신호였다.

문길이는 이 며칠을 두고 울울하던 심정과는 달리 기분이 통쾌했다. 외롭던 자기에게 많은 벗이 생겼다는 기쁨으로 해서 마음이 얼마나 든든한지 몰랐다. 그는 앞서 친목회 사건 당시에 어물어물했던 자기의 태도를 돌이켜 보고 픽 웃기까지 했다. 그때 비한다면 자신이 자신을 의심하리만큼 마음에 여유와 침착성이 생겼다. 긴장한 초소에서도 그는 대범한 기분으로 제련소의 높은 양회 굴뚝을 쳐다보기도 하고 멀리 내려다보이는 신시가의 등불을 세어보기도 했다. 이런 것은 '피켓'으로서 해서는 안될 행동이었으나 문길이는 그만큼 마음에 자신이 생겼던 것이다.

'지금쯤 철식이가 그 뭉툭한 코를 문질러가면서 이야기를 하고 있을는지 몰라. 또록또록한 눈동자들이 그의 입만 지키고 있을 거야. 내가 여기서 지키니까 마음 놓구…… 앗!'

회장의 광경을 그려보는 데 정신이 팔렸던 문길이는 소스라쳐 놀라는 바람에 하마터면 소리를 지를 뻔했다. 등골에 진땀이 솟도록 겁에 질린 그는 나무그루에 몸을 숨기면서 팔을 뻗쳐 나뭇가지를 쓰윽 당겼다 놓았다. 다시 한 번 당기려다가 아차 하고 손을 떼었다. 분명히 검은 그림자가 움직이기는 했으나 오솔길을 올라오는 기척이 없었기 때문이었다. 후들후들 떨리는 가슴을 진정시키기 위해서 아랫배에 지그시 힘을 주자 재수없게 기침머리가 일었다. 그는 가슴을 마구 쓰다듬면서 피가 지도록 입술을 깨물었다. 이마에 진땀이 솟는 것이 알렸다. 그때 바다에서 비치는 화경(서치라이트)의 불빛이 사위를 밝혀주었다. 순간이었으나 문길이는 그 광선으로 해서 검은 그림자의 정체를 대략 짐작할 수 있었다. 안경이 번쩍하고 개화장을 짚은 것으로 미루어 보아 N경찰서 고등계 형사 길가가 아니면 형사 물림인 회사 '경비' 김가의 두 놈 중 한 놈에 틀림없었다.

백양나무를 향해서 다가오던 놈이 갑자기 발을 멈추고 잠시 움직이지 않았다. 필시 무엇을 냄새 맡고 온 걸음이 분명했다. 문길이가 어둠을 뚫고 놈의 일거일동을 놓칠세라 지키고 있는데 아니나 다를까 그놈은 끝내 밭머리의 오솔길을 찾아 들어섰다. 바로 현재 회의가 진행되고 있는 외딴 집으로 통하는 길이었다. 이젠즉 일순도 더는 참을 수 없이 마음이 안달아 난 문길이는 연이어 다섯 번도 더 나뭇가지를 당겼다 놓았다 했다. 이 순간처럼 간이 팥알만큼 되고 사지가 얼어들 듯 떨려본 적은 난생처음이었다.

한편 해산 신호를 받자 회의 장소에서는 등불부터 껐다. 동시에 깡통을 잡아떼고 철사를 끊었다.

"어서 뒷문으로 빠져 산에 오르오. 덤비지 말구, 소리를 내지 말구······."

철식이는 노동자들을 먼저 다 내보내고 맨 나중에 상호와 함께 어둠 속에 몸을 감추었다. 애당초부터 신발을 신은 채로 앉아 있었기 때문에 27명이 감쪽같이 몸을 숨기는 데 불과 1분도 안 걸렸다. 그런데 이때에는 벌써 철식이가 책임진 구룡리 분구에서는 'N질소비료공장 친목회 대표자회의' 분회 결성을 만장일치로 승인하고 해당한 수의 위원을 선출한 뒤였다. 산으로 피한 철식이와 상호는 뿔뿔이 흩어지려는 노동자들을 간신히 노송 아래에 모여 앉혔으나 그중 6, 7명은 어느새 간 종적이 감감했다. 이 자리에서 그들은 '해고반대투쟁위원회' 분회를 조직하고 3명의 위원을 선출했는데 그중에 상호가 들어 있었다. 끝으로 철식이가 낮으나마 힘찬 목소리로 말했다.

"회의는 끝났소, 우리는 오늘 밤 두 개의 조직을 내왔소. 다른 세 곳에서도 아마 지금쯤은 끝냈을 게요. 이제는 우리의 힘을 외길로 이 조직에 뭉쳐야 하겠소. 이 밖에 어데 더 좋은 방법이나 길이 있거든 말해보오. 다른 길은 없소, 없다니까……."

철식이는 뭉툭한 코를 긁적거리면서 캄캄한 사위를 휘돌아보고 다시 말을 이었다.

"생각해보오. 천대 천대 해도 우리 노동자들처럼 개천대를 받아온 사람이 어데 있겠소? 기계는 우리의 피와 땀으로 돌아 회사놈들의 배통만 불리고 있소. 그런데 우리는 굶주리기를 부자놈 밥 먹듯 하니 이런 놈의 세상이 어데 있소? 우리는 우리가 잃어버렸던 생활과 권리를 도루 찾아야 하오. 해고를 반대해서 일어나야 하오. 겁낼 건 조금도 없소. 전번에도 잠깐 말한 일이 있지만 황제나 자본가나 지주놈 할 것 없이 때려 부수고 나라의 주인이 된 소비에트 러시아의 노동 대중을 본받아야 하오. 강철같이 단결된 힘이란 그처럼 무서운 것이오. 이젠즉 우리의 힘두 적지 않게 자랐소. 뺨을 맞구만 있을 것이 아니라 마주 냅다 갈길 줄도 알고 제 것을 뺏기기만 할 것이 아니라 찾아낼 줄도 알아야 하오. 싸움이 없이 공짜로 생기는 것이란 세상에는 하나도 없소. 자 그럼 우리 힘을 합쳐가지구 싸워나갑시다."

철식이는 앉은걸음으로 돌면서 노동자들의 손을 하나하나 잡아 흔들어주었다.

깡통 소리에 되싸게 놀란 가슴들이 가까스로 안정됨에 따라 그들은 부드러운 봄의 촉감과 함께 어디선가 새 희망이 나래를 펼치고 있음을 느꼈다. 철식이의 말은 그들의 가슴에다 새로운 결의와 함께 앞날에 대한 아름다운 꿈을 안겨주었던 것이다.

바로 이 무렵에 문길이는 백양나무에서 얼마 멀지 않은 흙구덩이 속에 홀로 앉아 있었다. 어떤 연놈이 뒤를 봤는지 구린내가 코를 찔렀으나 참을 수밖에 없었다.

'번두 잘 세웠지만 철사를 늘인 것은 정말루 잘한 생각이야. 천만다행이지, 철식이가 시키는 대로 안 했더라면 큰 봉변을 당할 뻔했어. 그렇지만 모두 무사히 피했는지 모르겠다. 아니 무사히 빠졌을 거야.'

문길이의 입가에 미소가 떠올랐다가 인차* 사라졌다. 미소하기에는 아직 빠르지 않느냐고 자신이 자신을 나무랐던 것이다. 그러면서도 그는 자꾸만 샘솟는 기쁨을 어찌할 수가 없었다. 문길이는 별들이 총총한 하늘을 쳐다보았다. 그의 눈에는 밤하늘에서 분명히 햇빛이 보이는 듯했다. 그뿐인가! 캄캄한 동해바다 쪽을 바라보노라니까 희망이 춤을 추는 푸른 수평선이 고함쳐 자기를 부르는 듯했다. 이렇듯 그는 사람다운 일을 했다는 기쁨으로 가슴이 벅차올랐던 것이다.

문길이는 할 노릇은 했노라고 생각하면서도 역시 한편으로는 벗들의 안위가 자못 궁금해서 더는 그대로 숨어 있을 수가 없었다. 흙구덩이에서 엉금엉금 기어 나온 그는 이미 약속해둔 노송을 찾아 살금살금 걸어갔다. 그가 간신히 그 장소에까지 갔을 때 거기에는 철식이와 상호만이 남아 있었다.

"수고했네."

철식이가 문길이의 어깨를 잡아 흔들어주었다.

"다들 무사한가?"

"무사했네. 자네가 아니었더라면……"

"참말이지, 십 년 감수했어. 글쎄 말이야……"

문길이는 둘에게 자초지종을 간단히 이야기해주었다.

"모두 되게 놀라기는 했네만 이것두 역시 큰 경험의 하나야. 가볼까?"

상호는 성큼 일어섰다.

"알겠지? 대담하고 민첩하게 하라구."

| * 인차: '이내'의 북한어.

철식이와 문길이는 번갈아 상호의 손을 힘 있게 잡아주었다. 둘은 어둠 속으로 사라져가는 상호의 모양을 묵묵히 지키면서 마음속으로 성공을 빌었다.

철식이는 문길이에게 회의의 경과를 대충 이야기한 다음

"그래 어떤가? 요즘은……."

하고 화제를 돌렸다.

"말해 뭘 하겠는가! 답답한 투전엔 꼭자만 나온다구. 문 돌쩌귀가 불이 날 지경이라니까, 빚쟁이 때문에……. 글쎄 다섯 놈이 눈깔이 시퍼래서 달려들었다면 알잖았겠는가?"

"그러니 쌀두 없겠구만……."

"그래서 하는 수 없이 거짓말을 하구 어떤 가게에 외상거래를 터놓기는 했네만 모르지 어떻게 될려는지."

"여하튼 잘했네. 살구야 볼 일이니까. 이게 모두 쪽발이 새끼들 때문인 것만 잊지 말게."

"나는 자네 말을 명심하구 있어. 그놈들을 미워할 줄 알며, 뭉친 힘, 뭉친 주먹으로 살 길을 찾아야 한다던 그 말을……."

바다에서 화경이 면바로* 비치자 둘은 황급히 엎드렸다가 도로 어두워지자 허리를 들었다. 신시가 쪽에서 술 취한 왜놈들의 어지러운 노랫소리가 들려왔다. 얼마 전에 신시가의 중심지에 유곽과 카페가 들어앉았던 것이다.

"아까는 혼났지?"

잠시 묵묵히 앉았던 철식이가 다시 화제를 돌렸다. 문길이의 마음을 괴롭히는 이야기를 피하기 위해서였다.

---

* 면바로(面一) : 바로 정면으로.

"혼났어. 그렇지만 직접 봉변을 당해보니 기왕과는 달리, 내가 여간 대담해진 것이 아니야. 내 눈에는 지금 저 하늘에서 햇빛이 보이는 것만 같네. 그런데 자네는 어느새 그렇게 책 공부를 했나. 부럽네, 부러워."

"짬짬이 읽었지. 동윤이에게서두 배우구. 속에 든 것이 없으면 소아들이나 다름없어. 그럼 내일 저녁 9시에 만나자구. 줄 책두 있으니까. 안녕히!"

둘이 동쪽과 서쪽으로 헤어졌을 때 11시를 알리는 공장의 사이렌이 길게 울려 퍼졌다.

*

'경비'가 세 놈씩이나 눈을 부라리고 서서 감시하는 지하도를 무사히 빠져들어간 상호는 여느 때와 다름없이 침착한 태도로 원심분리기 앞에 앉아 있었다. 유안을 수송차에 떨궈주고 나서 다시 스위치를 눌렀다. 정지했던 원심분리기가 기동을 시작하자 그는 침적조沈積槽의 문을 들었다. 흥건하게 찼던 모액이 쏟아져 나왔다. 원심분리기가 이 모액을 받아 유산과 수분을 깡그리 제거하고 유안 비료를 내는 데 8분 내지 10분이 걸렸다. 상호는 눈부시게 회전하는 원심분리기를 응시한 채 속으로 딴 생각을 하고 있었다.

"순서는 처음 제품창고, 다음은 하조계, 그다음에 식당. 그러나 형편에 따라 순서를 바꾸는 것도 무방하오. 시간은 2시부터 4시 사이. 대담하고 민첩하게……."

상호는 철식이의 말을 외우면서 슬며시 다가오는 '마른 명태'를 보고 가슴이 철렁해진 그는 잽싸게 두 손으로 '브레이크'를 잡아당겼다. 원심분리기의 회전속도가 차츰 떠져갔다. '마른 명태'는 상호의 곁에 잠시 섰다가 트집 잡을 데가 없었는지 그냥 가버렸다. 상호는 막혔던 숨을 후유 하고 내뿜었다.

상호는 쇠기둥에 걸린 시계를 쳐다보았다. 2시 20분이었다. 여느 때 같으면 지금이 졸음으로 해서 눈덕이 내려덮일 무렵이나 조금도 졸리지 않았다. 아니 반대로 정신이 더욱더 맑아만 갔다. 그는 3시가 되기를 기다리면서 열 번도 더 시계를 쳐다보았던 것이다.

정각 3시! 상호는 원심분리기를 기동시켜 놓은 채 뒤보러 가노라고 슬쩍 밖으로 나갔다. 모든 일을 10분 이내에 감쪽같이 해치워야 했다.

상호는 경우에 따라 순서를 바꾸어도 무방하다던 철식이의 말을 생각하면서 식당의 출입문을 비스듬히 열고 들여다보았다. 10촉짜리 전등 한 개가 희미한 불빛을 뿌리고 있을 뿐 텅 비어 있었다. 그는 식당에 들어서자 가슴에서 '삐라'를 끄집어냈다. 대담하고 민첩하게 하라던 철식이의 말이 거듭 머리를 스쳤다.

한 장, 두 장, 석 장, 넉 장, 다섯 장—상호는 마치 목욕탕의 그것과 같은 의복상衣服床의 문으로 삐라를 한 장 한 장 집어넣으면서 나갔다. 왼손이 문을 열기가 바쁘게 오른손의 삐라가 날아들어갔다. 자물쇠가 잠긴 것은 문짬을 이용했다. 젖은 재료로 말려서* 만든 것인데 마르고 보니 이제는 그 짬으로 새끼손가락쯤은 넉넉히 드나들 만했다. 신문배달부였던 그에게는 짬으로 신문을 들여 던지던 솜씨가 아직 남아 있었다.

서른셋, 서른넷, 서른다섯—이렇게 속셈에 맞추어 넣어 나가면서 상호의 눈과 귀는 줄곧 두 출입문을 경계하고 있었다. 그는 지내 긴장한 나머지 이마에서 땀이 솟는 줄도 몰랐다.

시간이 어떻게 됐을까?—상호는 차츰 마음이 초조해지기 시작했다.

| * 날려서(원문) → 말려서.

곁눈질해 보니 아직 30매는 더 넣어야만 필할 것 같았다. 대담하고 민첩하게—철식이의 말소리가 또 그의 귓전에서 속삭이는 듯했다. 한창 잽싸게 넣어 나가던 상호는 갑자기 인기척 같은 소리를 귀결에 듣고 소스라쳐 놀랐다. 대뜸 등골에서 진땀이 쭉 빠졌다. 어느새 그는 삐라를 가슴에 감추고 의복상과 의복상 짬에 가서 몸을 숨기고 있었다. 신경을 바늘끝처럼 날카롭게 해가지고 잠시 하회를 기다리고 있던 상호의 콧구멍에서 홍하고 콧방귀가 새어 나왔다. 강아지 같은 쥐 한 놈이 밥상다리를 널고 있었다. 의복상 짬에서 몸을 뺀 상호는 작업복 소매로 이마의 땀을 되는 대로 닦고 다시 삐라 넣기를 계속했다. 쥐는* 그 자리에서 여전히 바스락거리고 있었다.

날만 밝으면 공장 안이 발칵 뒤집힐 게라.—이런 생각을 하면서 식당 북문을 나선 상호는 잠깐 발을 멈추고 사방을 휘돌아보았다. 요란스러운 기계 소리가 지축을 흔들어줄 뿐 사람의 그림자는 보이지 않았다. 그는 철도 선로를 따라 종종걸음을 쳤다. 싸늘한 밤공기가 얼마나 시원한지 몰랐다.

상호는 그길로 제품창고로부터 하조 직장까지 한 바퀴 휑하니 돌았다. 잔업殘業을 끝낸 두 직장은 모두 텅 비어 있었다. 그가 바람처럼 나타났다가 바람처럼 사라진 두 직장에는 무수한 삐라가 뿌려져 있었다.

잠깐 변명 삼아 변소에 들렀다가 바지띠를 도로 매는 시늉을 하면서 제자리로 돌아와 보니 기계는 여전히 혼자서 돌고 있었다. 때는 3시 12분이었다. 상호는 손에 브레이크를 잡고 앉아서야 비로소 막혔던 숨을 후유 하고 길게 내뿜었다. 생각하니 12분간에 해치운 일이 꿈같았다. 눈앞에 여러 마리의 쥐가 동시에 나타났다. 긴장이 갑자기 풀린 징조라

| * 쉬는(원문)→쥐는.

고 그는 생각했다. 일하는 친구들의 동정을 유심히 살펴보았으나 자기에게 쏠리는 의심쩍은 눈초리는 있는 듯싶지 않았다. 그럴 법도 한 것이 때가 바로 졸음이 소나기처럼 쏟아지는 시각인지라 입이 째어지게 하품을 하거나 브레이크를 지팡이 삼아 군둑군둑 졸고 있는 친구들에게 남의 동정을 살필 정신이 있을 리 없었다. 그러기에 또한 이때가 노동자들에게 있어서 가장 위험한 시각이기도 했다.

어서 날이 밝기만 해라.—상호는 유안 비료를 떨구면서 빙긋 웃었다. 삐라를 읽는 노동자들의 가지가지의 표정을 상상만 해도 기쁜 일인데, 왜놈들이 경풍을 일으킨 듯 미쳐 날뛸 꼴을 생각하니 얼마나 마음이 통쾌한지 몰랐다.

N공장 종업원들에게 알린다!

종업원 여러분! 지금 우리는 형편없이 싼 삯전에 목을 매고 하루에 10시간 내지 16시간의 노동을 하고 있다.

이 공장의 지독한 악취는 황소 같던 우리의 신체를 병신으로 만들고 있다. 이것처럼 무서운 일이 또 어디 있느냐 말이다.

지난번 춘기 신체검사의 결과를 아는가? 50여 명의 노동자가 한 푼의 퇴직금도 못 받고 공장을 쫓겨났다. 이런 억울한 일이 어디 있는가! 이것을 남의 일로 생각해서는 안 된다. 그러기 때문에 우리는 회사 측의 학대에 대해서 이 이상 더는 이대로 참을 수 없다. 참는 것은 죽는다는 것과 같은 말이다.

여러분! 우리는 당신들에게 한 가지 기쁜 소식을 알린다. 당신들이 항상 마음속으로 바라고 있던 N공장 친목회 대표자회의가 결성되었다. 이 조직은 다름 아닌 여러분의 것이다. 당신들의 굳게 뭉친 힘으로 건전하게 키워가야 한다. 만약 당신들이 빼앗긴 권리와 생활을 찾으려거든 모두 다 친목회에 가입하라!

우리는 모두가 한마음, 한뜻으로 회사 측에 대해서 다음과 같이 요구하자!

첫째 무단해고를 절대 반대한다. 8시간 노동제를 실시하라.

둘째 임금을 인상하고 노동 조건을 개선하라.

셋째 춘기 신체검사의 결과 희생된 노동자들에게 퇴직금을 지불하라.

넷째 징계, 처벌, 감봉 제도를 철폐하라.

다섯째 우리의 친목회 조직을 승인하라.

—N공장 친목회 대표자회의 각 직장 친목회

"삐라? 정말이야? 어디 어디 빨리 나를 좀 주게."

"안 돼, 글쎄 안 된다니까. 제 몫은 찾지 않구……."

"어데?"

"저걸 열어보게."

아침 교대시간을 전후해서 유안 직장 식당은 흥분한 노동자들로 웅성거렸다. 이 구석에 대여섯, 저 구석에 예닐곱씩 모여 서거나 앉아서 삐라를 읽고 피차 소감을 이야기하는 것이었다.

"또 난리가 나겠군."

"나겠으면 나라지. 무서울 게 없어. 죽기는 매일반인데……."

"그런데 누가 이랬을까?"

"쓸데없는 소리 말게. 그건 알아 뭘 해. 누가 목을 내걸구 한 일을……. 그것보다두 우린 '생쥐' 사냥이나 하세. 하하."

처음 친목회 사건 때와는 달리 노동자들의 태도에 대범한 데가 있었다.

"이 요구 조건은 신통하게두 내 생각 그대로군."

"모두 지당한 요구야. 이만한 요구쯤은 회사 측이 응당 들어줘야 해."

"사실 그래. 그러기다 우리두 얼음에 소 탄 녀석처럼 어물어물한 때가 아니야. 어제는 문길이의 일이요, 내일은 우리 일이니까."

이렇듯 식당 안의 마음들은 대체로 '삐라'의 정신을 지지하는 방향에로 쏠리고 있었다. 이것은 방금 읽어본 '삐라'에서 받은 일시적인 공감이 아니라 평소부터 가슴 깊이 품어오던 생각이 '삐라'의 내용과 공통된 데서 용기를 얻어 비로소 집단적으로 표면화된 것이었다. 상호는 아까부터 밥상 위에 팔을 베개 삼아 누운 채 그들의 이야기를 귀담아 듣고 있었다. 이런 때 그 친구가 있었더라면 손이 맞으리라고 생각해보는 용수(전야근이었다.)는 간밤 자정 가까이 공장 문을 나섰으나 여태 집으로 돌아갔을 것 같지 않다. 그는 영구의 지도 밑에 모처에서 맡은 바 일을 열성 있게 꾸며나가고 있었던 것이다.

노동자들의 이야기가 고비를 지난 듯 어느 정도 뜸해지자 상호가 일어나 앉았다. 그는 밥상머리에 드리운 두 다리를 건들거리면서 한마디 끄집어냈다.

"이러나저러나 간에 불집은 이미 터진 불집이오. 우리 손으로 꺼버릴 수는 없소. 지금 우리에게 남은 길은 오직 하나밖에 없다구 생각하오. 다 알겠지만 이 '삐라'의 정신을 받드는 길뿐인데 나두 절대로 찬성이오. 모진 바람이 불 수도 있으나 이 세상에 어디 싸움이 없이 되는 일이 있소?

우리 수천 명 노동자가 한마음, 한뜻이 된다면 회사 측이 우리의 요구를 안 들을래야 안 들을 수 없을 것이오. 글쎄 생각해보시오. 유안 비료를 위시해서 60여 종이나 되는 제품을 누가 맨들어내오? 바루 우리란 말이오. 그런데 우리의 형편이 어떻소? 죽지 못해 살아가는 형편이 아니오? 벌레두 밟으면 꾸물럭거리는데 사람인 우리가 어찌 이대루 있겠소. 피차 마음을 단단히 먹읍시다. 마음을……."

침통한 표정으로 묵묵히 듣고 있는가 하면 머리를 끄떡거려 공감을 표시하는 친구들도 적지 않았다. 이미 교대 시간이 지났으나 그들은 작업에 붙을 염도 없이 그대로 앉아 있었다.

그런데 이때 긴장된 공기를 피하듯 불과 5, 6명의 노동자만이 식당 북문 밖에 나가 머리를 맞대고 서서 무엇인가 수군거리고 있었다. 모두가 같은 뭉치에 얻어맞은 듯 기를 못 펴고 불안에 떠는 표정들이었다.

"경비계에서는 뭘 하구 있는가?"

"보나마나 또 검거선풍이 불 게요."

"글쎄 천하에서 큰 회사를 어떻게 상대해서 싸우겠다구, 하늘에 대구 장대질하는 격이지."

"우리는 아무 쪽에두 통 비치지 맙시다."

"그 말이 옳소. 굿이나 보구 떡이나 얻어 먹기루 합시다."

그들은 이야기의 결론을 이렇게 지었다. 그들이란 다름 아닌 《키보우》와 《이즈미노하나》의 애독자였는데 그 가운데는 인철이의 가무잡잡한 얼굴도 있었다.

이날 아침 '삐라'는 교대작업을 하는 직장에서 예외 없이 발견되었다. 그러고 보니 '삐라'는 이 공장에서 노동하는 전체 조선인 종업원을 대상으로 뿌려진 것이 틀림없었다. 이리하여 바야흐로 폭풍이 엄습하려는 공장 안은 몹시 뒤숭숭하였다.

'경비'가 '사복'(형사)의 응원을 얻어 총동원한 것은 8시가 조금 지나서였다. 우선 그들은 지하도의 출구를 차단하고 퇴근하는 후야근자들을 도로 제 직장으로 몰아보냈다. 금족령이 내린 것이다.

살기가 등등한 놈들(무장을 한 놈도 있었다.)이 넷, 다섯씩 패를 짜 가지고 직장을 뜯어 맡았다. 귀족 명문의 후예라는 공장장이 H경찰서 고등계 주임을 데리고 각 직장을 순시하면서 정형을 들었다. 조선인 노동자들의 처지에 대해서 바이 무관심했던 그는 왜말로 번역한 '삐라'를 읽고 당황해하지 않을 수 없었다.—조선 사람은 예로부터 태만하고 무지하기 때문에 평생 눌려서 살아야 할 운명을 지니고 있다. 따라서 지금까지의 대우(?) 그대로 앞으로도 해나가면 그만이라는 것이 이자의 소신이었는데 그것이 일조에 뒤흔들리기 시작했던 것이다.

"나쁜 종이쪽지나 바리바리 내놔 해라. 나쁜 새끼들 아니나 내놓푼*용소(용서)나 없다."

조금 전까지도 노동자들의 기세에 눌려서 꼬리 대가리를 내밀지 못하던 '마른 명태'가 '경비' 세 놈에 '사복' 한 놈을 데리고 식당에 나타나서 으르딱딱거렸다. 공장장과 고등계 주임의 지시까지 받고 '감격'해서도 '용기'가 생기지 않을 수 없었다.

놈들의 위협과 발악에도 불구하고 노동자들은 동요의 기색을 보이지 않았다. 한동안 무기미한 침묵이 계속되는데 뒤에서 누가 놈들을 향해 종이공을 냅다 던졌다. '삐라'를 형체도 없이 꾸긴 것이었다. 뒤이어 이런 공이 빗발치듯하였다. 이미 다 머릿속에 간직한 것이니 종잇장을 내준들 무슨 손해가 있으랴! 옛다 여기 맞아서 칵 뒈지기나 해라! 이런 감정이 대부분인 듯싶었다.

놈들은 허리를 굽혀가지고 그것을 줍는 데 정신이 없었다. 줍는 대로 연송 양복 주머니에 집어넣었다. 다섯의 주머니가 차츰 올챙이 배때기처럼 되어가는 것이 우스웠다.

노동자들 속에서 냉소가 떠올랐다. 죽을 때까지 '개' 노릇밖에 못할 가엾은 인간이란 어떤 자인가를 그들은 다섯에게서 똑똑히 보았다. 종이공은 많았으나 그것은 전부의 3분의 2분밖에 되지 않았던 것이다.

후야근자에 대한 금족령이 해제된 것은 11시가 조금 지나서다. 거의 같은 시각에 통행이 해금解禁된 지하도 일대에는 거미줄처럼 경계망이

| * 내놓푼 : 내놓으면

포치되었다. '경비'와 '사복'들 20여 명이 퇴근하는 후야근자 하나하나를 껍질을 벗기다시피 검색하는 것이었다.

주머니란 주머니에는 모두 손을 찔러보고 그래도 미심해서 기운 데 까지 뜯어보았다. 온몸을 샅샅이 주물러보고 모자까지 뒤집어보았다. '벤또'는 더 말할 나위도 없었다. 지하족(신발)을 벗겨서 구린내가 코를 찌르는 그 속까지 들여다보는 데에 더 말해서 무엇하겠는가!

그러나 놈들이 제아무리 눈에 쌍심지를 내고 발악해도 그것은 성복날* 아침의 약방문밖에 되지 않았다. 첫 번 친목회 사건 당시와는 달리 노동 자들은 그다지 떨지 않았다. 이만해도 그새 어느 정도 단련되었기 때문 이라고 상호는 속으로 생각했다.

"긴 상! 저기 좀 함께 갑시다."

상호가 막 큰길에 나섰을 때 누가 그의 곁에 착 붙어서면서 말했다. 얼핏 보아도 알 만한 식당에서 종이공을 줍던 '사복'이었다. 거미줄에 걸 린 것이다.

"어데루요? 난 지금 갈 시간이 없소."

상호는 걸음을 멈추고 우정 생낯을 떨었다.

"그러지 말구, 가면 알 테니 어서 갑시다."

김상호는 이미 '요시찰' 명부에 올라 있었다. '사복'은 아까 벌써 그 를 식당에서 끌어가려고 생각했으나 섣불리 건드렸다가 버리집**을 터뜨 릴까보아 여태 기회만 노리고 있었던 것이다.

이날 각 직장에서 끌려간 노동자의 수는 20명이 더 되었다. 유안 직 장에서는 상호와 경덕이 외에 2명, 유산 직장에서도 뚱뚱보 외에 2명이 끌려갔다. 1명 내지 2명 정도 끌려가지 않은 직장은 거의 없었다. 용수의

---

* 성복날(成服—) : 초상이 나서 처음으로 상복을 입는 날.
** 버리집 : 벌집.

안위는 알 수 없었다. 선풍은 공장 밖에서도 휘몰아치고 있었다. 동윤이, 영구, 창호가 끌려가고 저녁에 문길이가 또한 그물에 걸렸다. 문길이는 간밤에 철식이와 약속한 대로 그를 찾아갔다가 그 집 개자리에 은신해 있던 '사복'에게 꼼짝 못하고 잡혔던 것이다.

이것은 문길이보다 철식이의 실책이 아닐 수 없었다. 그는 조직자의 한 사람으로서 내일에는 어떤 사태가 벌어지리라는 것쯤은 가히 짐작했을 것인데도 불구하고 문길이와의 밀회 시간을 그처럼 경망하게 정했던 것이다. 철식이 자신이 여기 대해서 뼈저리게 후회했으나 선풍이 지내 빨리, 그리고 지내 세차게 휘몰아치다 보니 미처 연락선을 잇지 못한 채 간신히 어디론지 몸을 피했던 것이다.

*

"봉삼 아부지! 식기 전에 어서 좀 마시우."

문길이의 아내가 미음 사발을 들고 들어와서 남편의 머리맡에 앉았다.

"또? 속엣것이 채 꺼지기나 해야지?"

눈맥이 탁 풀린 그는 얼굴이 아주 몰라보게 수척해졌다. 문길이는 잡혀간 지 열이틀 만에 4명의 노동자와 함께 석방되었던 것이다. 그는 처음부터 '나는 모른다'는 이 한마디로 끝까지 내밀었기 때문에 물고문을 당하고 각혈까지 했다. 매도 많이 맞았다. 노동자들의 주선으로 리어카에 앉아 집에 돌아온 그는 그대로 병석에 누워버리고 말았던 것이다.

"어서 마시려무나. 사아래 무당 말이 산천기도만 잘 드리면 날래 머리를 들겠다더라. 그 무당이 알아맞히는 데는 신통하니라."

늙은 어머니가 하는 말을 듣고 문길이는 속으로 웃었다. 아내는 남편의 앞에서 무당 이야기를 통 입 밖에 내지 않았으나 '안속'은 역시 시어머니의 편이었다. 구걸을 해서라도 그 일만은 하겠노라고 그 여자는 마음을 먹고 있었다. 그때 죽은 듯이 누웠던 문길이가 갑자기 쿨룩쿨룩 기침을 터뜨렸다. 이제는 혼자서 기동할 기운조차 잃은 그는 아내의 손목을 붙잡고 간신히 일어나려다가 왈칵 피를 토하면서 쓰러졌다.

"에구 이게 웬일이요? 여보! 어머니!"

아내는 겁이 덜컥 나서 비명을 질렀다. 다우쳐 정주에서 어머니가 들어왔다. 검붉은 피가 한 공기나 잘 되게 베갯가에 흘렀다.

"세상에 이런 변두 있니? 문길아! 글쎄 이게 무슨 일이냐? 아이구** 산천두 무심하지. 이 늙은 것이 죽지두 않구……."

아들의 손목을 한사코 잡은 어머니의 여윈 손이 달달 떨렸다. 걸레로 피를 훔치고 있는 아내의 눈에서 뜨거운 눈물방울이 방바닥에 떨어졌다. 희망도 기쁨도 모두 잃은 듯한 쓸쓸하고 외로운 가슴이었다. 얼마 후에 어머니는 며느리에게서 동전 열 닢을 마련해 가지고 지팡이를 끌면서 이번에는 주머니 무당을 찾아 떠났다.

"엄마 밥을!"

얼굴과 손에 온통 흙탬***을 해가지고 달려든 봉삼이가 아버지의 머리맡에 놓인 미음을 보고 못견디게 굴었다. 늦은 아침 겸 점심으로 먹은 시래기죽 반 사발이 벌써 다 꺼졌던 것이다.

"안 돼. 저기 나가 애들하구 놀아라."

"싫여 싫여. 저 밈을 먹구퍼. 엄마!"

"새끼두 썩 나가지 못하겐?"

아내는 어린것의 어깨를 철썩철썩 두 번 갈겨주었다. 하늘이 무너지

* 안속 : 북한어. 깊은 속내나 알속 있는 내용.
** 아이규(원문)→아이구.
*** 흙탬(원문)→흙탬 : 흙감태기. 온통 흙을 뒤집어쓴 사람이나 물건.

려는 판인데 자식인들 귀할 리 없었다. 봉삼이는 발을 동동 구르면서 울음을 터뜨렸다.

"주라구. 난 안 먹겠소."

"그런 소리 말구 어서 마시오. 마시구 날래 일어나야지요."

"글쎄 주라는 데두."

"옛다. 이 간나 새끼 칵 처먹어라."

어머니는 미음을 3분의 1분쯤 보시기에 따라주면서 눈을 흘겼다. 봉삼은 두 손으로 받아 든 보시기를 입에 갖다 댄 채 정신없이 마시고 있었다. 그 모양을 물끄러미 바라보던 문길이는 보아서는 안 될 것을 본 듯이 슬며시 이불로 얼굴을 가리웠다. 지그시 감은 두 눈에서 눈물이 슴새어 흘렀다. 나는 살아야 한다.—삶에 대한 다함없는 애착의 정이 이때처럼 가슴 뿌듯이 용솟은 때는 일찍이 없었다. 죽음과의 투쟁의 결의라도 다지는 듯 그는 입술을 지그시 깨물었다.

문길이가 죽는다는 것은 노모를 비롯해서 만삭이 된 아내와 어린 자식들까지 온 식구의 죽음을 의미하는 것이다. 설상가상으로 이제는 외상 거래를 하던 가게마저 죄다 끊어지고 보니 병보다도 우선 굶어 죽을 수밖에 없는 막다른 골목에 다다랐다. 어떻게 눈을 감을래야 감을 수 있겠는가!? 이런 비참한 처지에 있으면서도 문길이는 자기가 잡혀간 일에 대해서 후회하지 않았다. 아니 안 할 뿐만 아니라 되려 왜놈하고 싸웠다는 자랑을 느낄 때가 종종 있었다.

문길이보다 사흘 뒤에 유치장에서 나온 용수가 철식이가 보낸 돈 10원에다 자기 돈 5원을 보태가지고 찾아왔을 때 문길이는 눈물을 흘리면서 반가워했다. 한때 모진 바람에 끊어졌던 줄이 다시 이어졌던 것이다. 그 줄에 의한다면 몰래 H시로 뛴 철식이는 앞으로 지도를 받을 수 있는 좋은 선배와 손을 잡았다는 것이었다.

노동자들이 번갈아 문길네 집으로 문병을 와주었다. 유안 직장의 벗들은 물론 얼굴조차 모르는 타 직장의 벗들도 여럿이 찾아왔다. 대하는 것은 처음이었으나 이미 그들의 심정은 서로 통해 있었다. 각 직장 친목회의 이름으로 노동자들이 한 푼 두 푼씩 거둔 구제금이 전달되었다. 친목회 대표자회의가 각 직장 친목회에 호소했던 것이다.

왜놈들에 의한 암담한 생활이 가져다준 참을 수 없는 절망 속에서 신음하던 문길이는 얼마나 감격했는지 몰랐다. 역시 벗이다. 세상에서 제일 귀한 것은 벗이구나.—문길이는 벗이 귀함을 다시 한 번 뼈가 저리도록 느꼈다. 벗이 있음으로 해서 얼마나 마음이 든든한지 몰랐다. 만약 벗이 없었더라면 문길이의 일가에 이미 비극이 벌어졌을 것이 아닌가!

그러나 벗들의 기원과는 반대로 문길이의 병세는 나날이 악화되어 갔다. 그새 신의와 한방의를 보이고 좋다는 약을 써보았으나 아무런 차도가 없었다. 구제금이 들어온 것을 다행으로 사아래 무당을 데려다가 산천기도를 드리고 또 주머니 무당이 시키는 대로 대감제를 지냈으나 병은 나날이 더해만 갔다. 경찰서에서 당한 고문이 그에게 치명상을 주었던 것이다. 각혈의 분량이 늘어가면서 그 도수 역시 잦아졌다. 의식은 맑았으나 얼굴이 백지장처럼 변하고 허리의 구슬뼈가 방바닥에 내려앉아 손이 들어가지 않았다.

살아야 한다.—문길이는 두 주먹을 불끈 쥐어보나 황소 같던 그의 근력은 이미 간데온데없었다. 모조리 왜놈들에게 빼앗겼던 것이다. 4월 하순 자세히 말해서 28일 아침에 문길이는 벗들에게 둘러싸인 채 고요히 눈을 감았다.

"그놈들 때문에 죽는 것이 억울하오. 내 가족을 잘……."

이것이 문길이가 마지막으로 남긴 유언이었다.

*

그날 밤 자정 가까이 문길이의 주검 곁에서 친목회 대표자협의회가 진행되었다. 몇 개 직장의 친목회원들까지 합쳐서 모두 여남은 명밖에 되지 않았다. 용수가 쥐도 새도 모르게 자전거로 H시(30리가 되나마나 하다.)에 가서 철식이를 만나 합의해가지고 왔던 것이다.

장례는 친목회의 이름으로 하되 '메이데이' 시위와 결부시키기로 결정했다. 비통한 가운데서도 그날의 광경을 눈앞에 그려보는 그들의 얼굴에 비장한 결의가 아롱져 있었다. 장례 준비와 각 직장과의 연락 때문에 그들은 이틀 밤을 꼬박 뜬눈에 새웠던 것이다. 이번 투쟁에서는 '삐라'는 그만두기로 하였다. 그것은 전번에 '삐라' 투쟁에서 친목회의 조직이 적지 않은 지도부를 빼앗기고 미처 자기의 대열을 정비하지 못한 것과 친목회에 가입하지 않은 노동자들을 더는 놀래지 않기 위해서였다.

4월 30일 늦은 아침때—벗들이 멘 상여가 구룡리 고개를 서서히 넘어오고 있었다. 바다에서 불어오는 남풍에 수백 장의 만문이 나부끼는 모양이 사람들의 시선을 끌었다. 상여의 바로 뒤채에 붙어 선 소복 입은 미망인과 맏아들 봉덕이의 정경이 보는 사람으로 하여금 가슴을 아프게 했다. 그 뒤를 수십 명의 호상객인 노동자들이 묵묵히 따르고 있었다. 모두가 비장한 얼굴 표정이나 속으로는 전투 준비를 갖추고 있었다.

이윽고 상여는 신작로를 혼솔바로 공장의 정문을 향해서 다가왔다. 오가는 사람들이 걸음을 멈추었고 왜놈들이 유리창으로 내다보았다. 바로 이때였다. 유안 직장의 북문(두터운 철판을 용접해서 만든 철문)이 두 쪽으로 쩍 갈라져 열리면서 노동자들이 구름처럼 밀려나왔다. 동시에 함성이 성난 파도처럼 일어났다. 뒤이어 제품창고와 하조 직장의 철문을 박차고 수백 명의 노동자들이 아우성치면서 쏟아져 나왔다. 전해에서도,

합성에서도, 유산에서도, 노동자들이 구름처럼 모여들었다.

"나오지 말아. 나오지 말아."

겁을 집어먹은 '경비' 몇 놈이 지하도의 출입문을 잠그려고 했으나 무리주먹이 냅다 미는 바람에 허양 나가 뒹굴고 말았다. 수많은 노동자들의 '지하족'이 놈들을 짓밟으면서 밀물처럼 큰길로 밀려 나왔다. 문길이의 상여는 노동자들에게 비애와 함께 회사 측에 대한 분노를 일으켜주었다. 황소처럼 건장하던 문길이가 저 관 속에 누워 있다니 너무나 허무한 일이었다. 회사 측이 생각을 돌리지 않는 이상 앞으로도 이런 상여는 끝이 없을 것이다. 낸들 언제 어떻게 되려는지 누가 안다더냐? 이것은 참말로 무서운 일이었다. 이 무서운 일이 되풀이되는 것을 반대하기 위해서 그들의 마음이 한 도가니 속에서 들끓고 있었던 것이다.

"해산해라. 해산! 해산!"

급보를 받고 동원한 기마경관대가 시퍼런 칼을 휘두르면서 군중을 헤치려고 말을 내몰았으나 그때뿐이지 벌어졌던 공간은 인차 군중으로 아물어 붙었다.

상여는 서서히 떠났다. 수백 명 노동자들이 그 뒤를 따랐다. 지하도가 차단되어 나오지 못하게 된 노동자들은 철조망 안에 진을 치고 있었다. 이때 상여의 뒤에서 누가 낮은 목소리로 노래를 선창했다. 노래는 삽시간에 군중 속에 퍼지더니 급기야 우렁찬 합창으로 변했다.

들어라 만국의 노동자
천지를 진동하는 메이데이를
…….

철조망 안에 진을 친 노동자들이 일제히 다음을 받았다.

시위장에 맞추는 발걸음 소리

메이데이를 고하는 아우성 소리

…….

　연년이 5월을 맞을 때마다 으레 머릿속에 떠오르는 그리운 노래였다. 자기들의 명절을 기념하기 위해서 그처럼 부르고 싶으면서도 여태 부르지 못한 '메이데이의 노래'를 그들은 오늘에야 목청껏 부르는 것이었다.

　비상소집을 받은 '경비'와 경관들이 헐레벌떡거리면서 몰려왔다. 그들은 돼지 멱따는 소리로 악을 쓰면서 군중을 해산시키려고 미쳐 날뛰었다. 그러나 그자들의 힘은 노동자들의 거세찬 흐름 앞에 너무나 보잘것없었다.

　문길이의 아내는 상여의 뒤채에 붙어 서서 이 광경을 하나 놓칠세라 지키고 있었다. 평소와는 달리 왜놈들이 통 무섭지 않고 오로지 미웁게만 생각되었다. 사랑하는 남편을 죽인 놈들이 죽은 남편의 영구에 대해서까지 못되게 구는 꼴을 보았을 때 눈에서 불이 펄펄 일었다. 살을 점점이 찢어 죽여도 남편의 원수를 다 갚을 수는 없었다.

　그 여자는 자기 남편이 참말로 좋은 사람이었었다는 것을 새삼스럽게 느꼈다. 온 공장이 들고일어난 사실이 그것을 증명하고도 남음이 있지 않은가! 그럴수록 남편의 죽음이 애통하기만 했다. 이 많은 사람들이 진작 들고일어나 주었더라면 혹시 남편의 목숨을 구했을 수도 있지 않았을까?—생각하면 생각할수록 가슴이 미어지는 듯했다.

　놈들이 어찌할 바를 몰라 쩔쩔매고 있을 때 경관의 증원부대를 태운 트럭 한 대가 사이렌을 울리면서 달려들었다. 얼마 후 그자들이 20여 명의 노동자를 경찰서로 실어가고 다시 빈 차를 몰고 왔을 때는 절반밖에 남지 않은 호상객들은 '스크럼'을 짜가지고 질서 정연히 행진하고 있었다. 철조망 안에 집결한 노동자들은 계속 노래를 부르면서 이미 유명을 달리한 한 노동자와 고별하고 있었다.

　이와 같은 광경을 뒤에 남겨둔 채 문길이의 상여는 으리으리한 경계리에 서서히 공동묘지로 향했다. 공장 안에서 여전히 들려오는 비장한 '메이데이의 노래'를 들으면서.

—1931년

—「질소비료공장」,《조선일보》, 1932년 5월 29일, 31일. 중단
—「질소비료공장」,《조선일보》, 1933년 7월 28일. 중단
—「초진初陳」,《분가쿠효론文學評論》, 1935년 5월
—수록 :「질소 비료 공장」,『질소 비료 공장』(리북명단편선집), 조선작가동맹출판사,
1958년
—「질소 비료 공장」,『현대조선문학선집 12』(리북명 편), 조선작가동맹출판사, 1961년
—「질소비료공장」,『질소비료공장』(현대조선문학선집 35), 문학예술출판사, 2003년

민보의 생활표

경비계警備係 문 앞에는 쓸어나오는 직공들의 얼굴을 하나도 빼지 않고 지키고 선 군중으로 가득 찼다. 급료 주머니를 타 가지고 금액도 계산할 기운이 나지 않아서 그냥 포켓에 집어넣고 빈 '벤또'를 옆에 끼고 나오는 민보閔甫는 모여 선 군중에게 증오의 눈살을 던지면서 흥 하고 코웃음을 쳤다. 그 군중들이란 친척이나 가족들이 아니다. 빚쟁이들이다. 오늘이 급료일이니까 쌀값, 나뭇값, 장값……을 받으러 몰려든 반갑지 않은 군중이다.

이 모퉁이 저 모퉁이에 빚쟁이한테 붙잡혀서 말시비가 시작된다. 민보는 그런 광경에는 곁눈도 떠보지 않았다. 민보는 자기 팔을 끌어 다니는 사람이나 자기 이름을 부르는 빚쟁이가 있지나 않을까 하고 가슴이 한 줌만큼 되어서 군중의 사이를 얼른 빠져나왔다. 요행히 민보에게 덤벼드는 빚쟁이는 없었다. 민보는 후 하고 한숨을 내쉰다.

근심 주머니……

민보는 급료 주머니를 어루만지면서 속으로 이렇게 중얼거린다. 민보뿐 아니다. 종업원들은 급료 주머니를 근심 주머니라고 부른다. 그리고 급료일을 '근심 데이'라고 부른다. 아니 이 명사가 가장 적절한 명사일는지 모른다.

그도 술쯤은 사양할 줄을 모르더니만…… 민보는 아까 직장에서 충호와 춘식이가 이야기도 할 겸 노래도 들어볼 겸 오래간만에 색시 술집에 가서 놀아보자고 팔목을 잡끄는 것을 "아니 집에 볼 일이 있어." 하고 거절하였다. 민보는 "아니" 하고 거절하는 데 여간 힘들지 않았다. 그때 민보의 생각은 이러하였다.

셋이 가서 술을 마시면 한 사람이 두 순배*씩 사더라도 한 순배에 30전씩이니까 1원 80전은 달아나고 마는 것이 아닌가. 그러니까 혼자서 집으로 돌아가던 길에 선술집에 들어가서 소주 너덧 잔 마시고 집에 가면 돈도 이익 되고 얼근히 취할 수가 있지 않은가!

길을 걸으면서 민보는 이렇게까지 양심에 없는 일은 하지 않고는 안 될 자기의 딱한 사정을 생각 때에 원통하기도 하고 자기 자신이 미웁기도 하였다. 민보가 다모토릿집**에서 나왔을 때에는 넉 잔의 소주가 전신에 퍼져서 똑 말하기 좋게 되었다. 민보가 콧노래를 부르면서 자기 집(셋집) 옆까지 왔을 때 자기 아내의 악쓰는 소리가 간간이 들렸다.

"글쎄 주인이 들…… 주겠다는…… 성화를……."

빚쟁이가 왔군……. 민보는 이렇게 직각***하고 대문을 들어섰다. 만화에 나타나는 멍텅구리같이 생긴 쌀장사가 마당에서 장부를 뒤적거리면서 아내를 조르고 있다. 순간 민보의 가슴에는 발작적 분노가 치밀었다.

"돈이 모자란다면서 또 술을 마셨소? 나는 하루 삼시 먹고는 이 성화

---

* 순배巡杯 : 술자리에서 술잔을 차례로 돌림. 또는 그 술잔.
** 다모토릿집 : 소주를 큰잔으로 파는 선술집. 대폿집.
*** 직각直覺 : 보거나 듣는 즉시 곧바로 깨달음.

를 못 받겠소."

남편을 보더니 아내는 울상을 지어가지고 악을 쓴다.

"듣기 싫다!"

민보는 이렇게 툭한 소리를 치면서 아내를 노려본다. 그리고 아내를 노려보던 그 무서운 눈초리를 돌려서 쌀장사를 쏘아본다.

"선생님, 이거 미안합니다."

쌀장사는 허리가 부러지게 인사를 하면서 안 나오는 웃음을 억지로 지어 웃는다. 민보는 쌀장사를 욕해주려고 입술을 들먹거리다가 윗방문을 사납게 열고 들어간다. 빈 벤또를 아랫방에 던지는 소리가 나고 무엇을 부스럭거리는 소리가 나더니

"여보, 여편네를 조르면 돈이 나오겠소. 쌀값 얼마요."

민보는 톡톡하게 욕하여주고 싶었으나 내달에 또 외상 받아먹을 일이 생각되었다.

"모두 서 말 반三斗五升인데 한 말에 2원 50전씩 8원 75전입니다."

쌀장사는 연방 허리를 조아린다.* 쌀은 백미란 이름뿐 현미에 지나지 않는 것인데 싸라기가 많고 돌이 많아 밥을 지어놓으면 기름기가 도무지 돌지 않는 이름 좋은 백미다.

아랫방에서 어린애에게 젖을 물리고 앉았던 아내가 아까의 악은 어디로 달아났는지 웃어 보이면서 윗방으로 들어가더니 남편의 귀에다 입을 딱 대고

"쌀값 모두 주지 마오. 모두 주면 내달부터 외상 안 주오."

하고 남편에게 주의를 시켜준다.

"돈 받으오."

| * 됴으란다(원문) → 조아린다.

"선생님, 이러지 말구 모도 지불해주시오."

쌀장사는 돈을 받아서 왼손에 쥐고 또 오른손을 내민다. 주는 돈을 적다고 안 받으면 한 푼도 못 받는 예가 이 거리에는 얼마든지 있다.

"다 짤리우고 남은 돈이 그것뿐이오."

민보는 배짱을 부린다.

"이렇게 하면 어떡합니까. 남는 것도 없는 것을 한 달씩 외상으로 드리지 않습니까. 청산합시오."

민보는 케 하고 트림을 하면서 슬그머니 드러눕는다.

"그래두 우리만치 쌀값 잘 물라고 그러오."

민보의 아내가 남편의 곁에 앉아서 한몫 낀다.

그러나 쌀장사는 찰거머리처럼 들러붙으면서 어떻게든지 모두 받자고 성화를 부린다.

"돈이 있으면 요사이 물지요."

민보의 아내의 말이다.

"그럼 어느 날 몇 시쯤 오랍니까?"

쌀장사는 연필알을 혀끝으로 빨면서 장부를 뒤적거린다.

"아, 왜 이리 딱하게 굴어. 떼먹지 않아."

민보의 음성이 점점 높아간다.

"아니 딱한 건 접니다. 이렇게 외상값을 잘 안 물어주고야 어데 거래할 자미가 있습니까?"

"참 딱딱하오. 내일이래두 꾸여준 돈이 오면 상점으로 가져가리다."

민보의 아내는 민망스러운 듯이 얼굴을 찌푸린다. 민보는 눈을 감고 자는 척한다.

"그럼 아지머니 내 나흘 지나 초닷샛날 저녁때 오리다. 준비해두시오. 안녕히 곕시오."

사람 냄새도 나지 않는 게 돈푼이나 있다고…… 민보는 일어나 앉으면서 후 하고 한숨을 내쉰다.

"그래두 저 모양에 첩이 둘씩 있다오. 첩의* 집이 바로 궁궐 같다오. 에그 이놈의 새끼가 또 오줌을 싼다. 엣 쌍간나새끼."

아내는 삼룡의 엉덩이를 넓적한 손으로 갈긴다. 민보는 아무 대꾸도 하지 않고 책상 앞에 앉아서 천장만 쳐다본다.

"옛소. 저녁이 저물었소."

아내는 삼룡이를 남편의 무릎에 내려놓고 부엌으로 내려가더니 조금 있다가 쌀을 이는 물소리가 촐롱촐롱 들린다. 민보는 삼룡이를 노는 대로 내버려두었다. 다른 날 같으면 공장에서 들어오자 가슴에 껴안고 돌아다니면서 달랠 터인데 오늘만은 급료일마다 으레 치미는 혼자 흥분이 가슴에 치밀어서 그는 눈덕을 찌푸린다. 뼈 빠지게 벌어서는 한 푼 저축이 없이 그저 입살이도 바쁘게 거의거의 살아가는 자기가 한없이 가엾게 생각되었다. 하루도 쉬지 않고 이달도 출근하였는데도 불구하고 돈이 부족이 될 것을 생각하니 기가 딱 막혔다. 모든 것이 귀찮았다.

제에기 빌어먹을 놈의 팔자. 민보는 찬 방 안을 좁다고 기어 다니는 아들을 한참 보다가 급히 주머니를 책상 위에 내놓고 계산하여본다. 2월 분(28일) 급료의 총액이 26원 70전이었다. 잔업 수당殘業手當까지 합하여 일급 90전에 10일간 야근 수당(하룻밤에 15전씩) 1원 50전을 합하면 틀림없었다. 여기서 건강보험비 45전, 운동부비 30전, 규약規約저금(이 저금은 종업원이면 1원 이상 의무적으로 한다.) 1원, 합계 1원 75전을 제하고 나면 나머지 돈이 24원 95전이었다. 그 돈에서 술값이 10전하고 쌀값 6원을 제하고 나니 남은 돈이 18원 75전이다.

---

* 첩에(원문)→첩의.

민보는 책상 서랍 속에서 2월분 생활예상표生活豫想表를 끄집어내어 가지고 대조하여본다. 쌀값 외에는 아직 지불하지 않았으니 모르겠지만 쌀값이 예상보다 초과되기를 1원 25전이나 되었다. 일주일 전에 장인 영감이 공장 구경을 와서 사흘을 묵어가고 또 아내의 어렸을 때 동무라고 하는 젊은 여자가 와서 이틀을 묵어가는 통에 예상표에 이상이 생긴 것이다.

2월분 생활예상표는 다음과 같다.

2월분 생활표

고향에 ———————	10원
쌀 값 ———————	6원
집 세 ———————	2원
주 대 ———————	50전
식료품 ———————	2원
나뭇값 ———————	3원
전등료 ———————	60전
기 타	

민보는 쌀값을 빼놓고 예상표를 계산하여보았다. 18원 10전이다. 18원 75전에서 18원 10전을 제하면 65전이 남았다.(사실은 남은 것이 아니다.) 민보는 그 숫자를 내려다보면서 흥 하고 코웃음친다. 즐겨하는 소주 한 번 실컷 마셔보지 못하고 좋아하는 호떡 한 개 못 사먹으면서도 급료는 달마다 모자랐다. 밖에서 바람이 부는지 찢어진 문종이가 파르륵 하고 떨린다.

응, 또 있구나……. 민보는 생활표에 적히지 않은 외상값을 생각하여냈다. 전달에 공장복을 사고 떨어진 돈이 1원이 있었던 것이다.

에익 종간나 속상해 못살겠다……. 민보는 2월분 생활표를 쪽쪽 찢어서 입 안에 넣고 악을 써서 씹어서 침과 함께 문밖에다 내뿜었다.

방바닥이 째어져서 시커먼 연기가 새어 올라 목구멍과 눈을 쑤셔준다. 불을 때던 민보의 아내는 불이 잘 들지 않아서 화가 났는지 혀를 쩩쩩 차면서 뽀로통한 소리로 무어라고 중얼댄다. 방 윗목에서 헌 신문지 조각을 찢으면서 장난하던 삼룡이가 연기 때문에 캑캑 하고 기침을 하면서 고사리 같은 주먹으로 두 눈을 비비더니 앙아 하고 울음을 낸다. 민보는 암만 달래도 울음을 그치지 않는 삼룡이의 엉덩이를 한 대 때리고 나서 등에다 올려놓았다.

"그놈 새끼를 오리사탕 하나 사주오."

아내의 소리가 부엌에서 들려왔다. 이 달 급료에 여유가 있으면 아들에게 양복과 모자를 사주어서 모자가 기뻐하는 양을 보자던 것도 공상이 되고 말았다. 민보는 찢어진 메리야스 위에다 팔굽 빠진 빨간 저고리를 입은 아들을 볼 때에 가슴이 아팠다. 민보는 급히 주머니에서 5전 백동화를 한 개 끄집어내어 가지고 삼룡이를 업은 채 밖으로 나갔다. 건넛집이 바로 사탕 가게다. 그러나 사탕 가게란 것은 이름뿐 밀창 앞에 빈 석유짝을 하나 놓고 그 위에 담배를 넣었던 마분지갑을 넷을 놓았는데 오리사탕* 오마케** 때 묻은 아메다마*** 먼지 낀 마츠가시가 한 줌씩 담겨 있을 뿐이다. 허리가 활처럼 구부러진 영감이 나와서 마츠가시와 오리사탕을 섞어서 5전어치를 신문지 조각에 싸준다. 삼룡이는 오리사탕 한 개

* 오리사탕 : 오다마(おおだま, 大玉). 왕 눈깔사탕.
** 오마케(おまけ, 御負け) : 덤. 덧거리.
*** 아메다마(あめだま, 飴玉) : 눈깔사탕.

를 쥐더니 울음을 딱 끊었다. 민보는 방바닥에 내려놓은 채 사탕을 쭐쭐 빨아먹으면서 앉았는 아들을 내려다보고 앉았다. 삼룡의 의복에서는 고약한 지린 냄새가 났다. 개가 아니면 사 입는 양복 한 벌 사 입히지 못하고…… 민보는 눈을 손등으로 비비었다. 연기 때문에 눈물이 흘렀다. 그러나 그 눈물은 연기 때문에 흘러내리는 눈물뿐이 아니었다.

민보는 아내와 마주 앉아서 숟가락을 들었다. 집 안에는 우울한 공기가 가득 차 있다.

"이 달은 돈이 좀 남겠소?"

아내는 삼룡에게 젖을 물리면서 묻는다.

"남을 게 없소."

민보의 우울한 대답이다.

"하루두 쉬지 않구 벌어서는 그저 입살이만 하구."

민보는 밥 한 술을 떠 넣고 가자미 꼬리를 한 조각 떠 넣어서 맥없이 씹는다.

"내달부터 잔업을 없애버린다오."

민보는 후 하고 한숨을 내뿜는다.

"그럼 일급이 줄어들겠소. 그럼 어떡허우."

민보의 입에서는 다시 말이 없다. 부부는 무거운 침묵 속에서 저녁을 필하였다.

저녁 후에 최 영감이 집세 받으러 왔다 갔다. 나무장수가 왔다 갔다. 간장 파는 외눈이 노파가 왔다 갔다. 8시 반까지 빚쟁이한테 시달림을 받고 나서 급료 주머니를 계산하여보니 10원 지폐 한 장하고 10전짜리 백동화 네 개에 1전짜리 동화 세 개가 남았다. 삼룡이는 아무 근심 없이 손과 다리를 쭉 뻗어 붙이고 잔다. 민보는 신문지에다 희연*을 말아서 피워 들었다. 아내는 가마목**에 쪼그리고 앉아서 삼룡이가 벗어놓은 헌 셔

102

츠에다 조각천을 대고 끌어맨다. 만국지도같이 얼룩이 간 검은 치마에다 가 두세 군데 조각천을 붙인다. 홍색 저고리를 입은 아내는 민보가 보기에도 좋은 감상이 생기지 않았다. 민보는 그 저고리와 치마를 찢어버리고 좋은 감으로 새 옷을 해 입히고 싶은 순간적 흥분을 느꼈다. 민보는 아내의 얼굴을 한참 바라보다가 얼굴을 돌렸다. 그러고 속으로—자네도 고생이 많은 여자이지 하고 한숨을 지었다. 한 달 동안 이 상점 저 상점으로 다니면서 외상으로 물건을 가져다가 생활하여가는 아내도 자기만 못지않게 고생을 하리라고 생각하니까 한없이 아내의 정경이 불쌍하여졌다. 드문드문 앞거리를 술 취한 사람들이 노래 부르며 다니는 노랫소리가 들려왔다. 아내가 삼룡의 셔츠를 다 기워놓는 것을 기다리고 앉았던 민보는 일어나서 밖으로 나가더니 대문을 잠그고 들어왔다. 아내가 마지막 바늘을 빼고 실을 끊는 것을 보고

"인젠 자지⋯⋯."

하고 아내의 손목을 끌었다.

아내는 그렇게 하는 것이 남편의 우울한 기분을 얼마만이라도 위안시켜주리라고 생각하고 남편에게 빙그레 웃어 뵈면서 일어나서 자기 손으로 전등을 껐다.

*

이튿날 민보가 공장에서 돌아오니까 아버지가 와 있었다. 아버지는 자기 조상의 제일을 잊어버리는 한이 있더라도 아들의 급료일은 잊어버리지 않았다. 그것을 잊어버린다는 것은 밥 먹는 것을 잊어버리는 것과

* 희연囍煙 : 일제시대 조선총독부 전매국에서 제조한 봉지 담배 이름.
** 가마목 : 북한어. 부엌과 구들 사이를 터놓은 집에서 가마가 걸려 있는 아랫목.

같았다. 한 달 만에 처음 만나는 아버지는 그사이에 더 늙어 보였다. 육십에 다섯 살이나 더 꼬리를 단 아버지다. 머리가 더 희어지고 허리가 더 구부러들고 얼굴에 주름이 더 생겼다. 새까맣게 때 묻고 군데군데 기워 댄 광목 바지저고리와 벗어 걸어놓은 두루마기에는 빨간 물이* 여기저기 묻어 있다. 아버지의 말을 들으면 함흥 고을로 들어가다가 색의 장려원들에게 붙잡혀서 그같이 빨간 물의 세례를 받았다고 한다. 아버지에게서 새것을 찾아낸다면 그것은 작년 음력설에 민보가 3원 주고 사 드린 망건하고 갓이다. 아버지는 그 망건하고 갓을 자기 생명같이 소중히 여긴다. 길을 가다가 비나 오게 되면 아버지는 망건하고 갓을 벗어서 두루마기 안에 간직한다. 어떻게 소중히 간직하였는지 작년 살 때에 비하면 조금도 색이 변한 데가 없다. 오래간만에 부자간은 한자리에 앉아서 저녁상을 받았다. 민보는 아내를 시켜서 술 10전어치를 사왔다. 민보는 두 무릎을 꿇고 아버지에게 술을 부어 드렸다. 술잔을 드는 아버지의 손을 보는 민보는 놀랐다. 손끝이 마디마디 칼로 에인 듯이 끊어졌다. 그 짬에 때가 새까맣게 들어찼다. 아버지는 나무에는 돈을 들여서 사지 말라고 추우나 더우나 지게를 등에 지고 들로 산으로 풀을 긁으러 다니었다. 구부러진 등에다 담뿍 긁은 마른 풀 수숫대 뿌리를 지고 돌아오는 때의 아버지의 허리는 구부러들 대로 구부러들어서 지팡이가 아니었다면 이마가 땅에 닿았을 것이다. 술을 부으면서 그런 광경을(민보도 경험하였다.) 상상하여볼 때 자기의 못남(?)을 민보는 육신에 느꼈다. 다달이 급료일 이튿날 밤마다 있는 충호네 집 모임에도 민보는 전달부터 참석을 못하였다. 한 잔씩 먹으면서 한 달 동안의 괴로움을 이야기하는 모임이다. 성의가 없어 참석 아니하는 것이 아니라 그의 생활이 그것을 허락하지 않았다. 이

| * 빩안긴이(원문)→빨간 물이.

런 것을 생각하니 민보는 밥도 맛이 없어졌다.

"너 서식西植이네 소식을 들었느냐?"

아버지는 술을 다 마시고 나서 이렇게 묻는다.

"도무지 못 들었습니다."

"지난 스무날 새벽에 서식의 애비가 돌아갔다."

"에?"

민보는 너무나 의외의 말에 씹던 밥을 흘리면서 놀란다.

"아니 그게 무슨 말씀입니까?"

민보는 밥술을 든 채 아버지 앞으로 한 무릎 나앉았다.

"그이 아버지는 어떻게 그렇게 됐소."

민보의 아내도 따라 놀란다.

서식이는 민보와 제일 친하게 지내던 친구다.

서로 가슴을 헤쳐놓고 이야기할 만한 친구는 오직 민보에게는 서식이뿐이었다. 서식은 입이 무겁고 남이 보기는 바보 같았으나 자기 할 일은 틀림없이 순서 있게 하고는 사이만 있으면 독서를 하였다. 서식은 고독을 좋아하고 깊은 생각에 빠져 있을 때가 많았다. 재작년 늦은 가을에 민보가 고향을 떠날 때 서식은 민보의 교편을 받아가지고 S야학교 선생으로 들어섰다. 그러다가 작년 오월에 소관 H주재소에 ××되어 이 주일 후에 H로 ××되었다. 민보가 아는 것들은* 그것뿐이었다. 그다음에는 무슨 일로 어떻게 되었는지 도무지 알 도리가 없었다. 그러다가 바로 열흘 전에 민보는 신문지상에서 서식의 사진을 발견하고 놀랐다. 기사 금일 해금 'S농조 관계자 18명 금일 송국'이라는 미다시**로 굉장하게 기사가 실려 있었다. 민보는 자기의 추측이 틀리지 않았다고 생각하였다. 서

* 것은들(원문) → 것들은.
** 미다시みだし : 표제標題, 표제어.

식의 아버지는 오십이 조금 넘은 건강한 중늙은이다. 아버지는 아들이 그렇게 된 후부터는 동리 늙은이네들이 모르는 데 가서도 노상 죄 지은 사람처럼 쪼그리고 앉았다. 평소의 쾌활하던 성격은 아무데도 찾아볼 곳 이 없었다. 할 말이 있어도 아버지는 기운이 나지 않아서 입술만 들먹거 리다가는 머리를 수그리곤 하였다. 다른 늙은이네들이 자기에게 그런 언 어 행동을 보이는 것은 아니었지만 아버지는 혼자 생각에 죄송스러웠던 것이다. 아버지는 서식의 처자를 데리고 고독한 생활을 하였다.

죽일 놈 같으니…… 술이 취하면 아버지는 이렇게 아들을 욕하면서 저고리 소매에다 눈물을 씻는다. 아버지는 고독하고도 세상에서 버림받 은 듯한 날을 보내었다.

서식의 기사가 신문에 난 그 이튿날 아침에 윤 초시는 서식의 아버지 를 불렀다. 윤 초시는 S동리의 부자요, 진흥회 회장이었다. 윤 초시는 서 식의 아버지를 톡톡하게 꾸지람을 주었다. 그리고 그런 배은망덕한 자식 놈을 가진 놈에게는 전답을 줄 수가 없다고 그 즉석에서 부침을 떼었다. 서식의 아버지는 닭의 똥 같은 눈물을 흘리면서 애걸복걸하였으나 배짱 이 세기로 동리 제일인(그럴 수밖에 없다.) 윤 초시 앞에서는 아무 도리 가 없었다. 서식의 아버지는 담뱃대로 뒷짐을 짚고 집에 돌아와서 그냥 자리에 누워버렸다. 이를 악물고 눈을 꽉 감고 몸 한 번 까딱하지 않고 누웠다. 그러더니 그날 저녁때부터 신열이 떠돌고 머리가 아프다고 아버 지는 신음하였다.

이놈 천하에 죽일놈 그럴 수야 있니……. 아버지는 누구를 욕하는지 이런 허황한 소리를 치면서 이를 부드득 갈기도 하였다. 약을 권하여도 마시지 않았다. 그러더니 나흘 전에 바로 자리에 누워서 5일 만에 서식 의 아버지는 그만 세상을 떠났던 것이다. 몹시도 음산한 밤 10시가 좀 넘 어서 민보는 아버지의 이야기를 듣고 나서 너무나 허무한 사실에 정신이 아득하여졌다. 너무나 청천의 벽력이었다.

"동리에서 상측은 쳐주었으나 그 집 일두 참 딱하다."

아버지는 으흠 하고 신음하는 소리를 내뿜는다.

민보는 아무 말 없이 앉아서 도야지처럼 비대하고 누런 돋보기안경 안에서 울분에 충혈한 눈이 늘 그 새新 무엇을 찾고 있는 윤 초시의 모양을 눈앞에 그려보았다. 민보는 될 수 있는 대로 오랫동안 윤 초시의 모양을 눈앞에 그려보려고 애를 썼다. 아버지가 숟가락을 놓는 것을 기다려서 민보도 숟가락을 놓았다. 중병을 앓고 난 사람처럼 도무지 밥맛이 나지 않았다.

"그래서 서식이네 부치던 전답은 어떻게 되었습니까?"

"물역 마을 황 서방이 부치게 되었다더라."

황 서방이란 말을 들었을 때 민보는 모든 것을 깨달을 수가 있었다. 윤 초시에게는 아들이 없었다. 첩을 둘씩 데려왔으나 계집아이들을 낳고는 도무지 잉태를 하지 않았다. 그래 금년 정월에 그 윗동리에서 유명한 대주무당을 불러다 점을 치니까 금년 안으로 동방東方의 처녀 첩을 얻어야 자식을 보겠다고 하였다는 말을 민보는 들었다. 그리고 전달 어느 날 저녁에 고향 이야기가 났을 때 황 서방에게 십칠팔 세 된 딸이 있다는 것을 민보는 아내에게서 들은 일이 기억났다.

"황 서방의 딸이 방금 시집가지 않았소?"

민보는 아버지에게 물었다.

"그 딸이 윤 초시의 소실이 되는 소견이더라."

아버지는 입 안의 담배 연기를 침에다 섞어서 꿀꺽 하고 넘긴다. 침묵이 계속된다. 민보는 손톱을 이로 물어뜯고 앉았다가 책상 서랍을 열고 10원 지폐를 끄집어내서 아버지 무릎 앞에 놓았다. 아버지는 아무 말 없이 지폐를 쥐어서 허리띠에 찬 주머니에 정성스레 집어넣고 나서

"월급이 오르지 못하였느냐?"

하고 묻는다.

"오르지 못하였습니다."

민보의 아내가 삼룡이를 안아서 시아버지 무릎에 놓고 나간다. 늙은 이는 입에 물었던 담배를 방바닥에 놓고 삼룡이를 달랜다. 그러나 삼룡 이놈의 새끼는 한 달에 한 번씩 보는 할아버지라 낯이 설어서 고함을 지 르면서 운다.

"그놈의 새끼 낯이 설어서 그러우……."

며느리는 밥을 씹으면서 들어오더니 삼룡이를 도로 안아 내온다. 그 래도 민보는 머리를 숙인 채 무거운 생각에 빠져 있다. 방 안에는 담배 연기가 보얗게 떠돈다.

"이렇게 하구 어떻게 살아가겠느냐. 쉰 냥(10원)씩 가져가니 동리빚 을 다달이 열댓 냥(3원)씩 물어가구 쌀을 사 먹구 세납을 물구 하니 어디 남는 것이라구 있니. 제사나 잔치가 한 달에도 다섯 번은 되니 한 냥씩이 래두 구조가 댓 냥이 아니냐. 속앓이를 해 누워 있는 네 어미는 너를 보 구 싶다구 이번에는 데리구 오라는구나."

아버지는 수염을 어루만지면서 한숨을 내쉰다. 검은 얼굴에는 생에 대한 불안의 그림자가 떠돌고 있다.

"그러니 아버지 집에 가 있으면 한 달에 25, 6원의 수입이 있겠습니 까? 부침이나 많은 것 같으면 또 모르겠습니다. 저도 여러 가지로 생각 하고 있습니다."

민보는 속은 곯았으나 겉만 뻔뻔한 농촌의 정경을 눈앞에 그려본다.

"어저께 솔방천에서 윤 초시를 만났는데 윤 초시의 하는 말이 아들이 잘 번다니 부침을 내놓고 아들 있는 데 가서 여생을 보내는 것이 어떠냐 고 말하더라. 그것두 재미없는 말이야. 그래 생각다 못해 오늘 아침에 기르던 암탉 한 마리를 보냈다."

민보네는 윤 초시네 토지 논 여덟 마지기(한 마지기는 120평가량)와 모래밭 하루갈이(1,200평가량)를 부친다. 민보는 아버지의 말을 듣고 가늘게 놀랐다. 불덩이는 자기 발에도 떨어지려고 한다. 민보는 갑자기 앞이 캄캄하여졌다.

"그러니 이놈아 이젠즉 내 생각 같아서는 이렇게 허는 수밖에 없구나. 네가 처자를 데리구 집에 와서 농사를 하든지 네 늙은 애비와 어미를 여기 데려다가 먹여 살리든지 양단간에 어떻게 처리해라."

민보의 입에서는 아무 말이 없다. 민보는 안타까운 가슴을 쥐어뜯으면서 울고 싶었다.

농촌으로 간들 무엇 하느냐…….

그렇다고 영영 텅 비워 둘 내 고향은 아닐 것이다…….

민보는 서식이를 생각하고 윤 초시를 생각하여보았다. 그리고 생각을 달리 해보았다.

공장이래야 그렇게 안전한 곳은 못될 것이다. 첫째로 인심이 박하고 융통성이 조금도 없고 공기가 좋지 못하여 건강을 해하고 또 언제 무슨 바람이 불어서 그 바람에 자기도 휩쓸려 들어갈는지 몰랐다. 부모를 이곳에 모셔 온다는 것도 한 모험이라고 생각하였다.

그러면 어떻게 하면 좋으냐……. 민보는 생각하면 생각할수록 기가 막혔다.

"아버지 잘 생각하여가지고 처리하리다."

민보는 팔짱을 끼고 앉았는 아버지에게 겨우 이렇게 말하였다.

이놈에 생활이—나를 이렇게—민보는 가슴속에서 몇 번이나 이렇게 외쳐보았다. 순간 일종 비애가 가슴에 북받쳤다.*

| * 복바쳤다(원문) → 북받쳤다.

"민가는 조상부터 명문이구 귀한 자손이라더니만······."

아버지는 영락零落한 신세 한탄을 하면서 천근같이 무거운 한숨을 내쉬면서 눕는다.

민보는 연필로 헌 신문지 조각에다 '農(농)'자 '村(촌)'자 'エ(공)'자 '場(장)'자를 어지럽게 쓰면서 반갑지 않은 과거를 머리에 되살려본다.

소화 ×년 여름—몇 해에 한 번씩 주기적으로 습래하는* 장마가 한 달 동안을 장차게 계속하더니 S강이 창일하였다. 제방이 튼튼치 못한 ×면 쪽에서는 촌민들이 불철주야로 헌 가마니에 모래를 넣어가지고는 제방을 수리하였다. 민보와 서식이는 그때 말하자면 제방 수리를 총지휘하였다. 그러나 천변은 인력으로는 못하는 것인가 그 노력도 수포에 돌아가서 바로 8월 13일 아침에 제방이 미어지기 시작하였다. 이때는 벌써 형세불리를 간파하고 동민들을 고래둥이(지명)로 피난시킨 후였다. 곡식이 누렇게 익어가던 전답은 삽시간에 황해로 변하였다. 가옥에도 토마루** 위까지 침수하였다. 낮은 집은 대들보까지 물에 잠겼다.

동민들은 고래둥이에서 노숙하였다. 윤 초시도 하는 수 없이 그동안 먹는 쌀을 자기가 담당하였다.

병자가 생기고 나무가 부족이 되었으나 동리 젊은이들의 눈물겨운 활동으로 한 사람의 희생자도 내지를 않았다. 후에 소관 S주재소에서는 민보 외에 두 젊은이에게 상장까지 내주었다. 피땀을 흘려 지은 곡식들은 전장에 나갔던 부상병들처럼 거꾸러지고 말았다. 흉년이래도 심한 흉년이었다. 농민들은 누구누구 없이 공포와 낙망의 구렁에서 눈물을 흘렸다. 추수를 하여가지고 윤 초시네 하고 반분씩 나누고 보니 민보네 앞에 생긴 것이 쭈그레기 벼 넉 섬하고 조 다섯 말밖에 안 되었다. 동리에서는

---

* 습래하다(襲來─) : 내습하다.
** 토마루(土─) : 토방. 방에 들어가는 문 앞에 좀 높이 편평하게 다진 흙바닥.

살지 못해 떠나는 집이 민보가 고향을 떠날 때까지 세 집이나 생겼다. 동민들이 모아서 윤 초시한테 자기네의 딱한 사정을 이야기하고 3푼 변으로 내년 가을까지 매회에 10원씩 차용하여 달라고 수차 애걸하여보았으나 윤 초시는 처음부터 마지막까지 없다고 내뱉었다. 동민들은 그 돈을 합하여가지고 볏짚을 사가지고 대적으로 비료 가마니를 집단 제조하자던 게 그때 민보의 생각이었다. 그냥 농촌에 있다가는 굶을 수밖에 없었다. 민보는 명년 봄 감자가 날 때까지 살아갈 방도를 생각하였다. 그래 민보는 벼 넉 섬을 팔았다. 한 섬에 3원 10전씩 넉 섬에 12원 40전이었다. 민보는 그 돈으로 함흥읍에 들어가서 밀가루 세 포대하고 벼뜬 겨 넉 섬을 사내 왔다. 벼 뜬 겨에다 밀가루를 반죽하여서 가마에다 쪄내면 떡이 되는 것이다. 처음에는 모래를 씹는 듯하였으나 점점 그것도 맛(?)이 났다. 민보는 그 떡을 먹으면서 겨울 한철을 노동할 결심을 하였다.

그때 N읍에 있는 ××공장에서 직공을 모집한다는 소문을 듣고 민보는 겨울 한동안을 공장 노동을 하여서 명년 춘궁을 면하자고 N읍으로 뛰어나갔던 것이다. 민보는 그때 임신 8개월이 된 자기 아내를 처가로 보내었다. 힘이 세고 손에 못이 박히고 순전한 농촌자라는 데서 민보는 아주 쉽게 공장에 들어갈 수가 있었다. 그때 일급이 68전인데 잔업 수당이 2할을 가하여 80전이었다. 민보는 자취를 하였다. 10원을 집에 보내고도 좀 여유가 있어 민보는 만족하였다. 장가를 가느라고 동리 돈 50원을 낸 것도 머지않아서 물 것 같았다. 그 이듬해 봄이 와도 민보는 공장을 떠나고 싶지 않았다. 말하자면 공장에 애착을 느꼈던 것이다. 그때 아버지와 상의하고 이듬해 정월에 집에서 어린애를 놓아가지고 돌아온 아내를 읍에 데려내다 살림을 시작하였다. 아버지도 자기의 고생도 고생이었지만 아들이 돈 벌어가지고 돌아올 때를 커다란 만족과 희망을 가지고 기다렸던 것이다. 그러나 그것은 민보나 아버지가 생각한 것처럼 그렇게 단순하게 실현되는 것이 아니었다. 급료는 오르지 않는데 물가는 나날이 올라갔다. 살림을 시작하니 12, 3원씩은 들었다. 작년 유월에 승급이 되어서 잔업 수당까지 합하여 일급이 90전이 되었다. 좋은 반찬 한 번 못 사 먹으면서 이달까지 애를 쓰나 돈은 다달이 부족되었다.

아버지는 잠이 들었는지 코를 곤다. 민보는 일어나서 아버지에게 이불을 덮어드리고 자기는 아랫방에 나가 누웠다. 아내는 남편의 다비*를 끌어매고 앉았다. 공포와 비애가 떠도는 괴로운 하룻밤이다.

＊

민보는 책상 앞에다 3월분 생활표를 붙여 놓았다.

3월분 생활표

급료액—26원 75전야也

고 향 ────────	10원
집 세 ────────	2원
식료품 ────────	1원
신 탄 ────────	2원
전등료 ────────	60전
미대米代 ────────	7원 50전
잡 비 ────────	1원
전월 외상 ────────	3원 20전
소 계 ────────	27원 30전

| ＊다비たび : 일본식 버선.

차인부족금 ————————— 55전

될 수 있는 대로 더 절약할 일.

3월 5일

　민보는 살수록 불안을 느끼게 되는 자기 생활을 짬만 있으면 생각하여본다. 남이 두부를 사다 먹으면 민보는 비지를 사다 먹었다. 쌀값은 자꾸 올랐다. 전달보다 더 절약하여도 물가가 고등하니까 남은 돈이라고는 도무지 없다. 3월달 접어서는 된장에다 군내 나는 김치밖에 다른 반찬을 사온 일이 없다. 민보는 이달 접어 제일 맛나게 먹은 것은 어떤 친구의 집들이에 가서 술과 떡과 국수를 먹은 것과 산비닭이* 고기를 먹은 것이었다. 그 비닭이 고기란 민보가 하루 저녁 좀 늦어서 혼자 공장에서 돌아오던 길이었다. 구룡 고개에 올라섰을 때 산등에서 꽉 하는 날짐승의 비명이 들리더니 새 한 마리가 민보의 발 앞에 떨어졌다. (그때 민보는 그것을 암꿩이라고 알았다고 한다.) 민보는 날쌔게 그 새의 목을 비틀어서 꽁무니에 차고 달음질쳤다. 그것이 산비둘기였다. 총에 맞았던 것이다. 이렇게 생활이 궁하고 보니 민보는 요행을 바라는 병에 걸렸다. 누가 나를 초대를 하지 않나 누가 나를 술 한 잔 사주지 않나 어디 무슨 잘 먹을 일이 없나 하고 민보는 요행을 바랐다. 민보는 술이 딱 마시고 싶은 때에는 B직장 종업원 일동이 박힌 사진을 끄집어내어 놓고 술을 삼직한 친구의 얼굴을 물색하는 것이었다. 물색하는 데 그는 세 명씩 하였다. 처음에 간 친구가 술 사줄 모양이 보이지 않으면 그다음 친구의 집으로—이렇게 세 집을 지정하고 떠나는 것이다. 열 번이면 여섯 번은 술을 얻어먹을 수가 있었다. 요행히 얻어먹은 날 저녁에는 아주 기분이 상쾌하여 집에 돌

| ＊산비닭이→산비둘기.

113

아와서 아내와 실없는 농담을 하면서 웃고 하지만 계획이 틀어져서 돌아올 때의 민보의 얼굴이란 도수장으로 가는 소 모양으로 머리를 들지 못하고 빛깔 없었다. 이런 날 저녁에는 벙어리처럼 말마디 하지 않고 혼자 쪼그리고 자는 것이다.

민보는 하루 한 번씩은 생활표를 들여다본다. 보고 싶어 보는 것이 아니라 당연히 눈에 띄었다. 민보는 생각하다 못해 쇠줄로 각장이를 만들었다. 공장에서 나오면 헌 가마니를 메고 산에 올라가서 마른 풀을 긁는다. 한 번 가서 긁어오면 이틀은 땔 수가 있었다. 공장에서 잔업까지 하고 솜같이 피곤해서 돌아온 민보는 산에 올라가서 나뭇가지를 긁게 되니 육신이 어루만지지 못하게 아프고 가슴이 저렸다. 저녁에 자리에 누워서 아내와 이야기하다가도 그만 잠이 든다. 아내는 그런 줄도 모르고 한참 혼자서 이야기하다가 남편의 코고는 소리를 듣고는 빙그레 웃는 적도 있었다. 3월이 절반이 더 간 어느 날 저녁이었다. 민보는 술이 만취하여 들어와서 저녁상도 받지 않고 엎드려서 울었다. 그날이 바로 회사가 두 시간의 잔업제를 철폐한다고 선언한 날이었다. 그 게시의 내용인즉 이러하다.

오는 3월 말일까지는 회사의 건설공사도 완성되고 모든 사무도 정돈이 될 터이니 4월 1일부터는 종래 근무 중에 지불하던 본급의 이 할부 마시를 철폐하기로 하고 공장법에 의한 8시간 노동제를 실시하겠다는 내용의 게시였다.

이 게시를 보고 놀란 것은 민보뿐이 아니었다. ×천 명의 종업원은 모두가 낙망하고 생활에 대한 무서운 위협을 느꼈다. 민보는 회사를 원망하지 않았다. 10시간 하던 노동을 8시간으로 변경하였으니까 일급이 줄어들 것은 번연한 일이다. 그러면서도 민보는 자기네에게는 10시간이나 8시간이나 뼈 빠지는 데는 한가지지만 회사는 큰 이익을 보리라고 생각하였다. 이런 생각을 민보는 누구에게도 말하지 않았다. 그러니 그런 생각을 민보와 같은 입장에 있는 노동자라면 다 알 것이 아닌가!

"여보, 글쎄 하루에 90전 받아가지고 간신히 생활을 하던 게 하루 75전씩 받아가지고 어떻게 살겠소."

민보는 아내의 두 손목을 꽉 잡았다. 마치 세상에 믿을 사람은 당신밖에 없다는 듯이.

"그러니 시아버니 말씀대로 어떻게든지 모여 살 도리를 해야지요."

"그래 당신은 어떻게 생각하오. 농촌으로 가겠소? 그렇지 않으면 양부모를 여기 모셔 오는 것이 어떠하겠소."

민보는 어린애처럼 두 소매에 눈물을 씻는다.

"내가 아우. 귀래(당신) 어떻게 처리하우."

민보는 역시 종이를 한 장 뜯어서 희연을 말아 붙여 물고 연거푸 대여 몇 모금 들이삼키고 나서

"그래두 촌에는 집 한 칸이라도 있지 않소. 엉터리를 들여놓을 내집이 있으니 암만 생각해보아도 굶든 먹든 농촌으로 나가는 게 좋을 것 같소."

"좋을 대루 하시오."

아내는 별말이 없다.

"그럼 이다음에라도 내 하자는 대로 해야 되오?"

민보는 눈물 젖어 있는 눈으로 웃어 보인다. 그러나 그 웃음은 몹시도 쓸쓸하고도 빛깔 없는 웃음이다.

"언제는 말 안 들었다구."

아내는 얼굴을 숙이고 저고릿고름으로 눈을 비빈다. 삼룡이는 어머니 곁에서 시름없이 잔다.

삼룡의 자는 얼굴을 한참 들여다보던 민보는

"여보, 저놈의 새끼가 25살 먹을 때는 좋은 세상이 올 게요. 모든 것을 불버(부러워)하지 않는 세상이……."

하면서 아내의 얼굴을 본다. 아내도 삼룡의 헝클어진 머리를 쓰다듬 어주면서

"오늘 능 앞 무당에게 점을 치니 '천하를 다스릴 큰 벼슬을 할 팔자'를 타구났다구 그럽데다."

아내는 만족한 웃음을 입가에 띄우고 남편을 쳐다본다.

"삼룡이놈이…… 호……."

민보와 아내는 천하를 다스릴 삼룡의 얼굴을 들여다보고 앉았다.

*

이태 후 어느 날 저녁이다. 민보는 충호를 찾아갔다. 충호는 읽던 책을 내던지고 민보를 반가히 맞아들이려고 하였으나 민보는 끝끝내 사양하고 이야기할 일이 있다고 충호를 데리고 구룡리 해수욕장으로 나갔다. 그때는 8시 반이나 되었을 때다. 민보는 나가던 길에 소주 두 병을 사서 옆에 끼고 하얀 모래 위를 앞서 걸었다. 충호는 일찍이 보지 못하던 민보의 몹시도 긴장한 태도에 다소 불안까지 느끼면서 아무 말 없이 민보의 뒤를 따랐다. 수분을 잔뜩 포위한 바닷바람은 추웠다. 잔잔한 파도가 모래를 씻고 있다. 하늘에는 별의 그림자도 보이지 않고 음산한 기분이 바닷가에 떠돌고 있다. 검은 하늘은 대지를 무거운 압력*으로 내리누르는 것 같고 검푸른 바다는 무엇을 삼키려는 듯이 무거운 침묵을 지키고 있다. 충호는 민보의 뒤를 따라가면서 민보 하는 모양을 주의하여 본다. 해수욕장 흰모래 위에 지은 지금은 뼈다귀만 남아 있는 탈의장 앞까지 오

| * 압력(원문)→압력.

116

더니

"이쯤 어떤가."

하고 민보가 충호를 본다.

"좋네."

충호는 무슨 영문인지도 모르고 다짜고짜로 이렇게 대답하였다. 민보는 충호와 마주 앉더니 소주병의 뚜껑을 이로 물어 뺐다. 축한 모래는 몹시도 차다.

"우선 한잔 들게."

하면서 충호에게 유리컵을 내주고 거기다 소주를 가득 부어준다. 그 사이에 충호는 민보의 얼굴을 똑바로 들여다본다. 어둠에서도 민보의 두 눈이 몹시도 빛나는 것 같았다. 어디서인지 방망이질하는 소리가 들려온다.

"민보 웬일인가?"

충호는 컵을 채듯, 묻는다.

"하여튼 들게 저 안주를……."

민보는 스루메* 하나를 주머니에서 끄집어내 준다. 충호는 단모금에 쭉 들이마시고 한 컵 가득 민보에게 부어주었다. 민보는 컵을 받자 냉수 켜듯이 목을 울리면서 들이마셨다. 두 컵씩 마시고 난 다음

"충호야 너는 나를 못생긴 놈이라고 욕할 거다."

민보는 충호의 얼굴을 똑바로 들여다본다.

"그건 무슨 소린가. 그래 그런 소리를 하자구 예까지 나를 데리고 왔나. 엑 사람두 못나게."

충호는 툭하게 핀잔을 준다.

"아니다. 충호야, 별반 자네가 나를 그렇게 생각한다고 해서 그런 것

_____

| * 스루메するめ : 말린 오징어.

117

이 아닐세. 나 자신이 친구들한테 참 미안한 데가 많았네. 내 자신에 부끄러우니 말이 아니 나겠는가.*"

민보는 주머니에서 담배를 끄집어내더니 붙여 문다. 성냥을 켰을 때 충호는 비로소 민보의 흥분된 얼굴을 확실히 볼 수가 있었다.

"그것은 자네 생각이지. 남의 생각을 알지 못하고 그렇게 말하는 법이 어디 있나."

충호는 술잔을 민보에게 주면서 사방을 돌아다본다. 회사 전용의 부두 쪽이 강한 전광 때문에 환하게 밝다.

"충호 우리가 생활을 영영 잊어버린다면 어떻게 될까?"

"그것은 십중팔구 불가능할 일이네. 자네나 나 같은 자의 결단력과 용기로서는 도저히 안 되는 게니."

"그러나 충호야 나는 생활이란 너무나 큰 참을 짊어졌기 때문에 이렇게 주의를 펴지 못하고 말았네. 오늘이나 내달이나 하고 막연하나 희망을 바라보고 자네들 하고 있으려고 하였네만……."

"무얼? 함께 있지 못하면."

민보는 남은 소주 뚜껑을 이로 물어 뺐다.

"충호, 나는 이 거리를 떠나야만 되겠네. 자네를 오늘 저녁 여기 데려온 것도 그 때문이네."

"떠나다니 어디로 간단 말인가?"

충호는 한무릎 나앉으면서 민보의 어깨에다 자기 손을 얹었다. 뵈지 않는 수평선 저쪽에서 가늘게 기선의 기적 소리가 들려온다. 몹시 몹시도 비애를 느끼며 하는 그 소리다.

"고향에 가서 농사를 하겠네."

| * 나겠는다(원문) → 나겠는가.

민보의 목소리는 눈물로 흘렀다. 오늘 오후 5시였다. 민보가 회사에서 나와보니까 아버지가 눈이 빠지게 민보를 기다리고 있었다. 민보의 아내는 저녁 할 차비도 없이 어린것을 업고 불안한 얼굴로 남편을 기다리고 있다. 아버지는 돌아오는 아들을 보더니 주머니에서 봉투편지를 끄집어내서 아들에게 주었다. 윤 초시에게서 아버지에게 보낸 통지서였다.

춘경이 멀지 않았는데 농사를 지을 사람도 없는 집에 귀한 토지를 맡길 수 없으니까 오는 양력 4월 초하룻날까지는 소작권 이동 수속을 하겠다는 간단한 것이었다. 민보는 읽고 나서 그 편지를 쪽쪽 찢어버렸다.

"이놈아, 이거 모두 거두고 나하고 같이 나가 농사를 하자. 농사에서 더 좋은 일이 있나. 제발 내 말을 좀 들어라. 이런 변이 어디 있니."

아버지는 눈물을 흘리면서 아들에게 애걸하였다. 민보는 더 생각하지 않았다. 그 당장에서 농촌으로 나가기로 결심하였다.

"아버지 가리다. 다시 농사꾼이 되겠습니다."

민보도 아버지 앞에서 눈물을 흘렸다. 이렇게 결심하고 나니 민보는 농촌이 몹시도 그리워졌다. 그 즉시로 세간 도구를 모조리 거두기 시작하였다. 밤 8시나 되어서 아버지는 의롱을 지고 민보의 아내는 삼룡이를 업고 살림 도구를 한 합 지니고 고향으로 떠났다. 자기는 급료날까지 있기로 하였다. 민보는 떠나는 아버지와 아내를 뵈지 않을 때까지 바라보다가 가슴속 깊이 숨어 있던 모든 감정이 북받쳐서 마음 둘 곳이 없어 그 길로 충호를 찾아가서 데리고 해변에 나온 것이다.

이야기가 끝나자 민보는 킥 느끼면서 운다.

"이 사람 울긴 왜 울어. 농촌에도 자네 할 일이 많을 거네. 이 거리를 떠나는 것을 못난 짓이라고 생각하는 것은 잘못이네."

"자네만이라도 나의 사정을 알아준다면 나는 기쁜 낯으로 떠나겠네."

민보는 눈물을 씻는다. 둘은 술이 톡톡히 취하였다.

"아네 알어. 나만 아는 것이 아니라 다른 친구들도 잘 아는 거네. 농사꾼이 여북 좋은가."

"고맙네."

또 술잔이 왔다 갔다 한다. 술이 끝났다. 충호는 민보를 부축하고 일어섰다. 그들은 사람 없는 해안을 비틀거리면서 걸어서 집마을로 들어섰다. 두 시간 후에나 민보와 충호는 얼굴에다 분칠을 한 계집애를 업히다시피 하여 가지고 알지 못할 콧노래를 부르면서 어떤 인치키 주점에서 나왔다.

11시를 알리는 공장의 사이렌이 목쉰 소리로 길게 내뽑는다.

*

급료일(사직원은 그 전날 드렸다.)─민보는 사무실에 들어가서 규약저금 17원하고 3월분 급료 27원 75전, 합계 44원 75전을 받아가지고 동무들한테 돌아다니면서 인사를 하고 기름 묻은 흰 공장복과 찢어진 지카다비*를 꾸려 들고 나왔다.

"이 사람 잘 가게."

"부디 성공하게."

한 20명 친구들이 경비계 지하도까지 따라 나와서 전송하여주었다. 민보는 모든 친구에게서 버림을 받은 듯한 일동 말 못할 외로운 감정에 가슴이 꽉 막혔다. 경비계 문을 나서 공장을 들여다보았을 때는 친구들은 직장으로 들어가버리고 늘 들어서 귀 익은 기계 소리만 민보의 가슴

| * 지카다비 じかたび : (일본 버선 모양의) 노동자용 작업화.

을 뒤흔들어주었다. 민보는 한없이 쓸쓸함을 느꼈다. 소리쳐 울고 싶었다. 민보는 최 영감의* 집에 돌아와서 집세 2원과 밥값(사흘 동안 기숙하였다.) 1원을 지불하고 남은 짐을 꾸렸다. 민보는 최 영감하고 술 20전 어치를 나누고 보따리를 등에 지고 나섰다. 공장아 잘 있거라……. 그는 이렇게 중얼거리면서 한참 공장 쪽을 내다보았다. 민보는 최 영감에게 고마운 인사를 다시 다시 하였다. 이 꼴이 되어 가다니…….

민보는 머리를 수그리고 걸으면서 연방 이를 악물었다.

조금 걷다가 민보는 또 발을 멈추고 공장 쪽을 바라보았다. 아침 태양 광선을 받아 공장에서 떠오르는 오색 연기는 유달리도 광채가 났다. 민보는 보따리의 무게도 잊어버리고 언제까지든지 오색 연기를 바라보고 섰다. 춘경을 재촉하는 후끈후끈한 봄바람이 파란 잔디 위를 날아서 민보의 공장복 소매로 기어든다.

—수록 : 「민보의 생활표」, 《신동아》 47, 1935년 9월

—「민보의 생활표」, 『질소 비료 공장』(리북명단편선집), 조선작가동맹출판사, 1958년

—「민보의 생활표」, 『현대조선문학선집 12』(리북명 편), 조선작가동맹출판사, 1961년

* 최영감에(원문) → 최 영감의.

댑싸리

1

닭의 목을 쥐고 자는지 늙은 사람들에게는 새벽잠이 없다. 먼동이 틀 임시하여 일어난 호룡虎龍 영감은 토마루에다가 담배 한 대를 맛나게 피우고 나드니 인분통을 들고 어두컴컴한 변소로 들어갔다. 선잠에서 깬 똥파리떼가 으앙 하고 호룡 영감에게 달려들었다. 호룡 영감은 인분에다 오줌을 섞어서 한 통 퍼 담아 들고 방문 앞으로 나왔다. 대문 밖에 나가 개천물 두 바가지를 떠다가 통에 붓고 나뭇가지로 쿨렁쿨렁 저었다. 인분은 아주 홀거워졌다. 고약스런 인분 냄새가 무럭무럭 떠올라서 호룡 영감의 콧구멍을 주먹으로 쥐어박는 듯이 쿡쿡 찔렀으나 호룡 영감은 콧마루 한번 씰룩하지 않는다. 해마다 이 계절이 오면 호룡 영감은 가슴에는 남 알지 못하는 욕심이 하늘하늘 불타올랐다. 돈푼이나 있는 집 영감 같으면 호사 끝에 허리가 꼬부라져 벌써 지팡이를 장만할 나이 되었으나 그런 호사를 못한 덕으로 우리 호룡 영감은 아직 완전하다. 인분 한 통을 코타령을 하면서 외손에 가볍게 들고 다니는 기력이 아직 남아 있다면 그만이 아닌가! 영감의 나이 금년에 육십! 다섯 평이 되나마나한 마당

122

그중에서 방문 앞 한 평쯤 내놓고는 온 마당이 어린 댑싸리로 푹 덮였다. 그뿐일까? 수숫대 바다 밑에는 한 미돌* 가량씩 간격을 두고 보동보동 살찐 호박모가 덩굴을 수숫대에게 틀어 감으면서 자라고 있다. 밤이슬을 잘 맞은 뜨락의 식물들이 팔팔한 기운을 발산하고 있다. 호룡 영감은 등 빠진 무명적삼 소매를 홀쩍 걷어 올리고 나서 똥물을 바가지에 담아 들고는 댑싸리 사이를 앉은걸음을 치면서 뿌리마다에 알맞춤씩 부어준다. 댑싸리에 거름을 주고 난 다음에 호박모에다는 댑싸리보다 다량으로 똥물을 부어주었다.

"암만해도 호박모가 모자라……."

호룡 영감이 허리를 펴면서 하는 말이다.

구슬 같은 이슬을 잠뿍** 머금은 시원하고도 명랑한 여름 아침 공기를 독한 인분 냄새가 슬슬 굽이치면서 흐른다. 댑싸리와 호박모에 거름을 주고 나도 전깃불은 깜박깜박 졸면서 모기와 하루살이의 성화를 받고 있다. 밝기 쉬운 여름 아침이나 아직 밝자면 대담배를 천천히 네댓 대 피울 시간은 있다.

"상금 자니? 해 올라온다, 일어나거라."

호룡 영감은 부엌문을 향하여 이렇게 소리를 치고 인분통을 들고 대문 밖으로 나갔다. 대문 앞을 숨 막히게 S강 제방이 가로막고 있다. 통행로는 S강 제방 뿌리와 대문 사이의 넓이 한 미돌이나 될까? 하는 개천뿐이다. 이 개천에다 큰돌을 두 개를 놓고 그 돌을 다리 삼아 통행하고 있다. 하수가 빠질 데 없는 이 마을에 장마가 계속이 되면 집집 마루 앞까지 만경황파***가 되었다. 이때가 되면 이 동리 주민들은 빨간 까치벌레가

* 미돌米突: '미터meter'의 음역어.
** 잠뿍: 꽉 차도록 가득.
*** 만경황파萬頃荒波: 만 이랑의 거친 물결.

이글거리는 하수를 바지를 무릎까지 걷고 맨발로 건너다닌다. 철없는 어린애들은 이 물에서 목욕을 한다.

호룡 영감네 집 앞 제방은 제방이자 곧 호룡 영감의 밭이다. 제방 중 허리까지 무성하던 풀을 빡빡히 갈고 댑싸리가 한 뼘씩이나 간을 두고 장하게 들어섰다. 우리 호룡 영감의 농사는 풍년이다.

"이 쌍놈에 개들아."

호룡 영감은 댑싸리 밭에서 물어 둘러 내치면서 어부중을 하고 있는 개를 향하여 흙덩어리를 주어 던지면서 소리를 지른다. 개들은 심술궂은 호룡 영감을 원망하는 듯이 컹컹 짖으면서 S제방 위로 뛰어올라갔다.

"워리워리 꼬도꼬도."

호룡 영감은 손바닥에다 흙덩어리를 놓아 내밀면서 개를 호린다. 그러나 한 번 혼난 개들은 호리면 호릴수록 컹컹 짖으면서 방천 저쪽으로 넘어갔다.

"한 마리 붙들기만 해라, 잡아먹는다."

호룡 영감은 이렇게 중얼거리면서 아까 마당에서 하던 대로 댑싸리 밭 가운데에 수캐앉음을 앉아서 뿌리마다에 거름을 준다. 호룡 영감의 이마와 등에 땀이 축축이 내돋았다. 거름을 다 주고 난 다음에 호룡 영감은 조심조심히 댑싸리의 맨 윗순을 똑똑 잘라주었다. 댑싸리는 순을 잘라주면 잘 자라기 때문이다.

빈 인분통과 바가지를 대문 앞 하수에 씻어서 제자리에 들여다 놓고 또 한 번 부엌문을 향하여 소리를 치고 호룡 영감은 손을 툭툭 털면서 S제방 위에 올라섰다. 소오줌만큼씩 몇 줄로 졸졸 흐르는 S강물 위를 회색의 솜 같은 안개가 낮게 슬슬 흘러다니고 있다. 건너편 제방 너머 보이는 집과 나무들, 즉 농촌의 한 폭의 풍경이 안개에 싸여서 수평선 저쪽 멀리 떠 보이는 신기루 같은 환멸의 감을 준다. 그 신기루와 회색의 솜을 뚫고 여름 아침 녹신녹신하고 시원한 바람이 불어와서 호룡 영감의 이마에 달린 땀방울을 하나둘씩 따가지고 귀밑을 스쳐서 뒤로 날아가곤 한다.

그러나 호룡 영감은 이 모든 강변 풍경에는 아무 감흥도 느끼지 않았다. 그저 회색 안개가 자욱한 강을 내려다볼 때 그 강바닥이 전부가 자기의 전답이 되어주었으면 하고 천근같이 무거운 한숨을 내뿜었을 뿐이다.

호룡 영감은 가래침을 거세게 내뱉고 풀섶에 앉아서 곰방대에다 희연을 꼭 눌러 담아 붙여 물었다. 담배 맛이 꿀같이 단지 건장이 흐르는 것을 담배 연기에 반죽하여 목을 울리면서 넘기곤 한다. 호룡 영감이 발목까지 오는 강물에 들어서서 물모래로 이를 닦고 세수를 하고 다시 방천 위에 올라섰을 때 아랫마을에 있는 점쟁이 신 훈장*이 호박모를 신문지에 싸쥐고 털털걸음으로 내려왔다.

"신 훈장 아니우? 일즉허니 어디 갔다 오우?"

"하, 금년은 호박모두 어떻게 이 바쁜지 다섯 집안에 가서 제우 몇 모종 얻어 가지구 오는 길이우."

호룡 영감도 호박모가 그리웠다. 마당 구석에다 호박씨를 뿌려놓기는 하였으나 아내가 모르고 소금물을 주어서 모조리 죽어버렸다. 거리에서 호박모를 파는 줄은 알지만 호룡 영감은 돈을 주고 사서까지 심을 생각은 없었다. 호룡 영감에게는 아직 호박모 여남은 모종이 필요하였다. 그렇게 구하던 호박모를 보더니 호룡 영감은 눈이 번쩍 띄었다.

"많군, 몇 모종 나를 줍겐……."

호룡 영감은 호박모를 어루만지면서 사정을 붙인다.

"원, 천만에 상금 이만큼 더 있어야 하겠습메……."

"뉘 집에서 얻었습메?"

| *박훈장(원문) → 신 훈장.

안 줄 줄 아는 호룡 영감은 호박모 얻은 처소를 알아가지고 손수 가볼 생각으로 이렇게 물었다.

"윗말 곱장 영감네게서……."

호룡 영감은 곱장 영감이란 말을 듣더니 귀가 바짝 떠서 이야기하던 신 훈장을 방천 위에 내버려두고 두 주먹을 불끈 쥐고 잦은걸음으로 곱장 영감네 집으로 떠났다. 호룡 영감은 곱장 영감하고 희롱하기까지 친한 처지다. 곱장 영감네게 가보았으나 벌써 호박모는 남지 않았다. 호룡 영감은 사정사정하여서 겨우 네 모종을 얻어 가지고 왔다. 집에 돌아온 호룡 영감은 호미를 쥐고 나가더니 앞집 고부덕이네 앞 방천의 풀을 호미로 빡빡히 긁기 시작하였다. 거기다 호박모를 심을 생각이다.

"저 영감이 망령을 부리는군. 방천을 저렇게……."

"장마에 방천이 미어지면 어쩌자구 저 두상이 영감 그만두오. 괜히 콩밥 먹지 말구……."

아침 산보객들이 호룡 영감의 환장한 듯한 행동을 보고 저희끼리 수군거리기도 하고 입바른 사람은 그렇지 못하게 짠말로 핀잔을 주기도 한다. 그러나 호룡 영감은 눈도 거들떠보지 않고 숨차서 헐떡거리면서 호미로 풀뿌리를 빡빡 긁어버린다. 그러면서 도리어 산보객들을 욕하는 것이다.

"미친놈들 같으니 저놈들 배부르니 내 배꺼정 부를 줄 아니? 여북하면 방천을 갈겠니……."

호룡 영감은 입으로 흘러들어가는 땀방울을 푸우 푸우 내뿜으면서 거대스럽게 풀을 긁는다. 영감의 머리끝까지 삶에 대한 욕심이 어룽거리고 있다.

호룡 영감이 방천풀을 한 평이나 긁어모았을 때 아들 경덕이가 수건을 어깨에 걸고 칫솔을 입에 물고 나왔다. 강으로 세수하러 나가는 길이다. 경덕은 작년 봄에 그것도 겨우 보통학교를 나와서 학교 소개로 T백화점 점원으로 취직이 되어서 지금까지 착실히 다니는 아이다. 아버지와는 성미가 정반대로 양처럼 유순하고 거짓말을 하기를 몹시 무서워하는 정직한 소년이다. 경덕은 아버지의 지나치는 행동이 볼썽사나워서

"아버지 방천의 풀은 왜 자꾸만 뽑소. 남들이 욕하는데 그만두오."

경덕은 이마를 찡그려 울상을 지으면서 뾰로통한 음성을 아버지 등에다 던진다.

"야, 이놈의 종재야 너를 시비하라니."

아버지는 뒤도 돌아보지 않고 아들에게 뚝 잡아떼는 듯한 거센 소리를 던진다.

"물내기*에 방천이 터지문 어떡하겠소."

"이놈, 너를 그런 걱정을 하라니 빨리 밥이나 먹구 가게(상점) 나가거라."

아버지는 어디까지든지 아들의 말을 짓밟아버린다.

"글쎄 그만두오. 예럼(이웃)에서 자꾸만 시비를 하는데."

아들은 자기를 어디까지든지 젖비린내 나는 어린아이로 취급하는 아버지가 아니꼬웠다.

"야, 이 간나새끼야, 애비 하는 일에 참견이 무슨 참견이냐."

아버지는 훌쩍 뛰어 일어나더니 불꽃이 튀어나올 듯한 두 눈으로 아들을 쏘아본다.

경덕은 아버지의 무서운 기세에 눌려서 아무 말도 못하고 혼자 무어라고 투덜대면서 방천을 넘어갔다. 분풀이로 아버지 보는 데서 댑싸리와 호박모를 빼내버리고 달아나고 싶은 생각이 어린 가슴에 무럭무럭 솟아

| * 물내기: '큰물'의 북한어.

올랐다.

호룡 영감은 두어 평 잘 되게 방천을 갈았다. 간 풀을 안아서 제방 위에다 쭉 널어놓았다. 쨍쨍한 이틀 볕만 보이면 두 때 땔나무는 되었다. 그러고 나서 호룡 영감은 두어 발자국씩 간을 두고 호미 끝으로 네 군데를 파고 물을 조금씩 붓고 호박모를 심었다. 그리고 호박모가 이글이글 불붙는 햇볕에 시들어 죽지 않게 냄비 깨어진 것 물동이 깨어진 조각을 주어다가 호박모를 덮어주고 네 귀에다 말뚝을 박고 새끼줄을 띠어 놓았다. 호룡 영감은 방천 위에서 부닥지를 하는 개를 멀리 쫓고 집에 들어가서 감자 아침을 먹었다.

2

호룡 영감이 이 S제방 밑 집으로 이사 온 것이 작년 3월이다. 아직까지 이 마을은 대부분이 부유지다. 백골의 사태가 났던 이 부유지에 부락이 형성된 것은 최근의 일이다. 좋은 의미로나 나쁜 의미로나 하여튼 이 지구地區가 비약적 발전을 한 것만은 사실이다. 오륙 년 전까지도 이 지구는 못살고 죽은 귀신의 굴로 이름난 모래둥이로 백주에도 사람 그림자를 볼 수 없는 빈터였다. 지금으로부터 칠팔십 년 전 때의 일이라고 한다. 그때 이 모래둥이는 공동묘지였다. 그런 것을 당시의 지방정청에서 묘지의 정리를 단행하게 되어 이 모래둥이의 묘를 기한부로 발굴하여 이장하기를 엄명하였다. 부유한 생활을 하는 자손들은 선조의 백골을 파서 시산에 이장을 하였으나 영락한 자손들과 위가 첩첩하게 있는 어린 백골들은 그냥 내버려두었다. 또 어느 뼈가 자기 조상의 뼈지 알지 못하여 한 백골을 가지고 사오 명이 내 해니 네 해니 하고 싸우다가 마지막에는 칼부림질을 하여 살상이 난 일까지 있었다. 나라에 대한 모든 희망과 생활에 대한 안정을 잃어버린 때의 민중들은 조상의 해골을 명산에 안장하는 데서 부귀를 누리고 다자손하며 마음의 안정을 얻을 수 있다고 확신하였던 것이다. 이것이 소위 이 H지방의 민지民誌에 게재될 만한 유명한 백골란白骨亂이다. 백골란 때 자손을 찾지 못한 해골 임자 없는 무덤은 그냥 깊이 파묻어 두었다. 그랬던 것이 그 모래가 기성상 풍우에 씻기고 날리고 흐르고 하는 통에 백골들이 모래 위에 나타나게 되었다. 마치 바닷가에 조개껍질이 어지럽게 쌓여 있는 것과도 같이 백골이 볼썽사납게 굴러다녔다. 지금도 눈 밝은 개들이 사람의 두개골을 물고 다니는 것을 종종 볼 수 있다. 호룡 영감의 증조부의 묘도 이 모래둥이에 있었다. 그러나 영락한 호룡 영감의 조부는 백골란 때 아버지의 백골을 찾아내지 못하고 돌아갔다. 이것을 호룡 영감은 늘상 섭섭하게 생각한다. 육십 평생을 밑바닥 생활만 하여온 호룡 영감은 조상의 벌을 받아 못살게 되었다고 생각하는 때도 있다. 금년 봄 어느 따뜻한 날 아침에 호룡 영감이 방천 위에 앉아 있으려니까 말 같은 놈의 개가 사람의 두개골을 물고 가는 것을 보았다. 그때 그것이 자기의 증조부의 두개골이겠다는 제 육감에 찔려서 한 10분 동안이나 그 개를 쫓아다녀서 겨우 두개골을 빼앗았다. 호룡 영감은 그 두개골을 자문잠사하게 자기 집 마당 한구석에다 파묻고 제사를 드렸다. 그리고 지금도 한 달에 한 번씩 밤늦게 정성을 다하여 제사를 드린다.

이렇던 '사피나무둥'(옛적에 이 모래둥이에 늙은 사피나무가 많이 서 있었다고 해서 지금 사람들은 이 마을을 이렇게 부른다.)은 지금에는 생활에서 버림을 받고 광명에서 쫓겨난 사람들의 최후의 피란 부락으로 변하여졌다. 그러나 작금에 와서는 이 피란처도 점점 자본의 물살에 휩쓸려 들어가기 시작한다. 건전하고 공기 신선하고 전망이 좋은 이 마을에는 네 귀 풍덩기와집들이 '와니스' 기름 냄새를 발산하기 시작하고 성냥

갑 같은 이층 양옥이 모든 자기 외의 생활을 비웃는 듯이 높이 솟아 있다. 이리하여 벌써 제이의 피란처를 찾아 S강을 건너간 집도 이삼 호 있다. 이것은 남의 일이 아니다. 호롱 영감이라고 어찌 등이 달아나지 않으랴! 그러나 지나간 그들의 고생은 시금치 먹기였다. 앞으로 닥쳐올 고생 앞으로 밀면 밀수록 뒤로 밀리는 생활을 생각한다면 호롱 영감이 방천을 갈아 밭을 만드는 것도 그렇게 미련한 행동은 아니다. 째어지나 미어지나 발악은 쓸 데까지 써보아야 하지를 않는가! 외래 자본의 진출, 여기에 따른 K읍 대화학비료공장의 건설, 기하급수적 증가를 보이는 H부의 인구, 소시민과 소자본가의 필연적 패배[*]……. 이들은 약속이나 한 듯이 이 '사피나무둥'으로 밀려 나왔다. 이리하여 부락 형성된 지금은 제법 '사피나무둥'은 부내에 편입까지 되지 않았는가! 셋방으로 돌아다니던 호롱 영감은 작년 이월에 문중의 산이 K읍 비료공장에 팔려서 그 돈을 분배하는 데 한몫 끼어서 62원이 생겼다. 그것으로 지금 집터 열 평을 사 가지고 말장집[**]을 지었던 것이다. 이 집 한 칸이 호롱 영감의 총자본이다. 그러나 집은 밥을 제조하는 기관은 아니다. 작년 봄에 호롱 영감은 생각하던 끝에 마당과 방천 밑에 댑싸리와 호박을 심었다. 가을에 댑싸리비를 사십 자루나 매어서 한 자루에 10전씩 받고 팔아서 4원을 얻고 호박을 팔아서 1원 50전을 샀다. 호롱 영감은 그 돈으로 겨우살이 광목 바지저고리를 꾸미고 김장을 한 동이 담갔다. 아들이 한 달에 받는 월급이라는 것이 6원밖에 못 된다. 2원은 자기 잡비로 쓰고 4원을 집에 들여놓는다. 이 4원에다 아내가 품을 팔아서 그럭저럭 살아가는 형편이다. 작년의 경험도 있고 해서 금년은 대규모로 방천을 갈고 댑싸리를 대량으로 심었다. 그리고 호박 농사도 굉장히 할 배짱이다. 물론 머리가 콘크리

* 패북(원문) → 패배敗北.
** 말장집(一杖一): 북한어. 말뚝으로 쓰는 나무토막이나 나무 기둥 따위로 지은 집.

130

트같이 융통성이 없고 세상변천을 알지 못하는 호룡 영감이나 여름마다 습래하는 S강의 범람을 알고 오만 주민이 제방 걱정을 하고 가슴을 졸이며 전전긍긍하는 것을 모르는 바는 아니다. 그러나 방천이라도 갈고 댑싸리 호박을 심어서 푼푼전이라도 얻어 생활에 보태지 않고는 제방이 터져 죽을 때까지 살아갈 일이 걱정이 되었다. 아무리 가난이 쇠아들이라고는 하지만 나이 원수라 수건을 동이고 노동도 못하고 지게를 지고 나설 수도 없는 우리 호룡 영감의 사정도 딱할 만치 딱하다. 이 호룡 영감의 머리에 남을 위한다는 생각이 자리 잡고 앉을 여유가 어디 있을까! 호룡 영감은 이 자기의 경작 구역 내에는 아이들은 물론 개 날짐승까지도 건드리지 못하게 말장을 박고 새끼줄을 치고 지킨다. 그러나 호룡 영감의 계획은 이로써 끊이지 않았다. 호박을 따고 댑싸리를 베고 계절이 늦지만 않으면 그 자리에다 가을배추를 심을 계획이다. 호룡 영감은 자기의 외아들 경덕이보다도 댑싸리와 호박모를 더 애지중지하며 보살펴준다.

금년은 일흔닷 냥(15원)은 사야지……. 호룡 영감은 은근히 이렇게 혼자 궁리는 하면서도 자기의 계획을 일체 입 밖에 내지 않았다. 경쟁자가 생기고 권리의 침해자가 생길 것을 두려워하기 때문이다.

3

곱장 영감네게서 얻어 온 호박모와 다른 데서 얻어 온 일곱 모종의 호박모가 하룻밤 비를 만나더니 한 모종도 실수 없이 기운 좋게 줄이 뻗기 시작하였다. 호룡 영감은 비가 갠 날 아침에 긴 말장을 가지고 호박덕*

| * 호박덕 : 북한어. 호박순이 올라가게 세우는 덕.

을 하여주었다. 새끼로 입구자로 그물을 떠 치고 호박줄을 조심스럽게 끌어다가 새끼그물에다 붙이고 노끈으로 여간 매어주었다.

호룡 영감이 호박줄을 모조리 매어주고 집에 들어가서 감자 아침을 먹고 담배 한 대를 붙여 물고 돗자리를 쥐고 대문을 나섰을 때 호룡 영감의 입에서는 벼락이 떨어졌다. 앞집 고부덕이란 계집아이가 호박순을 자르는 현장을 보았기 때문이다.

"네 이놈의 간나야."

호룡 영감은 입에 물었던 담뱃대를 빼들고 고부덕을 쫓았다.

"엄마야."

고부덕은 자른 호박순을 내던지고 넋 나간 소리를 지르면서 방천으로 달려 올라가다가 풀잎에 미끄러져서 넘어졌다.

"이 쌍 못된 놈의 간나야, 다시……."

호룡 영감은 이렇게 소리를 치면서 담뱃대 꼭지로 엎드러진 고부덕의 엉덩이를 힘을 주어 내리갈겼다.

"아가 가 가……."

고부덕은 맞은 엉덩이를 움켜쥐고 소스라치게 울면서 풀숲으로 대굴대굴 굴렀다.

"이 쥐새끼 같은 간나야, 다시 꺾겠니?"

호룡 영감은 담뱃대를 쥔 손을 내떨면서 으르렁거린다.

"아이아이 아이 그러겠소."

고부덕은 고사리 같은 손을 삭삭 비비면서 머리를 좌우로 내흔든다.

"다시 한 번 꺾어봐라, 모가지를 배틀어 죽인다."

호룡 영감이 이렇게 으르고 호박덕에 가서 순 잘린 호박모를 살피고 있을 때 이웃집에 볼 일이 있어 갔다가 그 집 아이에게 급보를 들은 고부덕 어미가 이를 부득부득 갈면서 달려 나왔다. 고부덕 어미라면 이 마을에서 영악스럽기는 제일가는 부인이다. 남편은 K읍 공사지대로 돈벌이를 가고 지금은 혼자서 고부덕을 데리고 그날그날 채석장에 나가서 돌을 깨고 2, 30전씩 벌어다가 살아가는 부인이다. 동리에서는 하도 영악스럽기에 '악돌'이라는 별호까지 붙여주었다. 그러나 죽은 아들의 이름을 떼어다가 그만 '박돌'이라고 흔히 부른다.

'박돌'은 미친 개 모양으로 거품을 입술에 물고 치마고리가 빠져서 뒷문이 열린 줄도 모르고 달려나오더니 풀 위에 누워 우는 딸을 안아 세우고 치마를 들고 맞은 자리를 들여다보았다. 맞은 자리가 일전 동화대로 끔찍스럽게 발갛게 파랗게 부어올랐다. '박돌'은 딸의 손목을 뿌리치기 바쁘게 앉아서 호박모를 어루만지는 호룡 영감의 먹살을 어깨 너머로 쥐어 뒤로 채쳤다. 호룡 영감은 아무 저항력도 없이 두어 번 대굴대굴 굴러서 하수구 가에 쓰러진 채 한참 일어 못 났다. 너무나 의외의 습격에 정신을 차리지 못하였던 것이다.

"이 간나 호랑아, 자아(저 아이)를 죽여다구."

호룡 영감을 이 마을에서는 호랑 영감이라고 불렀다. 호룡하고 호랑하고 비슷한 점도 있기는 하지만 호랑같이 강하다는 데서 붙인 별호다.

"네 이년, 이 죽일년아."

호룡 영감은 어질어질 일어나더니 갑자기 기운을 돋우어가지고 벽력같은 소리를 지른다.

거센 목소리가 오고가고 하자 좋은 구경이 생겼다고 구경 좋아하는 이 동리 어른 아이 할 것 없이 슬슬 모여왔다.

"이 두상아, 야 엉뎅이를 봐라, 호박모를 빼났으문 아들 죽이겠구나, 자 모두 이거 보우."

박돌은 딸의 치마를 들고 검퍼렇게 부어오른 상처를 모여 선 사람들에게 돌아가면서 보인다. 동리 사람의 동정이 자기에게로 모아지게 하자는 '박돌'의 수작이다.

"네 이 도적년 같으니 네 간나만 중하구 내 호박모는 크지 않다는 말이냐?"

호룡 영감도 뱃심 좋게 내버틴다. 아내가 맨발로 뛰어나와서 영감의 팔을 끌어당기면서 말린다.

"왜 이러니? 이년 이거 놓아."

호룡 영감이 팔을 홱 뿌리치는 바람에 늙은 아내는 뒤로 곤드라졌다.

"도적년이라니 그래 두상네 집에 가서 무슨 거 도적질했단 말입메?"

곰처럼 땀이 난 박돌은 입술에 거품을 물고 덤벼든다. 얼굴에서 악이 이글이글 끓는다. 모여 선 군중은 구경만 할 뿐 한 사람도 나서서 말리자는 사람은 없다.

"이년 그래 작년 동삼에 헛간 지붕에다 넣어놓은 은어(도루묵)를 훔치다가 내한테 들켜나지 않았니? 이 도적년아."

호룡 영감은 박돌의 패풍을 떨기 시작한다.

"내 언제 그랬니. 이 간나 두상아, 지난 오월달에 웃장에 가서 놋식기를 도적질하다가 들켜서 젊은 사람들한테 허연 쉼(수염)을 끌기우면서 망신하던 일은 어쩌구 퉤퉤 더럽다."

박돌은 가래침을 호룡 영감의 면상을 향하여 내뱉었다. 아이 싸움이 어른 싸움이 되고 호박모 싸움이 패풍 싸움으로 변하여졌다.

"이년 나는 그런 일이 없다. 너년이나 도적질하지 나는 안 그런다."

호룡 영감은 담뱃대로 '박돌'의 면상을 겨누면서 목대를 세운다.

그때 마침 신 훈장이 올라오다가 이 광경을 보고 뛰어들었다.

"이게 무슨 즛이오. 낫살씩 먹은 사람들이……."

신 훈장은 호룡 영감도 으레 대하는 처지요, 박돌이도 점치려 다녀서 선생으로 모시는 터이다. 중재자로는 훌륭한 자격을 가지고 있는 신 훈장이다.

"아니 글쎄 선생님, 야 엉뎅이를 보시우. 호박순을 하나 잘랐다구 이렇게 때릴 데 어디 있소."

박돌은 고부덕의 치마를 들고 상처를 신 훈장에게 보이면서 안타까운 듯이 말한다.

"저년이 글쎄 늙은 사람을 풀 위에 메쳐놓고 막 쥐어박겠소. 저 처 죽일 년이 이런 법을 보았소?"

둘이다 제 잘하였다는 발명뿐이다.

"글쎄 누가 옳던 그르던 그만두라니까."

신 훈장은 호룡 영감의 등을 밀면서 말한다.

"아니오."

그때 박돌이가 무엇을 생각하였는지 신 훈장 앞에 나섰다.

"제 따(땅)두 아닌 방천을 이렇게 파뒤지구 댑싸리 호박을 심구는 거는 경무청에서 말하지 않소?"

"이년 경무청에 가서 이르겠으문 일러라."

"아니 이르잔 말두 안 한다. 우리 집 앞에 있는 방천을 내놓아라. 우리두 호박을 심구겠다."

호룡 영감*이 호박모 심은 데는 바로 박돌네 앞 방천이다.

"이년 내가 먼저 잡은 땅이다."

호룡 영감은 거룩하게 호령한다.

"아니 영감이 돈을 주구 샀단** 말입메. 안 됩메 내놓아 훈야 합메."

"못 내놓겠다. 할 것이 있거든 해봐라."

---

* 호랑 영감(원문) → 호룡 영감.
** 사단(원문) → 샀단.

호룡 영감이 이렇게 대꾸를 하면서 대문 앞까지 신 훈장에게 등을 밀려갔을 때다.

"안 되기는 무어시 안 돼. 어디 죽을내기를 해보자."

박돌은 이렇게 악을 부리면서 달려가더니 호룡 영감의 호박모 열한 모종을 단참에 모조리 뽑아버렸다.

"이 못된 간나야, 호박모를……."

호룡 영감은 표범처럼 험상궂은 얼굴로 박돌에게 덤벼들었다. 수범과 암범의 육박전이 시작이 되었다.

이렇게 하여 싸움은 석양까지 계속이 되었다. 결과는 박돌의 승리로 돌아갔다.

호룡 영감은 할 수 없이 댑싸리를 심은 위쪽을 다시 갈고 박돌이가 뽑아버린 호박모를 다시 심었다.

"세상에 범보다 더 무서운 년두 있다."

이렇게 중얼거리면서 호박모를 심었다. 싸움은 방천 밑 집들에게 커다란 충동과 각성을 주었다. 이 땅 싸움에 귀뜬 아랫마을 사람들은 이만큼 내 땅이니 저 만큼 네 땅이니 하면서 서로 자기 집 앞 방천을 구분하였다. 그리고 이날 밤부터 방천을 갈고 호박모와 댑싸리를 심기 시작한 집도 있다. 그런 광경을 볼 때 호룡 영감은 분하기가 짝이 없었다. 박돌이도 그날 저녁에 장마당에 가서 호박모를 5전어치를 사다가 호룡 영감이 심었던 자리에다 심고 새끼줄을 띠어 놓았다. 호룡 영감은 화가 치밀어서 그 화풀이로 다모토리 소주 석 잔을 사 마시고 밤늦게까지 방천 위에 앉아서 누구를 욕질하였다.

4

"영감, 계시우."

이튿날 아침 해뜨기 전에 S정 X정목 총대'가 호룡 영감을 찾아왔다. 댑싸리에 물을 주던 호룡 영감은 총대가 무엇 때문에 일찌거니 자기를 찾아왔는지 대략 짐작할 수가 있었다. 호룡 영감은 불쾌한 얼굴로 총대를 대하였다.

"영감, 거 무슨 짓이오."

총대는 처음부터 아름답지 못한 목소리로 공박을 준다. 호룡 영감은 토마루에 두 무릎을 세우고 앉아서 담배를 피우면서 꿀 먹은 벙어리 모양으로 아무 말이 없다.

"수십만 원을 들여서 쌓은 방천을 영감이 지금 헐어버리자는 거요."

"그러니 어떡하겠소."

호룡 영감은 몸 한번 까닥하지 않고 대답한다.

"그러니 어떡하다니? 그래 저 방천이 터지면 영감이 육만여 명이나 되는 부내 주민을 모두 먹여 살려주겠소?"

젊은 총대는 붉으락푸르락하면서 호룡 영감을 내려박는다.

"글쎄 낸들 이런 줄 저런 줄을 모르겠수. 그러니 가난이 쇠아들이라구 달리 무슨 수가 있어야지요. 죽지 못해 한 일이 아니오."

호룡 영감은 조금도 아첨이나 애걸하는 빛 없이 가장 당연하다는 듯이 말한다.

"아들이 벌구 노친이 벌구 했으면 황소미밥이나 못 얻어먹어서 이런 무서운 일을 저질렀소. 파출소에서 알면 영감은 당장 콩밥을 먹소."

| * 총대總代 : 전체를 대표하는 사람.

호룡 영감은 하고 싶은 대로 하여보아라 하는 듯이 댓진*이 끓는 담뱃대만 맥없이 빨고 앉았다. 가난하게 살아보니 되지도 못한 연놈들에게서 이 소리 저 소리 듣는 것이 섧기도 하고 원통하기도 하였다. 총대는 주머니에서 궐련 한 대를 끄집어내어 붙여 물더니 아까보다 조금 부드러워진 목소리로

"금년은 기와라** 이렇게 저질러놓은 일이니 할 수 없거니와 내년부터는 절대로 댑싸리나 호박을 못 심으오. 그렇고 내년 봄에는 풀 뽑은 자리에다 뙤를 떠다 심어서 원상회복을 하여야 하오. 명령이니까 꼭 지켜야 하오."

젊은 총대는 억지로 위엄을 보이느라고 원상회복이니 명령이니 하는 관용어를 내세우고 기세가 등등하여 가버렸다.

"범 잡은 포수의 서슬이군. 흥, 되기는 되겠다."

호룡 영감은 총대가 미처 대문을 나가기도 전에 총대의 등에다 이렇게 빈정댔다.

총대가 가자 집 안에서 숨을 죽이고 총대의 말을 듣고 앉았든 경덕이가 방문을 사납게 열고 나왔다. 꼬부라진 얼굴 표정이다.

"아버지는 왜 남이 싫다는 일을 자꾸만 하오."

아들도 아버지의 모든 행동이 아니꼬웠다.

"야, 이 간나 새끼야, 너를 걱정하라니."

화가 치민 아버지는 아들에게 분풀이를 한다.

"방천을 헐어서 밭을 만드는 법이 세상에 어디 있소."

아들도 악이 났다. 죽어라 자기 잘못을 뉘우칠 줄을 모르고 다짜고짜로 자기 한 일만 옳다고 내미는 아버지가 밉기 짝이 없었다.

---

* 댓진(-津): 담뱃대 속에 긴 진.
** 기와라: '기왕'의 함남 방언.

"야, 이 간나 새끼야, 애비 하는 일에 참견이 무슨 참견이냐."

아버지는 후닥닥 뛰어 일어나더니 아들의 중의 머리를 보기 좋게 두 번 갈겼다. 그것은 살기 위하여서는 물질 외에는 너 같은 것도 쓸데없다는 최후의 울분과 이상 더 참을 수 없는 분노의 폭발이다. 그러나 아들을 때리고 난 다음 순간 아버지는 몹시도 가슴 아팠다. 굶지 말자고 한 일이 아들에게까지 미움을 받고 보니 그 '굶'이 형체 있다면 도끼로 패어버리고 싶었다. 아들은 두 손으로 머리를 부둥키고 앉아 킥킥 느끼면서 울다가 게다를 끌고 마당에 내려섰다.

"오 오 무슨 잘한 일을 했다구 막 때리구……."

아들은 눈물을 씻고 아버지를 노려보다가 대문 밖으로 나갔다.

"상금 주둥이질을 하니 저놈의 간나 새끼는 애비 하는 일은 하나 빼지 않구 모두 나물이겠다."

경덕은 방천으로 올라가다가 아버지에 대한 분풀이로 댑싸리 세 대를 잡아 빼었다. 그리고 호박 한 모종을 게다 끝으로 짓질러버리고 방천 너머로 뛰어 넘어갔다. 약간 속이 시원하였다. 이것은 두말할 것도 없이 아버지에 대한 반항의 객관적 표현이다.

아버지는 화가 치밀어서 담뱃대 꼭지를 돌 위에 탁탁 두드려 담뱃재를 털어버리고 삽을 쥐고 밖으로 나갔다. 방천을 절반쯤 올라가다가 호룡 영감은 깜짝 놀라며 발을 멈췄다. 댑싸리가 세 모종이 넘어져 있고 호박모가 한 모종이 짓밟혀 있는 것을 발견하였기 때문이다.

"이거 어느 연놈이 이렇게 했나. 개돼지 같은 간나스나 당장 벼락을 맞아 죽어라."

호룡 영감은 입에 담지 못할 악설을 퍼부으면서 댑싸리를 도로 심고 호박모를 호박덕에 다시 매어주었다.

"보기만 했다면 손모가지를 도끼로 찍어버려줄걸……."

아버지는 이렇게 중얼거리면서 방천을 넘어갔다. 바지를 신다리까지 걷고 강물에 들어선 호롱 영감은 삽으로 물모래를 떠서 한 군데 모으기 시작한다.

뒷마을 높은 어떤 부자가 한 평에 80전씩 사가지고 매립하는데 우차를 사용하면 한 평에 모래를 열 수레를 넣어야 한다. 한 수레에 28전씩이래도 열 수레에 2원 80전이다. 영리한 부자는 명안을 생각하여내었다. 마을 부인네들에게 한 하코*에 8전씩 주고 모래를 함지박에 이게 하였다. 스무 하코면 훌륭히 땅 한 평을 매립할 수가 있다. 스무 하코라도 이팔에 십육 1원 60전이니 이 얼마나 이익인가!

마을 부인네들은 좋은 돈벌이가 생겼다고 첫새벽부터 삼삼오오로 짝을 지어가지고 함지박을 이고 늪가로 몰려들었다. 경덕 어머니라고 그 축에서 빠질 리가 없었다. 아니 맨 먼저 참가하였다. 부지런히 이어 나르면 하루에 여덟 하코는 할 수가 있다. 64전 벌이다. 이리하야 나중에는 중류 가정 부인들까지 참가하게 되었다.

호롱 영감은 아내가 모래를 축들보다 빨리 나르게 하느라고 짬만 있으면 강에 나가서 모래를 한 군데다 쌓았다. 이렇게 하면 이어 나르는 데 빠르기도 하려니와 물이 썬 모래는 물모래보다 훨씬 가볍고 의복을 말지 않았다.

대H부 건설과 화학공장의 설치, 여기에 따르는 기하급수적 인구의 증가, 신흥도시 기분에 춤추는 호경기 따라 건축열이 팽창하여진 작금에는 이런 매립공사는 계속하여 얼마든지 있었다. 이것이 방천 밑 부락민의 생활을 어느 정도까지 도와주었다. 부끄러운 줄도 모르고 팅팅 불은 젖통을 드러내놓고 땀을 철철 흘리면서 맨발로 모래를 이어 나르는 부인

| * 하코(箱): '상자箱子'의 일본말.

네들에게는 절박한 생활에 대한 불안 외에는 아무 기쁨도 없었다.

호룡 영감이 모래를 작은 무덤만큼 쌓았을 때다. 허리가 부러지는 듯이 아파서 삽을 지팡이 삼아 짚고 허리를 펴면서 무심히 집 쪽을 바라보았을 때다. 바로 댑싸리밭이라고 짐작되는 방천 아래로 일본말 한 필이 내려가는 것을 보았다. 호룡 영감은 곱이 낀 눈을 비비고 나서 뒷집 황철나무를 보고 말이 내려간 지점을 짐작하여보니 틀림없는 댑싸리밭이다.

호룡 영감은 이거 큰일났다고 삽을 끌고 방천 위에 올라서보았다. 아니나 다를까! 키가 구 척이나 되는 말이 댑싸리밭에 들어서서 댑싸리순을 막 잘라먹고 있다.

"저런……."

호룡 영감은 삽을 메고 숨차게 달려가더니 다짜고짜로 삽으로 말 엉덩이를 멋들어지게 갈겼다.

"이 못된 간나 말아."

호룡 영감이 모로 서서 갈겼으니 말이지 만약 정면으로 서 갈겼다면 말이 후다닥 뛰는 통에 뒷발굽에 채서 그냥 어디가 부러지든지 공동묘지로 가든지 하였을 것이다. 놀란 말은 뛰어서 방천 위로 올라갔다.

"영감."

방천 위에 앉아서 담배를 피우던 승마복에 도리우치모를 눌러쓴 중년 신사가 넋 나간 소리를 치면서 일어섰다. 곁에 누웠던 승냥이 같은 세퍼드 견이 주인을 따라 일어나서 호룡 영감을 노려보고 섰다.

"이 쌍간나 말아."

호룡 영감은 자기를 원망스러운 듯이 바라보고 섰는 말을 이렇게 욕하면서 때릴 양으로 삽을 둘러메었다. 말은 놀라서 방천 너머로 뛰어 넘어갔다.

"영감."

승마복 입은 신사가 하 세게 소리를 치면서 호룡 영감 곁으로 나아왔다.

"저기 당신 말이오?"

호룡 영감은 신사의 곁에 바싹 나아서면서 언치를 건다. 또 무슨 벼락이 떨어지고야 말 듯한 호룡 영감의 거동이다.

"왜 그로오. 내가 말 임자요."

신사도 어지간히 약이 오른 모양이다.

"남의 댑싸리밭을 저렇게 만들어놓았으니 어떡할 테요?"

댑싸리가 한 이십 모종이 말굽에 짓밟혀서 아주 볼 형편이 없게 드러누웠다.

"남의 댑싸리밭? 방천에 난 풀을 말이 밟았는데 댑싸리밭이란 무슨 말이오."

신사는 태연스럽게 말한다. 셰퍼드 견은 점잖게 앉아서 호룡 영감의 거동만 쏘아보고 있다.

"방천에 난 풀? 이놈 저기 내 밭이다."

호룡 영감은 호령을 한다.

"이놈이라니 이 영감이 정신이 빠졌나……."

신사도 눈을 부릅뜬다.

"이놈 무에 어째? 안 된다. 댑싸리 값을 내라."

호룡 영감이 신사의 양복 앞섶을 쥐려고 팔을 내민 순간이었다. 잠자코 앉았던 셰퍼드가 주인의 위기를 감지하였는지 비호같이 뛰어들더니 호룡 영감의 왼쪽 넓적다리를 물었다.

"아이규……."

호룡 영감은 넓적다리를 껴안으면서 그 자리에 푹 꼬꾸라졌다.

"아 영감, 어디 봅세다."

신사는 황황히 호룡 영감의 바지를 걷고 본다. 한 줄에 네 군데씩 두

줄로 개 이가 박혔던 자리에서 검붉은 피가 눈물만큼씩 내밀었다.

"아이구 이놈……."

호룡 영감은 단말마적 비명을 지른다. 이 비명에 놀란 집에서는 아내와 아들이 밥술을 내던지고 뛰어나왔다. 경덕은 신사와 한바탕 싸울 결심을 하고 두 주먹을 불끈 쥐고 방천으로 뛰어 올라갔다.

"앗!"

경덕은 신사를 정면으로 대하였을 때 깜짝 놀라면서

"주인님이시오."

하고 각별하게 인사를 하였다. 승마 신사는 T백화점 주인이었다. 자주 주인집으로 심부름을 다녀서 낯익은 세퍼드는 경덕을 보더니 꼬리를 저으면서 경덕의 다리 살에다 몸을 비빈다. 그것은 마치 잘못하였다고 사죄하는 듯한 모양이다.

"너의 아버지냐?"

신사도 손수건으로 손과 입술을 닦으면서 경덕에게 묻는다.

"예."

그때야 비로소 신사도 모자를 벗어 쥐고 호룡 영감에게 미안한 인사를 드린다.

자기 아들 상점 주인인 줄 알자 호룡 영감은 아들의 어깨를 붙잡고 일어섰다.

"이거 참 미안하외다. 나는 경덕이가 주인인 줄은 모르구 실례갔수다."

호룡 영감의 노기와 비명은 어디로 날아갔는지 그 그림자조차 찾아보기 어렵게 태도가 부드러워졌다.

"물린 자리가 아프오?"

"좀 아프기는 하나 괜찮수다. 우리 최문집은 옛적부터 개독을 타지 않는 집안이우."

이렇게 말하고 나자 호룡 영감은 실없은 소리를 하였구나 하고 가늘게 후회하였다.

"참 미안하게 되었습니다."

신사는 이렇게 말하고 나서 돌아서서 포켓 속에 손을 찌르고 무엇을 뒤적거리더니 경덕에게

"야 경덕아, 이것으로 아버지에게 약을 사드려라."

신사는 1원짜리 지폐 두 장을 주었다.

"왜 그러시우 그만두시우."

어머니가 몸을 쪼그리고 서서 말린다.

"쌍개면 독이 있겠지만 서양개니까 독은 없을 것입니다만……."

신사는 세 사람의 인사를 귓등으로 흘려버리면서 바삐 말을 뛰어가 버렸다.

"그 돈을 이리 보내라."

신사가 떠나자 아버지는 아들에게서 돈 2원을 찾았다.

호룡 영감은 아내를 시켜 물린 자리를 자꾸만 빨리었다. 그러나 피는 나오지를 않았다.

호룡 영감은 아내에게 돈 2전을 주어서 장마당에 가서 가지를 사오게 하였다. 개독을 치는 데는 가지가 명약이라는 이야기를 전부터 들어두었던 것이다. 호룡 영감은 물린 자리에다가 가지를 쓸어서 붙이고 점심때나 되어서 국수 한 그릇을 사다가 물치에서 파낸 산 지렁이를 십여 마리를 넣어서 눈을 꼭 감고 국수와 함께 먹었다. 개한테 물린 데는 산 지렁이도 명약이다. 하여튼 호룡 영감은 돈 들지 않는 약으로 개독을 제하려는 심산이다. 그리고 석양에 신사에게서 받은 돈 2원으로 감자를 너 말을 샀다. 너 말이면 엿새는 그럭저럭 살 수가 있었다.

5

경덕이가 T백화점을 쫓겨난 것은 바로 이 사건이 있은 엿새 후 석양이다.

이유는 이러하다.

T백화점 주인의 아들 창수는 17세(경덕은 16세)의 소년 난봉꾼*이다. 공부하기가 죽기보다 더 싫어서 학교도 보통학교 3학년까지 가고는 안 다니고 지금은 술 먹고 담배 피우고 극장에만 다니는 아이다. 사람질을 하기는 꿈에도 틀린 아들을 아버지는 문제 밖으로 쳤다. 밉다고 아들에게는 귀떨어진 돈 일 전 한 푼 주지를 않고 그의 자유를 구속하였다.

돈을 쓸 데는 많고 주지도 않고 하니 최후의 수단을 피운 것이 상점 점원들을 얼러가지고 값 많은 물건을 훔쳐내는 것이었다. 그날 점심때다. 아버지가 없는 틈을 타서 상점으로 온 창수도 경덕에게 아버지가 오늘 저녁차로 경성으로 여행을 가는데 제일 좋은 트렁크를 하나 가져오란다고 능청을 부렸다.

경덕은 창수의 습성을 아는지라 모르겠다고 머리를 내흔들었다. 창수는 눈을 붉히면서 경덕의 옆구리를 주먹으로 꽉꽉 질러주기도 하였다. 그래도 경덕은 창수의 요구를 끝까지 거절하였다. 창수는 경덕을 어르다** 못해 최후의 일계를 꾸몄다. 트렁크를 가지고 함께 아버지 있는 데까지 가자는 것이다. 경덕의 입장에 있어서 이 요구까지 거절할 수는 없었다. 경덕은 18원 50전 레테르 붙은 악어껍질 트렁크를 쥐고 창수를 따라 상점을 나섰다. 창수는 좁은 골목길로만 경덕을 데리고 갔다.

"어디루 가니?"

* 난봉국(원문) → 난봉꾼. 허랑방탕한 짓을 일삼는 사람.
** 얼니다(원문) : 어르다.

145

숨막힐 듯한 좁은 골목에 접어들었을 때 경덕은 가슴이 울렁거려 나서 이렇게 물었다.

"가방을 여게 보내라. 그러구 너는 상점으로 가거라."

창수는 재미성 없는 얼굴에다 쓴웃음을 띄우면서 트렁크를 빼앗으려고 하였다.

"안 된다. 너 아버지 있는 데까지 가자."

경덕은 트렁크를 가슴에 부둥켜안았다.

"안 놓겠니이? 간나 새끼 죽여 치운다."

창수의 이 말과 동시에 그의 주먹이 경덕의 오른쪽 볼따구니를 쥐어박았다.

"아구."

경덕은 트렁크를 놓고 그 자리에 쪼그리고 앉아버렸다. 그사이에 창수는 트렁크를 쥐고 삼십육계를 놓아버렸다. 경덕은 한참 엉엉 느끼면서 울다가 상점으로 갔다.

이 사실을 오후 3시나 되어서 경덕은 주인에게 고백하였다. 그러나 주인은 경덕을 창수와 공모하였다고 몰았다. 경덕은 울면서 그렇지 않다고 백번 천번 자기의 결백함을 발명하였다. 그러나 주인은 너무나 무자비하게도 경덕의 고백을 짓밟아버리고 그 위에 불량 점원의 레테르를 붙여서 경덕을 그 즉시로 쫓아냈다.

집에 돌아와서 울면서 자기의 억울함을 말하는 아들의 말을 듣고 누웠던 호룡 영감은 비호같이 자리에 일어나 앉으면서 벽력같이 소리를 질렀다.

"저 죽일 놈이 제 아들놈이 패가잔 줄은 모르구 죄 없는 내 아들을 쫓아냈겠다. 이놈 어디 보자."

호룡 영감은 이를 부득부득 갈면서 자리에서 일어섰다.

"아버지, 왜 이러오."

경덕이가 아버지의 바지 뒤에 매어달렸다.

"이거 놓아라. 내 그놈에게 가서 한바탕 해대구 그길로 병원에 가서 진단서를 맡아 가지구 오겠다."

호룡 영감의 오장육부는 푸득푸득 뛰었다.

"글쎄 그만두오."

아내가 한사코 말린다.

호룡 영감은 한참 발악을 쓰다가 기진하여 도루 자리에 누웠다. 누워서 T백화점 주인을 죽일 놈 살릴 놈 하고 저녁때까지 욕질하였다.

호룡 영감은 개에게 물린 이튿날부터 지팡이를 짚고 댑싸리 호박모 시종을 하였다. 물린 자리가 따끔따끔 쏘고 아픈 것도 꾹 참고 욕심이 나서 일을 하였다. 그러다가 경덕이가 백화점을 쫓겨난 이틀 전날 아침부터 물린 자리가 팅팅 부어오르고 몸에 열이 생겨서 할 수 없이 자리에 누웠다. 이 소문을 들은 동리 영감네들이 마을돌이 삼아 문병을 왔다.

"개한테 물린 데는 그 개의 간이 약이지 약이 없은면다."

늙은 문병객들은 약속이나 한 듯이 그 개를 잡아 간을 내어먹으라고 호룡 영감에게 타일러주었다. 호룡 영감도 그럴 듯이 보이던 상처가 다시 부어오르고 몸에 열까지 떠오르게 되니 어지간히 겁이 생겼다. T백화점 주인 놈의 분풀이도 할 겸 호룡 영감은 그 개의 간을 먹을 결심을 하였다.

경덕이가 백화점을 쫓겨난 사흘 후 아침에 호룡 영감은 아들을 머리 맡에 불러 앉혔다.

"경덕아, 네 애비는 아마 죽을 것 같다."

호룡 영감은 아들을 겁 먹일 작정으로 이렇게 무서운 말을 하였다. 과연 그 말은 효과가 있었다. 어린 아들은 죽는다는 말을 듣고 낯색을 흐리면서 눈을 크게 떴다.

"이 병을 고치는 데는 단 한 가지 약뿐이다."

호룡 영감의 능청스러운 말이다.

"무슨 약이오?"

"내 다리를 문 개를 잡아서 그 간을 먹어야 낫는단다."

"그 개를 주인이 70원에 샀다는데……."

"이놈 개만 크구 애비 죽는 것은 무섭지 않으냐. 불효막대한 놈 같으니……. 이놈 네 이야기를 들어봐라."

호룡 영감은 옛날 아이들이 아버지에게 효성하던 이야기를 한참 동안 들려주었다. 문병을 온 늙은 영감네들도 그렇게 하는 것이 자식이 하는 도리라고 경덕에게 타일러주었다.

경덕은 무에가 무엔지 정신이 어리둥절하여져서 선악을 판단할 수가 없었다. 개 간을 먹지 않으면 아버지가 죽는다는 말이 제일 따가웠고 동시에 그의 마음에 다 그렇게 하기를 강요하였다. 개와 아버지를 비교하여 보면 물론 아버지가 더 중하였다. 그리고 아버지가 죽는 것보다 개가 죽는 것이 정당한 일이라고 생각하였다. 경덕은 암만 생각하여보아도 아버지를 살리고 효자가 될 수밖에 없었다. 경덕은 입술을 악물어 맹세하였다.

석양에 경덕은 무서움에 뛰노는 가슴을 내리누르면서 T백화점 주인네 집 앞에 갔다. 대문 짬으로 몇 번이나 정원을 살펴보았으나 '퐁'(개 이름)은 보이지 않았다.

"어디루 갔을까?"

경덕은 가시방석에 앉은 사람처럼 마음이 짜릿짜릿하였다. 그만 갈까 하고도 생각하여보았다. 그러나 아버지가 죽으면 나는 혼자다.

경덕은 이렇게 공상을 하면서 주인 첩의 집으로 갔다.

'퐁'은 첩의 집 마당에 누워 있었다.

경덕은 조그만 흙덩이를 주워서 '퐁'을 향하여 던졌다. 자던 '퐁'이 놀라 머리를 들고 사방을 살피다가 대문 밖에 섰는 경덕을 보더니 슬렁 슬렁 뛰어나왔다. 그리고는 하도 만나본 지가 오래다는 듯이 훌쩍훌쩍 뛰면서 경덕에게 희롱을 붙었다. '퐁'은 경덕을 따라왔다.

경덕은 '퐁'을 데리고 사람 없는 좁은 골목길로만 들어섰다. 그러다 가 곱장 영감네 옆길을 빠져서 방천 위에 올라섰을 때 경덕은 웬일인지 갑자기 애수와 불안의 습격을 받았다. '퐁'이 뼈가 저리도록 가엾어 났다. 몇 분 후에 죽는다는 줄도 모르고 자기들 주인 대신 튼튼히 믿고 따라오 는 '퐁'을 볼 때 무서운 생각이 머리끝까지 치밀었다. 어디서 누가 이 기 미를 알고 자기를 뒤쫓아오는 듯한 제 육감에 찔리기도 하였다. 경덕은 걸을 수가 없어서 풀밭에 맥없이 앉았다. '퐁'도 앉았다. 경덕은 '퐁'의 기름기 도는 등을 부드러운 손으로 어루만져주었다.

"퐁 너는 죽는다. 그러나 나는 아버지를 살려야겠다."

경덕의 두 눈에서 어느덧 뜨거운 눈물이 두 볼따구니를 쭉 흘렀다. '퐁'은 경덕의 얼굴을 유심히 바라보더니 살그머니 경덕의 볼따구니의 눈물을 싹싹 핥아주었다.

경덕은 자기 혀를 빼어 들었다. '퐁'은 조심스럽게 경덕의 혀를 핥아 주었다. 경덕은 '퐁'의 등에다 손을 올려놓은 채 눈물 어린 눈으로 물 마른 S강을 한참 내려다보다가 호 하고 한숨을 내뿜고 일어났다. 집이 가까이 보일수록 경덕의 마음은 쪼그라지고 가슴은 푸덕푸덕 뛰놀았다. 경덕이 가 '퐁'을 데리고 자기 집 마당에 들어갔을 때에는 토마루에 늙은이 세 분 이 앉아 있고 뒷마을 우차꾼 춘만이가 숫돌에다 식칼을 썩썩 갈고 있었다.

"어 욕봤군."

경덕을 칭찬하는 늙은이도 있다. '퐁'은 눈치 차렸는지 밖으로 뛰어 나갔다. 경덕은 내버려두었다. 그러나 아버지의 호령에 할 수 없이 따라 나가서 귀를 끌고 들어왔다.

경덕은 자기 아버지와 모든 사람이 미워났다. 모두가 자기와는 다른 악독한 사람들같이 보였다. 소리쳐 울고 싶은 생각이 나고 분하기가 짝이 없었다. 경덕은 눈물을 뚝뚝 떨구면서 춘만이가 시키는 대로 머리털로 짠 밧줄을 올콩하여 '퐁'의 목에다 걸었다. 춘만은 밧줄 한쪽 끝을 대문 아래 구멍으로 밖에 내밀고 밖에 나가서 대문을 단단히 잠갔다. 그리고 밖에서 밧줄을 잡아당겼다. '퐁'은 끌려서 점점 대문 밑으로 들어갔다. 그러면서 살려달라는 듯이 경덕의 얼굴을 바라보았다.

기둥을 붙들고 눈물만 뚝뚝 떨구던 경덕은 '퐁'이 비명을 지르면서 물똥을 갈기는 것을 보자 뒷문을 나가 수숫대 바자 구멍을 빠져 미친 사람처럼 방천 위를 달렸다. 언제까지든지 '퐁'의 비명이 귀에 들려왔다.

"퐁을 먹구 모두 죽어라 모두 죽어라."

이렇게 선소리를 치면서 방천 위를 달렸다.

이날 밤 늦게까지 호룡 영감네 집에서는 술 취한 영감네들의 요란스러운 이야깃소리가 들렸다. 한잔 마신 김에 노래를 부르는 늙은이도 있다. 노래가 끝나고 영감네들이 헤어져 가고 새벽이 되어도 경덕은 돌아오지 않았다. 이튿날도 개고기를 많이 먹이자고 늙은 부모는 눈이 빠지게 기다렸으나 경덕은 돌아오지를 않았다.

집을 뛰어나간 경덕은 그날 밤 동무의 집에서 자고 그 이튿날 아침에 T백화점 주인네 집 동정을 살피려고 주인네 집 대문 앞을 어름어름하다가 주인의 아들 창수에게 붙잡혀서 귀통을 한 개 얻어맞고 모든 것을 자백하였던 것이다.

—수록 : 「답싸리」, 《조선문학》 17, 1937년 1월

—「대싸리」, 『질소 비료 공장』(리북명단편선집), 조선작가동맹출판사, 1958년

—「대싸리」, 『현대조선문학선집 12』(리북명 편), 조선작가동맹출판사, 1961년

빙원氷原

최호崔浩가, 사수泗水역에 내렸을 때에는, 저물기 쉬운 겨울해가, S저수지 건너 산봉우리 위에 두어 발 남아 있었다.

겨울의 빨간 태양이 차디찬 광선을 S저수지 얼음 위에, 잠뿍 퍼붓고 있다.

최호는, 차에서 내리자 수하물로 부친 침구를 찾아 들고, 역 기둥에 걸린 한란계를 들여다보았다. 수은주가 바로 영하 21도를 가리키고 있다.

마중 나온다던 만수 노인을 뒤살펴보았지만 아무 데도 보이지 않았다. 최호는, 노인의 집을 찾아갈 양으로 정거장을 나섰다.

그때 산등으로부터 눈을 실은 고춧가루 같은 바람이 전선을 울리면서 내려치더니 바로 정거장 앞길에서, 회오리바람을 일으켰다. 구풍권내든 최호는, 아무 저항도 없이 무맥하게* 트렁크와 수하물을 내던지고 얼음판에 뒹굴었다.

---

* 무맥하다(無脈一) : 힘이 약해서 맥을 못 추거나 지탱하지 못하다.

재빠르게 일어서려고 버둥거리다가 또 한 번 보기 좋게 모로 늘겼다.*

길바닥이 온통 얼음판이다. 최호는 고무장화를 신었으나 몹시 미끄러워서 발을 옮겨 놓는 대신 질질 내밀면서 올라간다.

털내복 위에 가죽잠바를 그 위에 오버를 입고 마스크에 방한모를 푹눌러썼으니 속통은 훈훈했으나 볼따구니**와 수갑 낀 손끝이 쓰라리고 아팠다.

최호는 딱딱 들러붙는 속눈썹의 얼음알을 오버 소매로 가로 닦으면서 언덕길을 조심스럽게 올라간다. 언덕길 막바지를 굉장히 큰 널집이 가로막고 있다. 그 널집 앞에는 널판환대 각재가 산처럼 쌓여 있다.

K회사 사수 제재소다. 안에서 기계톱이 나무를 켜는 소리가 쎄룽쎄룽 들려온다. 제재소 동쪽 켠 넓은 빈터에는 톱밥이 산더미처럼 쌓여 있다.

최호는 갈 길을 잃고 엉거주춤하고서 S저수지 건너를 바라다본다. 지기 쉬운 겨울해가 산등에 걸려서 나울나울한다.

저물어갈수록, 바람은 점점 세차게 휘몰아치고 추위는 그럴 때마다 점점 더 강해진다.

"나올 텐데……."

최호는 중얼거리면서 제재소 뒷언덕에 층층 올려지은 널집들을 바라본다. 꼭 나온다던 만수 노인이 마중 안 나오는 것이 마음에 다소 서운하였다.

바로 그때다. 제재소 왼쪽 모퉁이로부터 수염 덥석부리 늙은이가 나타났다. 그 늙은이는 우두커니*** 서 있는 최호를 보더니 허둥지둥 달려와서 최호의 손에서 트렁크와 수하물을 잡아챈다.

---

* 늘기다: '늘리다'의 함경 방언.
** 볼다구지(원문)→볼따구니. '볼'을 속되게 이르는 말.
*** 우두머니(원문)→우두커니.

"하지천 수전회사에서 오시는 최 선생님이시지우?"

최호가 그렇다고 대답도 하기 전에

"미안하우다. 어떤 정신인지. 아, 깜작 잊었지우. 극한이우다."

"만수 노인입죠?"

"예, 내가 지만수우."

노인은 뒤도 돌아보지 않고 꼬불꼬불한 언덕길을 올라간다.

꼬불꼬불한 모퉁이길이 끝나는 데서 만수 노인은 소리를 지른다.

"야, 금순아, 손님 오신다."

노인의 소리와 거의 동시에, 문을 열어젖히는 소리가 들리더니, 널대문* 한 집에서 뚱뚱한 시골 처녀가, 꿰어진 미투리를 질질 끌면서 나왔다. 그 처녀는 최호는 본숭만숭 노인에게서 짐을 받더니 앞서 집 안으로 들어가버렸다.

"자 어서 들오시우. 방이 대단 추허우다."

"날세**가 대단 추운데요."

최호는, 방한모와 마스크를, 벗어들고 집 안에 들어섰다.

화끈화끈한 단기***가 순간 최호의 몸을 휘감는다. 최호는 부르륵부르륵 하고 거푸 두 번씩이나 몸살을 쳤다.

방 윗목 구석에 백로지로 도배한 궤짝 하나가 놓여 있을 뿐, 방 안은 텡텡 비었다. 뒷벽 한쪽 구석에 사방 일곱 치나 되는 유리가 박혀 있어서 저수지의 광경을 방 안에 앉은 채 내려다볼 수 있다. 그러나 지금은 유리에 얼음이 문을 돋쳐서 밖은 통 뵈지 않는다.

최호는 오버를 벗어서 벽에 걸자고 하다가 깜짝 무엇을 생각했는지

---

* 널대문(一大門) : 널빤지로 만든 대문.
** 날세 : '날씨'의 방언(평남, 함경).
*** 단기(一氣) : 북한어. 몸이 고달프거나 열이 있을 때 코 안에서 나는 열기.

도로 입고 방한모를 눌러쓰고 밖으로 나간다.

"어데루 가시오."

만수 노인이 뒤따라 나온다.

"아니 이 뒷언덕에 잠깐 올라가보자구요."

"저녁이 다 됐우다."

최호는 만수 노인의 말을 귓등으로 들으면서 언덕에 올라섰다. 그곳은 제일 바람마지다. 펀펀하게 얼어붙은 황혼의 저수지를 최호는 정기 있는 두 눈으로 유심히 내려다보고 섰다. 그때 문득 최호의 머릿속에는 두만강의 겨울 풍경이 아롱아롱 떠올랐다. 두만강의 겨울 풍경과 지금 내려다보는 S저수지의 풍경이 어딘지 비젓한* 데가 있는 듯싶다.

최호는 작년 겨울방학에 남양에 살고 있는 자기 고모의 병환이 중하다는 전보를 받고 급거 남양으로 갔다. 그러나 고모는 최호가 당도하기 10분 전에 세상을 떠났다. 고모의 장사를 필하고 최호는 사흘 동안을 남양의 거리 세관의 풍경 두만강의 겨울 풍경…… 드문 구경을 하고 녔다.**

땅땅 얼어붙은 두만강 강 건너 만주 쪽에 솟아 있는 눈 쌓인 산 사람의 그림자 하나 볼 수 없고 날짐승 한 마리 뜨지 않는, 무기미한 두만강의 겨울 풍경……. 이까지는 어딘지 흡사한 데가 있었으나 그러나 그 풍경에서 받은 바 인상은 정반대였다.

두만강에서는 무시무시한 살풍경 가운데서 마적과 밀수업자를 상기하였을 뿐이다.

그러나 지금 최호가 내려다보는 세기의 대인 조호에 대한 첫인상은 몹시 쓸쓸하나마 어딘지 강하면서도 부드러운 데가 있고 활동의 에너지를, 자아내주는 데가 있다.

---

* 비젓하다 : '비슷하다'의 방언.
** 녀다 : 옛말. 가다. 다니다.

그때 최호는 저수지 얼음 위를 감안덩어리가 굴러가는 것을 보았다. 최호는 눈을 비비고 똑똑히 내려다본다. 그것은 썰매다.

그때 공중을 차디찬 하늬바람이 씽씽 울면서 지나친다. 그 바람 소리를 들더니, 최호의 명랑하던 기분이 갑자기 우울해지고, 쓸쓸한 감정이 가슴에 떠오른다.

빛깔 없는 산의 연쇄, 질펀한 얼음의 광야 죽은 대지 오직 짜고 매운 바람뿐인 S저수지의 전부를 삼켜버리라는 이 쓸쓸한 산골에 온 자기의 존재가, 퍽이나 조그맣게 생각되는 것이다.

그러나 그다음 순간에는 최호는 자기의 못생긴 마음을 온통 부정하여버린다.

아니다…….

내가 지금 무슨 망상을 하고 있나. 우리나라 기술의 결정인 S저수지를 하필 두만강의 풍경에 비길 것이 무엇이냐. 이 S저수지야말로 건설의 저수지다. 나는 내일부터 이 저수지의 빙원氷原을 정복하고 위대한 건설 공사를 시작할 사명을 짊어지고 온 기술자다. 어디든지 좋다. 내게는 오직 '일'이 있을 뿐이다.

최호는 오버 포켓에 찌른 주먹을 불끈 쥐어본다.

"선상님 게서 뭘 허우. 어서 저녁 잡수시우."

만수 노인의 재촉하는 소리를 등 뒤에 듣고야 최호는 비로소 언덕에서 내려왔다.

그때 최호의 머리에 오늘 아침 사무소를 떠날 때 소장이 하시던 말씀이 불현듯이 떠올랐다.

"최 군, 군에게 이번 공사 전부를 잘 부탁하네. 군도 알겠지만 우리들은 기술자라는 것을 잊어서는 안 되네. 기술자에게는 명예나 지위 같은 것은 부질없는 장해물이네. 우리들에게는 오직 수력 발전에 대한 위대한 건설이 있을 뿐이야."

최호는 소장의 말씀이 과연 옳다고 생각한다.

방에 들어서자 밥상이 들어왔다.

반찬이 없다는 노인의 말과는 반대로 꽤 성찬이다. 이밥* 한 사발에 감자 한 대접, 두부를 넣고 끓인 소고기국, 삶은 계란 한 접시, 김치, 고사리 무친 것, 돼지**고기—어디 흠할 데 없는 저녁상이다. 최호는 먼저 감자 한 개를 젓가락에 집어서 한 입 베어 먹는다. 달고 맛있기가 고구마 같다. 장진 감자가 유명하게 맛있다는 소문은 들었으나 먹어보기는 처음이다.

"감자 맛이 대단 좋습니다."

"이곳 백성들은 그 감자 덕에 살아가지요. 그걸루 녹마를 내서 국수두 눌러 먹구 엿두 다리구 떡두 해먹는다우."

최호는 주먹 같은 감자를 거푸 세 개를 녹이더니 해무던했다.

젓가락을 놓고 상을 물리다가 하도 만수 노인이 권하는 바람에 숟가락을 들어 이밥을 서너 숟가락 뜨고 소고기국을 마셨다. 계란도 말짱***집어먹었다.

그러면서도, 김치에는 암만해도 젓가락이 가지를 않는다. 실오리 같은 무에다가, 너덜너덜한 배추 잎사귀가 섞여서 물에 둥둥 떴는데 그 모양을 보고는 좀처럼 구미가 동하지 않는다. 최호는 망설이다가 잎사귀 하나를 집어 입에다 넣었다. 그렇게 천대했던 김치가, 유달리 맛있다. 최호는 맨입에 세 번씩이나 집어먹는다.

"이게 무슨 김칩니까?"

---

* 이밥 : 입쌀밥. 입쌀로 지은 밥.
** 도야지(원문) → 돼지.
*** 말작(원문) : 말짱. 속속들이 모두.

"그게 갓나물로 담군 갓김치라는 게우. 맛 좋습넨다."

"갓김치, 갓김치, 처음 먹어보는데요."

역시 산에는 산의 생활이 있구나.—최호는 상을 물리고 나서 위산*
한 숟가락 먹고, 일지를 쓰는데 언덕에서 내려다본 저수지의 일상과 저
녁상에 오른 반찬의 이름과 맛을, 될 수 있는 대로 자세하게 적었다.

원체 나무가 흔한 데라 불을 얼마나 때었는지 방바닥이 이글이글하다.

배가 부르고 얼었던 몸이 녹기 시작하더니 온몸이 노곤해지면서 졸
음이 눈덕**에 쏟아진다.

최호는 누워서 기계학을 펼쳐들고 읽다가 두 페이지도 채 못 읽고 꼭
잠이 들었다.

*

작년 봄에 우수한 성적으로 K 고공 기계과를 졸업한 최호는 특히 선
발되어 C 수력 발전 사무소 기계계에 사원으로서 입사했다.

사람됨이 착실 온후하고, 사상이 온건하고 일에 충실하기 때문에 최
호는 입사한 후 얼마 안 되어서부터 소장의 신임을 받았다.

최호에게 흠이라면 건강이 좋지 못한 것이다. 후리후리한 키에 길쑥
한*** 얼굴만 본다면 그렇지도 않은 것 같지만 늘상 혈색이 좋지 못하고
여름에도 까딱하면 감기에 걸렸다. 흰 수건에 싼 약병이 그의 손에서 떨
어지는 날이 적었다.

선조 대대로의 약질이라 최호는 몸을 그 이상 튼튼하게 만들어보겠

---

* 위산胃散 : 위액이 부족하거나 위산이 너무 많이 분비되어 소화가 잘 안 되는 병에 먹는 가루약.
** 눈덕 : '눈두덩'의 함경 방언.
*** 길숙한(원문) → 길쑥한. 길쑥하다 : 북한어. 시원스럽게 길다.

다는 욕망보다도 병에 걸리지 않기에 힘쓰겠다는 것이 그의 건강법이다.

이번 출장에 대해서도 소장은 최호를 파견하는 데, 대단히 망설였다. 최호에게 맡겨야 할 일이면서도 그의 좋지 못한 건강을 생각할 때, 소장은 얼른 명령을 내리지도 못했다.

이 눈치를 채린 최호는 결연히 소장실 문을 열고 들어갔다.

"제가 가겠습니다."

"군이 가주어야겠지만, 군의 건강은 어떤가?"

"괜찮습니다. 보내주십시오."

"그럼 건강에 주의해서 가주게."

소장은 책상 서랍에서 청사진에 구운 설계도를 내주면서 약을 준비해 가지고 가라고 하였다. 최호는 자기로 조제한 약 외에, 부속병원에 가서 위산, 노싱*, 아스피린,** 가제피린, 요도홈, 기침약 등을 마련하고 그 밖에도 한약국에 가서 보폐탕***, 패독산**** 등을 지어 트렁크 밑에 간직하였다.

조수를 두엇 데리고 가라는, 기계 계장의 권고도 물리치고 최호는 단신이 떠났던 것이다.

최호의 결심은 컸고 이번 공사야말로 자기가 기술자로서의 역량을 뽐내보는 최고의 시련이기 때문이다. 사실상 최호는 자기의 기술자로서의 역량을 자기 자신도 알지 못하고 있다.

학교에서 배운 기계학을 이 C 발전 사무소에 들어와서도 역시 책상 위에서 연구하고 설계하였을 따름이지 실지로 현장에 나가서 노동자들 선두에서 자기 기술이 이렇다고 뽐내본 일은 아직 없다. 있기야 있었지

---

* 노싱 : 두통약.
** 아스피링(원문) → 아스피린aspirin : 해열제의 하나.
*** 보폐탕(원문) → 보폐탕補肺湯 : 폐위肺胃 기능 실조로 인한 기침을 치료하는 처방.
**** 패독산敗毒散 : 강활, 독활, 시호 따위를 넣어서 달여 만드는 탕약.

만, 그것은 이렇다고 자기의 기술을 자랑할 만한 그런 큰일은 못 되었다.

이번 일이야말로 기술자로서의 최호가 일생을 두고 잊을래야 잊을 수 없는 감격의 건설 공사다.

지금 최호가 감격에 넘쳐 시작하는 공사라는 것은 바다와도 같은 S 저수지 제2언제堰堤* 일수문溢水門의 개조 공사다.

저수지의 생명은 언제에 달렸다. 언제라는 것은 하천으로 말하면 방축과도 같은 것이다. 그러나 하천의 방축은 물줄기를 막은 것이 아니지만, 언제라는 것은 흘러 내려가는 물길을 가로막은 방축이다.

만약 이 언제가 터져보라. 저수지 안에는 한 방울의 물도 남지 않을 것이며 그 하류의 전답과 인가는 순시에 전멸이 될 것이다.

이, 언제를 언제든지 무서운 물의 압력이 내밀고 있다. 겨울에는 수위水位가 낮아서 압력이 줄어들지만 여름철에는 빗물이 사방에서 모여들어서 수위가 훨씬 높아진다. 따라서, 언제가 받는 물의 압력도 일 년 중에 이때가 제일 크다.

언제는 비록 최고 기술로서 절대 안전하게 만든 콘크리트의 방축이지만 그렇다고 얼마든지 압력을 가중시키는 것은 대단 위험한 일이다.

그래서 이 언제에는 십 수 개의 일수문이 있다. 물이 불어 일수문까지 올라오게 되면, 일수문을 열고 물을 빼어버린다. 물이 높이 80미터나 되는 일수문에서 날아 떨어지는 광경은 참으로 장관이다. '나이아가라' 폭포보다도 오히려 장관이라 하겠다.

이렇게 해서, 저수지 밖에 떨어지는 물은 제멋대로 그냥 낮은 데로 흘러가느냐 하면 그런 것이 아니다. 그곳에는 또 제2의 언제가 가로막고 있어서 제2저수지가 되어 있다.

* 언제堰堤 : 하천이나 계류 따위를 막는 구조물. 댐.

지금 최호가 온 목적인 그 제2언제의 일수문—이제까지의 것은 목조의 불완전한 것이었다.—을 철재로 완전히 영구 설비를 하기 때문이다.

여름 장마 전에 마쳐야 할 공사이기 때문에 엄동설한 2월인 지금부터 착착 준비를 해야 한다. 일수문 재료는 벌써 전부가 경평 철도로 사수역에 와 있다. 길고 넓고 두터운 철판 앵글, 찬넬, 리벳*—모두 합한다면 총중량이 2백 톤이나 된다. 이 가운데서 리벳 한 개가 모자라도 이 공사는 완성되지 못한다.

최호가 제일 먼저 할 일은 재료의 검수**다. 재료 검수가 필하면 다음에는 사수에서부터 메물리 제2언제까지 80리를 운반해야 한다. 이 운반이 제일 난사 중의 난사다.

사수에서 육로로 메물리까지 가는 길은 있기는 있으나 저수지 된 후에 새로 산중허리를 끊고 만든 길이기 때문에 몹시 험하고 고카로운 데가 많아서 우차로서는 도저히 운반할 수가 없다. 트럭은 있지만 대용 연료를 사용하기 때문에 이렇게 추운 곳에서는 엔진이 얼어서 운전할 수가 없다. 그래서 최호는 적은 비용으로써 가장 능률적인 빙상 수송법을 취했다.

빙상 수송을 하자면 2월 한 달 동안에 해야지 3월에 들어가면 경찰 당국에서 위험하다고 허가해주지 않는다.

최호는 하기천 발전 사무소를 떠나기 며칠 전에 사수리 역사에 밝은 박이라는 자기 부하에게서 만수 노인의 이야기를 듣고 숙사 교섭을 시켰던 것이다.

최호는 자기가 생각하고 온 것보다도 만수 노인네 방이 깨끗하고 음식이 맛있고 친절스러운 데 대단 만족한다.

---

* 리벳트(원문) → 리벳rivet : 대가리가 둥글고 두툼한 버섯 모양의 굵은 못.
** 검수檢收 : 물건의 규격, 수량, 품질 따위를 검사한 후 물건을 받음.

여전히 극한이 계속된다.

그러나 최호는 마음이 조마조마해서 날세가 풀리기를 기다릴 수 없었다. 만수 노인을 내세워가지고 인부 8명을 모았다. 그 가운데는 만수 노인도 한몫 끼었다.

이튿날 점심때부터 최호는 인부들을 데리고 일수문 재료의 검수를 시작했다. 권척*으로 척수**를 재고 개수를 세고 도면과 대조해보고 대판 출하주에게서 보내온 '인보이스'***에 체크하고 한다.

검수를 필한 재료는 소발구****에 싣기 편한 장소까지 운반을 해놓는다. 한 개의 중량이 2백 관 이상짜리가 띄글띄글하다. 그것을 혹한과 싸우면서 운반하는 것은 용이한 일이 아니다.

인부들은 일하는 짬짬에 제각기 돌아다니면서, 나무를 한아름씩 해다가, 불을 질러놓았다. 일하다가 손끝 발끝이 시려나면 불을 가운데 두고 동그랗게 모여 선다. 그중에는 번번이 최호도 끼운다. 송곳 같은 바람이 획 하고 내려칠 때마다, 불티가 하늘하늘 올라간다. 바로 바람머리에서 등을 들이밀고 섰던 한 인부는 바지에 불이 당겨 펄펄 붙어 올라오는 줄도 모르고 어…… 뜻뜻하군…… 하고 선소리를 치다가, 동무의 황겁한 소리에 그만 질겁해서 후닥닥 키 넘는 눈구덩에 뛰어든 것을 목도채*****로 겨우 끄집어냈다.

최호는 일주일 안으로 천하 없이 해도 2백 톤의 철재 검수를 끝마칠

---

* 권척卷尺 : 줄자.
** 척수尺數 : 치수.
*** 인보이스invoice : 보내는 짐의 내용을 적은 문서. 송장送狀.
**** 소발구 : 소에 메워 물건을 실어 나르는 썰매. 쇠발구.
***** 목도채 : 목도를 할 때 짐을 걸어서 어깨에 메는 굵은 막대기.

작정이다.

시간이 다소 걸리더라도 용도가 다른 데 비젓한 것이나 후에 틀릴 염려가 있는 재료에는 먹이나 백묵으로 일일이 표를 한다.

이렇게 일심정력으로 검수를 하면서도 최호는 자기의 약한 몸에 대해서 어떤 순간일지라도 세심의 주의와 준비를 게을리하지 않는다.

자채기*를 한 번만 해도 벌써 아스피린이나 가제피린을 끄집어내서 먹는다. 검수를 시작해서 이틀째 되는 날 석양부터 갑자기 날세가 흐려지기 시작하더니 찬바람이 싸락눈을 싣고 펑펑 쏟아진다.

볼따구니에 떨어져 녹은 눈물 위를 찬바람이 스칠 때마다 칼로 싹싹 에이는 듯이 아프고 쓰라리다. 당금 무슨 천변이 일어날 듯한 스산하고도 무서운 날세다.

"선생님, 눈이 톡톡히 오겠우다."

만수 노인이 자기 눈으로 본 천기 예보를 최호에게 알려준다. 최호는 노인의 천기 예보에 얼굴을 찡그리면서 연거푸 세 번 자채기를 했다.

"그럼 오늘은 그만둘까요?"

"그만둡세다. 이런 날 일해두 일이 일같이 되지 않수다."

최호는 부르륵 하고 몸살을 쳤다.

자채기 나고 몸살 치우고—최호는 이것을 또 무슨 병이 자기를 찾아오는 징조라고 직각한다. 최호는 뒷걸음을 만수 노인에게 맡기고 자기는 먼저 집으로 갔다.

오버와 방한모를 벗고 홀가분한 몸이 되어 뜨끈뜨끈한 방에 앉아서야 비로소 자기 몸에 열이 있는 것을 깨달았다. 이마를 짚어보아도 역시 열이 있다.

| * 자채기: '재채기'의 함남 방언.

최호는 기분이 우울하다. 체온기를 겨드랑에 찔렀다 내니 37도 9부다.

몸이 오싹오싹 춥다. 최호는 감기에 틀림없다고 단정하고 이번에는 가제피린을 열다섯 알을 단번에 먹었다. 어느새 잠이 들었는지 달게 한잠 자고 나니 땀이 흘러 털내복이 축축하다.

만수 노인이 방 윗목에 앉아 담뱃대를 가로 물고 그물을 뜨고 있다. 노인은 잠이 깬 최호를 보더니 정주에 나가서 밥상을 들고 들어왔다.

최호의 몸이 불같이 달다. 입맛을 갑자기 잃었다. 밥을 댓 숟가락 뜨는 용 하고는 인차 밥상을 물렀다.

"아 어쩨 안 잡수시우."

만수 노인이 손을 비비면서 민망스러워 한다.

"아마 감기가 왔나 봐요."

최호는 이번에는 아스피린 한 첩을 입에 물고 숭늉으로 양치질해 넘겼다. 날세가 고약해서……. 노인은 또 그물을 뜨기 시작한다.

"그물은 어데다 쓰는 그물이요?"

최호는 그물을 펴본다. 한 발쯤 되게 떠놓은 그물코는 자름자름하다.

"앞바다(저수지)에서 고기를 잡아먹어야지우."

"고기가 많아요."

"많구 말구요. 손뼉 같은 붕어, 대구 같은 자치, 곤돌모기, 모래쟁이……. 고기야 많아요."

"잘 잡히나요."

"고기떼를 바루 만나 그물을 펴면야 펄펄 뛰는 붕어사리가 단번에 오륙십 마리씩 걸릴 때가 있어요."

"호오 육십 마리씩요?"

최호에게는 노인의 말이 진기한 옛말같이 들린다. 산에서 듣는 바다의 옛말 같다.

생활에 대한 강렬한 욕구라든가 부자유하고 부족한 생활을 어디까지든지 꾸준히 극복하고 해결지어나갈 수 있는 인간들이 있다면 그것은 만수 노인과 같은 그런 종류의 인간들이 아닐까? 최호는 이렇게 엄숙하게 생각해본다.

최호는 이야기 주머니 끈을 풀려는 만수 노인에게 실례하고 방 아랫목에 누웠다.

체온계를 겨드랑이에 끼워보니 38도 3부다. 열은 점점 높아간다. 몽둥이로 뒤통수를 맞은 사람처럼 골속이 뻥하고 쿡쿡하고 마른기침이 난다. 몸이 불덩이같이 단 데다가 방까지 화끈화끈 다니 가슴이 갑갑하고 땀이 물 퍼 얹은 것처럼 흐른다. 만수 노인은 최호가 괴로워하는 양을 보고 자기의 갈퀴 같은 손을 최호의 이마에 얹어본다.

"이게 열이 대단하군."

만수 노인은 자기 머리에 동였던 수건을 벗겨가지고 최호의 이마의 땀을 씻어준다. 그때 금순이가 찬물 담은 함지에다 수건을 띄어서 방에 들여놓았다.

"이 물은 어쩌는 거냐?"

만수 노인의 치열법에는 찬물을 쓰는 데가 없었기 때문이다.

"수건을 짜서 머리를 식혀 드리시우다."

"못쓴다. 못써. 열은 열루 다스려야지."

"괜찮아요. 금순이 감사하오."

"아니우다. 열이 속으루 들어가면 못쓰는 법이유."

만수 노인은 벽을 문이라고 우겨댄다.

"일 없우다."

정주에서 금순이가 아버지 고집에는 어찌할 수 없다는 듯이 얼굴을 찡그린다.

"글쎄 괜찮아요."

최호와 금순의 일치된 의견에는 고집불통한 만수 노인도 더 우길 수가 없어 무뚝뚝한 표정으로 수건을 짜서 머리에 얹어준다. 만수 노인은 수건이 더워지면 찬물에 적셔 짜서 이마에 얹어주곤 한다.

"미안합니다."

최호는 찬 수건이 이마에 놓일 때마다 감사를 드리곤 한다. 밖에서는 눈보라가 시작이 된 모양이다. 바람이 문을 흔들어줄 때마다 싸락눈이 문짬을 새어 뽀얗게 들어온다.

"야 금순아, 네 좀 들어와서 시중해라. 내 그물을 마저 떠야겠다."

금순은 망설이다가 새 치마에 새 저고리를 갈아입고야 방에 들어왔다. 아버지 곁에 한쪽 무릎을 세우고 얌전하게 앉아서 최호의 이마에다 찬 수건을 바꾸어낸다.

최호는 잠결에 비스듬히 눈을 떴다. 발갛게 충혈된 두 눈에도 금순이의 얼굴만은 똑똑히 보인다. 금순은 고개를 푹 수그린다.

"금순이 곤할 텐데 나가시오."

"일 없소."

금순은 최호의 신열이 자기의 얼굴에까지 감지되는 것을 깨닫자 웬일인지 가슴이 울렁거린다. 금순의 고개는 더욱 수그려지고 얼굴에는 빨간 홍조가 흐른다.

이튿날도 몹시 추웠다.

최호의 신열은 조금 내린 편이다. 금순이가 정성을 다해 끓인 미음을 최호는 억지로라도 모두 마셔야 할 책임을 가졌다고 생각한다. 만약 자기가 입맛이 없다고 미음마저 안 마신다면 그 얼마나 금순이와 만수 노인이 섭섭하게 생각할 것인가……. 최호는 이렇게 생각해보니 그 성심에 보답하는 의미에서라도 미음을 마셔야겠다. 최호는 눈을 꼭 감고 한 사발의 미음을 단숨에 들이마셨다.

그날 석양에는 열이 37도 8부까지 내렸다. 패독산 한 첩을 달여 먹었더니 그 한 첩이 바로 정통을 찔렀던 것 같다.

저녁 때 최호는 금순에게 돈 1원을 주면서 술 사오라고 하였다. 금순은 시키는 대로 술 1원어치를 사왔다. 윗마을에 갔다가 조금 늦게 돌아와서 저녁상을 받은 만수 노인에게 최호는 그 술을 드렸다.

"아 술은 무슨 술을……."

만수 노인은 도리어 최호의 행동을 나무라는 듯이 말하고 나서 따끈하게 데운 소주를 주바리* 뚜껑에 부어서는 꿀꺽꿀꺽 목을 울리면서 마신다. 물 탄 술이지만 그래도 1원어치를 마시고 나니 어지간히 혀가 꼬불렀다. 노인은 저녁상을 물리기가 바쁘게 담배 한 대를 피고 나더니 또 그물을 뜨기 시작한다.

"고기 잡는 데 허가는 없나요?"

"별루 허가는 없우다만 재작년꺼정은 몹시 시비하더니 이 근래는 아무 말이 없어."

"배도 있나요?"

"쪽배가 하나 있우."

"제법 어촌입니다."

"그게 모두 반갑지 않소."

노인은 후유 하고 한숨을 길게 내뿜는다.

"무슨 말씀인지요?"

최호는 모르겠다는 듯이 늙은이의 얼굴을 쳐다본다.

"선상님 이 늙은 눔의 기맥힌 이얘기를 한번 들어보겠우?"

| * 주바리 : '주발'의 평북 방언.

166

노인은 곰방대에다 장수인을 꼭 눌러 담아 붙여 물고 다음 같은 서글픈 이야기를 최호에게 들려주었다.

이야기의 실마리는 지금으로부터 십 년 전으로 올라간다. 즉 사수 일대가 화전민 그대로의 생활을 지속하고 있을 때다. 그때 만수 노인네 집은 통지수리라는 깊은 골짜기에 있었다.

'그 골짜기는 지금 저수지 속 깊이 잠겨버렸지만.'

그때 노인네 가정에는 노인 부처, 아들 윤식의 부처, 금순이…… . 다섯 식구가 집 뒤에는 밀림이 막아 있고 앞에는 갠*이 흐르고 갠 건너에 화전이 예닐곱 뙈기가 있었다. 봄이 오면 부자간은 밭을 갈아 씨를 뿌리고 시어머니 며느리는 산에 올라 도라지를 캐고 고사리 산나물을 뜯었다. 산중에다 덫을 놓아 토끼, 멧돼지, 노루를 잡아 기름지게 먹고 아름드리나무를 찍어 번저서 함지 등속을 만들어 한 달에 두어 번씩 부자간이 번더지게 지게에 지고 하가루 장에 가서 팔아가지고는** 옷감물감, 바느질실, 반찬감, 소금……을 사다가 평화롭게 생활했다.

그러다가 그 해 늦은 여름이다. 어디서 떠온 소문인지는 몰라도 통지수리 깊은 골짜기에 물을 채운다는 소문이 퍼졌다.

처음에는 노인은 코웃음을 쳤다. 그러나 그 해 음력 9월 초순이다. 산 너머 첫 마을에 있는 문 구장이, 양복쟁이 셋을 데리고 통지도 없이 찾아왔다. 마당에 들어서는 그 사람들을 마루에 앉아서 내다보았을 때 노인의 가슴에서는 천근 같은 돌덩이가 덜렁 내려앉았다. 구장의 말은 내년 늦은 가을쯤 해서는 통지수리의 십여 동리 전체가 큰 호수에 잠기겠으니 이전비를 받는 대로 속히 사수에 이전해 달라는 것이다. 노인은 담배를 피면서 가타나 부타나 통 말이 없었다. 양복쟁이는 집수컨 생활 정도 화

---

* 갠: '내'의 함경 방언.
** 아팔가지고는(원문) → 팔아가지고는.

전의 소유면적 등을 자세히 조사해가지고 가버렸다. 노인은 아들 윤식을 내 떠어 각 동리의 동정을 살피게 하였다. 아들의 보고도 역시 늦어도 후년 봄부터는 어디어디 없이 물이 찬다는 것이다. 근심 중에서도 그 이듬해는 그럭저럭 그대로 지낼 수가 있었다. 그다음 해 5월에 노인 일가는 이전비 250원을 받고 지금 터전으로 이사했다. 이때부터 간전리 언제 공사장에는 13도에서 노동자가 물밀 듯했다. 화전민들의 자제들에게는 커다란 생활의 변동기였다. 화전엄금, 벌목금지─이리하여 그들은 약속이나 한 듯이 공사장으로 공사장으로 몰려갔다. 노인의 아들 윤식이도 그 가운데 한 젊은이였다. 윤식은 어느새 술과 계집에 빠지게 되었다. 집에다 두고 온 자기 마누라보다 백 배나 천 배나 더 아름다운 색시들이 공사장에는 욱실욱실했다. 윤식은 뼈 빠지게 일해서 번 돈을 꼬박꼬박 술집에다, 바쳤다. 그래도 돈이 모자라서 쩔쩔매었다. 하루는 윤식은 표연히 집에 돌아왔다가 이틀째 되던 날 아침에 공사장으로 간다고 떠났다.

까마귀 날자 배 떨어진다는 격으로 윤식이가 떠나자 궤짝 속 깊이 간직했던 이전비 250원이 간데온데없어졌다. 노인은 두 주먹을 바로 쥐고 아들을 쫓았다. 그러나 며칠을 두고 찾아도 아들의 자취는 없었다. 일설에는 어떤 술집 색시를 180원에 빼내가지고 다른 공사장으로 가버렸다고도 하나 오늘까지 그 생사가 불명하다.

윤식의 아내는 돌아오지 않는 남편을 기다리고 5년 동안이나 수절하다가 드디어 개가해버렸다. 며느리가 개가해 간 이듬해 봄에 노인 마누라는 딸 금순을 데리고 고사리동으로 갔다가 그만 왼쪽 발목을 독사한테 물렸다.

물린 다리를 그 즉석에서 달비로 동이고 입을 대고 독을 빨아냈으나 다리는 점점점점 붓기 시작했다. 제독할 약도 많이 써보았으나 별로 효과가 없었다. 그렇게 시름시름 앓더니 40일 만에 그만 세상을 떠났다. 그리하여 지금 남은 것이 노인과 딸 금순이 둘이다.

"선상님, 이만하면 이 늙은 눔의 신세두 기막히지우?"

노인은 천근같이 무거운 한숨을 내뿜고 나서

"윤식이 눔은 어데 가서 죽었는지 꿈에는 드믄드믄 뵈우두구만……."

노인은 저고리 고름에다 눈물을 찍는다.

"돈을 많이 벌어가지고 오겠지요."

최호는 노인을 위로시켜주려다가 가슴이 메여서 머리를 돌린다.

"그까지 돈은 소용없우다. 사람이 제일이지."

노인은 곰방대를 쥐더니 어디론지 나가버렸다.

최호의 머리는 여러 가지 생각에 몹시 헝클어지기 시작한다.

그렇다…….

위대한 건설 뒤에는 희생도 많을 것이며 비극도 있을 것이다.

그렇다면 나는 최호는……? 머리를 흔든다.

물론 나는 희생이나 비극을 원하는 자는 아니다. 그러나 나도 이번 공사에 대하여 어느 정도의 희생과 비극을 각오하지 않으면 안 될 것이다. 큰 희생을 내겠느냐 작은 희생으로써 끝막겠느냐는 것은 나의 기술 문제보다도 마음과 마음의 단결이 절대로 필요한 조건이다. 일심정력으로 국가를 위한 건설에 참가해야만 될 것이다. 그러자면 나의 전기보국이 참된 뜻을 노동자들에게 이해시켜주도록 힘써야 한다.

최호의 흐리멍텅한 머리에는 건설에 대한 위대한 정열이 부글부글 용솟음친다.

최호는 아스피린을 한 첩 마시고 나서 축축한 수건으로 뒷벽에 끼어 있는 유리의 얼음을 닦고 밖을 내다본다. 그러나 밖은 캄캄해서 자기 얼굴 외에는 아무것도 보이지 않았다. 북풍이 유리를 때리고 지나치는 소리만이 무기미하게 들려온다. 최호는 어둠 속에서 무엇을 찾아내려는 듯이 이마를 유리에 붙이고 캄캄한 밖을 한참 내다보다가 무너지는 듯이 도로 자리에 누워버린다.

건설을 위하여서는 명예도 소용없고 지위도 집어치자. 필요하다면 생명까지라도 바치자……. 최호는 유리를 바라보면서 입술을 깨물어본다.

*

오십 대의 소발구가 철재를 싣고 장타진을 쳐서 광막한 빙원을 행진하기 시작한 것은 최호가 사수에 와서 열이틀째 되는 날 늦은 아침때다. 최호는 발구대가 떠나기 전에 50명의 발구꾼을 한자리에 모아 세우고 간단한 훈시를 주었다.

"여러분 삯전도 삯전이겠지만 우리에게는 돈보다도 더 값있고 성스러운 단결의 정신이 있어야 할 것입니다. 우리나라는 지금 남에서 북에서 강적을 물리치면서 싸우지 않습니까! 총후의 국민인 여러분은 제일선에서 싸우고 있는 용감한 장졸들의 마음을 본받아서 '나'라는 것을 버리고 이번 이 공사에 일심합력해주시기를 바랍니다."

최호는 나오는 기침을 참아가면서 높은 소리로 50명에게 부탁했다.

"이삼들 잘 들었는가. 그럼 어서 떠나세."

만수 노인이 먼저 채찍*을 들어 소궁둥이를 갈겼다. 만수 노인의 발구가 제일 선두다.

두어 칸씩 사이 두고 50대의 발구가 쭉 일렬로 늘어져서 얼음 위를 행진을 시작했다. 최호는 중측에서 걸었다. 장화 밑에다는 전공들이 전주에 올라갈 때 신는 뾰족한 '승주기'를 신었다. 승주기 끝이 얼음에 박

| * 챗죽(원문)→채찍.

힐 때마다 와삭와삭 얼음조각이 튄다.

　최호는 만수 노인이 특히 자기를 위하여 담요를 펴서 앉을 자리를 꾸며놓은 발구에 지금 이상으로 몸이 불편하기 전에는 앉지 않기로 결심했다.

　차디찬 하늬바람이 드문드문 빙원을 휩쓸고 지나간다.

　얼음! 얼음!

　지금 질펀한 얼음의 광야를 50대의 발구가 한 짐을 싣고 찬바람과 매운 추위와 싸우면서 천천히 행진하고 있다. 소와 사람이 내뿜는 콧김이 몹시 희다. 까마귀조차나 뜨지 않는 아득한 빙원은 쓸쓸하기 짝이 없다.

　최호는 발구 따라 걸으면서 몇 번씩이나 몸을 바르르 떨었다. 볼따구니가 째어지는 것같이 쓰라렸다. 그러나 최호는 이까짓 추위쯤이야 하고 입술을 깨물었다.

　와사삭와사삭…… 소신이 얼음에 박히는 소리다.

　삐쭉삐쭉…… 한 짐을 실은 발구의 트집가는 소리다.

　이 모든 정경이 쓸쓸한 북국의 정서를 여실히 나타내고 있다. 솜 넣은 짧은 두루지'에 방한모를 눌러쓴 발구꾼은 팔짱을 끼고 소 옆에 붙어 걸으면서 드문드문 생각나는 듯이 끼랴…… 끼랴 추운 소리를 낸다.

　최호는 걸으면서 생각해본다.

　자연을 정복하는 기술자의 위대한 정신 속에도 명예나 지위 같은 안가한** 생각은 꼬물***도 없어야 할 것이다. 이 심산에서 몇 해를 침식을 잃고 '나'를 버리고 악전고투하여 세기의 대저수지를 건설한 기술자 선배들의 위대한 뜻을 나는 계승해야만 할 것이다. 그것이 총후국민銃後國

* 두루지: '두루마기'의 함경 방언.
** 안가하다(安價─): 값이 싸다.
*** 꼬물: 아주 조금.

民으로서의 내가 나라에 바치는 유일한 충성일 것이다.

그때 자기 곁으로 만수 노인이 어슬렁어슬렁 나아왔다.

"아무 걱정 말구 날래 발구에 들어가 앉으시우."

말하는 만수 노인의 수염에서는 고드름이 흔들거린다.

"괜찮습니다."

"하 저런 글쎄 만사를 내가 볼 테니, 어서 들어가 앉으시우."

만수 노인의 강권에 따라 젊은 발구꾼들도 권한다. 최호는 더 우길 수가 없었다. 그는 좁은 발구 안에 담요를 돌돌 감고 앉았다. 가제피린을 7, 8개 가을 모양으로 입 안에서 녹이면서 설계도를 무릎 위에 펴놓았다.

그때 최호는 뿌지직뿌지직 하는 상서롭지 못한 소리를 듣고 눈을 얼음판으로 돌렸다.

앗?

저쪽으로부터 얼음이 깨어져 들어오지 않는가. 최호는 당금 얼음장이 내려앉을 듯한 공포심을 일으켰다. 질겁해서 얼음 위에 뛰어내리다가 되싸게 얼음 위에 뒹굴었다. 발구꾼이 뛰어와서 부축해 일으켰다.

"저, 저 얼음이 깨어지오."

최호는 눈을 희번덕거리면서 그 쪽을 손질한다.

"일 없우다. 너무 꽝꽝하게 언 찰얼음이 되어서 이리저리 깨어지는 거유."

"아 대자 예자루듸려 언 얼음인데 저쯤해서 물앉겠오. 저거는 얼음의 장난이오, 허⋯⋯."

발구꾼들이 너털웃음을 웃는 것을 보고야 최호는 맘을 놓고 다시 발구 안에 들어가 앉았다.

최호는 파란 얼음판을 건너다본다. 그러자 문득 만수 노인이 어느 날 밤에 자기에게 들려주던 신세타령이 머리에 떠올랐다.

지금 이 얼음 밑쯤에 만수 노인의 집터가 있지 않을까. 주춧돌 밑이 붕어의 잠자리가 되었을는지 모른다.

희생과 비극! 이 두 가지 조건이 없이는 건설은 불가능한 것인가? 불가능한 것일 것이다. 그렇지 않을 것이다. 만약 책임이 있다고 가정해도 사회는 그 책임을 관대하게 처분해줄 것이다. 나는 가장 적은 희생과 비극으로 가장 큰 건설을 완성하는 데 힘써야겠다.

최호는 하늘을 쳐다본다. 차디찬 공간에 일수문의 설계도가 뚜렷이 나타났다. 그것은 최호의 건설에 대한 정열의 반영이다.

질펀한 빙원을 극한과 싸우면서 행진하는 자기의 정열이 자기로서도 대단히 믿음성 있게 생각되었다.

그때 뒤에서 발구꾼이 부르는 노랫소리가 들려왔다.

최호는 픽 하고 쓴웃음을 웃다가 무엇을 생각했는지 웃음을 거두고 심각한 표정으로 노랫소리에 귀를 기울였다.

최호는 발구에서 얼음 위에 내려섰다.

"몇 리 나왔소?"

"20리를 오나마나 했소."

"20리밖에……?"

최호는 해를 쳐다보았다. 그리고 팔뚝시계를 들여다본다. 시계는 12시 반을 가리키는데 해는 석양 해 같다.

"해와 같이 가겠지요?"

최호는 걱정이 되어 또 한 번 물어본다.

"걱정마시우. 우리 걸음은 시계보다두 똑똑허우다."

최호는 시계보다도 정확하다는 발구꾼의 말에 철석같은 신임을 둔다.

하늬바람이 점점 눈보라를 일으켜가지고 발구대를 세차게 내려 부시기 시작한다.

그러나 그렇게 세찬 하늬바람도 최호의 정열만은 단연코 빼앗을 수
가 없었다.

최호는 태연자약하게 휘몰아치는 눈보라 속을 뚫고 앞으로, 앞으로
힘차게 걸어 나아간다.

—수록 : 「빙원」, 《춘추》 3-7, 1942년 7월

전기는 흐른다

도대체 이게 꿈이 아닌가?!

아니다, 아니다. 만사는 늘상 이렇게 구체적이래야만 한다. 우리 삼천만 인민은 오늘이 오기를 얼마나 눈 빠지게 기다렸던 것이냐. 오늘은 당연히 오고야 말 역사의 판결날이다.

아…… 통쾌하구나. 오만 가지 감정이 가슴속에서 부글부글 끓어 번진다.

8월 15일!

8월 15일!

미친개, 일본 제국주의의 미친개는 정의의 철퇴에 엉치가 부러져서 혀를 가로 물고 나가 던져졌다.*

잔인무도하던 강탈자 일본 제국주의자들!

우리의 피와 기름을 여지없이 빨아먹던 비계 낀 이리 일본 제국주의

---

* 번더졌다(원문) → 던져졌다.

강도들!

　김창화는 오늘 대낮 왕청하게 작열한 태양 아래 발전소 뒷산 잔등에
올라 네 줄로 뻗어 내린 철관로鐵管路를 무연탄 가루와 시멘트로 카무플
라주* 하는 작업을 하다가 강도 일본이 무조건 항복한 것을 일본 '천황'
이 울면서 방송했다는 특보를 얻어듣고 카무플라주 작업이고 난장이고
모두 집어치고 고래고래 소리 질러 철관로 여기저기 뿔뿔이 흩어져 일하
는 척하면서 놀 짬수**만 보는 동무들에게 알리고 나서 맨 앞서서 허둥지
둥 산을 내려왔던 것이다.

　그러나 창화의 타고난 감격성은 그것만으로 그치지 않았다. 오늘 저
녁 각 계係 대표자회의 석상에서까지 그를 흥분과 감투에 젖게 했다. 희비
의 감정이 용솟음쳐서 가슴은 두방망이질하고 추억과 회고, 의분과 통쾌
―이런 착잡된 감정 때문에 머리는 된 뭉치에 얻어맞은 듯이 얼떨떨했다.

　때때로 동생 창구의 얼굴이 눈앞을 번갯불처럼 지나친다. 그럴 때마
다 창화는 입 속으로 중얼거려본다.

　'창구야 돌을 깨물구라두 살아와다구.' 창구는 바로 8월 초하룻날 일
본 병정으로 끌려 나간 후 남행차를 탔다는 소식까지는 얻어들었으나 그
목적지가 어딘지 창화는 오늘까지 알지 못한다.

　이래서는 안 되겠다. 우선 흥분을 버리고 냉정해지자. 오늘 저녁회의
야말로 어떻게 하면 장진강 발전소를 파괴에서 사수하겠는가 하는 중대
한 모임이 아니냐. 1분이 늦어지면 그만큼 우리에게는 위험이 가중된다.

　창화는 연송 담배를 태우면서 자기의 용광로 같은 마음을 고요히 달
랜다.

---

* 캄프라지(원문) → 카무플라주camouflage : 불리하거나 부끄러운 것을 드러내지 아니하도록 의도적으로
　꾸미는 일. 거짓 꾸밈, 위장.
** 짬수 : 북한어. 어떤 일을 할 수 있는 알맞은 낌새나 형편.

넓지 않은 회의실 내에는 담배 연기가 뽀얗다. 9시가 조금 넘었으니 여느 때 같으면 공습 사이렌이 울고 아이새끼들과 물건을 안고 업고, 이고 방공호로 뛰어 들어갈 시간이다.

창화는 전기시계를 흘끔 쳐다보고 담배를 재떨이에 찌르고 나서 주먹으로 테이블을 탁 쳤다.

"그러나 여러분 지금이 어느 때요. 중대한 순간에 있는 우리들이 아니오. 우리들은 우리들의 태도를 신중히 가지지 않으면 절대로 안 되겠소. 해방을 맞이한 우리들에게는 발전소 시설 일체에 대한 완전 확보가 있을 뿐이오. 사소한 개인 감정에 치우치기보다 우리 전기 부문의 기술자들은 장진강 발전소에 부과된 긴급한 당면 문제를 이 자리에서 가장 엄숙하고도 냉정한 태도로 해결 짓는 동시에 즉시로 행동에 옮겨야 옳지 않겠소?"

창화는 일본놈들 중에서도 유달리 사람 차별 심히 하던 몇몇 놈에게 맵싸한* 주먹을 보여주어야 가슴의 체증이 풀리겠다는 서무계의 최창모와 회계계의 김덕무의 강경론에 대해서 자중해달라고 신신당부한다. 그러면서도 창화 자신 역시 덕무와 창모의 주장에 대해서 내심 찬동의 손을 들지 않은 것은 아니다. 사실 톡 털어놓고 말한다면 조선 사람 종업원치고도 놈들한테 가장 푸대접 받아온 사람은 창모와 덕무다.

창모는 5년제 중학을, 덕무는 3년제 상업학교를 졸업하고 수전 회사에 입사한 지 착실히 4년 철이 되나 아직 사원은커녕 고원 일급에도 발을 들여놓지 못했다. 창모는 사상적으로 '불순'한 데다가 지금도 틈만 있으면 좌익 서적을 많이 읽고 그것을 '선량한' 종업원들에게 선전한다는 이유로 또 덕무는 몸집이 육중하고 성미가 괄괄한 데다가 주둥이가 말대

| * 맵쌀한(원문) → 맵싸한. 맵싸하다 : 맵고 싸하다.

꾸 잘한다는, 즉 웃어른의 말에 번번이 거역하며 반대하는 태도가 많다는 이유로 일본 녀석들 사이에서는 '후레자식'으로 눈엣가시로 도장 찍혀 있었던 것이다.

"정 그렇다면 나 개인으로두 그놈 땀 좀 내줘야지 그냥 참지는 못하겠네."

덕무는 노기가 둥둥하여 와이셔츠 소매를 부르걷어 올린다. 기무라라는 계장 녀석의 그 조선 사람을 사람같이 여기지 않으며 지어 조선 사람의 것은 닭알까지도 일본 닭알보다 맛없다고 트집 잡던 주제넘은 태도에는 증오와 의분을 억누를 수가 없었다.

"아니네. 자네 말에두 일리는 있네. 하지만 너무 덤비지 말게. 지금은 개인적 감정보다두 발전소 사수를 위해서 그리로 우리 총역량을 집결할 때가 아닌가. 자네처럼 그렇게 성급하게 우물의 물을 들구 마시잖아도 자네 가슴이 삼복더위에 아이스크림 먹은 듯이 시원해질 날이 멀잖아 어련히 오지 않으리, 또 벌써 오지 않았나 참게 참아."

덕무의 심정을 누구보다도 잘 알아주는 토목계 대표자 문석호의 당부다. 평시에는 벙어리처럼 눈치만 살피고 혼자서만 우물거리다가도 모임에 나가기만 하면 영영 딴 사람처럼 유머의 웅변을 토하는 재간을 가지고 있는 친구다.

"옳네, 옳아."

동치미국처럼 찡하고 정신이 나는 석호의 말에 모여 앉은 대표들은 찬성하여 나섰다.

"그러면 내 말은 보류하기로 하고 회의를 진행해주오."

덕무의 부풀어진 성이 어느 정도 풀린 것만 사실이다.

가장 엄숙한 토의와 정밀한 계획을 속히 결정지어야 할 회의는 개인 감정 문제 때문에 정당한 코스를 잃고 갈팡질팡하다가 덕무가 다소 수그러지는 바람에 겨우 본론에 어구를 찾아 들었다. 여름 저녁으로서는 모기떼와 하루살이떼가 적은 편이다. 앵앵 울기는 하나 부채 없이 견딜 만하다.

전기시계가 9시 반을 가리킨다.

"아까도 창화 씨가 말했지만 우리들은 지금 발전소 시설 전부를 완전히 확보해야 할 중대한 사명과 책임을 가지고 있는 사람들이 아니오. 만일 여기에 조그만 파괴나 고의의 고장이라도 생기게 된다면 우리 종업원들은 삼천만 동포들에게 대해서 면목이 없을 것이오. 그러니까……"

부하계의 대표자 조영일은 그 타고난 늘어진 침착성도 잃고 만감이 가슴에 북받쳐 그것을 억누를 길이 없어 도리어 화가 동한 사람처럼 목대를 세운다.

"그러니까 우리는 우리의 마음과 기술을 단결해가지구 결사대가 되어서 발전소 시설 전부를 사수해야겠소. 나는 무엇보다두 이것이 제일 긴급한 당면 문제라구 생각하오."

영일의 말은 불덩이 같은 열은 있으나 그 제안에는 아무런 구체성도 진전도 없다.

"그러니까……"

목을 황새목처럼 빼들고 앉았던 창화는 영일의 말이 끝나기도 바쁘게 테이블을 탁 치면서 목소리를 높인다.

"우리는 이 자리에서 우선 우리의 최고 책임자를 선정해야겠소. 그래가지구 그 책임자를 보좌하면서 일치단결 우리들에게 부과된 당면 문제를 착착 해결지어가는 것이 우리의 살림살이를 튼튼하게 알뜰하게 만드는 좋은 방법이 아닐까구 생각하오."

문석호의 둥글둥글한 목소리다.

"찬성이오."

"좋소."

대표자들은 맺혔던 진리나 찾아낸 듯이 비로소 얼굴에 명랑한 빛을 띤다.

"그럼 그 전에 임시 의장과 서기를 선출해가지구 회의를 진행하는 것이 어떻겠소?"

창모의 제의다. 이 모임에서는 짧은 기간이나마 조직활동을 해본 사람은 창모 한 사람뿐이다. 그다음 친구들은 백지다.

"그럼 제의한 창모로부터 의장 한 명 서기 한 명을 지명하는 것이 좋으리라고 생각하오."

덕무의 말에 모두가 찬성의 손을 들었다.

"그럼 내가 지명하지요. 임시 의장에 김창화, 서기에는 이종칠."

박수가 일어났다. 찬동의 박수다.

"그럼 내가 여러분의 동의를 얻어 할 줄은 모르지만 임시 의장으로서 회의를 진행시키겠소. 그럼 누굴 우리 장진강 발전부의 책임자로 선출하겠소. 그 선출하는 방법을 말해주오."

창화는 대표자들 얼굴을 휘돌아본다. 종칠은 재빠른 솜씨로 회의록을 쓴다.

"의장, 내게다 한 마디 말을 시켜주시오."

창모는 잠깐 눈을 감고 무엇을 생각하고 나서 천근같이 무겁게 입을 연다.

"전 장진강 수전 종업원의 의사를 대표하여 이 자리에 모인 우리들인 이상 여기서 우리들이 가장 엄격하고 냉정한 입장에서 최고 책임자를 선정하는 것은 잘못이 아니라구 생각하오. 그럼 제 의견 하나를 내겠소. 이 앞으로는 여러 가지 강력한 조직체가 생겨나리라고 생각합니다만 우리들의 당면 과업인 발송전 시설을 확보하는 동시에 그것을 정상적으로 운전하자면 전기기술자가 이 부문의 책임자로 되어야 할 것입니다. 여기에서는 개인적 야심이 있어서는 안 되겠습니다. 이런 의미에서 나는 전형위원제나 투표제 같은 것을 모두 집어치우고 우수한 전기기술자요, 동시에 인망이 높은 김창화 형을 최고 책임자로 모시는 것이 적당하리라고 생각하오. 여러분의 의견은 어떠한지요."

최창모의 쿡쿡 쥐어박는 듯한 굵은 목소리에는 웅변가를 연상케 하는 매력이 있다.

창모의 머릿속에서는 치밀한 설계도와 엄밀한 작전계획이 번개치고 있었다.

노동자의 입장에서 가장 옳은 길을 걸으려고 애쓰는 창모는 이 근래 일본놈들의 탄압과 감시 밑에서 그 길을 너무나 외로이 걸어가고 있었다. 그러다가 오늘 갑자기 천근의 무게로 자기의 양어깨를 짓누르는 과업과 책임을 느끼고 그는 너무나 큰 변화에 냉정을 잃고 은근히 몸부림을 쳤다.

세상물정에 관심이 적은 전기기술자들을 어떻게 길들이며 어떤 방법으로 손잡고 나가야 할지 가라앉았던 잠재의식이 불쑥 머리를 쳐들기는 했으나 너무나 갑작스런 격동*에 정신이 얼떨떨했다.

창모의 말은 날이 섰다.

"나는 두말없이 찬성이오."

회계계의 김덕무가 팔을 번쩍 들자 마치 그 흉내나 내듯이 다른 대표자들도 선뜩선뜩 팔을 들었다. 그들의 머릿속에도 제일 후보자로서 김창화가 떠올라 있었던 것만 사실이다.

잠깐 침묵이 계속된 후 창화는 의자를 뒤로 밀어젖히면서 일어섰다. 그러자 한바탕 박수가 회의실을 뒤흔들었다.

| * 격등(원문) → 격동激動 : 감정 따위가 몹시 흥분하여 어떤 충동이 느껴짐. 또는 그렇게 느낌.

"여러분 결국 이렇게 되구 보니 내가 책임자가 되구 싶어 말을 끄집어낸 것 같소. 아무것도 모르는 김창화를 책임자로 선거해주니 다만 부끄러운 생각뿐이오. 우리는 다 같이 발전소를 사수하는 결사대가 됩시다. 결사대의 정신과 책임감이 있다면 발전소를 사수 못할 일이 없을 것이오. 서른여섯 해 동안 생각하면 참으로……."

창화의 목소리는 어느덧 눈물로 흘렀다. 창화는 땀 밴 손수건에다 두 눈과 코를 닦고 나서 냉수 한 컵을 쭉 들여마신다.

"36년 동안 강도 같은 일본놈들은 우리 조선과 조선 사람에게서 기름과 피와 알뜰한 청년들까지 그 밖에 모든 것을 강탈해 갔습니다. 이런 뻔뻔하고도 간악한 도적놈이 어데 있겠습니까. 그놈들은 우리 부모에게서, 우리에게서, 또 우리 이 어린 자식들에게서 이름을 빼앗고 말까지 빼앗아버렸습니다. 좋은 자기 선조와 자기의 것을 가지고 있으면서도 우리는 왜놈 밑에서 눈칫밥을 먹고 자라나지 않았습니까. 생각하면 할수록 분통이 터져 죽을 일뿐이었지요. 그러나 기나긴 역사를 가지고 있는 조선 민족이 영원히 멸망할 리야 있겠소? 절대로 그럴 일은 없을 것이며 있어서는 안 될 것입니다. 그러기 때문에 역사는 도리어 1945년 8월 15일이란 오늘 가장 정당하구두 가장 준엄한 판결을 일본에 내려준 것입니다."

창화는 또 한 번 두 눈과 코를 닦고 나서 떨리는 목소리로 말을 잇는다.

"여러분 우리는 충심으로 붉은 군대에게 감사를 드립시다. 그리고 우리들은 '나'라는 관념부터 버립시다. 발전기와 함께 살구 발전기 옆에서 죽을 각오를 가져주기를 여러분께 간곡히 부탁합니다. 또 한 가지 부탁은 오늘 연합국에 대해서 일본이 무조건 항복은 했다구 하지만 아직 그놈들 손에 무기가 있고 그놈들 속통*에 발악성이 남아 있다는 것을 절대

| * 속통(원문)→속통(一桶): '마음'을 속되게 이르는 말.

로 잊어서는 안 되오. 우리 장진강 지구에도 20명의 일본놈 병정과 왜놈의 헌병과 왜놈의 순사가 무장한 채로 남아 있다는 것을 잊지 맙시다. 그러기 때문에 우리로서는 일본놈들의 파괴행동을 미연에 방지하게끔 만단의 자위적 수단을 강구해야 할 것이라고 생각하오."

"그럼 거기 대한 복안을 가지고 있습니까?"

덕무가 묻는 말에 창화는

"있소."

하고 자신 있게 대답한다.

"그럼 나는 이 자리에서 여러분 꼭 책임지고 행동에 옮겨줘야 할 일들을 다음과 같이 제시 아니 명령하겠소. 좋겠습니까?"

"좋소."

일동은 순간 긴장한 빛을 얼굴에 나타냈다.

"그럼……."

창화는 공장복 바지주머니에 손을 찔러 부스럭거리더니 한 장의 종이쪽지를 끄집어내 들었다.

"에 나의 이 간곡한 부탁을 여러분은 일개 김창화의 부탁이라고 생각지 마시고 우리 조선 삼천만 동포의 부탁인 줄 알아주시고 절대로 책임져줘야겠소."

창화의 불붙는 눈동자, 심각한 얼굴 표정. 총알이 무서우랴, 비수가 겁나랴, 자그마치 36년 동안 억압에 울고, 착취에 허덕이고, 진심이 찢긴 애국의 감정이 맹렬한 반발력을 가지고 불꽃을 날리기 시작했던 것이다. 각계 대표자들은 쥐죽은 듯이 앉아서 자기에게 떨어질 중대한 명령을 기다리고 있다.

"토목계 대표자 문석호."

드디어 명령은 내렸다.

"예!"

뾰죽뾰죽 내민 수염을 뽑기 시작하던 석호는 불의의 호명에 약간 가슴이 뜨끔했으나 눌러 태연한 태도를 보인다.

"당신은 각 현장에 산재한 기재류와 철재와 시멘트를 영구 창고에 모을 계획을 세워주오. 그리고 각 건물과 도로 교량의 보수와 설계도면의 소개와 이동 방지를 책임져주오. 방화의 경우를 생각하고 가솔린 펌프두 잘 수리해주오. 그리고 비상 경비대원을 8명 선출해서 내일 아침 8시까지 보고해주오."

"책임지리다."

석호는 목책에다 일일이 적으면서 자신만만히 대답을 한다.

"다음 발전소 대표자 박동수, 동수 군은 지금 병중이므로 내가 대신해서 발전소 시설 전반에 대한 확보 특히 변압기와 발전기 그리구 옥외변전소와 철관로를 사수하리다."

"다음 부하계 대표자 조영일, 당신은 중요한 통계표와 서류의 이동 방지와 소각을 절대 감시해주오. 부하계의 서류는 우리 장진강 발전 계통의 생명이라구 해도 절대 과언이 아니오. 비상 경비대원 5명 부탁하오."

"잘 알았소."

"다음 선로계 대표자 이종칠, 당신은 반송般送 전화실과 유선 전화실, 즉 다시 말한다면 통신망을 절대 책임져주오. 그리구 흥남, 경성, 평양, 청진 송전선을 고장 없도록 잘 보수해주오. 우리 부락의 전등을 내일 안으로 종래대로 복구시켜주오. 범죄는 늘상 어둠을 이용하니까. 그리구 전용품 창고를 잘 간수해주오. 비상 경비대원 7명."

"예."

회의실 안은 중대한 결정서를 발표하는 의사당처럼 정숙하고 엄엄한 공기가 떠돈다.

숨막힐 듯한 심각한 표정, 꼭 다문 입술, 벽이라도 뚫고 말 눈살, 이 무언의 표정을 보고 창모는 속으로 이렇게 따져본다.

'이날을 하루바삐 우리에게 가져다주기 위해서 장백의 준령을 넘나들면서 왜적을 무찌른 조선의 거룩한 어른들이 얼마나 많은 피를 흘렸으며 많은 목숨을 바쳤던 것이냐. 그리고 우리는 오늘의 해방을 가져다준 붉은 군대에게 감사를 드려야 한다.

빼앗겼던 조국을 다시 찾은 우리는 조국의 부흥 발전을 위해 발전소를 목숨으로써 사수해야 한다. 어떤 놈이 우리의 발전소를 침해하려느냐. 피비린 투쟁, 여기서 우리는 그놈에게 죽음을 주리라.'

창화는 침묵을 깨뜨리고 다시 입을 열었다.

"회계계 대표자 김덕무, 당신은 특히 현금의 유출과 전표의 소개를 엄중 감시해주오. 유령 전표도 있을 것 같으니 특히 잘 부탁하오. 그리구 현재 현금 재고와 각 은행 예금액을 내일 오후 4시까지 조사해서 보고해주오. 이 돈이 우리 수중에 있지 않는 한 우리는 생활에 대해서 안심하고 일할 수 없겠소. 시급한 문제니만큼 내일 안으로는 바쁘리라는 것을 모르는 바 아니나 감히 부탁하는 바요. 그걸 잘 양해해주오."

"하루로서는 과연 힘든 일입니다. 그러나 내 눈에 불을 켜가지구서래두 조사해서 보고하리다."

열 책이 넘는 회계 장부와 가불과 지불 전표를 조사하여 현금과 대조하는 일은 3, 4명의 회계원으로서도 하루에는 남는 일이다. 이것을 단 한 사람인 조선 사람 회계원 덕무가 내일 하루에 해내겠다는 것이다.

"다음 서무계 대표자 최창모, 당신은 부분적으로나마 있을 수 있는 종업원들의 자유 이동을 미연에 방지하는 동시에 전체 종업원들의 동태를 파악하고 사소한 동요도 없도록 대책을 속히 강구해주오. 이 중대한 모멘트*에 있어서는 인간들의 단결이 제일이오. 개인주의적 행동은 도시

용서할 수 없는 죄악일 것이오. 우리 발전소에서는 당신이 이 문제에 대해서 제일 적재라구 믿소. 그리구 홍남, 본궁, 송홍에 직공장하구두 시시로 긴밀히 연락을 취해주오. 또 한 가지는 자동차 운전수 문제요, 자동차 두 대와 운전수 두 사람은 명령일하 언제든지 운전할 수 있게 대기시켜 두오. 비상 경비대원 10명을 내주오."

"잘 알겠소. 그런데 내일 아침 전 종업원 대회를 여는 것이 어떻겠소?"

창모의 제의는 만장일치로 가결되었다.

"그럼 내일 아침 8시에 전 종업원대회를 열기로 하겠습니다. 그 자리에서 오늘 밤 우리들의 결의사항을 전달하고 비상 경비대 결성식까지 거행할 작정이오. 그런데 아직 남은 문제는 제1, 제3, 제4발전소의 대표들로 하여금 내일 안으로 경비대를 조직해야겠소. 조직 지도원을 파견해야겠는데 누구를 보냈으면 좋겠습니까, 말씀해주시오."

장진강 수전에는 제1로부터 제4까지 4개의 발전소가 있다. 그중에서 제2발전소의 경비대를 우선 오늘밤 결성하기로 되어 있었다. 이는 장진강 수전 본 사무소를 중심으로 조직되는 것이다.

"그 방법두 의장에게 일임시키는 것이 어떻겠습니까?"

문석호의 제의에 모두가 찬동했다.

"그럼 내가 지명하지요. 제1발전소 경비대 조직 지도원에는 문석호, 제3발전소에는 이종칠, 제4발전소에는 조영일. 이분들은 내일 아침 종업원대회가 끝나자 자동차로 출발해주시오. 내일 안으로 꼭 돌아와야 하오. 나는 내일 안으로 제1과 제2발전소 배전반配電盤에 조선인 전기기술자를 배치하는 문제를 세워야겠소."

소낙비처럼 퍼붓는 일, 일, 일, 각계 대표자들의 머리는 얼떨떨했다.

| * 모멘트moment : 어떤 일이 일어나거나 결정되는 근거. 계기, 동기.

대표자들에게는 그들의 대상인 발전시설이 여느 때보다 너무나 크게 확대되어 보였다. 조수처럼 밀려드는 일과 책임감에 누구나 없이 몸부림을 쳤다.

"축하행사는 언제쯤 할 작정이오?"

종칠은 붉은 기를 높이 들고 목구멍이 커서 심장이 뛰어나오도록 만세를 불러보고 싶었다.

"그것은 내일 저녁에 부락 측하구 협의해가지구 성대히 거행하기루 합시다. 돌아온 조국을 맞이하는 축하행사를 홀홀히* 해서 되겠습니까."

창화의 머릿속에서는 축하행사에 대한 찬란한 프로그램이 제작되고 있었다.

창모는 내심 만족하였다. 지금까지의 회의를 보더라도 창화의 태도가 자기가 상상한 바와 그리 어그러지지 않았기 때문이다. 기술자 특히 전기기술자 중에는 괴벽자가 많고 사회에 대한 무관심자가 많은데 창화만은 그런 종류의 기술자는 아닌 상싶었다.

창모는 고민과 냉정한 비판 끝에 자기 태도를 다음과 같이 결정지었다.

해방에 대한 환희와 무질서한 자유행동은 당분간 계속될 것이다. 이것은 필연적 사실이다. 그렇다면 나는 그다음 순간을 꼭 붙잡아야겠다. 단순한 머리를 가진 4백명이 아니냐. 처음부터 일을 복잡화시키지 말자. 그러기 위해서는 조선 발전소 운전 접수⋯⋯라는 기치를 내세우고 그 아래에다 4백명 종업원을 뭉치자. 이것이 성공하는 날 그날부터 나의 할 일은 시작될 것이다.

창모는 이 궁리를 하느라고 도리어 우울증에 빠졌다.

* 홀홀히(忽忽-) : ① 조심성이 없고 행동이 매우 가볍게. ② 별로 대수롭지 아니하게. ③ 문득 갑작스럽게. ④ 근심스러워 뒤숭숭한 상태로.

"잘 부탁하오."

창화는 한 사람씩 손을 우지끈* 잡아 흔들어준다. 대표자들은 비로소 긴장 속에서 벗어난 듯이 담배 한 대씩 피워 물고 작업을 시작할 잡도리들이다.

창화는 이마의 땀을 씻고 나자 피울 줄 모르는 담배를 뻑뻑 빨아 가지고는 멋쩍게 푸 하고 내뿜는다.

창화는 또 오늘의 감격을 되풀이해본다. 이것은 참으로 꿈같은 사실이로구나……. 창화는 꼬불꼬불한 곡선을 그리면서 천장으로 기어 올라가는 담배 연기를 쳐다보면서 생각한다. 생각하면 할수록 가슴이 메고 눈시울이 뜨거워진다. 그러면서도** 또 한편으로는 통쾌하기 짝 없었다.

그러나 앞으로 해야 할 가지가지 일을 생각할 때 창화는 자기 자신의 실력을 어느 정도까지 평가했으면 좋을는지 자신이 생기지 않았다. 우리의 힘으로 전 동양에서 둘째가는 장진강 발전소를 무난히 운전해나갈 수 있을까?

아니다. 아니다. 창화는 머리를 내흔들어 자기 생각을 약한 자의 비명이라고 굳게 부정해버린다. 내 힘이 아니 우리의 힘이 그렇게 약할쏘냐. 비록 그 힘이 36년 동안 일본 제국주의의 툭하고도 강력한 철쇄에 꼼짝달싹 못 하게 얽매이고 커다란 착취의 바위 밑에 눌리기는 했을망정 놈들은 우리의 힘과 슬기를 빼앗지는 못하였다. 왜놈들이 배울 길을 막았기 때문에 우리의 기술은 아직 어리지만 우리는 어떠한 곤란과 싸우면서도 능히 이 발전소를 운전해나가고야 말 것이다. 우리에게는 절대로 불가능이 있어서는 안 된다. 단연코 우리의 기술과 우리의 정열로써 발전소를 운전해 보일 테다…….

---

* 우지끈 : 크고 단단한 물건이 부러지거나 부서지는 소리. 또는 그 모양.
** 그리면서도(원문) → 그러면서도.

창화는 테이블을 툭 치면서 한바탕 기운 좋게 웃어댄다.

"참 일본 귀신이 대성통곡할 일이군."

모두 통쾌하게 웃어댄다.

"우리는 이번 전쟁에서 일본을 속히 손들게 하고 우리 조선을 독립의 길로 이끌어준 데는 붉은 군대의 힘이 절대적이었다는 것을 잊어서는 안 될 것이오. 이것은 오로지 붉은 군대가 전격적으로 만주로부터 진공해주었기 때문인 것이오."

창모는 철관로의 위장공사에 강제로 끌려갔다가 상한 엄지가락의 붕대를 풀어 고쳐 감으면서 일본 항복의 원인을 이렇게 규정짓는다.

"원자폭탄 때문이 아닐까?"

조영일 동무는 이해하기 곤란하다는 듯이 머리를 기웃기웃하면서 창모를 본다.

"그렇게 생각하면 잘못이오. 일본군의 주력부대가 관동군이라는 것을 동무도 알 것이오. 그 백만의 왜병을 붉은 군대가 단시일 내에 속시원하게 무찔러버리고 우리 조선에까지 나와주었기 때문에 왜놈들이 손을 들었단 말이오. 그러므로 우리는 전 세계 피압박민족의 해방의 은인인 붉은 군대에게 심심한 감사를 올리지 않으면 안 되겠다는 말이오."

영일은 창모의 말의 뜻을 알아차렸는지 못 차렸는지 꿀 먹은 벙어리처럼 달다나 쓰다나 통 말이 없이 앉아서 죄 없는 코털만 뽑고 있다.

"이런 때 한 잔 있어야 하는데 할 수 있나."

중에서도 술이 대작인 덕무는 잔뜩 구미가 동한 모양인데 찾아보았대야 나올 길은 없고 하니 그저 턱만 비비면서 입만 쩍쩍 다신다.

"암만 생각해봐두 꿈같은 정말이야. 글쎄 아무리 도죠가 큰소리를 탕탕 쳐두 일본이 망한다는 것은 거의 결정적 사실로 되었지만 나는 이처럼 빠르리라구는 미처 생각지 못했소. 아까 창모의 말이 듣구 보니 옳아.

이렇게 빨리 판단을 낸 것은 분명히 붉은 군대의 힘이야."

종칠은 이 짬에 끼인 산나물 섬유를 철필촉*으로 쑤시면서 싱글벙글한다.

문석호는 그런 이야기에는 무관심한 듯이 수첩을 끄집어내가지고 한 장 한 장 뒤적거리더니 금시 겁에 질린 사람처럼 의자를 자빠뜨리면서 후닥닥 일어났다.

"화약, 화약고가."

"앗!"

순간 모두가 깜짝 놀란다.

창화의 손끝에 다쳐 컵의 물이 테이블 위에 쭉 흐른다. 담뱃재가 여기저기 떨어져 테이블을 어지럽게 한다. 발전소에서 한 킬로밖에 되지 않는 산비탈에 있는 화약고의 존재를 그들은 미처 생각지 못했던 것이다. 화약고에는 폭약 도화선 뇌관이 잔뜩 들어 있다. 각 발전소 방공시설과 영구 방공호시설을 하기 위하여 수일 전에 흥남 화약공장에서 운반해다 넣은 채로 있다.

"화약고만은 지금부터 감시해야지요."

창화는 생각만 하여도 몸서리가 쳐졌다. 그는 되싼** 폭발 소리에 질린 사람처럼 정신이 얼떨떨했다.

"무슨 묘책이 없을까?"

창모의 머리에도 뾰족한 생각은 얼른 떠오르지 않았다.

"지금부터래두 우리들끼리 당번을 서야지요."

문석호는 당장 화약고로 뛰어갈 듯한 태도를 보인다. 그리고 그는 다

* * 철필촉鐵筆鏃 : 펜촉.
** 되싸다 : 호되고 심하다.

른 친구들이 동치 않는 것을 보자 다소 뚝해진* 기분으로 맥없이 앉는다.

"화약고의 쇳대만 찾아오문 될 거 아니야."

영일은 자기가 가장 뾰족한 제안을 했다는 듯이 들창코를 높인다.

"시기상조네. 괜히 자는 범을 때려 깨게 하는 게지. 지금 가서 쇳대를 내놓으라구 해보게 그놈들이 줄 것 같으나."

"그러니까 문제는 오늘 하룻밤이오. 내일 비상 경비대가 조직되면 화약고 경비대도 나올 것이니까 여기 모인 우리는 오늘 밤 자지 맙시다. 그리고 임시 비상 경비대원이 되어서 화약고와 발전소 일대를 경계합시다."

덕무의 제의는 아까 석호의 제안과 그 내용이 같았으나 말이 조리 있고 순서를 세웠기 때문에 각계 대표자들의 찬동을 얻었다.

"그 말이 그 말이군, 그런데 어째서 아까 내 말은 찬동 안 했소."

문석호의 무뚝뚝한 표정을 보고 모두가 한바탕 웃어댄다. 그 통에 석호 자신도 껄껄 웃는다.

창화는 가슴속에 뭉쳤던 한숨을 후유 하고 내뿜고 다시 또 냉수 컵을 단모금에 들이마신다.

그때 밖에서 누가 문을 조심스럽게 두드렸다.

"누구요?"

창화의 성급한 소리다.

"저 개울 건너 홍洪이올시다. 들어가도 좋겠습니까?"

낮으나마 점잖은 목소리다.

"들어오시오."

육중한 문이 삐 하고 열리면서 얼굴을 들이민 사람은 홍영삼이다.

"아, 홍 선생, 어서 들오시오."

| * 뚝하다 : 뚝뚝하다. 무뚝뚝하다.

대표자들은 막다른 골목에서 구원자나 만난 듯이 홍영삼의 내방을 진심으로 반가워한다.

"더운데 수고들 하십니다."

홍영삼은 겸손한 태도로 인사하고 나서 권하는 대로 의자에 앉는다.

홍영삼은 ○○야학교 선생으로서 동네 사람들의 신임을 받아온다. 그는 보국대에 끌려갔다가 얼마 전에 돌아왔다.

그는 녹피처럼 부들부들하고 참배맛 나는 온건한 성품의 소유자면서도 한편 면도칼같이 날카로운 판단력을 가진 청년이다.

홍영삼은 실내의 공기를 은근히 살펴본다. 자기가 가지고 온 사명을 전달할 좋은 기회를 얻으려는 듯이…….

"홍 선생, 찾아오신 용건을 말씀하시지요."

창화는 사태의 진전에 따라서는 부락 측의 절대적 협력을 요청해야 할 복안을 가지고 있었다.

"예 그럼 말씀드리겠소. 오늘은 우리 조선 사람에게는 다함없는 영광의 날입니다. 또 한편으로는 역사가 중대한 시련을 우리에게 준 날입니다. 우리는 기뻐 날뛰기 전에 우선 당면한 긴급문제부터 해결져야겠소. 여러분의 오늘 밤 모임도 그런 취지에서라구 생각됩니다. 그래 오늘 밤 우리 부락에서두 우선 할 일은 해 놓구 나중 기쁨을 나누자……. 이런 취지 밑에서 긴급 부락민 대회를 가졌는데 조금 전에 원만히 끝마쳤습니다."

홍영삼은 담배 한 대를 피워 물고 나서 낮으나마 열찬 소리로 차근차근 경과보고를 한다.

"대회의 결의사항은 다음과 같습니다. 첫째, 회사와 부락 측은 일치단결해 가지고 발전소 기타 중요시설을 완전 방위하기로 함. 둘째, 부락 중견 청년 30명으로 자위대를 조직하여 즉시 부서에 당케 함. 셋째, 회사와 부락의 공동 축하행사 거행에 관한 건, 대개 중요한 결의사항은 이 세

가지올시다."

홍영삼은 쭉 한번 대표자들 얼굴을 돌아다본다. 무슨 중대 발표를 기다리는 사람들처럼 대표자들의 긴장한 시선이 홍영삼에게로 쏠린다.

"그래 그 30명 자위대원은 어데다 어떤 방법으로 배치할 작정입니까?"

창화는 거의 상반신을 테이블 위에다 실으면서 성급하게 재촉한다.

"그런데 그 30명의 자위대원을 저의 독단으로 다음같이 부서에 배치시켜 놓구 여러분을 찾아오는 길입니다."

홍영삼은 배치도를 끄집어 내들고 설명한다. 실내는 밀림 속처럼 엄숙하고 정적하다.

"발전소 부근에 13명, 흑림교에 4명, 화약고 부근에 8명, 연락원 2명, 정보 수집원 3명. 합 30명이올시다. 대원들은 길이 석 자 가량 되는 곤봉과 저마다 오십 개 이상의 돌을 준비하고 위급 시에는 철판을 두들기게 되어 있습니다."

영삼은 각 부서의 책임자와 연락 장소들을 적은 종이쪽지를 창화에게 내준다.

대표자들은 누구나 그의 갸륵한 행동에 감탄하는 듯 고개를 끄덕이었다.

커다란 감격과 말할 수 없는 감사에 못 이겨 대표자들은 숨도 크게 쉬지 못한다.

난관에 봉착했던 화약고 문제를 홍 구장이 해결지워주었다.

"홍 선생님!"

창화는 영삼의 손목을 덥석 움켜잡았다.

"여보 고맙소. 뭐라구 말할 수 없소."

창화의 가슴에서는 감격의 피가 끓어 번졌다. 그의 눈에는 영삼의 네모진 얼굴이 넷도 되고 여덟도 되어 보였다.

앞산에서 부엉이 우는 소리가 멋쩍게 들려온다. 전기시계가 바로 11시 반을 가리킨다.

대표자들의 열탕 같은 가슴에 사나운 물결도 차츰 밀림 속에 잠든 호수처럼 잠잠해져갔다. 누가 이 감격의 침묵을 먼저 깨뜨릴 것인가. 어디 보자는 듯이 서로 말을 끄집어내기를 망설이고 있을 때 테이블을 치는 소리에 모두들 고개를 번쩍 들었다. 그는 창모였다.

"여러분, 홍 동무는 진정한 우리의 협력자요. 그 고마움에 대해서는 백만언의 찬사도 소용없을 것이오. 그 빈틈없는 조직과 민활한 행동은 우리들에게 좋은 방조를 주었소. 그러나 오늘 밤의* 감사와 감격은 이만 막을 닫아버리기로 하고 지금부터 행동으로 나갑시다. 무엇보다도 지금의 일초 일초가 행동의 순간이 아니고는 절대로 안 될 것이오. 우리들은 지금부터 중책을 짊어지고 경비의 임무를 담당하고 있는 자위대 동무들을 찾아가서 전체 종업원들의 이름으로 인사를 드리는 것이 어떻겠소."

창모의 말에서는 불꽃이 튀어나오는 것 같다.

"좋소."

어느 누가 이 제안에 싫다고 하랴!

창모를 선두로 대표자들은 회의실 문을 나갔다. 시원한 바람이 긴장과 흥분에 상기된 그들의 얼굴에 확 풍긴다.

목에 핏줄이 터지도록 고함을 질러보고 싶고 날개가 있었으면 무한대의 공간을 마음껏 날아 보고 싶은 마음이다.

그렇게 가슴이 활짝 트이는 감격의 밤이다.

오늘 오후 2시 바로 지금 창모가 서 있는 사무실 앞 일본인 소학교 운동장에서 전 종업원을 모아 세우고 수등** 소장 녀석이 그 밤낮 자랑하던

---

* 오늘밤이(원문) → 오늘 밤의.
** 수등 : 스도(須藤, すどう).

2,600년 '전통'에 결별을 짓는 '비장한' 연설을 하였다.

"조선인 여러분, 여러분이 일본 사람과 함께 '대동아전쟁' 완수를 위하여 정신적으로……."

"개새끼, 개소리 말아!"

수등의 '연설'을 가로막고 조선말로 누가 이렇게 되게 내쏘았다. 수등은 천둥에 놀란 사람처럼 잠시 동안 벙어리가 된 채 어쩔 줄을 몰랐다. 그와 동시에 창모의 산적한 울분이 머리끝까지 치밀었다. 만약 그때 일본놈 가운데서 한마디의 대꾸라도 있었다면 창모의 와들와들 떨리는 주먹이 일을 저지르고야 말았을 것이다. 그러나 일본놈들은 뿔 빠진 황소처럼 죽은 듯이 서 있다가 조선 사람들의 기세에 눌려 겁을 먹고 비 온 날 소똥처럼 흩어져 갔다.

"바루 수등이란 놈이 섰던 데가 여기지."

덕무는 거기다 오줌을 싸고 떠났다.

여섯 명의 대표자와 홍영삼은 흑림교에 배치된 자위대원에게 굳은 악수와 감사의 인사를 보내고 개딱지 같은 오막살이가 쥐어 뿌린 듯이 여기저기 흩어져 있는 사잇길을 요리조리 빠져 산기슭을 올라갔다.

"누구야?"

꺼먼 바위 뒤에서 곤봉을 든 자위대원 넷이 비호같이 뛰어나왔다.

홍영삼이 앞에 나서면서 찾아온 연유를 이야기했다.

"여러분 수고들 하십니다."

대표자들은 번갈아가면서 대원들의 손목을 꽉 잡아 흔든다. 굳게 믿어지는 마음과 마음!

창화는 모기떼가 앵앵거리는 풀숲을 헤치고 들어가 화약고 자물쇠를 힘껏 잡아당겨보았다. 둥그런 자물쇠는 튼튼히 잠겨 있다.

대표자들은 다시 한 번 대원들의 손목을 쥐어흔들어주고 발전소로 갔다. 여기서도 역시 풀숲에서 자위대원들이 곤봉을 들고 뛰어나왔다. 감격에 넘치는 인사가 전달이 되고 손과 손이 굳게 쥐어졌다.

발전소 곁 전용품電用品 창고 앞에서 내려다보니 개 건너 개딱지 부락에서는 차광막을 집어치운 명랑한 불빛이 몇 해 만에 환하게 새어나온다.

이제야 기다리던 평화는 왔구나……. 창화는 그 불빛이 무척 탐나는 듯이 내려다보고 섰다. 돈에만 환장한 우차꾼의 소리처럼 날마다 끌려다니면서 뼈 빠지는 노동을 하던 생각을 하니 슬며시 분기가 치밀었다.

창화는 팔을 목덜미에 넘겨가지고 어깨를 어루만져본다. 목도채에 팅팅 부은 양어깨는 약간 어루만지기만 해도 띠끔띠끔 쏜다.

20리나 떨어져 있는 은신동 깊은 골에 소개 창고를 짓노라고 열나흘 동안이나 목재를 운반했고 그것이 필하자 도로 수리를 했고, 길이 4백 미터나 되는 철관로를 폭격으로부터 방위하기 위해서 시멘트와 무연탄을 가파른 산등으로 연 사흘 동안 혀를 가로 물면서 목도를 해서 올렸던 것이다. 창화는 눈을 돌려 일본놈들이 사는 전기문화주택을 건너다본다. 백 프로로 전기화 된 그 주택들은 어제 금사 그대로 엄격한 등화관제를 그냥 실시하고 있다. 물론 이것은 매일 밤처럼 있던 폭격에 대비해서가 아니라 자기네께서 학대와 주림을 받아오던 조선 사람이라면 응당 취할 수 있으리라고 생각되는 어떠한 보복수단에 대한 공포심 때문이었다.

"내일 저놈의 건물부터 불질러버려야겠네."

창모의 성난 목소리다. 발전소 앞산 꺼먼 숲 속을 차근히 보면 콘크리트로 만든 층층대가 광목을 퍼놓은 듯이 어렴풋이 보이고 그 위에 늘 보아 눈에 익은 집 형체가 보인다. '하기천신사'다.

"그러지 말구 내일 우선 귀신당에 가 그 안에 있는 일본놈 신주부터 들어 치우세."

토목건축설계에 재간을 가지고 있는 석호의 머릿속에는 오늘 낮에 벌써 그 건물을 어떻게 쓸까에 대한 설계도가 그려져 있었다.

"미지근한 소리 말게. 아 글쎄 저걸 그냥 둔단 말인가."

덕무가 퉁명스런 소리로 핀잔을 준다. 하루에도 몇 번씩 굽석굽석 허리를 굽히던 생각을 하면 싱겁기 짝이 없다.

그뿐인가. 아침 출근 때에 신사에 향해서 요배*를 안 했다고 수등이한테 불려서 비국민이니, 불온사상을 가지고 있느니, 해가지고 톡톡히 책망을 듣던 일을 생각하면 당장 도끼를 들고 뛰어 올라가서 기둥을 찍어 번지고 싶었다.

"내 말을 그렇게 오해로 듣지 말게. 나는 그 집을 태워버리기보다두 그 좋은 재목으로 종업원의 휴식소를 지어보자는 거네, 즉 우리들이 산보할 수 있는 조그만 공원에……."

석호는 자기 진심을 몰라주는 여러 동무들에게 도리어 불쾌한 얼굴 표정을 보인다.

"글쎄 그렇다면 또 몰라두……."

창모는 비로소 석호의 마음을 깨달았다.

대표자들은 자위대들의 호위를 받으면서 발전소로 들어갔다. 창화를 선두로 대표자 일동은 여덟 대의 변압기와 유입차단기油入遮斷器를 한 바퀴씩 돌아보았다. 변압기와 유입차단기는 콘크리트 담으로 둘러쳐 있다. 비상시에는 이 정면을 전주로 가로막게 되어 있다. 이리하여 공습 시에 폭풍에서 변압기를 살리자는 것이다. 연속적 음향으로 으릉으릉 전류 흐르는 소리는 무탈하게 잘 자라는 어린애의 숨소리처럼 한결같이 순조롭다.

창화는 기술자의 본능으로 변압기 한 대 한 대에다 한참씩 손을 대어본다. 변압기의 온도는 어느 것이나 평온이다. 온도가 없어서는 안 된다.

| * 요배遙拜 : 망배望拜. 대상이 멀리 떨어져 있을 때 연고가 있는 쪽을 바라보고 절을 함. 또는 그렇게 하는 절.

온도가 없다는 것은 변압기가 병들었다는 것을 의미하는 것이다.

대표자들과 홍 구장은 동선과 동대鋼帶가 거미줄처럼 엉클어진 철탑 밑에 우두커니 서서 조선과 조선 사람의 생활의 저수지가 되고 전국 공업의 부흥과 조선 문화의 숨주머니가 되어줄 발송전發送電 시설을 기쁨에 넘치는 눈으로 언제까지든지 쳐다보고 섰다.

오늘부터 네 주인은 조선 사람이다…… 창화는 이렇게 중얼거려본다.

그 순간 창화의 두 눈에서는 뜨거운 눈물이 핑 돌았다. 자기가 중얼거린 말에 자기 스스로가 깊이 감격했던 것이다. 동시에 무량한 감개가 창화의 육신을 잔침질해주었다.

이때 어떤 여인 하나가 이불을 이고 발전소 문을 들어오다가 자위대한테 걸려서 가도 오도 못하고 안달복달하면서 서 있었다.

앓는 남편이 죽어도 발전소에서 죽겠다고 아까 발전소로 병석을 옮겨왔기에 그 이부자리를 가지고 들어오다가 걸린 것이라는 것이다.

대표자들은 뜻밖의 사실에 깜짝 놀라 일제히 내달아 그 여인을 둘러쌌다.

"앗!"

그 사람은 틀림없는 발전소 책임자 박동수의 아내다.

박동수.

그는 위장병으로 두 달 전부터 발전소를 쉬고 있다. 명예욕도 없고 지위도 가리지 않고 그저 고지식하게 일만 할 줄 아는 전기기술자다. 딱한 사정에 허덕이는 동무가 있다면 끝까지 싸안아주고 자기 일이든 남의 일이든 그 일이 정당하다고 생각할 때에는 자기 뼈를 아끼지 않고 그 일과 생사를 같이하는 아리따운 성미를 가진 청년이다.

그게 언젠가 이런 일이 있었다.

동수는 병든 어떤 동무의 교대근무를 대신하여 일흔 시간 이상의 연근을 하여 그 강렬한 책임감과 경이적 정력을 일본 사람에게 보여준 일이 있다.

그러나 동수의 그 정력과 책임감도 그때 일본놈 책임자의 말을 빌어 본다면 조선 사람은 그만큼씩 열을 내야만 영예스러운 '황국 신민'이 속히 될 수 있다는 것이었다.

과로와 식량 부족이 원인이 되어 6월에 접어들자부터 위장을 상해가지고(동수는 사람으로서는 차마 못할 것까지 먹고 살아왔던 것이다.) 양약 한약으로 치병하였으나 병세는 일진일퇴로 결국 장기전에 들어갔다.

그러던 중 7월 중순부터 왜놈들 운명은 가장 엄중한 위기에 빠져갔다.

마초 24관의 공출명령을 받았을 때 동수는 생각다 못해 뒷집 희수 영감을 불러 전초 24관을 얼마에 해올 수 있겠느냐고 말을 건네보았다. 희수 영감은 눈을 감고 한참 주먹 궁리를 하다가 150원만 주시오, 하고 갈퀴 같은 손을 내밀었다. 동수는 150원? 하고 놀라면서 희수 영감을 돌려보냈다. 월급 타는 동수에게는 그때 150원은커녕 단돈 50원도 없었던 것이다. 그는 기진맥진한 몸을 아내에게 부축당하면서 뒷산에 올라갔다. 금년은 '새'(마초)가 잘 돋지 않은 데다가 동수는 이미 늦게 시작을 했던 것이다.

동수는 앉은뱅이걸음을 하면서 초벌 베어간 뒤를 한 대 두 대 낫에 걸어 당겼다. 석양에 동수와 아내의 것을 합쳐보니 그래도 여섯 관은 착실히 되었다. 그것을 햇볕에다 바짝 말리면 무게가 반감된다니 겨우 세 관이 되나마나 하겠다.

이제 얼마만 고생하면 된다……. 동수는 비 맞은 자기 몸도 생각지 않고 일주일 후의 성공을 내심 기뻐했다.

그러다가 사흘째 되던 날 저녁때였다. 동수는 새를 베다가 눈앞이 캄캄해지면서 그만 까무러쳐 산에서 뒹굴었다. 피투성이가 된 동수는 어떤 나무꾼에 업혀 집으로 돌아왔던 것이다.

병석에서 영영 일지 못하면서도 어느 날 발전소를 잊어본 일이 없는 전기기능공 동수다. 어서 기계에다 기름을 쳐라…… 스위치를 단단히 찔러라 빨리빨리…… 이런 잠꼬대는 거의 날마다 그의 입에서 흘러나왔다.

어리석게도 왜놈들이 전쟁의 불을 지른 때부터 동수는 비 오듯 하는 온갖 고생과 압박, 그리고 갖은 착취를 각오하면서도 내심 웃음집이 흔들거렸던 것이다.

옳지 이젠즉 일은 바로 됐다, 흥 친구들 별의별 짓을 다해봐라 안 된다, 안 돼. 몇 해 후면 이 발전소도 우리의 것이란 말이야……. 동수는 창화나 창모 그밖에 믿음성 있는 친구들에게 늘상 이런 농담을 해왔다.

이 동수의 농담은 다시 말하자면 장진강 발전소 조선인 종업원 전체의 소원이었다.

동수는 오늘 오후 늦게야 인류 역사상에 전무후무한 기쁜 소식을 발전소 기계실 근무자 용팔이한테서 얻어듣고는 눈물을 방울방울 흘리면서 입술을 깨물었던 것이다.

내가 못난 녀석이지 지금이 어느 때라구 누워서 앓다니……. 동수는 자신을 꾸짖었다.

제기 이놈 죽는 바에는 발전기 옆에서 죽어야지……. 동수는 아내와 이웃의 늙은이들이 한사코 말리는 것도 굳게 뿌리치고 희수 영감의 리어카에 앉아 발전소 기계실 곁 휴게실 안 구석에다 병석을 옮겨왔던 것이다.

창화는 부인의 머리에서 이불을 빼앗듯 해가지고 앞서 휴게실로 들어갔다.

동수는 가만히 누워 있다가 알뜰한 친구들의 얼굴이 나타나자 앓는 사람 같지 않게 훌쩍 일어나 앉는다. 감격과 흥분 때문인지 동수의 수척한 얼굴에는 웃음 대신 쓸쓸한 빛이 그늘지고 있다.

"가만히 누워 계시오."

창화는 동수의 허리를 안아 도로 자리에 눕히자고 하니 동수는 끝내 듣지 않는다.

"내일 아침 일찍이 통지하자구 했는데 밤늦은 데두 불구하고 이렇게 찾아와주니 감사하오."

동수는 가늘게 눈을 감았다.

"글쎄 이것이 어떻게 된 일이오. 말 좀 하오."

창화는 동수 곁에 가까이 나선다. 실내의 공기는 감격에 잠겨졌다.

"형들 오늘이야 정말루 감개무량한 날입니다. 이 영광스러운 날 제 책임두 다하지 못하고 이 모양 된 이놈을 용서해주시오."

동수는 창화의 손을 꽉 잡아 흔든다. 그의 움푹 파진 두 눈에는 어느덧 눈물이 괴었다.

"여보 동수 그런 말 마오. 당신의 마음이야 우리가 잘 아는 것이 아니겠소. 아예 잡념은 버리오. 오늘이야 우리 조선은 당신 농담대루 바루 되었소."

동수의 이마에다 손을 얹고 그 여위고 파릿한 얼굴을 내려다보는 창모의 눈에서는 눈물방울 하나가 굴러 동수의 베개에 떨어졌다. 창모는 그것을 재빠르게 닦고 얼른 뒤로 물러섰다.

"동수 당신만은 꼭 기술에 살고 기술에 죽을 사람이라는 것을 우리는 뼈가 저리도록 잘 알았소. 우리는 오늘 밤에 중대한 회의를 가졌소."

창화는 이불을 펴서 동수의 허리에 둘러주고 나서 회의의 결과를 대충 이야기해주고 동수가 제2발전소 책임자라는 것을 알려주었다.

"형들 대단 수고했소. 나는 이 발전소에서 죽을 작정이오. 장진강 발전소의 중대한 사명을 생각하면 할수록 무거운 책임감에 찔려 제 집 방에 누워 있을 수가 없었소."

동수는 한바탕 잔기침을 하고 나서 숨이 차서 헐떡거리면서 말을 계속한다.

"나는 내 일생을 발전기와 함께 살고 발전소에서 죽기를 각오한 사람이오. 이 생각은 일본놈을 위함이 아니오. 꼭 조선이 해방된다는 것을 자신했기 때문이오. 창화 형, 창모 형 그 밖에 여러 형들 나는 이 방에서 발전기를 보수하다가 기력이 쇠진하면 그때는 조선독립만세를 힘차게 불러보고 만족히 죽어갈 정신이오."

아 이 얼마나 참된 기능공의 비장하면서도 숭고한 고백이냐! 동수 아내가 치맛자락에다 눈을 가리고 흐느껴 운다. 동수는 얼굴을 벽 쪽으로 돌렸다. 두 눈에는 뜨거운 눈물이 쫙 흘러 베개에 떨어졌다. 창화도 창모도 덕무도 그 밖에 모두가 뜨거운 물덩이를 삼키면서 두 눈을 닦았다. 기침소리만 요란히 들려온다.

"동무, 너무 흥분하지 마오. 병을 고치는 것이 지금의 당신의 사명이오. 그 외에는 아무것두 생각하지 마오. 할 일은 앞으로 있지 않소."

덕무는 동수의 뼈만 남은 손등을 어루만져준다. 수차水車 돌아가는 소리에 말소리는 동간동간 끊어진다.

"고맙네, 그러나 초목조차 좋다구 춤을 추는 오늘, 이놈의 이 꼴이 어떤가, 여러분을 볼 면목이 없네."

동수는 기침을 되게 한다. 덕무는 싫다는 동수를 억지로 자리에 눕힌다.

"동수 형!"

홍영삼이 낮은 목소리로 동수를 부르면서 그의 손목을 슬며시 쥐어주었다. 동수는 가늘게 눈을 떠보고 그것이 영삼인 줄 알자 놀란 듯이 영삼의 두 팔을 부둥켜안았다.

"홍 형, 형한테는 뭐라구 말할 수 없소. 형의 원조로써 이만큼이래두 살아났소. 내가 살아나면 머리를 비어 신을 삼아 디리리다."

동수는 다시 눈을 감고 꿀떡하고 침을 삼킨다.

"동수 형, 그런 말은 다시 입 밖에 내지 마시오. 너무 흥분하면 안 되오. 발전소의 기계조차 형이 빨리 나사나기를 기다리고 있지 않소. 얼른 나사나서 전보다두 갑절 일을 해주셔야 하오."

영삼의 말에 동수는 눈을 감은 채 머리만 크게 끄덕거린다.

사실 동수는 영삼의 신세가 많았다. 쌀, 약, 돈…… 영삼은 자기 친형의 병을 위하듯 진심으로 동수의 병에 물질적으로 정신적으로 힘을 써준다.

아 기쁘다. 정말 기쁘다.

동수는 잠꼬대 비슷이 중얼거리고 나서 창화를 찾았다.

동수는 잠시 입을 다물고 무엇인지 깊이 생각하는 듯하더니 천천히 입을 연다. 대표자들의 시선은 동수의 파릿한 입술로 모두 쏠린다.

"형도 아시다시피 이 제2발전소에는 가장 중요한 배전반配電盤에 우리 기술자가 한 사람도 없지 않소. 저 찢어 죽일 일본놈들은 의식적으로 조선인 기술자를 배전반에 두지 않았던 것이오. 나는 이것이 자나깨나 제일 걱정되는 점이오."

"동감이오."

창화 자신도 이 문제를 제일 뜨겁게 생각하고 있었던 것이다.

"불원에 일본놈들이 각 공장과 직장에서 쫓겨갈 것은 결정적 사실이 아니오? 그렇다면 특히 흥남과 본궁 그러구 각 공장의 운전기능은 어느 시기까지 정지 상태에 들어가고 말 것만은 충분히 각오해야 할 것이오. 그다음에 오는 결과를 곰곰이 생각해볼 때 나는 내 가슴의 초조를 억제할 수가 없소."

동수의 지적과 앞을 내다보는 통찰의 방법은 과연 정당하다. 장차 발전 기능에 미치는 그 영향이라는 것이 얼마나 큰 것일까? 이런 기술 문제를 생각할 때 창화 자신 역시 마음이 캄캄한 골목을 달리는 것을 어찌할 수가 없었다.

"그렇게 된다면 30만 킬로와트시'의 전력은 도저히 소화시킬 수가 없게 될 것이오. 아마 내 생각 같애서는 전력소비량이 5분의 1 내지 6분의 1로 감해지지 않을까고 생각되오. 그러니까 제1 제2 발전소를 운전하기 위해서는 제3 제4 발전소를 세우기로 하고 그쪽 배전반에 근무하는 동무들을 제1 제2 발전소에 언제든지 배치시키도록 만반의 준비와 방법을 강구해야 할 것이 아니겠소. 그래 나는 병석에서 배치도를 이렇게 꾸며 보았소."

동수는 베개 밑에서 한 장의 봉투를 끄집어내서 창화에게 내준다. 창화는 아무 말 없이 봉투를 받아 주머니에 간직한다.

동수는 과연 '영웅'이라는 칭호를 받을 만한 사람이로구나……. 창화는 내심 깊이 감복했다. 병상에 누워서 신음하면서도 자기의 책임과 의무를 다하려고 빠득빠득 애쓰는 동수의 성스러운 마음에 모여 선 친구들은 다시 한 번 눈물을 삼키면서 감격하지 않을 수 없었다.

"동수 형, 형의 그 굳은 결심과 강철 같은 책임감은 우리들께 크나큰 교훈을 주었소. 날이 밝으면 우리들은 종업원 대회를 열고 이 극적 사실을 동무들에게 보고할 테요. 그럼 우리는 다음 일을 준비하기 위해서 이만 실례하겠소."

대표자들은 동수의 손을 꽉꽉 쥐어주고 이층 배전반으로 올라갔다.

배전반에서는 일본 녀석들끼리 기계는 갈 데로 가라고 내버려두고 머리를 맞대고 둘러앉아서 한창 숙덕공론 중이었다.

| * 킬로와트시kilowatt時 : 일 또는 전력량의 단위.

이래서는 안 되겠다……. 창화의 머릿속을 불길한 예감이 번개같이 지나쳤다.

"여러분 먼저 가시오. 나는 아침까지 여기 남아 있겠소."

대표자들은 창화에게 격려의 말을 보내주고 기계실을 돌아 발전소 문을 나섰다.

그때는 3시 반이 조금 넘었다.

커다란 집채 같은 변압기는 으릉으릉으릉 순조로운 음향을 내면서 콘크리트 토대 위에 태연히 서 있다.

대표자들과 영삼은 모기떼가 앵앵거리는 숲지어 어둑컴컴한 산길을 한 줄로 서서 묵묵히 올라간다. 그들의 보조는 약속이나 한 듯이 앞서 올라가는 창모의 발에 맞추어졌다.

그들은 지금 발전소 심장부의 하나인 철관로로 올라가는 길이다. 풀숲에서 시름없이 울던 벌레들은 발자취가 가까이 닿으면 울음을 딱 멈췄다가 지나치기만 하면 또다시 합주를 시작했다.

장대한 철관로가 꾸불꾸불 산 잔등에 누워 있다. 네 줄의 툭한 철관이다.

직경이 여섯 자나 되는 이 철관 속을 매 시간에 몇 천 톤의 물이 커다란 압력을 가지고서 쏜살같이 발전소 지하실 수차를 내려지는 것이다.

철관은 금시 터질 듯이 무시무시한 소리를 내고 있다. 그뿐 아니라 육중한 철관은 거센 물살에 몸서리를 치면서 찬 땀을 솟구고 있다.

대도시의 문화도 그 목숨은 이 철관에 달렸다고 볼 수 있다.

흥남과 청진의 대공업지대도 그 운명은 산간벽지에 있는 장진강 발전소에 달렸다고 해도 결코 과언은 아닐 것이다.

세기의 심장부, 문화의 원천지인 장진강 발전소의 수차나 발전기는 밤이나 낮이나 규율적 음향을 내면서 회전을 계속하고 있다.

이 발전기가 한 시각의 정지도 없이 계속 돌아감으로 해서 모든 공장에서 제품이 쏟아져 나올 것이며 문화는 향훈을 풍기면서 찬란히 꽃 피리라.

대표자들은 제6호 고정대固定台 위에 올라앉았다. 새벽이 가까운 밤공기는 시원하기는 하나 축축하다.

대공을 쳐다보고 앉았는 창모의 머릿속을 분망의 추억과 복잡한 공상이 번개치고 있다. 앞으로 닥쳐올 조직문제와, 선전문제 해설사업……생각하면 할수록 일은 꼬리를 물고 연달아 나왔다. 문득 문호와 홍철의 얼굴이 눈앞에 아롱아롱 나타났다. 창모의 가장 알뜰한 동무다. 1941년 9월 화학노조사건에 걸려 4년 언도를 받고 흥남 감옥에서 복역하는 동무다.

오늘 낮에 철창에서 나왔을 테다. 문호야, 홍철아, 미안하구나, 18일에는 동무들을 만나러 꼭 함흥 가겠다. 부디 건강을 주의해다구……. 창모는 잊지 못할 청춘의 추억을 되살려보고 앉았다. 창모 자신이 문호, 홍철이들과 함께 화학노조사건에 관계했으나 문호와 홍철이가 창모를 사건에서 빼주었던 것이다. 똑바로 말하자면 문호와 홍철은 아무 모로 보든지 창모의 선배였다.

창모는 순간 책자가 그리워났다. 애지중지하던 시계를 팔고 양복까지 잡혀서 근근히 장만한 좋은 사회과학 서적들은 화학노조사건 때 농촌으로, 산촌으로 피신해 다니는 동안에 어머니가 땅에 파묻은 것이 모두 썩어버렸던 것이다.

"뭘 그리 생각하오. 이 좋은 날에 즐겁게 놀지 않구……."

석호가 어깨를 탁 치는 바람에 창모는 추억에서 깨어났다.

"아니 우리는 세상에 났던 보람이 있소. 나는 지금 그것을 생각하고 앉았소. 동무들 이 밤은 붉은 군대가 우리 조선에다 자유와 함께 해방을 가져다준 영광스러운 새 역사의 밤이오. 이 기쁜 밤 내 노래 한 마디 하리다."

대표자들은 이 노래를 듣기 전에 손뼉부터 치기 시작한다.

창모는 만감을 가슴에 품고 노래를 부른다.

민중의 기 붉은 깃발은
전사의 시체를 싼다.
시체가 식어 굳기 전에
혈조는 깃발을 물들인다.

창모는 몇 해만에 오늘밤 처음으로 마음껏 소리 높이 불러보는 것이다.

잊었을 상싶던 가사는 1절 2절 3절 제 배운 글처럼 똑똑하게 머리에 떠올랐다. 그 노래가 무슨 노랜지 알면선지 모르면선지 대표자들은 좋다 소리를 연발하면서 손뼉으로 맞추어준다.

어느새 먼동이 터왔다. 노래는 여전히 계속된다. 공청가, 인터내셔널……

이 노래는 영광스러운 조선의 새 역사가 창조되려는 깨끗한 첫 아침의 청년 전주곡이었다.

—1945년 8월

—발표지 불명.

—「전기는 흐른다」, 『해풍』(리북명단편집), 조선작가동맹출판사, 1959년

노동일가

    건국실 겸 식당은 지금 인민학교 아동교실처럼 잡담과 웃음으로 한창 꽃을 피우고 있다.

    점심을 필한 선반공들은 큼직하게 만 담배를 피워 물고 기운찬 목소리로 왁자지껄 떠들어댄다.

    오늘 이 자리에는 '털털이'라는 별명을 가진 정반공正盤工에게 인기가 집중되어 있다.

    '털털이' 문삼수文三洙는 말더듬이지만 노랫가락과 〈양산도〉가 명창인 데다가 특히 남의 연설이나 표정 동작을 흉내 내는 데는 신통한 재간을 가지고 있는 친구다.

    아직 음악 서클이 조직되지 못한 이 선반공장 노동자들은 휴식시간을 이용하여 돌림박으로 노래를 부르고 포재*를 내놓게 되어 있다

    '털털이' 먼저 두 친구가 〈아리랑〉 하고 〈도라지타령〉을 불렀으나 둘

| * 포재抱才 : 가지고 있는 재주.

다 양철통을 두드리는 목청이었기 때문에 그다지 동무들의 갈채를 받지 못했다. 그러기 때문에 '털털이'의 인기는 더욱 높았다.

요란한 박수를 받으면서 책상 앞에 나선 '털털이'는 아주 얌전을 빼면서 에헴, 에헴 하고 목청을 닦는다.

떠들썩하던 건국실 안은 밀림 속처럼 잠잠해졌다.

"그럼 처음 노랫가락입니다."

하고 두어 번 입을 다시 드니 청청한 목소리로 한 곡조 멋들어지게 뺀다.

"좋다."

하고 무릎장단을 치는 친구들도 있다.

'털털이'의 노랫가락은 선반공들의 마음을 위로해주기에 충분하였다.

터질 듯한 박수갈채리裡에 '노랫가락'은 끝나고 〈양산도〉가 시작되었다.

"어 좋다."

"얼씨구 좋다"

선반공들은 젓가락장단을 쳐가면서 어깨를 씰룩거린다.

"좋다."

하면서 안경을 콧등에 건 선반공 주문식이가 일어나더니 실실 춤을 춘다.

누구의 얼굴에도 명랑한 웃음빛뿐이다. '털털이'의 목청은 정말 아름답다.

〈양산도〉가 끝나자 또 한바탕 건국실 내는 떠들썩하였다.

이번에는 '털털이'의 강연이 시작될 차례다.

"에— 외람하나마 지금부터 박 부장의 강연을 제가 대신 보내드리겠습니다. 에헴."

하고 수건으로 입술을 닦는 흉내를 낸다.

아까 노래에서도 그러했지만 한번 더듬도 없는 유창한 연설이다.

그러나 '털털이' 친구의 버릇과 솜씨를 잘 알고 있는 동무들은 미처 시작도 하기 전부터 벌써 입술을 깨물고 킥킥 웃기 시작한다.

깨물어도 깨물어도 웃음은 터져 나왔다.

"쉬―."

하는 소리와 함께 건국실은 다시 무풍지대로 변하였다.

그러나 '털털이'는 시치미를 딱 떼고 천연스러운 거룩한 박 부장의 태도로

"에― 민주조선의 건국을 위해서 증산에 돌격 또 돌격하고 있는 여러 동무들, 나는 자나 깨나 여러 동무들에게 뜨거운 감사를 드리오. 에헴, 에헴."

가느스름하나 힘 있는 목소리로 이렇게 연설의 첫머리를 떼어놓고는 눈알을 재빠르게 굴리면서 고개를 숙였다 들었다 하기도 하고 두 손으로 책상을 눌러보기도 하고 뒷짐을 짚고 천장을 쳐다보기도 한다.

그 연설 투와 그 표정과 동작이 박 부장을 먹고 닮았다.

침착하고 인격 있는 박 부장의 연설 흉내니 우스울 것은 조금 없지만 평소에 말을 더듬고 털털거리던 사람이 갑자기 얌전을 빼고 청산유수 격으로 연설 목대를 쓰는 데야 제아무리 부처님이래도 우습지 않을 수가 있으랴!

'털털이'는 다음 말이 얼른 생각나지 않아서 박 부장의 표정과 동작을 되풀이하면서 입을 쩍쩍 다신다.

바로 그때다.

웃음이 헤픈 한 친구가 참다못해 으하하하 하고 간간대소하는 바람에 다른 친구들도 배를 안고 돌아갔다.

한번 터진 웃음은 전염되고 전파되어 얼른 끊기지 않는다. 배꼽 나가

는 줄도 모르게 하도 웃어대서 모두가 기진맥진해 한다.

'털털이'는 얼굴을 찡그리고 서서 그 웃는 꼴을 지키다가

"거 시 시 싱거운 사 사 사람들이군. 씨 씨름이나 안겠다."

하고 말을 더듬으면서 붙잡을 새도 없이 밖으로 뺑소니쳐버렸다.

"삶은 소대가리가 웃을 노릇이군."

한 친구가 이렇게 중얼거리자 웃음은 또 한바탕 건국실을 뒤흔들었다.

참으로 유쾌한 몇 분이 지나갔다.

담배 연기가 뽀얗게 건국실에다 문을 돋치면서 떠돌고 있다.

한바탕 푸지게 웃고 난 선반공들은 또 담배에다 맞불*을 붙이기 시작한다.

식후의 한때―이것은 애연가에게는 별미로 되어 있지만 증산 경쟁에 일분일초를 아껴가면서 돌격을 감행하고 있는 그들에게는 점심 후의 한 대가 말할 수 없는 활력소인 동시에 진미였다.

심심풀이로 빽빽 빨다가 내던지고 또 새 궐련을 피워 무는 그런 들뜬 사람들에게는 상상도 할 수 없는 각별한 맛이 났다.

입술을 뾰족히 빼어가지고 쑥 들여 빨아서는 연기를 뱃속 깊이 몰아넣었다가 후 하고 내뿜는 그 표정에는 우울도 고민도 없다. 다만 혈색 좋은 얼굴에는 무한한 행복과 희망의 빛만이 아롱지고 있다.

요즈음 새로 단장한 건국실은 선반공들에게 한결 정다운 매력을 주었다.

'가세잉'**을 새로 칠해서 새하얘진 벽에 정오의 태양광선이 반사되어 건국실 내는 한결 눈부시게 밝다.

2백 명 가까이 수용할 수 있는 넓은 건국실이다.

---

* 맞불 : 마주 대고 붙이는 담뱃불.
** 가세잉 : 퍼티putty. 산화주석이나 탄산칼슘을 12~18%의 건성유로 반죽한 물질.

남쪽 유리창 위에 마르크스, 레닌, 김일성 장군, 스탈린 대원수의 순으로 초상화가 나란히 걸려 있고 바로 그 밑 유리창과 유리창 사이의 벽에는

"배우고 배우고 또 배우자. 새로운 과학지식으로 무장하자. 기술을 배우자. 무식은 파멸이다."

라는 표어와

"우리는 없는 것은 새로 창조하고 부족한 것을 부족한 대로 모든 곤란과 장애를 이를 악물고 뚫고 나가야 살 수 있고 새로운 부강한 나라를 세울 수 있다."

라는 우리의 영명하신 영도자 김일성 장군의 말씀이 붙어 있다.

왼쪽 벽에 걸린 흑판에는 이 선반공장에 부과된 1947년도 인민경제계획 2/4분기*의 책임수치가 크다랗게 표시되어 있다.

로바텔横型遠心分離機용 로라베아링** 30개!

육단압축기六段壓縮機용 피스톤 롯트 18개!

푸란지 각종 4,000개

볼트 너트*** 각종 10,000본

49인치 벨트 콘베어 로라 일기분一基分

············

그밖에도 이름 모를 기계부속품들이 많은 숫자를 표시하고 있다.

1/4분기의 성적을 말하는 그래프****도 붙어 있다.

---

* 반기(원문) → 분기.

** 로라베아링 : '롤러 베어링roller bearing'의 북한어.

*** 너트nut : 쇠붙이로 만들어 볼트에 끼워서 기계 부품 따위를 고정하는 데 쓰는 공구.

**** 구라후표(원문) → 그래프.

출근율은 91.8%이고 책임량은 107%에서 스톱하고 있다.

30분 조기 출근으로써 독보*에 힘쓰자!

2/4분기 책임량 150% 초과 완수에 총궐기하자!

각 공장 직장에서 개인의 예정 책임량을 다하는 데서만 1947년 인민경제계획은 완수된다!

생산은 건국의 토대 기술은 노력자의 무기다!

이밖에 47년도 인민경제계획 완수에 관한 표어가 벽마다 붙어 있다.

벽보판에는 오늘 처음으로 벽소설이 붙었고 공장당부에서 발행하는 《속보速報》와 직맹** 문화과에서 발행하는 《직장소식》이 붙어 있다.

동쪽 유리창 곁에 비치한 책장에는 십여 종류의 책자가 진열되어 있다.

『스타하노프운동이란 무엇인가』, 『5·1절의 자유와 의의』, 『새민주주의』, 『조선정치형세에 관한 보고』, 『소설집』, 『시집』, 《조소문화》, 《문화전선》, 《건설》 그 밖에도 여러 가지 팸플릿과 신문철도 있다.

건국실 북쪽 벽에는 목욕탕의 탈의장 같은 의복장이 놓여 있다. 170명에 가까운 선반공장 노동자들이 아침저녁으로 현장복과 통근복을 번갈아 넣어두는 데다. 그 의복장에는 자기의 기술을 자랑하는 자기 고안의 각형각색의 자물쇠가 달려 있다.

한 대씩 맛나게 담배를 피우고 난 선반공들은 뿔뿔이 헤어져서 책자도 뒤적거려보고 흑판 앞에 모여 서서 책임 숫자에 대해서 토론도 하고 벽보판에 붙어 서서 《속보》, 《직장소식》에 실린 기사와 벽소설을 읽기도

* 독보讀報 : 북한어. 신문 따위의 교양 자료를 여러 사람에게 알리기 위하여 소리 내어 읽음. 또는 그런 선전 활동.
** 직맹職盟 : 북한어. 직업동맹職業同盟. 노동 계급의 대중적 정치 조직.

한다.

그러나 아까부터 이달호만은 웬일인지 우울한 표정으로 긴 의자에 혼자 앉아 있다. 마치 자기는 건국실의 명랑한 분위기하고는 상관없는 사람이라는 듯한 싸늘한 표정이다.

무슨 뾰족한 창의고안 때문에 깊은 사색에 잠겼느냐 하면 그런 것 같지도 않고 그저 혼자서 속으로 호박씨를 까면서 초초해하는 모양이다.

이달호의 손가락 짬에서 타고 있는 생담배에서는 한줄기의 연기가 가늘게 떠오르고 있을 뿐이다.

이기구 말테다. 달호는 이렇게 중얼거리고 나서 입술을 깨물어보는 것이다.

바로 그때다.

"아하하하."

하고 기분 좋은 너털웃음이 벽보판 곁에서 터졌다.

그것은 「건달」이라는 제목으로 쓴 벽소설을 읽는 김진구의 웃음소리였다.

"뭐야, 뭐야."

선반공들은 그 웃음소리에 홀린 듯이 우 하고 벽보판 곁으로 몰린다.

김진구의 웃음은 동무들에게 전염되었으나 단지 이달호에게만은 불쾌의 대상밖에 되지 않았다.

이달호는 김진구의 웃음소리가 틀림없이 자기를 비웃는 것만 같아서 얼굴을 찡그린다.

달호는 연거푸 담배를 세 모금이나 들여 빨아가지고 후유 하고 한숨에 섞어서 내뿜는다.

"글쎄, 이 벽소설 좀 읽어보게. 소설가란 어쩌면 이렇게두 남의 일을 잘 꼬집어낼까. 하하하."

김진구는 또 한바탕 웃어댄다.

그 말을 들은 동무들은 그 벽소설에서 웃음을 찾아내자는 듯이 중얼 중얼 내려 읽는다. 초시작부터 킥킥 하고 웃기 시작하는 동무들도 있다.

그 벽소설의 내용은―47년도 인민경제계획을 초과달성하기 위해서 총궐기해야 한다고 빈 대포만 탕탕 놓는 어떤 친구가 기실 속통에는 개 똥이 들어차서 아프다는 핑계로 공장을 쉬면서 야미*장사를 하다가 동무 에게 들켜서 당장 공장을 쫓겨나는 모양을 희극적으로 쓴 작품인데 사실 이런 일이 있었다.

이 벽소설의 주인공 같은 건달꾼을 잡아낸 사람이 바로 김진구다.

맴돌처럼 몹시 굴러다니는 어떤 친구 하나가 서투른 기술을 가지고 요행 채용되었는데 공장에서 쌀통장을 받은 후부터는 배가 아프다니 머 리가 아프다니 요리 핑계 조리 핑계를 해가지고 바쁜 공장을 쉬면서 야 미장사를 하는 것을 진구가 장마당에 나갔다가 발견하고 직장대회에 부 쳐서 그날로 쫓아낸 사실이 있었다.

그런데 이 벽소설 작자가 그 사실을 모델 삼아 이 소설을 썼는지 그 렇잖으면 상상으로 썼는지는 모르지만 하여튼 김진구에게는 너무나 신 기한 일이 아닐 수 없었다.

"거 참 신통한데."

김진구는 또 한 번 감탄한다.

"음, 거 용하게 썼군. 바루 그 사건하구 꼭 같네."

텁석부리가 목을 기웃기웃하면서 맞불을 놓는다.

"소설쟁이는 거짓말을 잘 꾸민다는데 그렇지도 않은가 봐."

안경을 콧등에건 중에 나먹어 보이는 친구가 이를 쑤시면서 말을 건

| * 야미やみ: '뒷거래'의 일본어.

넌다.

"그건 옛날 이얘길세. 전책*쟁이하구 소설 쓰는 사람하구는 천양지판 이지."

염병을 앓았는지 머리털이 몹시 설핀** 친구가 한몫 낀다.

"암, 지금 소설에야 어디 헷소리가 있나. 옳은 것과 그른 것을 딱딱 지적하면서 우리들을 옳은 길루 인도해준단 말이야 용하지 용해."

텁석부리가 또 중얼중얼 내려 읽기 시작한다.

"우리를 위해서 흥남에두 소설가가 와 있다지?"

"우리 공장에두 여러 번 왔다는데 난 아직 한 번두 만나 못 보아서."

"인차 각 공장을 돌아댕기면서 강연을 한다네."

"그분들하구 친해야 하네. 그분들한테서 좋은 가르침을 받음으로써 우리는 더 배우며 생산 능률을 올릴 수 있을 거네."

"물론이지. 러시아 10월 혁명에서두 소설의 힘이 퍽 컸다네. 또 딱딱한 책보다두 재밌구. 알기 쉽지. 우리두 소설을 읽는 습관을 붙여야 하네. 한글두 배울 겸 저기 보게. 앓는다 쫓았다라고 저렇게 쓰지 않나."

김진구는 앞에선 동무의 등에다가 기름 묻은 손가락으로 써본다.

"읽을 필요가 있구 말구. 그런데 어쩌문 그렇게 무궁무진하게 써낼까. 아마 머릿속에 활판소가 들어 있나 보네."

안경 쓴 주문석이가 콧등의 안경을 올려 밀면서 중얼거렸다.

"다아 재간이지. 글 쓰는 사람은 좋은 글을 많이 쓰구, 우리는 기계를 많이 만들어내구, 농사꾼은 농사를 많이 짓구, 여편네는 일 잘하구, 아이를 많이 낳구……. 그래야만 민주주의 조선독립이 빨리 되는 법이야 알 겠는가?"

* 전책傳冊: 「홍길동전」, 「전우치전」 따위와 같이 고전 소설 가운데 '전傳' 자를 붙인 책.
** 설피다 : 북한어. 연기나 안개, 햇빛 따위가 짙거나 세지 아니하고 옅거나 약하다.

머리털이 설핀 친구가 안경 쓴 주문석이의 어깨를 탁 치면서 유머를 내놓자

"오라, 그래서 자네 마담은 또 배가 남산이 됐구나."

하고 털보가 수염 새에 숨은 큰 입을 벌리고 앙천대소 하는 통에 건국실은 또 한바탕 웃음으로 떠들썩한다.

머리털이 설핀 친구의 부인은 지금 여섯째 아이를 배었는데 만삭이다.

"하여튼 지금 우리 조선에는 친일파, 민족반역자, 반동분자, 건달꾼을 내놓구는 무에든지 많은 것이 좋네."

한 친구가 이렇게 주장하자

"옳네, 옳네."

하고 모두가 찬동한다.

"우리 이제부터 소설 읽는 데 재미를 붙이기로 하세. 저기 소설집두 있구 잡지두 있으니까."

진구는 이렇게 말을 심으면서 책장 곁으로 갔다. 그러자 하나둘 또 그리로 몰린다. 그럴 때마다 그들 작업복에서는 기름 냄새가 확확 풍긴다.

이것이야말로 47년도 인민경제계획의 승리를 약속하는 제일선 부대의 명랑 유쾌한 휴식 광경이다.

그들은 이 한 시간이란 휴식시간에 얻은 위안과 명랑한 기분으로 오후의 증산돌격전을 승리로 맺는 것이다.

김진구는 담뱃불을 찾아 돌아섰다가 긴 의자에 팔을 베개 맺고 누워 있는 이달호를 발견하고 마음에 안된 생각이 나서 그리로 걸어갔다.

"어디 아프오?"

진구는 부드러운 목소리로 묻는다. 진구는 달호의 우울한 모양을 보았을 때 자기가 되려 미안했던 것이다.

"아니, 뭘 좀 생각하느라구……."

달호는 뾰족뾰족 내민 수염을 어루만지면서 빙그레 웃는다. 그러나 그 웃음은 이달호의 우울한 표정을 감추어주지 못했다.

"담배 있소? 한대 피오."

진구는 자기가 피자고 말아 쥐었던 담배를 달호 앞에 내밀었다. 피차에 허물없이 지내고 농담도 곧장 잘 주고받고 하던 둘 새가 아니었는가!

"아니 내게두 있소. 금방 피웠소."

달호는 일어나 앉으면서 굳이 사양한다. 요즈음의 이달호는 너무나 태도가 달라졌다. 이달호 동무의 태도를 볼 때마다 마치 그 죄가 자기에게 있는 것같이 생각되어서 김진구는 마음이 송구했다.

"달호 동무, 너무 작업에만 골몰해두 못쓰오. 두구두구 할 일이 아니오. 그러기다 일할 때는 죽을내기* 대구 일하고 그 대신 놀 때는 또 만판 푸지게 놀아야 하오."

진구는 이러다가는 필경 달호와의 정의를 상할 것만 같아서 그것이 은근히 걱정이 되었다. 자기 마음은 전이나 지금이나 한결같으나 달호의 심경은 이 며칠 동안에 확실히 변하였다.

"잘 알겠소. 내 저기……."

달호는 그 자리에 그 이상 더 앉아 있기가 면구해서 변소 가는 시늉을 하면서 밖으로 나가버렸다.

김진구는 나가는 달호의 뒷모양을 지키고 섰다가 시계를 쳐다보았다. 1시까지에는 아직 17분이나 남았다.

김진구는 무안한 듯이 그 자리에 우두머니 서 있다. 저 동무는 필시 작업을 시작하려 나가는 것이리라고 생각하면서

"달호 어데 아프다는가?"

| * 죽을내기 : 북한어. 있는 힘을 다한 행동.

안경 쓴 친구가 진구에게 담뱃불을 빌리면서 묻는다. 책장 곁에서는 중얼중얼 글소리가 들린다.

"그 사람 요즈음 태도가 이상하네."

"가정에 무슨 딱한 사정이 생기잖았는가?"

"아니, 그 사람 나하구 경쟁을 시작한 후부터 태도가 달라졌네."

진구는 이런 말을 입 밖에 내고 싶지 않았으나 중에 자기하고 친한 친구 앞이기 때문에 실토를 했던 것이다.

"옳지. 지지 말자구 그러는 게로군."

"아무리 그렇다구 해두 저렇게야 골몰할 수 있는가."

"원체 저 친구는 성미가 어지간히 다급한 편이지."

"그렇기는 하지만서두 달호는 아마 나하구 경쟁을 개인 승강다툼이나 하듯이 아는 모양이야."

"그럴 리야 있나."

"아니, 필시 그런 것 같애."

"그렇다면 그것은 인민경제계획이란 어떤 것인가를 잘 이해하지 못하는 거지."

"문제는 그거야. 달호는 작업에는 가장 열성적이면서도 그 방법과 태도에 안된 데가 있어."

"그건 한번 잘 이야기해주어야지. 두구두구 할 일을 우물을 들구 마시는 격으로 해서야 어데 계속 할 수 있는가. 애간장만 탔지."

"요는 사상적 무장이라구 생각하네. 소련 인민들의 그런 강철 같은 정신 말이야."

"그래 그래. 1차 2차 3차 5개년 계획을 승리적으로 완수하고 파쇼 독일과 일본 제국주의를 즉살시켜버린 그 단결된 애국정신을 본받아야 하네."

안경 쓴 문식이와 김진구의 사상은 합치되었다. 이것은 오늘 우연히 합치된 사상이 아니라 전부터 합치되어 있기 때문에 둘 새는 각별히 친하다.

이 두 친구는 독보소조나 기술강좌나 학습회에서까지 으레 같은 걸상에 붙어 앉았다. 그렇게 떨어지기 싫게 둘 새는 친근하며 사상적으로 합치되고 있다.

오늘 점심시간에 있어서 여느 때보다 다른 광경이라면 그것은 중얼중얼 글소리가 끊어지지 않는 것이다.

신문을 유심히 들여다보는 친구, 머리를 맞대고 잡지의 소설을 읽으면서 이야기를 주고받고 하는 친구들, 소설집을 서로 제 앞으로 끌어당기면서 중얼거리는 친구들……. 그 동무들은 담배 연기를 조심성 없이 남의 얼굴에다 내뿜으면서 열심히 한 줄 두 줄 내려 읽는다.

독서가 시들해진* 친구들은 의복장 앞 긴 걸상에 모여 앉아서 마분지로 만든 장기말로 장이야 궁이야 하면서 떠들어댄다. 건국실마다 장기판하고 장기말을 비치하기로 되어 있으나 장기말은 지금 건축계에서 제조 중이었다.

그럼 여기서 잠깐 건국실 밖에서 전개되고 있는 선반공들의 휴식 광경을 간단히 그려보기로 하자.

선반공장 남쪽 모래판에서는 두 파로 나누어가지고 씨름 경기가 벌어졌다. 씨름 구경도 구경이려니와 응원하는 모양이 더욱 장관이다.

승부가 결정될 때마다 엉덩이춤이 나오고 곱새춤이 나오고 장타령이 나오고 구호를 외치고 하면서 물 끓듯 한다.

아까 건국실에서 연설 도중에 뺑소니를 친 '털털이' 동무는 씨름 심판을 하느라고 눈알을 뒹굴리면서 이리 뛰고 저리 뛰고 한다.

---

* 씨들해난(원문) → 시들해진.

한편에서는 새끼줄을 쳐놓고 발리볼*도 하고 캐치볼**도 하는데 모두가 탄력 있는 소리로 떠들어대면서 기운 좋게 날뛴다.

내다보기만 해도 가슴이 활짝 트이는 검푸른 동해 바다 위를 불어오는 사월의 해풍은 아직 몸에다 닭살을 돋쳐주었으나 그러나 노동자들에게는 그 바람은 강심제가 되었다.

'오존'*** 냄새를 마음껏 들이삼키면서 바닷가를 걸어 다니는 노동자도 보인다.

씨름하고 독서하고 운동하고 농담하는 태도에도 그 일거일동에도 진정 조선 인민의 공장에서 인민의 행복을 약속하면서 증산전에 돌격하고 있는 영예스러운 자기들이라는 감출 수 없는 환희와 프라이드가 어느 동무의 얼굴에도 아롱지고 있다.

믿음성 있는 얼굴들이다. 탐스러운 그 기개들이다.

이리하여 전달보다는 이달, 어제보다도 오늘, 달이 바뀌고 날이 흐를수록 그들의 육체는 단련되어가고 불패의 정신, 즉 민주조선의 승리를 쟁취하고야 말 증산돌격정신이 부쩍부쩍 자라가고 있는 것이다.

*

17분 앞서 선반공장에 나온 이달호는 회전을 정지하고 잠자는 동물처럼 휴식하고 있는 선반기 곁에 붙어 서자 무척 쓸쓸한 고독감에 사로잡혔다.

'이기고야 말겠다.'

---

* 발레뿔(원문) → 발리볼volley ball. 배구.
** 캣춰뿔(원문) → 캐치볼catch ball. 야구에서, 공을 던지고 받는 연습.
*** 오종(원문) → 오존ozone. 3원자의 산소로 된 푸른빛의 기체.

달호는 그 밉살스러운 고독감을 박차버리듯이 머리를 내흔들고 입술을 깨물면서 선반기를 응시하고 있다.

16척 선반기에는 합성계合性係 육단압축기六段壓縮機의 생명인 피스톤 롯트가 물려 있다. 길이 15척이나 되는 피스톤 롯트는 얼핏 보면 기다란 샤프트* 같기도 하고 또는 장거리포의 포신 같기도 하다.

'어떻게 하면 빨리 깎아낼까.'

달호는 이런 생각을 하다가 그 결론도 맺기 전에 마음이 초조해나서 모터의 스위치를 꾹 찔렀다.

앵 하고 모터가 회전을 시작하자 동시에 선반기가 돌기 시작한다.

바다 속처럼 어두컴컴하고 잠잠하든 선반공장 안은 또다시 기계 소리에 삼키어버리기 시작한다.

그 기계 소리는 이달호의 고독감을 어느 정도 풀어줄 수 있었다. 그러자 불현듯이 종잡을 수 없는 반발심이 불쑥 가슴에 치밀었다. 그는 퇵 하고 침을 내뱉었다. 그것은 자기의 실력과 열성을 몰라주는 동무들에게 보내는 쑥스러운 화풀이였다.

이달호는 선반기를 공전시킨 채 뒷짐을 짚고 서서 새삼스레이 공장 안을 돌아본다.

대소 80대나 되는 각종 각국 제품인 선반기 세파 정반正盤 보링 다닝 홋뻥 미령…… 같은 기계가 일정한 간격을 두고 보기에도 단정스럽게 배치되어 있다.

귀여운 자기 자식을 사랑하는 심정, 꼭 그와 같은 정성이 기계에 배어서 어느 기계 할 것 없이 반질반질 윤택을 내고 있다.

이 선반공장은 말하자면 신식과 구식의 혼성 공장이라 하겠다. 그러

| * 샤프트shaft : 축軸.

기 때문에 기계의 반수는 모터 직결直結이요, 나머지 반수는 피대*로 연결되어 있다.

기계 자신이 구식인 것이 아니라 능률에 상관이 많다.

모터 직결은 고장이 생기면 그 고장 난 한 대만 운전을 정지하면 되지만 피대로 연결한 것은 그렇지 못하다.

만약 50마력 모터가 고장 난다면 지붕 밑에 달린 메인 샤프트가 회전을 정지하게 된다. 메인 샤프트가 회전을 정지하게 된다면 피대로서 연결된 그 밑의 수십 대의 기계는 동시에 운전을 정지하고 마는 것이다.

이것을 모터 직결로 개조할 수는 있지만 그 귀한 모터가 없다.

수십 줄의 피대가 메인 샤프트와 기계를 연결하고 있는 그 광경은 기계의 입체미를 한결 돋구어주는 동시에 박력 있는 기계의 위력을 어마어마하게 표현하고 있다.

바이트**의 세례를 받은 제품들—발브 샤프트 푸란지 기야 푸리……그 외에 이름은 물론 생전 처음 보는 기계부속품들이 그 특유한 금속광채를 발산하면서 기계 곁마다 쌓여 있다.

기계 밑바닥에는 타래송곳***처럼 묘하게 달린 쇠찌끼와 부스러기 쇠가 오전 중의 돌격전을 증명하듯이 널려 있다.

선반공장 북쪽 철문 옆에는 주철공장에서 부어 만든 험상궂은 기계부속품들이 손대지 않은 채 쌓여 있다.

기계에서도 흙에서도 공기에서도 기름 냄새가 풍긴다.

기름은 기계의 수명을 장수하게 하는 동시에 우수한 제품을 제작하는 데 인체의 피와도 같은 역할을 하는 것이다.

---

* 피대皮帶 : 벨트.
** 바이트bite : 금속을 자르거나 깎을 때 선반 따위의 공작 기계에 붙여 쓰는, 날이 달린 공구.
*** 타래송곳 : 나무에 둥근 구멍을 뚫는 데 쓰는 송곳.

이 선반공장의 역학적 기계 배치는 현대미의 한 개의 대표적 표현이라 하겠다.

또한 그것은 생명 있는 동물의 규율적인 아름다운 집단 같기도 하다.

기계미機械美!

기계미!

뒤덮어 놓고 기계는 무서운 것이라는 선입감을 고집하고 있는 완고한 사람들에게까지 손을 내밀어 어루만져주고 싶은 충동을 주기에 넉넉하다.

마치 잘 드는 면도칼로 수염을 밀듯이 험상궂은 주철물 또는 선철을 깎아 말쑥하고도 아담스러운 기계부속품을 만드는 선반기나 세파는 일 잘하는 처녀처럼 어여쁘고 고귀한 작품을 제작하는 예술가의 솜씨처럼 위대하다.

이달호 자신 이 기계미에 홀리고 그 사랑스러움에 반하고 그럼으로써 자기의 정신과 피가 선반기에 통해서 열성적으로 생산에 돌격하고 있으나 요즈음에 와서는 웬일인지 그 선반기의 매력이 통 느껴지지 않을 뿐더러 생산능률은 전에 비해서 더 올리면서도 마음이 뒤설레고 빠락빠락 짜증이 날 때가 많았다

그런 심경으로는 좋은 제품을 제작할 수 없다는 것을 번연히 알면서도 자기 마음을 자기도 달래줄 수 없는 그런 초조한 분위기에서 갈팡질팡하고 있는 것이 최근 이달호의 심경의 일면이다.

섣달그믐날 빚쟁이한테 졸리우는 안타까운 마음 또 미운 것을 때려 부숴보고 싶은 을습뚝하는 감정. 그러면서도 또 한편으로는 암만 기를 쓰고 뛰어도 앞에 선 놈을 따라갈 수 없는 애타는 심경. 이런 착잡된 심경을 이달호는 가지고 있다.

이달호의 이 심리 상태는 비단 공장에서만 표현되는 것이 아니라 가

정에서까지 노골화하였다.

바로 어제 저녁에도 달호는 아내에게 공연한 트집을 건 일이 있다.

그 원인은 저녁이 늦었다는 것이다.

그러나 아내가 능령천陵嶺川 개수 공사에 애국돌격대로 나갔다 와서 저녁이 늦은 것을 번연히 알면서도 생주정을 부렸던 것이다.

"왜 빨리빨리 와서 저녁 준비를 못 해……."

"어째 또 야단이오. 그래 단체루 나갔는데 혼자 먼저 빠져오는 법두 있소?"

아내는 남편에게서 칭찬은 못 들을망정 욕먹는 것이 정녕 통분하였다.

"어째 못 와, 오면 오지……."

달호는 와락 음성을 높였다.

"당신은 그래두 난 그러지 못하겠소. 저 수돌 아버지를 보오. 수돌 엄마가 일 나간 날에는 자기두* 밥해 먹는다오. 당신은 그러지 못한들사나** 욕이나 작작하오."

아내의 넋두리는 달호의 가슴에다 동침을 찔러주었다.

수돌 아버지는 바로 김진구다.

김진구는 그제 저녁에 자기 손으로 밥을 짓고 국을 끓여서 아내가 능령천 개수 공사장에서 돌아오기를 기다려 아들 수돌이와 셋이서 정답게 저녁을 먹었다.

이 이야기를 진구의 아내, 무슨 말끝에 달호의 아내에게 말했던 것이다.

"남이야 어쨌든 간에 상관 있니."

달호는 또 한 번 허세를 피웠다.

---

* 자기루(원문) → 자기두.
** 못한들사나 : 못한다 하더라도.

"제발 당신두 잊어버리구래두 한번 그렇게 해보오."

달호 아내는 밥상을 차리면서 고시랑거렸다.*

"듣기 싫다."

이야기의 대상이 김진구라는 데서 달호의 마음은 한결 우울해졌다.

그렇게 하잖아도 좋은 일인데도 괜히 그랬다고 밥을 씹으면서 몇 분 전의 일을 후회를 하면서도 한순간의 착잡된 감정을 내리누르지 못해서 불화를 일으켰던 것이다.

모두가 내가 못난 탓이지……. 이렇게 자신에다는 자비를 하면서도 붉으락푸르락하는 아내에게다는 한마디 양해의 말도 던져주지 않았다.

사실인즉 그럴 생각도 없지 못해 마음 한구석에 있기는 했으나 그의 졸한 마음에는 그럴 용기가 없었다.

이달호에게는 휴식보다도 무엇보다도 김진구와의 경쟁에서 어떻게 해서든지 이기고야 말겠다는 강직한 일념 외에는 아무 생각도 없었다.

김진구를 이김으로써 자기의 솜씨를 동무들에게 뽐낼 수 있으며 그럼으로써 47년도 인민경제계획 책임량을 완수하는 데 자신을 얻을 수 있을 것이라고 생각하고 있다.

이렇게 열성을 다하여 경쟁에 지지 말자고 빠등빠등 애쓰는 것은 좋은 일이지만 그로 인해서 마음의 안정을 잃고 기분까지 우울해져도 좋다는 법은 없건마는 이달호는 이번 경쟁만이 자기의 실력을 자랑할 수 있는 결정판이라는 꼭 한마음을 단단히 가졌기 때문에 그는 학습도 창의성도 노동규율도 우정도 잊어버리고 오로지 승리에만 정신이 쏠렸다.

'어떻게 해서든지 이기고야 말겠다.'

| * 고시랑거리다 : 못마땅하여 군소리를 좀스럽게 자꾸 하다.

이달호는 이 말을 자주 되풀이한다. 그러나 이 어떻게 해서든지……라는 말투는 위험성을 내포한 언사다.

예를 들어 말하자면 볼트를 깎는 데 그 규격*과 골**의 깊이가 약간 틀린다손 치더라도 기한 내에 남보다 먼저 책임수량을 달성만 하면 된다는 그런 용서 못 할 경솔한 작업 태도를 배태할 염려가 있는 언사다.

작업에 대한 열성은 누가 보든지 칭찬하지 않을 수 없으리만치 발휘되고 있으나 그 열성과 반대로 이달호는 제품을 질적으로 향상시키기 위한 노력을 게을리하고 있다는 것을 자기 자신 미처 깨닫지 못한 채 양적으로만 편중하고 있다.

이달호는 지금 17분이라는 시간을 아껴서 피스톤 롯트를 더 깎자고 나온 걸음이다.

길이 열다섯 자나 되고 직경이 6인치나 되는 특수강을 4인치로 여섯 자, 6인치로 넉 자, 3인치로 다섯 자가 되게 깎아야만 피스톤 롯트가 된다.

이것은 천분지 반 밀리가 틀려도 안 된다.

질소와 수소의 혼합가스를 압축해서 액체 암모니아를 만드는 데는 피스톤 롯트와 압축기 내부 사이에 바늘 끝만큼만 짬이래도 있다면 가스는 도망해버리는 것이다.

이달호는 핸들을 조작하여 바이트 끝을 피스톤 롯트에 갖다 대었다 떼었다 하면서 몇 번 바이트의 위치를 조절하고 나서야 바이트 대의 너트를 단단히 조였다.

이달호는 정신을 부쩍 차려가지고 피스톤 롯트에다 기름칠을 하면서 횡橫핸들을 틀어 조심히 바이트 끝을 들이댔다.

순간 폴싹 하고 바이트 끝에서 가는 연기가 떠오르자 피스톤 롯트에

서는 벌써 쇠찌끼가 꼬불꼬불 타래지면서* 떨어진다.

이달호는 연송 붓으로 바이트 끝에다 기름을 주면서 이미 깎은 데와 이제부터 깎을 데를 비교해본다. 아직 4분지 3이나 남아 있다.

아니 볼 때는 모르겠던 것이 비교까지 해보고 나니 마음이 또 초조해났다.

"쩟!"

이달호에게는 선반기의 회전이 여느 때보다 한결 더디게 생각되었다.

더 빨리 회전시킬 수도 있으나 그렇게 급회전을 시킨다면 도저히 작업할 수가 없을 뿐더러 바이트가 견디지 못한다.

생각다 못해 이달호는 기계를 세우고 바이트 대를 2분지 1밀리쯤 더 들여 물리고 기계를 회전시켰다. 바로 그 순간이다.

기계가 회전을 시작한 것과 뿌쩍 하는 소리와 폴싹 흰 연기가 떠오른 것은 동시였다.

앗!

달호는 깜짝 놀라면서 재빠른 솜씨로 기계를 세웠다.

연송 혀를 차면서 들여다보니 바이트 끝이 몽창 부러지고 피스톤 롯트는 아주 거칠게 깎아졌다.

두 번 깎아야 할 것을 단번에 깎아버리자는 달호의 무리한 욕심은 바이트 끝과 동시에 부러지고 말았다.

"제기, 이 자식이 미쳤다."

달호는 자기 자신을 꾸짖었다. 그러자 자기로서 자기가 무척 미워났다.

달호는 쥐었던 스패너를 땅바닥에 팽개치고 철판 위에 철썩 앉아버

| * 타래지다 : 북한어. 연기, 구름, 먼지 따위가 빙빙 맴돌며 타래 모양이 되다.

렸다.

제 김에 부아가 동해서 얼굴을 찡그리고 더러운 꼴을 보았다는 듯이 퉤퉤 하고 아무데나 침을 내뱉는다.

달호는 무뚝뚝한 표정으로 앉았다가 흘끔 건국실 쪽을 내다보고 빠른 걸음으로 진구의 선반기로 갔다.

달호는 진구의 피스톤 롯트를 유심히 들여다보았다. 별로 자기보다 나은 솜씨 같지 않은 데다가 작업 능률도 자기보다 몇 시간 뒤떨어져 있다고 생각하면서 돌아섰다.

그렇게 생각하니 이달호는 어지간히 마음이 놓였다. 그러나 달호는 또 한 번 자기의 불평을 되풀이하지 않을 수 없는 충동을 받았다.

기술로나 능률로나 열성으로나 어느 면으로 뜯어보든지 김진구에게 상좌를 양보해야 옳을 조건을 하나도 가지고 있지 않은데도 불구하고 동무들이나 공장 측에서는 자기와 진구의 경중을 다룰 때에는 으레 정해놓고 진구를 높이 올려 앉히는 것 같아서 그것이 늘상 가슴에 걸려 내려가지 않았다.

동무들 모두가 김진구 편만 들어주지 자기의 실력을 알고 자기를 정당한 위치에까지 올려 앉혀줄 줄 아는 위인들은 한 사람도 있는 것 같지 않게 생각되었다.

여기서 이달호의 불평은 시작되었다.

아니 그래, 내 기술을 이렇게 몰라준단 말인가. 도대체 무엇이 진구한테 진단 말이냐!

내가 진구한테 한몫 잡히는 것이라면 그것은 나이가 두 살 아래라는 것과 김진구가 나보다 일 년 먼저 선반기술을 배웠다는 그것뿐이 아니냐. 그 밖에는 심지어 기운이나 포재까지도 진구는 어림도 없지 않으냐. 학교도 나는 보통학교 6학년을 졸업하구…….

그런데 어디다 근거를 두고 사람의 경중을 다루는 것일까.

후배가 선배를 따르지 못할 리 어디 있으며 나이 두 살 아래라는 것이 무슨 문제가 되랴!

이달호는 두고두고 생각하여보아도 모를 일이었다.

그러나 그렇게 불평을 말하는 이달호 자신 역시 제 똥 구린 줄은 몰랐다.

솔직히 말하자면 이달호에게는 두 개의 마음이 있다.

진정 건국을 위해서 자기의 몸과 기술을 바치겠다는 마음과 또 하나는 안락한 생활과 보다 유리한 조건을 찾아서 동요하는 마음이다.

그 실례로서는 금년 2월에 달호는 고향인 풍산에 갔다 오겠다고 핑계하고 그 길로 단천, 성진, 청진 등지로 돌아다니면서 보다 유리한 생활조건을 찾았다.

그러나 결국 그 구상은 실패로 돌아갔다.

그때부터 달호는 그런 옳지 못한 마음을 버리고 지금 공장에서 열심히 일하고 있다. 그러나 그 옳지 못한 마음이 달호의 육체에서 송두리째 뿌리 빠졌느냐 하면 아직 그렇지 못하다.

지금도 간혹 가다가는 마음이 왜지*밭으로 달아날 때가 있었다.

이 마음이 달호 자신에게 큰 해독을 준 것은 사실이다.

이달호의 기술에는 발전이 없다.―이것은 전달 선반기술자 토론회에서 계장 한 동무가 한 말이지만 확실히 이달호는 지금 자기 기술에서 일보도 전진하지 못한 채 답보를 하고 있다.

이것도 말하자면 그 옳지 못한 마음의 결과라고 볼 수 있다.

전달 토론회 석상에서는 꿔 온 보릿자루처럼 앉아서 아무 말도 하지

| * 왜지: '자두'의 방언(함경).

않았으나 자기 기술에 발전이 없다는 계장 동무 말을 지금까지도 달호는 굳게 부정하고 있다.

흥 무얼 안다구 건방지게……. 이달호는 이렇게 코웃음을 치는 것이다.

이달호는 금년 스물아홉이다. 선반기술을 배워서 5년 반이다.

김진구하고 실력을 떠보고 자기 실력을 계장 동무에게까지 시위하는 데는 경쟁을 해서 승리하는 외에는 뾰족한 방법이 없을 것이다.

앞으로 5·1절도 있고 하니 5·1의 명절을 증산으로 기념하는 의미에서 김진구에게 도전을 하자!

옳다. 그것이 제일 상수다. 밑져야 본전인데 거는 송사를 어디 가서 못 하랴!

그러자 일이 신통하게 되자니 이때 마침 합성계의 육단 압축기 피스톤 롯트를 깎는 과업이 이달호와 김진구에게 내렸다. 이 주일 동안에 책임지고 두 개를 깎아야 한다는 명령이다.

정 급한 작업이 있을 때를 제외하고는 야업을 안 하기로 되어 있는 이 선반공장에서는 이 주일 동안에 두 개라는 것은 알맹이 8시간의 과업이다.

이달호에게는 바라던 좋은 찬스였다. 그는 깊은 생각을 할 여유도 없이 김진구에게 경쟁을 신입하였던 것이다.

이달호의 가슴은 울렁거렸다. 혼자서 어둠을 헤매던 사람이 밝아오는 생문방*을 찾은 듯이 무한히 반가웠다. 승리에 대한 투지가 육신을 잔침질해주었다.

"진구 형, 우리 피스톤 롯트 깎는 경쟁을 하잖겠소?"

---

* 생문방生門方 : 생문生門의 방위.

이달호는 점심시간에 건국실에서 김진구에게다 말을 걸었다.

"거 좋소. 경쟁이래야 별것이 아니니까."

김진구는 흔연히 달호의 도전*을 받아들였다. 진구는 식은 죽 먹기로 대답을 했으나 벌써 그의 마음속에는 언제든지 누구의 도전이라도 받아들일 수 있는 마음의 무장과 준비가 되어 있었다.

14일간 경쟁이다.

"그럼 내일부터 시작합시다."

"그런데 경쟁하는 데 여러 가지 조건이 있는 줄 아오?"

김진구는 따졌다. 여러 가지 조건이란 일정한 시간 내에 계획성과 창의성을 발휘하여 질적으로 우수한 제품을 양적으로 계획 생산하는 것과 노동규율 엄수와 출근 성적의 100%, 학습과 연구열의 제고 등등이다.

이것은 저번 기술자 토론회 때 직맹 위원장으로부터 주의가 있은 문제다.

"알다 뿐이겠소."

이달호는 자신 있게 대답하였으나 기실 그런 것을 문제시하지 않았다.

이달호와 김진구는 초급단체위원장 최 동무와 선반계장 한 동무와 작업반장 엄 동무 앞에서 경쟁을 맹세하고 작업상 여러 가지 주의를 받았다.

이것은 에누리 없는 알맹이 8시간 노동시간을 엄수하면서 하는 경쟁이다.

그런데 이달호는 그 이튿날 아침에 벌써 독보회**가 필하기도 전에 살랑 빠져서 기계를 돌렸다.

---

* 조전(원문) → 도전.
** 독보회讀報會 : 북한어. 비교적 적은 사람들 앞에서 신문 따위의 교양 자료를 소리 내어 읽으면서 정책과 시사 문제 따위를 해설하는 간단한 모임.

그날 아침부터 이달호는 큰 부채를 짊어진 사람처럼 오싹오싹 걱정이 되었다.

그렇게 침착성이 풍부한 사람은 아니나 그 침착성조차 잃고 선반기와 씨름하기를 시작했다.

작업에 대한 계획성이 통 서지 못하였기 때문에 일의 순서를 잃고 덤비었다.

자기의 그 태도가 옳지 못한 것을 깨달으면서도 그것을 시정할 줄을 모르고 그 길로 질질 끌려 들어갔다.

선반공장은 2/4분기에 접어들자 주철공장과 단조鍛造공장을 상대로 책임량을 초과 달성할 것과 출근율 제고와 직장 청소—이 세 가지 조목을 내세우고 삼각경쟁을 시작하였던 것이다.

물론 이것은 노동자 동무들 간의 자발적 건국 증산 경쟁이었다.

흥남 인민공장과 함흥 철도부와 광산 새에 맺어진 삼각경쟁의 교훈과 전투력을 이 세 공장이 본받은 것이다.

삼각경쟁이라는 것은 창의성의 발휘와 계획성의 구체화와 단결된 노동력에 의한 기능적 분업화와 과학적 노력 조직과 건국정신의 앙양 학습열의 제고…… 등등 인민경제 부흥의 튼튼한 터전을 닦는 정치적 의의를 가진 일시적이 아닌 운동이다.

이 운동을 전개함으로써 생산품은 질적으로 향상되며 양적으로 풍부해지는 것이다. 이것이 삼각경쟁의 원칙일 것이다.

그런데 이달호는 주철, 단조 두 공장과의 삼각경쟁과 자기와 김진구의 경쟁을 전연 딴 것으로 분리시켜 해석하고 있다.

삼각경쟁은 삼각경쟁이고 개인경쟁은 삼각경쟁하고는 상관없는 것이라고……. 얼핏 생각하면 그럴 듯도 하지만 그러나 그것은 달호의 하나를 알고 둘은 모르는 생각이었다.

이달호는 또 이렇게도 생각한다.

삼각경쟁에 져도 개인경쟁에는 이겨야 한다고…….

이 얼마나 모순된 해석이랴!

이달호란 개인은 어디까지든지 삼각경쟁에 참가한 조직체의 한 사람이라는 것을 잊어서는 안 될 것이며 나아가서는 개인경쟁 정신은 어디까지든지 삼각경쟁 정신의 일부분이 되지 않아서는 안 될 것인 동시에 개인경쟁의 성과 여하가 삼각경쟁의 승패를 좌우한다는 것을 우리의 이달호 친구는 미처 생각지 못하고 어쨌든 간에 김진구 동무에게 이기기만 하면 소원 성취라는 암통한* 생각만 가지고 있다.

따라서 김진구는 자기도 모르는 새에 점점 이달호의 '적'이 되어가고 있었으며 야심의 대상이 되지 않을 수가 없게 되었다.

여기에 개인경쟁이 자칫하면 우정을 상하게 할 미묘한 심리 상태가 내재하고 있는 것이다.

'올해만 넘기면 된다.'

이달호는 이런 생각을 하면서 자기의 초조한 마음을 살살 달래주는 것이었다.

이달호는 1947년이라는 1년을 무척 바쁜 해로 생각하고 있다.

그는 47년도 1년간에 자기에게 부과된 책임량만 달성하면 명년부터는 생각이니 개인이니 하는 시끄러운 경쟁도 없어지고 안정된 마음으로 제 마음 나는 대로 일할 수 있으리라고 생각한다.

그렇기 때문에 이달호에게는 47년 1년이 무척 긴 해로 생각될 때가 종종 있었다.

| * 암통하다 : 북한어. 머리가 트이지 못하고 막히어 생각하는 것이 답답하다.

이달호에게는 금년처럼 열성적으로 일해본 해도 없었으며 제품을 많이 제작해본 해도 일찍이 없었다.

일제日帝가 소위 대동아전쟁의 완수를 위해서 채찍*을 들고 12시간 노동을 강요할 때에도 이달호는 금년처럼 생산 능률을 올리지 못했다. 아니 기술적으로 올리지 않았던 것이다.

이달호는 금년에 접어들어서는 청진 바람이 불어서 한 2주일 공장을 쉰 외에는 열성적으로 증산에 돌격하고 있다.

그러면서도 그는 자칫하면 그 열성을 47년도 1년에만 국한시키려는 경향을 가지는 것이다.

금년 1년만 지나가면 된다! 이달호는 이런 안가安價한 자기만족에 도취할 때가 드문드문 있다.

1시 사이렌이 채 소리를 끊기도 전에 선반공들은 공장 안으로 흘러 들어와서 자기 기계 곁에 붙어 섰다.

그러자 공장 안은 갑자기 요란한 금속음金屬音 속에 삼키어지고 말았다.

피대 도는 소리, 기계가 회전하는 소리, 마치로 철판을 두드리는 소리, 그라인더**에서 바이트를 벼리는 소리, 전기기중기電氣起重機가 육중한 철재를 물고 왔다 갔다 하는 소리, 소리, 소리……. 처음 듣는 사람들에게는 귀청이 떨어질 듯이 요란한 소리였으나 이 공장 동무들은 그 소리를 생산부흥의 노래로 여기고 있다.

이달호는 끝 부러진 바이트를 그라인더에서 갈고 있다. 결국 그렇게 되고 보니 작업 시간을 아낀다는 것이 시간을 낭비하는 결과를 나타내고

* 채쭉(원문) → 채찍.
** 구라인더(원문) → 그라인더grinder. 연삭기. 갈개.

말았다.

김진구는 건국실에서 웃던 웃음을 채 거두지 못한 채 기름 넝마로 선반기의 바이트 대를 닦고 있다.

그저 전장금사 그대로의 명랑한 얼굴 표정이다.

김진구는 매 같은 눈으로 바이트 끝과 피스톤 롯트의 깎은 자리를 점검하고 공구를 갖추어놓고 다시 한 번 청사진한 도면을 세심히 들여다보고야 선반기를 돌려 조심조심히 깎기 시작한다. 김진구는 지금 그가 깎고 있는 피스톤 롯트에다가 자기의 기술적 역량을 깡그리 바치고 있다.

흥남지구 인민공장에 부과된 47년도 생산책임량은 하늘이 무너져도 이것을 달성해야 하겠지만 그중에서도 유안비료硫安肥料만은 눈에다 쌍심지를 달아가지고라도 책임량을 완수해야 한다고 김진구는 생각한다.

뭐니뭐니해도 25만 톤의 유안비료 생산이 선결문제였다.

본궁 공장에서 '돌술'(석회석에서 카바이트를 제조하는 과정에서 화학적으로 빼어내는 알코올)이 나온다고 동무들이 좋아서 날뛸 때에도 김진구는 유안비료의 중요성에는 비길 수 없을 것이라고 자기의 의견을 진술한 일이 있다. 하기야 한 컵의 술이 노동자의 피곤을 풀어주며 마음을 위안시켜준다는 것은 상식화된 이야기다.

물론 진구 자신 이것을 잘 알고 있다.

한 되에 2백 원, 3백 원 하는 술을 사서 마신다는 것은 거의 불가능한 일이다.

본궁 공장에서 싼 술이 나와서 노동자의 증산 의욕을 돋우어준다면 예서 더한 일은 없을 것이다. 그러나 정신을 그쪽에 팔아서는 안 된다는 것을 진구는 말하는 것이다.

식량 증산의 유일한 열쇠인 유안비료의 책임량을 달성하지 못한다면 다른 부문의 책임량을 넘쳐 완수하더라도 흥남지구 인민공장의 47년도 영예는 그 빛을 잃고 말 것이다. 부족한 식량 생산을 풍부한 식량 생산으로 전환함으로써 민주주의 조선의 산업은 더욱 부흥하며 인민의 생활은 향상될 것이다. 그러기 위해서는 화학비료의 다량 생산이 제일 조건이다. 이렇게 따져본다면 '돌술'은 둘째 문제다. 김진구는 이 자기 생각을 고집한다.

그런데 지금 하루 평균 6백 톤의 유안비료가 생산된다. 1년 잡고 21만 6천 톤의 유안비료가 생산되는 회계다. 그렇다면 책임량까지에는 아직 3만 4천 톤이 부족된다.

하루에 7백 톤을 생산하지 않고는 책임량을 달성할 수 없다.

그러면 하루에 6백 톤밖에 생산하지 못하는 애로가 어디 있느냐 하면 그것은 나먹은 유안 공장의 보수용재保守用材의 부족도 원인이 되겠지만 긴급한 당면 문제로서는 합성계合成係 육단압축기의 피스톤 롯트 마멸에 있다.

피스톤 롯트가 마멸되었기 때문에 질소와 수소의 혼합가스를 완전히 압축 못 하는 데 원인이 있는 것이다.

1년에 25만 톤의 유안비료를 생산하자면 하루에 액체 암모니아가 2백 톤으로부터 2십 톤이 절대 필요하다.

그런데 피스톤 롯트가 마멸된 관계로 현재 겨우 170톤밖에 생산하지 못한다.

1,500마력 모터로 운전하는 육단압축기는 최후의 육단압축기에 들어가서는 750기압으로 혼합가스를 압축해야 하는데 지금 550기압밖에 올리지 못하고 있다.

이것은 큰 문제다.

그래 기사 기술자들이 토론하고 연구한 결과 성진 고주파 공장의 성능으로 보아 피스톤 롯트의 원형을 만들 수 있다는 결론에 도달했던 것이다.

과연 그 결론대로 고주파 공장에서는 제작할 수 있었다. 18개의 주문에 대해서 우선 4개가 도착되었다.

"왔다, 왔다."

이 원형이 밀 구루마로 선반공장에 운반되었을 때 선반공들은 기뻐했다. 그러나 누구보다도 기뻐한 사람은 김진구다. 진구는 원형을 어루만져주면서 반가워했다.

이 원형을 깎아 압축기에 맞추기만 하면 25만 톤의 유안비료는 문제없을 것이다.

"우리 선반공들은 비료공장을 잊어서는 안 될 것이오. 이 늙은 공장을 잘 살리고 못 살리는 데는 우리 선반공들의 책임이 절대 큰 것이라고 나는 생각하오."

바로 어제 기술강좌 시간에 진구는 비료공장에서 오는 기계부속품은 우선적으로 취급해야 한다고 호소하면서 이렇게 주장했다.

이번 피스톤 롯트를 깎으라는 명령을 받았을 때 진구는 도면만 보고 그대로 깎으면 된다고 고집을 쓰는 달호를 끌고 합성공장에 가서 압축기를 세밀히 보았다.

직접 자기 눈으로 봄으로써 더 훌륭히 깎을 수 있으며 기계의 성능을 높일 수 있다고 생각하였기 때문이다.

이 피스톤 롯트는 깎기만 하면 당장 사용되는 것은 아니다.

선반공장에서 깎은 피스톤 롯트는 단조공장鍛造工場에서 침탄浸炭—이것은 탄소를 이용하여 연철을 강철로 만드는 법이다.—하여 표면경화表面硬化를 시켜가지고야 비로소 사용하게 되는 것이다.

김진구는 지금 세심의 주의를 두 눈과 손끝에 집중시켜가지고 피스톤 롯트를 깎고 있다.

그 통일된 정신과 긴장한 시선은 곁에 벼락이 떨어져도 꿈쩍도 할 것 같지 않다.

도면하고 조금도 틀리지 않는 훌륭한 피스톤 롯트를 제작하여 유안 비료 25만 톤을 생산하는 데 이바지하고야 말겠다는 노력이 그의 얼굴에 역력히 아롱지고 있다.

김진구가 선반기를 세우고 제품을 이모저모로 살피고 그것을 연구하고는 컴퍼스를 대어보고 하는 것이 얼핏 보면 대단히 느린 솜씨 같으나 그 치밀한 주의력과 용의주도한 태도는 제품을 질적으로 한 계단씩 향상시키고 있는 것이다.

이달호는 바이트의 날을 내면서 김진구의 작업 태도를 몇 번이나 건너다보았다. 바이트의 날을 내는 것이 꽤 시간이 걸리는 일이었다.

바이트의 날을 잘 내고 못 내는 데서 미끈한 제품이 나오느냐 꺼칠꺼칠한 제품이 나오느냐가 결정된다고 말할 수 있다.

특히 제품을 반질반질하게 닦는 연마용研磨用 특수 페이퍼가 없는 지금에 있어서는 바이트의 날을 잘 내는 것이 제품의 질을 향상시키는 중요한 조건의 하나가 되어 있다. 이달호는 바이트의 날을 내는 데는 재간이 있다. 그리고 샤프트를 깎는 데는 특히 훌륭한 기술을 가지고 있다.

그러기 때문에 이번 피스톤 롯트를 깎는 과업이 달호에게 내린 것이다.

그런데 오늘도 결국 빨리 하자던 일이 바이트가 부러져서 더디게 되고 보니 마음만 상하고 빠락빠락 짜증만 났다.

그러면 그럴수록 이달호는 차츰 김진구를 피하게 되고 침묵을 지켜갔다.

김진구는 남이야 뭐라고 하든 말든 혀끝으로 연송 입술에다 침을 발라가면서 명랑한 마음으로 한결같이 작업을 계속하고 있다.

그 침착한 태도와 유쾌한 표정은 자신만만한 그의 기술적 역량을 증명하는 것이다.

김진구야말로 24시간을 압축한 8시간의 노동을 하고 있는 동무다.

그뿐 아니다.

김진구의 주머니 속에는 어느 때나 간직하고 있는 두 가지 물건이 있다.

하나는 학습장이요 다른 하나는 로라베아링의 모형이다

이 베아링은 달걀처럼 타원형으로 생긴 것인데 그 표면을 맴돌처럼 깎자면 선반기로서는 도저히 불가능한 일이다. 어떻게 하면 깎을 수 있을까. 진구는 짬만 있으면 그 연구를 계속한다.

그 베아링은 유안공장의 로바텔橫型速心分離機의 샤프트에 붙는 것이다.

김진구의 창의 고안이 성공하는 날 2주일밖에 못 쓰는 베아링의 생명이 2개월로 연장될지도 알 수 없는 일이다. 그의 친한 동무 문식이는 그 연구는 도저히 불가능하니까 단념하라고 두 번씩 권고했으나 진구는 어디 두고 봅시다 하고 더욱 연구심을 굳게 가진다.

흥남지구 인민공장의 근본정신은 단결, 민주, 생산, 학습, 이 네 가지 문구에 여실히 표현되어 있다.

독자여!

그대들이 만약 흥남에 올 기회가 있다면 그대들은 거리거리에서 공장 콘크리트 벽에서 이 네 가지 문구를 어렵잖게 찾아볼 수 있으리라!

김진구는 이 네 개의 문구를 가슴속 깊이 명심하고 있다.

김진구는 이 네 개의 문구를 설명으로보다도 수학적으로 재미있게 풀이할 줄 안다.

'단결＋민주＋생산＋학습＝부강한 민주주의 조선'이라고.

독자여! 이 얼마나 재미있는 답안이냐!

김진구는 8·15 직후부터 오늘까지 돈 들여 공부해도 다아 못 배울 많은 지식을 배와다.

보통학교를 겨우 4학년밖에 나오지 못한 김진구는 어려서부터 철공소에서 심부름을 하다가 기계수리공으로서 전전하면서 선반기술을 배운 후에는 밤낮 없이 대동아전쟁에 부스덕거리느라고* 글을 배우지 못하였다. 그의 머릿속에 남은 것은 기계 이름밖에 없었다.

무식은 파멸이다!

배우며 일하고 일하며 배우자!

해방 후 김진구는 이 표어에 고지식하게 순종한 한 사람의 노동자다.

그는 이 표어를 자기 집에다도 크게 써 붙였다.

학습회, 독보회, 기술강좌, 열성자 대회에는 특별한 사정을 제외하고는 주문식 동무와 함께 꼭꼭 참석하여 열심히 듣고 배웠다.

지금 그의 주머니 속에 들어 있는 학습장에는 어느 누구의 학습장보다도 많은 지식이 적혀 있다.

주문식이도 김진구의 열성에는 따르지 못했다.

김진구보다 네 살 위인 주문식은 졸기를 잘한다.

그래 지금까지 모임에서 무려 십여 번 진구에게 무릎을 꼬집힌 일이 있다.

김진구도 처음에는 거의 날마다 있는 모임에 싫증이 나고 가서도 하품이 터질 때가 많았다.

그럴 때마다 김진구는 제 손으로 제 무릎을 꼬집어주면서 자신을 책하는 것이었다.

---

* 부스닭이느라고(원문) → 부스덕거리느라고. 부스덕거리다 : 북한어. 가만히 있지 아니하고 몸을 자꾸 움직움직하며 좀스럽게 부산을 피우다.

무식은 파멸이다. 그래도 좋으냐 하고.

김진구는 단지 그 자리에서 배움에 그치는 것이 아니었다. 그는 집에 돌아가서는 아들 수돌이가 공부하는 곁에서 배운 것을 꼭꼭 복습했다.

그는 나아가서는 그 지식과 그 정신을 자기 일에다 살리기에 노력했다. 뿐만 아니라 가정에까지도 살렸다.

자기가 알 수 있는 데까지 아내에게 가르쳐주었다. 아니 알기 쉽게 이야기해주었다.

아내도 처음에는 들은 둥 마는 둥 하더니 차츰 귀가 터서 남편의 이야기에 재미를 붙였다. 이것이 부부간의 애정을 두텁게 해준 것은 사실이다.

김진구의 주머니 속에 들어 있는 로라베아링의 모형도 학습을 일에 살리는 한 개의 좋은 표본이라 하겠다.

이 귀중한 로바텔의 부분들이 사방팔방으로 물색하여도 통 구득하기 곤란하였다.

그렇다고 해서 47년도 인민경제계획을 기어코 달성해야 할 바쁜 대목에 기계를 세울 수는 도저히 있을 수 없는 일이다.

'차라리 목을 바치면 바쳤지, 기계를 세우다니 이것이 될 말이냐.'

김진구는 이를 악물었다.

이리하여 김진구는 금년 2월 중순부터 로라베아링을 연구하기 시작했다.

그러나 그는 로라베아링을 만드는 데는 단조와 주철의 기술자 동무들과 손을 잡지 않고는 성공이 불가능하다는 것을 알고 자기 외의 단조 공장에서 두 동무 주철 공장에서 두 동무를 뽑아가지고 힘과 기술을 한데 뭉쳐서 연구한 결과 3월 하순에 6인치 로라베아링을 다섯 개를 만들어냈다. 처음이니만큼 한 개의 제작비가 1,600원가량 걸렸다.

실제로 로바텔에 끼어 시험한 결과 처녀 작품으로는 훌륭한 성적을 나타내었다.

일본 제품 S·K·F 베아링의 일주일 내지 열흘의 생명에 비한다면 2주일의 성능을 나타내었는데 U·S·A 베아링에 비한다면 멀리 따르지 못했다.

U·S·A는 적어도 2개월 이상의 수명은 가지고 있다.

그러나 김진구가 만든 제품은 솔직히 말해서 창의 고안은 아니었다. 외국 제품의 한 개의 모방밖에 되지 않았다.

그러나 우리는 이 제품에서 우리 노동자 동무들의 우수한 솜씨를 넉넉히 엿볼 수 있는 것이다.

김진구는 그 성공에 조금도 만족하지 않고 수명이 적어도 1개월은 견딜 수 있는 로라베아링을 만들어낼 결심을 하고 우선 모형을 만들었던 것이다.

그는 연구의 결과 타원형 강구鋼球의 표면을 굴곡이 없이 정타원형으로 만드는 데서 그 수명을 연장할 수 있다는 결론을 얻게 되었다.

김진구는 선반으로 그것을 해결하자던 자기의 연구심을 차츰 다른 방법으로 해결하자고 돌리고 있는 중이다.

그는 틈만 있으면 그 모형을 손바닥에 올려놓고 묵상을 계속하고 있다.

그 모형에는 그의 참된 노력을 말하는 손때가 까맣게 올라 있다.

'이것은 내가 맡은 47년도 과업의 하나다.'

진구는 이렇게 자기 자신을 독려하면서 그 연구에 몰두하고 있다.

김진구는 김일성 위원장이 발표하신 47년도 인민경제계획 예정 숫자는 꼭 힘에 알맞은 숫자라고 믿는다.

그 좋은 예로서는 1/4분기에 있어서 8만 7천 톤의 유안비료를 기일을 열흘 앞당겨서 출하를 완수하지 않았는가!

결국 따져서 말한다면 정신과 기술과 계획성의 문제라고 김진구는 생각한다.

"하여튼 정신과 기술을 통틀어 내봐보오. 작년도 두 배의 능률쯤이야 문제없지. 사실 툭 털어놓구 말해서 우리 작년에 하루에 알맹이 5시간 노동밖에 더 했겠소. 계획만 잘 세운다면 문제없소. 문제없어……."

김진구는 47년도 인민경제계획이 발표되었을 때야 하고 놀라는 동무들에게 자신 있는 말로 이야기하였다.

김진구는 인민경제계획을 1년간이라는 기한부적 계획이라고는 처음부터 생각지 않았다.

마치 우리 민족의 사상의식 개변운동이 일시적 운동이 아니라고 그가 믿어 의심하지 않았듯이.

김진구는 인민경제부흥계획과 건국사상의식 개변운동은 인간의 혈육처럼 분리시킬 수 없는 절대적인* 유기성을 가지고 있다고 믿고 있다.

진정 돌아온 조국을 사랑할 줄 알며 47년도 인민경제계획이 부강한 민주주의 조선의 튼튼한 경제 터전을 닦는 우리 민족 역사상 처음 보는 건국대업建國大業이라는 사상과 의식이 똑바로 박혀 있지 못하다면 그런 사람이 어떻게 제때의 자기 과업을 옳게 달성할 수 있을 것이냐. 드문드문 큰소리를 탕탕 치지만 결국 그것은 이불 아래 잠꼬대에 지나지 못하다.

그런 친구들 가운데는 대단찮은 일에도 척하면 불평을 말하기를 좋아하며 눈치만 밝히고 자기네끼리만 모아서 숙덕공론을 펼쳐놓는 경향이 많았다.

김진구는 47년도 인민경제계획을 승리적으로 완수함으로써 빛나는

| * 절대적한(원문)→절대적인.

244

자기네들이 갈망하는 행복스러운 사회가 머지않아 건설될 수 있다는 커다란 희망을 생각할 때마다 제1차 제2차 제3차 5개년 계획을 영웅적으로 완수하여 부강한 민주주의 국가를 노동 계급의 영도 밑에서 건설한 위대한 소련 국가와 소련 인민을 생각하는 것이었다.

소련의 노동 계급은 조국 건설을 위해서 5개년 계획을 제1차 때에보다는 제2차 때에 제2차 때보다는 제3차 때에 백열화한 애국심을 총동원하여 영웅적으로 돌격 또 돌격하였기 때문에 전 세계 근로인민이 앙모하는 오늘날 소련 국가를 건설한 것이 아니냐!

파쑈 독일을 거의 독력으로 물리치고 그 전진戰塵을 털 새도 없이 동방의 강도 일본 제국주의를 때려 부수고 우리 조국을 해방시켜주었다.

소련 인민들은 조국 전쟁의 피곤도 잊고 오늘 또다시 5개년 계획을 실시하고 있다.

'대체 이 무궁무진한 정력이 어디서 나오는 것일까.'

진구는 이런 것을 연구하여보기도 한다.

소련 인민에게 이 같은 조국의 발전과 부흥을 위한 애국심과 전투력의 계속이 있었기 때문에 오늘날의 승리를 얻은 것이다.

위대한 영도자이며 수령인 스탈린 대원수 영도 아래 자라가고 있는 소련 인민의 단결되고 조직된 애국심과 초인적 건설의욕을 우리는 배워야 한다고 주장한다.

동시에 진구는 조선 민족의 영명한 지도자 김일성 장군에게 만강의 감사를 올린다.

토지개혁이 실시되고 20조 정강이 발표되고 산업국유화법령, 노동법령, 남녀평등권법령 그 밖에 모든 민주법령이 발표되고 과업이 내릴 때마다 김일성 장군의 명철하신 영도력이 김진구의 가슴속에다 하늘하늘 건국의 불길을 이루어주었다.

옳다. 진정 옳다. 어느 법령 어느 과업 하나가 조선 인민의 이익과 행복을 위해서 내리지 않은 것이 있느냐 말이다!

이 은혜를 무엇으로 보답하랴! 머리털을 베어 신을 삼아 올려야 옳을까.

아니다, 아니다. 나는 오직 47년도 인민경제계획의 책임 숫자를 초과 달성함으로써 또 그 정신과 기술과 창의성을 조국 창건을 위해서 길이길이 살리는 데서만 김일성 장군의 은혜에 보답하리라!

*

툭 털어놓고 말해서 김진구는 이달호와의 경쟁을 그다지 대수롭게 여기지 않는다.

김진구는 지금 한 몸뚱이로서 세 개의 경쟁에 참가하고 있다.

그러나 그 세 개의 경쟁이란 결국 별개의 것은 아니다.

일정한 노동시간 중에 이것도 저것도 무한정하게 만들 수는 도저히 없는 일이다. 인간의 정력에는 한도가 있는 것이니까.

김진구는 주철 단조공장과 삼각경쟁을 전개한 외에 이달호와의 개인 경쟁 그 밖에 또 '가정 삼각경쟁'을 내세우고 있다.

즉 아내와 아들과 자기 세 사람 가족 간의 삼각경쟁이다.

이 가정 삼각경쟁에 있어서 김진구의 책임량은 사월 그믐날까지 주택 주위를 청소할 것과 집 뒤에 있는 2백 평가량 되는 황무지를 뒤져서 강냉씨과 앉은당콩씨와 봄배추씨를 뿌릴 것이다.

아들 수돌에게 준 과업은 이 학기말 시험에 우등을 할 것이다.

수돌은 인민학교 4학년생이다.

머리가 둔한 편은 아니나 원체 장난이 세찬 아이다. 그렇게 장난이 세찬 마련했어는 성적이 좋은 편이다.

일 학기에도 '우優'가 셋이고 그 밖에는 모두 '양良'이었다.

어떻게 하면 우등생을 만들어볼까. 진구는 늘상 아들의 공부 때문에 머리를 썼다.

흙을 파먹는 한이 있더라도 수돌이를 김일성대학에 보내고야 말겠다는 철석같은 결의가 김진구의 골수에 들어차 있다.

이번 이 가정 삼각경쟁도 아들의 공부열을 북돋기 위해서 내세운 것이다.

그러나 이 경쟁을 내세웠을 때 수돌이 놈은 속으로 호박씨를 까면서 가타나 부타나 통 말이 없었다.

좋다고 승낙만 하면 그때부터 장난을 못 할 것을 생각하니 얼른 대답이 나오지를 않았다.

"어서 놀구 싶을 때는 네 마음대로 놀아라. 그 대신 공부할 때는 열심히 공부해서 좋은 성적을 올리면 되지 않니."

김진구는 아들의 머리를 어루만져주면서 경쟁의 취지를 설명하여주었다.

아버지의 '놀 때는 놀아도 좋다'는 말에 수돌은 마음을 놓고

"좋소."

하고 승낙하였던 것이다.

아내의 책임량은—흥남의 47년도 큰 과업의 하나인 능령천 개수공사에 보름 동안 무보수 애국 노동에 참가하되 매일 평균 150%, 즉 한 사람 반의 능률을 올리는 것이다.

이 150%란 아내가 자진해서 내세운 퍼센티지다.

150%는 너무 과하니 120%로 낮추자고 진구는 아내를 사랑하는 마음에서 사정하여보았으나 아내는 생글생글 웃으면서 끝내 자기주장을

굽히지 않았다.

이렇게 되고 보니 김진구는 경쟁에 지게 되면 이중삼중으로 지게 되고 이긴다면 이중삼중으로 이기게 되는 것이다.

그러므로 이겼을 때의 커다란 만족과 우월감에 비해서 졌을 때의 불명예는 몇 갑절이나 더 큰 것이 될 것이다.

가정 삼각경쟁을 맺은 날 밤 김진구는 공장에서 하던 대로 계획을 세웠다.

하수구까지 깨끗이 수리하자면 뜨락 청소에 이틀 저녁 품은 들어야 하겠다.

그다음 황무지 개간은 하루 저녁에 너끈 잡고 40평씩 닷새면 뚜질* 수 있겠다. 밭이랑 만드는 데 하루 저녁 씨 뿌리는 데 이틀 저녁……. 이렇게 회계해보니 4월 스무이레까지만 책임을 완수할 계획은 서지만 그새에 세포회**가 한 번 열성자*** 대회가 한 번 있기 때문에 스무아흐레까지 완수할 안을 짜서 벽에다 붙였다.

김진구는 공장에서도 그러했지만 집에 돌아와서도 조심하여 신체를 무리하지 않았다. 신체를 과로시킨다는 것은 증산 경쟁에 있어서 큰 잘못이라고 그는 생각하고 있다.

다짜고짜로 증산 경쟁이라고 해서 제 몸도 제 힘도 돌보지 않고 야근까지 겸해서 죽을내기를 대다가 그만 노골이 나서 사흘 쉬거나 이틀 일하고 나흘 쉬는 그런 친구들의 실례를 김진구는 잘 알고 있다.

이것은 증산 경쟁인 것이 아니라 증산 경쟁을 실패로 이끌어가는 죄악 외에는 아무것도 아니었다.

---

* 뚜지다 : 파서 뒤집다.
** 세포회細胞會 : 북한어. 세포회의. 공산당의 말단 조직에서 주재하는 회의.
*** 열성자熱誠者 : 북한어. ① 열성적으로 일하는 사람. ② 소년단 조직 따위에서 일하는 초급 간부.

김진구는 이런 태도를 절대로 배격한다. 계획성이 없는 일이란 것은 소경이 막대질하는 것과 같다고 진구는 믿고 있다.

김진구는 계획성 없는 작업이 얼마나 위험한 것인가를 작년 겨울에 자기 눈으로 똑똑히 보아 잘 안다.

기후 관계와 석탄의 질 관계 그 밖에 여러 가지 관계로서 유화철광硫化鐵鑛이 원활히 입하되지 못하던 어느 짧은 시기에 있어서 증산이다, 증산이다 해서 단꺼번에* 원료를 너무 많이 사용해가지고 욕보던 기억이 지금도 진구의 기억에 새롭다.

김진구는 딱딱 계획을 세워가지고 일하기 때문에 하루 24시간이란 시간을 가장 잘 이용하며 능률을 올리고 있는 노동자의 한 사람이다.

수돌이는 공부실로 윗방을 독차지하더니 아주 딴 아이처럼 열심히 공부하는 것이다.

그러다가도 밖에서 아이들의 습진곡을 치는 소리가 들리기만 하면 불시에 귀가 떠서 문구멍에다 눈을 대고 한참씩 밖의 광경을 내다보다가는 호 하고 한숨을 토하면서 도로 책상 앞에 앉을 때도 있었다.

정 구미가 동해서 못 참을 지경에 이르면 살금살금 뺑소니 쳐서 만판 푸지게 놀고야 시치미를 딱 떼고 돌아오기도 하였다.

"너 이 녀석 새끼 그렇게 장난만 하구 우등만 못 해봐라."

하고 어머니가 가시 돋친 목소리로 가로 보면서 욕해주면

"놀 때는 놀아야지. 그 대신 공부할 때는 죽을내기 대구 공부해야 한다."

하고 아버지는 무게 있는 목소리로 훈계를 주는 것이었다.

---

* 단꺼번에: 북한어. 단번에 몽땅.

그럴 때마다 수돌의 어린 가슴에도 꼭 우등하고야 말겠다는 뾰족한 결심이 떠올랐다.

그러면서도 역시 장난에 반해서 사흘에 한 번씩은 어머니한테 책망을 들었다.

맨 처음 친 국어시험에서 85점을 얻어 자기 학급에서는 여섯째로 우수한 성적이었으나 수돌은 그 시험지를 아버지에게 보이지 않았다.

25일 날 성적표와 함께 내놔서 아버지와 어머니를 동시에 놀래주자는 엉뚱한 계획을 수돌은 가지고 있었다.

김진구의 아내는 능령천 개수공사장에서도 유안비료 하조 출하 작업 때와 마찬가지로 모범 여성으로서 하루에 책임량을 150%로부터 300%로 올리었다. 원체 몸집도 좋지만 남편보다는 걸걸한 성미를 가진 진구의 아내는 어느 일터에서도 선봉적으로 그 솜씨를 나타냈다.

"한 가래 더 주오."

삽질하는 남자에게 이렇게 타구질하면서 흙을 이어 날랐다.

"거 여장부군."

삽질하던 친구가 이마의 땀을 씻으면서 곁의 친구에게 중얼거렸다.

"그 집은 가풍이 그렇다네."

김진구 일가의 내막을 잘 아는 친구가 김진구의 이야기로부터 가정 삼각경쟁 이야기를 들려주었다.

"호오, 거 참 묘안이군. 옳아, 그럼직한 일이야."

삽질하는 남자들은 신통한 이야기를 듣고 감동하는 것이었다.

이 아내를 이렇게 만든 데는 남편 김진구의 숨은 힘과 흥남 여성동맹의 선전사업이 큰 영향을 준 것은 사실이다.

김진구는 자기가 마음 놓고 공장에서 증산 경쟁에 돌격하자면 우선 가정 기풍부터 고쳐야 한다고 생각하고 우선 아내의 교양사업과 가정미

화운동을 시작했던 것이다.

옛날 금사 그대로 자기만 알면 되고 여편네는 몰라도 좋다고 생각하는 그런 가정이 있다면 그것은 불구자의 가정이라고 진구는 생각한다.

그러기 때문에 앞에서도 썼지만 진구는 독보회나 강연회에서 들은 이야기 또는 신문에서 읽은 이야기를 아내에게 차근차근 들려주는 공작을 한 개의 자기의 과업으로 계속하고 있다.

날이 갈수록 아내의 머리는 틔어갔다. 아내는 남편에게서 이야기를 듣는 것을 저녁의 낙으로 삼고 있다.

토지개혁, 20개조정강, 노동법령, 남녀평등권법령도 대강대강이나마 해설해주고 광주참안, 남조선 인민항쟁도 이야기하고 김제원 노인과 김회일 동무의 이야기도 들려주고 흥남 인민공장 여자 모범 노동자들의 미담도 소련 여성들이 조국 전쟁 때 용감하게 싸운 실화도 들려주었다.

그러는 동시에 집을 깨끗이 거두는 운동을 시작했다.

아내는 부엌을 기름이 돌돌 굴게 깨끗이 거두었다. 진구는 문맹 퇴치에 관한 표어와 인민경제계획 완수에 관한 표어와 여성에 관한 표어를 흰 종이에 써서 벽에 붙였다. 자기 손으로 책장을 만들고 책자도 한 책두 책 사 모으고 노동신문도 꼭꼭 철하여 두었다.

김진구는 노동신문을 사전으로 알며 교사로 여긴다. 그러기 때문에 그는 신문을 한 장도 없애지 않고 보관하고 있다.

어느 때인가 수돌이가 신문을 찢어서 코 푸는 것을 보고 당장 신문지의 코를 씻겨서 도로 붙이게 하고 볼기를 세 개씩 때려준 일까지 있었다.

노동자 사무원들의 아내와 누나들이여! 가정에서 그들을 따뜻이 맞이하자, 격려하자!

이 표어는 거리거리에는 물론 김진구의 가정에도 붙어 있다.

이것은 흥남 여성동맹에서 3만 명에 가까운 노동자 가정 부녀에게 호소하는 표어다.

　말씨를 삼가자. 바가지를 긁지 말자. 남편의 증산의욕을 북돋워주자. 가정 기풍을 개선하자. 이런 운동을 제기하고 흥남 여성동맹은 선두에 나서서 선전 지도공작을 전개했다.

　그러나 그때는 벌써 김진구의 가정에서는 그 일부분을 실천에 옮기고 있을 때다.

　김진구의 아내는 이 운동에서도 많은 것을 배우고 많이 깨달았다. 하나를 배우고 둘을 깨닫고 하는 새에 그는 차츰 일에 대한 욕망을 가슴에 품게 되었다. 이런 자발적 욕망이 가슴에서 꿈틀거리기 시작하였을 때 붓는 불에 키질하는 격으로 남편은 무보수 애국노동운동이 시작된다는 이야기를 들려주었다.

　"여보 당신두 이번 무보수 애국노동운동에 부디 참가해야 하오. 당신두 이제부터는 나라 일에 몸을 바칠 각오를 해야 하오. 뼈를 애꼈다 어데다 쓰겠소."

　김진구는 아내에게 진심으로 호소하였다.

　"나 같은 기 무스거 알아야지오."

　아내는 글 못 배운 것을 한탄하면서 한숨지었다.

　"그런 못난 소릴랑 아예 하지 마오. 아 글 쓰는 일은 못할지언정 힘으로 하는 일이야 못 하겠소."

　한 번 말하면 두 번 깨우치고 세 번 호소하는 새에 무엇보다도 인민경제계획 완수가 중요하다는 정신이 아내의 머릿속에 뿌리박히게 되었다.

　그때 마침 흥남을 진감*하는 무보수 애국노동운동이 시작되었다.

　춘기 파종용 유안비료 8만 7천 톤의 포장출하 무보수 성원대운동이

───

* 진감震撼 : 울리어 흔들림. 또는 울리어 흔듦.

그것이다.

이 8만 7천 톤의 비료는 하늘이 무너져도 춘기 파종 전에 북조선 각 농촌에 분배해야 하는 것이다.

그러나 비료공장 노동자들이 주야분투의 결사적 노력에도 불구하고 알프스산 같은 비료 산山 앞에서는 손이 모자라서 기쁜 비명을 지르면서 쩔쩔매었다.

이때 흥남시 민전民戰 의장 서휘 씨의 발안으로 민전 산하 각 기관 정당 사회단체 대표자들은 긴급 연석회의*를 개최하고 무보수 애국성원대 운동을 제기하는 동시에 그들 인민의 지도자들이 솔선하야 작업복에다 이마에 수건을 동이고 비료 산을 향하여 돌격하였다.

여기에 깊이 감동된 13만 흥남 시민과 원근 각처 농민들이 하루에 천여 명씩 물밀 듯 동원되었다.

여성들도 남성에 지지 않고 민주 여성의 기치를 높이 들고 용약 진격했다. 그 가운데는 김진구의 아내도 끼어 있었다.

진구의 아내는 열나흘을 애국성원대에 참가하여 하루 150가마니의 출하 책임량을 200가마니로부터 최고 380가마니까지 능률을 올렸다.

이 사실은 그때그때마다 비료공장당부 《속보速報》로써 또 직맹 문화부 《직장소식》으로 널리 알려졌다.

김진구는 아내의 애국노동에 깊이 감동하면서도 한편 아내에게 단단한 주의를 주었다.

"여보 너무 무리는 하지 마오. 다짜고짜로 애국노동을 한다구 해서 제 몸두 돌보지 않구 일하다가 병이나 생기면 그것은 나라에 대해서 도루 미안한 일이오. 두고두고 할 나라 일을 그렇게 숨차게 해서야 되겠소."

---

* 연석회의連席會議 : 둘 이상의 회의체가 합동으로 여는 회의.

"산 같은 비료를 보니 나두 모르게 기운이 자꾸만 납디다."

아내의 말을 듣고 진구는 옳다는 듯이 목을 끄덕끄덕 하였다. 자기가 비료 산을 보았을 때의 감상과 아내의 그것과 꼭 맞았던 것이다.

김진구는 아내가 한결 사랑스러웠다. 그런 때마다 아내의 애국열에 져서는 면목이 없다는 증산의욕이 무럭무럭 가슴에 용솟음쳤다.

이렇게 되고 보니 아내는 아내면서도 좋은 경쟁자의 한 사람이었다.

아내의 비단결 같은 열성은 일부 주책없는 부인들의 오해를 받으면서도 차츰 부락 부인네들 새로 침투되어갔다. 하나 둘 열 스물 애국성원대에 참가하는 부인들이 날마다 늘어갔다. 나중에는

"공장에서 점심들 준다니까. 거기 혹해서 나가지 일하러 나간다구."

하고 입을 비쭉거리던 아낙네들까지 자진해서 성원대에 참가하였다.

이렇게 되고 보니 김진구의 아내는 자기의 명예를 위해서도 더 많이 일하지 않고는 배겨내지 못할 마음의 충동을 받았다.

남녀 애국성원대원으로 욱실거리는 비료공장에서 가마니를 이어 나르는 노동이 진구의 아내에게는 무척 재미가 났다. 아침부터 밤까지 집에 틀어박혀 있을 때에는 세상이 어떻게 돌아가는지 모르고 겨우 남편에게서 얻어듣기만 했으나 직접 자기 발로 나와서 생산 현장인 흥남 공장의 활기 띤 생산 광경을 목격하니 첩첩이 닫혔던 문을 활짝 열어젖힌 듯이 새 공기가 풍기고 마음이 탁 틔었다.

진구의 아내 눈에는 차츰 공장에 다니는 여성들의 행복스러운 모양이 부러워났다. 자기보다 나먹어 보이는 여성들도 많았다.

나도 공장에 다녔으면……. 이런 희망이 어느새 그의 머릿속에서 자라가고 있었다.

진구의 아내는 유안비료 출하 작업을 하면서 얼마든지 좋은 이야기를 얻어들을 수 있었고 많은 새 지식을 배울 수 있었던 것이다.

그뿐이랴!

점심시간에는 흥남 음악동맹을 중심으로 한 연예대가 날마다 비료공장에 들어와서 좋은 연예를 보여주고 명랑한 음악을 들려주었다.

이 연예위안대의 지극한 위안으로 오전 중의 피곤은 간데온데없이 사라지고 오후 작업에서는 한층 높은 능률을 올렸던 것이었다.

이리하여 진구 아내는 차츰 자기가 땀 흘리면서 하는 그 노동이 직접 공장으로부터 농촌을 통해서 나라를 세우는 데 보탬이 되어간다는 행복감을 느끼게 되었다. 이것은 그 여자가 세상에 나서 처음 느껴보는 커다란 행복감이었다. 그러는 동시에 여자는 집만 지키고 남편의 주머니 속만 들여다보면서 살 것이 아니라 남자와 같이 일터에서 일할 수 있다는 신념을 가지게 되었다. 그러면서도 진구의 아내는 결코 가정을 잊지는 않았다.

자기가 노동한다고 해서 살림살이를 잊어버린다면 남편이나 아들이 어떻게 집에다 마음을 붙일 수 있을 것인가!

일은 일대로 하면서 살림을 알뜰히 하는 것이 여자의 본분이라고 진구의 아내는 생각한다.

그러기 때문에 그 여자는 그릇 같은 것도 집에서 놀 때보다 더 윤채*나게 닦아 올려놓고 방도 아침저녁으로 깨끗이 치웠다.

그리고 아들 수돌에게다 밥 짓는 법도 가르쳐주었다.

쌀은 이렇게 씻어 가마에 안치고 물은 이만큼 붓고 밥이 끓어 번질 때는 이렇게 하고 이만큼 밥이 잦았을 때는 불을 꺼야 한다고 가마뚜껑을 열어 보이면서 가르쳐주었다.

남편이나 자기가 혹시 늦게 돌아올 때를 생각하고 이렇게 용의주도한 계획까지 세워 놓았던 것이다.

| * 윤채潤彩 : 윤이 나는 빛깔.

애국성원대의 애국정신과 전투력은 추기 파종용 8만 7천 톤의 유안 비료의 포장 출하작업을 예정 시일보다 열흘 앞당겨서 승리적으로 완수하였다.

이날 감격에 넘치는 승리의 만세 소리가 비료공장 안을 진동하였다.

이 비료 수송이 끝나자 진구의 아내는 다시 함지를 이고 능령천 개수 공사장으로 자진해서 나갔던 것이다.

능령천은 본궁 공장과 화약 공장의 옆을 흐르는 하천인데 넓이가 좁은 데다가 제방이 낮고 허약한 관계로 해마다 여름 장마철에는 홍수가 나서 능령천 벌판의 곡초를 뿌리째 파 가고 가옥을 무너뜨리고 능령벌 농민들을 산등에서 울게 하였다.

그 밖에 본궁 공장과 화약공장에다 큰 위협을 주었다.

심한 때에는 탁류가 공장에 침수하여 수천 명 공장 노동자들이 기계를 피난시키고 방수 작업에 결사적 노력을 한 때도 한두 번이 아니다.

또 6개 리 2만 명 주민은 장마철이 올 때마다 마음이 콩쪽만큼 되어서 공포와 불안 속에서 발발 떨고 있었다.

1947년도 인민경제계획이 발표되자 그전부터 현안 중에 있던 능령천 개수 문제가 대두되었다.

이 문제는 공도* 홍남으로서는 당연한 일인 동시에 시민의 조직된 전투력을 시위하는 좋은 시험장이 아닐 수 없다.

이 능령천을 개수함으로써 홍남지구 인민공장에 부과된 47년도 인민경제계획 예정 숫자를 넘쳐 완수할 조건을 지을 수 있다는 것은 홍남 시민이라면 누구든지 잘 알고 있는 사실이다.

홍남 시민들이여! 능령천 개수공사를 완수함으로써 1947년도 인민

| * 공도工都: '공업도시'가 줄어든 말.

경제계획을 넘쳐 실행할 조건을 창조하자!

농민들이여! 능령천 개수공사를 완수함으로써 땀의 열매 농작물을 보호하자!

노동자들이여! 공장을 수재로부터 방위할 능령천 제방에 다 같이 돌격하자!

해방 조선의 여성들이여! 남자에게 지지 말고 능령천 제방을 쌓자!

홍남시 능령천 개수 공동위원회는 각계각층에 보내는 표어와 기치를 높이 들고 13만 홍남 시민에게 호소하였다.

이 능령천 개수공사는 전 시민의 애국열과 단결심과 전투력을 절대 조건으로 하는 말하자면 제2의 보통강 개수공사에 틀림없다.

공도 홍남의 조직된 군중은 드디어 총궐기했다.

나가자 능령천으로⋯⋯.

이렇게 외치면서 노동자도 농민도 여성도 학생도 시민도 삽을 메고 함지를 이고 능령천으로 능령천으로 진군을 개시하였다.

매일 수천 명씩 동원되고 있다. 특설한 마이크는 능령천 개수의 중요성을 호소하기도 하고 경쾌한 음악과 명랑한 가요를 방송하기도 한다.

귀인순(진구의 아내)은 공사가 시작된 맨 첫날 벌써 선봉대로서 함지를 이고 나섰다.

아니 자기 혼자만 함지를 이고 나선 것이 아니라 부락 아낙네들까지 가정 방문해서 이끌어가지고 나섰던 것이다.

"글쎄 그런 소리 말구 빨리 함지를 이구 나오라는데 저 방천을 쌓아야지. 금년 여름에는 발편잠*을 자내오."

이회里會에서 동원 명령을 받고도 요리 핑계 조리 핑계 하면서 뺑소

| * 발펜잠(원문) → 발편잠. 근심이나 걱정이 없어져서 마음을 놓고 편안히 자는 잠을 비유적으로 이르는 말.

니를 치자는 몇몇 아낙네들을 자기 성심성의로써 끝내 설복시켜가지고 공사장으로 나가게 한 일도 있다.

귀인순은 차츰 높이 쌓여져가는 제방을 보고는 더욱더 기운을 내어 흙을 이어 날랐다.

"저건 쇠牛 같은 계집이야. 저 근력이 어데서 나오는지……."

웬만한 남자는 찜 쪄 먹을 만큼 세차게 흙을 이어 나르는 모양을 보고 다른 부인네들은 다 같이 놀라는 동시에 감탄하는 것이었다. 그러나 그 여자들 중 몇몇은

"무슨 상을 타겠다구. 저리 분주한지 에구 미련두 해라."

하고 귀인순을 비소*질 하는 참새같이 입이 다사한 아낙네도 있었다.

그러나 귀인순의 일 잘하는 귀염성은 능령천 벌에서는 물론 차츰 부락에서도 모범 여성으로서 드소문**나게 되었다.

이 모범 여성의 사실을 홍남시 여성동맹에서 모를 리 없었다.

아나나 다를까. 벌써 홍남시 여성동맹 사무실에 걸린 흑판에는 이귀인순李貴仁順이란 넉 자가 뚜렷이 씌어 있었다. 물론 귀인순 자신은 이런 줄 저런 줄 알 리 없었지만 한 함지의 흙이 적다 하나 그것이 홍남지구 인민공장과 능령천 벌을 지켜주고 나아가서는 조선 인민이 다 같이 잘 살 수 있는 나라를 세우는 데 절대 필요한 것이라는 남편의 신념을 고지식하게 본받아 가지고 그 신념의 길로 똑바르게 나가고 있는 귀인순이다.

처음에는 부려먹기 좋은 계집이라고 귀인순을 알랑알랑해 가지고 여맹 부락 밭일을 시켜먹던 학교 나온 여성들까지 귀인순의 순정에 감화되어 그를 홀홀히 대하지 않게 되었다. 그러면서 자기네가 점점 귀인순보다 뒤떨어져간다는 것을 깨닫자 그것이 마음에 무서워나는 동시에 자기

---

* 비소非笑 : 남을 비방하거나 비난하여 웃음. 또는 그런 미소.
** 드소문(一所聞) : 북한어. 소문이 멀리 퍼지는 일. 또는 그 소문.

네들의 잘못을 뉘우치고 열성적으로 여맹 사업에 협력하기 시작하였다.

귀인순에게는 원망의 능령천이었다. 무인년 홍수에 외삼촌을 잡아간 것도 이 능령천이다.

그때 외삼촌은 능령천 벌에 터전을 잡고 농사를 지었다.

밤낮 사흘을 두고 그악스럽게 퍼붓던 비에 능령천 방축이 위험하게 되자 외삼촌은 동리 사람들을 모아가지고 능령천 방수공사에 나갔다가 불시에 방축을 테고* 내미는 무서운 탁류에 휩쓸려 수중혼이 되고 말았다. 희생자는 외삼촌 외에도 세 사람이 있었다.

시체는 나흘 후에 내호바다에서 건져냈다.

건국 의욕에 불타는 귀인순의 마음에는 이 철천의 원한이 엉켜서 기어이 능령천을 정복하고야 말겠다는 강심이 하늘하늘 화염을 올렸다.

귀인순은 평균 다른 부인들이 세 번 이어 나를 새에 네 번은 이어 날랐다.

그러면서도 귀인순은 자기 힘을 보아가지고 여력이 있을 때는 열성 부인들을 모아가지고 한 시간 또는 두 시간씩 남아서 일을 더 했다.

"거 남자보다 더한데……."

이런 이야기가 일터에서 떠돌자 마이크는 귀인순의 모범적 역할을 높이 찬양하는 방송을 하였다.

"……친애하는 노동자 농민 여성 학생 여러분 우리는 이귀인순 여사의 열성과 애국심을 본받아가지고 능령천 개수공사를 기한 내에 승리적으로 완수하기를 맹세합시다. 1947년도 흥남지구 인민공장에 부과된……."

마이크는 이틀을 두고 '이귀인순 여사의 뒤를 따르자'고 호소를 계속

| * 테다 : 북한어. 봉해 있거나 묶은 것을 열거나 풀다.

하였다.

자기 이름이 마이크에서 방송될 때마다 귀인순은 부끄러워서 얼굴을 붉혔다. 어디 구멍이 있으면 숨어버리기라도 싶었다.

쓸데없는 방송을 한다고 귀인순은 도루 방송자를 나무랐다.

귀인순은 그런 칭찬은 받고 싶지 않았다. 받음으로써 더욱 부끄러운 생각이 났다.

귀인순은 집에 돌아와서도 그 사실을 남편에게 말하지 않았다. 수많은 군중 가운데서 수치를 당한 듯하여 그저 부끄럽기만 하였다.

귀인순은 몸이 찌긋찌긋 아프고 기분이 우울해서 하루를 쉬고 그 이튿날 나갔다.

그런데 그날부터 남자들은 귀인순을, '여자 스타하노프'라고 불렀다.

그러나 무식한 귀인순은 그 말이 무슨 말인지 통 몰랐다.

'아마 나를 놀려주는 말인가 부다.'

하고 생각하니 슬그머니 부아가 동했다.

그날 저녁 때 진흙을 한 함지 이고 집에 돌아온 귀인순은 밥상 곁에 누워서 로라베아링의 모형을 들여다보고 있는 남편에게

"스타노피 무시기요?"

하고 뾰로통한 목소리로 물었다.

"뭐?"

진구는 일어나 앉으면서 도로 물었다.

"아마 스타노피라구 하는 것 같애."

아내는 잘 웃는 웃음도 거두고 불쾌한 표정을 짓는다.

"스타노피, 스타노피 모르겠는데……."

남편은 목을 기웃기웃하면서 허리를 주무른다. 밥 짓고 뜨락을 거두고 밭을 뚜지고 났더니 허리가 몹시 아팠다.

"모르겠소? 글쎄 나를 여자 스타노피라고 놀려줍디다."

"자아 알겠소, 알겠소."

진구는 무릎을 탁 치면서 한바탕 너털웃음을 웃고 나서

"스타노핀 게 아니라 스타하노프란 말이오. 그러면 그렇지 여보……."

진구는 아내의 손목을 덥썩 잡아 앉혀주면서 무한히 반가워하는 표정이다.

"무슨 말이오."

남편의 명랑한 표정에서 그 말이 자기를 놀려주는 말이 아니라는 것을 알자 비로소 아내의 얼굴에는 보름달같이 명랑한 웃음이 떠올랐다.

"스타하노프는 소련에서 유명한 노동 영웅의 이름이오. 스타하노프 동무는 석탄을 파내는 광분데 어떻게 하면 석탄을 남보다 더 많이 파낼까고 연구하고 또 연구한 결과 남이 하루에 일고여덟 톤밖에 파내지 못하는 것을 백 톤 이상 파내서 훈장을 받고 전 소련 인민에게 모범을 보여 준 동무요. 스타하노프 운동이라면 온 세계에서 모르는 사람이 없소. 우리는 이 동무의 연구심과 계획성을 본받아야 하오. 여자 스타하노프라구. 여보 반갑소."

진구는 애정과 환희가 끓어 번지는 자기 가슴에다 사랑스러운 아내를 꼭 껴안아주는 것이었다. 귀인순은 무한히 반가웠으나 부끄러운 생각이 나서 얼른 물러앉았다.

"글쎄 일터에서 이귀인순이 일 잘한다구, 요 앞서라 방송합디다. 열해서(부끄러워서) 죽을 뻔했다우."

귀인순은 그 사실을 남편에게 그 이상 더 숨길 수 없어서 이야기했다.

"그런데 왜 그것을 이제야 이야기하오."

"열해서 그랬지요."

귀인순은 생글생글 웃으면서 역시 얼굴을 붉힌다.

"제 남편께두 열해. 못난이 같으니 여자 스타하노프가 그래 쓰겠소. 하여튼 수고했소. 자 어서 밥 먹읍시다."

진구는 싱글벙글 웃으면서 밥상에 덮은 흰 보를 치우고 냄비 뚜껑을 들었다.

냄비에서는 구수무레한 냄새 나는 김이 확 떠올랐다.

"에구 또 멕국이오."

아내는 고마운 김에 남편의 얼굴을 바라보면서 샐샐 웃기만 한다.

"두어 사발 먹소. 그런데 여보 스타하노프란 이름은 세상에서 제일 귀한 이름이오. 당신두 그리 알구서리 더 열심히 나랏일에 몸을 바쳐야 하오."

진구는 정신없이 미역국을 퍼 넣는 아내를 애정이 불붙고 있는 두 눈으로 지키고 앉았다.

순간 진구는 눈물이 나도록 감격했다.

김일성 장군을 영도자로 모신 북조선 인민의 참된 행복을 지금 미역국을 마시고 있는 자기 아내에게서 역력히 찾아볼 때 그 감사와 감격에 가슴이 터지는 것 같았다.

작년 이때에 비한다면 이 얼마나 향상된 생활이냐. 여기 무슨 걱정이 있으며 불평불만이 있을 것이냐. 47년도 인민경제계획을 승리적으로 완수하는 날 우리에게는 더 커다란 행복이 오리라! 김진구는 밥을 씹으면서 벽에 붙인 표어를 눈으로 읽어본다.

우리 민족의 영명한 영도자 김일성 장군 만세!

모든 노동자는 1947년도 인민경제계획 실천에 선봉적 모범이 되자!

저녁 설거지를 필할 때에야 수돌이가 학교에서 돌아왔다.

"또 장난하구 왔지?"

어머니는 수돌이를 보자 이렇게 따져 묻는다.

"오, 오 운동회 연습을 했는데 아지두 못하구."

수돌은 뾰루퉁해서 밥상 앞에 앉는다.

"어서 밥 먹어라. 운동두 다른 아이한테 져서는 안 된다. 공부는 물론……."

진구는 담배를 피우면서 정신없이 밥을 퍼 넣는 아들의 모양을 지키고 있다. 보면 볼수록 귀여운 아들이었다.

수돌의 밥상을 치우고 난 어머니는 밥상 위에다 잡기장을 펴놓고 국어 공부를 시작하는 것이었다.

겨울 동안 성인학교를 열성적으로 다닌 관계로 꽤 쓸 줄도 알고 읽을 줄도 알지만 아직 받침에 들어서는 쩔쩔 매는 편이다.

"내가 부를게 어디 써보오."

남편은 로라베아링의 모형을 손바닥에 굴리면서

"오 일 절 은 근 로 대 중 의 명 절 이 오 우 리 공 장 에 서 는 이 날 을 성 대 하 게 기 넘 하 오."

라고 천천히 띄엄띄엄 부르면서 아내가 쥔 연필 끝을 들여다본다.

"너무 디려다보지 마오."

아내는 부끄러운 듯이 손으로 잡기장을 가로막고 한 자 한 자 생각해 가면서 쓴다.

윗방에서 수돌의 글 읽는 소리가 귀염성 있게 들려온다.

"우리 공장에서는……. 그담이 무시기오."

아내는 연필 끝을 갈면서 묻는다.

"이 날 을 성 대 하 게 기 넘 하 오. 잘 생각해서 쓰오."

진구는 싱글생글 웃기만 한다.

아내는 두 번 다시 읽고 나서

"앳소. 보오."

하고 잡기장을 내밀었다.

"오 일 절 은 근 노 대 중 에 명 절 이 오 우 리 공 장 에 서 는 이 나 를 선 대 하 게 기 념 하 오. 하나 둘 셋 넷 다섯 여섯 여섯 자가 틀렸소. 앞서보다 많이 늘었소."

김진구는 틀린 글자 곁에다가 차근차근 설명해주면서 고쳐주는 것이었다.

"'근노대중에'가 아니라 '근 로 대 중 의'이오. 이 '의'와 '에'는 나두 잘 모르오. 내 배와서 가르쳐주지. '이나를'이 아니라 '이날을' '선대'가 아니라 '성대' 무슨 말인지 알겠소……?"

진구는 자기가 아는 데까지 아내에게 가장 알기 쉬운 말로 가르쳐주었다.

틀린 자를 고쳐주고 힘든 문구를 해석해주고 나서 진구는 5·1절이란 어떤 명절인가를 아내에게 이야기하여주었다.

5·1절의 간단한 역사와 노동자의 튼튼히 뭉친 단결의 힘이 얼마나 큰 것이며 무서운 것인가를 보여주는 날이라는 것과 이날이 진정 노동자의 설날이라는 것을 소련과 미국 노동자들의 실례를 들어가면서 설명하였다.

"그럼 또 거리를 줄쳐 댄기겠지요?"

아내는 5·1절이 진정한 노동자의 설이라는 남편의 말에 귀가 떠서 헌것이라도 깨끗이 빨아서 설빔을 할 양으로 이렇게 물은 것이다.

"물론이지. 줄쳐 댄기는 게 아니라 그것을 시위행진이라구 하오. 시위행진, 시 위 행 진. 잊어서는 안 되오. 그럼 또 한 가지 부를까?"

"자겠소. 봄철이 돼서 그런지 어찌두 곤한지……."

곤한 것을 봄 탓으로 돌리는 갸륵한 귀인순은 팔을 베개 삼고 입은 채로 방 아랫목에 누웠다.

진구는 얼른 일어나서 베개와 이불을 가져다주었다.

그러고 나서 밥상 위에다 베아링의 모형을 올려놓고 쏘는 듯한 눈으로 들여다보고 앉았다.

수돌이도 자는지 글소리가 들리지 않는다.

김진구는 지금 베아링 연마기研磨機를 연구 중인데 벌써 그 서광이 보이기 시작했다. 이것은 선반공장에 있는 큰 연마기에서 힌트를 얻어 고안하고 있는 것이다.

연마기의 급회전을 이용하여 타원형 베아링을 만들어내는 것이다.

날카로운 시선과 신경을 모조리 베아링에 쏟고 있던 진구는 무엇을 생각했는지 부랴부랴 종이와 자를 찾아가지고 도면을 그리기 시작한다.

그때 공장에서 10시를 알리는 사이렌이 울려왔으나 진구의 귀에는 그 소리가 들리지 않았다.

*

우선 피스톤 롯트 한 대를 완성할 예정 날은 왔다.

이날 이달호의 침울하던 얼굴에는 김진구와의 경쟁 후 처음으로 명랑한 웃음이 떠올랐다.

어디 보라는 듯이 활개를 치면서 다니는 걸음걸이에도 승리자의 기세가 보인다.

점심시간에 건국실에서 맛나게 담배를 피우면서 동무들에게 농담도 걸고 〈승리의 5월〉도 불렀다.

저렇게 명랑한 사람이 어째서 그새 그처럼 우울해졌을까? 하고 의심하리만치 이달호는 명랑한 인간으로 변하였다.

이것을 본 김진구는 은근히 마음이 놓였다.

이달호가 지난 일주일 동안 명랑성을 잃고 초조한 기분으로 작업하는 것을 볼 때 마치 자기가 이달호를 그렇게 만든 듯이 마음이 송구했던 것이다.

우정을 상하지나 않을까, 진구는 은근히 이런 것을 걱정했다.

그러던 것이 자기보다 피스톤 롯트를 먼저 깎은 이달호가 그때부터 지나치게 명랑해지고 말솜씨에도 한결 서슬기가 차 있는 것을 보았을 때 김진구는 누명을 벗은 사람처럼 마음이 가뿐해졌다.

이달호에게는 승리자의 의기가 있었다. 예정 기간 중의 능률로 보아 이달호는 100%를 초과하였다.

즉 피스톤 롯트 한 대를 완성하고 두 대째 선반기에 물려놓고 작업을 시작했다.

김진구는 아직 한 대를 가지고 내일 오전 10시에나 가서야 완성할 예정이다. 기계를 사랑하는 그는 경쟁 중에 있어서 선반기 분해소제를 하느라고 네 시간이나 허비(실인즉 허비가 아니지만)했으나 이달호에게는 그런 것은 문제도 되지 않겠고 결국 퍼센티지로 따져본다면 자기의 패배*는 결정적이라고 김진구는 자인하는 것이었다. 승패의 판결은 내일이지만.

그러나 김진구의 얼굴은 패배당한 사람같지 않게 여전히 명랑하다.

이달호는 자기의 솜씨를 보여주었으니 소원성취라는 듯한 자부심을 가지고 몇 시간 전까지의 열성과 태도를 잃고 빈둥빈둥하는 기색을 보였으나 김진구는 천리 길을 가는 황소처럼 한결같은 태도와 근기로서 작업을 계속하는 것이었다.

이달호는 김진구의 시종여일한 작업 태도를 보고 처음에는 심정이 둔하고 발전이 없는 사람이라고 비웃었다.

| * 패북(원문) → 패배敗北.

그러나 진구의 작업 태도를 두 번 보고 세 번, 네 번 살피는 새에 웬일인지 김진구라는 인간이 무서워나기 시작했다.

황소 같은 사람이다. 47년도 인민경제계획 예정 숫자를 넘쳐 완수하자면 김진구 같은 정력과 태도를 가지고 저렇게 작업해야 옳지 않을까?

이달호는 드문드문 이렇게 생각하여보는 때도 있었다. 그러나 달호는 그것이 옳다는 결론에까지 도달하지 못하고 머리를 흔들어 진구의 생각을 잊어버리려고 애를 쓰는 것이었다.

그러나저러나 간에 이달호는 무척 기뻤다.

강적 김진구를 물리치고 자기의 우수한 선반기술을 뽐낼 수 있게 되었다는 우월감이 달호의 마음을 들뜨게 하였다.

그날 밤 달호는 기쁨과 만족에 이기지 못해서 공장에서 배급 준 술을 모아가지고 몇몇 동무들과 승리의 축배를 들었다.

"그러기다 길구 짜른 건 대봐야 아는 거야."

술이 거나해지자 달호는 의기양양해서 이렇게 기세를 올렸다.

"그렇구말구. 실력이란 속일 수 없는 거네. 자 축배를 한 잔 받게."

친구들은 번갈아가면서 달호에게 축하의 술잔을 권한다.

"47년도 인민경제계획 예정 숫자 달성은 문제없네, 문제없어."

달호는 신이 나서 팔소매를 걷어올리면서 큰소리를 탕탕 친다.

"암 그야 문제없지."

한 친구가 혀 꼬분 소리로 맞장구를 친다.

"이번에는 누구한테 도전할까? 태식에게, 아니 털보에게다 걸어야지."

달호는 아직 앞으로 1주일이란 경쟁 기간이 남은 줄도 잊고 마음 탁 놓고 호기를 피운다.

"털보라니."

"박종수 말이야."

박종수란 선반공은 12년의 경험을 가지고 있는 가장 우수한 모범 선반공이다.

"호로쇼호로쇼.* 그러나 털보는 강적인걸."

"뭘 문제없네. 밑져야 본전이지."

이달호는 천하를 삼킬 듯한 기세를 보이면서 〈승리의 5월〉을 노래 부르는 것이었다.

김진구는 같은 시간에 열성자대회가 열린 노동회관 의자에 앉아 있었다. 그의 곁에는 역시 주문식이 앉아 있었다.

김진구는 7시 반이 조금 넘어서야 집에 돌아갔다.

"빨리 오우다."

아내는 맨발로 뛰어나와 남편의 빈 밥그릇을 받아 들여다가 가마뚜껑 위에 놓고 그 발로 윗방에 올라가더니 종이 꾸러미를 들고 나왔다.

"수돌이 우등했다오."

"응? 우등? 어디……."

진구는 아내의 손에서 종이를 빼앗아가지고 신발도 벗지도 않고 방바닥에 앉아서 펴본다. 그새 아내가 남편의 신발을 벗겨준다.

시험지를 보니 산수는 두 장 다 100점, 국어는 한 장이 85점, 한 장은 92점이다. 인민은 95점……. 진구는 무슨 판결장을 받은 사람처럼 가슴을 조이면서 통신표를 훌쩍 폈다.

보니 도화하고 음악이 '양良'이고 그 밖의 학과는 모두가 '우優'다. 총평이 '우優'니 아내의 말대로 우등에 틀림없다.

진구는 감개무량한 듯이 한참 통신표를 들여다보다가 무릎을 탁 치고 일어서더니 아내의 손목을 붙잡고 덩실덩실 춤을 추기 시작한다.

| * 호로쇼호로쇼 : '좋다'의 러시아어.

"이거 놓소. 남이 보겠소."

아내는 남편의 춤추는 모양이 우스워서 간간대소하면서 손을 빼려고 애를 쓰나 남편은 놓아주지 않는다.

"남이 보면 어떠오. 좋아서 춤추는데……."

김진구는 진정 반가웠다. 얼마나 은근히 마음을 졸이면서 아들의 성적표를 기다렸던 것인가…….

만약 이번에 수돌이가 좋은 성적을 얻지 못하였다면 낙망 끝에 식음전폐라도 하였을는지 모를 일이다.

"수돌이 또 학교 갔소?"

"운동회가 있다구 연습하러 갔소."

"그놈 사과 사다주오."

진구는 10원짜리 지폐를 두 장 끄집어내서 아내에게 주었다.

아직까지도 공부 못 한 설움이 골수에 사무쳐 있는 김진구는 자기 아들 수돌에게 하늘만 한 희망을 가지고 있다.

공부만 잘하면 나랏돈으로도 대학교에 갈 수 있고 노동자의 자제도 이제부터는 활개치고 대학교에 갈 수 있는 이 행복스러운 세대에 맹세코 수돌을 김일성대학에 보내고야 말겠다고 강철 같은 결심을 품은 김진구는 매달 월급에서 100원씩 잘라 저금하고 있는 것이다.

물론 그것은 돈이 남아서 저금하는 것은 아니다. 다만 그의 강직한 신념, 즉 김일성 장군을 수반으로 모신 근로 대중의 힘으로 다 같이 잘 살 수 있는 나라를 세울 때까지 살림이 다소 옹색하더라도 그것을 참아야 한다는 것과 수돌이를 김일성대학까지 보내어서 훌륭한 일꾼을 만들겠다는 철석같은 신념이 김진구로 하여 모든 곤란을 참게 하고 다달이 100원씩 저금을 시키게 했던 것이다.

"여보 행복자란 별것이 아니오. 우리가 행복자란 말이오. 죽을내기

대구 일합시다. 그리고 당신은……."

진구는 말을 끊고 빙글빙글 웃기만 한다.

"나를 어쩐란 말이오?"

"과업이 있소."

진구는 과업이란 말을 잘 쓰기 때문에 아내는 그 말의 뜻을 알고 있다.

"무슨 과업?"

"아이를 하나 낳으란 말이오."

진구는 어린것이 그리웠다. 하기야 일당백이라고 하나라도 되기는 하지만 그래도 역시 어린것이 그리웠다.

이것은 진구의 욕심일는지 모르지만 그는 이제 딸 하나 아들 하나 더 낳고 아내가 단산하여주었으면 하고 바라는 것이다.

"낳기만 하문 무실하오."

아내는 수돌이 아래로 딸을 낳았다가 제자리에서 죽여버렸다. 원체 드문 터울이지만 손을 꼽아보면 금년이 가져야 할 해에는 틀림없다.

"하여튼 금년도 과업으로 믿소."

김진구는 자기의 말이 자기로서도 우스워서 껄껄 웃는다.

"……."

사실인즉 아내는 남편보다도 더 기다리고 있는 중이다. 기다리면 안된다는 노인네들의 이야기를 듣고 기다리지 말자고 애를 쓰면서도 역시 은근히 기다리는 것이었다.

남편에게 말하지는 않으나 전달부터 꿈자리가 이상하였다. 수돌이를 가질 때처럼 강아지도 안아보고 호랑이 새끼도 안아보고 과수원에 가서 새빨간 사과도 따먹어보았으니 필시 무슨 소식이 있을 것만 같았다.

"이거 먹소."

진구는 손바닥만 한 구운 가자미 한 마리를 아내 앞에다 내밀어 놓왔다.

"난 안 먹겠소. 싫소."

아내는 가자미를 도로 밀어 내놓는다.

"먹으라니까 그래."

가자미는 또 아내 앞으로 밀려갔다.

"아까 먹었소. 어서 잡숫소."

가자미는 이번에는 진구 앞으로 미끄러져 왔다.

"그럼 절반씩 나누지."

진구는 가자미를 두 톳을 내서 대가리 쪽을 아내에게 주고 꼬리 쪽을 자기가 먹었다. 수돌이 해가 한 마리 있었으니 말이지 없었더라면 진구는 으레 세 톳을 냈을 것이다.

그러나 대가리 쪽도 몇 번 상 위를 왔다 갔다 하고 난 후에야 아내의 입에 들어갔다.

진실한 애정이 꽃처럼 피어나는 행복스러운 식사 풍경이다.

"사과 사다 수돌일 주오."

진구는 뒷밭에 뿌릴 씨앗 사러 나가면서 다시 한 번 아내에게 일러주 었다.

*

그 이튿날은 김진구와 이달호의 경쟁에 대한 중간 심사가 있는 날이다.

이달호는 머리가 아프다고 수건을 물에 축여서 머리를 동이고 있으나 역시 얼굴 표정은 명랑하다.

오늘 아침도 이달호는 작업에 대해서 솜씨를 내지 않는다.

이만하면 내 솜씨를 알 텐데 더 낼 필요가 없다는 듯한 태도가 이모저모에서 보인다.

이달호의 속통을 툭 털어 내놓고 본다면 그는 두 개째 피스톤 롯트를 깎는 데는 김진구한테 져주어도 좋다고 생각하고 있다.

실력이란 한 번만 보여주면 되지. 두 번 세 번 보여주면 실력의 가치가 떨어지는 것이라고 달호는 자기의 실력을 퍽이나 아낀다.

오늘 승리의 판결이 내리면 그 자리에서 털보 박종수에게 도전할 것을 결심하고 오후 4시가 오기만 기다리고 있는 이달호다.

그러나 이것이 웬일일까!

천만 만만 뜻밖에도 심사의 결과 승리는 김진구에게로 결정되었다는 정보가 달호의 귀에 들어왔다.

이달호에게는 청천의 벽력이 아닐 수 없었다.

아마 나를 놀려보는 수작이겠지, 지다니, 되는 말이나! 달호는 처음에는 이렇게 늘어진 생각도 하여보았다.

그러나 자기 생각이 한 개의 이불 아래 공상이었고 김진구의 승리가 확실하다는 것을 똑똑히 알자 이달호는 된뭉치에 뒤통수를 얻어맞은 사람처럼 정신이 허전허전해졌다.

너무나 커다란 정신적 타격에 맥이 풀려서 통 일이 손에 붙지를 않았다. 명랑하든 얼굴은 다시 침울해졌다.

그러면서도 한편으로는 통분한 생각이 불쑥불쑥 치밀었다.

"흥 되지 못한 것들이 무스거 안다구."

이달호의 암퉁한 마음에는 모두가 한패가 되어서 자기를 돌리자는 계책을 꾸미는 것만 같이 생각되었다.

"너이들이 정 그렇게 한다면 내게두 생각이 있다."

이달호는 가라앉았던 청진 생각을 되살리기 시작하는 것이다. 전에도 말했지만 처음부터 이달호와의 경쟁에 그다지 커다란 관심을 가진 김진구는 아니었다. 그의 관심은 주철공장, 단조공장과의 삼각경쟁에 쏠려 있고 나아가서는 25만 톤 유안비료를 생산하느냐 못 하느냐는 데 집중되어 있다.

이번 피스톤 롯트를 깎는 데도 진구가 상대로 하는 것은 이달호가 아니라 25만 톤 유안비료의 생산에 있다.

김진구는 이달호가 붉으락푸르락하는 것도 모르고 또 자기가 승리했다는 것도 모르고 모든 것에서 귀를 가리우고 오로지 우수한 피스톤 롯트를 깎아내는 데만 전심전력을 다하고 있다.

오후 4시 반부터 건국실에서 김진구 대 이달호의 생산경쟁 중간 비판회가 열렸다.

선반공장 노동자 70명가량 모았다. 이런 모음은 이것이 처음은 아니다. 한 달에도 몇 번씩 있는 것이고 기술강좌는 매주일에 한 번 이상 계속되고 있다.

이런 모음에서 선반공장 기술자들은 자기의 기술을 한층 더 향상시키며 창의 고안에 대한 발표를 하고 연구 토론을 전개하고 앞으로 계획을 수립하는 것이다.

김진구는 주문식이와 붙어 앉아서 잡담을 주고받고 한다. 마치 그 표정이 남의 강연을 들으러 온 사람처럼 서늘하다. 건국실은 웃음과 잡담으로 떠들썩하다.

이달호는 그 분위기를 피하는 듯이 맨 뒤 의자에 혼자 앉아서 뾰족뾰족 내민 턱수염을 뽑고 있다.

먼저 요란한 박수를 받으면서 계장 한 동무가 등단하였다.

한 동무는 작업반장 엄 동무와 피스톤 롯트를 엄밀히 조사한 결과 서로 합치된 의견을 발표하기 위해서 등단한 것이다.

"동무들, 나는 이번 달호 동무와 진구 동무의 생산경쟁에서 중대한 문제를 발견했소."

선반계장 한 동무의 이 말에서 벌써 선반공들은 긴장하기 시작한다. 나오는 말투가 심상치 않았기 때문이다.

계장 한 동무는 선반공들의 주의를 자기에게 끌어당겨놓고 말을 잇는다.

"간단히 생각한다면 100%의 능률을 올리지 못한 김진구보다 100% 이상의 능률을 올린 이달호가 승리했다고 누구나 생각할 수 있을 것이오. 하지만 이번 경쟁만은 그렇게 단순하게 결론지을 것이 아니라는 것을 동무들은 명심해야 하오. 나와 작업반장 임 동무가 조사한 결과를 이제부터 보고하겠소."

한 동무는 주머니 속에 손을 찔러 부시럭거리더니 한 장의 종이를 끄집어내서 책상 위에 펴놓았다.

이달호는 한 동무의 말을 귓등으로 들으면서도 어쩐지 가슴이 뜨끔해났다. 한 동무는 말을 계속 한다.

"달호 동무는 일주일 경쟁기간 중에 피스톤 롯트를 한 개를 깎는 데 바이트를 네 번 분질렀소. 그러면 이것은 무엇을 말하느냐…… 하면 물론 쇠가 강질이란 원인도 있겠지만 나는 자재나 도구를 소모하더라도 빨리 만들어 이겨보겠다는 이런 초조한 심리에서 나온 결과라고 보오. 제품을 조사한 결과 두 동무의 제품 모두 규격에는 틀림없소. 그런데 달호 동무의 제품을 조사한 결과 얼룩이 많다는 것을 엄 동무와 나는 찾아냈소. 즉 달호 동무가 깎은 피스톤 롯트를 자세히 보면 육칠 년 경험 있는 선반공이 깎은 데가 있는 대신 삼사 년 되는 선반공이 깎은 데도 있단 말이오. 간단히 말하면 한 사람의 솜씨 같지 않단 말이오. 여기서……."

한 동무는 여기서……란 말에 특히 힘을 준다.

김진구는 선생님 앞에서 강의를 듣는 학생처럼 얌전하게 앉아서 듣는다.

이달호도 아까보다는 딴판으로 냉정한 표정으로 한 동무의 얼굴을 지키고 앉아 있다.

"여기서 나는 두 가지 옳지 못한 경향을 발견할 수 있었소. 그 하나는 국가의 인민경제 부흥을 위하여 서는 경쟁이 아니라 개인을 위한 또는 자기를 위한 재간다툼을 하는 경향이 있었단 말이오. 또 한 가지는 제품의 질을 고려하지 않고 양에만 치중하는 경향이오. 또 우리는 이런 옳지 못한 경향은 이 순간부터 청산해야겠소. 경쟁이라니까 다짜고짜로 결과야 어떻게 되든지 간에 남보다 빨리 많이 만들기만 하면 된다는 이런 마음을 우리는 시급히 숙청해야겠소. 문제는 일정한 노동시간 내에 작업계획을 세우고 창의성을 발휘하면서 질적으로 우수한 제품을 양적으로 넘쳐 제작해내는 데 있는 것이오. 이런 건국정신이 없이는 1947년도 인민경제계획에 있어서 우리 공장이 짊어진 책임량을 넘쳐 완수하지 못할 것이오. 나는 솔직히 말해서 이번 경쟁에 있어서 이달호 동무는 자기의 기술과 역량을 충분히 발휘하지 못했다고 생각하오. 그러면 그 원인이 어데 있었는가. 나는 이렇게 해석하고 싶소."

한 동무는 말을 끊고 선반공들을 돌아본다. 모두 숨을 죽이고 열심히 듣고 앉았다.

이달호는 아까보다 점점 풀이 죽어져갔다. 어떻게 된 영문인지 그는 한 동무의 자기에 대한 비판을 반박할 용기를 상실하기 시작하였다.

나아가서는 한 동무의 칼날처럼 예리한 비판은 백 명에 가까운 선반공들에게 높은 경각성을 주는 데 충분하였다.

"다음 나는 달호 동무의 민주주의 조선 건국을 위한 마음의 무장이 박약하다는 것을 지적하구 싶소. 이 동무는 점심시간에도 쉬지 않고 일한 때가 있었소. 이것은 좋은 일 같기도 하지만 삼가야 할 일이오. 왜 그런가 하면 우리에게 부과된 47년도 생산 책임량은 우리가 휴식시간까지 작업을 계속하지 않고는 달성하지* 못하리만큼 그렇게 무리한 책임량은 결코 아니란 말이오. 이것은 다만 경쟁자에게 지지 말겠다는 그런 욕심에서 나온 자기 행동이라고 나는 생각하오. 동무들 만약 동무들에게 이런 경향이 있다면 이 즉석에서 청산해주기를 바라오. 아까 지적을 번복하는 것 같소만 이달호 동무는 이번 경쟁에서 확실히 계획성 창의성 기술연구를 등한시했소. 그저 빨리 만들어서 진구 동무한테 지지 않겠다는 그런 단좁은 마음으로 작업했기 때문에 제품을 질적으로 향상시키지 못한 것이오. 이것은 비단 이달호 동무에게 한한 문제가 아니라 우리 전체 선반기술자 동무들이 주의해야 할 문제라고 생각하오."

선반공들은 숨도 크게 쉬지 않고 점잖게 앉아서 귀를 기울이고 있다.

드디어 이달호는 자기 잘못을 뉘우치기 시작했다.

듣고 보니 계장 한 동무의 한마디 한마디가 과연 옳았다. 마치 의사가 아픈 데다가 주사를 찌르듯이 자기의 흠점을 찔러주는 데야 뉘우치지 않을 수가 없었다.

한 동무는 달호 동무에게 대한 결론을 맺기 위해서 입을 열었다.

"끝으로 나는 달호 동무가 우리들의 영명하신 김일성 위원장께서 47년도 인민경제계획을 내세운 그 근본 의의를 좀 더 깊이 연구해달라는 것을 부탁하오. 우리는 북조선에서 장성한 모든 민주 역량과 47년도 인민경제계획 완수가 삼팔선이 틔우고 민주주의 조선 정부가 수립될 때 그 주춧돌이 되며 기둥이 된다는 것을 뼈에 새겨 명심해야 하오. 내가 보

| * 달떵하지(원문) → 달성하지.

건대 이달호 동무는 앞으로 얼마든지 기술적으로 발전할 소질을 가진 동무요. 부탁은 오늘의 승부를 절대 염두에 두지 말고 앞으로 더욱 노력해 주기를 바라오."

15년의 경력을 가진 선반기술자 한 동무는 이 같은 예리한 판단과 심각한 비판으로 이달호에게 대한 결론을 맺었다.

이것은 비단 이달호뿐만 아니라 전체 선반공들에게 대해서도 중대한 문제를 제시하여준 것이다.

특히 그중에서도 정신이야 어디가 있던 간에 왜놈 밑에서 배운 기술만 가지고 작업하고 있는 그런 친구들에게는 아픈 동침이 아닐 수 없었다.

이달호는 머리를 푹 수그리고 죽은 듯이 앉아 있다.

계장 한 동무는 이번에는 김진구를 비판에 올려놓았다.

"김진구 동무는 어느 편인가 하면 작업하는 태도가 다른 동무들보다 더딘 편이오. 그러면서 이 동무는 계속적으로 상당한 능률을 올리고 있소. 이번에도 반나절이나 걸려 선반기 분해 소제를 하지 않았더라면 100% 능률은 문제없었을 것이오. 진구 동무가 기계를 자식처럼 사랑하는 줄을 나는 잘 아오. 우리는 이런 점은 진구 동무의 본을 받아야겠소. 그러나 기계 소제를 작업 시간 중에 한다는 것은 이제부터 삼가야겠소. 우리는 작업하는 데만 알맹이 8시간을 바쳐야 하겠소. 그럼 이제부터 진구 동무의 제품을 비판해보기로 합시다. 동무들 담배들 피우시오. 나두 한 대 피우겠소."

선반공들은 그 명령이 내리기를 하도 기다렸다는 듯이 명령일하 주머니 속에 손을 찔러 담배쌈지를 끄집어내가지고 종이조각에 말아 피워 물었다.

그러자 긴장하던 공기가 풀리고 이 구석 저 구석에서 잡담이 시작되었다.

그러나 이달호는 여전히 아까금사 그대로 머리를 수그린 채 죽은 듯이 앉아 있다.

한 5분 지냈을까? 한 동무는 구두 끝으로 담뱃불을 끄고 나서

"그럼 동무들 담배를 피우면서 들어도 좋소."

하고 말을 계속한다.

"김진구 이 동무는 작업을 시작하기 전에 우선 어떻게 하면 일정한 시간 내에 좋은 제품을 제작하는 데 능률을 올려낼까 하는 계획을 세우고 기술적으로 연구해가지고 작업을 시작하기 때문에 얼핏 보면 더딘 것 같지만 그것이 결코 더딘 것이 아니고 따라서 작업상에 실수가 없소. 이번 피스톤 롯트에는 진구 동무의 솜씨가 그대로 나타나 있소. 어데 흠잡을 데 없는 훌륭한 제품이오. 나는 이번 제품을 보고 진구 동무의 기술적 발전을 알 수가 있었소. 문제는 여기 있단 말이오."

계장 한 동무는 전기 시계를 돌아다보고 말을 잇는다.

"진구 동무는 이밖에도 지금 우리가 제조에 성공한 로바텔 베아링보다 더 수명이 긴 베아링을 창의 고안 중에 있소. 나는 이 동무의 성공을 빌어 마지않소. 끝으로 진구 동무에게 바라는 것은 작업하는 데 좀 더 민활성을 가져달라는 것이오. 그럼 이만 내 말을 끊겠소."

한 동무는 동무들의 박수를 받으면서 단을 내려왔다.

다음 직맹 초급단체 위원장 최 동무가 등단하였다. 또 한바탕 요란스러운 박수가 터졌다.

"오늘 동무들은 한 동무의 말에서 높은 경각성을 가졌으리라고 생각하오. 아까 한 동무도 말했지만 우리는 왜놈들이 남겨두고 간 썩은 정신을 하루바삐 청산하고 생기발랄한 민주 조선 건국정신으로 무장을 해야 하오. 이 사상 개벽과 학습이 없이는 우수한 제품이 다량으로 생산될 수 없을 것이오. 조그만 볼트를 한 개 깎는 데도 자기의 건국사상과 창의심

이 침투되지 않구는 결국 그 제품은 한 개의 모방에 지내지 않을 것이오. 또 모든 것을 건국을 위해서 바치겠다는 숭고한 정신이 없는 그런 사람의 기술에는 발전도 향상도 없다는 것을 나는 단언하고 싶소. 47년도 인민경제계획은 건국정신 총동원 기술 향상 창의성의 발휘 학습 단결이 없이는 완수할 수 없는 것이오."

최 동무는 벌써 흥분하기 시작한다. 연단에 올라설 때마다 흥분하는 것은 그의 버릇이다.

"이달호 동무가 이번 경쟁 기간 중에 있어서 학습에 태만했다는 사실을 나는 여기서 엄격하게 지적하오. 학습하지 않고는 건국사상을 파악할 수 없을 것이며 나아가서는 민주주의 조선건국에 이바지할 수도 없을 것이오. 또 학습하지 않는 사람에게 창의성이 생길 수 없으며 계획성이 있을 수 없는 것이오. 일하며 배우고 배우며 일하자, 우리는 끝까지 이 정신을 살려야 하겠소. 동무들도 알다시피 진구 동무는 학습하는 데 가장 열성적이오. 그 열성적 정신을 작업에 살리기 때문에 우수한 제품을 제작하는 것이오. 증산 경쟁은 건국을 위해서 하는 것이지 개인을 위해서 하는 것이 아니라는 것은 아까 한 동무도 말했지만 경쟁을 일시적 승부다툼으로 알고 상대자를 적대시하거나 우정을 상실하는 일이 있다면 이것은 용서 못할 죄악이라 아니할 수 없소. 물론 동무들 가운데는 이런 일은 없겠지만 그러나 있을 수도 있음직한 일이라는 것을 명심해주기 바라오."

최 동무의 말의 화살은 이달호의 심장에 정통으로 들이박혔다. 이달호는 그만 정신이 아찔해졌다. 더 견딜 수 없게 양심의 가책이 심장을 쥐어뜯는다.

사실인즉 최 동무 역시 이 효과를 겨누고 화살을 보냈던 것이다.

"이 자리에서 너무 진구 동무 이야기만 하는 것 같지만 끝으로 한 가지 이 동무는 지금 가정에서도 삼각경쟁을 제기하고 있소. 참 재미있는 삼각경쟁이란 말이오."

최 동무는 진구 아내의 기특한 건국열과 아들의 우수한 성적과 그 개변되어가는 가풍을 이야기하였다.

김진구는 그것이 되려 부끄러워서 목을 자라목처럼 옴츠렸다.

선반공들은 혹은 놀라서 눈알을 뒹굴리기도 하고 혹은 과연 그럼직한 일이라는 듯이 목을 끄덕거리기도 한다.

이달호는 얼굴을 무릎 짬에 파묻고 앉아서 자기 잘못을 뼈가 저리도록 뉘우치는 것이었다.

기술적으로나 학습적으로나 또는 인간적으로 김진구보다 자기가 멀리 뒤떨어져 있다는 것을 이달호는 비로소 깨달았다. 깨닫는 동시에 아무 준비도 없이 일시적 혈기와 개인적 야심에 못 이겨 저돌적으로 김진구에게 도전한 자기의 어리석음을 생각할 때 천길만길 땅구멍으로 떨어져 들어가는 현훈증*을 느꼈다.

최 동무가 박수를 받으면서 제자리에 가서 앉자 이달호는 비장한 각오를 얼굴에 그늘 지우면서 일어섰다. 이달호는

"5분 동안만 언권** 주실 수 없겠습니까?"

하고 계장 한 동무에게 간청했다.

승낙을 얻은 이달호는 심각한 표정으로 등단했다.

동무들은 이달호를 격려하듯이 요란스러운 박수를 보냈다.

김진구는 아까 한 동무나 최 동무가 등단하였을 때보다도 더 힘찬 박수를 보내주었다.

이달호는 두 손으로 책상을 짚고 머리를 수그리고 섰다가 박수가 끝나자 훌쩍 고개 들면서

---

* 현훈증眩暈症 : 정신이 아찔아찔하여 어지러운 증상.
** 언권言權 : 발언권.

"동무들."

하고 진심에서 우러나오는 목소리로 불렀다.

"나는 한 동무와 최 동무의 지적을 정말로 옳은 지적이라고 생각하면서 달게 받겠소. 나는 이 자리에서 동무들 앞에 나의 잘못을 깨끗이 자아비판하겠소."

이달호는 만감이 끓어 번지는 가슴을 내려 누르면서 무거운 입을 열어 이까지 말하고는 다시 고개를 수그렸다.

김진구는 또 전처럼 이달호를 그렇게 만든 것이 자기라는 듯한 송구한 마음으로 앉아 있다. 이달호는 고개를 들면서 입을 떼었다.

"사실 말이지. 나는 학습을 게을리해온 것만 사실이오. 오늘 저녁부터 학습을 열심히 하겠다는 것을 동무들 앞에서 맹세하오. 또 이번 피스톤 롯트를 깎는 데 있어서도 나는 기술적 향상도 창의성도 계획성도 생각지 않고 다짜고짜로 빨리 깎아서 진구 동무를 이겨먹음으로써 나의 솜씨를 동무들 앞에 뽐내보겠다는 개인적 야심으로 경쟁해왔습니다. 우리 조국의 경제 부흥에는 오랜 시일과 한결같은 열성과 형제적 단결이 필요하다는 것을 오늘 새삼스레이 뼈가 저리도록 느꼈습니다. 이 모든 점을 동무들 앞에서 자아비판하면서 이제부터는 많이 배우고 학습하고 기술을 연마하야 계획성 있는 작업을 해서 47년도 인민경제계획 책임량을 질적으로 양적으로 넘쳐 달성하는 데 내 몸을 바치겠다는 것을 맹세하면서 동무들의 지도를 바랄 뿐이오."

이때 누가 먼저 박수를 치자 모두가 힘찬 박수를 이달호에게 보낸다.

맨 처음 박수 친 사람은 김진구다. 진구는 달호의 솔직한 자아비판을 듣고 감격했던 것이다.

"끝으로 진구 동무에게 대해서는 진심으로 사과하오. 모든 것을 용서하고 전과 같은 우정으로 잘 지도해주오. 다시는 잘못을 되풀이…… 하지…… 않으…… 리다."

이달호는 가슴속에서 뜨거운 불덩이가 뭉클하고 목구멍에 치민 것을 억지로 삼키고 눈을 닦으면서 단을 내렸다.

동무들은 이달호에게다 감격과 격려의 박수를 길게 보내준다.

그때 김진구가 의자에서 일어나서 동무들 짬을 빠져나오더니 달려가서 달호의 손목을 덥석 잡았다. 선반공들의 시선이 일제히 그 감격의 장면으로 쏠렸다.

"달호 동무 고맙소. 정말루 고맙소. 우리 지내간 잘잘못은 잊어버립시다. 이제부터는 더 배우고 더 연구하고 더 친밀성을 가지구 47년도 인민경제계획 25만 톤 유안비료 책임량을 넘쳐 생산하는 데 친형제처럼 협력합시다. 저 김일성 장군의 초상화를 쳐다보시오. 우리는 영명하신 김일성 장군 주위에 내我라는 것을 버리고 튼튼히 뭉칩시다. 김일성 장군…… 김일성 장군 만세!"

진구는 감격에 넘쳐 이렇게 만세를 외쳤다. 이달호도 따라 외쳤다.

동무들은 그 소리에 놀란 듯이 뛰어 일어나면서 기운차게 만세를 제창하였다.

만세가 끝나자 한동안 박수 소리가 건국실을 뒤흔들어주었다. 박수가 끝나자 동무들은 번갈아 가면서 달호의 손을 잡아주고 격려해주었다.

속히 직맹 사무실까지 오라는 전화를 받은 김진구는 다른 동무들보다 먼저 건국실 문을 나섰다.

직맹에 가서 위원장께서 모범 노동자로서 5·1절에 표창을 하겠다는 천만뜻밖의 이야기를 듣고 정신이 얼떨떨해서 집에 돌아가니 능령천 개수공사에서 돌아온 아내가 밥상을 차리고 있었다.

"오늘 조밥은˙ 수돌이가 지었다오. 제법 잘 지었소."

하면서 아내는 기뻐한다.

"수돌이가 호……."

진구는 이렇게 대답하면서도 정신은 딴 곳에 가 있었다.

모범 노동자— 무슨 일을 하였다고 표창을 받을까 진구는 되려 부끄러운 생각이 났다.

직맹 위원장의 말에 의하면 자기가 자재를 애호하고 출근율이 100%로 가장 열성적으로 학습하고 작업하고 가풍을 개변하고 창의 고안에 열중하는 것은 다른 노동자들의 모범이 된다는 이유로 모범 노동자로 추천하였다는 것이다.

그러나 자기가 하고 있는 그런 일쯤은 다른 동무들도 하고 있지 않을까?

아직 로라베아링 연마기도 완성하지 못하고 표창을 받는다는 것이 얼마나 부끄러운 일이냐 진구는 생각할수록 외람한 생각이 났다.

"오래간만에 술 한잔 잡수시오."

아내가 어느 때보다 유달리 명랑성을 발휘하면서 유리컵에다 술 한잔 따라서 내놓는다. 공장에서 배급 준 것을 마시지 않고 두었던 것이다. 그렇잖아도 한잔 마시고 싶던 차라 진구는 좋아서 싱글벙글한다.

"수돌은?"

"운동 연습 갔소."

수돌은 전교 릴레이 선수로 뽑혔던 것이다.

"여보 시장하겠지만 그놈 오두룩 기대립시다."

아내는 아무 대꾸도 없이 밥상에다 보를 덮고 나서

"당신은 모범 노동자가 못 되오?"

하고 애정이 찰찰 끓어 넘치는 눈으로 남편의 얼굴을 바라본다.

| * 오나조 밥은(원문)→오늘 조밥은.

"저…… 그건 왜 묻소?"

진구는 발표하려다가 주춤하고 빙글빙글 웃기만 한다.

"나를 여성동맹에서 5월 초하룻날에 상을 주겠다오."

아내는 외람한 듯이 얼굴을 붉힌다.

"여성동맹에서? 자 이렇게 기쁠 데가 또 어데 있소. 나두 이번 5·1절에 모범 노동자로서 표창을 받게 되었소."

"정말?"

아내는 남편에게 바싹 붙어 앉으면서 샐샐 눈웃음을 친다.

김진구는 아내의 손등을 어루만져주면서 무엇을 기원하듯이 사르르 눈을 감는다. 이것은 김진구가 무량한 감개에 잠길 때에 짓는 얼굴 표정이다.

"소련 군대의 덕분으로 조국을 찾고 김일성 장군 덕택으로 이렇게 행복스러운 생활을 하구……. 여보 일합시다, 일합시다."

진구는 아내의 손을 으지끈 쥐어주는 것이다.

"여성동맹에서 나를 공장에 댄기지 않겠는가구 그럽디다."

"그래 뭐랬소."

"쥔하고 물어보겠다구 했소."

"좋소, 댄기시오."

"정말?"

"정말이구말구."

"나 같은 기 할 일두 있소?"

"있구말구. 비료섬두 이어 나르구. 비누두 맨들구. 양초두 맨들구. 일이야 얼마든지 있지."

벌써 김진구는 아내가 공장에 다니게 된다면 생활양식을 그 조건에 알맞도록 개선할 것을 머릿속에서 궁리하기 시작한다.

그때 수돌이가 숨이 차서 헐떡거리면서 뛰어들어왔다.

단란한 식사시간이 시작되었다.

"수돌아 3학기두 우등해야 한다. 공부 잘해서 김일성대학까지 가야지."

진구는 정신없이 밥을 퍼 넣는 아들의 머리를 어루만져주면서 소주 컵을 든다.

술이 거나해진 진구는 오늘 건국실에서 벌어진 감격된 장면을 아내에게 차근차근 이야기한다.

"……그래 나는 어찌나 감격했던지 나두 모르게 김일성 장군 만세를 불렀단 말이오."

아버지의 이야기를 듣고 수돌은 씹든 밥알을 내뿜으면서 간간대소한다. 그러자 어머니도 웃고 진구 자신도 웃어 밥상머리에는 웃음의 꽃이 피었다.

"아부지, 김일성 장군 노래를 아시오?"

수돌은 숟가락을 놓으면서 묻는다.

"알구말구. 그러나 너보다야 못하지. 어디 한번 불러봐라."

김진구에게는 〈김일성 장군의 노래〉가 제일 좋았다. 그 노래는 들으면 들을수록 부르면 부를수록 김일성 장군의 위대함이 오싹오싹 뼈에 사무치고 건국을 위해서 47년도 인민경제계획을 완수하고야 말겠다는 강철 같은 결의가 무럭무럭 용솟음치는 그런 매력을 가진 노래였다.

수돌은 양치질을 하고 나서 기착하고 섰다.

진구는 눈을 감고 앉아서 듣는다.

　　　장백산 줄기줄기 피어린 자욱
　　　압록강 굽이굽이 피어린 자욱

오늘도 자유조선 꽃다발 위에
역력히 비쳐주는 거룩한 자욱

아— 그 이름도 그리운 우리의 장군
아— 그 이름도 그리운 김일성 장군!

무한한 감격이 오싹오싹 진구의 가슴을 잔침질해주는 순간이다.
"아부지 어떻소."
수돌은 아버지 얼굴을 들여다보면서 묻는다.
"좋다, 정말루 좋은 노래다."
진구는 남은 술을 쭉 들이마시고 나서 무릎을 탁 치면서
"아, 참으로 좋은 세상이 왔다, 좋은 세상이 왔다."
하고 감격에 넘친 어조로 중얼거리는 것이었다.

—수록 : 「노동일가」, 《조선문학》 1, 1947년 9월

—「노동일가」, 『노동일가』(이북명단편집), 문화전선사, 1950년

—「로동 일가」, 김사량(외), 『개선』(단편소설집), 조선작가동맹출판사, 1955년

—「로동 일가」, 『해풍』(리북명단편집), 조선작가동맹출판사, 1959년

—「로동일가」, 리기영(외), 『조선단편집』 2, 문예출판사, 1978년

새날

1

희슥희슥'한 그림자는 인차 산모롱이 어둠 속에 삼키어버렸다. 다우쳐 육신을 짓누르는 고독감과 함께 맘 붙일 곳을 잃은 김천쇠는 두 팔을 성가시게 내저어 와싹와싹 풀숲을 헤치면서 허둥지둥 산마루로 올라갔다. 쏘는 듯한 시선으로 연송 산 너머 오솔길을 획획 더듬어보았으나 짙은 암흑과 무거운 정적이 침묵할 뿐 그림자는 간 종적이 감감하였다.

"순만아!"

합숙에서 잠을 깰까 조심스러워서 나직이 불러보았다. 응답이 있을 리 없었다. 가슴속이 매감조감 안달아** 올랐다. 내받아 다시 한 번 칵 불러보자고 입술을 쭈욱 뺐다가 간신히 도로 다문 천쇠는 후유 하고 기막힌 한숨을 내뿜다가 그만 풀숲에 주저앉아버렸다. 한편 괘씸해하면서도 심히 못 잊어 하는 괴로운 심사였다. 머릿속을 지난날의 일들이 줄달음질치고 있었다. 자기도 자기려니와 가버린 순만이 문제를 어떻게 했으

---

* 희슥희슥 : 북한어. 색깔이 드문드문 조금 허옇거나 이따금 드러난 허연색이 있는 모양.
** 안달다 : 북한어. 뜻대로 되지 않아 몹시 안타깝고 마음이 죄어들다.

면 좋을는지 사뭇 걱정이 무거웠다.

주둥아리가 바늘 끝처럼 여문 각다귀떼가 덤벼들었으나 그는 그다지 따끔한 줄도 몰랐다. 생각은 외줄기로 그리움뿐이었다. 힐끔 시선을 불빛이 환한 합숙에 던져보았으나 그곳에도 역시 자기의 심중을 알아줄 사람은 있을 듯싶지 않았다. 그는 입에 문 풀잎을 질근질근 씹었다. 시큼털털한 맛이 꿩의 목에 틀림없다. 천쇠는 비록 두메산골에 살았으나 이처럼 외로워본 적은 처음이다. 갈팡질팡하던 그의 마음이 어느덧 어둠을 뚫고 준령을 날아 넘어 송두리째 고향인 쌍보골로 달리고 있었다. 관솔불 밑에서 모지러진 순갈로 감자를 긁고 있는 어머니와 초신*을 삼고 있는 동생의 모습이 어둠 속에 나타났고 뒤미처 안타깝게 자기의 편지를 기다리면서 후어머니** 슬하 눈칫밥을 먹고 있는 삼례의 애련한 얼굴이 떠올랐다. 그것은 정녕 견디기 어려운 마음의 괴로움이었다.

"가자면야⋯⋯."

천쇠는 솔포기를 꺾어 각다귀를 쫓고 따가운 팔을 긁적거리다가 성큼 일어섰다. 그믐밤에도 아는 길이라 지금이라도 단숨에 내달리면 순만의 뒤를 못 쫓을 리 없겠건만 그는 어둠을 응시하다가 무엇을 생각했는지 설레설레 머리를 흔들면서 도로 그 자리에 주저앉았다. 온 몸뚱이가 후끈 달아오르도록 고향 생각이 간절했으나 천쇠는 굳이 순만이의 뒤를 따를 생각은 없었다.

공장에 가서 마음껏 배워가지고 기어코 훌륭한 노동자가 되리라, 어머니와 동생을 데려가고 삼례와 부부를 맺고 옛말하면서 잘 살아보겠노라고 한두 번만 아니게 결심을 굳게 다진 천쇠였다. 어디 그뿐인가?

"반드시 생산 혁신자가 되어주기를 부탁하오."

* 초신 : 삼실과 밀을 먹인 창호지로 삼은 미투리(함경 방언).
** 홋어머니(원문) → 후어머니(後─). '새어머니'의 북한어.

"복구건설사업에서 부디 모범 노동자가 되어주시오."

환송회 석상에서 이당里黨 위원장과 이里 인민위원장의 간곡한 격려사를 받고 떠나온 것이 바로 엊그저께가 아니었던가! 무슨 면목으로 도로 갈 수 있을 것이냐! 또한 어머니도 어머니려니와 십 리 길을 따라서면서 하루속히 자기를 공장으로 불러 달라던 갓 스물의 처녀 삼례를 무슨 낯판대기로 대할 것인가!

이런 일 저런 일을 생각하고 보니 순만이를 따르지 않은 것이 적이 잘한 일이기는 했으나 붙잡을 수가 있었을 그를 놓친 것이 사뭇 마음을 괴롭혀주었다.—신학구 그래 그 반장 때문이야…… 중얼거리는 천쇠의 가슴속에서 벌컥 괘씸한 생각이 치밀었다가 다우쳐 그것이 원한으로 변해버렸다.—사람을 업신여겨두 분수가 있지…….

주머니에 손을 찔러보았으나 담배도 성냥도 없다. 순만에게 주었던 것이다. 그는 엉덩이를 툭툭 털면서 일어섰다. 벌써 곰바위 앞 외딴 집을 지냈으려니 생각하면서 돌아선 그는 전등 불빛이 밤하늘을 환히 밝히고 있는 공장 쪽을 바라보았다. 으르릉으릉 하는 기계 소리와 맞부딪치는 쇳소리가 들려왔다. 복구공사가 밤을 이어 한창이었다. 어느덧 그의 마음이 그리로 달리고 있었다. 아직 공장 생활에 재미는 못 붙였으나 그 속에서 기어코 소원을 풀고야 말겠노라고 지긋이 입술을 깨물고 두 주먹에다 부쩍 힘을 쏟았다.

구름 고개에 짐승이 싸댄다는데…… 진작 생각했더라면 합숙 마당에 꽂혀 있는 쇠몽둥이라도 한 개 뽑아주었으련만 하고 고향 친구의 안위를 가슴 아프게 걱정하면서 합숙 옆 소나무 아래에 막 내려섰을 때다.

"누구요?"

낮으나마 묵직한 문초와 함께 갑작스럽게 회중전등 불빛을 전신에 받은 천쇠는 소스라쳐 놀랐다.

"저 저우다. 이 집 사람이우다."

얼어붙은 듯이 그 자리에 딱 서버린 그의 등골에서 대번에 진땀이 쭉 빠졌다.

"어데 갔다 오는 길이오?"

문초자는 입성으로 대뜸 알 수 있는 신입 노동자의 앞에 다가섰다. 키가 컸다.

"뒤 뒤보러…… 아 과장님이 아니시우? 헤헤헤."

회중전등이 아니라 합숙에서 흘러나오는 전등 불빛에 보아 편뜩* 기억에 떠오른 것이 복구 현장에서 본 '과장'이 분명하였다.

"변소는 저기 있는데 하필……."

"……."

무릎까지 오는 짧은 베잠뱅이**에 베적삼을 입은 천쇠는 대답 대신 목덜미를 긁적거렸다. 혹시 순만이가 간 것을 기찰하고 온 걸음이 아닐까 생각하니 간이 콩쪽만큼 쪼그라들었다.

"춥잖소? 좀 앉으시오."

과장은 그의 입성에서 추위를 연상하면서 통나무 의자에 걸쳤다. 골격이 자기처럼 굵직굵직한 데다 쩍 벌어진 가슴패기며 막 깎은 머리에 둥글둥글하게 생긴 얼굴이며 순박하고 애티 나는 젊은이며 그 모두가 과장의 마음을 끌었다. 그는 이 신입 노동자와 담화를 해보려고 다시 한 번 물었다.

"춥잖소?"

"괜잖소다. 아즉은……."

통나무 의자 귀때기에 한 쪽 볼기짝을 그나마 반쯤 내려놓은 채 천쇠

* 편뜩 : 북한어. 순간적으로 생각이 떠오르는 모양.
** 잠뱅이 : '잠방이'의 북한어.

290

는 죄송스러워 하는 표정이다.

9월 중순이 지났으나 지난해에 비해서 세월이 늦추는 탓으로 아직 이곳 밤은 훈훈하였다.

누런 비옷에 회색 캡을 눌러 쓴 중년 '과장'은 굳이 사양하는 천쇠에게 담배를 권하고 자기도 한 대 붙여 물었다. 합숙 안에서 노동자들의 코고는 소리가 드르렁드르렁 들려왔다. 그것은 자기의 정력을 공장 복구공사에 쏟아 바친 그들이 하루의 피로를 풀고 있는 숙소의 표현이었다. 과장에게는 건강한 그 소리를 듣는 것이 반가웠으며 내일을 위해서 적이 미더웠다. 그는 회중전등으로 팔뚝을 비쳐보았다. 10시 반이다. 아침 6시까지는 충분히 피로를 회복할 수가 있으리라고 생각하면서 천쇠에게 물었다.

"합숙에 않는 동무는 없소?"

"누군지 하나 있었는데 2, 3일 전부터 출근합디다."

"현재는 없구…… 동무 이름이 뭐드라."

중년 '과장'은 천쇠 앞에서 끝까지 과장으로 자처할 작정이었다. 자기의 본직보다 그렇게 하는 것이 오히려 그에게서 실정을 올바로 청취하는 데 유리하리라고 생각하였기 때문이다.

"김천쇠올시다."

"김천쇠! 공장에 온 지는?"

"오늘꺼정 꼭 보름이우다."

"보름이라. 그럼 아직 고생스러울 때군, 그러나 훌륭한 노동자가 되자면 그까짓 고생쯤은 참아야지."

"글쎄올시다.* 그럴 맘은 먹구 있소다만……."

| * 굿세올시다(원문) → 글쎄올시다.

화전 지대나 농촌에서 이 공장에 온 그들의 동태를 본다면 대개 보름으로부터 한 달 전후가 맘 붙이기 어려운 고비로 되어 있었다. 김천쇠 역시 그러하였다. 쌍봉 위를 흘러가는 구름장으로 천기를 내다보고 후일로 미루기도 하던 그런 늘어진 습성과 계속되는 시간 생활이 마치 자유를 구속하는 듯이 느껴질 때가 있었다. 또한 노동규율과 내부 질서를 지켜 나가는 것이 쌍봉골의 생활에 비해서 너무나 판에 박은 듯이 딱딱하고 변통이 없는 것으로 생각될 때도 있었다. 그런데다 덮쳐서 이 기간이 바로 그들의 근육이 노동자로서의 탄력성 있는 근육으로 생리적 세포 변화를 일으키기 시작하는 무렵이다. 육체적 괴로움이 병발하는 것이 말하자면 김천쇠가 바로 지금 이 과도기에 있는 신입 노동자의 한 사람이었다.

"김 동무는 희망이 뭐요? 고향을 떠날 때 어떤 결심이 있었을 테니까."

과장은 신입공을 만날 때마다 이 점에 대해서 묻는 것을 잊지 않았다.

"별루 생각해본 일이 없소다. 헤헤."

이런 저런 이야기 끝에 불쑥 최순만에 대해서 묻지 않을까 보아 천쇠의 켕긴 마음이 좀처럼 풀릴 줄을 모른다.

"그런데 간혹 자기가 일하고 있는 직장과 작업반을 모르는 사람이 있는데 동무야 그렇지 않겠지?"

그는 아까부터 천쇠가 소속하고 있는 작업 부문을 알고 싶었으나 상대에게서 '과장'으로 인정을 받고 보니 체면에도 차마 물을 수가 없어서 이제야 넌지시 건네어보는 말이었다.

"1호 직장 1직 신학구 공사, 아니, 작업반이올시다."

"옳소. 그런데 요새 어떤 일을 하오?"

"시키는 대루 이 일 저 일 하지요."

"이 일 저 일이라니 기술은?"

천쇠의 소속 직장과 작업반까지 알게 된 그는 담화에 더욱 흥미를 가지게 되었다.

"못 배웁니다. 그보다두 복구공사가 늦었다구 야단을 치면서 말들이 많습네다."

"무슨 말인데?"

항상 노동자의 목소리를 듣고 싶어 하는 그의 귀가 솔깃해지지 않을 리 없었다.

"글쎄올시다. 이런 말을 함부루 해서 일없겠는지요⋯⋯."

순박한 농촌 청년의 얼굴에 불안스러운 빛이 떠올랐다. 그러나 조금 도 염려할 것이 없다는 '과장'의 자신 있는 말을 듣고서야 천천히 입을 열었다.

천쇠의 말에 의하면 신학구 작업반의 일부에서는 지배인과 노동부장 에 대한 말들이 바람처럼 떠돌고 있었다.

노력이 부족되는 데 제때에 대책을 취해주지 않을 뿐더러 간혹 준다 는 것이 되려 작업에 방해가 되는 촌사람이라는 것이었다. 또 한 가지 불 평은 다른 작업반에 비해시 갑질의 작업 능률을 올렸는데 표창이 없다는 것이다. 이 밖에도 사소한 불평들이 있었으나 '과장'은 특히 노력과 신입 공 문제에 대해서 한동안 묵묵히 생각하다가 수첩에다 적어 넣었다. 알 아볼 필요가 있었기 때문이다.

"좋소. 잘 알겠소. 그런데 음식은 어떻소? 합숙 식사가⋯⋯."

그는 싱글벙글 웃어가면서 말 구비를 노동자들의 생활에로 돌려갔 다. 항상 염두에서 사라질 줄을 모르는 관심사였다.

"좋습지요. 우리 산골에 비하면야⋯⋯."

"잠자리는?"

"비좁기는 하지만서두 그럭저럭 지내지요."

상대가 최순만이 건으로 온 걸음이 아닌 것을 알게 되자 천쇠는 비로소 통나무 위에다 두 볼기짝을 쓰윽 들이밀면서 응대하였다. 이렇게 남과 조용조용 이야기를 나누어보기는 공장에 온 후 이것이 처음이다.

"신문을 읽소?"

"읽을래야 있어야지요……."

"영화 구경은 자주 하겠지?"

"그것두 계우 두 번밖에 못 봤수다."

"두 번? 재미가 없는 게로군."

과장의 얼굴에서 웃음이 사라졌다. 영화는 밤마다 구락부에서 무료로 상연하고 있었다.

"이럭저럭 보게 안됩데다. 재미야 있습지요만……."

"공장에 와서 목욕은 몇 번이나 했소?"

천쇠의 몸에서 풍기는 땀 냄새를 맡자 그는 묻지 않을 수가 없었다.

"못 했수다."

과장은 다우쳐 왜 안 했느냐고 물었으나 고개를 떨군 천쇠의 입에서는 대답이 없었다. 과장은 처음 듣는 사실들에 대해서 서운한 마음을 금치 못했다. 막대한 비용과 자재를 들여 설비한 문화시설과 위생시설을 이용할 줄을 모르는 잘못이 노동자 자신에게 있다고 그는 의심할 바 없이 단정했던 것이다. 밤은 깊었으나 의기는 역시 훈훈하였다. 과장은 수면 부족이 내일의 노동에 지장을 준다는 것을 누구보다도 잘 알고 있었으나 개선할 것에 대한 의견과 여론을 들을 수 있는 이 기회를 놓치기가 아쉬웠던 것이다.

"그새 선동원 동무께서 좋은 이야기를 들었지요? 전후 인민경제 복구발전에 관한 김일성 원수의 연설이라든가 소련에서 우리나라에 보내온 막대한 원조금에 대해서 말이오."

"아직 별루 들어본 일이 없소."

"아니 그게 참말이오? ……음……."

노동자들의 교양과 선동사업을 책임 맡은 선동원이 벙어리가 되어 있다니 과장은 놀라지 않을 수가 없었다. 그는 엄중한 사실을 발견했을 때, 노상 하는 버릇으로 팔짱을 끼고 하늘을 쳐다보았다. 한동안 깊은 생각에 잠겼다 난 그는 다시 1호 직장의 직장장과 천쇠네 작업반을 지도하는 직공장의 이름이 뭐냐고 물었고 끝으로 지배인을 본 일이 있느냐고 건너보았다. 그러나 천쇠의 대답은 한결같이 간단하였다.—"모르우다." 라고.

지배인은 못 보았을 수도 있을 것이다. 그러나 직장과 직공장을 모르며 심지어는 선동원에게서 반드시 알아야 할 이야기조차 제때에 듣지 못한 신입공과 마주 앉았는 '과장'의 머릿속은 복잡한 생각으로 가득 차 있었다. 이제까지 신입 노동자들과 여러 번 담화를 해보았으나 이런 사실을 들어본 적은 일찍이 없었다. 비록 이것이 전부가 아니라 부분적인 현상이라 해도 사실은 사실대로 묵과할 수가 없었다.

"무슨 소원은 없소? 말해보시오. 될 수 있는 대로 해결해줄 테니까……."

입술을 연송 우물거리면서 힐끔힐끔 쳐다보는 모양으로 보아 필시 무엇이 있을 듯했으나 몹시 망설이는 눈치였다. 툭 털어놓아보라고 과장은 상냥한 음성으로 거듭 그의 용기를 돋구어주었다.

"저, 저를 도루 고향엘 보내주시든지 일자리를 바꿔주든지 해주시우다."

천쇠는 노루가 제 방구에 놀란다는 셈으로 제 말에 놀라서 가슴이 뜨끔했다. 이마와 등골에서 땀이 솟는 것이 알렸다. 하던 중 가장 무겁고 힘들고 무서운 말이었다.

"김천쇠라지? 김 동무, 동무의 소원을 들건대 필시 무슨 딴 사정이 있는 듯하여. 속이지 말구 죄다 말해보시오. 그것이 동무 자신에게나 또 우리 공장을 위해서도 좋을 게요. 나는……."

그는 갑자기 말을 중단하고 그 대신 그의 갈퀴 같은 손을 덥석 잡았다. 사실인즉 자기가 '과장'이 아니라 이 공장 '지배인'이라는 것을 말하려다 그것이 되려 신입 노동자의 가슴을 놀래줄까 염려되어 그만 입을 다물었던 것이다. 지배인은 노동자들의 합숙 정형을 돌아보려 나갔던 첫걸음으로 만난 것이 천쇠였다.

"그럼 과장님을 믿구 이야기하겠수다. 혹시 최순만이라구 아시는지요. 저하구 한 고향인데 아까 집으로 가버렸수다."

"최순만? ……하여튼 이얘길하시오. 사실대로…… 자……."

지배인이 두 대째 내주는 궐련을 붙여 문 천쇠는 사뭇 맛나게 연기를 빨아들이면서 나직나직 이야기해 내려가는 것이었다.

노동자들의 코고는 소리와 발 밑에서 귀뚜라미 우는 소리가 들릴 뿐 복구 현장의 기계 소리도 어느새 멎고 소쩍새조차 잠든 밤은 고요히 깊어가고 있었다.

2

김천쇠가 이 공장으로 온 것은 9월 초순이다.

그의 고향은 이 공장에서 2백여 리나 착실히 떨어져 있는 쌍봉골이라는 궁벽한 산촌이다. 15도 이상의 경사지에 부대를 일구어 그럭저럭 살림을 부지하던 쌍봉골에 흉년이 들었다. 될 수 있는 대로 거두어줘야 할 여름철에 장마가 들었기 때문이다. 그러나 이것이 김천쇠를 공장으로 오게 한 직접 동기는 아니다. 3년여에 걸친 조국해방전쟁의 불길은 쌍봉골이라고 빼놓을 리 없었다. 전쟁이 개시되던 해 천쇠는 열일곱이었다. 그는 비록 총을 잡고 화선에 나서지는 못했으나 그 대신 인민군대를 원호

하며 아끼지 않았던 것이다. 그는 이런 행정에서 많은 새로운 것을 보고 듣고 배웠으며 원수에 대한 적개심을 높여갔다. 또한 그는 이때부터 쌍봉골에서는 자기의 젊음을 자랑할 아무런 희망도 찾을 길이 없다는 것을 깨닫기 시작하였다. 미국 놈들과 졸개들을 무찌르는 가열한 전쟁의 불길 속에서도 인민군대를 크게 도와드리지 못할 뿐더러 이렇다 할 큰 변화조차 일으키지 않는 두메산골의 따분한 환경에 대한 권태를 나날이 가슴속에 쌓아가는 한편 초조한 심경으로 약동하는 새로운 현실을 동경하다가 천쇠는 드디어 정전의 날을 맞이하였던 것이다.

'모든 것을 민주기지 강화를 위한 전후 인민경제 복구발전에로'라고 하신 수령의 호소를 받들고 인민들이 일어섰다. 생산 직장은 직장마다 이 나라의 청년남녀들을 복구건설에로 불렀다. 공장과 광산은 물론 도시와 농촌에서도 승리한 인민들의 새로운 역사적 위업이 시작되었다. 가장 영광스러운 길이며 동시에 행복한 새 생활이 기다리고 있는 공장으로 광산으로 화전민들이 자진해서 진출하기 시작하였다. 천쇠는 추수한 곡식을 탈곡해서 현물세까지 바치고 나서 사랑하는 처녀 삼례와 굳은 언약을 맺고 우선 순만이와 둘이서 공장에 왔던 것이다.

"삼례를 왜 두구 왔느냐구요? 헤헤…… 그 홋에미두 홋에미지만 우리 어마이서껀 우선 가서 형편을 보구 천천히 데려가라두군요. 지금 생각하니 과연 앞일을 내다보구 하신 말씀 같수다."

박삼례는 철부지던 어린 시절부터 오늘까지 쌍봉골에서 천쇠와 함께 장성하였으며 서로 사랑하였다. 지금부터 2년 전 봄이었다. 삼례의 아버지는 세상을 떠날 바로 한 달 전에 자기 딸과 김천쇠를 배필로 맺어줄 데 대하여 천쇠의 어머니와 언약이 있었던 것이다.

천쇠는 쭈욱 빨아들였던 담배 연기에 한숨을 섞어 내뿜고 나서 말을 이었다. 공장에 발을 들여놓자 대번에 그를 놀라게 한 것은 형편없이 짓

이겨진 파괴 정상이었다. 건물, 기계, 철길, 땅과 나무…… 어떤 것을 물론하고 옛 모습 그대로 남아 있는 것이란 별로 없는 듯이 생각되었다. 집채보다도 더 크고 육중한 물탱크는 한쪽이 찌그러진 채 적탄을 맞아 분밑처럼 뻥뻥 구멍이 뚫렸고 깨어진 기계 등속과 녹아서 꾸불꾸불 휘어진 쇠기둥과 철창대들이 한창 정리되고 있었다. 목조건물은 타서 재만 남았고 콘크리트 건물은 어느 것이나 한 절반씩 날아났다. 중둥허리가 부러진 굴뚝도 있었다. 천쇠는 그 굴뚝에서 솟아오르는 연기를 적이 의심쩍은 눈으로 바라보았던 것이다.

복구 현장에서는 수백 명의 노동자들이 욱실거리고 있었다. 마치 소리, 목도 소리, 고함 소리, 노랫소리, 온갖 소리, 소리가 한군데 범벅이 되어 천쇠의 정신을 얼떨떨하게 만들어주었다.—아무리 저렇게 땀을 흘린들 이것들을 언제 제대로 고쳐가지고 기계가 돌 것인가.—이런 광경을 보는 것이 처음일 뿐만 아니라 노동자들의 억센 투지와 지혜가 얼마나 놀라운 것인가를 아직 충분히 이해하지 못하는 천쇠에게는 모든 것이 부지하세월로 생각되었다. 그러나 그때, 벌써 일부 직장에서는 기계가 돌아 생산을 내고 있었던 것이다. 천쇠가 의심쩍게 바라보던 부러진 굴뚝에서 뿜는 연기가 바로 그것이었다.

급살을 맞아 뒈질 새끼들! 그는 듣던 바보다 파괴 정도가 엄청나게 참혹한 이 공장에 와서 미국놈들의 용서 못 할 죄상을 더욱 똑똑히 목격할 수가 있었다.

둘이 신학구 작업반에 배치된 첫날 반장은 땀을 철철 흘리면서 그들에게 이렇게 말하였다.

"……하여튼 일을 해보면 알겠지만 산골과는 아주 딴판이라는 것만 우선 알아두시오. 복구공사가 한창 때 돼서 일이 힘들고 바쁘오. 산골에서 온 사람들은 규율 생활에 서툰데 당신들은 그러지 말고 일을 잘해야 하오. 그럼……."

공장에 관한 초보적인 이야기와 작업상의 주의를 대충 몇 마디 말하고 당장에서 묵직한 쇳덩이를 매 명 4백 개씩 직장 안으로 운반하라고 시켰다.

천쇠와 순만이는 웬일인지 반장에게 마음이 쏠아지지 않았다. 하필 산골사람들이 뺑소니친 것까지 빗대어 말할 것이 무엇인가. 반장의 말이 은근히 마음에 서운하였던 것이다. 그러나 둘은 아무 공소리도 없이 시키는 대로 한 개가 보리 한 섬 무게나 되는 강철덩이를 밀차에 실어 날랐다. 달구지와는 달라서 밀차를 다루는 것이 처음인 그들은 직장 어구의 커브선에서 거의 매번 탈선시켰다. 탈선된 밀차 바퀴를 도로 레루* 위에 올려놓는데 한 20분씩은 착실히 허비되었다. 그뿐인가. 다른 밀차에게 길을 내주기 위해서 강철덩이를 말짱 부리우고 재낀 적도 두어 번 있었다. 용케 탈선을 안 시키는 묘리가 있을 듯도 하였으나 온통 바삐 서두는 노동자들에게 차마 물어볼 용기가 생기지 않아서 갑절 공힘만 뺐다.

생산과 복구공사가 병행되고 있는 직장 안은 눈자위가 핑글핑글 돌 지경으로 활기를 띠고 소란스러웠다. 이미 복구되어 생산의 불길을 솟구고 있는 1호 가열로에서 새빨갛게 백열한 쇳덩이가 굴러 나왔다. 두 팔에 시퍼런 핏줄이 선 노동자가 물을 끼얹은 듯이 온몸에 땀을 솟구면서 그것을 집게에 집어 우람찬 프레스**의 구멍에 꽂고 물러서면 방아공*** 같은 '공이'가 수백 톤의 힘으로 푸욱 내려 찧는다. 그럴 때마다 펑하고 되싼**** 폭발음이 가슴을 놀래준다. 그 곁에서는 2호 가열로의 복구공사

---

* 렐(원문) → 레루reru : '레일rail'의 북한어.
** 푸레스(원문) → 프레스press : 지렛대, 나사, 물 따위의 누르는 힘을 이용하여 일정한 모양을 찍어 내는 판금板金 기계. 또는 그렇게 하는 일.
*** 방아괴(원문) → 방아공.
**** 되싸다 : 호되고 심하다.

가 한창이었다. 이글이글하는 화기와 강한 음향에 휩싸일 적마다 두 신입공의 가슴에서 철렁하고 쇳덩이 같은 것이 떨어지면서 온몸에 진땀이 솟았다. 겁결에 밖으로 뛰어나간 적도 있었다.

"공장이 첨이니까 그럴 수도 있지요. 나두 첨에 그랬는데 한 보름 지내더니 나아집데다. 그보다도 조심할 것은 '위험' 알겠소? '위험'이라고 써 붙인 데는 일쩡 가까이 가지 마시오. 또……."

송기호라는 젊은 노동자는 쉴 참에 그들을 찾아와서 위로 겸 이것저것 깨우쳐주었다. 밀차를 탈선 안 시키는 요령도 가르쳐주었다. 따라서 천쇠와 순만이 머릿속에 아직 20세도 안 되어 보이는 명랑한 송기호의 인상이 누구보다 더 깊게 뿌리 박혔던 것이다. 그러나 그 반면에—저러니까 촌사람들이란 되려 일에 방해가 된단 말이야.—하고 식은 죽 먹기로 말하는 사람도 없는 것은 아니었다. 그날, 작업을 필하자 작업비판회가 있었다. 선동원이 나서야 할 이 회를 학구가 집행하였다. 그는 반원들의 이름을 하나하나 들어가지고 작업상의 결함들을 지적한 다음

"……또한 여기 새로 들어온 두 동무는 오늘 책임량을 겨우 70프로밖에 달성하지 못했소. 첫날부터 이런다면 앞으로 어떻게 손잡고 일해나갈 수 있겠소. 정신을 부쩍 채리시오. 그렇지 않구서는……."

반장은 첫날 벌써 그들을 강하게 비판하려 들었다. 강철덩이 560개를 운반한 것은 다른 신입공에 비해서 월등가는 성적이었으나 맡겨둔 책임량 8백 개를 완수하지 못했다는 것이다. 그날 밤, 둘은 서로 마음을 위로해주면서 늦도록 합숙 마당에서 수군수군 이야기를 나누고 있었다. 다음 날은 탈선이 덜했던 관계로 680개를 운반하였다. 그다음 날은 735개로 올라갔다. 그러나 역시 작업비판회 때마다 그들은 칭찬을 받지 못하였다. 신학구는 8백 개가 알맞은 책임량이라고 동무들의 의견을 귓등으로 제 고집만 부렸으나 사실인즉 그 수량은 신입공에게 지나치는 부담이

었던 것이다.

"글쎄 도깨비 재간인들 하루에 어떻게 8백 개를 날라내겠니."

"솜씨가 나면야 못 할 것두 없지만 어쨌든 제 몫을 못 했으니 비판을 받아야지."

순만이와 천쇠는 석양이 닥쳐오는 것이 은근히 걱정스러웠다. 작업이 끝날 무렵만 되면 기분부터 흐려졌으며 따라서 자기들도 모르게 마음이 스스로 위축되어갔다. 또한 별로 웃을 일이 없다보니 자연 말이 적어지면서 남 모인 데 섞사귀는* 것을 되려 제 편에서 삼가는 것이었다. 따라서 둘은 고독감이 왔다.

강철덩이 운반이 끝나자 둘은 땅파기에 돌렸다. 연이어 사흘이 멀다고 일자리가 바뀌었다. 보름 동안에 자그마치 일곱 번이나 갈렸던 것이다. 생산을 재촉하는 바쁜 대목인지라 그럴 수도 있을 것이라고 좋게 생각을 하면서도 천쇠에게는 한 가지 불만이 있었다. 기술은 앞으로 배울 셈 치더라도 날마다 자기가 부딪치고 있는 복구공사에 관한 내용과 앞으로의 전망을 그 윤곽이나마 알고 싶었다. 이 복구공사가 지금 어느 정도 진척되었는지 이 공장이 앞으로 얼마나 대규모의 공장으로 발전되어갈 것인지 그런 것을 대충이라도 안다면 더욱 정열과 의욕이 솟고 공장 생활에 빨리 재미를 붙일 상싶었다. 그러나 그는 오늘까지 누구에게서도 이런 이야기를 딱히 얻어듣지 못하였다.

"소문난 잔치에 먹을 게 없다더니 그 말이 옳아. 정 이렇다면 난 도로 갈 수밖에 없다. 통 재미를 붙일 수 있어야지."

몇 번 불평 비슷이 중얼거리는 것을 들은 숭 만 숭 했더니만 하루 저녁에는 끝내 순만의 입에서 이런 말이 터져나왔다.

| * 섞사귀다 : 지위와 환경이 다른 사람들끼리 서로 가깝게 사귀다.

"그럴수록 참아야 한다. 단술에 배 부르겠니. 생산에 붙어만 봐라. 수가 난다. 나."

천쇠는 이날 저녁 여러 가지 구수한 말로 달래보았으나 순만은 귀담아 듣는 것 같지 않았다. 괴로울 때나 외로울 때에 우선 생각나는 것은 고향이었다. 순만이도 순만이지만 사실인즉 천쇠 역시 그새 여러 번 고향을 생각했고 어머니와 동생 그리고 삼례를 그리워했던 것이다.

"과장님 저는 속이지 않수다. 바로 말해서 이렇습지요. 에헴 어떻게 하면 글을 배울 수 있을까. 내가 찾는 행복은 어데 있는가 하구 살펴보았지요. ……과장님은 혹시 천쇠란 녀석이 단숨에 우물을 들구 마신잔다구 웃으실런지 모르겠수다만……."

김천쇠가 자기 앞날에 대해서 너무 조급한 생각을 가진 것은 사실이다. 그러나 그것이 순박한 산골 청년의 본래의 심정은 아니었다. 한적한 무풍지대에서 복구 건설에 우렁찬 교향곡이 울리는 공장으로—이렇듯 급격한 생활의 전변에서 오는 과도적인 변화였다. 순만은 천쇠와 같이 철판을 들어 옮기다가 손가락을 다쳤다. 보건대 대수로운 상처가 아니었으나 금시 울기라도 할 듯이 아픈 시늉을 하였다. 그날 그는 반장에게서 너무 몸을 아껴 해도 안 좋다고 나무람을 들었다. 순만에게는 생각할수록 그 말이 마음에 노여웠던 것이다.

천쇠가 보는 소견에는 그처럼 일분일초가 새롭다고 하면서도 너나없이 모두가 한 사람처럼 일에다 열성을 쏟아 바치는 것 같지는 않았다. 그 중에는 마치나 스패너를 쥐고 현장을 분주히 돌아다니면서 말로만 일하는 사람도 간혹 눈에 띄었고 허락도 받지 않고 슬며시 자취를 감추었다가 나타나는 사람도 혹시 있었다. 출근율은 90프로에서 답보하였다. 이렇듯 의심쩍은 일이 없지 않고 알고 싶은 일도 한두 가지가 아니었으나 그들은 통 입을 다물고 냉가슴 앓는 벙어리 시늉을 하는 것이었다.

"기왕 다' 텐 말주머니니 밑꺼정 털어놓겠수다만…… 거시기……."

천쇠가 목덜미를 긁적거리면서 잠시 미안쩍어하는 동정을 눈치 채자

"참 좋은 이얘기들이군. 밤도 깊었는데 자 어서 말해보시오."

마치 큰 수술을 앞둔 의사처럼 지배인은 침착성과 신중성을 가지고 잠자코 귀를 기울였다. 하지만 머릿속은 복잡하였다.

합숙에는 노동자들이 소지품을 넣어두는 궤짝들이 비치되어 있었으나 적지 않게 부족되어 곤란했다. 이밖에도 지배인은 그에게서 몇 가지 새로운 이야기를 들었다.

"음!"

지배인은 팔짱을 낀 채 숙였던 머리를 가까스로 들어 하늘을 쳐다보는 것이었다. 그것은 바로 조금 전에 그가 문화시설과 위생시설에 대해서 의심할 바가 없다고 내리었던 자기의 단정을 머릿속에서 시정하기 시작한 증좌다. 그들의 생활을 안착시킬 수 있는 조건을 지어주지 못한 데 있다는 것을 깨달았던 것이다.

공장 실정을 전해 들으며 아직 교양도 많이 받지 못한 천쇠였으나 그는 좋은 의미에서 무엇인가 믿구 싶었으며 또 믿고 있었다. 애오라지 한 달의 절반밖에 안 되는 보름 동안의 노동자에게서 기술과 지식을 배우면서 자기의 행복된 생활을 창조할 날이 앞으로 있으리라고 확신하였다. 천쇠는 가끔 자기의 손을 코밑에 가져다 냄새를 맡아보았다. 흙냄새나 풀 냄새가 아니라 제법 기름 냄새가 구수했다.

"노동자, 노동자 김천쇠! 과장님 저는 혼자서 자주 이렇게 불러보지요. 그럴 때마다 무척 마음이 기쁩데다. 무슨 좋은 일이 있을 것만 같으면서 기운이 불쑥 치밀거든요. 아무렴 이 공장에서 팔자를 고쳐야지요.

| * 기와라(원문) → 기왕 다.

헤헤……."

주변은 없으나 진실성 있게 말하고 수줍게 웃는 천쇠의 얼굴에다 지배인은 마주 미소를 보내면서 뜻 있게 머리를 끄덕거렸다.―훌륭한 노동자가 되어주시오.―무언의 격려였다.

김천쇠가 지향하는 그 길과는 달리 최순만의 생각은 나날이 공장에서 떠져갔다. 노동이 힘에 겨워서가 아니라 사람들이 마음에 맞지를 않았다. 먹기 싫은 음식은 됐다 먹어도 사람이 싫은 것은 할 수 없다―는 속담도 있거니와 순만은 참아보리라고 제 깐에는 무진 노력을 해본 편이나 그는 이미 고향에 가 있는 마음을 공장으로 끌어당길 수가 없었다. 그러다가 오늘 일을 잘못한다고 작업비판회에서 또 창피를―그는 자기비판을 이렇게 생각하고 있었다.―당하고 돌아온 그는 일쩍 자리에 누웠다가 모두가 잠을 든 틈을 타서 천쇠를 깨워가지고 합숙 뒷산으로 올라갔던 것이다. 그가 소지품 꾸러미까지 들고 나선 것을 보자 천쇠는 대뜸 모든 것을 알아차렸다.

"나는 갈란다. 여기 못 있겠다. 여러 번 생각을 돌려봤지만 역시 맘이 안 붙는구나. 배우는 것두 배우는 거지만 이렇게 번번이 속이 상하구서야 무슨 재미루 배겨내겠니. 모르긴 하다만 네 속이라구 다르지 않을 게다. 그러니 너두 가자꾸나……."

순만은 연송 한숨을 내뿜으면서 천쇠가 자기와 행동을 같이 해줄 것이라고 믿고 있는 듯했다.

"가다니 어데루?"

천쇠는 빤히 그의 속을 들여다보면서 퉁명스럽게 물었다.

"쌍봉골이지……. 마득해서 산 사람 입에 거미줄 쓸겠니. 네 어마이랑 삼례서껀두 잘 왔다구 할 테다."

그러나 천쇠는 그의 말에 동의할 수가 없었다. 고향을 떠날 때, 맹세를 다지던 혀끝의 침이 아직 마르지도 않았거늘 무슨 낯을 쳐들고 간단 말인가. 기어코 여기서 끝장을 보아야 할 것이 아니냐.

"안 돼. 못 간다, 못 가. 모든 걸 그렇게 나쁘게만 생각하면 못써. 제 잘못두 생각할 줄 알아야 해. 입에 거미줄이 쓸구 안 쓰는 게 문제가 아니거든…… 글쎄 생각해봐라. 보름두 채 되나마나 해서 간다면 젖먹이 네 아들꺼정두 웃을 게다. 이제 생산에 붙기만 하면 기술이구 글이구 맘대루 배울 텐데. 가긴 어데루 가……."

천쇠는 이외에도 자기 속에 있는 말과 구변을 통틀어가지고 순만이를 나무래도 보고 달래도 보고 했으나 듣지 않기에 나중에는 그의 적삼 소매까지 감아쥐고 옥신각신하다가 끝내 하는 수 없이 갈라지고 말았던 것이다.

순만이는 본래가 쌍봉골 태생이 아니다. 그는 쌍봉골에서 한 70리 떨어져 있는 신리라는 동네에서 자작농인 아버지의 덕분으로 소년 시절을 고생을 모르고 자라났다. 그러다가 5년 전에 목재 장사에서 가산을 탕진한 아버지를 따라 쌍봉골로 이주했다. 그해 울화병으로 아버지가 세상을 떠난 후 그는 항상 팔자를 고쳐볼 꿈만 꾸어오다가 별로 마음의 준비도 없이 천쇠를 따라 공장에 왔던 것이다.

"과장님, 끝내 순만이놈은 가버렸수다. 아마 지금쯤은 구름고개에 올라섰을 게우다. 아까 내가 뒤보러 갔다 온다던 때가 바로 순만이를 떠나보내구 내려오는 길이오. 그러니 내 속인들 좋을 리 있겠소. 순만이 녀석두 나쁘지오만 저는 우리 반장두 원망하우다. 버릇없이 이것저것 말해서 죄송합니다. 용서하시우."

천쇠는 가슴속에 쌓였던 한숨을 후유 하고 내뿜었다. 담배 생각이 간절했다.

"모든 것을 잘 알았소. 천쇠 동무! 순만이를 따라가지 않은 당신의 결심이 참 장하오. 사람이란 그런 무쇠기둥 같은 줄대가 있어야 성공하는 법이오. 반장 동무에 대해선 알아보겠지만 순만이는 도로 돌아올 것이고 멀잖아서 좋은 일이 있을 테니 아무 걱정 마오. 동무는 우리 공장이 어떻게 발전될 것과 노동자의 영예를 아시오? 아 참 아직 모른다지? 그럼 내가 간단히 이야기해주지……."

지배인은 알기 쉬운 말로 실례까지 들어가면서 이야기해 내려갔다. 할 말은 많았으나 팔뚝시계가 11시 반을 가리키고 있는 것을 보자 아쉰 대로 말을 맺고 어떤 딴 요청이 없느냐고 물었다.

"삼례를 데려오면 어데다 써줄 자리가 있겠는지요? 얌전하구 글두 그만하면 제 이름자나 써 냅지오. 헤헤……."

"좋습니다. 우리 공장은 그런 여성을 환영하오. 속히 데려오시오. 될 수 있으면 어머니도 함께…… 그럼 시간도 늦었는데……."

지배인은 김천쇠의 손을 잡은 채 합숙으로 들어갔다. 한 고비가 지난 듯이 코 고는 소리가 즘즉했다.* 그는 잠자코 서서 실내를 유심히 살피면서 천쇠의 말을 되살려보는 것이었다. 신문이 없고 미화가 되어 있지 않은 것이라든가 잠자리가 비좁고 소지품 궤짝이 부족한 것이라든가 천쇠의 말이 옳았다. 천쇠가 자리에 누운 다음 지배인은 구두 소리를 낼세라 조심조심해가면서 노동자들이 차 던진 이불을 하나하나 덮어주고 일단 출입문에 손을 대었다가 도로 돌아서서 전등 네 등 중 두 등을 끄고 나가 버렸다.

'과장'의 자신성 있는 말에 흥분되어 날래 잠을 청하지 못한 천쇠는 한동안 두 손으로 머리를 고인 채 천장에다 아름다운 공상을 그리다가 슬며시 일어나서 소지품 꾸러미를 풀었다. 백지 한 장을 끄집어냈다. 그는 연송 연필 끝에 침을 찍어가면서 편지를 써 내려갔다. 사랑하는 처녀 박삼례에게 보낼 것이었다.

3

팔짱을 끼고 눈을 껌뻑거리면서 지배인은 벌써 다섯 번도 더 책상 둘레를 돌고 있었다.

입술을 한일자로 꼭 다물고 양미간에 내 천 자로 굵은 주름이 잡힌 것으로 보아 필연 또 무엇을 심각하게 생각하고 있는 것이 분명하다. 1호 직장에서 쿵쿵거리는 기계 소리가 동간동간 들려올 뿐 자정이 지낸 지배인실은 밀림 속처럼 조용하다. 뚜벅뚜벅 그의 구두 소리만이 무겁게 들렸다.

1호 합숙에서 나오는 길로 잠깐 3호 합숙에 들렀다가 1호 직장을 거쳐 사무실에 들어서자 그는 우선 전화의 수화기를 들고 노동부장부터 찾았다. 그러나 아무도 받아주는 사람이 없었다. 다우쳐 1호 직장장과 부지배인을 찾았으나 회의를 갓 필하고 조금 전에 집으로 돌아갔다는 것이다. 찾아내자면 낼 수도 있었으나 구태여 그럴 필요가 없다고 수화기를 내려놓고 책상머리를 돌기 시작했던 것이다. 베잠뱅이에 베적삼을 걸친 신입 노동자 김천쇠의 모습이 눈앞에서 어룽거리고 있었다. 그의 머릿속은 한 산골 청년에게서 들은 이야기로부터 뻗어나가는 여러 갈래의 생각으로 복잡하였다. 그가 일개 노동자와의 담화 끝에 깊은 사색에 잠겨보는 것은 비단 이것이 처음이 아니다. 중추신경으로부터 말초신경에 이르기까지 전 공장을 일률적으로 통솔해야 하는 복잡한 행정사업에서 머리가 예민해졌으며 판단력이 풍부해진 지배인에게는 어느 때부터인지 남의 말 특히 노동자의 말을 곰곰이 분석해보는 습성이 생겼다. 그것은 또한 그의 사업을 진일보 개진시키는 데 도움을 주었던 것이다. 김천쇠의 말은 그의 사업작풍에 내재하고 있는 약한 고리를 다시 한 번 깨우쳐주는 것이었다.

김천쇠나 최순만이나 신학구의 행동은 제가끔* 각이한 문제를 제기하고 있다. 이 문제들은 늦어도 다음 달 초순, 즉 1호 직장의 2호 가열로가 생산에 들어가기 전으로 해결되어야 할 것들이었다. 그렇다고 해서 이 문제들이 지금까지 못 보아오던 어떤 특수한 새로운 것들인가 하면 그런 것도 아니다. 이런 인간들과 사건들은 전에도 있었으며 또 현재 다른 직장에도 있을 수 있는 것이었다. 그런데 하필 이번에 한해서 지배인이 그처럼 심각해지며 전에 없이 깊이 파고드는 것은 무슨 때문인가? 사실인즉 그는 오늘까지 신입 노력에 대해서 어느 정도 낙관적인 태도를 가지고 있었던 것이다. 그는 유리한 생활조건과 지리적 관계로 보아 다른 공장에 비해서 신입 노력을 우선적으로 인입할 수 있다고 타산하였다. 그 타산은 어느 정도의 성과를 거두었다. 그러나 그는 들어오는 노력에 대해서 만족을 느끼는 반면에 나가는 노력, 즉 귀향자에 대해서는 관심을 적게 돌렸던 것이다. 책상머리를 돌면서 지배인이 분석하고 있는 바와 마찬가지로 문제는 '인입'에 있는 것이 아니라 '고착'시키는 데 있었다. 도로 귀향한 사람의 수가 비록 쌀의 뉘만큼이라고 하지만 그것은 어딘지 모르게 내재하고 있는 공상의 결함을 말하여주는 것일 뿐만 아니라 나아가서는 수백 명 신입 노동자에게 좋지 못한 영향을 끼치는 것이었다. 그는 김천쇠와의 담화에서 이것을 더욱 똑똑히 깨달을 수가 있었다. 조그만 부스럼이 크게 곪을 수 있는 위험성을 통감한 지배인은 더 곪

| * 제제끔(원문) → 제가끔.

기 전에 수술해야 하겠다고 결론을 내렸던 것이다. 어떻게 수술할 것인가. 그는 이점에 대해서 생각을 펴가고 있었다.

지배인은 열쇠로 책상 서랍을 열고 복구 건설에 관한 한 장의 도면을 끄집어내서 책상 위에 펴고 상반신을 그 위에 구부렸다. 1호 직장 2호 가열로 공사가 예정보다 일주일이나 늦었다. '노력 7명 부족'이라고 빨간 연필로 써놓은 것은 바로 자기의 필적이다. 그 곁에 역시 같은 필적으로 공장적으로 부족되는 노력 수도 적혀 있다. 전 공장적으로 부족되는 노력의 총수였다. 그 부족을 보충하자면 역시 농촌 청년이나 소시민에다 대부분 의존할 수밖에 없었다. 그러나 신학구네처럼 신입공에 대한 지도 육성사업을 등한시한다면 10명 아니 그보다 더 많은 최순만이가 다시 생기지 않으리라고 어떻게 단언할 수 있겠는가? 당과 정부에서는 벌써 신입 노력을 지도 육성할 데 관한 정확한 지시를 지배인에게 주었던 것이다.

도면에다 시선을 박고 있는 지배인의 머리에 펀뜩 김천쇠의 말이 떠올랐다. 마치나 스패너를 쥐고 말로만 일하는 사람, 작업 중에 무단히 일자리를 비우는 사람—노력이 부족되어 쩔쩔맨다는 작업반에서 있을 수 있는 일일까? 과연 7명의 노력 부족 때문에 일주일씩이나 공사가 지연되었을까?

대체 신학구가 어떤 사람인지 또 그가 지도하는 작업반의 형편이 어떠한지 딱히 조사하기 전에 주관적으로 속단하기는 곤란하나 사업 조직과 노력 배치의 불균형으로 해서 허공에 떠 있는 '건달 노력'이 있지 않을까 생각되었다. 이런 예는 전에 7호 직장이나 9호 직장에도 있었던 것이다. 한 개의 건달 노력이 다른 노동자들의 건설 의욕에다 미치는 영향이 크다는 것을 지배인은 오랜 경험으로 잘 알고 있었다. 그가 비듬이 성한 머리 밑을 연필 끝으로 시원하게 긁적거리고 있을 때, 감감하던 어느 방에선지 낮으나마 아름다운 노랫소리가 흘러왔다. 누구인지는 몰라도 아직 일하고 있는 것이 분명하다. 미심결에 책상다리에 붙은 전기 단추를 눌러보았다. 아니나 다를까. 잠시 후에 노크 소리를 내고 들어온 것은 젊은 여성이었다.

"아, 숙자 동무 상금 뭘 하구 있소? 12시가 지났는데……."

지배인은 두 팔로 뒷짐을 짚고 허리를 펴면서 적이 놀래는 기색이다.

"통계를 필하고 지금……."

지배인 비서는 단정하게 군대식으로 서서 대답한다.

"무슨 통계?"

"성에다 보낼 것 말입니다. 지금 가져올까요? 지배인 동무!"

해당 성 계획부에서 요구한 노력 정형에 관한 통계 서류다.

"엊그저께 그것 말이지? 내일 아침에 주시오. 그래 그것 때문에 여태 있었소?"

"아니 그건 벌써 필했는데 로어를……."

비서는 빙그레 웃는다.

"옳아. 숙자 동무는 오래지 않아 니나 뽀따뽀아를 뗀다지. 하하…… 그러나 내일 사업을 위해서 어서 돌아가시오. 아 참 지배인 지시문철이 있지? 그걸 가져오시오."

비서는 나가더니 1분도 안 걸려서 서류철을 가져왔다. 비서가 나간 다음 지배인은 의자에 앉아서 지시문 한 장 한 장에 시선을 집중하면서 내려갔다.

바로 자기가 하부에 내려보낸 그 글발이 오늘 밤에 한해서 자신을 되려 맞받아 쳐다보는 듯이 생각되는 것은 웬일일까?

「기계 보수일의 제정 관하여」, 「비생산 노력을 조사 보고할 데 관하여」, 「내부 원천을 동원하며 비생산 노력을 활용할 데 관하여」, 「신입 노동자의 지도 육성에 관하여」…… 8월 한 달 동안만 하더라도 여덟 건이다. 그중에는 신입 노동자를 기능공으로 지도 육성하며 그들을 공장에 고착시킬 데 관한 것이 두 건이나 있었다.

……그러기 때문에 신입 노력을 소홀히 취급하는 경향들과 투쟁할 것을 주지시키면서 다음과 같이 지시한다.

첫째, 공장이나 합숙이나 어디서를 물론하고 일상적으로 그들에게 접근하여 친절하게 기술적 지도와 사상적 교양을 줄 것이며 전후 인민경제 복구건설의 중요성과 노동자의 영예를 강조할 것.

둘째, 신입 노동자들을 영구히 공장에 안착시키기 위하여 각 직장과 각 작업반에서는 일상적으로 그들의 생활 형편에 주의를 돌릴 것이며 방조와 지도를 줄 것.

셋째, …………

지시문의 내용을 묵독해 내려가면서 지배인 자신 자기 손으로 작성한 문장의 어떤 구절 구절에서 새삼스럽게 가슴을 찔리곤 하였다.

지시문은 시기와 실정에 알맞게 작성되어 하달되었다. 바로 그대로만 실행하여주었다면 문제는 없었을 것이다. 그러나 그렇게 안 되었다는 사실이 오늘 밤 속일 수 없이 나타났던 것이다. 바로 지배인 자신이 아는 바와 같이.

"음!"

묵묵히 눈을 감고 자기반성의 한동안을 보내고 난 그는 지시문을 덮어버리고 일어서면서 길게 한숨 소리를 뽑았다. 또 팔짱을 끼고 책상머리를 뚜벅뚜벅 돌기 시작한 그의 머릿속에 편뜩 당의 목소리가 떠올랐다.

"지배인 동무가 앞으로 자기 사업을 개진시키자면 책상머리에만 앉아 있을 것이 아니라 현장에 내려가서 하부 실정을 파악하고 노동자들의 목소리를 제때에 들을 줄을 알아야 하겠습니다."

행정 사업에서 나타난 몇 가지 결함에 대한 검열 총화가 있었을 때 초급당 위원장의 결론에서 받은 지적이었다.

"음!"

그는 지배인 지시문을 각 직장에 내려보내고 그 실행 여부를 제때에 미처 검열하지 못한 것을 스스로 뉘우치는 것이었다. 어떤 사업이 어떻게 개진되어가고 있으며 어떤 플러스를 가져오고 있는가.―전화로 그렇지 않으면 책임자나 부책임자를 지배인실에 불러서 묻는 때가 종종이다. 그런 사업의 결과는 지배인이 잡고 있는 실정과 실제 하부에서 진행되고 있는 실정 간에 모순과 간격을 상생케 했던 것이다. 그 실례로 1호 직장장은 자기 직장에서는 지배인의 지시대로 신입공을 지도 육성하고 있다 했으나 사실인즉 그렇지 않았다. 그 책임이 직장장에게도 있지만 또한 자기에게도 없는 것이 아니라고 지배인은 솔직히 자인하였다.

―하기야 사업하는 과정에서 잘못도 범할 수 있을 것이다. 그러나 그 잘못을 두 번 다시 되풀이해서는 안 된다. 그렇다면 내가 가지고 있는 결함은 무엇인가? 지배인 지시문을 남발한 일은 없었던가, 중간 검열사업을 철저히 진행했던가, 하부 실정을 정확하게 파악하고 있는가.―지배인은 얼마 전에 읽은 노동신문의 사설을 되살리면서 심오하게 자신을 돌이켜보는 것이었다. 잊었던 사소한 일까지 생생하게 떠오르는 밤이다. 그는 걸음을 멈추고 기지개를 펴면서 어지러운 생각을 털어버리려고 체머리를 흔들었다. 그러나 흔들면 흔들수록 그보다 더 새로운 생각들이 꼬리를 물고 샘솟아 올랐다.

행복을 찾아온 사람들―간신히 어지러운 생각을 쫓아버린 지배인은 천쇠와 순만이를 생각하면서 유리문 쪽으로 걸어갔다.―우리는 그들에게서 무엇을 요구하며 그들에게 무엇을 주어야 할 것인가.—그는 유리창을 활짝 열어젖히고 상반신을 쓱 내밀었다. 자기도 모르게 상기된 얼굴에 풍기는 밤공기는 시원했다. 그는 한 달 전보다 아주 몰라보게 정리된 현장을 새삼스럽게 바라보면서 생각하는 것이었다.—우리는 어떠한 난관이라도 극복하고 당과 수령 앞에 바친 맹세대로 내달 초순부터 1호 직장의 생산의 불길을 높여야 할 것이다. 그런데 무엇이 부족되는가? 노력과 기능이다. 신입공을 하루속히 기능공으로 양성하는 문제, 그렇다 이것이 긴급한 문제 중에서도 가장 초미의 과업일 것이다. 수상 동지는 우리에게 무엇이라고 교시하였던가. 그들의 노력을 공장에 고착시키고 그들에게 행복한 생활을 마련해주라고 하시지 않았던가—지배인의 가슴속에서 불쑥 새로운 결의가 용솟았다. 전등이 낮처럼 밝은 복구 현장을 내려다보면서 그는 지금부터 3년 후의 찬란한 앞날을 상상하여보았다. 전쟁 전에 비해서 더 대규모로 건설될 웅장한 공장의 전모가 눈앞에 그려졌다. 지축을 흔들면서 회전하는 최신식 고성능 기계들과 하늘을 치받듯이 우뚝 솟은 숱한 굴뚝에서 내뿜는 시꺼먼 연기 그리고 그 속에서 쏟아져 나오는 귀중한 제품들과 함께 우수한 기술 노동자로 장성한 김천쇠의 의젓한 모습이 역력히* 보였다. 그는 아까 천쇠에게 이런 전망에 대해서 이야기하여주었던 것이다. 유리문을 닫고 돌아선 지배인은 우선 첫 시험으로 신학구 작업반을 검열해보리라고 결심하였다. 벌써 그의 머릿속에서는 검열 요강이 정연하게 짜여져가고 있었다. 이것은 또한 노동자 속에서 자기 자신을 찾아보려는 시도이기도 하였다. 그는 항상 자기를 노동자의 한 부분이라고 정직하게 생각하여왔다. 그러나 그 사상을 실천에 옮겨야 하겠다고 오늘 밤처럼 심각하게 재인식한 것은 일찍이 없었다.

| * 력연히(원문)→ 역력히.

어느덧 양미간의 주름살이 펴지고 입가에 새로운 결의가 나타난 지배인은 무심중 수화기를 들고 또 노동부장을 찾았다. 역시 없었다. 덜컥 수화기를 내려놓은 그는 이번에는 전기 단추를 지그시 눌렀다. 비서도 나타나지 않았다. 그래도 좋았다. 그의 마음은 한시름을 던 사람처럼 가뿐하였다. 그는 잊었던 담배 한 대를 붙여 물었다. 한 맛 더 났다.

그렇다. 지배인도 기사장도 부장도 현장으로 하부로—이렇게 중얼거리면서 지배인실을 나선 그의 가슴속에서 새로운 정열과 의욕이 솟구쳐 오르는 것이었다.

4

그날 아침에 지배인실에서 행정간부회의가 있었다. 공장 초급 당부 위원장과 직맹 위원장도 참가하였다. 그리고 그다음 날부터 사흘 동안 신학구 작업반의 사업 정형을 보게 되었는데 당과 직맹의 협조 밑에 지배인 외에 기사장과 노동부장이 참가하게 되었던 것이다.

행정간부회의에서는 주로 일부 간부들과 중간 간부들이 신입 노동자에 대하여 관심을 적게 돌리거나 전혀 돌리려고 하지 않는 경향들을 시정하기 위한 논의가 벌어졌다. 지배인은 우선 자기부터 이 문제에 관하여 관심을 적게 돌렸다는 것을 솔직히 내놓은 다음 딱딱한 보고문이 아니라 한 사람의 신입 노동자와의 담화에서 얻은 몇 가지 교훈을 이야기했다. 부장들은 이 처음 듣는 말에서 일종의 흥미를 느끼면서 귀를 기울이고 있었다. 그러나 그중에는 반신반의하는 표정도 없는 것은 아니었다.

"……비록 이것이 부분적 현상이라고 하지만 사실인 것만은 틀림없습니다. 당장 기계를 맡길 수 있는 기능공을 구해들이기가 힘든 지금에 있어서 우리는 새 사람을 양성해서 쓰는 수밖에 도리가 없습니다. 그들은 공장에 안착시키고 기능공으로 지도 육성하는 것은 앞으로 우리 공장이 국가에서 맡은 생산 계획량을 완수할 수 있는 담보로 되는 것입니다. 그런데도 불구하고 1호 직장의 어떤 작업반에서는 아까 말한 바와 같은 그런 사실이 나타났습니다……."

조금 전에 지배인은 최순만의 사건을 실례로 들었던 것이다. 그는 다시 말을 합숙 문제로 돌렸다.

"합숙의 이런 형편은 아직 인내력이 적은 데다 공장이 처음인 농촌 사람들에게 안착할 수 있는 마음의 안정을 주지 못하고 있는 것이 사실입니다. 이런 결과는 그들로 하여 항상 고향에다 마음의 뿌리를 박고 있게 하거나 고향과 공장 간에 양다리를 걸고 늘상 경중을 떠보게 합니다. 생각해보시오. 아침저녁으로 자기의 소지품을 들고 다니는 사람이 어떻게 공장에다 마음을 붙일 수 있겠습니까……."

지당한 말이라고 머리를 끄덕거리는 부장도 있었다. 이 밖에 한 가지 문제로서 노동부가 자기 사업을 굼뜨게 진행하는 결과로 부족되는 노력이 계획적으로 보충되지 못하고 있다는 것이 지적되었다. 지배인의 지적에 대해서 서무 관계를 맡은 부지배인과 노동부장은 자기 토론에서 시인했으나 1호 직장장은 그런 사실을 자기는 모르고 있다고 넌지시 발뺌을 하려 들었다. 그는 어젯밤에 귀향했다는 신입 노동자에 대해서도 아직 보고를 받지 못했노라고 말하면서 의심쩍어하는 표정을 하였다. 마침 그때, 한 젊은 노동자가 프레스에서 찍어낸 묵직한 강철 제품 한 개를 메고 지배인실로 들어왔다. 지배인이 청한 견본이었다.

"김 동무, 수고했소."

제품을 한구석에 내려놓고 돌아서 나가자는 노동자의 손을 잡고 지배인은 싱글벙글 웃었다.

"과장님……."

이미 지배인에게서 들어서 영문을 알고 있는 부장들 가운데서 킥킥 웃음소리가 들렸다.

"내가 바로 이 공장 지배인이오."

"……."

이것이야말로 천만뜻밖이었다. 천쇠의 얼굴이 대번에 불을 맞은 듯이 화끈화끈 달아올랐다.

"바로 이 동뭅니다. 내가 어젯밤에 담화했다던 신입 노동자가…… 참 집으로 가버린 그 사람 이름이 뭐랬지?"

지배인은 힐끔 시선을 1호 직장장에게 던지면서 물었다. 모르거나 잊었기 때문이 아니라 한번 확실한 증거를 보여주기 위해서였다.

"최, 최순만이올시다."

김천쇠는 얼떨떨한 정신으로 대답하였다. 초급 당위원장과 직맹 위원장이 번갈아 몇 마디씩 물어보았으나 그의 대답은 지배인의 말과 틀림없었다.

"이거 참 큰일 났군. 지배인님을 모르구 버릇없이 대했은즉 이 일을 어떡하면 좋아……."

지배인실을 나온 천쇠는 송구한 생각에 오싹오싹 걱정이 대단했다. 그러다가 그는 송기호에게서 그것이 되려 잘한 일이었다는 해설을 듣고서야 어지간히 마음을 놓았던 것이다. 비록 나이는 자기보다 어리나 좋은 지도자였다.

20명의 남자들로만 편성된 신학구 작업반은 허물어진 직장을 정리하고 절반쯤 파괴된 2호 가열로를 복구하는 공사를 기사들의 지도 밑에 진행하고 있었다. 무너진 콘크리트 건물 속에 묻혔던 기자재를 파내고 뜯어내는 작업은 이미 끝났다. 상하지 않은 기계는 분해 소제가 시작되었으며 수리 직장에 운반된 기계들은 수리가 한창이었다. 파괴된 건물은 벽돌과 시멘트로 제법 몰라보게 상처가 아물렸고 그 곁에 새로 산소 공장 건물이 벽돌로 서가고 있었다. 기적 소리도 우렁차게 기차가 복구 기자재를 공장 안으로 실어 들였으며 복구된 다리 위를 화물자동차가 꼬리를 물고 드나들었다. 수라장 같던 현장이 깨끗이 정리되어갔다. 천쇠가 올 때만 해도 발끝에다 눈을 박고 걸어야 하던 길이 지금은 눈을 감고라도 다닐 수 있게 되었다. 제재공장에서 켜내는 목재로 공장건물과 사무실과 합숙들이 여기저기에 서갔다. 이렇듯 나날이 복구되어가는 현장에서 노동자들은 다시 자기 공장의 옛 모습을 찾아볼 수가 있었다. 그 모습은 그들의 용기와 의욕을 더욱 돋구어주었다. 눈부시게 약동하는 장엄한 현실 앞에서 천쇠는 놀라지 않을 수가 없었다. 부지하세월로 생각되었던 그에게는 복구공사의 시간과 속도가 상상조차 못하리만치 빨랐다. 이 사실을 목격한 그는 비로소 노동자들의 뭉친 힘이 얼마나 강대한가를 깊이 깨달았던 것이다.

신학구 작업반은 가열로와 기계 정비의 두 부분으로 나누어서 공사를 진행하고 있었다. 지배인은 특히 노력 조직 관계에다 관심을 돌렸다. 반장 신학구는 이 직장에 온 지 1년 가까이 된다. 그 전에는 다른 화학공장에서 얼마 동안 수리공으로 있었다. 나이가 지긋한 그는 매사에 열성이 있고 어떤 일에 들어서도 꾀를 부릴 줄 모르는 사람이다. 전쟁 기간 중 생산에서 상당한 실적을 올렸으며 특히 가열로의 고장을 수리하는 데 능수였고 책임감이 강하다 해서 2호 직장장은 그를 복구 부문에 돌려 작업반장에 기용했던 것이다. 그러나 학구에게서는 몇 가지 결함이 나타났다. 이것은 이전 생산 과정에서는 찾아볼 수가 없었던 것이다. 사업을 진행하는 데 있어서 반원들의 기능과 역량을 고려해가지고 또 사업의 경중을 보아가지고 적재를 적소에 배치하는 데 계획성이 부족했다. 주먹구구식인 데가 있었으며 적당한 지적이나 지도보다 기분적인 잔소리가 많았다.

"이렇게 손발이 맞지 않구서야 해먹을 수가 있나. 제기 어린애에게 암죽 먹이듯 이건 쇠쇠한 것꺼정 하나하나 가르쳐줘야겠으니…… 위에 선 도대체 뭘 하구 있는 거야. 사람이 모자란다는 소릴 바로 타령인 줄 아는 게로군……"

작업이 제대로 진척되지 않거나 반원들이 일을 쓰게 못할 때면 혼자 서 역정을 내고 투덜대면서 가슴이 안달아 했다. 그러면서 위신 없이 노력 부족에 대한 불평을 늘어놓기도 하였다. 송기호 같은 열성 있는 반원들의 한두 번만 아닌 충고로 차츰 고쳐지기는 하나 그 뿌리가 날래 빠져가지 않았다. 분공을 준 사업을 지도하고 검열하며 태공*분자에 대해서 주의를 돌릴 대신 어떤 일에 붙기만 하면 그 일을 끝낼 때까지는 밥이 죽이 되어도 오불관언이었다.

이런 사람이다 보니까 신입 노동자에 대해서는 더군다나 관심이 무디어 있었다. 그는 농촌이나 산촌 청년들이 공장으로 오는 것부터 덜 찬성하였다. 그의 생각에 의하면 촌사람들이란 한 일 년을 두고 줄창** 붙어서 아귀다짐을 하듯이 가르쳐주어도 쓸모가 적은데 게다가 참을성이 없이 뺑소니를 잘 치니까 믿을 수가 없다는 것이었다. 그런 사람을 가르칠 시간이면 차라리 그만큼 자기가 더 일하리라 하면서 돌볼 염을 하지 않았다.

"기일을 어길세라 다구어치는 판에 청산이 늙기시리 언제 천천히 가르치구 있겠소. 교대 근무에 들어간 후라면 몰라두……"

이것이 신입공에 대한 그의 견해다. 가르치기는 하되 지금은 그 시기

---

* 태공怠工 : 북한어. 태업. 일이나 공부 따위를 게을리함.
** 줄창 : '줄곧'의 북한어.

가 아니라는 것이다. 그는 지배인의 지시문을 전혀 모르고 있었다. 반장의 이런 견해는 어느덧 반원들에게 물젖어*갔다. 또한 도급제 일금이나 상금을 타먹는 데 되려 방해가 된다고 시끄럽게 여기거나 귀찮게 생각하는 축들도 없지 않았다. 이렇게 되고 보니 천쇠나 순만이는 배울 것도 변변히 배우지 못할 뿐더러 방임 상태에서 저이들끼리만 위축되어 있지 않을 수가 없었다.

이런 울타리 속에서는—하고 지배인은 비로소 긍정하는 것이었다.— 도주자도 건달도 생길 수가 있을 것이다라고.

반장도 반장이지만 이 작업반의 선동원은 사업을 포기하다시피 하고 있었다. 바로 말해서 '벙어리 선동원'이었다. 만약 선동원이 제때 제때에 자기의 역할을 놀아주었더라면 전부가 아니라도 적지 않게 결함들이 시정되었을 것이 아닌가! 선동원 조동진은 작업반장 신학구를 의존하고 응당 자기가 주동이 되어야 할 작업비판회까지 그에게 일임하고 있었다. 신학구는 그를 기능공으로 키워준 말하자면 선배였다. 조동진은 그를 기능공으로 임명된 후, 오늘까지 불과 네댓 번밖에 선동사업을 진행하지 않았다. 그것도 선동원 강습에서 필기해온 것을 앵무새처럼 그대로 외웠을 따름이다. 토론자가 없어도 좋았고 질문이나 의견이 안 나오는 것은 오히려 다행이었다. 이렇게 되고 보니 전후 인민경제 복구발전에 관한 수령의 중요한 교시가 무엇이며 조선 인민은 미제 무력 침범자와 싸워서 무엇을 승리했으며 위대한 소련과 중국을 비롯한 인민 민주주의 각 국에서 우리나라를 어떻게 방조하고 있는가.—노동자들 특히 신입 노동자들은 그믐밤이었다.

"내 자신 무식하고 말조차 잘할 줄 몰라서 못 하겠단데 억지로 시킨

| * 물젖다: '물들다'의 북한어.

걸 어떻게 합니까. 그러니 정 요청하면 하구 그렇지 않으면 지내버리군 했지요."

조동진의 말이다. 그는 선동원으로서의 자기의 입장과 태도를 밝혀 온 것이 아니라 그들과 융화하였으며 그들의 꽁무니를 따르고 있었다.

이런 울타리 속에서는—하고 지배인은 다시 한 번 긍정하는 것이었다.—쓸데없는 불평도 신입 노력에 대한 무관심도 응당 생길 수가 있을 것이다.—라고.

지배인이 예측한 대로 신학구 작업반에는 적지 않은 결함들이 내재하여 있었다. 그는 그것들을 설복과 해설의 방법으로 시정해나가기로 하였던 것이다.

"신학구에게는 물론 좋은 일면도 있소. 그러나 생산 부문과 복구 현장의 성격을 분석할 때 이 동무는 어느 쪽인가 하면 역시 생산 면에서 맡은 책임량이나 다해나갈 사람이지 복구공사에 나설 그릇은 아니오."

지배인의 이 지적대로 1호 직장장은 적재를 뽑는 데 신중한 고려를 돌리지 못했던 것이다. 이미 불을 단 1호로나 프레스에 지나치게 치중한 결과 반장 선출에 경솔한 데가 있었다.

기사장은 지극히 간단한 기계화, 즉 권선 부분이 약간 찌그러진 채 파철 무지에 굴러 있는 조그만 '우인치'를 수리해서 사용케 함으로써 기계 정비조에 3명의 노력을 뽑아 가열로조로 돌릴 수가 있었다. '체인뿌록크'가 두 대만 있으면 1명쯤 더 뽑을 것이나 그 공구는 어느 직장에서도 귀하고 발랐다. 기계 정비조는 3명을 추리고도 오히려 안전작업을 할 수가 있었다.

"기계화에 대해서 머리를 쓰긴 쓰면서도 미처 그런 데다는 생각을 돌리지 못했습니다."

학구는 이렇게 말하면서 노력을 주지 않는다고 불평을 말한 자기의 잘못을 뉘우치는 것이었다. 그 '우인치'로 말하더라도 몇 번 눈에 뜨이기는 하였으나 그저 무심히 보아버렸던 것이다. 그럴 수밖에 없었다. 그가 생각하는 기계화는 그런 것보다도 더 크고 위대한 것이었다. 대번에 능률을 3, 4백 프로 내지 7, 8백 프로까지 제고시킬 수 있는 것으로 표창이나 상금을 목표로 하는 그런 것을 꿈꾸고 있었다.

기사장은 그새 두 번 휴식시간을 이용해서 노동자들에게 간단한 기계화가 작업 능률을 적지 않게 제고시킬 뿐만 아니라 노력을 절감하고 위험성을 제고한다는 사실에 대해서 땅바닥에다 도면을 그려가면서 설명해주었다. 그리고 이런 말을 하였다.

"저기 저 파철 무지를 무심히 봐서는 안 되오. 저 속에 보배가 숨어 있습니다. 놀고 있거나 죽어 있는 기자재, 즉 내부 원천에 대해서 항상 관심을 돌려야 하겠습니다."

7명의 부족 노력 중 3명이 해결되었으니 이제 나머지 4명만 보충한다면 회계가 맞는 셈이다. 그러나 그것마저 해결되었다. 시시껍지한 잡역으로만 돌리면서 통 셈 밖으로 치던 김천쇠를 가열로 공사에 붙임으로해서 넉넉히 한 몫을 막게 하였고 또한 사장되었던 '가구라' 한 대를 살려 씀으로 현재 노력으로도 충분할 뿐만 아니라 지연된 공사 기일을 회복할 수 있는 가능성까지 찾아내었던 것이다. 이것은 지배인의 지도의 성과였다.

오래간만에 작업복을 바꿔 입고 직접 노동자들 속에서 사업하여보는 지배인은 일찍이 책상머리에서 느껴보지 못했던 생동하는 젊은 기분과 함께 새로운 정열과 기쁨이 샘솟아오름을 스스로 느끼게 되었다. 직접 손을 대어보니 이것저것 결함들이 많이 눈에 띄었다. 그것들을 시정시키는 과정에서 반대로 지배인 자신 자기가 머릿속이나 수첩에 가지고 있던 인식을 새롭게 한 것도 적지 않았다. 그는 자주 노동자들과 담화를 진행하면서 특히 신입 노동자를 동지애로써 지도 육성할 것을 강조하였다. 또한 그는 일제 시에 하루 12시간의 노동을 하고 40전도 못 받으면서 온갖 착취와 억압을 당하던 암담한 공장 노동자들의 형편을 들려주고 그와는 정반대로 김일성 원수를 수령으로 모신 광명에 찬 새 조선의 선봉대로 된 노동자들의 영예와 지금보다도 무한히 행복스러울 찬란한 앞날의 광활한 전망에 대하여 자신 있게 이야기하였다. 누구보다도 귀가 솔깃해서 한마디 뺄세라 들은 것은 김천쇠다. 그는 지배인의 말을 머릿속 깊이 간직하였던 것이다.

이와 때를 같이 하여 서무 부지배인과 서무부장 그리고 건설부장은 각 합숙에다 큰 개변을 일으켜 놓았다. 1호 합숙만 하더라도 확성기 외에 소지품 궤짝 13개가 새로 비치되었다. 이것으로 궤짝은 한 노동자 앞에 한 개씩 차례지기로 되었다. 물론 김천쇠의 것도 있었다. 새 사감이 배치되었으며 노동신문이 한 부씩 할당되고 장기가 두 틀이 왔다. 그들의 기분이 새로워진 것은 말할 필요도 없다.

우리의 합숙은 우리의 손으로―라는 구호를 내걸고 35명 노동자들은 자발적으로 실내를 미화하였으며 합숙 자치위원회를 구성하고 위원장과 실장을 선거하였다. 그리고 그날 밤으로 자리를 배정하고 합숙의 규율과 질서를 엄수할 데 대해서 결의하였다. 위생에 관한 문제도 토의되었다. 어디서 어떻게 불어온 바람인지는 모르면서도 천쇠는 마치 새집 짓고 집들이를 한 주인처럼 얼마나 마음이 흐뭇한지 몰랐다. 벽에 붙은 가지각색 그림과 유리병과 쇠통에 수북수북 꽂혀 있는 꽃들을 살펴보는 천쇠의 가슴속에서 열성껏 일해보리라는 새 의욕과 공장에 대한 애착심이 전에 없이 솟아올랐다.

| * 목강 : 목간沐間. '목욕'의 방언.

"내일부텀은 마음 놓구 영화를 구경하고 목강*두 할 테야……."

페치카* 곁에 마다라스**까지 편 자기 자리에 누워 확성기에서 흘러나오는 음악 소리를 신기하게 들으면서 속으로 중얼거려보는 천쇠였다. 그 이튿날 저녁에 그는 오래간만에 구락부***에 영화 구경을 갔다 왔으나 잠자리는 얌전하게 그대로 그를 기다리고 있었다. 임원과 자리가 일정하게 배정되었던 것이다. 이런 것도 이런 것이려니와 사람들이 전에 없이 자기를 친절하게 대해주었으며 특히 송기호가 곁에 있는 것이 마음에 든든했다.

그다음 일요일 석양에 지배인과 부장들이 합숙을 돌아보려 나왔다. 마침 김천쇠는 새로 임명된 선동원 송기호와 장이야 궁이야 하면서 신이 나서 장기를 두고 있었다. 모범 민청원인 송 동무는 그 며칠 전에 이 합숙으로 옮겨왔던 것이다. 그전까지 개인집에 하숙하고 있었으나 일상적으로 신입 노동자들과 접촉하며 그들에게 교양을 주기 위해서는 그렇게 하는 것이 마땅한 방법이라고 생각하였기 때문이다. 김천쇠는 송기호가 하는 대로 손을 내밀어 지배인과도 부장들과도 악수를 하였다.

"김 동무 어떻소? 마음이 붙습니까?"

지배인이 물었다.

"에, 이제는 한바탕 일해보겠습니다. 혜혜……."

김천쇠는 목덜미를 긁적거리면서 얼굴을 붉혔다.

"편지를 부쳤소? 고향에다……."

"에!"

"어서 오도록 하시오."

* 페치카pechka : 러시아와 만주를 비롯한 극한極寒 지방에서 쓰는 난방 장치. 벽난로.
** 마다라스matras : '매트리스mattress'의 북한어. 침대깔개.
*** 구락부俱樂部 : '클럽club'의 일본식 음역어. 단체, 클럽.

지배인은 삼례에 대한 약속을 잊지 않고 있었다.

김천쇠는 고마운 생각에 가슴이 뿌듯했다.

"선동원 동무, 순만이는 정말 도로 옵니까?"

지배인이 돌아가자 천쇠는 새삼스럽게 기호에게 물었다. 행복의 문이 열리기 시작한 자기의 생활을 고향 친구와 더불어 나누고 싶은 생각이 간절하였던 것이다.

"글쎄 걱정말래두 그래. 오고 말구. 어서 장기나 결판내고 구락부로 가자구. 받아라, 통장*이야……."

"아차차 이거 큰일 났는데……."

김천쇠는 송 동무의 '차'장에서 꼼짝 못 하고 진퇴양난에 빠졌으나 얼마나 마음이 대견한지 몰랐다.

5

10월 초순, 바깥 날씨는 제법 쌀쌀했으나 가열로에서 불길이 치솟아 오르고 있는 직장 안은 한증 안처럼 이글거렸다. 1호 가열로 때만 하여도 화끈화끈했는데 2호 가열로마저 불길로 솟구게 되었으니 그 더위는 가히 짐작할 수가 있을 것이다. 1호 가열로 옆 넓은 공간을 수백 톤의 무게를 가진 두 개의 육중한 물탱크가 차지하고 있다. 사실 이 탱크가 이 직장의 원동력이었다. 가열로의 정면에는 '프레스'와 '에어 해머'** 등 기계가 위용을 뽐내듯 일렬로 버티고 서 있다. 이 직장의 기계란 기계는 어느 것이나 거물스러운 것들뿐이었다. 그러기 때문에 선반공장 같은 데서

---

* 통장通將 : '외통장군'의 북한어. 장기에서, 상대편의 궁이 피할 수 없는 수를 보고 부르는 장군.
** 에어 해머air hammer : 압축 공기의 힘으로 움직이는 기계 해머.

받는 인상과는 반대로 한번 이 직장에 발을 들여놓기만 하면 누구나 우람찬 기계가 주는 위압감을 느끼게 되는 것이다. 그러나 지금 웃통을 벗어버리고 그 속에서 작업하고 있는 노동자들에게는 이 기계가 사랑스러운 벗이었다. 그들은 미국 날강도들의 폭격 속에서 목숨으로 이 기계들을 지켜냈으며 그들의 지혜로 여기다 다시 조립해냈던 것이다. 그 노동자들 속에 지금 김천쇠도 섞여 있었다.

"옳지, 옳지. 그렇게 한 번만 더 더 굴려…… 됐어, 됐어. 보오 쇠끼리 맞붙은 쪽이 저렇게 덜 달았지? 어쨌든 네모가 모두 같은 열도로 몇 도라구 했지? 그래 1,100도로 골고루 달아야 말이지. 그렇지 않구서는 프레스에 가서 퇴짜를 맞거나 오조를 먹는단 말이오. 표준 조작법을 잊지 말구 어디 다시 한 번……."

담청색 노동복과 함께 공장에서 내준 군모 비슷한 노동모를 뒤로 돌려쓰고 웃통을 벗어버린 김천쇠는 금시 가열로 속으로 뛰어 들어가기라도 할 듯이 부릅뜬 눈으로 불길을 응시하다가 길이가 열 자나 되는 쇠갈고리를 쓰윽 들이찔렀다. 입술로 흘러내리는 땀방울을 푸 푸 내뿜으면서 빨갛게 단 강철덩이를 갈고리 끝으로 굴리고 있는 그의 팔뚝에 혹 같은 근육이 불퉁불퉁 뼈여졌다.* 끝이 녹아서 척척 휘어지는 갈고리를 빼어서 물통에 던지기가 바쁘게 다른 것을 들이찌른다. 한동안 가열로와 맞부딪칠 듯이 씨근거리다가 갈고리를 되싸게** 채쳤다.*** 잘 달아서 불꽃을 날리는 강철 한 개가 디굴디굴 굴러 철판 위에 쿵하고 떨어졌다.

"됐어, 훌륭하오. 훌륭하오."

직접 노 옆에서 기술을 전수하고 있던 새로 임명된 안봉수 반장은 그

---

* 뼈여지다 : 북한어. 우뚝 내솟다.
** 되싸다 : 호되고 심하다.
*** 채치다 : 채찍 따위로 휘둘러 세게 치다.

의 어깨를 툭툭 치면서 자기 일처럼 기뻐하였다.

"이 기세로만 나가자구. 김 동무! 동문 이젠 기능공이야. 기껀 일하자구."

송기호는 선동원답게 그를 격려해주었다.

안봉수 브리가다*는 무기능공들과 기술 수준이 어린 반원들을 지도하기 위해서 호조반을 조직하고 있었다. 반장 안봉수가 직접 김천쇠를 맡았다. 그는 가열로의 구조로부터 표준 조작법과 공구를 사용하는 방법에 이르기까지 지극히 쉬운 말로 전수한 다음 그 해득 여부를 세미나까지 하고 직접 실습으로 들어갔다.

"알겠소? 갈구리는 이렇게 틀어쥐고 몸은 이렇게 굽히랬지? ……그래야만 노 안을 똑똑히 들여다볼 수 있거던……. 소가 저기 저 놈처럼 시뻘겋게 달았을 때가 저 빛깔이 일천 도니까 한 번 굴려줘야 해, 옳지……."

반장은 천쇠와 쇠갈고리를 맞잡고 일일이 설명하면서 가르쳐주었다. 안봉수는 이와 같은 친절한 개별적 지도로 김천쇠에게다 비단 기술만 전수한 것이 아니라 나라를 사랑하는 자기의 참된 마음마저 쏟아주었던 것이다.

김천쇠는 자기가 처음 구워낸 강철이 프레스에 가서 제품이 되어 나온 데다 검사공이 게지를 대어볼 때까지도 마음을 조리고 있었다. 합격이 된 것을 알자 그는 비로소 수건으로 얼굴의 땀을 닦으면서 한량없는 기쁨에 잠겼던 것이다. 어디서 오는 기쁨이며 힘일까! 쩍 벌린 가슴속에서는 뭉클뭉클 새 힘이 솟구쳐 올랐다. '노동자 김천쇠'—그날 그는 이말을 여러 번 속으로 외워보면서 처음으로 노동자가 된 영예감을 가슴

| * 브리가다 6ригада : 러시아어, 조組, 반班, 작업반.

뿌듯이 느꼈던 것이다.

복구공사가 끝나고 2호 가열로에 불을 단 것은 예정보다 이틀이 늦어서다. 일주일이나 지연된 공사를 용케 예까지 당기기는 하였으나 신학구 작업반은 사업 총화에서 지적을 받지 않을 수가 없었다. 행정 측은 그날로 작업반을 개편하였다. 열성분자들만 2호 가열로에 그대로 남기고 나머지는 다른 교대근무에 적당히 나누어 넣었다. 신학구는 1호 가열로의 한 개 작업반원으로 도로 편입되었고 선동원 조동진 역시 그렇게 되었다. 새로 브리가다가 편성된 조건 하에서 초급당부는 실정에 알맞게 당의 역량을 배치하였고 직맹도 하부조직을 강화하였던 것이다. 그것은 모두가 정당하고 옳았으며 생산을 높이는 데 도움을 주는 조치들이었다. 당원들은 말할 것도 없고 비당원 노동자들이 당의 대책을 지지 환영하였다. 중에서도 기뻐한 것은 김천쇠다. 열심히 일하면서 배워가지고 당원이 되겠노라고* 은근히 마음을 먹고 있는 그에게는 당과 직맹의 시책이 어김없이 자기의 소원을 풀어주는 것만 같았다. 이것은 또한 어느 노동자에게도 그대로 느껴지는 감정이었다.

김천쇠는 브리가다를 조직하던 날 2호 가열로를 자원하였다. 이미 송기호에게서 들은 바도 있었지만 자기도 역시 이 직장에서 젊음을 자랑해보고 싶었고 또한 그 불길 속에서 행복과 희망을 찾을 결심을 하였던 것이다. 안봉수 브리가다에 배치된 당원 동무들은 말할 것도 없고 비당원들까지도 모두가 신입 노동자인 그를 친절하게 대하여주었으며 무엇이든지 그가 몰라 하는 것은 아는 데까지 차근차근 가르쳐주었다. 속담에 꼭지에 부은 물이 발길로 흐른다고 반장 안봉수나 선동원 송기호의 작풍이 옳다 보니 자연 그 본을 받을 수밖에 없었다. 그러나 생산 능률을 계

| * 되겠느라고(원문) → 되겠노라고.

획대로 올리지 못하였거나 노동 규율을 위반했을 때의 비판은 철저하였다. 천쇠는 그런 적절한 비판이라면 누구나 제 잘못을 고치지 않을 사람이 없으리라고 사뭇 통쾌하게 생각하였다. 그러다가 어느 날, 작업비판회에서 김천쇠의 문제가 취급되었다. 그는 그날 작업에서 귀중한 강철한 개를 지내 달구어 녹여버렸던 것이다. 그는 어떠한 비판과 지적이라도 달게 받을 각오를 가지고 있었다.

"……그러니까 그 책임이 김 동무에게 있습니다. 그러나 그는 어떤 동문가? 그는 공장에 온 지 불과 한 달 남을쩍한 동무요. 만약 우리가 더 열성스럽게 더 친절스럽게 계속 기술을 전수하고 지도를 주었다면 이런 일이 생기지 않았을 것이오. 우리는 경애하는 수령의 교시를 더욱 깊이 연구하고 신입 노동자에 대해서 더 한층 관심을 돌려야 하겠습니다. 두덮어* 놓고 책임만 추궁할 것이 아니라 우선 우리 수준의 기술과 교양을 전수하는 데 노력합시다……."

선동원은 김천쇠를 비판한 다음, 그보다 못지않게 다른 반원들을 지적하였다. 그러나 그 지적의 모두가 천쇠의 가슴을 갑절 아프게 찔러준 것은 사실이다. 천쇠는 그날 표준 조작법을 위반했던 것이다. 이도 나지 않고 콩밥부터 먹겠다는 셈으로 그는 단번에 두 개를 구워낼 들뜬 허욕으로 섣불리 덤벼들었다가 하마터면 두 개 다 녹여버릴 뻔하였다. 경각성이 무디고 마음이 해이해졌던 탓이라고 자기의 잘못을 솔직하게 자기 비판을 하는 그의 눈에서 눈물이 핑 돌았던 것이다.

김천쇠는 안봉수 브리가다에 편입된 후부터 외로움을 느끼지 않게 되었다. 위축도 모른다. 육신을 짓누르던 외로움과 위축을 모르게 된 그의 가슴속에서는 희망이 푸득푸득 나래치기 시작하였다. 영광스러운 노

| * 두덮다 : 접어두고 관심을 두지 아니하다.

동자의 대열에 버젓하게 끼어서 기술을 배우고 글을 배울 수 있게 되었다는 기쁨이 무럭무럭 부풀어 올랐다. 최순만이와 같이 밀차로 강철덩이를 운반할 때만 하더라도 이런 무서운 데서 사람이 일을 하다니 하고 질겁해서 도망치던 그가 아니었던가! 그런데 지금은 조금도 무섭지 않다. 무섭지 않을 뿐만 아니라 되려 부쩍부쩍 마음이 쏠렸다. 그것이 마땅히 자기가 할 일이라고 마음먹은 그에게는 가열로의 불길도 프레스의 폭발음도 시뻘건 쇳덩이도 이제는 겁나지 않았다. 내가 어느새 이처럼 변해졌는가…… 천쇠는 가끔 이렇게 중얼거리면서 새삼스럽게 자신을 돌이켜보는 것이었다. 처음 같아서는 언제 공장에다 재미를 붙여볼 것 같지 않더니만 지금은 늦어도 30분 전에 출근하지 않고는 견디지 못하였다. 어디 그뿐인가 한때, 압박이나 구속처럼 느껴지던 시간 생활과 노동 규율에 대한 싫증과 괴로움도 없어져갔다. 이것은 안봉수 브리가다에 편입된 후에 생긴 그의 심리적 변화였다. 좋은 지도자의 지도를 받으면서 조직적 생활을 한다면 누구든지 훌륭한 노동자로 장성될 수 있다는 것을 천쇠는 짧으나마 자기의 경험에 비추어 절실히 느꼈던 것이다. 그 실례로 김천쇠 자신 이미 쌍봉골이나 신학구 작업반 시절의 김천쇠가 아니었다. 기능공들의 친절한 지도 밑에 자기가 생산하는 기계 부속품과 여러 가지 제품들이 조국의 상처를 급속히 아물리는 데 크게 이바지한다는 것을 생각할 때, 그는 노동자가 된 자기의 존재를 비할 바 없는 영광으로 자랑하고 싶었던 것이다.

김천쇠는 반원 동무들의 지도 밑에 날마다 제 앞의 일을 맺어나갔다. 그는 브리가다에서 기술을 배우고 교양을 받는 외에 기능공들의 경험 교환회에서 많은 것을 배울 수가 있었다. 경험 교환회에는 많은 브리가다에서 우수한 기능공들이 모여 왔으며 기술자들도 참가하였다. 어떠한 창의로 생산을 높였는가? 생산 능률을 제고시키기 위한 새로운 작업 방법

에 대하여 또는 표준 조작법을 준수함으로써 오작품을 저하시킨 경험 등
등에 대해서 그들은 힘든 학술적 용어보다도 보통 누구나 들어서 알 수
있는 말로 이야기해주었다. 천쇠는 귀를 오구리고 들으면서 필요한 대목
은 필기해두었다.

　김천쇠는 또한 일주일에 한 번씩 있는 기술 전습회에도 빼지 않고 나
갔다. 소졸 정도의 지식을 가지고 있는 그는 앞으로 여간 기술전문학교
에 들어갈 수 있는 기초 지식을 이 전습회에서 얻고야 말겠다고 결심하
였던 것이다. 이렇듯 희망에 가득 찬 나날을 보내면서도 그는 고향을 잊
을 수가 없었다. 어머니와 동생이 그리웠고 삼례가 몹시 기다려졌다. 최
순만이도 가끔 생각에 떠올랐다. 괴로울 때는 괴로움을 하소연하기 위해
서 또 기쁠 때는 그 기쁨을 나누기 위해서도 우선 머리에 떠오르는 것은
고향 사람들이었다. 삼례가 편지를 받고 떠나올 날이 가까워지면 질수록
쌍봉골 생각이 더욱 간절하였다. 편지는 바로 갔을까? 고집이 센 어머니
가 삼례를 따라 성큼 떠나주실는지 순만이는 뭘 하고 있을까.―천쇠는
이런저런 생각 때문에 자정이 넘도록 잠을 청하지 못할 때가 있었다.

　어느 날, 점심때였다. 시뻘건 쇳덩이 위에 놓아 싱싱 끓인 물로 점심
을 먹고 난 후 새로 들어온 제대 군인 동무에게서 용감한 인민군대의 전
투 이야기를 한창 재미나게 듣고 있는데 밖에 나갔던 송기호가 깡충깡충
뛰어 들어오면서 요란스럽게 김천쇠를 찾았다.

　"김 동무, 김 동무, 한턱 쓰라구. 뭣 때문인가구? 함박꽃 같은 애인
동무가 왔으니 말이지."

　송기호의 말대로 나가 보니 과연 삼례가 옷 꾸러미를 들고 강철더미
곁에 서 있었다. 천쇠는 눈이 번쩍 뜨였다.

　"삼례! 용케두 찾아왔군."

　어머니와 동생이 보이지 않는 것이 서운했으나 여하튼 반가웠다.

"……."

옷고름을 만지작거리면서 말없이 생글생글 웃는 삼례의 얼굴에 홍조가 피어올랐다. 오래간만에 만나보는 처녀는 더 미끈하고 어여뻐진 듯하였다. 천쇠는 덥석 손목을 잡아주고 싶은 충동을 느꼈다.

"어마이는?"

"천천히 오시겠대요."

삼례는 그의 기분을 상할까보아 듣기 좋게 대답했다. 천쇠는 그만하면 짐작할 수가 있었다. 기쁨과 서운한 감정에 뒤섞여 또 하나 삼례를 유숙시킬 문제가 걱정되었다.

"그래 가지구 올 건 죄다 가지구 왔소?"

"모두래야 이것뿐인데……."

천쇠가 삼례의 꾸러미에 시선을 떨구고 있을 때, 송기호가 나타났다.

"삼례 동무지요? 오시기 수고했습니다. 우리 피차 힘껏 일해봅시다. 그럼 김 동무 직장장 아바이에게 이얘기했으니까 우선 삼례 동무를 그 집에 가서 쉬게 하시오. 이얘긴 태산 같겠지만 뒀다 하구."

선동원은 빙글빙글 웃으면서 천쇠의 등을 밀었다. 그는 삼례를 기호에게 인사를 시킨 후, 그리로 데려갔다. 그날 저녁 애인을 따라 구락부에 가서 오래간만에 영화를 구경하고 돌아온 삼례는 직장장댁 윗방 눈부시게 밝은 전등 밑에서 밤늦도록 천쇠에게 고향 이야기를 소군소군 하고 있었다.

삼례는 후어머니와 싸우고 쌍봉골을 떠나왔다. 제 아비 삼년상도 치르지 않은 년이 싯누런 깃*댕기를 들이고 무슨 바람이 났느냐고 노발대발하면서 못 떠나게 했던 것이다. 그래도 삼례의 마음이 휘어들지 않는

| * 깃: '깃'의 방언(강원, 경남, 함경). 때가 잘 타는 이불의 위쪽이나 베개의 겉에 덧대는 천.

것을 보자 그는 천쇠 어머니를 찾아가서 발광을 부렸다. 순만이같이 근실한 사람도 도로 돌아왔는데 천쇠는 무슨 꿀단지를 찾느라고 안 오고 남의 처녀의 가슴만 들뜨게 하느냐는 것이었다. 천쇠가 보낸 편지를 들고 와서 하는 삼례의 이야기를 듣고 어지간히 마음이 누그러졌던 어머니는 그 발광을 듣자부터 아예 쌍봉골을 떠나지 않기로 마음을 고쳐먹었던 것이다.

"글쎄 너는 네 생각대루 하려무나. 나는 안 가겠다. 영감의 뼈가 묻힌 곳을 함부루 떠나내니. 쌍봉 신령이 두려워서두……."

천쇠의 어머니는 둘째아들 만쇠를 끼고 살아가리라고 결심하고 삼례의 거취에 대해서는 통 상관하지 않았다. 이瓜 인민위원장이 설복한 결과 삼례의 후어머니는 삼례가 떠나는 것을 마지못해 허락하였으나 어떠한 해설이나 권유도 천쇠 어머니의 마음을 움직이지는 못했다. 순만은 몸이 불편하다고 통 두문불출하고 있다는 것이었다.

그날 밤, 합숙으로 돌아간 천쇠는 자리에 누워 이 궁리 저 궁리하던 끝에 직접 자기가 가서 어머니와 동생 그리고 순만이까지 데려오리라고 마음먹었다. 이튿날, 그는 소지품 궤짝 속 깊이 간직하여 두었던 배급받은 보위색천을 삼례에게 주어 어머니의 치마와 저고리를 꾸미게 하였다. 기특한 일이라고 직장장의 마누라가 자기 일을 젖혀놓고 손을 빌려주었다. 천쇠는 그날 점심때, 조용한 틈을 타서 반장과 선동원에게 고향집 사정을 실토하고 아울러 자기 결심을 말하였다. 반장과 선동원은 다소 난색을 보였으나 결국 직공장과 상의하고 직장장에게서 일주일의 휴가를 얻었던 것이다. 한 사람의 브리가다원이 일주일씩 직장을 떠난다는 것은 생산에 적지 않은 지장을 주었다. 그러나 선동원이나 반장 그리고 직장장은 그보다 앞일을 생각하였다. 천쇠가 어머니와 동생을 데려옴으로써 두메산골에 대한 미련과 애착심을 없애버리고 대신 공장에다 더욱 튼튼히 생활의 뿌리를 박으리라는 것을 믿었기 때문이다.

"갔던 길에 최순만이를 어떡할까요?"

천쇠는 기호에게 물었다.

"좋소. 어쨌든 올 사람이지만 함께 데리구 오시오."

"그 밖에 만약 공장으로 오겠다는 사람이 있으면 데려올까요?"

삼례에게서 고향 형편을 세세히 들어 잘 알고 있는 그에게는 몇 사람쯤은 데려올 수도 있을 것만 같은 자신이 생겼다.

"그건 이당里黨 위원장이나 이뢰 인민위원장하고 잘 상의하는 게 좋겠소. 동무에게 부탁은 고향 사람들에게 행복스러운 공장 생활과 노동자의 영예를 많이 이야기해 달라는 것이오."

천쇠에게 지시를 주면서 기호는 그가 차츰 공장을 사랑할 줄 아는 노동자로 개변되어가고 있다는 것을 마음 기쁘게 느꼈던 것이다. 생산을 저하시키지 않기 위해서—김천쇠 동무의 책임량까지 우리 손으로—라고 반원들에게 호소한 반장과 선동원은 또 그의 주택까지 걱정하고 있었다.

김천쇠가 치마저고리 외에 어머니의 고무신 한 켤레까지 마련해가지고 쌍봉골로 떠난 바로 그날 아침에 삼례는 9호 직장 여성 선반 브리가다에 배치되었다.

6

김천쇠가 보위색 새 치마저고리에 새 고무신을 신은 어머니와 동생 만쇠 외에 7명의 남자와 2명의 여성을 데리고 공장에 돌아온 것은 약속보다 하루 늦게 떠난 후 여드레째 되는 날 석양이다.

생각지도 않았던 새 노력이 왔다는 보고를 받은 노동부장과 지배인은 우정 나와서 그들을 반가이 맞아주었다. 김천쇠가 가지고 온 이뢰 인민위원장의 편지를 읽고 난 지배인은 간단한 환영사까지 말한 다음

"김 동무, 수고했소. 동무의 공로가 크오."

하고 천쇠의 손을 잡아주었고 겸손한 태도로 그의 어머니에게 위로의 말까지 보냈다. 9명의 남녀 가운데는 최순만이도 끼어 있었다.

"왔구나. 김 동무, 아! 최 동무도 왔구나."

뛰어온 송기호가 헐떡거리면서 천쇠와 순만이의 손을 잡아 흔들어주었다.

"선동원 동무, 나를 용서하시오. 다시는 안 그러겠수다."

"그런 소릴 말구, 우리 이제부터 기껏 일하자구. 힘이야 얼마든지 있잖소."

잘못을 사과하는 순만이에게 기호가 이런 말로 격려해주는데 그 곁에서는 한발 늦게 뒤쫓아온 삼례가 어머니와 처녀들 틈에 뛰어들어 서로 얼싸안고 반가워하는 것이다. 고향 남정들과도 기쁨을 나누는 그의 옷자락에서 기름 냄새가 풍겼다.

고향에 돌아간 천쇠를 동네 사람들은 반가이 맞아주었다. 한 사람 삼례의 후어머니만은 삼례를 어떻게 하고 왔느냐고 가슴이 철렁해 하였다. 동네의 인심들이 뒤숭숭하였다. 그것은 다름 아닌 전후 복구건설에 일어선 공장과 광산에서 불어오는 바람 때문이었다. 들려오는 소문은 어떤 것이나 구수하고 귀가 솔깃해지는 것들뿐이었다. 그러나 원체 견문이 적고 주저지심이 많은 그들은 선뜩 과단*을 내리지 못하고 그저 독을 지고 얼음판에 소 탄 사람처럼 어물어물하고 있었다. 지금까지 해 내려온 모

| * 과단果斷 : 일을 딱 잘라서 결정함.

든 일을 더듬어볼 때 공화국 정부의 시책이 어련하랴고 믿기는 하면서도 흙 속에다 뿌리를 박은 지 오랜 생각은 공장이나 광산으로 날래 돌아서지를 않았다. 그런데다 순만이의 귀향이 그들에게는 적이 의심쩍었다. 몸이 아파서 왔다기는 하나 필시 어떤 곡절이 있어 온 것이라고 짐작했던 것이다.

밤을 자고 나면 새 소문이 들려왔다. 두무골에서 장정 넷이 또 공장으로 갔다느니 두 달 전에 공장에 간 아무개네 딸에게서 벌써 옷감과 돈을 부쳐왔다는 둥 소문은 바람처럼 떠돌았다. 동네 사람들은 차츰 자기들의 생활을 유심히 살펴보기 시작하였다. 깎아 세운 듯한 산으로 병풍처럼 둘러싸인 쌍봉골에는 평지라고는 없었다. 15도의 경사지가 중의 평지였다. 따라서 가파로운 산잔등에 부대를 일구어 감자나 콩 보리 모밀 등을 심을 수밖에 없었다. 왜정 때에 비한다면 살림이 피고 자유스러워졌다고는 하지만 역시 하품하는 듯한 변화 적은 생활이었다. 동네 사람들은 만나기만 하면 조석인사처럼 거취 문제에 대한 공론이었다. 그러면서 그들은 귀에 익은 해설보다 한번 시원한 새 소리가 듣고 싶었다.

바로 이때에 새 양복을 입은 김천쇠가 어머니의 새 옷과 고무신을 가지고 나타났던 것이다. 그것을 본 동네 부인들이 우선 천쇠 어머니를 부러워했으며 또 어머니는 찾아오는 사람에게마다 그것을 자랑했다. 그러나 그런 것으로 어머니의 마음이 돌아섰다고 보는 것은 아직 일렀다. 김천쇠는 거의 날마다 당 위원장과 이里 인민위원장을 만났다.

"어머니는 염려 마시오. 우리가 책임질 테니 그 대신 동무는 해설 사업을 진행해주시오. 공장에 대한…… 알겠지요?"

두 위원장의 같은 말이었다. 송기호 동무에게서 받은 부탁이기도 해서 천쇠는 선뜻 나섰다. 딱딱한 연설이라면 몰라도 자기가 날마다 체험해오고 있는 공장 생활에 대한 이야기쯤은 못 할 리 없었다. 그는 한번은 동네가 전부 모인 앞에서 이야기했으며 세 번은 부락별로 좌담회를 가졌다.

"나는 조금도 보태지 않구 말하겠소. 첫째루 내가 있는 합숙을 말한다면 썩 좋은 집이지요. 뜻뜻한 방에는 이부자리 외에 신문, 전깃불, 그림, 꽃, 장기, 참 장기는 내가 몇째 안 가는 선수지요. 또 여러분 가운데도 대처에 나갔다 온 분은 알겠지만 라디오라는 것이 있는데 글쎄 평양서 하는 말을 방에 앉아서 똑똑히 듣지 않겠소. 곧이들리지 않거든 나하구 같이 가서 들어봅시다. 식당 음식두 지름기가 많구 아주 좋지요……."

천쇠는 식사에 대해서 말한 다음 구락부에서 영화를 구경하는 재미를 자랑하고 나서

"금년 봄에 우리가 장거리에 가서 구경하던 그것 말입니다. 나는 그새 벌써 열 번두 더 구경했소. 저녁마다 있는데 구경 값은 안 받구…… 어디 그것뿐인가요. 병을 고쳐주는 병원이 있지, 학교가 있지, 목장이 있지…… 한 입으로는 이루 다 말할 수 없소. 또 일을 잘하면 상금이 나오지요. 나도 전달에 탔수다. 내가 입은 이 양복이구, 우리 어마이가 해 입은 옷감이구, 모두 공장에서 내준 거라요. 사람은 공장에 가서 살아야 하겠습데다. 뭣 때문인가구요? 기술을 배와가지구 잘살 수 있거든요. 나는 노동자들처럼 재간이 용하구 못 하는 일이 없는 사람들은 첨 봤수다. 미국놈들이 그렇게 형편없이 마사*논 공장을 한편으로 복구하며 벌써 고쳐가지구 물건을 맨들어내기도 하니까요. 한번 구경삼아래두 와보시우. 우리 공장이 어떤가……."

천쇠는 쌍봉골의 희망 없는 생활 속에서가 아니라 행복은 복구건설의 우렁찬 교향곡이 울리는 공장에서 찾아야 한다고 거듭 강조하였다.

대를 두고 살아봤지만 부대나 긁고 산짐승이나 잡는 화전 생활이란

| * 마사다 : 옛말. 짓찧어서 부서뜨리다.

해방 후에도 노동자들의 생활 향상에 비하여 더디었으며 활짝 펴지질 못했다. 그 반면에 공장으로 가면 어떤가.

실로 공장 일이란 우리나라의 대규모적 공업화를 향하여 전진하는 주도적 사업이다. 공업이 발전하면 우리나라는 아주 부강한 나라로 될 것이다.

국가가 부강하면 인민의 생활도 더욱 펴질 것이고 나라의 선봉부대인 노동 계급의 생활은 말할 것도 없을 것이다.

현대적인 문화시설은 모두 노동자들의 소유이다. 얼마든지 행복을 누릴 수 있지 않은가. 그는 이런 논조로 고향 사람들의 마음을 흔들어놓았다.

그는 그동안 여러 남녀들에게서 여러 가지 물음을 받았다. 그것은 그들의 마음이 공장으로 쏠리기 시작한 징조였다. 가지가지 질문 가운데서도 공통된 것은 지금보다 더 잘살 수 있겠는가? 노동이 힘에 겹지 않는가? 위험한 일은 없는가? 시간 생활에 견딜 수 있겠는가? 등등이었다. 천쇠는 처음 한동안은 어지간히 괴롭더라는 자기의 경험을 솔직히 말하고

"어디 단술에 배 부르는 법이 있소? 어떤 일이던 다 맘먹기 탓이지. 그만한 고생쯤 모르구야 무슨 낙을 찾겠소. 인민군대는 총 대포알이 우박 치듯 하는 속에서도 미국놈하고 싸와서 이겼을라니…… 날래 과단을 내리시우."

천쇠는 그들의 미적지근한 마음에다 불을 당겨주었던 것이다. 이당里黨 위원장이나 이里 인민위원장이 예견한 대로 그의 말은 날이 섰다. 어물어물하던 동네의 마음들이 방향을 잡기 시작했다. 그 방향이란 공장이나 광산으로 통하는 길이었다. 바로 그때에 최순만이가 또 천쇠를 따라나섰다. 그는 날이 갈수록 자기의 잘못을 뼈저리게 뉘우치면서 여태껏 혼자서만 고민하다가 천쇠의 말에 기운을 얻어 마음을 도로 공장에로 돌

렸던 것이다. 이런 분위기 속에서 해설사업이 계속되었다.

"천쇠의 말이라구 다는 믿을 수가 없지만서두 그만하면 지금보다 살림살이가 못할 것 같지는 않겠어."

"그럴 듯도 하이. 우리 정부가 백성을 못살라구 그럴 리야 없겠거던…… 쌍봉골을 새루 하나 세운다 셈치구 자네두 가세 나두 가겠네. 같은 값이면 당홍치마라구……."

이런 이야기가 돌던 끝에 그들은 동회를 열고 마지막으로 거취 문제에 대해서 토의하기로 되었다. 젊은 축들은 대개 생산 직장을 자원하여 나섰으나 잔뼈가 굵어진 쌍봉골처럼 좋은 곳이 또 어디 있겠느냐고 늙은이들이 한사코 반대하였다. 삼례의 후어머니도 그 축이었다. 그는 죄다 떠나가도 자기만은 이 고장에서 살아가리라고 마음먹고 있었다. 젊은이와 늙은이의 의견이 대치되자 당과 인민위원회는 해설과 설복의 방향을 늙은이에게로 돌렸다. 천쇠는 또 이 사업을 협조하여 나섰다. 열성이 지극하면 돌도 구멍이 뚫린다는 옛말 그대로 늙은이들은 끝내 고집을 풀었다. 그러나 이것은 그들이 당장에 쌍봉골을 떠나도 좋다고 승인한 것은 아니다. 우선 젊은것들을 보내놓고 천천히 두고 보자는 것이었다.

이렇게 되기 전날까지도 천쇠의 어머니는 마음을 돌리지 않았다.

"좋아두 내 고향 굳어두 내 고향이라오. 옷이 새것이 좋지. 사람이야 어디 그렇소? 여기서 이웃을 믿구 살다가 남편 뫼 곁에 묻히지요."

이런 한탄 섞인 사설을 하면서 갓 서른에 홀로 난 어머니는 인민위원장의 말을 넌지시 막아버렸다. 맏아들도 한두 번만 설유한' 것이 아니었으나 쌍봉은 지남철인가! 어머니의 마음은 떨어질 줄을 몰랐다. 이렇듯 요지부동이던 어머니의 마음이 봄날의 눈무지 녹듯 풀리기 시작한 것은

| * 설유하다(說論─): 말로 타이르다.

늙은이들의 고집이 누그러진 때와 동시였다. 고집을 부리던 천쇠의 어머니도 당 위원장과 아들의 말을 듣고 보니 역시 옳았다. 대대로 내려오는 화전민 생활이란 아무런 희망도 없었다. 오직 당과 정부의 시책만이 이제는 행복한 생활을 가져다준다는 것을 뉘우쳤다. 떠나던 날, 안날* 석양에 어머니는 콩나물국에 묘밥 한 그릇을 지어가지고 두 아들을 앞세우고 남편의 산소를 찾았다. 제사를 드리고 낫으로 풀을 베었다.

"추한식마다 오리다."

어머니는 공장으로 떠나게 된 사연을 남편 앞에 아뢰는 것이었다. 어머니의 이런 심정과는 달리 만쇠는 마치 설날을 맞이한 아이들처럼 기뻐하면서 주섬주섬 나부랭이를 칡으로 꾸동였다.

김천쇠와 같은 날 쌍봉골을 떠난 사람은 그의 가족 외에 11명이다. 그중 남자 2명은 인척 관계를 따라 광산으로 갔고 나머지가 천쇠를 따랐던 것이다.

그날 저녁 오래간만에 온 식구—식구래야 어머니와 두 아들뿐인데 거기다 삼례가 끼어서 한자리에 모여 앉았다. 방 둘에 부엌이 달린 크지 않은 세 칸 집인데 남향이고 바람벽까지 두툼해서 잡풍이 셀 것 같지는 않았다. 안봉수가 세 번씩 걸음을 걸어 겨우 구한 주택이다. 방바닥에는 노전을 깔았으나 새로 신문지로 도배한 벽에는 소련 화보에서 도려낸 그림이 여러 장 붙었으며 물매까지 깨끗이 놓은 부엌에는 새 솥 두 개가 나란히 걸려 있었다. 양곡 외에 간장 된장 무 배추 콩기름 같은 부식물도 갖다 놓았고 삭정이 나무도 몇 단 있었다. 모두가 삼례의 솜씨였다. 그는 쉬는 날 동무들의 손을 빌려 도배를 하고 솥도 걸고 오손도손 살림을 꾸려 놓았던 것이다.

"이거두 공급소에서 줍데까?"

천쇠는 아직 칼자리 하나 나지 않은 새 도마와 식칼을 들어보면서 물었다.

"그건 내가 사온 거라요."

삼례는 빙그레 웃어 보였다. 솥 같은 것은 공장에서 아주 헐값으로 공급하지만 자질구레한 생활도구는 자체로 해결할 수밖에 없었다. 이 집에서 그이와 한뉘* 평생 옛말하면서 잘 살아보리라.—삼례는 집을 꾸리면서 이런 생각을 하다가 저절로 얼굴을 붉힌 적도 있었다. 윗방에는 대패질한 궤짝도 한 개 구해다 놓았다. 천쇠의 가슴은 기쁨과 감사의 정으로 뿌듯하였다. 조국에 대한 사랑, 삼례에 대한 뜨거운 애정, 선동원과 반장 그리고 여러 동무들에 대한 감사와 신뢰—그는 그 보답으로 자기의 젊은 정열을 깡그리 가열로에 쏟아 부으리라 마음먹었다.

"등불만 보다가 전깃불을 보니 정신서껀 맹해구나."

어머니의 말에 집안에는 한바탕 웃음판이 벌어졌다. 아래 윗방을 드나들면서 도배한 것을 훑어보고 그림마다 어루만져보는 어머니에게 맏아들이

"이만하면 어떻소? 어마이!"

하고 물었다.

"글쎄 살아봐야겠다. 모다귀**는 없니? 옷을 걸 데가 없구나. 낫은 가져왔다만 도끼두 한 개 장만해라. 살림을 꾸리는 게 헐한 일인 줄 아니."

천쇠와 삼례는 은근히 속으로 만족해하는 어머니의 심정을 가히 짐작할 수가 있었다. 또한 어머니에게는 부엌에서 서성거리는 삼례가 오늘

---

* 한뉘 : 한평생.
** 모다귀 : '못'의 방언(함경, 황해).

저녁에 한해서 진정 딸 반, 며느리 반으로 생각되었다. 이것은 일찍이 쌍봉골에서 한 번도 느껴보지 못하였던 어머니의 새로운 감정이었다.

"손을 좀 보자."

솥에다 쪄낸 감자떡―점심으로 가지고 온 것―을 먹고 난 어머니는 삼례의 손을 어루만져보았다. 일이 힘들지 않느냐고 두 번씩 물어도 되려 재미가 난다고 했으나 어머니에게는 그 말이 딱히 믿어지지를 않았던 것이다. 그는 그의 손을 주물러보고서야 비로소 마음을 놓았다. 손가시까지 일어서 꺼칠하던 손이 비단천을 만지듯 부드러웠다. 기름과 목욕 때문이었다.

"얘들아, 공장이 좋다구 쌍봉골을 몰라봐서는 안 된다. 산소가 있잖니. 추한식에는 가야 한다."

역시 두메산골에다 미련을 남기고 온 어머니였다.

삼례는 배급 탄 배추와 무로 막김치를 한 단지 담가놓고 합숙으로 돌아갔다. 그보다 조금 늦게 천쇠도 합숙으로 갔다. 집에서 잘 생각이 있었으나 합숙 규율을 위반하지 않겠다고 생각했기 때문이었다. 모두가 잠든 합숙에서는 송기호가 최순만을 자기 곁에 불러놓고 무엇인가 조용조용 들려주고 있었다. 쌍봉골에서 온 사람들은 모두 다른 합숙에 배정되었으나 순만이만은 도로 이 합숙으로 온 것이다. 그것은 공화국의 법령에 의해서 그가 아직 이 공장의 노동자로 되어 있으며 따라서 숙사의 적이 전대로 1호 합숙에 속해 있었기 때문이다.

7

두 번 푸지게 내려 쌓인 눈 위를 휘몰아치는 하늬바람은 맵짰다. 그러나 복구공사와 생산의 불길이 치솟아 오르고 있는 공장에는 겨울도 밤도 있을 수 없었다. 파괴된 공장을 전반적으로 복구 건설할 수 있는 준비와 정리 사업이 최종 단계에 들어선 현장에서는 마치 소리가 차디찬 대기를 뚫고 찌렁찌렁 울려 퍼졌다. 두툼한 새 솜옷을 입은 노동자들의 육체에서 부적부적 새 힘과 함께 땀이 솟았다. 이들에게는 추위도 감히 덤비지 못했다. 천쇠는 가끔 복구 현장에 나가서 공장 전경을 유심히 살펴보았다. 그리고는 새삼스럽게 놀라는 것이었다. 불과 3, 4삭 동안에 이렇게도 속히 복구될 수가 있었을까? 공장 건물, 사무실, 합숙, 주택, 식당, 새 구락부, 민주 선전실 등등 대소 목조건물이 오십 채도 더 들어앉았다. 파괴된 건물은 절반 이상이 옛 모습대로 고쳐졌다. 천쇠는 연기를 뿜는 굴뚝을 세어보았다. 며칠 전까지도 세 개였는데 어느새 다섯 개로 늘었다. 그것은 그의 심중을 무척 기쁘게 해주었다. 그 굴뚝이 마치 행복의 상징으로 생각되었던 것이다. 그는 이 모든 기적을 창조한 주인공인 노동자들의 장한 슬기와 힘에 대해서 새삼스럽게 경탄하면서 자기의 영광됨을 마음껏 느껴보았다.

원수의 모진 발악 힘겨운 시련도
인민의 대오는 짓부수며 나간다
....

복구공사장에서는 마치 소리와 함께 노동자들이 흥겹게 부르는 노랫소리가 흘려온다.

공장의 전반적 계획으로 보아 복구공사는 예정대로 진척되어가고 있었다. 정확한 당의 지도와 직맹의 협조 밑에 지배인과 기사장을 비롯한 행정 간부들이 현장과 밀접히 연계를 가지면서 사업을 옳게 추진시킨 결과 내부 원천이 동원되고 있었으며 기계화로 작업 능률이 제고되어갔다. 또한 계획부에 새로 '신소원'을 배치함으로써 노동자들의 요구, 의견, 제의 등등을 더욱 광범히 더욱 정확하게 들을 수가 있게 되었다. 이대로만 나간다면 6호 7호 직장의 남은 공정까지도 연내로 생산을 개시할 수 있게 될 것이 틀림없었다.

한편 이미 생산을 개시한 직장에서는 증산의 불길이 더욱 높이 치솟았다. 브리가다 간의 증산 경쟁이 체결되어감과 동시에 기능공 양성 문제와 아울러 원료 절약과 기자재를 애호하는 운동이 벌어져가고 있었다. 행정 간부들은 점점 더 사업이 바빠남을 깨닫지 않을 수가 없었다. 지배인이 그러했고 기사장이 그러했고 직장장과 부장들이 그러했다. 그러나 그것이 이제야 사업이 옳은 궤도에 올라섰다는 증좌라는 것을 알게 되자 그들은 한결 사업에 대한 흥미를 느꼈으며 새로운 정열과 의욕을 가지고 자주 노동자들 속으로 들어갔던 것이다.

모든 것을 민주기지 강화를 위한 전후 인민경제 복구발전에로!

정전은 완전한 평화가 아니다. 더욱 혁명적 경각성을 높이자!

생산 직장에는 구호와 표어 외에 또 생산 그래프와 벽보가 나붙었다. 생산 실적을 높였거나 모범적으로 사업한 노동자를 찬양하며 일부 게으른 분자를 폭로하는 벽보 원고는 그대로 유선 방송실에 올라가서 거듭 방송되었다. 그리고 공장신문에 발표되었다.

안봉수 브리가다는 날마다 책임량을 20프로로부터 45프로까지 더 초과하면서 나갔다. 고향에서 돌아온 이튿날 김천쇠는 선동원 송기호에게 다짐하였다. 그는 자기의 맹세에서 72개를 책임량으로 내놓았다. 즉 8시간 동안에 자기 개인으로 이 수량의 강철을 구워내어 프레스에 공급하는 작업을 책임지겠다는 것이었다. 그러나 그날 작업비판회에서 선동원과 반장 이하 전체 브리가다 동무들이 검토한 결과 60개로 삭감되어 채택되었던 것이다. 역시 김천쇠의 실력은 본인보다 다른 동무들이 더 잘 알고 있었다. 기술과 연한으로 따져볼 때 안봉수의 책임량 95개에 비해서 결코 적은 숫자가 아니었다.

김천쇠는 첫날 62개를 생산하였다. 그는 72개가 자기의 기분적 허욕이었다는 것을 깨달았다. 그러나 그는 계속 안봉수에게서 개별적 지도를 받으면서 은근히 이를 악물었다. 며칠 후에는 70개 내외로 올라갔다. 그의 목표는 안봉수의 95개였다. 생산 그래프는 의연히 올라만 갔다. 그러다가 그는 83개로 껑충 뛰는 놀라운 기준량을 창조하였다. 그날, 벽보는 그의 업적을 높이 찬양하였으며 유선 방송은 거듭 그 사실을 방송하였다. 공장신문 《전진》에도 게재되었다. 그러나 그는 만족하지 않았다. 120개로 내닫는 안봉수는 따를 수가 없다 하더라도 그의 책임량 95개는 어떻게 해서든지 뛰어넘으리라고 마음의 나사를 부쩍 죄면서 쇠갈고리를 틀어잡은 두 팔에다 힘을 쏟아 부었다. 부어도 부어도 어디서 샘솟는 힘인지 다할 줄 모르고 용솟음쳤다. 한결같이 계속되는 안봉수의 지도와 경험 교환회의 기술 전습회에서 배운 지식은 부지불식간에 그를 새로운 노동자로 키워주고 있었으며 그로 하여금 차츰 기능노동에 대한 자신을 갖게 하였다.

쌍봉골 사람들은 제함과 건축* 부문에서 일하게 하였고 만쇠는 수리 직장에 배치되었다. 빨랑빨랑한 소년은 첫날부터 손에 기름랩을 하고 기계 부속을 닦는 데 재미를 붙였다. 공장에는 새 노력이 계속 들어왔다. 그것도 4, 5명 또는 7, 8명씩이 아니라 20명, 20명씩 단체로 왔다. 따라서 이들에게 공장의 실정을 요해시키는 해설 사업과 좌담회가 자주 진행되었다. 거기에는 간부들 외에 노동자들도 출현하였다. 천쇠도 그 한 사

* 건추(원문) → 건축.

344

람이었다. 그는 새 노력이 올 때마다 약의 감초처럼 으레 한몫 끼었다. 비록 말주변은 없으나 그의 진실성 있는 체험담을 비록 그들은 누구의 말보다 귀담아 들었다. 때문에 당과 행정이나 직맹에서는 천쇠란 이름을 잊지 않았던 것이다.

"저기 큰집이 하나 뵈지요? 솔문을 해 세운…… 저게 바로 병원이우 다. 가기만 하면 친절히 병을 봐주지요. 그 아래 쇠 굴뚝에서 연기 나는 집이 목강통인데 한 육십 명은 너끈히 들어가지요. 이따가 모두 가서 묵 은 때들 뱃기시오……."

김천쇠는 또한 그들을 데리고 다니면서 공장 시설을 하나하나 아르 켜주는 안내자의 역할도 가끔 놀았다. 생산은 높여야 하겠고 기술은 배 워야 하겠고 직맹에서 맡은 과업도 제때에 실천해야 하겠으니 천쇠 역시 점점 바빠남을 깨달았다. 그러나 그럴수록 이제는 나도 쓸모 있는 사람 이 되었다는 벅찬 기쁨이 가슴에서 날개치기 시작하였던 것이다.

김천쇠가 할 일은 그뿐이 아니었다. 거의 사흘에 한 번씩은 있는 당, 직맹, 민청과 행정 간부들이 출현하는 해설이나 강연을 안 들을 수 없었 다. 두메에서 배움에 굶주렸던 그는 몰라서 못 간 때는 있어도 알고서는 뺴놓은 적이 없다. 자기만 청강을 가는 것이 아니라 삼례와 쌍봉골 사람 들에게도 권유하였다. 천쇠는 애인과 한 의자에 나란히 앉아서 들은 적 도 있었다. 그런 때의 행복감은 더욱이나 잊을 수가 없었으며 또한 잊어 지지도 않았다.

어느 날 저녁이었다. 삼례와 함께 민청위원장의 강연을 듣고 집으로 돌아가던 길에 천쇠는

"첨 듣는 말이 많지? 어떻소? 생각이."

하고 삼례에게 물었다. 민청위원장은 노동당 중앙위원회 제6차 전원 회의에서 진술하신 김일성 원수의 교시를 받들고 복구건설전선에 나선

345

민청원들의 영예와 임무에 대해서 말하였다.

"거지반 첨 듣는 말이에요. 원수님의 말씀을 명심하구 나두 기껏 일하겠다구 맘먹었어요. 근데 판문점이 어데요?"

민청 위원장은 정전은 완전한 평화가 아니라는 것을 강조하면서 판문점에서 강행하는 미제의 흉책들에 대해서 언급하였던 것이다.

"이 판문점, 그게 바로 개성 곁이야. 개성이라는 데가 있어. 거기서한 이십 리 된대. 미국 놈들이 싸움을 그만두자구 도장을 친 데지. 그런데 그 새끼들이 또 되지 못한 수작을 꾸미는 모양이거던…… 우리 인민군대한데 그렇게 혼나구두……. 주릿대에 똥싸구 죽을 놈들이……."

"경각성을 높이자는 말이 그런 데 쓰는 말이죠?"

삼례는 그 문구를 민청위원장의 입에서 다섯 번도 더 들었던 것이다.

"그래 그런 말이야. 상금 미국 새끼들이 남조선에서 눈깔을 말뚱거리면서 요구락수를 꾸미니까 정신을 채리란 말이지."

"참, 새 이얘길 많이 들었어요. 듣구 있는데 자꾸만 보릿짚단이 생각나겠지……."

삼례는 머리를 폭 숙이더니 그만 추억에 잠겨버렸다.

해방 전 천쇠와 삼례는 15리 밖에 있는 간이학교에 다녔다. 두 어린이는 겨울에도 베옷을 입고 맨발에 미투리를 끌고 있었다. 책보는 등에메고 보릿짚을 한 단씩 옆에 끼고 다녔다. 발이 정 시려날 때마다 짚단을 길가에 던지고 그 속에다 발을 찔러 모진 고비나 면하곤 하였다. 두 살위인 천쇠는 이빨을 쪼으면서 달달 떠는 삼례를 가슴에 꽉 껴안아주었고업어준 일도 한두 번이 아니었다. 암담하던 그 시절을 회상하고 오늘의행복을 생각해보는 처녀의 눈시울이 와락 뜨거워났던 것이다. 그가 큰기쁨이나 행복을 느낄 때면 으레 보릿짚단 생각이 머릿속에 불쑥 치밀었다. 공장에 온 후부터 반갑지 않은 그 생각이 어느 때보다도 더 자주 떠오름은 이유 없는 일이 아니었다.

김천쇠의 학습장에는 하루하루 새로운 지식이 더 많이 기록되어가고 있었다. 전후인민경제복구건설에 관한 김일성 원수의 연설 내용과 이 공장이 여러 인민 민주주의 국가 인민들의 방조에 대하여 또한 정전의 막 뒤에서 온갖 흉책을 꾸미고 있는 미국 놈들과 이승만 졸개들의 먹통처럼 검은 속통 등등을 대충대충이나마 머릿속에 기억할 수가 있었다. 선동원에게서 이미 들은 이야기를 재차 듣는 것도 있었으나 맛나는 음식이 구미를 돋구듯이 들을수록 역시 재미가 났고 얻는 것이 많았다. 차츰 머리가 뜨여져가는 천쇠는 그런 것을 몰랐을 때보다 자기의 열성과 정력을 생산에다 더욱 쏟아 부었다. 배움은 그로 하여금 증산의 길로 내닫게 하는 박차로 된 것이다. 합숙의 자기 자리를 순만에게 내주고 송기호의 곁을 떠난 것이 서운했으나 모르는 것은 직장에서나 또 합숙에 놀러가서도 얼마든지 배울 수가 있었다. 브리가다는 다르지만 역시 같은 직장에서 열성껏 일하면서 기술을 배우고 있는 순만이를 볼 때마다 천쇠는 얼마나 마음이 기쁜지 몰랐다.

삼례는 사흘을 넘길세라 어머니를 찾아왔다. 역시 그의 마음은 합숙에 있는 것이 아니라 천쇠네 집에 있었다. 공장에서 내준 노사용* 물자는 타는 날로 꼭꼭 어머니에게 가져다 맡겼다. 벌써 목세루** 천 6미터와 고무신 한 켤레를 가져왔고 돈도 2백 원을 드렸다. 보름 생활비에서 절약한 것이다. 생활비는 두 번 꺾어 준다.

"너들이 잔치할 때, 써야지."

어머니는 화폐 두 장을 신문지에 싸서 궤짝 속 깊이 간직하였다. 그

---

* 로사용(원문) → 노사용勞事用. 북한어. 노동자용과 사무원용을 아울러 이르는 말.
** 목세루: '목서지木serge'의 잘못. 면직물의 하나. 날과 씨를 모두 무명실을 사용하여 평직 또는 능직으로 짠 것으로, 외관·감촉 따위는 서지serge와 비슷하다.

는 삼례가 가져온 물건이나 돈에는 아예 손을 안 대려고 하였다. 혼례식이 끝난 후라면 몰라도 아직은 남의 사람이 아닌가! 남의 물건이나 금전에는 일절* 손을 대어서는 안 된다.—너무나 고지식하며 결백한 어머니의 마음씨였다. 그 마음씨가 사흘이 멀다고 자기를 보고 싶어함을 어찌 삼례가 모를 리 있으랴!

어머니는 두 아들의 배급 물자를 타러 다니는 것이 사람구경 겸 거리구경 삼아 낙이었다. 어머니는 순번을 기다리면서 부인들의 입에서 세상 이야기를 많이 얻어들었다. 또한 소시에 어디서 들어본 듯한 옛날 노래가 멋들어지게 흘러나오는 확성기를 경이의 눈으로 쳐다보곤 하였다. 거리를 오고 가는 많은 사람들과 자동차들 확성기와 전화통 지어**는 어린이들이 부르는 노래까지도 어머니에게는 모두가 신기하였으며 새로웠다. 삼례는 어머니가 타온 부식물로 올 때마다 한두 가지씩 요리를 만들어 놓았다. 그러면서 또 어머니에게 요리법을 가르쳐주었다. 그는 그새 식당 식모들과 동무들에게서 요리법을 열심히 배웠던 것이다.

"아주마이가 담근 김치는 맛있어."

공장에 와서부터 내놓고 아주마이라고 부르는 만쇠의 말이었으나 천쇠의 입에도 역시 어머니의 것보다 한 맛 더 났다.

쌍봉골 사람들은 아침저녁으로 천쇠네 집을 마실방처럼 드나들었다. 쌍봉골에서와는 반대로 그들은 지금은 천쇠네를 의지지처로 삼고 모든 것을 상론하였다. 순만이도 자주 놀러 왔다. 천쇠는 그들에게서 여러 가지 소감을 들었다. 쌍봉골에서보다 좋은 생활을 할 수 있다는 희망은 딱히 보이나 아직 마음이 서먹서먹해서 자리가 잡히지 않는다는 것이 공통된 의견이었다.

---

* 일쩡(원문) → 일절一切. 아주, 전혀, 절대로의 뜻으로, 흔히 사물을 부인하거나 행위를 금지할 때에 쓰는 말.
** 지어至於 : 심지어.

"일은 그만하면 해내겠는데 그놈 시간 생활이 어떻게 깝깝한지 좀 견디기가 힘들어. 쌍봉골에서는 어떻게들 지내구 있는지……."

아내와 세 아이를 두고 온 오돌 아버지는 날마다 고향 생각을 잊어본 일이 없었다. 그것은 또한 그들 전부의 심정이기도 하였다.

"금년만 꾹 참아보오. 금년이래야 얼마 남았소? 아예 딴 생각일랑 말구. 해춘하자 식솔을 데려오두룩 합시다. 공장에서 집을 한 2백 채 짓는다니까……."

천쇠는 자기의 경험으로 보아 그들의 심중을 동정하면서 이렇게 격려하여주었다. 문제는 얼른 그 가족을 옮겨옴으로써 해결될 것이라고 천쇠는 생각하였다.

"이 엄동설한이나 지내거든 식솔들을 데려오라니. 갈 생각은 일절 하지 말구. 나두 쌍봉을 떠나서는 못살 것 같드니만 이전 여기다 마음을 붙였네. 우에서 벌써 잘 살라구 매련해줬거던……."

천쇠 어머니의 말은 비단 그들에게 기운을 돋구어주었을 뿐만 아니라 아들의 마음까지 무척 기쁘게 해주었던 것이다. 그는 그들의 편지 조직을 하고 손수 대서까지 해서 쌍봉골에다 부쳐주었다. 천쇠는 이당里黨 위원장과 이里 인민위원장에게 공장의 근황과 쌍봉골 사람들의 정형을 알리는 편지를 썼다.

삼례는 선반기 한 대를 맡게 되었다. 황삭기였다. 처녀들과 인민군대 가족들로만 조직된 이 선반 브리가다의 여성들은 삼례에게 선반기술만 가르쳐준 것이 아니라 요리법, 뜨개질 법, 꽃 만드는 법 등을 가르쳐주었고 날마다 노래를 배워주었다. 〈김일성 장군의 노래〉, 〈민청 행진곡〉 외에 몇 가지쯤은 이미 알고 있었으나 〈복구 건설의 노래〉, 〈조중친선의 노래〉 같은 새 가요도 곧잘 부르게 되었다. 삼례에게는 공장이 자기를 키워주던 친어머니의 품처럼 느껴졌으며 훌륭한 학교로 생각되었던 것이다.

삼례가 기대를 맡은 사흘 후에 천쇠는 끝내 책임량을 97개로 초과 달성하였다. 비록 그것이 이 공장의 최고 기준량은 아니었으나 공장에 온 지 불과 석 달밖에 안 되는 신입 노동자로서는 하나 경이적 사실이 아닐 수 없었다. 그날 석양에 1호 직장 민주선전실에서 김천쇠의 공로를 찬양하는 찬양회가 있었다. 그는 직접 지배인에게서 표창을 받았던 것이다. 2백 여명 노동자들이 그에게다 여러 번 열렬한 박수를 보내주었다. 직장은 다르나 삼례와 쌍봉골 사람들 외에 많은 신입 노동자들이 그 속에 끼어 있었다. 이런 모임이 그들에게 커다란 자극을 줄 수 있었기 때문에 직맹에서 조직 동원을 시켰던 것이다.

"……한때, 고향으로 도로 가버리자고까지 마음먹었던 김천쇠 동무가 옳은 지도자 밑에서 기술을 배워가지고 오늘 빛나는 생산 실적을 올렸습니다. 나는 지금 이 자리에서 모범 노동자로 표창을 받은 김천쇠 동무에게 이 공장 지배인으로서 축하를 보냅니다. 이 동무는……."

지배인의 보고가 끝난 다음 당 위원장이 축하해주었다.

"……김천쇠 동무의 이 영예는 무엇을 가르쳐주는 것이겠습니까. 우리 당과 경애하는 수령과 공화국 정부의 두터운 배려 밑에 신입 노동자들이 공장에서 얼마든지 행복을 찾을 수 있다는 것을 말해줍니다. 때문에 특히 신입 노동자 동무들은 김천쇠 동무의 모범을 따라 배우며 따라 넘도록 노력해야 하겠습니다……."

당 위원장의 축하가 끝나자 직맹 위원장도 축하해주었다.

축하를 받은 김천쇠의 감격은 그가 세상에 태어나서 처음으로 느껴보는 벅찬 것이었다.

나의 힘과 땀을 깡그리 바치리라.—경애하는 수령과 당과 공화국 정부에 드리는 충성된 마음으로 가슴이 뿌듯하였다. 그의 바로 양 옆에 안봉수와 송기호가 앉아 있었다. 그는 그들에게도 진심으로 감사를 보냈다. 또한 생산 혁신자가 되고 모범 노동자가 되라고 격려해주던 이당里黨 위원장과 이里 인민위원장의 얼굴도 눈앞에 떠올랐던 것이다.

삼례의 감격이 역시 생전 처음으로 느껴보는 것이었다. 사랑하는 사람에게 박수를 보내주는 그의 머릿속에 불쑥 또 보릿짚단 생각이 떠올랐다.

그날 저녁 김천쇠네 집은 한동안 경사가 생긴 듯이 왁짝하였다. 쌍봉골 사람들이 우루루 모여와서 천쇠에게 치하를 보내면서 자기들도 반드시 모범 노동자가 되겠노라고 제가끔 기고만장해서 맹세를 하였던 것이다. 성대한 찬양회의 광경을 처음부터 끝까지 하나 빼세라 어머니에게 차근차근 이야기한 후 삼례는 이 겨울 잡아 공장에서 처음으로 배급된 성성한 동태로 심심하게 국을 끓여가지고 세 식구와 한 상에서 저녁을 나누었다.

"작년꺼정두 한 3년 동안 미국 새끼들 때메 명태두 바로 못 잡았다오."

천쇠가 말하였다. 그의 얼굴에는 아직 찬양회의 감격과 흥분이 남아 있었다.

"그 육시를 할 놈들이 제 명대루 살 줄 아니 천벌을 안 받구……."

"개돼지만 못한 짐승이에요. 전에도 그랬지만 요지음 놈들이 한다는 얘길 들어보니 치가 떨려요."

삼례가 한몫 끼였다.

"죽여도 죄가 남을 놈들이죠. ……우리 김일성 원수님이 하두 영명하시구 인민군대가 용감했으니 그놈들과 싸워 이겼지요. 그 덕분에 금년에는 명태를 막 끌어낸다오. 어 맛있군……."

천쇠의 숟가락이 연송 입으로 들락날락하였다.

어머니는 죽어서도 천 리를 간다는 고기를 오래간만에 먹어본다고 하면서 거듭 두 사발을 비웠다. 아들이 공을 세운 날인지라 시래깃국도 입에 달 터인데 하물며 성성한 동탯국이 구미에 안 당길 리 없었다. 부엌에는 김장용으로 공급소에서 타온 예닐곱 동이들이 독 한 개와 그 곁에 배추와 무가 수북히 쌓여 있었다.

"가자구."

천쇠가 일어서자

"그럼 오는 공일날, 담그기로 하서요, 회가 있어서……."

어머니와 김장 이야기를 나누고 있던 삼례가 그를 따라 밖으로 나갔다.

달밤이었다. 쟁반 같은 달이 앞산 봉우리 위에 솟아 있었다. 사온에 들어선 바람 없이 풀린 밤이다. 두툼한 솜 양복을 입은 두 청춘은 나란히 붙어 서서 걸으면서 달을 쳐다보았다.

"참 밝다. 달두 어쩌면 저리도 밝을까!"

삼례는 사뭇 감격된 어조로 중얼거리는 것이었다. 찬양회의 광경이 펀뜩 눈앞을 스쳤다.

"좋아?"

"좋아요. 참 좋아요!"

"쌍봉골의 달보다 어때?"

천쇠는 무심중 이렇게 소곤거렸다.

"같은 달이지만 공장의 달이 더 좋아요. 저 달은 지금 김일성 원수님이 계시는 방도 밝히겠죠?"

삼례의 얼굴에 그 달처럼 명랑한 미소가 피어올랐다.

"암! 밝히구 말구. 그 어른께서는 이 시각에도 인민들은 승리와 행복으로 인도하구 계시오. 우리를 잘 살라구. 이 공장에 인도해주신 어른이 바로 김일성 원수님이야. 삼례!"

천쇠의 뜨거운 입김이 처녀의 귀밑을 스쳤다. 그의 가슴속에서는 새로운 정열과 행복감이 무럭무럭 샘솟아 오르고 있었다. 천쇠에게는 모든 것이 다정하게 느껴지는 밤이었다.

"네!"

천쇠의 심정이 통한 듯한 역시 정열 섞인 처녀의 대답이다.

"당신두 모범 노동자가 될 수 있지? 열심히 배우기만 한다면……."

"꼭 되겠어요. 자신이 있어요. 당신처럼…… 오늘 찬양회에서 나는 열두 번 더 박수를 치면서 두 번 세 번 맹세를 했어요."

천쇠의 얼굴을 맞쳐다보는 처녀의 눈이 밤하늘의 샛별처럼 빛났다.

"고마워! 우리의 행복은 여기 있어. 이 공장에 있어. 삼례! 열심히 배우구 일하면서 우리 오래 오래 여기서 살자구 응?"

언제인가 가열로 곁에서 지배인이 들려주던 그 찬란한 새날의 이야기를 되살리면서 그는 삼례의 손을 지긋이 잡아주었다. 이런 일은 처음이 아니나 그의 입김을 그처럼 뜨겁게 귀밑에 느껴본 적은 일찍이 없었다.

"옛말하면서!"

"그래 옛말하면서!"

건설과 생산의 억센 맥박이 지축을 흔드는 공장 쪽을 향하여 발길을 재촉하는 천쇠의 머릿속에 불현듯이 보릿짚단 생각이 떠올랐다. 신통하게도 삼례 역시 같은 시각에 꼭 같은 생각을 하고 있었던 것이다.

기술 전습회로 가는 그들의 앞길을 달빛이 환히 밝혀주고 있었다.

—1953년 11월

—수록 : 「새날」, 《조선문학》, 1954년 3월

—「새날」, 『해풍』(리북명단편집), 조선작가동맹출판사, 1959년

투쟁 속에서

아지랑이가 아질아질 떠오르는 화창한 봄날이 병아리를 품은 암탉의
품처럼 따사롭다. 때는 중낮 무렵. 훈춘에서 밀강 방면으로 뻗은 큰길을
한 소년이 걷고 있다. 농사철이 한창이어서 그런지 길은 사람의 내왕이
그닥 잦지 않다.

노닥노닥 기운 토스레* 바지 적삼에 총이 굵고 성긴 짚신을 신었고
머리가 더부룩한데 뒤통수에 아래로 뾰족하게 모여 난 제비초리가 유표
하다.

입성이나 신발로 보아 구차한 집 자식이 분명하니 길 가는 사람들이
그를 무심히 보아버리기가 십상이었다.

소년은 얌전하게 바른 걸음걸이로 길을 걷는 것이 아니라 걸으면서
안 해보는 장난이 없다.

손에 쥔 나무 꼬챙이를 휘둘러 길섶의 풀을 갈겨버리는가 하면 이번

---

* 토스레 : 북한어. 예전에, 어저귀 · 아마 · 삼 따위의 섬유를 삶아서 굵고 거칠게 드린 실로 짜던 좋지 못한 천.

에는 앙감질*을 하면서 나뭇잎을 툭툭 쳐 떨구기도 한다. 그 바람에 나뭇가지에서 지저귀던 새들이 꼬리 빠지게 산으로 날아 뺀다.

장난은 이뿐이 아니다. 꼬챙이를 냅다 허공에 던지고는 그것과 경주라도 하듯 두 주먹을 부르쥐고 내닫기도 하고 꼬챙이를 총창 삼아 두 손에 틀어쥐고 돌격 앞으로의 시늉도 해본다. 이런 수작을 부리다가 또 휘파람을 불어본다. 혁명 가요를 불 때는 사뭇 두리**에 시선을 돌리며 나직나직 분다.

제가 하는 장난이 자못 마음에 장해선지 가끔 절로 방긋이 웃어보는데 그럴 적마다 두 볼에 옴폭하게 이쁘장한 보조개가 진다.

어쨌든 소년은 무슨 장난을 하든지 한 자리에 멍청하니 서서 시간을 허송하지 않는다. 곧추 앞으로만 걸어 나가면서 하는 장난이고 보니 자연 걸음이 빨라져서 갈 길을 푹푹 자리를 낸다.

그는 전창길이라는 소년이다.

훈춘 시가에서 얼마 멀지 않은 자그마한 촌락에 사는 구차한 소작농의 아들이다.

창길이는 입성은 비록 남루하나 동그스름한 얼굴 가운데 꼭 박힌 또렷또렷한 총기 어린 눈이며 무겁게 닫힌 두툼한 입술이 가슴속에 간직한 사연을 홀홀히 털어놓을 상싶지 않아 보인다.

열네 살 나이로는 잘 여문 올밤처럼 오지고 몸집도 나이에 비해 작은 편이 아니다.

창길 소년이 중국 아바이가 몰고 가는 당나귀 달구지를 따라 앞서 걸음을 재우치고 있을 때 맞은편 산굽이에서 총을 멘 경찰 두 놈이 나타나서 마주 걸어오고 있었다. 그러자 소년은 걸음을 늦추었다. 빠른 걸음이

---

* 앙감질 : 한 발은 들고 한 발로만 뛰는 짓.
** 두리 : '둘레'의 북한어.

놈들에게 흠을 잡힐 수 있었기 때문이다.

보매 한 놈은 일본 경찰이고 다른 한 놈은 위만 경찰'이 분명했다. 키가 후리후리한 위만 경찰을 보자 창길이는 가슴이 섬찍했다. 혹시 저놈이 그놈이면 어쩌랴 싶어 저도 모르게 가슴이 죄어들었다.

그러지 않아도 밀강이 가까워옴에 따라 어쩐지 그놈의 생각이 거머리처럼 머리에 붙어 떨어지지 않던 차여서 더구나 그러했다.

창길이는 꼬챙이로 개암나뭇잎을 툭툭 갈기며 태연스레 길섶을 걷는다. 휘파람을 불며 가는 그의 뒤에 나뭇잎이 날아 떨어진다.

길 복판으로 다가오는 두 경찰 놈의 언짢은 눈초리가 창길 소년을 쏘아본다.

그것을 눈치 챈 창길이가 시선을 땅에 박은 채 놈들을 향해 허리를 굽신해 보인다. 건성으로 한 인사였다. 이런 '인사'가 때로 놈들의 문초를 모면할 수 있었던 것을 자기의 경험을 통해서 알고 있는 창길이었다.

그런데 그다음 순간 그는 아차 하고 속으로 놀랐다. 키다리 위만 경찰이 바로 그가 못내 걱정하던 그 오가란 놈이 아닌가.

잘못 걸렸나 보다 하는 생각이 번개처럼 머리를 스친 순간 아니나 다르랴.

"얘, 얘."

거친 목소리가 창길 소년의 뒤통수를 갈겼다. 그는 태연스레 걸음을 멈추고 얼굴을 들었다.

그를 불러 세운 놈은 키다리가 아니라 일본 경찰이었다.

"어데루 가?"

우락부락하게 생겨먹은 낯짝에서 살기가 흐르는 왜놈이 날카로운 눈

| * 위만 경찰僞滿警察 : 만주국滿洲國 경찰.

초리로 창길의 아래위를 훑어본다. 그 옆에 키다리가 서 있다.

"밀강으로 가요."

"거긴 왜?"

"약 사러* 가요."

"거짓말 말고 바른대로 대봐."

키다리가 옆에서 위협조로 한마디 던진다.

"정말이요, 최 의원네 집으로 가는 길이에요."

"다 알구 묻는 건데 안 대만 봐라."

키다리는 당나귀 달구지가 가까이에 닿은 것을 보자 창길이를 이렇게 을러메고 그리로 가버린다.

꼭 찍어 이렇다 할 까닭은 없었지만 그놈이 간 것이 창길에게는 어쩐지 한시름 던 것만 같이 생각되었다.

"무슨 약이야?"

왜놈이 궐련 한 대를 붙여 물고 따져 묻기 시작한다.

"가슴앓이에 쓰는 한약이에요. 우리 어머니가 앓아요."

"너 어데 산다지? 왕가촌…… 그러면 훈춘이 더 가운데 왜 예까지 오는가 말이다."

"밀강 최 의원이 참 용해요, 우리 어머니는 그 선생의 약을 써야 나아요."

창길이는 이렇게 말하면서 달구지에 실은 물건을 뒤지고 있는 키다리를 힐끔 건너다보았다. 거처를 허투루 댄 것을 그놈이 알면 어쩌랴 싶어서였다. 키다리가 창길이네 동네를 알고 있었기 때문이다.

"이 새끼. 무슨 거짓말이야, 어데 연락을 가지? 대라."

| * 사라(원문) → 사러.

왜놈이 창길의 얼을 빼려는 듯 독기 어린 언성을 높인다.

"연락이 뭐요? 난 그런 건 몰라요."

창길이는 꼬물*도 당황해하는 기색이 없이 능청을 부린다.

"이 새끼가…… 모르긴 왜 몰라, 보자."

왜놈이 소년의 몸을 뒤지기 시작한다. 눈깔에 쌍초롱을 켜 단 그놈은 적삼과 바지를 샅샅이 뒤지고 더부룩한 머릿밑까지 훑어보고 나서도 못 미더워서 짚신을 벗겨 거기서 무엇을 찾아내려고 했지만 그것은 모두가 허사였다.

"가라."

헛물만 켠 왜놈이 짚신으로 창길의 머리를 갈긴 다음 그것을 풀숲에 던지고 수건에 손을 닦으며 가버렸다. 키다리도 그놈을 따라 떠났다.

짚신을 찾아 신은 창길이는 고개를 돌려 놈들의 등에 증오의 눈총을 쏘고 혀를 날름 내밀어 조롱함으로써 다소나마 분풀이를 하고 돌아섰다.

그는 그놈들 때문에 빼앗긴 시간을 벌충하기 위해 걸음을 재우치면서 손에 쥔 오갈피나무 꼬챙이를 몇 번이고 어루만져본다.

그 어떤 귀중한 물건을 진정 아끼고 사랑하는 그윽한 마음으로.

밀강 부락 어귀에 다다른 창길이는 다리도 좀 쉴 겸 한동안 정형을 살피기로 하고 길가의 풀숲에 주저앉았다.

창길에게는 밀강을 무사히 통과하는 것이 가장 큰 문제였다.

토성으로 둘러싸인 부락 앞을 두만강으로 흘러내리는 푸른 강물이 굽어져 흐르고 뒤는 깎아지른 듯한 절벽을 이루고 있다. 빠져나갈 길은 오직 하나 경찰서가 있는 부락 복판을 꿰뚫고 뻗은 통로밖에 없었다. 그런데 그 길의 양 어귀를 위만 경찰과 일본 경찰이 총을 메고 지키고 있지 않

| * 꼬물 : 아주 조금.

358

는가. 창길이가 가는 목적지는 밀강이 아니라 그곳을 지나 더 가야 했다.

창길이는 무슨 묘책이 없을까 하고 골똘히 이 궁리 저 궁리를 하면서 사람 눈에 띄지 않게 보초의 동정을 슬금슬금 살피고 있었다.

예까지 올 때처럼 장난꾸러기로 가장하고 지나간다 해도 보초에게 걸려서 문초를 당할 것은 십상 뻔한 일이다. 설사 위만 경찰쯤은 세워놓고 입관할 손 쳐도 저쪽에 더 악독한 일본 경찰 놈이 있지 않는가, 그렇다고 해서 이곳에서 세월없이 짬수*만 노리고 있을 수도 없는 일이었다.

창길이는 힐끔 해를 쳐다보았다. 밀강 다음 부락에서 점심을 먹기로 작정하고 떠난 걸음인데 이미 점심때가 지났다. 그는 속이 더욱 안달이 났다.

바로 이때다.

그의 눈에 띈 것이 놓아먹이는 돼지다. 백색 중돼지 세 마리가 꿀꿀거리며 풀숲을 헤차고 창길의 앞으로 다가오고 있지 않는가.

그것을 본 순간 창길 소년의 머리에 퍼뜩 떠오른 생각이 있었다. 옳지 됐다고 속으로 손뼉을 친 그의 얼굴에 저도 모르게 미소가 아롱진다.

돼지를 이용하기로 맘먹은 창길이는 다우쳐 염낭**에서 노끈을 꺼내 오갈피나무 꼬챙이 끝에 매었다. 그리고 한번 머리 위에다 휘둘러본다. 제법 그럴 듯한 채찍이라고 생각하는 그의 얼굴에 또다시 미소가 떠오른다.

"두 두…… 쫏 쫏……."

창길이는 해보던 솜씨대로 채찍을 쳐들고 허공에 원을 그리면서 돼지를 토성 쪽으로 슬슬 몰고 간다.

"두 두…… 쫏 쫏……."

어느 모로 보나 창길 소년은 목동이 방불하다.

---

* 짬수 : 북한어. 어떤 일을 할 수 있는 알맞은 낌새나 형편.
** 염낭(一囊) : 두루주머니. 허리에 차는 작은 주머니의 하나.

그는 걸으면서 속으로 그 미물에게 사정을 하는 것이었다—돼지야, 제발 내 말을 잘 들어다우. 내가 여기를 무사히 빠져나가는 건 정말 너에게 달렸다. 옳지, 옳지. 그렇게만 가자.

돼지들이 그의 심정을 알아라도 주듯 꿀꿀거리며 보초막 쪽으로 곧바로 잔달음질 친다.

창길이는 메주덩이처럼 생긴 만주 경찰의 앞을 돼지를 몰고 무사히 지나쳤다. 메주덩이는 그를 보고 아무 문초도 하지 않았다.

이렇게 해서 첫째 난관을 무사히 돌파할 수 있었던 것이다.

그런데 창길 소년이 보초막에서 한 5십 미터가량 성 안에 들어갔을 때였다.

"거 어느 녀석이 남의 돼지를 몰아 가니? 엉?"

아차 하는 순간, 벌써 중국 노파의 노기 어린 목소리가 창길 소년의 뒷덜미를 갈겼다.

얼핏 뒤를 돌아보니 몸집이 작달막한 노파가 전족을 재게 놀리는 바람에 미처 몸의 균형을 잡지 못해 위태롭게 비뚝거리며 다좇아 오고 있지 않는가.

그렇다고 해서 냅다 뛸 수도 없었다. 곳이 성 밖이라면 혹시 몰라도 성 안이고 보니 독 안에 든 것이나 다름이 없었다.

이때에야 비로소 소년에게 그 어떤 의심쩍은 데가 있다고 느낀 메주덩이가 총부리를 겨누고 가서 창길의 덜미를 잡아끌었다.

소년은 돼지를 좋아하기 때문에 장난삼아 해보았으니 놓아달라고 사정사정해보았지만 메주덩이는 막무가내였다.

"여, 생쥐 같은 놈의 새끼 안 된다, 안 돼. 가서 매 맛을 좀 봐."

이리하여 창길이는 경찰서로 넘기었던 것이다.

이 해(1932년) 초봄에 농민들의 춘황 폭동(기민 폭동이라고도 한다.)이 있었다.

폭동은 공산주의자들의 지도 밑에 일어났는데 여러 만 명 농민 대중의 뭉친 힘이 넓디넓은 동만 천지를 뒤흔들어놓았던 것이다.

이 폭동은 지난 해 가을부터 겨울에 걸쳐 왕청, 안도, 연길, 화룡현 등 동만 일대를 휩쓴 15만 명 농민들이 일으킨 추수 폭동의 연장이었다.

피땀을 뿌려서 지은 곡식을 모조리 지주 놈에게 빼앗긴 가난한 농민들은 초봄부터 풀뿌리와 나무껍질로 간신히 목숨을 이어나갔다.

동만 천지에 헐벗고 굶주린 농민들의 신음소리가 차고 넘쳤다. 밥을 달라는 어린것들의 울부짖음과 함께 먹을 것이 없으니 식량을 꿔달라는 피맺힌 목소리가 애처롭게 가슴을 파고들었다.

훈춘현 내 농민들의 형편도 더하면 했지 다를 리 없었다.

그러나 도척보다 더한 지주 놈들은 창고가 터지도록 식량을 쌓아두고도 바이 모르쇠*를 댔다.

이런 심각한 모순은 결코 오래갈 수 없었다. 종처**는 어차피 곪아터지기 마련이고 물은 백도에 달하면 으레 끓어 번지는 법이다.

춘황 폭동은 처음에 식량을 꿔달라는 '차량***' 투쟁으로부터 시작하여 나중에는 식량을 빼앗는 '탈량' 폭동에까지 발전했던 것이다.

지주에 대한 원한이 골수에 사무친 농민들이 노도와 같은 기세로 지주집을 습격하고 창고를 털어 식량을 나누어 가졌다.

창길이는 훈춘현에서 공산주의자들이 이 폭동을 조직하던 시초부터 통신 연락원으로서 밤낮을 가리지 않고 뛰어다녔다. 이 부락들에 뻗은

---

* 모르쇠 : 아는 것이나 모르는 것이나 다 모른다고 잡아떼는 것.
** 종처腫處 : ① 부스럼이 난 자리. ② 사회생활이나 어떤 분야에서 건전하지 못하고 썩은 부분을 비유적으로 이르는 말.
*** 차량借糧 : 양곡을 빌리거나 빌려 줌. 또는 그 양곡.

연락선에서 단 한 선이라도 튀면 호흡이 맞지 않아서 투쟁에 큰 혼란을 줄 것이었으나 창길이는 그 임무를 매번 실수 없이 감당해나갔다. 그가 전하는 작은 쪽지 하나하나가 농민들의 가슴에 투쟁의 불을 지펴준 것은 물론이었다.

창길이는 이 연락 공작에 강아지와 소를 많이 이용했었다.

삽사리 새끼 목털 속에 통신문을 감추고 그 위에다 색천으로 목도리를 해서 안고 다니기도 하고 소꼬리털 속에 감추기도 했었다. 삽사리 새끼는 주로 먼 부락으로 갈 때 썼고 가까운 데는 소를 이용했다. 때로는 짚신이나 옷 속에 감춘 적도 있었다.

창길이의 역할은 이뿐이 아니었다. 낫, 호미, 쇠스랑, 괭이, 몽둥이 등을 가진 농민 대중이 성난 파도처럼 황가네 집을 습격하던 날 창길이는 맨 앞 대열에 끼어 있었다. 작아서 눈에는 잘 뜨이지 않았지만.

황 지주네 속내며 식량 창고의 위치를 속속들이 꿰뚫고 있는 창길이가 이날 길잡이 역할을 맡아 나섰던 것이다.

굳게 닫힌 육중한 대문을 단숨에 짓부수고 밀물처럼 들이민 농민들이 창길이가 대주는 대로 창고를 하나하나 헤쳐 식량을 골고루 나누어 가졌다.

그런데 실은 이때 창길 소년의 마음은 식량보다 다른 콩밭에 가 있었다. 황가 놈이 밖에 끌려 나가서 군중 심판을 받고 있을 적에 소년은 그 놈의 방에서 엽총 한 자루를 감쪽같이 빼내어 비밀장소로 돌렸다.

갓 조직된 유격대의 아저씨들이 무기를 구하지 못해 하는 그 안타까운 심정을 조금이라도 풀어드리기 위한 붉은 마음에서였다.

이날 황가 놈은 격분한 군중들 앞에 무릎을 꿇고 엎드려서 다시는 안 그럴 테니 제발 목숨만 살려 달라고 손이 발이 되게 빌었다. 그 꼴을 본 창길이는 마음이 얼마나 고소한지 몰랐다.

그 얼마 후에 경찰 몇 놈이—그 가운데 위만 경찰 키다리도 있었다.—달려왔으나 때는 이미 늦어서 성복 뒤의 약방문이었다.

경찰은 창길이가 혹시 주동분자를 알지 않을까 해서 물어보았으나 소년은 거저 구경이 재미가 나서 따라다녔다는 한 가지 말을 되풀이했을 뿐이다.

이런 폭동은 동란 각처에서 때를 같이하여 일어났다. 지주는 어느 놈 할 것 없이 농민들의 심판을 받았는데 그중에서도 죄상이 엄중한 놈들은 귀신도 모르게 처단되었다.

황가는 그 죄상에 비해 관대한 처분을 받은 편이나 한 달 후에 죽어 버렸다. 심화병*이었다.

춘황 폭동에 질겁한 일제 군경 놈들은 농민 대중의 앙양된 기세를 꺾기 위해 무력으로 탄압을 강화하고 도처에서 무고한 인민들을 검거 투옥, 학살하고 있었다.

이런 사태는 공산주의자들에게 항일유격대 조직과 그 근거지 창설 투쟁을 더욱 촉진시키게 했다.

미친개에는 몽둥이찜질이 제격인 것처럼 무장한 일제에는 무장으로 족치는 길밖에 없었다.

이런 정세 하에서 김일성 장군의 지도 밑에 여러 현들에는 항일유격대가 조직되고 그 근거지가 창설되어갔다.

훈춘현에서도 이런 사업이 비밀리에 활발히 진행되고 있었다.

그런데 이 무렵에 무슨 냄새를 맡았는지 일본 '토벌대'가 훈춘현에 기어들어 발악하기 시작했다.

공산당 훈춘현위원회는 적들의 동향을 유격대 통신 연락처에 긴급히

| * 심화병心火病 : 심화心火. 마음속의 울화로 몸과 마음이 답답하고 몸에 열이 높아지는 병.

보고해야 했는데 그 통신위원의 중책을 맡은 것이 바로 전창길 소년이다.

이 소년을 유격대 통신원으로 선출하기까지에는 훈춘현위원회에서 충분한 토의가 몇 번 거듭되었다.

창길 소년은 소년선봉대원들 가운데서도 똑똑하고 총명할 뿐만 아니라 혁명의식도 비교적 높은 편이었다. 게다가 또 연마공작 경험도 어느 정도 가지고 있었다.

그렇지만 이번 연락 임무가 워낙 무거운 것이고 보니 종전처럼 통신을 맡길 수는 없었다.

훈춘현위원회에서는 창길 소년을 불러 주도세밀한 주의사항을 알으켜* 주고 비밀을 고수할 데 대한 재교양을 준 후 공작 임무를 맡겼던 것이다.

비밀 통신은 얇은 미농지에 깨알 박듯 한 것이었다.

창길이는 그것을 실수 없이 유격대 통신 연락처까지 가지고 갈 방도를 골몰히 생각하느라고 끼니도 제때에 먹지 않았다.

우리 편에서 통신 연락 방법이 날을 따라 교묘해지면 질수록 그것을 알아내려는 적들의 '솜씨'도 차츰 늘어가는 것이었다.

창길 소년은 사뭇 골몰히 생각던 끝에 한 가지 묘안을 찾아냈다. 그는 그 길로 산에 가서 오갈피나뭇가지를 몇 개 꺾어왔다.

지난날 그것으로 물총을 만들어가지고 장난하던 때의 생각이 문득 머리를 스쳤던 것이다.

오갈피나무 속은 솜같이 연한 심으로 차 있다. 그것만 파내면 구멍이 뚫린다.

창길이는 그 속에 통신문을 돌돌 말아 찌르고 그 위를 같은 심으로 막기로 하고 자기 의견을 조직에 제기해서 승인을 얻었다.

| * 알으키다 : 가르치다.

실제 만들어놓고 보니 그것은 본래의 오갈피나뭇가지와 털끝만도 다름이 없었다. 더구나 손때까지 가맣게 올렸으니 그 속은 귀신도 모를 일이었다.

창길이는 도중에서 경찰에게 걸렸을 때 그놈이 꼬챙이를 무심히 보아버리는 것을 보고 이번 연락 임무에 대한 신심을 더욱 굳게 가졌던 것이다.

"왜 남의 돼지를 그럭했어? 엉? 성 밖의 돼지를 성 안으로 몰고 들어온 것으로 보아 돼지 도적놈은 아니겠는데……"

머리를 박박 깎고 얼음처럼 찬 인상을 주는 왜놈 경찰서장이 차를 마시면서 창길이의 약점을 면바로 찌른다.

양미간을 잔뜩 찌푸리고 세모난 눈깔로 소년을 쏘아보는 그놈의 낯짝에서 노기가 이글거린다. 이마에 돋은 핏줄이 마치 지렁이가 구불거리는 것 같다.

창길이는 그자가 그처럼 노기를 터뜨리게 된 사연을 알고 있었다.

이리로 잡혀 온 창길이는 우선 서장실 옆방에 들어가 있었다. 일본 경찰 놈의 방이었다. 짝귀인 왜놈은 창길이를 마룻바닥에 앉혀놓고 무엇인가 열심히 필사를 하는 것이었다. 연신 손목시계를 들여다보며 자못 초조해하는 기색으로 보아 상부에 올려 보낼 긴급한 서류인 듯싶었다.

조금 뒤에 복도에서 발자국 소리가 들려왔다. 무심중 그리로 얼굴을 돌린 창길이의 눈에 일순 선뜩해하는 빛이 흘렀다. 위만 경찰 키다리를 본 것이다. 그는 침울한 표정으로 서장실로 가고 있었다.

키다리가 서장실에 들어서기가 무섭게 서장 놈의 독기 찬 욕설이 들려 왔다.

"이 머저리 같은 자식아, 그래 그것도 하나 잡지 못하는 것이 무슨 경찰이야……."

이어 서장 놈은 입에 담지 못할 독설을 한동안 퍼붓고 그래도 성 차지 않아서 나중에는 '지나인'*은 믿을 수 없다느니 어떻다느니 하면서 정 참을 수 없는 민족적 모욕까지 주는 것이었다. 범인을 잡으러 갔다가 허탕을 친 데 대한 책임 추궁이 분명했다.

얼마 후 소년은 서장실을 나온 키다리가 심히 부르튼 표정으로 복도를 성큼성큼 걸어가는 것을 보았다.

이놈의 경찰살이를 정말 못해 먹겠다.—이것이 그때의 키다리의 거짓 없는 심중이었으나 창길이는 그것까지는 알 까닭이 없었다.

이런 일이 있은 후 얼마 지나지 않아서 창길이가 서장실로 끌려 들어왔던 것이다.

그는 내심 잘못 걸렸구나 했다. 그럴 바에는 차라리 짝귀에게 걸렸어도 또 몰랐을 것인데 그놈은 필사를 끝내자 창길이를 서장에게 넘기고 부랴부랴 어디론지 떠나버렸다.

그러고 보니 이제부터 서장 놈이 아까의 화풀이를 자기에게 들이댈 것은 뻔한 일이었다.

일이 이렇게 꾀일 줄 알았더라면 애당초 채찍을 풀숲에라도 감추고 올 것을 그랬다고 속으로 주먹을 쳤다.

"서장님, 난 돼지를 멕이는 목동이에요. 돼지가 내 말을 얼마나 잘 듣는가고 장난삼아 해봤어요."

창길이는 일이 이렇게 된 바에는 끝까지 외길로 뻗대보리라고 맘을 단단히 먹고 들었다. 이때 노크 소리를 내고 키다리가 들어왔다. 그는 서류를 테이블 위에 놓고 돌아서 나가려다가 소년의 얼굴을 알아보고 무엇

| * 지나인支那人 : 중국인.

을 생각했던지 그 자리에 멎어 섰다.

창길이는 입장이 더욱 난처하게 되었다. 그는 묵묵히 서 있는 키다리에게서 그 어떤 위압감을 느꼈던 것이다.

서장 놈의 하는 잡도리가 이것저것을 옴니암니 캐물을 것이 뻔한데 거짓말을 꾸며대다가* 당장 키다리에게 탄로가 될 것이 아닌가. 그렇다고 해서 키다리가 아는 것만 사실대로 대고 그 외의 것을 허투루 꾸며대다가 사개가 맞지 않아서 저도 모르는 새에 옭혀 들어갈 수 있었다. 창길에게 있어 일이 이렇게 꾀여보기란 처음이었다.

키다리의 본집은 창길네 마을에서 개울을 하나 건넌 데 있었다. 중늙은 부모가 둘째 아들을 데리고 농사를 지어 그닥 궁색하지 않게 지냈다. 키다리의 동생 우 따밍은 창길보다 한 살 맏이였는데 둘은 의가 좋은 편이었었다.

그런 것까지 알고 있는 키다리가 왜 창길에게 매양 마뜩잖은 눈초리를 던지는지 도무지 모를 일이었다.

춘황 폭동이 있은 뒤로 더욱 그러해진 것으로 보아 혹시 무슨 냄새라도 맡은 것이 아닌가고 생각해보았지만 그자에게 꼬리를 밟히게끔 처신한 기억이 없었다.

또한 두 달 전에 일본 군대가 군사 도로를 닦는 데 강제로 끌려 나갔다가 무너지는 흙더미에 파묻혀 희생된 우 따밍이 창길이의 속을 알고 형에게 고자질을 했다고는 더욱 생각할 수 없었다.

이렇듯 통 모를 태도를 취하는 키다리가 일개 평민이라도 또 모르겠는데 일제의 졸개 노릇을 하는 경찰이고 보니 창길이는 그자를 경원하고 경각성을 곱절 높이지 않을 수 없었던 것이다.

| * 꾸며 대다는(원문) → 꾸며대다가.

채찍을 허리끈에 꽂은 창길이는 칼날처럼 날카로워진 신경을 서장과 키다리에게 두 갈래로 뻗친 채 잠자코 하회를 기다린다.

키다리가 제출한 서류를 원두장이 쓴 외 보듯 하던 서장 놈이 다시 시선을 소년에게로 옮긴다.

"뭐? 목동? 집이 어디냐?"

서장 놈은 창길이의 속을 꿰뚫어보고 그가 아파하는 데만 찌르는 것 같았다. 창길이는 일순 막다른 골목에 다다른 사람처럼 어찌할 바를 몰랐다.

실토를 하면 꼬리를 밟히겠고 거짓말을 하면 키다리의 귀가 있다.

춘황 폭동 후부터 경찰 놈들은 황 지주를 죽이고—놈들은 이렇게 단정했다.—엽총까지 빼앗아 간 그 주변 일대의 사람들에게 날카로운 눈초리를 돌리고 있었다. 이것이 키다리가 창길 소년을 마뜩잖은 눈초리로 보아 오는 한 가지 까닭일는지도 모른다.

그도 그렇지만 제 촌에서 어지간히 떨어져 있는 낯선 부락에 와서 돼지와 장난을 했다는 것도 곧이 들어줄 리 없는 말이다.

"없어요."

"정말 없어?"

"네, 여기저기 돌아다니면서 돼지나 소를 맥여주고 얻어먹어요."

겉은 태연스러운 듯했지만 말을 맺은 순간 창길 소년의 등골에서 진땀이 쭉 흘러내렸다.

전신의 신경이 온통 키다리에게 쏠려 있었다. 금시 그놈의 목소리가 철퇴처럼 뒤통수를 내리칠 것만 같은 아슬아슬한 순간이었다. 그놈의 입만 벌어지면 볼 장을 다 보는 날이다.

정녕 간이 녹두알만치 되어 가슴을 달달 떨고 있는데 노기 어린 목소리가 귓전을 때린다.

"부모는?"

요행 키다리가 아니라 서장 놈의 목소리다.

"없, 없어요."

두 번째로 거짓말을 꾸며 댄 창길 소년의 눈앞에 자기를 그처럼 사랑해주는 아버지와 어머니의 모습이 또렷이 나타났다가 사라졌다.

창길이는 부모 앞에 죄가 될 이런 거짓말을 하고 싶지 않았지만 적들의 손에서 놓여나기 위해서는 부득이한 일이었다.

처음에 집이 없다고 말해놓고 이어 부모가 있다고 대답한다면 사개가 잘 맞지 않아서 대뜸 서장 놈에게 어떤 단서를 잡힐 위험이 있었기 때문이다.

어쨌든 창길 소년의 머릿속은 복잡할 대로 복잡했다. 한편으로 또 그는 이번에는 외상없이 키다리의 목소리가 덜미를 칠 것이라고 가슴을 죄었다. 그의 숨이 간 데 없었다.

이때 널마루 바닥을 조심조심 옮겨 디디는 소리가 들렸다. 소년의 귀에는 그것이 분명히 키다리가 자기에게로 다가서는 것으로만 느껴졌다.

그런데 그 소리가 자기의 생각과는 달리 조금씩 멀어지더니 그만 문밖으로 사라지는 것이 아닌가.

창길이가 제 귀를 의심한 나머지 힐끔 뒤를 돌아다보았다. 분명히 키다리가 나가버린 것이다.

"둘 다 없단 말이냐?"

"없어요. 쥐통으로 돌아갔어요."

창길이는 이때에야 비로소 막혔던 숨을 몰래 내뿜었다. 키다리가 서장실에 머물러 있은 시간이래야 불과 10분도 되나마나 했지만 그것이 창길에게는 공포에 쌓인 10년 맞잡이로 느껴졌던 것이다.

창길이가 키다리를 옆에 두고 이처럼 대담하게 거짓말을 꾸며 댈 수 있은 것은 까닭 없는 일이 아니다. 그는 키다리가 가지고 있는 두 가지 측면을 노렸던 것이다.

그중 하나는 아까 서장 놈에게서 그처럼 눈부리*가 돋아나도록 모욕을 당했으니 그도 사람이라면 왜놈에 대해서 앙심을 품었을 것이 아닌가.

그렇다면 내가 거짓말을 한다 해서 서장 놈의 편을 들어 나를 꽂아 바치지 않으리라.—소년은 이렇게 생각했다.

다른 한 측면은 키다리가 자기 동생 따밍이 죽었을 때 왜놈들이 보내온 조위금을 방바닥에 동댕이치고 일제에 대한 불평불만을 터뜨렸다는 사실을 알고 있었다.

이런 것으로 미루어보아 비록 일제의 졸개 노릇을 할망정 양심이 죄다 썩어버린 것 같지 않다고 판단했던 것이다.

"이놈 거짓말 말어.—주먹으로 테이블을 탁 치고 와락 어성**을 높인다.—바른대로 대. 안 대면 몇 달이고 여기다 가두어 두겠다. 어디로 연락을 가는 길이냐? 대라."

서장 놈은 소년들이 지하 조직이나 유격대의 비밀 연락원 공작을 하고 있는 줄을 경찰 통보를 통해 알고 있었다.

"난 목동이에요. 그런 건 몰라요."

"몰라? 너 새끼를 연락을 보낸 놈이 잡혔는데도 몰라. 주릿대를 안기기 전에 순순히 비밀 통신도 내놓아."

서장 놈의 시선이 창길의 허리끈에 꽂힌 채찍에 쏠린다.

"서장님, 내께는 아무것도 없어요. 정말이지 난 돼지를 멕이는 일밖에 몰라요."

창길이는 가슴이 뜨끔했으나 꼬물도 내색을 내지 않고 서장 놈의 거

---

* 눈부리 : 북한어. '눈초리'를 비유적으로 이르는 말.
** 어성語聲 : 말소리.

동을 살핀다.

"뭐? 몽치'를 들어야 대겐?"

서장 놈의 손이 독수리가 무엇을 채듯 채찍을 와락 빼앗는다. 그러나 창길이는 조금도 당황한 기색을 보이지 않는다.

이런 고비일수록 더 침착해야 한다고 생각한 그는 아랫배에 지그시 힘을 주고 하회를 기다린다.

"우선 이걸로 매 맛을 좀 봐.—채찍을 흔들다가 다시 유심히 보면서 묻는다.—이게 무슨 나무야?"

"몰라요. 길에서 주웠어요''"

창길이는 서장 놈의 눈치가 달라지는 것을 보자 속이 간데없었다.

"주웠어? 이게 오갈피나무가 아니야?"

서장 놈은 무슨 들은 풍월이 있어 묻는 것 같았다.

철필촉을 채찍 끝에 찔러 심을 파내려고 하나 잘 나오지 않는다.

"……"

창길이는 그놈이 하는 짓을 눈여겨보면서 생각한다.

'통신은 거의 뼘 반이나 깊이 파고 넣었으니 네 놈이 그렇게 파보는 것쯤은 무섭지 않다. 그런데 저것으로 매를 때리겠다니 어떡하나, 내가 맞는 것은 참을 수 있지만 그러다가 여린 나뭇가지가 갈기갈기 째지면서 통신이 튀어나오면 그때는 어쩌나……'

조금 전에 한 위기를 간신히 모면했는데 숨 돌릴 틈도 없이 또 하나의 위기가 닥쳐와서 창길이의 속을 바지직바지직 태우고 있는 것이다.

서장 놈은 철필로 파는 것이 성가신 듯 내던지고 서랍을 열더니 날이 시퍼런 단도를 꺼냈다.

---

* 몽치 : 짤막하고 단단한 몽둥이.
** 주었어요(원문) → 주웠어요.

끝내 위기가 닥쳐왔다. 서장 놈이 칼날을 채찍 끝에 댄 순간 창길 소년은 앞이 아찔했다.

낭떠러지에 섰던 그의 몸이 갑자기 무너지면서 천 길, 만 길 깊은 나락으로 떨어지는 듯했다.

그의 눈앞에 훈춘현위원회 아저씨의 얼굴이 나타났다. 떠나올 때 머리를 쓰다듬어주면서 하던 말이 귓전에 울린다.

'동무의 연락이 빠르면 빠를수록 '토벌대' 놈들이 더 빨리 녹아날 거요.'

일순도 경각성을 늦추지 말고 부디 조심해서 다녀오라고 하던 그 온건한 얼굴이 자기를 무섭게 책망하는 것만 같았다. 그것은 응당 받아 마땅한 책망이라고 생각했다. 그러나 만약 비밀 통신이 서장 놈의 수중에 들어간다면 몇 마디 책망쯤으로 때버릴 과오가 아니었다.

자기 하나쯤은 적들이 주는 어떤 고통이라도 견딜 수 있지만 목숨보다 더 귀중한 통신을 빼앗기게 된 것을 생각하니 죽음으로써 과오를 씻을 것 같지 않았다.

'나는 우리 혁명 앞에 용서받을 수 없는 엄중한 죄를 지었구나. 나를 그처럼 사랑하고 믿어주는 어머니 조직 앞에 무슨 면목으로 설 수 있으며 유격대 아저씨들은 또 무슨 낯으로 뵈겠는가. 지지리 못난 나 하나 때문에 훈춘현 사람들이 일본 '토벌대' 놈들에게 고통을 더 겪게 되겠으니 이 일을 어쩌나…….'

창길이는 모진 정신적 고민과 고통 때문에 앞이 아찔아찔해서 잠자코 서 있을 수가 없었다. 마지막 결심을 도사려 먹은 그는 서장 놈이 눈치 채지 않게 살그미 한 발자국 나서서 그놈의 손끝에다 시선을 집중한다. 사태가 이미 예까지 이른바 하고는 선손*을 써서 비밀 통신을 삼켜버리거나 없애버리자는 속심이었다.

이때 서장 놈이 채찍을 째던 손을 멈추고 소년을 힐끔 쳐다보며 오만

상을 찡그린다.

"피 구린내야. 저 구석에 가 앉아 있어."

사실 창길이는 아침에 마늘을 먹고 떠났었는데 게다가 땀내까지 풍기는 몸으로 그놈의 앞에 다가섰으니 그럴 수밖에 없었다. 그러나 소년은 못 들은 체하고 움직이지 않는다.

"이 자식. 썩 가 앉지 못해."

악에 바친 서장 놈의 호령에 창길이는 더는 그 자리에 그대로 서 있을 수 없었다. 방구석에 가 앉은 그는 높뛰는 심장의 고동 소리를 들으며 이제는 다른 방패막이로 결판을 내리라고 마음먹었다.

서장 놈은 채찍을 한 뼘쯤 칼로 째 내려가다가 성가신 듯 두 손으로 와락 쨌다. 그 바람에 튕겨 나온 비밀 통신이 널바닥에 떨어져 도로로 굴렀다. 창길이가 저도 모르게 엉덩이를 훌쩍 솟군 것은 그와 동시였다. 그러나 더는 손쓸 새가 없었다. 금시 눈깔이 둥그래진 소장 놈이 의자를 자빠뜨리며 그것을 주웠던 것이다.

밀을 먹인 종이에 만 비밀 통신과 소년의 얼굴을 번갈아 보는 서장 놈의 낯짝에 차츰 맹수와 같은 잔인성이 떠오른다.

"애, 이 새끼, 이래도 모르겠어?"

"난 몰라요. 길에서 주은 거예요."

"뭣이 어째?"

창길의 말이 끝나기가 무섭게 후닥닥 뛰어 일어나는 바람으로 달려든 서장 놈의 매운 손이 어린 뺨에 불을 안긴다. 한 번, 두 번, 세 번······.

"정말이요. 길에서 주웠어요."

"상금 거짓말이야. 바른대로 대라. 죽이기 전에······."

| * 선손—: 선수先手. 남이 하기 전에 앞질러 하는 행동.

그렇지 않아도 아까 돈은 분풀이를 못해하던 서장 놈이 손으로는 성차지 않아서 째진 채찍으로 창길이를 사정없이 내리친다.

"난 모르오. 길에서 주웠어요."

창길이는 참기 어려운 아픔을 느끼면서도 오직 한 가지 말을 되풀이할 뿐이다.

죽든 살든 이 한 가지 말로 결판을 짓고 말리라고 이미 마음먹은 창길 소년이다. 어쩌면 고통을 덜어볼까 해서 이 말 저 말을 붙다가는 결국 저도 모르게 적에게 꼬리를 밟히게 됨으로써 도리어 더 불리한 구렁텅이에 빠진다는 것을 아저씨들에게서 배워 알고 있었던 것이다.

창길 소년의 얼굴과 팔다리에 피벌건 자국이 생겼다. 난생 처음 당해보는 심한 고통이었다.

그러나 육체적 고통도 고통이지만 마음의 고통이 더했다.

창길이는 된매를 맞으면서도 테이블 위에 놓인 비밀 통신에서 눈을 떼지 않았다. 짬만 있으면 그것을 집어 가지고 내뺄 생각을 했으나 그놈은 좀체 그런 틈새를 주지 않았다.

서장 놈은 오르고, 얼리고, 달래고, 때리다 못해 금품을 주어보는 등 별의별 수단을 다 썼으나 결국 단 한 가지 단서도 얻어내지 못했다.

비밀 통신의 내용을 속히 알아야 했는데 그것 역시 암호여서 머리를 짜보았으나 풀어낼 재간이 없었다.

서장 놈은 이날 석양부터 창길 소년을 고문실로 끌고 가서 본격적인 고문을 들이댔다.

살기가 머리끝까지 치민 서장 놈의 모진 고문에 온몸이 피투성이가 되고, 몇 번씩 까무러치면서도 창길 소년의 입에서는 단 한 가지 말 외에 다른 말이 새어 나오지 않았다.

'길에서 주은 거요.'

다음 날은 짝귀란 놈과 키다리가 소년을 고문했다. 서장 놈은 훈춘에서 열린 '토벌대' 구수회의*에 가고 없었다.

고문은 주로 짝귀가 들이대고 키다리는 그 조수 노릇을 했다. 그러나 짝귀가 땀을 들이거나 한 대 피울 때는 키다리가 대신했다. 꼭뒤에 부은 물이 발뒤꿈치로 내린다고 어느 놈이나 다 같은 야수들이었다.

이날 점심시간이 끝날 무렵에 경찰서 안이 갑작스레 술렁거리기 시작했다. 놈들이 당황해서 뛰어다니는 발자국 소리가 고문실에까지 들려왔다. 부랴부랴 전투 준비를 갖춘 일만 경찰 놈들이 짝귀의 지휘 하에 어디론지 황급히 떠나갔다.

경찰서에 남은 놈은 불과 몇이 아니었다. 고문실에는 키다리가 혼자 남았다.

우리 유격대 아저씨들이 놈들에게 무리죽음을 주러 왔을 거야. 고문실 바닥에 쓰러진 채 쇠창살로 맑게 개인 하늘을 물끄러미 바라보는 창길이는 어쩐지 그렇게만 믿고 싶었다. 사실 놈들은 밀강 부락에서 멀지 않은 산촌에 유격대가 나타났다는 정보를 받고 출동했던 것이다.

경찰서의 오후는 쥐 죽은 듯이 고요했다. 여느 때보다 전화도 덜 걸려왔다. 고문실에서 키다리의 으르딱딱거리는 소리가 가끔 무거운 고요를 뒤흔들어 놓을 뿐이다.

그런데 창길이에 대한, 키다리의 고문이 그 방법에 있어 오전에 비해 어딘가 좀 달라진 듯싶었다. 그것을 누구보다 느끼게 된 것이 창길 소년 자신이다. 한마디로 말해서 매질이 적어지고 그 대신 욕설이 많아진 듯했다.

이런 변화를 눈치 챈 창길이는 쓰러진 채 가쁜 숨을 토하며 생각해보

---

* 구수회의鳩首會議 : 비둘기들이 모여 머리를 맞대듯이 여럿이 한자리에 모여 앉아 머리를 맞대고 의논함. 또는 그런 회의.

는 것이었다.

'이자가 무엇 때문에 이럴까, 나를 어쩌자고 이러는 걸까. 이렇게 약간 늦추어주는 듯하다가 짝귀가 돌아오면 물밀어 달고 칠 작정이 아닌가?'

그런데 어제 서장실에서 취하던 이자의 태도로 미루어보면 그럴 것 같지도 않았다. 독난 소리로 고래고래 욕설을 퍼붓는 것은 밖에 있는 놈들을 들으라고 하는 수작일는지 모른다. 만약 그렇다면 나는 이제부터 어떤 태도로 고문을 받아야 할 것인가……

이런 생각을 하고 있는데 갑작스레 가죽 채찍이 그의 등을 갈긴다.

"이 자식, 일어나 앉아."

"아이고, 난 아무것두 몰라요, 길에서 주웠어요."

창길 소년의 피맺힌 목소리가 경찰서의 정적을 깨뜨린다.

키다리에게 이렇듯 혹독한 고문을 당하고 있다는 것을 바깥 놈들이 알라고 우정 비명을 지른 것이다.

"또 한 바께쓰* 멕이기 전에 바로 대라."

키다리의 입에서 이런 말이 떨어졌을 때 창길이는 그것이 한갓 울러보는 소리려니 했다. 그러나 그다음 순간 그는 소스라쳐 놀랐다.

키다리가 진짜 바께쓰의 물을 주전자에 따라 들고 일어서는 것이 아닌가.

창길이는 변덕맞은 그놈의 속통을 바이 알 수 없었다. 어제 서장실에서의 키다리와는 딴판이며 조금 전의 키다리와도 또 다르다.

"날 죽일 테면 어서 죽여요, 아이고…… 따밍, 따밍아……."

가까스로 몸을 일으키려던 창길이가 무너지듯 도로 쓰러지며 애처로

| * 바께쯔(원문) → 바께쓰/バケツ : 일본어. 한 손으로 들 수 있도록 손잡이를 단 통. 양동이, 들통.

운 신음소리를 낸다. 미리 머릿속에 꾸며두었던 수작이었다.

창길이가 쓰러지는 것과 거의 동시에 갑자기 덜컹하고 철기가 시멘트 바닥에 부딪는 소리가 요란스레 났다. 그 소리와 함께 창길이는 온몸에 찬물을 흠뻑 뒤집어썼다. 키다리가 손에 들었던 주전자를 떨어뜨린 것이다.

창길이가 꾸며 댄 계교가 이번에는 면바로 들어맞은 것이 분명했다.

소년을 악착스레 다루면서, 저로서도 제 속이 알 수 없어 오만 생각에 머리가 복잡하던 키다리는 뜻밖에도 죽은 동생의 이름을 듣자 마치 날아온 총알에 가슴 복판을 맞은 사람처럼 그만 앞이 아찔해지며 주전자를 들고 있을 힘마저 잃었던 것이다.

창길이가 노린 대로 따밍이란 이름이 그자에게 된 충격을 주었던 것이 분명했다.

키다리는 심장을 쥐어뜯는 모진 고통을 이기지 못해 가슴을 부둥켜안고 뚜벅뚜벅 고문실을 몇 바퀴 돌다가 쓰러진 창길 소년의 앞에 와 멎어 섰다.

"애, 너 따밍을 어떻게 아니?"

키다리가 어지간히 누그러진 음성으로 아닌 보살 하고 묻는다.

"잘 알아요. 따밍은 정말 좋은 동무였어요. 그런데 그 애는 일제 때문에 죽었어요."

"닥쳐."

키다리가 발작적으로 어성을 높인다. 그리고 뒷짐을 지더니만 또 뚜벅뚜벅 실내를 돈다. 그는 마음의 고통을 참지 못해 모대기고* 있었다.

'사랑하는 동생 따밍을 누가 죽였나? 일제 때문인가. 그렇다. 저 애

| * 모대기다 : 북한어. 괴롭거나 안타깝거나 하여 몸을 이리저리 뒤틀며 움직이다.

말이 옳다. 그런데 바른 말을 했다 해서 나는 저 애를 타박했다. 이게 무슨 짓인가, 저 애는 따밍과 다정한 동무였다. 또한 나는 저 애가 지금 어떤 길을 걷고 있으며 어떤 일을 하는지 대개 짐작한다. 내 입만 벌어지면 저 녀석은 외상없이 사형이다. 저 애를 서장에게 꽂아 바친다? 아니다. 나도 양심을 지닌 사람이다. 젊은 내가 무슨 일을 못해 일본놈한테 모욕과 멸시를 당하며 이 노릇을 해야 하는가. 아 괴롭구나…….'

소년에 대한 고문은 그 이튿날도 계속되었다. 이날은 서장 놈이 들이댔다. 범인 취조에 들어서는 내로라하는* 놈이었지만 창길이가 가슴속 깊이 간직한 비밀만은 종시 알아내지 못했다.

나흘째 되던 날 아침이었다.

이제는 고문이고 뭐고 쓸데없다고 생각한 서장 놈이 짝귀를 불러 엄하게 명령했다.

"저놈을 두만강가에 끌어내다 당장 총살해."

두만강의 여울을 흐르는 물소리가 이날따라 더욱 노호하는 듯했다. 얼마나 많은 피맺힌 원한과 비통한 역사를 싣고 흐르는 강인가, 이 강에 깃든 눈물겨운 이야기는 아마 몇 권의 책으로도 다 엮지 못하리라.

그런데 이제 바야흐로 또 하나의 비통한 이야기가 이 강의 역사의 한 페이지에 실리려고 한다.

강제로 끌려 나와 강둑에 모여 선 마을 사람들은 누구나 숨기가 없었다. 비분이 서린 얼굴들이 5, 60미터 떨어진 데 서 있는 백양나무 한 그루를 지킨 채 움직이지 않는다.

마을 사람들에게는 이런 일이 처음이 아니었다. 하기야 이런 참변을

| * 내로라는(원문)→내로라하는.

모르는 데 가서 살았으면 얼마나 좋으랴만 왜놈들이 이리떼처럼 우글거리는 세상에 어디 살벌이 없는 곳이 있으랴. 한 번 끌려 나올 적마다 십년 감수는 하는 것 같았다.

이때 까마귀 한 놈이 날아와 백양나뭇가지에 앉아 방정맞게 울어댄다. 그 소리에 가슴이 선뜩해진 사람들이 그놈을 향해 마른 침을 퉤퉤 뱉는다.

그들이 까마귀란 미물의 울음소리에까지 그처럼 신경을 쓰는 것은 자기들을 위해서가 아니라 지금 바로 백양나무 아래에 서 있는 한 소년의 운명의 요행을 빌어 마지않는 혈육의 심정에서였다.

창길 소년은 두 팔을 뒤로 결박당한 채 태연히 서 있다. 이 며칠 동안에 몰라보게 얼굴이 해쓱해진 데다 옷은 찢어지고 팔다리에 피가 말라붙었다.

다만 머루알 같은 눈동자만은 여전히 샛별처럼 빛난다. 몇 분 후면 영원히 감겨지리라고는 도저히 생각할 수 없으리만치 맑고 총명스러운 빛을 뿌린다. 그 눈에는 죽음에 대한 공포나 생에 대한 미련 같은 것이 없는 듯싶었다.

"어서어서 파, 굼벵이 같은 것들······."

짝귀가 서슬이 푸르딩딩해서 창길의 무덤을 파는 두 위만 경찰을 몰아친다. 그중 하나는 키다리다. 둘은 무뚝뚝한 표정으로 무덤을 파면서 짝귀 몰래 소곤소곤 이야기를 주고받는다.

"애, 죽기 싫지? 조직과 유격대의 처소만 대면 당장 놓아줄 테니 어서 말해봐."

"······."

창길이는 그놈이 보기도 싫어서 얼굴을 돌린다. 뒤에서 무덤을 파건, 까마귀가 울건, 짝귀가 무슨 개소리를 하건 아랑곳없이 그의 태도는 여전하다.

창길 소년은 시선을 강 건너 남쪽으로 돌린다. 오매에 잊지 못하던 사랑하는 조국 산천을 조용한 심경으로 살핀다. 마치 사랑하는 조국 산천의 모습을 마음속에 담뿍 간직하고 조국을 하직하려는 듯이, 불보다 뜨거운 그의 심장이 조국을 향해 이렇게 말하는 것만 같았다.

'조국이여! 사랑하는 나의 조국이여! 부디 잘 있으라, 너는 영원히 조선 사람의 것이며 너는 나를 잊지 않을 것이다.'

이윽고 창길이는 얼굴을 돌려 북쪽 하늘을 바라본다.

사랑하는 아버지와 어머니, 훈춘현위원회와 유격대 아저씨들과 바로 이 시각에도 연락 임무를 충실히 수행하고 있을 많은 소년선봉대 동무들에게 마지막 결별의 인사를 드리는 것이었다.

'아저씨들, 나는 우리 혁명 앞에 큰 죄를 짓고 가요, 참말이지 죽어서도 눈을 감을 것 같지 않아요. 아저씨! 부디 잘 싸워주세요. 원수를 갚아주세요, 아버지 어머니! 부디 안녕히 계십시오. 동무들아! 끝꺼정 잘 싸워다우.'

창길이의 또렷또렷한 눈이 이렇게 말하는 것만 같았다. 그리고 끝으로 그의 눈이 강둑에 모여 선 마을 사람들에게로 향한다.

정녕 금할 수 없는 비통한 심경으로 소년을 마주 바라보는 그들의 가슴이 갈기갈기 찢어지는 듯했다. 여인들의 뺨을 눈물이 방울방울 흘러내린다. 창길이 대신 경찰 세 놈을 한 새끼에 묶어 제 놈들의 손으로 파고 있는 저 무덤 속에 처넣지 못하는 것이 누구의 심정에도 한스러웠다.

위만 경찰 두 놈이 심히 부르튼 상통으로 느릿느릿 무덤을 판다. 그런 것은 아랑곳없이 짝귀는 총을 소제하고 있다.

그런데 이때 창길 소년의 얼굴에 미소를 방불케 하는 빛이 아롱진다.

"저 저 얼굴을 좀 보라구……. 아이구 가슴이 아파라……."

누구의 울먹울먹한 목소리가 채 끝나기 전에 그들 속에서 흐느끼는 소리가 들린다.

"사격 준비."

짝귀가 독기 찬 소리로 구령을 치자 두 위만 경찰이 격발기를 당겼다 놓고 소년의 가슴을 묘준한다.*

창길이는 마지막 순간이 닥쳐왔지만 꼬물도 당황한 기색을 보이지 않고 의젓하게 서서 원수를 노린다.

마을 사람들이 눈을 감고 머리를 수그린다. 숨기 하나 없다. 꽃답고 사랑스러운 열네 살 소년의 가슴에 원수의 총알이 박히는 것을 차마 볼 수 없었기 때문이다. 누구의 가슴도 비분에 떨고 있었다.

"얘, 이놈아, 이젠 정말 마지막이다. 어디 할 말이 있거든 해봐."

짝귀가 창길 소년의 여라문** 미터 앞에 버티고 서서 하는 말이다.

창길이가 천천히 말문을 연다. 그의 시선은 짝귀가 아니라 좀 먼발치에 서서 자기에게 총부리를 겨누고 있는 위만 경찰에 박혀 있다.

"당신들은 지금 나를 죽이려고 내 가슴에 총을 겨누고 있다. 물론 나의 생명은 귀중하다. 그러나 우리 조국과 혁명을 위해 목숨을 바치는 것을 나는 무서워하지 않는다……."

소년의 맑고 야무진 목소리를 듣자 마을 사람들이 숙였던 머리를 가까스로 쳐든다. 강산도 숙연히 귀를 기울이고 있는 듯싶었다.

창길이가 다시 위만 경찰을 향해 말문을 연다. 짝귀는 바이 안중에 없었다.

"마지막으로 당신들에게 한 가지 부탁이 있다. 나를 총알로 죽이지 말고 총창으로 죽여 달라. 그러면 나를 쏘자던 총알이 남을 것이다. 그것을 우리 유격대에 보내 달라. 유격대 아저씨들은 총알이 모자라서 일본

---

* 묘준하다瞄準— : '조준하다'의 북한어.
** 여라문: '여남은'의 북한어.

놈을 더 많이 잡지 못한다. 총알! 이것이 나의 부탁이다."

소년의 말은 마디마디가 위만 경찰의 폐부를 찔렀고 양심의 문을 두드려 주었다. 이때 짝귀의 구령이 울렸다.

"쐇, 쐇!"

구령이 내리기 무섭게 두 방의 총성이 강산에 메아리치며 울려 퍼진다. 까마귀와 뭇새들이 꼬리 빠지게 날아간다.

"악."

총성이 채 가시기 전에 외마디 비명이 마을 사람들의 가슴을 동침처럼 찔렀다. 모든 것이 끝났다고 생각하니 전신의 맥이 탁 풀리고 정신이 아찔해졌다.

"아니 저 저……"

바로 이때 누구의 입에선지 황급한 소리가 새어나왔다. 그 소리에 놀란 사람들이 선뜻 고개를 쳐든다. 그리고 다시 한 번 놀란다.

이게 어찌 된 일인가. 그들은 눈앞에 벌어진 현실을 보고 잠시 자기 눈을 의심하기까지 했다.

죽은 줄로만 알았던 창길 소년은 까만 눈알을 말뚱거리며 태연히 서 있고 그 대신 짝귀가 죽어 자빠져 있지 않는가. 사람들이 비로소 막혔던 숨을 후유 내뿜는다.

키다리가 가서 창길의 팔에 칭칭 감긴 포승을 풀어주고 그의 머리를 쓰다듬으며 말한다.

"과연 네 말이 옳다, 옳아, 우리는 양심을 가진 인간으로서 차마 너를 쏠 수 없었다. 너는 정말 장한 소년이다……."

"잠깐만……."

창길이가 키다리의 말을 막고 다가오는 마을 사람들을 향해 입을 연다.

"아버지! 어머니! 형님! 누나들! 부탁은 비밀을 지켜 달라는 것입니다."

"지키다뿐이겠소."

"그건 조금두 걱정 말게."

"어쩌문 애가 저렇게두 똑똑할까."

"김일성 장군님의 가르침을 받은 앤데 여부가 있나요."

마을 사람들이 이런 이야기를 주고받으며 기뻐서 어쩔 줄 몰라 한다.

사뭇 눈물을 훔치는 사람도 있고 위만 경찰이 취한 행동을 치하하는
사람도 있다.

그새 장정 둘이 한 위만 경찰을 도와 짝귀의 시체를 아까 판 무덤에
감쪽같이 묻어버렸다.

"네 가슴에 총부리를 겨눈 우리가 어리석었다. 용서해라. 그럼 창길
아! 우리와 함께 어서 여기를 떠나자. 그런데 네게 부탁이 하나 있다.—
키다리가 마을 사람들을 향해—여기 오래 서 있는 것이 좋지 않으니까
어서 돌아들 가시오."

"가겠수다. 그런데 그 전에 저 애의 손이라도 한번 잡아보구 싶소."

이것은 비단 한 늙은이의 심정이 아니라 그들 모두의 심정이었다.

그들은 창길의 손을 으스러지게 잡아주거나 머리를 몇 번이고 거듭
쓰다듬어주면서 치하를 아끼지 않는다. 한 청년은 창길 소년의 손목을
부여잡고 유격대로 가겠다는 자기의 심정을 흥분된 어조로 털어놓았고
한 중년 부인은 감격과 기쁨에 겨워 눈물을 흘리면서 소년의 볼에다 세
번 네 번 입을 맞추기도 한다.

"무슨 부탁이오?"

마을 사람들이 떠나자 창길이가 키다리더러 묻는다.

"우리 둘을 유격대에 가게 해달라는 것이다."

"그건 그렇게 할 수 있을 거요. 그런데 그 전에 내게 먼저 한 가지 부
탁이 있소."

"말해라. 어서……."

"서장 놈에게 빼앗긴 비밀 통신을 도로 찾아주어야겠소."

자기가 위기일발에서 목숨을 건진 기쁨보다 비밀 통신을 빼앗긴 책임감이 천근의 무게로 그의 육신을 짓누르고 있었던 것이다.

그것을 찾지 않고는 첫째 산으로 갈 수가 없었고 둘째로는 훈춘으로 돌아갈 면목이 없었다.

"좋다. 그런데 무슨 좋은 방법이 없겠니?"

"경찰서가 거의 비어 있다니까 이렇게 하면 될 거요……."

창길이가 방법을 가르쳐주었다. 키다리가 떠나자 인차 그는 위만 경찰 하나를 데리고 약속한 산에 올랐다.

경찰서 안은 조용했다. 경찰들도 거개가 제 맡은 구역으로 흩어진 뒤여서 불과 몇 놈 밖에 없었다. 그것도 찌끄레기 위만 경찰들이었다.

나갔던 놈들이 모여드는 시간, 즉 정오까지는 아직 한 시간은 착실히 있었다.

유리창을 열어놓은 서장실에 서장이 혼자 앉아서 비밀 통신의 내용을 푸느라고 정신이 없었다.

그대로 상부에 올려 보내도 무관할 것인데 워낙 공명심이 강한 놈인지라 어떻든 제 힘으로 풀어서 한번 솜씨를 뽐내보자는 것이었다.

키다리가 사형장에서 돌아온 지 20분가량 지났을 때 경찰서 안에서 요란한 총성이 연거푸 두 방 울렸다.

"유격대다. 유격대다."

서장 놈을 쏘아 눕히고 비밀 통신을 도로 찾은 키다리가 이렇게 외치는 바람에 다른 위만 경찰들이 혼비백산해서 다리야 날 살려라 하고 뿔뿔이 삼십육계를 놓아버렸다. 이 북새통에 키다리 역시 도망을 치는 체하고 산에 올랐다.

약속한 수림 속에서 생명보다 귀중한 비밀 통신을 손에 쥐었을 때 창길 소년의 눈에서 뜨거운 눈물이 방울방울 흘러내렸다. 모진 고문을 당하면서도 헛울음을 운 일 밖에 없는 그였지만 이때만은 돌아갔던 아버지가 도로 살아온 것처럼 기쁨에 겨워 그것을 가슴에 꼭 껴안고 울었던 것이다.

창길 소년에게는 자기의 생명을 구원해주었을 뿐더러 비밀 통신을 탈취해다 준 그 사람들이 얼마나 마음에 고마운지 몰랐다. 그러나 아무리 그렇다고 해도 그들을 직판 유격대로 데리고 갈 수는 없었다.

자기는 일개 소년 통신원이다. 생명의 은인이 아니라 그보다 더한 사람들이라고 해도 조직의 승인이 없이 유격대가 있는 비밀 처소로 함부로 데리고 간다는 것은 강철 같은 조직 규율을 위반하는 행동이었기 때문이다. 그렇다고 해서 반변하여 인민의 편으로 넘어온 사람들을 그냥 버려두고 갈 수도 없는 일이었다.

그런데 그들은 자못 당황해하면서 기어코 창길이를 따라가겠노라고 안달을 했다. 그도 그럴 것이 지금쯤 경찰서 안이 발칵 뒤집혔을 것이고 눈에 쌍초롱을 켜 단 수사대가 사처에 거미줄처럼 늘어졌을 것이니 여기서 어물어물하다가 잡히면 그야말로 개죽음을 할 수밖에 없었다.

"너무 당황해하지 마오. 적들 앞에서는 언제나 대담하고 침착해야 하오. 그런데 솔직히 말해서 나는 지금 당신들과 같이 갈 수 없는 사정이 있소……."

"아니 그럼 우리는 어쩌란 말이요? 하 이거 참……."

이제까지 키다리 옆에 덤덤히 앉아 있던 위만 경찰이 왕방울 같은 눈을 끔벅거리며 한숨을 짓는다.

"아니 그렇게 실망할 건 조금도 없소. 방법이 있소. 내가 모레 석양에 돌아올 테니 그때 만나서 해결합시다. 어떻소?"

"틀림없겠소?"

아까부터 심각한 표정으로 깊은 생각에 잠겼던 키다리가 따지듯 묻는다.

"난 그런 약속을 어겨본 적이 없소. 그럼 만나는 건 이렇게 합시다……."

창길이는 그들에게 만날 장소와 그새 취해야 할 행동상 주의 사항을 대주고 목적지를 향해 수림 속을 누비며 떠났다. 물론 그는 짝귀가 '선사'한 장총 한 자루와 탄알을 갖고 가는 것을 잊지 않았다. 가다가 적정 여하에 따라서는 그것을 안전한 곳에 감추고 후에 유격대 아저씨가 와서 찾아가기로 할 작정이었다.

그 이틀 후.

훈춘현위원회는 창길 소년의 안위에 대한 긴급회의 결정에 따라 사방에 줄을 놓아 탐문하던 끝에 한 연락선을 통해 그가 경찰에 체포되어 두만강반에서 총살당했다는 정보를 입수했었다.

그의 희생이 필시 비밀 통신이 적의 손에 발각되었기 때문인 것은 의심할 바 없었다. 그렇다면 이제부터 적들의 발악이 더구나 심해질 것이 아닌가.

현위원회는 입수한 정보를 분석 검토하고 시급히 새로운 투쟁 전술을 수립할 필요가 있었다.

바로 이날 밤 회의가 방금 끝났을 때 창길이가 돌아왔다.

현위원회의 아저씨들은 죽었다던 아이가 돌아온 것을 보자 감격과 기쁨에 겨워 그를 그러안고 안도의 숨을 내쉬었다.

끝났던 회의가 다시 시작되었다. 이번은 창길이의 사업 보고를 청취하는 회의였다.

"창길 동무! 조직은 혁명에 대한 동무의 충실성을 높이 평가하오. 조직의 이름으로 동무를 축하하오."

자기의 과오를 책할 대신 도리어 과분한 평가를 주는 조직 앞에 창길이는 머리 숙여 엄숙히 맹세하는 것이었다.

'혁명을 위하여 서슴없이 이 몸을 바치겠습니다.'

이미 밤이 이슥했으나 현위원회는 지체 없이 각 연락선에다 새로운 지시를 떨구었다.

이날 밤 회의가 끝난 후에 창길이를 지도하는 현위원회 아저씨가 반변해 온 두 위만 경찰을 반가이 만나주었다.

"매우 수고들 했소. 당신들이 취한 행동은 백 번 정당하오. 축하하오. 그런데 유격대에 갈 것을 희망한다지요? 당신들의 희망이 정 그렇다면 좋소. 그렇게 합시다."

다음 날 현위원회는 이 사실을 상급 조직에 보고하고 그의 지시에 따라 두 위만 경찰을 유격대에 입대시키기로 했다.

그다음 날 밤 창길이는 고문과 험로에 지친 몸도 돌보지 않고 유격대로 떠나는 그들을 어느 지점까지 길 안내 겸 바래다주었다.

창길이는 그들과 헤지면서 말했다.

"잘 싸워주오. 이담에 우리 산에서 다시 만납시다. 그땐 나두 유격대에 있을 테니……"

—수록 : 「투쟁 속에서」, 《조선문학》 200, 1964년 4월

새로운 출발

1

비료공장 구내의 전봇대들과 가로수와 철탑마다에 매달린 나팔 모양의 확성기는 비료 전사들의 새로운 전투소식을 소리높이 알리고 있었다.

"새로운 천리마 속도, '강선 속도'로 줄기차게 내닫는 우리 공장의 용감한 수리개들인 1암모니아 직장 박성도 천리마 작업반원들은 자기들이 결의한 기일을 한 달이나 앞당겨 밤 12시 현재로 4호 대형 액안 탱크를 세웠습니다."

흥분된 방송원의 목소리는 찌렁찌렁 울렸다.

"……그들은 그 기세, 그 투지로 나머지 5호 탱크를 세우는 데 또 달라붙었습니다. 어머니당 제5차대회 전으로 7개년 계획의 비료 고지를 점령함으로써 어버이 수령님께 충성의 보고를 올리려는 대형 액안 탱크 건설자 여러분을 축하하여 혁명가요 한 곡을 보내드립니다."

〈유격대 행진곡〉의 힘찬 선율이 밤하늘에 높이 울려 퍼진다.

'대고조 전투장.'

전등 불빛에 환히 드러나 보이는 이 여섯 글자는 사람들의 심장마다에 투쟁의 불을 지펴주고 있었다.

공장의 밤은 야간 전투에 지장이 없도록 어디라 없이 밝았지만 그런 가운데서도 조명등까지 비쳐지는 1암모니아 직장 액안 탱크 건설장은 어떤 경축 행사날의 밤처럼 대낮같이 밝았다.

강한 전광을 온몸에 받고 거연히 솟은 탱크는 두리의 모든 것을 압도하는 듯 한결 우람해 보였다. 그 옆에 기중기 두 대가 섰고 그 밑에 액안 탱크 하나가 육중한 몸뚱이를 땅바닥에 가로 눕히고 있었다.

건설장에서 가까운 1암모니아 직장 지붕 위에 대문짝 같은 글씨로 씌어진 구호가 길게 가로 나붙었다.

"어머니당 제5차대회를 혁명적 대고조로 맞이하자!"

"비료는 쌀이고 쌀은 곧 사회주의다!"

액안 탱크 옆에 모여 앉은 노동자들은 확성기에서 울려 나오는 혁명 가요 가락에 맞추어 노래를 부르면서 휴식하고 있었다. 안전모를 푹 눌러쓰고 양어깨에 열십 자 안전띠를 두른 그들의 모습은 원수를 무찌르는 전투 마당에 나선 병사들처럼 날파람 있어 보였다.

노래에 모두 신바람이 났을 때 키가 훤칠하고 검실검실한 얼굴에 명랑한 웃음을 담은 수리작업반장 박성도가 기중기 뒤에서 나타났다.

"동무들, 기쁜 소식이오!"

"배구 말입니까?"

애젊은 수리공이 성도 앞에 불쑥 나서며 다우쳐 묻는다.

그것도 그럴 것이 오늘 평양에서는 우리나라 여자 배구팀과 형제 나라 여자 배구팀 간의 친선경기가 진행되고 있었던 것이다.

"배구? 아니야."

"그럼?"

"저리 좀 비키게. 이건 국제경기라면 오금을 못 쓴다니까."

나이가 지긋하고 얼굴이 너부죽한 중년 노동자가 애젊은 수리공을 옆으로 밀치고 나섰다. 수리공 오창록이다.

"대관절 무슨 소식인가?"

　작업반장 성도는 대답 대신 의미 있게 싱긋 웃으면서 전보 한 장을 오창록이 앞에 내밀었다.

"어디……."

　애젊은 수리공의 손이 그것을 먼저 가로챘다.

"이 번개야, 썩 이리 보내지 못해?"

　창록은 손을 내밀었으나 벌써 애젊은 수리공은 목청을 돋구어 전보문을 읽는다.

　'비료공장에 배치 받음. 내일 아침 흥남 도착. 명수.'

　김책공업대학을 졸업한 창록의 아들이 친 전보였다.

"야, 명수 형님이 우리 공장 기사로 오는구나."

　누군가 기쁨에 겨워 외친다.

　전보는 온 작업반원들을 기쁘게 했다.

"우리 수상님께서 마련해주신 사회주의 제도가 정말 좋긴 좋군. 노동자의 아들이 돈 한 푼 들이지 않구 대학을 나와 기사가 됐으니……. 아바이! 소원을 풀었는데 톡톡히 한 턱 하셔야겠소다."

　말참견에서 언제나 선참을 빼앗길세라 하는 안장코*의 감격과 기쁨이 얽힌 목소리였다.

"세월이 참 빠르기두 하군. 대학 공부를 간다구 우리 작업반에 인사를 왔을 때가 엊그제 같은데 벌써 당당한 기계기사가 되어 돌아오다니……. 아바인 한 턱만 할 것이 아니라 잔치를 차려야겠소."

| *안장코(鞍裝─) : 안장 모양처럼 등이 잘록한 코. 또는 코가 그렇게 생긴 사람.

또 누군가의 말이다. 수리공들은 창록의 아들 명수를 두고 한 집안 식구처럼 유쾌한 이야기들을 펼쳐 놓았다.

"여보게 창록이! 아들이 몇 살이지?"

창록이와 같은 연배의 수리공이 묻는다.

"나와 동갑이니까, 스물일곱이지요."

저쪽 구석 쪽에 앉았던 젊은 수리공의 높은 목소리다.

"좋은 나이군. 당 대회 전으로 비료 계획을 끝내구 나서 잔치를 합세. 중매는 내가 설게. 좋은 체네*가 있네. 중학교 선생이야."

수리공들은 같은 작업 반원의 아들이며 노동 계급의 아들인 명수가 자애로운 어버이 수령님의 품속에서 기사로 자라난 데 대하여 한결같이 기뻐하는 것이었다.

하나 누구보다 기뻐해야 할 사람인 창록은 지금 전보용지를 손에 쥔 채 무거운 침묵을 지키고 있었다.

비록 스무 자도 못 되는 간단한 전보문이지만 그것이 그의 가슴에 불러일으킨 충격은 전에 없이 자못 큰 것이었다.

그 충격은 그로 하여금 실로 많은 것을 생각하게 하였다.

'수상님! 고맙습니다.'

창록의 감격은 한량없다.

그는 벌써 몇 번이나 진심으로 어버이 수령님 앞에 삼가 감사를 드렸는지 모른다.

태산에도 바다에도 비할 수 없는 김일성 수상님의 크나큰 은덕과 그이의 자애로운 배려 앞에서 창록은 자신이 걸어온 길을 돌이켜보지 않을 수 없었다.

| * 체네: '처녀'의 평안 방언.

2

창록은 1암모니아 직장 수리작업반에서 일하게 된 첫날부터 열성을 보이었다.

작업반장 성도는 신입공의 능력과 기능을 고려하여 그에게 낡았거나 마모된 기계부속품들과 못쓰게 된 공구들을 재생하는 일을 맡겼다.

그리하여 수리작업반 공구창고의 수리대에서는 그날부터 자질구레한 기계부속품을 수리하는 창록의 마치질 소리가 똑딱똑딱 들렸다.

창록은 날마다 수리 계획을 더도 덜도 하지 않고 받은 양만큼씩 꼭꼭 해제꼈다. 그러다 보니 그의 작업 실적은 상승도 하강도 모르고 사뭇 평탄한 선을 곧게 그어나갔다.

이렇듯 일별 계획을 파동성 없이 실행하는 창록의 열성은 마땅히 작업반원들의 일정한 평가를 받을 만도 했다.

그렇지만 그들은 지어 성도 작업반장까지도 신입공 창록이가 더 올릴 수 있는 작업 실적을 올리지 못한다는 것까지는 미처 몰랐던 것이다.

한평생을 두고 할 노동인데 입직 시초부터 지내 마력을 내지 말고 알맞춤하게 해나가야 한다는 것이 창록의 생각이었다.

창록은 휴일 외에도 한 달에 하루씩은 쉬었다. 이유는 몸이 말째다*는 것이었다.

그런데 쉬기로 작정한 안날이면 그는 매번 작업 실적을 훨씬 높이었다. 그리고 쉬고 나온 날에도 역시 그러했다. 그리하여 창록은 결근한 날에 진 빚을 봉창했다.

희망을 안고 입직한 공장은 창록에게 있어서 즐거운 일터가 아니었

| * 말째다 : 거북하고 불편하다.

다. 지난날 그가 살아온 비교적 안온했던 곳과 대비해볼 때 공장은 좀체 발을 붙이기 힘든 곳이었다.

그렇다고 선불리 일자리를 옮길 수도 없는 일이어서 그런 대로 군이 참고 시키는 일을 수걱수걱* 해나가면서 자기 위안을 찾았던 것이다.

창록은 작업반원들과 되도록 평범하게 사귀면서 그들이 자기를 건드리거나 볶아치지 말고 혼자 내버려둬 주기를 바랐다.

출퇴근 때에도 그는 대개 혼자였다.

허름한 중절모를 비딱하게 쓰고 공장 구내길**이나 거리를 걸을 때의 그의 표정은 노상 심드렁했다. 그러나 주의 깊은 시선만은 주위의 현실에서 무엇인가 열심히 찾고 있었다.

이런 것이 공장에 온 지 오래지 않은 창록의 생활의 전부는 아니다.

창록은 기왕 입직한 바에는 복잡한 생각을 죄다 물에 흘려버리고 공장생활에 몸과 맘을 푹 잠그리라고 제깐에는 결심도 하였었으나 그때는 아직 그의 마음이 천리마 현실을 접수하리만큼 준비되어 있지 못했던 것이다.

몸이 좀 고달프거나 가정생활에서 약간한 불편을 느껴도 창록의 마음은 흔들리고 동요도 하며 대중들과 같이 휩쓸리지 못했던 것이었다.

이런 생활 속에서 어느덧 한 해가 흘렀다.

어느 날 석양.

창록은 따사로운 햇볕이 흘러드는 공구창고 서쪽 유리창가에 다가서서 해를 쪼이고 있었다.

'공장 직맹 부위원장이 내 일솜씨를 보았으니까 무슨 생각이 있겠지.'

창록은 대견한 기분으로 이렇게 중얼거리면서 호주머니에 손을 찔렀

---

* 수걱수걱 : 말없이 꾸준하게 일하거나 순종하는 모양.
** 구내길(構內—) : 북한어. 공장, 기업 안에 있는 길.

다. 밸브에서 액체 암모니아가 슴샌다'는 전화를 받고 이동 공구함과 방독면을 가지고 현장에 달려가서 고쳐놓고 막 돌아온 길이었다. 그때 현장에 마침 공장 직맹 부위원장이 나와 있었던 것이다.

창록은 호주머니에서 담배물부리를 꺼냈다. 가느다랗고 길쯤한** 것인데 그 길이가 아마 한 뼘은 잘 될 상싶다. 검실검실한 빛깔이다.

창록은 거기다 담배를 꽂아 필 염은 없이 눈앞에 들고 부드러운 눈매로 한동안 들여다보다가 버릇대로 콧등으로 가져갔다.

슬렁슬렁 콧등에 문질러 물부리에 골고루 콧기름을 묻힌 다음 손가락 끝으로 열성스레 닥달질***을 하는 것이었다.

차츰 물부리가 광택을 돋우었다. 그럴수록 창록은 손가락 끝에다 더욱 힘을 쏟아 닥달질을 했다. 그는 물부리가 완전히 제 광택을 뿌리는 것을 보고야 비로소 거기다 가치담배****를 꽂아 라이터불에 붙여 물었다.

창록의 물부리는 보통 다른 사람들이 가지고 다니는 것과는 유별했다.

황새다리뼈로 만든 것인데 양끝을 은으로 정교롭게 세공한 것이다. 창록은 벌써 오래전부터 그것을 애용해오는데 많은 시간을 바쳐 제 재간껏 만든 것이었다. 그 밖에도 물부리에는 여러 가지 사연이 깃들어 있었다.

라이터 역시 창록의 손재간을 실증해주었다.

불수강*****으로 만든 동그란 것인데 거기다 시계사슬까지 달고 보니 어김없는 회중시계다.

이것은 그가 공장에 들어간 뒤 몰래 짬시간을 이용하여 보름 동안에 만든 것이다.

---

* 슴새다 : 북한어. 조금씩 밖으로 스며 나가다.
** 길쯤하다 : 꽤 기름하다.
*** 닥달질 : '닦달질'의 북한어. 물건을 손질하고 매만지는 일.
**** 가치담배 : '궐련'의 북한어.
***** 불수강不銹鋼 : 스테인리스강.

입직 전까지 수공업자였던 창록은 한마디로 말해서 참새대가리에 굴레를 해 씌우리만큼 손재간이 좋은 사람이었다.

물부리와 라이터에 눈독을 들이는 동무들이 한둘이 아니나 창록은 살을 떼어주면 주었지 그것만은 막무가내였다.

유리창으로 흘러드는 따사로운 가을 햇볕을 상반신에 받고 구미가 돌게 피는 자줏빛 담배 연기가 갖가지 무늬를 돋치며 유리창으로 기어올랐다.

유리창을 통하여 완강한 콘크리트 건물들, 창공을 치받고 솟은 굴뚝들, 가로세로 뻗은 갖가지 색깔의 크고 작은 배관들, 거미줄처럼 엉킨 전선들, 공중에 긴 팔을 쭉 뻗고 선 기중기들이며 집채 같은 변압기들이 줄지어 들어앉은 구내 변전소 풍경이 안개 속에 잠긴 듯 어렴풋이 바라보였다.

창록은 그런 풍경들을 바라보다가 양미간을 찌푸리고 가볍게 혀를 찼다.

'쯧, 또 먼지가 앉았군. 이게 말썽이라니까.'

창록은 이렇게 중얼거리고 나서 돌아서자 바람으로 팔소매를 걷어붙였다. 그는 걸레를 수돗물에 빨아 꼭 짜가지고 유리창을 안팎으로 빡빡 닦기 시작했다.

닦은 지 얼마 되지 않는데 연기와 재로 뿌옇게 그슬려서 흡사히 연마 유리 같았다. 자주 걸레를 빨아가면서 열성스레 닦고 있는데

"수고합니다, 아바이!"

갑작스레 등 뒤에서 귓전을 울리는 소리가 났다. 창록은 흠칫하며 입에 물었던 황새다리물부리부터 빼어 쥐고 고개를 돌렸다.

"기침 소리나 내구 들어올 게지. 사람두……."

목소리의 임자가 성도라는 것을 알자 창록은 마음이 놓였든지 쑥스

럽게 웃으며 물부리를 도로 입에 물었다.

"아니, 왜 그걸 감추지 않구요……. 그러다가 나한테 뺏기면 어쩔라구요."

성도는 수리대 위에 놓인 밸브를 한 개 집어 들고 농말을 붙였다.

"다른 사람이라면 몰라두 반장 동무만은 안심할 수 있소."

"참, 아까 액안 누출을 아바이가 혼자서 막았다면서요? 직맹 부위원장 동무가 이야기하더군요. 수고했습니다."

"그걸 수고라겠소. 동무들이 모두 어려운 전투를 하고 있는데 어디네 일 내 일을 가릴 때요."

창록의 짐작대로 공장 직맹 부위원장은 그를 잊지 않았던 것이다.

"아바이! 그만 닦으시오. 그렇게 닦다는 유리에서 피가 나겠습니다."

성도는 작업반원들과 함께 압축기를 수리하다가 쉴 참에 공구창고를 돌아보러 온 걸음이었다.

"나는 유리창이 흐리면 정신이 나지 않는 성미여서……."

공장 직맹 부위원장과 작업반장에게 자기의 열성을 보인 것이 자못 마음에 흡족해서 유리를 닦는 창록의 손이 더욱 신바람을 냈다.

"앞으로는 그런 일을 젊은 동무들에게 시킵시다."

"아예 그만두오. 남을 시키느니 내가 내 손을 놀려 하는 것이 제일이지. 그러구두 자기 계획을 하루에 100프로씩 꽝꽝…… 아뿔사……."

한창 기세를 올리던 창록의 입에서 금시 허구픈 소리가 튕겨 나왔다.

"저런…… 어디 상하지 않았소?"

성도는 하마터면 웃음을 터칠 번했다.

창록이가 입에 물었던 황새다리물부리를 아차 실수해서 시멘트 바닥에 떨어뜨린 것이다. 물부리를 집어들고 한동안 가슴 아픈 심정으로 유심히 살펴보던 창록은 비로소 후유 하고 안도의 숨을 내쉬었다.

"다행이군."

상처는 없었다.

"큰일 날 뻔했습니다, 아바이! 핫하하……."

성도는 물부리를 떨어뜨린 순간 넋없이 당황해하던 창록의 표정이 하도 우스워서 공구창고가 들썩하게 웃음을 터뜨렸다.

"'꽝꽝' 하는 바람에 그만 떨구었단 말이야, 반장! 지금 쉴 참이라지? 바쁘지 않거든 이 물부리의 유래를 좀 들어보려오?"

"무슨 유랜데요?"

성도는 수리대 위에 걸터앉았다.

"해방 전에 내가 형님 밑에서 일하던 때였지. 하루는 형님의 친구가 와서 하는 말이 물부리야 황새다리뼈로 만든 것 이상이 없다구 하면서 자기의 물부리를 자랑하지 않겠소. 그것이 황새다리물부리였소. 그것을 보고 내 형님이 은근히 부러워하더란 말이오. 사실 나두 부럽더군. 그래서 그날로 황새를 잡을 결심을 했지……."

창록은 유리를 닦으면서 재미나게 이야기의 허두를 떼었다.

창록은 황새 둥지가 있는 데를 수소문해가지고 바다가 가까운 어느 소택지를 찾아갔다. 엽총이 있을 리 없고 해서 맨손으로 '생포'할 심산이었다.

그런데 막상 거기에 가보았더니 황새란 놈이 어찌도 눈치가 빠르고 경계심이 많은지 아예 사람을 근방에 얼씬도 못 하게 했다.

며칠을 두고 헛물만 켜던 끝에 창록은 야음을 타서 나무에 올라가 황새 둥지를 털기로 맘먹었다. 그러나 그 전술도 실패했다.

그러던 며칠 뒤 까맣게 흐린 하늘에서 번쩍번쩍 번개가 치고 천둥이 울던 날 밤에 이를 이용해서 다시금 나무에 기어 올라간 창록은 숨을 죽이고 둥지에 막 손을 넣으려는데 둥지에서 황새가 길다란 흰 모가지를 내밀었다.

그 순간 창록은 자기가 높다란 나무 위에 있다는 것도 잊어버리고 두 손으로 황새 모가지를 움켜잡았다. 잡은 것과 동시에 그의 몸이 나무에서 허궁* 떨어졌다.

창록은 나무 아래에 떨어진 채 까무러쳤다. 얼마 뒤에 정신을 차려보니 비가 억수로 퍼붓고 있었다. 황새는 간데없고 옷은 온통 물참봉**이었다. 게다가 또 다리가 부러졌는지 걸을 수 없었다.

그래도 창록은 단념하지 않고 계속 독을 들이다가 끝내 소원을 풀었던 것이다.

"그러니 생각해보라구, 반장! 그런 사연이 깃들어 있는 물부린데 내가 이것을 남한테 줄 수 있겠소?"

창록은 수다스런 말을 끝내고 물부리에 새로 또 가치담배를 꽂아 붙여 물었다.

창록의 황새물부리 얘기를 주의깊이 들으면서 성도가 생각하는 것은 물부리와는 전혀 다른 것이었다.

창록이가 '요령'으로 일하고 있으며 또 공장 일에 자기의 힘과 지혜를 다하지 않는다는 것을 알고 있는 성도는 어떻게 하면 그를 참다운 노동 계급의 성원으로 만들 것인가를 생각하고 있었다.

창록이가 집에 골방을 차려놓았고 그 골방에서 밤마다 정력적으로 '부업'을 하며 그렇게 번 돈으로 술을 마신다는 것도 모르지 않는 성도였다.

그러니 그를 올바른 길에 세워주고 이끌어주는 것은 작업반장이며 당 세포위원장인 성도에게 있어서 동지적인 의무였고 도리였다.

이렇게 벌써 1년이란 세월을 흘려보낸 그로서 더는 망설임이나 주저

---

* 허궁 : 북한어. 어떤 물체가 공중에 번쩍 들리거나 떴다가 떨어지는 모양.
** 물참봉(一參奉) : 물에 흠뻑 젖은 상태. 또는 그런 사람을 놀림조로 이르는 말.

함이 없이 적극적 방조를 기울일 작정이었다.

그의 아들인 명수를 통해서도 그렇고 또 작업반 전체가 달라붙는 것은 물론 반장인 자신의 모범으로써 그를 이끌어갈 것이다.

성도에게 있어서 황새물부리를 얻으려는 창록의 완강성에 대한 이야기는 새로운 인식을 불러일으키는 것이었다.

물론 그의 이런 기질은 자기의 이익을 위해서만 철저히 발휘되는 것이므로 유감스러움이 없지 않았으나 그것이 나라와 집단을 위해 바쳐질 때는 더없이 귀중해질 것임을 믿는 성도였다.

"그러니까 그렇게 귀중한 물부리였군요. 하긴 무엇이든 노력이 바쳐진 만큼 값이 가는 건 사실이지요. 지금 아바이가 힘들여 수리하는 기계들두 그 물부리처럼 힘들인 만큼 은을 낼 게 아닙니까."

오창록의 황새 이야기를 다 듣고 난 성도는 넌지시 이 한마디를 던지고 그곳을 떠났다.

창록은 성도의 이 의미심장한 한마디에 그만 가슴이 뜨끔했다.

그 말은 꼭 자기가 지금 일을 건성으로 한다는 핀잔처럼 들렸던 것이다.

'저 양반이 내가 골방에서 무엇을 하는 걸 알고 있는 건가? 먼젓번 일요일날 불 안 드는 부뚜막을 고쳐주겠다고 왔을 때 혹시 무슨 기미를 챘는가? 아니…… 아니야. 한마디 해보는 말이겠지.'

창록은 공연히 지나치게 예민한 생각을 했다고 자신을 질책하면서 슥슥 유리만 닦았다.

이윽고 유리창을 깨끗이 닦아놓은 창록은 물부리를 거들먹지게 가로 물고는 뒷짐을 지었고 후련한 기분으로 창가에 서 있었다.

말끔히 닦은 유리창을 통하여 바깥 풍경이 한눈에 선히 안겨왔다. 석양 햇볕이 눈부시게 흘러들어 창고 안은 한결 밝다.

만약 창록이가 손을 대었던 김에 동켠 창까지 마저 닦았더라면 창고

안은 더욱 밝아졌으련만 그는 거기에는 관심을 돌리지 않았다.

갓 깎은 상고머리를 천천히 쓰다듬으며 구내 변전소 바로 옆에 푸른 주단을 편 듯한 배추밭을 바라보는 창록의 네모진 얼굴엔 흐뭇한 미소가 어리었다. 그런 때면 노상 얼굴 균형에 다소의 변화가 일어났는데 두 눈을 계선으로 아랫부분의 면적이 무던히 넓어지는 것이었다.

상고머리를 한 탓인지 모르나 창록은 마흔여덟 나이에 비하여 약간 겉늙어 보였다.

배추밭을 바라보고 있는 창록의 얼굴에 감도는 희열, 그것은 누가 보아도 노동과 삶에 대한 행복감에서 오는 표정이 분명하다.

허나 그것은 다른 사람들의 희열과는 상당히 구별되는 것이었다.

구내 변전소 바로 옆에 있는 공지의 그 배추밭은 창록이가 가꾼 채전이다.

그 공지는 낮게 드리운 고압선이 줄곧 무시무시한 소리를 내며 울고 있는 위험구역인 탓에 생긴 것이었는데 창록이가 그 땅이 매우 비옥한 것을 알고 채전으로 가꾼 것이다. 그는 위험을 무릅쓰고 하룻밤 새에 거기를 뚜지고 가을 배추씨를 뿌렸다. 창록의 소원대로 배추는 소담스럽게 자랐다.

더 잘 키우기 위해선 비료를 제때에 주어야 했다. 창록은 화학비료가 산더미처럼 쌓여 있는 출하 직장에 가서 유안비료를 얻어다가 뿌려주었다.

그리고 가물이 들까봐 걱정이 되자 고철무지에 가서 파이프를 여러 대 주워다 이어서 수채를 만들어 물도랑에서 물을 대주었다. 이렇듯 지극한 정성을 쏟은 대가로 배추는 하루가 다르게 싱그럽게 자랐다.

창록은 어떤 큰일을 하나 해제꼈을 때처럼 기분이 자못 흡족했다. 그런데 얼마 전부터 그의 가슴에서는 다른 한 가지 걱정이 머리를 쳐들었다. 혹시 누가 뽑아 가면 어쩌나······.

그래서 창록은 자주 유리창 가에 서게 되었다. 배추밭은 공구창고의 서쪽 유리창에서 직선으로 바라보였다.

창록이가 공구창고의 동쪽 유리창에는 별로 관심을 돌리지 않고 서쪽 유리창에만 자주 붙어 서서 말끔히 닦는 것에는 다름 아닌 바로 배추밭을 감시하기 위한 목적에 원인이 있었던 것이다.

3

반주를 받쳐 구수한 배춧국으로 저녁을 먹고 난 창록은 식곤증이 나서 아이들이 자고 있는 따스한 아랫목에 한동안 누웠다가 일어나 골방문 자물쇠를 열고 들어가 안으로 닫아걸었다. 창록 외에는 누구도 출입을 못 하게 되어 있는 방이다.

창록이가 들어간 지 얼마 안 되어 골방에서는 똑딱거리는 마치질 소리가 들려왔다.

창록은 이 방에서 밤마다 주로 새 자물쇠를 만들었고 못쓰게 된 자물쇠를 수리하였다. 그리고 석유초롱도 만들었고 다리미도 만들었고 가끔 라이터 같은 것도 만들었다.

가장자리에 자그마한 바이스를 물린 수리대 위에는 자질구레한 갖가지 공구들과 자물쇠, 다리미, 라이터 부분품들이 놓여 있었다.

방 윗목에는 철판, 늄*, 논쇠, 생철조각, 철사, 못 등이 가쯘히** 놓였고 반대쪽에 놓인 탁상 위에는 염산병, 구리도끼, 풍로가 장치되어 있

---

* 늄nium: '알루미늄'의 북한어.
** 가쯘히: 북한어. 층이 나지 않고 가지런하게.

었다.

골방은 하나의 작은 수리소를 방불케 했다.

창록은 이 골방 부업을 하여 번 돈으로는 저녁마다 술을 마셨고 또 차곡차곡 저축도 하였다.

그런 재미에 창록은 저녁이면 될수록 일찍이 퇴근하여 골방 문을 닫아걸고 야간작업에 몰두하였다. 그는 대개 자정이 지나서야 잠자리에 누웠다. 그러니 공장에 나가 자주 하품을 하였고 늘 피곤에 쌓여 있었다.

창록의 마누라는 세상없이 자는 어린아이들 곁에서 공장에 보낼 장갑을 뜨고 있었다. 약간 들창코에 얼굴이 기름한 그는 골방에서 마치 소리가 나건 줄칼질 소리가 나건 아랑곳하지 않고 거기와는 담을 쌓고 홀로 사는 사람 같았다.

이윽고 밖에서 인기척이 나더니 맏아들 명수가 묵직한 책보를 들고 부엌문을 들어섰다.

"어서 오너라. 배고프겠구나."

어머니는 마주 일어나 부엌에 내려가 솥 안에 넣어두었던 밥사발과 배춧국 사발을 들고 올라왔다.

명수는 똑딱똑딱 마치질 소리가 새어나오는 골방 문 쪽은 힐끔 곁눈질해보고 밥상머리에 앉았다.

"학교에서 오는 길이냐?"

어머니는 아들의 책보 속에서 빈 밥곽*을 꺼내면서 물었다.

"그럼 어디서 놀다 왔겠어요."

해사한 생김생김과는 어울리지 않게 볼 부은 대꾸였다.

명수는 야간학교에서 대수시험에 5점 만점을 맞고 장한 맘으로 돌아

| * 밥곽: '도시락'의 북한어.

왔지만 집 안에 들어서자 금시 기분이 뒤틀렸던 것이다. 골방에서 나는 마치질 소리와 줄칼질 소리를 듣기만 하면 마음이 언짢아지고 괴로워나는 그였다.

2암모니아 직장에 다니는 명수는 야간 고등기술학교 1학년생이다.

"녀석두 어미 묻는 말에 그렇게 엇갈 건 뭐냐?"

어머니는 일순 시선을 골방 문에 던졌다. 그처럼 곰살궂던 아들의 성질이 차츰 거칠어져가는 것이 그 골방 때문임을 어머니는 모르지 않았다.

하긴 아들의 그런 속심을 진작 눈치 챈 어머니는 얼마 전에 한번 남편에게 듣기 좋은 말로 '부업'을 걷어치울 것을 권고해보았으나 그때 그는 남편에게 도리어 꾸중만 들었던 것이다. 남편이 두렵기도 하고 배운 것이 없는 데다 말주변까지 없는 마누라로서는 더는 남편의 고집을 휘어낼 재간이 없었다.

그렇게 되고 보니 남편과 아들 새에 끼어 그 어느 편을 들었으면 좋을는지 몰라 그 역시 마음이 산란하고 괴로울 적이 종종 있었다. 지금 묵묵히 밥술갈을 놀리고 있는 아들의 기색을 지켜보는 어머니의 심정이 바로 그러했다.

"배춧국이 어떠냐? 구수하지?"

"우리 배추가 아니구만요. 사왔어요?"

명수네 뒤뜨락에 심은 배추는 호박넝쿨 때문에 볕을 못 받아 꼴이 말이 아니었다.

"아버지가 어디다 심은 것이 그렇게 잘됐다는구나. 국이 또 있다. 먹구 더 먹어라."

"어디다 심었대요?"

"글쎄 물어두 가리켜주질 않더라만 겨울 김장을 하구두 남겠다는구나. 더 갖다주마."

"싫어요."

명수는 어머니가 빈 국사발로 내미는 손을 밀막았다.* 웬일인지 갑작스레 입맛이 덜렸던 것이다.

똑딱 똑딱……

골방에서 들려오는 마치질 소리가 참을 수 없을 정도로 명수의 신경을 자극하였다. 치솟는 울분 같아서는 후닥닥 뛰어 들어가서 수리대며 공구들을 속 시원히 짓부수고 싶었다. 아버지가 원망스럽기만 했다. 그러나 어쩔 도리가 없는 아들은 그럴 때면 그 화풀이를 유순한 어머니에게 들이대군 했다.

"애야, 너희들을 위해서 밤잠도 주무시지 않는 아버지 생각두 좀 해야지 않니."

"그렇겠지요. 어머닌 아버지 편이니……"

아들은 밥상머리에서 물러앉으면서 힐끔 어머니를 쳐다보았다.

"나는 아무 편두 아니다만 답답해서 하는 소리다. 내 네 아버지께 또 한번 말해볼란다."

"그만두어요. 아버지가 정말 자식들을 생각한다면 진작 그만두었을 것이 아니에요."

"그렇게 생각하문 못쓴다. 내 이번에는 좀 짜게 말해보겠다."

골방에서 잠시 마치질 소리가 멎었다.

"어머니! 전 당분간 독신자 합숙에 가 있을래요."

명수는 미리부터 생각해오던 속심을 비로소 입 밖에 내었다.

"합숙? 아니, 좋은 제 집을 두구 그게 무슨 소리냐?"

금시 휘둥그레진 눈으로 아들의 얼굴을 뚫어지게 바라보는 어머니의

| * 밀막다 : 밀어서 막다.

머릿속에는 저 마치 소리가 아무래도 무슨 일을 저지르고야 말려는가보다 하는 생각이 스쳤다.

"시험두 있고 해서 거기서 시험공부를 할래요."

"에헴."

이때 기침 소리가 나더니 창록이가 황새다리물부리를 가로 물고 골방에서 나왔다. 혹시나 하고 마누라가 남편의 얼굴을 조심히 쳐다보았다. 그러나 모자간의 이야기를 듣고 나온 기색 같지는 않았다.

"저녁을 먹었느냐?"

"네."

아들은 아버지를 쳐다보지도 않고 책만 뒤적거리고 있었다.

"학교 재미는 어떠냐?"

창록은 마누라가 치워준 자리에 올방자*를 틀고 앉아 두 손으로 연신 허리를 주물렀다. 오랫동안 수리대 앞에 새우처럼 꼬부리고 앉아 있었으니 허리인들 어찌 아프지 않으랴.

"좋아요."

"배우는 게 많으냐?"

"많아요."

명수의 대답은 어느 것이나 단마디 명창이었다.

"대학엘 못 갈 바엔 거기라도 열심히 다녀서 기수 자격이나 얻어라."

창록은 담배 연기를 후유 내뿜었다. 그것은 연기만이 아니었다. 창록은 자기 아들이 들어가 앉을 자리가 대학에는 없을 것이라고 지레짐작을 하고 있었던 것이다.

"걔가 어디 반편인가요? 공부만 잘하문 가지 못가긴 왜 못 간다구 벌

| * 올방자: '책상다리'의 북한어.

써부터 그런 방정맞을 소리를⋯⋯."

장갑을 뜨던 마누라가 눈을 흘기면서 면박을 주었다.

"모르거든 가만있소."

"공연히 자식의 맘만 상하게 하구."

"가만있으래두!"

창록은 버럭 역정을 냈다. 그러나 마누라는 여느 때와 달리 입을 다물지 않았다.

"쟤가 합숙으로 나가겠대요. 뉘 때문인지 알아요?"

"뭐, 뭐?"

"⋯⋯."

"이놈, 네가 정말 그런 소릴 했느냐?"

창록은 당황한 얼굴로 아들을 쏘아보았다.

"네."

고개를 쳐들고 아버지의 얼굴을 마주 바라보는 명수의 태도는 의젓했다.

"거긴 왜?"

"집보다 거기가 공부하기 좋아요."

"그래 성도가 너를 그리루 가라더냐?"

창록은 이날 점심참에 아들이 성도와 선전실 의자에 마주 앉아 있던 장면을 문득 생각했다.

"아버진 왜 성도 아저씨를 가끔 그렇게 오해하십니까?"

민청 분조를 책임진 명수는 암모니아 직장 당 세포위원장인 성도와 사업상 용무로 자주 만나 그에게서 많은 것을 배우고 있었다. 창록은 그것을 모르지 않았으나 자기 속이 저리다보니 혹시 아들이 그것을 일러바치지 않을까 해서 가끔 성도의 이름을 건드렸던 것이다.

"그럼 그리루 가겠다는 것은 네 혼자 생각이냐?"

"제가 어디 어린앤 줄 아십니까?"

"그런데 이놈, 집에서 공부를 하면 글이 머릿속에 들어 안 간단 말이냐?"

"……."

명수는 잠시 대답을 망설이고 있었다.

"어째서 집을 나가자는 거냐? 어미가 지어주는 밥이 맛이 없어서 그러느냐? 아니면 이 아비가 보기 싫어서야? 어서 바른대루 말해 봐 이놈."

창록은 또 담배를 한 대 붙여 물었다.

"솔직히 말씀드려서 저는 집에선 공부가 안 됩니다."

명수는 앉음새를 바로 하고 침착하게 말했다.

"그건 어째서?"

"저……."

명수가 말을 이으려는 것을 어머니가 가로챘다.

"저 골방 걸 모두 없애 치우구 그 방을 얘께 내줘요."

"아하, 그러니까 저 방을 주지 않는다구 어미한테 투정을 부린 게로구나. 그러냐?"

"그렇지 않습니다. 아버지! 방이 탐이 나서가 아니라 마치질 소리 때문입니다. 아버지가 저 방에서 밤마다 늦도록 뚝딱뚝딱 두드리는 마치 소리를 들을 적마다 저는 정녕 마음이 괴로워서 견딜 수 없습니다."

"마치 소리를 싫어하는 놈이 공장엔 어떻게 다녀, 엉?"

"공장의 마치 소리하구 골방의 마치 소리는 다릅니다. 아버지! 남들이 하지 않는 일을 왜 하필 아버지만 하시는지 저는 모르겠습니다."

명수가 자기의 괴로운 심정을 아버지 앞에 실토하는 것은 이것이 처음이었다.

"뭐가 어쩌구 어째? 꼭뒤의 피두 채 마르지 않은 놈이 제 아비가 하는 일에 무슨 참견이냐. 이놈, 다시 한 번 그따위 소릴 했단 봐라!"

창록은 더는 찍소리 한마디 못 하게 아들을 윽다지르고* 다우쳐 마누라에게 명령조로 말했다.

"술을 가져 오우!"

술을 한 고뿌** 가져다주면서 마누라가 한마디 했다.

"늘 철부지라구만 여기지 말구 아들의 말을 귀담아 들어요. 그 애가 오죽하문 그런 소리를 하겠소."

마누라의 말이 가슴을 꾹 찔렀으나 창록은 못 들은 척하고 고뿌를 입에 가져다대기 바쁘게 술을 단숨에 쭉 들이켰다. 겉과는 달리 심히 우울한 심정이다. 부엌에서 귀뚜라미가 서글프게 울고 있었다.

이윽해서 창록이가 먼저 침묵을 깨뜨렸다.

"명수야, 네 이놈 잘 들어라……."

거나한 기분이었다.

"나는 내가 혼자 잘 먹구 잘 입구 잘 살자구 해서 밤마다 골방에 틀어박히는 것이 아니다. 다 너희들 때문에 하는 노릇이다. 공부를 시키재두 그렇구 병이 나두 그렇구 사람이란 수중에 다문 얼마간이라두 저축이 있어야 하는 법이다. 네 녀석두 그만한 것쯤이야 알 게 아니냐. 그래서 밤 잠두 안 자구 하는 일인데……."

"아버지……."

명수는 더는 잠자코 듣고만 있을 수 없었다.

"아버지는 자식들을 생각해서 그런 일을 하신다지만 자식 된 저에게는 그것이 도리어 괴롭습니다. 지금 어디 돈을 내고 공불 합니까. 또 병

---

* 윽다지르다 : 윽박지르다.
** 고뿌コップ : '컵cup'의 일본어.

나면 병원에서 무상으로 치료를 받는데 무슨 걱정입니까?"

"이놈 그래두……."

아들의 말에 그만 말문이 막힌 창록은 반발적으로 노기를 터쳤다. 명수의 말이 지당하다는 것을 몰라서가 아니라 아들에게 되려 훈계를 받는 것만 같아서 그럴 바에는 억지다짐으로라도 애비 된 위엄을 세워보려고 했던 것이다.

그러나 명수는 침착하게 자기가 품었던 말을 또박또박 쏟아놓았다……

"아버지에게 골방에서 일할 힘이 있거든 공장에서 그만큼 더 하시면 안 됩니까?"

"닥치지 못해?"

또 한 번 창록이가 버럭 고함을 치는 통에 명수는 입을 다물어버리고 말았다.

그 며칠 뒤 어느 날 아침이었다.

좀 일찌감치 공장에 나간 창록은 너무나 뜻밖의 사건을 발견하였다. 그처럼 정성을 쏟아 가꾼 배추를 하룻밤 새에 누가 몽땅 뽑아갔던 것이다.

'아이구, 이 일을 어쩌문 좋나. 어느 빌어먹을 놈이 내 배추를 도적질해 갔을까. 알기만 해라, 당장 모가지를 비틀어 놓을 테다.'

창록은 머릿속에 꽉 들어찬 배추 생각 때문에 이날 일이 통 손에 붙지 않았다. 내놓고 말할 수도 없고 해서 그저 벙어리 냉가슴 앓듯 혼자 끙끙 앓기만 했다. 창록은 이날 종시 자기 책임량을 못다 하고 퇴근시간이 되자 공구창고를 나섰다. 뜨물처럼 기분이 흐려서 공장 구내길을 시적시적* 걸어가는 그의 눈앞에서 싱그럽게 자라는 배추밭 풍경이 사라질

| * 시적시적 : 힘들이지 아니하고 느릿느릿 행동하거나 말하는 모양.

줄 몰랐다.

"아바이!"

창록이가 구내식당 앞에 이르렀을 때 식당 앞에서 나타난 노동자가 그를 멈추어 세웠다. 두 사람이었는데 하나는 2암모니아 직장 수리공이고 다른 하나는 안장코였다.

"배추를 보내줘서 우리 모두 잘 먹었습니다."

2암모니아 직장 수리공의 인사다.

"뭐, 뭐?"

창록은 초풍한* 듯이 놀라며 금시 휘둥그레진 눈을 분주히 껌벅거렸다. 배추라니? 혹 내가 헛듣지는 않았는가.

"아바이두…… 명수를 시켜 식당에 보내준 배추 말이오."

"아, 아, 아, 엉, 그 그걸. 그럼 에헴……."

창록은 반벙어리처럼 말을 얼버무려 넘기고 뺑소니를 치듯 황황히 그곳을 떠났다.

'이놈의 새끼, 애빌 도전해 나선단 말이지. 시라소니** 같은 놈의 새끼, 어디 내가 그냥 둘 줄 알아!'

화가 머리끝까지 치민 창록은 기관차의 화통처럼 씨근거리며 걸음을 다그쳤다.

이날 밤 부자간에는 두 번째 충돌이 벌어졌다.

그런데 그처럼 무섭게 으르고 벼르던 창록의 태도에는 어딘지 소심한 데가 있었다. 그는 차마 손찌검은 못 하고 그저 눈을 부라리면서 '망할 놈의 새끼', '망종 놈의 자식' 하는 등의 지독한 욕설만 퍼부었을 뿐이다.

그러나 아들 명수는 조금도 겁나지 않았고 오히려 아버지에게 단

---

* 초풍하다(—風—) : 까무러칠 정도로 깜짝 놀라다.
** 시라소니 : '스라소니'의 북한어.

호히 말했다.

"난 아버지가 이 골방놀음을 그만두기 전엔 들어오지 않겠어요!"

명수는 트렁크와 배낭을 가지고 집을 나서면서 다시 한 번 선언했다.

"모든 사람이 다 나라를 위해 땀을 흘리는데 아버지만은 유독 자기만을 위해 일하시는 게 아닙니까. 난 그런 아버지를 가진 것이 부끄럽습니다."

명수는 뒤도 한번 돌아보지 않고 곧바로 합숙으로 갔다.

아들을 잃은 창록은 외롭고 허전한 마음으로 낙엽 지는 집두리를 오랫동안 거닐었다.

4

아들이 집을 나간 뒤부터 창록에게 침울한 나날이 계속되었다.

공장에 나가면 일이 손에 붙지 않았고 집에 돌아오면 집안이 텅 빈 것만 같아서 마음이 더구나 산란했다. 그는 전보다 술을 더 마셨다. 그러나 그것도 창록의 마음의 고통을 덜어주지 못했다.

창록은 가끔 자신의 생활을 시궁창에 비해보았다. 오랫동안 쌓이고 쌓인 오물이 썩어서 악취를 풍기는 시궁창이나 다름없다는 것을 긍정할 때면 그는 그런 생활을 여태 고집하여온 자신을 증오하였다. 시궁창에서 발을 빼려고 모대기기도 했다.

이런 가운데서 창록에게 또 하나 속상하는 일이 있었으니 그것은 부부간에 짬이 벌어져간 것이었다.

아들을 내보내고도 무슨 경황이 있어 또 골방에 들어박히느냐고 마누라가 남편을 긁었다. 그리하여 집안이 전에 없이 부산해졌다. 하나 창록은 골방 부업을 버릴 생각은 조금도 하지 않았다.

마누라와 옥신각신이 있은 다음이면 그는 한 이틀씩 골방 출입을 삼 갔다. 그러다가 창록은 작업시간을 바꾸었다. 마누라가 깊이 잠을 든 자 정이 지난 뒤부터 부업을 시작했다.

그러던 어느 날 아침.

창록이가 공구창고 수리대 앞에 앉아 밸브를 수리하고 있는데 성도 가 나타났다.

"아바이! 이 공구함을 저리로 돌려놓을 수 없을까요?"

첫마디에 한다는 소리가 이러했다.

"그건 왜?"

생뚱 같은 소리에 창록은 눈알을 뒤룩거리면서 성도의 얼굴을 지켜 보았다. 공구함은 철판을 용접해서 만든 육중한 것인데 높이 두어 미터 에 너비는 미터 반가량 되었다.

"오늘 여기로 신입공이 하나 오는데 그 사람의 자리를 정해주자구요."

성도는 내숭스레 씽긋 웃었다.

"무슨 연극인지 내사 모르겠다. 신입공이 오면 이 수리대 앞에 앉힐 것이지 하필 그 구석에다는 왜?"

"거기에는 며칠 뒤에 쪼꼬맹이 신입공이 하나 또 오게 돼 있지요. 어 쨌든 아바이! 이따가 신입공이 오면 잘 돌봐주시오."

그 얼마 뒤에 창록이가 황새다리물부리에 담배를 꽂아 물고 잠시 일 손을 쉬는데 문을 조심스레 열고 젊은 부인이 들어섰다.

"안녕하셔요, 아바이!"

머리에 묵직한 임*을 인 부인은 창록을 보고 빙그레 웃으면서 알은

체를 했다. 창록은 물부리를 수리대 위에 놓고 일어섰다.

"어디서……."

한번 본 듯한 얼굴인데 쉬이 기억에 떠오르지 않았다.

"저 박성도……."

"아 아, 이 정신 좀 봐. 그런데 이게 뭐요?"

창록은 성도의 아내가 인 임을 수리대 위에 받아놓자 비로소 조금 전에 성도가 와서 하던 수수께끼 같은 말의 뜻을 알아차렸다. 신입공이란 다름 아닌 성도의 아내 고분이었다. 그는 비둘기 재봉침*을 이고 왔다.

"이건 어쩌자는 거요? 부업은 그만두었소?"

성도의 아내 고분이가 몸이 불편해서 집에서 쉬면서 재봉을 하는 것을 알고 있는 창록의 물음이다.

"해진 작업복들을 기워드리자구요."

"음! 여기서 돈을 받으며 해볼려구?"

"아바이두, 돈은 무슨 돈을 받겠어요."

"그럼 공짜루?!"

공짜로 일을 한다는 고분의 말에 창록은 놀라지 않을 수 없었다. 그런 무보수 노동에 대해서는 단 한 번도 생각해보지 않은 창록이었고 또 생각해볼 수도 없는 창록이었다.

직장의 노동자들의 작업복을 수리해주려고 재봉침을 이고 나온 고분의 행동을 보는 창록에겐 문득 성도의 얼굴이 떠올랐다.

짬이 있으면 창록이한테 와서 이 말 저 말 건늬다**가 집단주의란 무엇이고 사회주의는 왜 좋은가를 알기 쉽게 말해주던 성도. 그가 자기의 아내를 공장에 데려내다가 재봉을 시키는 데는 무슨 이유가 있을 것이

---

* 재봉침: '재봉틀'의 방언.
** 건늬다: '건네다'의 북한어.

다. 아니, 그가 꼭 자기 곁에서 고분이가 일하도록 한 것에는 무슨 꿍꿍이가 있는 것이 틀림없다.

"좀 보시우! 나라와 공장을 위해선 재봉침두 아깝지 않소!"

성도는 자기더러 꼭 이렇게 말하는 것만 같았다.

창록은 이젠 자기가 집에서나 공장에서나 확실히 다른 사고를 하고 있다고 생각했다.

작업복 수리소는 사업을 시작한 첫날부터 천리마기수*들의 인기를 끌었으며 그들의 찬양을 받았다.

한편 창록은 바로 자기 옆에서 울리기 시작한 재봉기 소리를 무심히 들을 수 없었다. 그 소리는 하루 이틀 날이 갈수록 뒷골방에서의 똑딱 소리와 대조되면서 그의 가슴에 참된 생활이란 어떤 것인가를 귀띔하기 시작했다.

'성도는 집단을 위해서 귀중한 재산까지 서슴없이 바치는데 나는 달팽이처럼 골방 부업에 파묻혔으니…… 이게 무슨 놈의 생활이야.'

이렇게 날이 흐르던 어느 날.

2암모니아 직장의 재생한 압축기에서는 시운전을 거쳐 본격적인 생산을 시작했을 때 뜻하지 않은 사고가 생겼다.

명수와 수리공 한 동무가 용을 쓰면서 가스를 압축하고 있는 압축기 운전 계통을 점검하던 중 불시에 내뿜는 암모니아가스에 질식되어 병원으로 실려 간 것이다.

이 놀라운 소식을 듣고 창록이가 병원에 뛰어갔을 때 두 환자는 구급처치실에서 치료를 받고 있었다. 거기에는 담당의사와 간호원 외에는 일체 다른 사람을 들여놓지 않았기 때문에 창록은 복도에서 간이 콩알만큼

---

* 천리마기수千里馬手 : 북한어. 북한의 천리마 운동에 앞장선 사람이나 천리마 작업반 칭호를 받은 단체의 구성원.

414

되어 하회를 기다렸다.

창록이보다 먼저 온 2암모니아 직장 직장장이며 수리작업반장, 그리고 여러 명의 수리공들이 근심어린 얼굴로 복도에서 서성거리고 있었다.

이윽고 처치실 문이 열리더니 청진기를 손에 쥔 여의사가 나타났다.

"어떻습니까, 선생님!"

노동자들이 여의사를 둘러쌌다.

"열흘쯤 치료받으면 되겠습니다."

"정말 열흘밖에 안 걸린단 말이오?"

창록은 그 말을 믿을 수 없다는 듯 따져 물었다.

"제 말이 의심스럽거든 아드님을 들어가 보셔도 좋습니다."

이 상냥한 여의사는 이제사 창록이에게 명수의 면회를 승낙하는 것이었다.

창록이가 처치실에 들어섰을 때 명수는 침대에 조용히 누워 있었다.

"아버지 오셨습니까?"

창록은 대답을 않고 종잇장처럼 창백한 아들의 얼굴을 내려다보기만 했다.

"집일이 바쁘실 텐데요. 아직 그 일을 하십니까?"

아버지를 올려다보며 조용조용 말마디를 번지는 아들의 말은 그대로 창끝이 되어 창록의 가슴을 찌른다.

그 일이란 건 바로 '골방' 일을 두고 하는 말이다.

"녀석두……"

이렇게 나직이 중얼거리는 창록의 말은 명수에게 하는 것인지 아니면 자기 자신에게 던지는 말인지 분명치 않았다. 얼마 전까지만 해도 창록은 차마 아들이 자기를 그렇게 대해주리라고는 생각지 않았었다.

그런데 아들은 집을 나설 때 그에게 한 말처럼 그렇게 자기가 찾아온 것을 부끄럽게 생각하는 것이었다. 숫제 자기를 측은히 올려다보고 있는 아들에게 창록은 위안의 말을 한마디도 해주지 못하고 못 박힌 듯 몇 순간 서 있다가, "의사선생의 말씀대루 한 열흘 병원에 있거라!" 하고 겨우 한마디 하고는 처치실을 나섰다.

"하마터면 생사람을 잡을 뻔했소. 일을 할 바엔 실속 있게 해야지 언손질*을 해가지구……. 그게 누군지 단단히 비판을 받아야겠소."

병원 앞 내리막길을 내려가면서 창록은 명수네 작업반장에게 이렇게 말하였다. 창록의 말은 옳았다. 사고의 원인은 밸브가 나쁜 데 있었다. 바킹**을 헐렁하게*** 끼운 데다 나사를 또한 단단히 죄이지 않았으니 기압에 오래 견디어낼 수 없었다.

누가 그렇게 언손질을 했는지 톡톡히 비판을 들이댈 생각으로 창록은 2암모니아 직장에 가서 현품****을 보았다.

"앗!"

그것을 본 순간 그는 가슴이 철렁 내려앉으면서 그만 손에 쥐었던 밸브를 시멘트 바닥에 떨어뜨렸다. 얼마 전에 자기가 넘겨준 바로 그 밸브였다. 창록은 오랜 경험에서 자기가 손질한 부속품은 야밤에 만져보고도 용케 알아내었다.

정신이 어찔해서 공구창고에 돌아온 창록은 손맥이 탁 풀리고 가슴이 모질게 두근거렸다.

'내가 환장을 했지. 아이구, 이 일을 어쩌면 좋나.'

이마와 등골에서 진땀이 막 솟았다. 창록의 심중을 알 까닭이 없는 고분이는 재봉기에 달라붙어 부지런히 작업복을 수리하고 있었다.

* 언손질 : 북한어. 어설프게 하는 손질.
** 바킹 : '패킹packing'의 북한어.
*** 헐럭하게(원문) → 헐렁하게.
**** 현품現品 : 현재 있는 물품.

창록이가 2암모니아 직장에 넘겨준 밸브는 지난해에, 더 정확히 말하여 배추 건으로 부자간이 두 번째로 충돌하고 명수가 합숙으로 뛰쳐나간 후 창록이가 심히 침울한 나날을 보내던 때에 수리한 것이었다.

창록은 퇴근시간이 되기 바쁘게 집으로 돌아왔다.

돌아오자 바람으로 창록은 이불을 들쓰고 드러누웠다.

'내가 망령이 들어두 이만저만하게 든 것이 아니지. 글쎄 어쩌다가 이런 무서운 일을 저질렀을까. 이건 내가 아차 실수해서 범한 과오하구는 달라.'

생각하면 할수록 무서운 일이었다. 창록은 이불을 젖히고 얼굴을 내밀었다. 열병을 앓는 사람처럼 상기된 얼굴엔 땀이 축축했다.

마누라는 병원에 가고 아이 둘은 학교에서 돌아오지 않았다. 고요가 깃든 방으로 창록을 향해 고통스러운 생각이 연거푸 달려들고 있었다.

'내가 이러다가는 아들들도 잃고 마누라도 잃고 또 공장의 동무들도 다 잃어버릴 것이 아닌가. 집도 없고 자식도 없고 벗도 없는 그런 삶이란 죽음과 무엇이 다르랴.'

창록은 방고래*가 꺼지도록 후유 한숨을 쉬고 골방문으로 시선을 옮겼다. 문에는 그가 만든, 만든 사람 외에는 아무도 열 수 없는 자물쇠가 잠겨 있었다.

'모든 것의 화근이 바로 저기에 있어, 저 골방에 있지. 주머니 속에 굴러드는 그놈 푼전** 맛에 내가 저 방의 노예가 됐단 말이야. 저놈의 골방이 아들을 집에서 내쫓구 나와 마누라 사이를 벌게 했어, 그리구 또……'

창록은 이날처럼 자신에 대해 냉정하게 생각해본 적은 일찍이 없었

---

* 방고래(房—) : 방의 구들장 밑으로 나 있는, 불길과 연기가 통하여 나가는 길.
** 푼전(—錢) : 푼돈.

다. 여태 '행복의 온상'으로 여겨오던 골방이 '불행의 온상'으로 느껴지자 그는 걷잡을 수 없이 마음이 황황했다.

'그러면 이제부터 나는 어떻게 살아야 하는가.'

다우쳐 이런 질문을 자신에게 들이대며 모대기는데 갑자기 밖에서, "아바이 계십니까?" 하고 누군가 그를 부른다. 목소리로 보아 성도가 틀림없다.

"성돈가, 어서 들어오게!"

성도가 무엇인가를 싼 보자기를 들고 방으로 들어섰다.

"몸이 퍽 말쟁 모양입니다."

"아니 뭐 괜찮네. 허리가 좀 시큰거려서……."

창록은 자리에서 일어나 이불을 구석으로 밀어놓았다.

"이젠 아궁이가 말썽을 안 부립니까."

"말썽은커녕 너무 불이 잘 들어서 걱정이지. 우리 마누라가 하루에도 몇 번씩 임자 애길 하는질 모르네."

이렇게 말하고 나서 창록은 황새물부리에 담배를 꽂아 물고는 길게 휴유 숨을 내쉬었다.

"여보게 반장! 내 임자께 한 가지 물을 게 있네."

"무언데요?"

"난 지금 괴롭네. 누구두 나를 좋아하는 사람이 없으니 이게 웬일인가. 마누라두 그래 아들 녀석들두 그래…… 난 참 살고 싶지 않네. 이렇게야 무슨 맛으루 살겠나, 휴유 여보게 반장! 말 좀 해주게, 난 인젠 어쨌으면 좋겠나."

성도는 아무런 말도 없이 천천히 가지고 온 보자기를 끌렀다.

보자기 안에는 새로 출판된 수상님의 저서가 여러 권 들어 있었다.

"그건 웬 책인가?"

"아바이더러 보시라고 가져온 겁니다. 좋은 책입니다. 꼭 읽어보십시오. 수상님께서 쓰신 이 책에는 아바이께서 알고 싶어 하시는 문제들이 죄다 들어 있습니다. 우리 노동 계급들이 어떻게 일하고 살아야 하며 우리는 장차 어디로 나갈 것인가가 죄다 명백히 적혀 있습니다."

성도는 창록이 앞으로 책보자기를 조심스레 밀어놓았다.

창록은 붉은 천 뚜껑으로 깨끗이 제책된 김일성 수상님의 저서를 정중히 받쳐 들었다.

책이라고는 별로 들여다보지 않던 창록이의 눈길은 그 귀한 선물에 가 멎은 채 잠시 움직일 줄 몰랐다.

"참, 내가 아바이한테……."

성도는 품에서 비닐제 안경집을 꺼내었다.

"돋보기를 하나 구해 왔는데 한번 써보십시오. 아바이에게 맞겠는지……."

"아니, 갑자기 이건 또 뭐……."

창록은 어줍게 안경을 받아들면서 무엇 때문에 성도가 이런 선의를 베푸는가를 의아스레 생각했다.

"잘 보입니까?"

"고맙네. 아주 잘 보이는군."

창록은 진심으로 감사하다는 듯 연신 고개를 끄덕거리면서 이리저리 책갈피를 번져보더니 무엇인가 문득 생각난 듯 말한다.

"그런데 이 안경은 얼마나 하는 건가?"

"글쎄요. 그건 알아 뭣하겠습니까."

"자네가 애써 구한 걸 공짜로 받을 수야 없지 않나."

"원 천만의 말씀을……. 그건 제가 아바이더러 공부를 잘하라고 주는 선물입니다."

"고맙네. 그럼 술이라도 같이 한 잔 하세."

"아니, 전 술을 잘 못합니다."

"참 그렇지."

성도가 돌아간 뒤 창록은 돋보기를 걸고 다시금 책장을 번지더니 한 지점에서 오래도록 시선을 떼지 못한다.

그리고 혼자 소리내어 떠드름 떠드름 읽기 시작한다.

"「사회주의 건설에서 소극성과 보수주의를 반대하여」 음, '전국생산 혁신자대회에서 한 연설', 자그마한 글씨까지 다 보이는군."

'그래 정말 골방을 없애버리고 공불 해보자!'

하고 굳은 결심을 다졌다.

명수가 퇴원하는 날 창록은 마누라와 함께 병원으로 갔다.

입원실은 명수를 찾아온 사람들로 그득했다. 명수의 침대머리 곁의 상에는 명수가 입원한 기간 병문안 온 사람들이 가져온 사과, 배, 과자, 사탕, 닭알*들이 수북하게 쌓여 있었다.

아들 명수와 또 다른 수리공은 언제 무엇 때문에 입원했던가 싶게 멀 쩡한 얼굴로 자기 동무들과 이야기를 주고받으면서 웃고 있었다.

그 정경을 지켜보는 창록의 머리에 펀뜻** 해방 전에 있었던 한 가지 일이 회상되었다.

창록은 무거운 쇠덩이를 들다가 허리를 상해가지고 근 한 달이나 운 신을 못 한 적이 있었다. 그 직전까지만 하여도 그는 제 깐에는 자기를 친근한 벗을 많이 가진 사람으로 생각해왔었다.

그러던 것이 막상 병석에 눕고 보니 문병을 와주는 사람이란 불과 몇

* 닭알 : '달걀'의 북한어.
** 펀뜻 : 북한어. 펀뜩. 순간적으로 생각이 떠오르는 모양.

명 안 되었다. 세상 인심이 이렇게 야박할 수가 있나 하고 그는 고독한 심정으로 탄식하였다. 거개가 술친구들이었는데 그들은 돈으로 사귀고 돈으로 다투고 돈에만 정신이 팔렸지 남의 아픔을 자기의 고뿔만큼으로도 여기지 않았다.

그런데 지금은 어떤가. 돈이 아니라 진심으로 동무를 아끼고 사랑하며 동무의 불행을 자신의 불행으로 여길 뿐만 아니라 필요하다면 동무를 위하여 피와 살까지도 서슴없이 바치지 않는가.

'이것이 다 수상님께서 마련하여주신 우리 사회주의 제도에서만이 있을 수 있는 일이며 사람들이 당의 참된 교양을 받았기 때문이야. 얼마나 좋은 세상인가.'

창록은 입원실의 정경을 바라보면서 당의 힘, 조직의 힘이 얼마나 위대하며 빛나는 것인가를 새삼스레 느꼈다.

"가자! 명수야, 골방을 네 방으로 꾸렸다. 책상두 장만해 두구."

퇴원하는 길에 그는 아들에게 이렇게 말했다.

"아버지! 고맙습니다."

이것이 명수의 대답이었다.

5

1암모니아 직장 지붕 위.

아스랗게 높은 그 지붕 위에 대형 기중기가 네 다리를 뻗디디고 거연히 솟았다.

대기가 어지간히 쌀쌀한 새벽인데 지붕 위에선 벌써 촉매교체작업이 벌어지고 있었다.

박성도 수리작업반원들은 압축기를 살린 승리자의 기세를 늦추지 않고 이어 대형 합성탑의 촉매교체작업에 달라붙었다. 한 해에 한 번씩 있는 작업이었다.

윗뚜껑을 뗀 탑 속에서 이글이글한 열기가 아지랑이마냥 아질아질 떠오르고 있었다.

대형 기중기가 탑 속에서 물어 올린 길고 육중한 촉매통이 기중기 밑에 가로누워 있었다. 수리공들은 기중기의 힘으로 그것이 없었던 지난해까지 해마다 한 달 이상 걸리던 힘겨운 촉매교체작업을 불과 사오 일 내에 해치울 결의에 불타고 있었다. 촉매통 들어 올리기 작업을 그들은 불과 몇 십 분 동안에 해치웠다.

그런데 촉매통 옆에서 모임을 가지고 있는 수리공들의 표정이 한결같이 침울함은 무슨 까닭일가. 거푸 애꿎은 담배만 태우고 있는 그들이었다. 전투준비를 갖춘 수리공들이 기사장의 지시에 따라 탑의 뚜껑을 떼고 이어 그 속에 들어 있는 촉매통에다 쇠밧줄을 건 것은 바로 한 시간 전이다.

기중기가 촉매통을 절반 이상 순조롭게 들어 올린 것을 보고 노동자들 가운데는 이젠 먹었구나 하고 속으로 기뻐하는 동무들이 있었다. 조금만 더 들어 올리면 만세 소리가 터질 판이었다.

그런데 이때 촉매통 밑바닥이 촉매의 중량을 감당해내지 못하고 구멍이 뚫렸다. 오랜 시간에 걸친 화학반응에 의하여 한 부분이 침식되어 있었던 것이다.

실로 뜻밖의 사태가 조성되었다. 뚫린 구멍으로 촉매가 탑 밑바닥에 와르르 쏟아져버렸다. 그렇다고 기중기를 멈출 순 없었다. 멈추면 촉매가 모두 쏟아져 내릴 것이었다. 시간을 늦추지 말고 어쨌든 들어 올려야 했다.

촉매통을 들어 올려 눕혀놓고 보니 그 속에 적지 않은 공간이 생겨 있었다. 그만큼 촉매가 탑 밑바닥에 흘러내린 것이었다.

탑 밑바닥에 떨어진 촉매는 산화작용을 일으켜 이글이글 불타고 있었다. 그것을 제때에 제거하지 않으면 밑바닥에 녹아 붙어버린다. 만약 그렇게 되면 그것을 까내기 위하여 여러 날 동안 힘겨운 노동을 하지 않으면 안 된다. 따라서 그만큼 암모니아 생산계획에 지장을 주게 되는 것이다.

그런데 상태는 지금 어떤가. 산화작용을 일으켜 불타는 촉매가 바야흐로 녹아 붙을 직전에 있었다.

누가 쇠사닥다리를 쿵쿵 밟으면서 올라오는 소리가 나더니 직장장이 나타났다.

"어찌됐습니까, 직장장 동지!"

성도는 탑에서 상반신을 빼고 직장장 앞에 다가섰다. 수리공들이 웅성거렸다.

"조용들 하오. 참모회의의 지시를 알리겠소. 동무들의 안타까운 심정은 십분 이해할 수 있으나 아직 탑 속 상태가 위험할 수 있으니까 절대로 모험을 해서는 안 되겠소. 시간이 좀 늦어지더라도……."

"늦어지면 다 응결해버리는데 그래두 좋소?"

수리공들 속에서 볼먹은 소리가 툭 튀어나왔다.

"어쨌든 회의의 결정 지시대로 행동해야 한다는 것을 절대로 잊어서는 안 되오. 그리 알구 다시 지시가 있을 때까지 기다리오. 반장 동무, 알겠소? 꼭 그렇게 하시오."

직장장은 말을 끝내고 곧 돌아서 내려가버렸다.

잠시 어디 자취를 감추었던 성도가 탑 속으로 들어갈 만단의 전투준비를 갖추고 수리공들 앞에 나타난 것은 직장장이 올라왔다 간 지 얼마

안 되어서다.

"반장 동무! 글쎄 이런 법두 있소? 남의 발등을 밟구……."

성도를 둘러싼 수리공들 가운데서 안장코가 선봉을 빼앗긴 것이 아수해서* 먼저 이렇게 말했다. 또 다른 한 수리공은 자기가 들어가겠노라고 성도가 입은 방열복의 단추를 끄르면서 졸라댔다.

"쉬, 너무 떠들지 말라구. 아래서 회의를 하고 있소. 그런데 작업량이래야 얼마 안 될 것이니까 교대할 생각을 말구 다른 일에 붙어주오. 운전공 동무! 부탁하오."

성도는 기중기 운전대를 쳐다보고 쇠밧줄에 올라탔다.

"반장! 조심하라구."

창록의 심장은 높뛰었다.

"걱정 마시오, 아바이!"

성도는 탑 속으로 서서히 사라져갔다. 창록은 성도의 모습에서 집단의 이익을 위함이라면 물불을 헤아리지 않고 오로지 몸과 맘을 깡그리 바쳐 싸우는 참된 인간의 숭고한 전형을 찾아보았다.

누구의 마음이라 다를 리 있으랴만 창록은 더구나 가슴을 죄이고 있었다. 성도의 자기희생적인 행동은 창록으로 하여금 많은 것을 생각하게 하였다.

'성도는 정말 자기라는 한 개인을 모르는 사람이야. 모든 것을 나라를 위해 바칠 줄 아는 사람이야, 몸두 맘두 모든 것을 바치는…… 정말 훌륭한 노동 계급이야.'

문득 창록의 머릿속에서는 밤마다 읽고 있는, 김일성 수상님께서 쓰신 책의 글줄들이 살아서 움직이고 있었다.

* 아수하다 : 북한어. 아깝고 서운하다.

"노동 계급……! 나라의 주인……!"

'김일성 수상님께서 말씀하신 것처럼 내가 그런 노동 계급이 돼야 한다. 성도처럼 나라를 위해 자기의 모든 것을 바칠 줄 아는 참다운 노동 계급이 되자!'

창록의 가슴속에서는 새로운 결의가 꿈틀거리기 시작했다.

탑 속에서 이글거리는 촉매를 담은 쇠통이 올라왔다. 그것이 두 번 올라왔으나 성도는 올라오지 않았다.

"반장 동무! 빨리 올라오시오."

"성도 동무! 어서 올라오라구."

수리공들이 탑 속에 머리를 박고 안타까이 소리를 내리질렀다. 그 소리에 창록은 몸이 화끈 달아올랐다.

창록은 부리나케 쇠사닥다리를 뛰어 내려갔다.

성도가 탑 속에서 나오고 대신 안장코가 들어갈 준비를 갖추고 있는데 방열복 차림을 한 창록이 나타났다. 2암모니아 직장에 가서 빌려 입고 온 것이다.

"여보게 운전공, 기중기를 부탁하네."

창록은 댓바람에 쇠밧줄을 탔다. 극히 짧은 시간 내에 벌어진 일이어서 모두가 눈이 휘둥그레졌다.

"나두 노동 계급의 구실을 해야지."

쇠밧줄을 으스러지게 잡은 창록의 결의는 굳었다. 더는 막아낼 재간이 없었다.

창록이가 물에 적신 천으로 겹겹이 얼굴을 감싸고 탑 속으로 사라진 때로부터 시간이 얼마나 흘렀을까.

"아바이! 어서 나오라요."

그러나 촉매를 담은 쇠통만이 올라왔을 뿐 창록은 나타나지 않았다.

"아바이!"

"창록 아바이!"

그래도 탑 속에선 아무 응대도 없었다.

3분, 4분, 5분……

동지의 안위를 자못 애타게 걱정하는 그들에게 1분이란 시간은 10시간 20시간 맞잡이로 정녕 더디게 느껴졌던 것이다.

몇 분 뒤에야 창록은 쇠밧줄을 타고 올라왔다.

"아바이……."

"창록 아바이! 어디 다치진 않았소?"

수리공들은 안도의 숨을 내쉬면서 그를 둘러쌌다.

얼굴을 감쌌던 천을 풀고 방열복을 벗고 나서야 창록은 비로소 자기 옆에 기사장과 함께 공장 당과 행정 간부들이 서 있는 것을 알아보았다.

"아바이! 어쩌자구 이러는 겁니까? 누가 이렇게 하라구 했습니까?"

기사장이 엄한 목소리로 추궁했다.

"기사장 동지! 저한테 책임이 있습니다."

성도가 침착한 태도로 말했다.

"……."

기사장의 입에서는 더는 말이 없었다. 할 말을 미처 찾지 못했던 것이다.

간부 동지들이 말없이 성도와 창록의 손을 잡아주었다.

창록은 이때처럼 참다운 행복감을 느껴본 적은 일찍이 없었다. 그처럼 마음을 괴롭히던 고통이 가뭇없이 가셔진 후련한 가슴속에서 기쁨이 마냥 솟구쳤다.

'사람은 이렇게 살아야 하는구나.'

간부들이 돌아간 다음 성도는 창록 앞에 다가섰다.

"어디 다친 데는 없습니까, 아바이?!"

"반장은 어디 다친 데 없소?"

창록은 한동안 성도의 어깨를 잡고 기쁨에 겨워했다.

6

그 며칠 후 9시나 되었을까, 창록은 수리작업반 사무실 문을 조심히 두드렸다.

"들어오시오."

귀에 익은 성도의 목소리였다. 창록은 시멘트 포대지에 싸서 노끈으로 묶은 묵직한 것을 어깨에 메고 방 안에 들어섰다.

"아, 아바이! 어째 아직 돌아가지 않았습니까?"

작업반 총회에서 할 분기 총화 보고서를 쓰고 있던 성도가 만년필을 놓고 창록을 반가이 맞았다.

"집에 가서 저녁을 먹구 나오는 길이오. 일하는 데 방해가 되지 않겠소?"

"괜찮습니다. 그게 뭔지 거기 내려놓구 어서 앉으시오."

창록은 어깨에 멘 것을 책상 귀때기에 내려놓고 의자에 앉았다. 사무실이라지만 그것은 이전의 물품창고를 개조한 것인데 간을 막고 절반은 노동자들의 탈의실로 쓰고 있었다.

"탑 속에 들어갔다 나온 뒤에 몸이 불편한 데는 없습니까?"

"아무 일도 없소."

"요새 생활 형편은 어떻습니까? 바쁘다보니 미처 돌봐드리지 못해서……"

"석탄이 있겠다, 집을 잘 수리해 받았겠다, 불편이 무슨 불편이겠소."

창록이와 성도는 담배를 피우면서 허물없이 이야기를 나누었다. 이런 이야기가 얼마 동안 계속된 뒤에 창록은 정색을 하고 화제를 딴 데로 돌렸다.

"그런데 반장 동무! 반장 동무는 내가 지난날에 어떤 일을 해먹던 사람인지 알고 있습지요? 거기 대해서는 더 말치 않겠소. 다만 내가 공장에 들어와서 어떻게 생활했는가에 대해서 솔직히 이야기를 하겠소. 혹 반장이 더러는 알는지 모르나 다는 모를 겁니다. 한마디로 말해서 나는 공장에 와서 성실하게 일을 안 했소. 나에게 고용자적 근성이 있었지요. 있어두 많이 있었지요. 이것이 나에게 '요령'이라는 것을 가르쳐줬단 말이오……."

창록은 자기가 안출한* '요령'에 대하여 밝히고 이어 '부업'에 대하여 숨김없이 털어놓고

"반장 동무! 이것을 받아 주."

시멘트 포대지에 싼 것을 제 손으로 노끈을 풀었다. 그 속에서 마치, 뻰찌**, 스패너***, 나사틀개****, 작은 바이스*****, 줄칼 등 수십 종의 자질구레한 공구가 나타났다.

"이것을 어쩌라는 겁니까?"

"이것이 골방 부업에 쓰던 공구요. 인젠 소용이 없으니 공장에 바치겠소. 받아 주우."

"이것을 가져오지 않아두 정신만 고치면 되지 않습니까. 가정에서 빨

---

* 안출하다(案出一) : 생각해내다.
** 뻰찌ペンチ : '펜치pincers'의 일본어. 손에 쥐고 철사를 끊거나 구부리거나 하는 데에 쓰는 공구.
*** 스파나(원문) → 스패너spanner : 볼트, 너트, 나사 따위의 머리를 죄거나 푸는 공구.
**** 나사틀개(螺絲一) : '스패너'의 북한어.
***** 바이스vise : 기계공작에서, 공작물을 끼워 고정하는 기구.

랫줄을 칠 때에도 마치가 필요하구 쇠줄을 끊재두 뻰찌가 필요한데요."

성도는 달라진 창록의 모습을 보는 것이 적이 기뻤다.

"뻰찌 한 개하구 마치 한 개는 집에 두워뒀소. 요놈의 공구들이 내게 다 이기주의를 얼마나 키워줬는지 반장은 다 모를 거요. 요놈을 가지구 밤마다 똑딱거려서 술잔간이나 사먹었지요. 아들이 합숙으로 가구 마누라와 말다툼이 잦아진 것두 모두 이것 때문이었소. 하마터면 아들을 죽일 뻔한 것두 골방 부업 때문이었소……."

창록은 손가락 쩜에 끼운 담배가 절로 타서 사그라진 재를 책상 위에 뿌린 것도 모르고 이야기를 하였다.

"그러니까 그것이 아바이가 수리한 밸브란 말이지요?"

성도는 놀란 눈으로 창록의 얼굴을 지켜보았다.

"그렇소. 그것을 숨기려고도 해봤소만 고백하지 않구선 밤잠을 이루지 못하겠소. 책벌은 책벌대로 받으리다."

창록의 말 한마디 한마디는 마음속에서 우러나오는 진실한 고백이었다.

그것이 가슴에 안겨왔기 때문에 성도는 도리어 친근감을 가지고 그를 대했다.

"아바이! 잘 알았습니다. 자기의 지나간 생활을 반성해보는 것은 물론 좋은 일입니다. 그런 생활을 깨끗이 흘려버리고 이제부터 진실하게 살아간다면 아무도 아바이를 나무라지 않을 겁니다. 어서 말씀을 계속하십시오."

성도는 보고서 작성이 바빴지만 그것을 좀 미루는 한이 있더라도 시간을 창록이란 사람과의 사업을 위하여 바치리라 생각했다.

"고맙소다, 반장 동무! 나는 인제야 사람은 어떻게 살아야 하는가를 깨닫게 되었소. 이 좋은 세상에서 나두 사람 구실을 하면서 살아볼려우.

많이 지도해주시오."

창록은 고개를 돌렸다. 눈에 고인 눈물을 성도에게 보이고 싶지 않았던 것이다.

성도는 창록이가 돌아갈 때 공구를 도로 메어 보내려고 했다. 그러나 창록은 가지고 갈 것이면 왜 가지고 왔겠느냐고 하면서 가버렸다.

암모니아 생산 부문 하나만 두고 보면 창록이와 같은 과거를 가진 사람이 불과 몇 명 안 될 것이지만 전 공장적으로 보면 아마도 퍼그나* 될 것이었다.

그런즉 또한 이것이 어찌 비료 공장 하나에만 있을 수 있는 현상이겠는가.

이날 밤 창록이라는 복잡한 과거를 지닌 한 인간이 성도에게 던져준 문제는 자못 큰 것이었다.

어려서 부모를 여읜 창록은 형의 밑에서 자라면서 보통학교를 마치고 눌려 형의 점포에서 일했다.

창록의 형 기록은 일찍부터 때 묻은 소상공업자였다. 그는 노동자를 대여섯 명 두고 양철가공업, 자전거 수리, 고무신 다이야** 땜, 금고 자물쇠 수리업을 하였는데 창록은 양철가공, 금고와 자물쇠 수리를 맡아 하였다. 몇 해 뒤에 창록은 형의 덕분에 장가를 들어 세간을 났고 생활 밑천으로 양철가공, 금고와 자물쇠 수리업을 물려받아 가지고 제법 한 점방의 주인 노릇을 하다가 해방을 맞이하였다. 인민 정권 밑에서 그는 걱정 없이 수공업을 계속하였다.

그러던 창록은 조국해방전쟁 시기에 미제 승냥이 놈들의 야만적 폭격에 의하여 하루아침에 알몸뚱이가 되었다. 그의 형 일가는 모두 희생

* 퍼그나 : '퍽'의 북한어.
** 다이야 : '타이어tire'의 북한어.

되었다. 집도 금고도 점방도 모두 날아갔다.

창록은 도시 주변에 옮겨 앉았다. 그는 반토굴 속에서 똑딱거려 근근히 생계를 유지하면서 전쟁이 끝나기만 기다렸다.

조국해방전쟁이 조선 인민의 위대한 승리로 끝나자 창록은 반토굴에서 나와 활동을 개시하였다.

창록이 사는 도시에는 정전 직후 선참으로 철제품 생산 협동조합이 조직되어 많은 수공업자들이 자진하여 거기에 들어갔다.

그런데 창록은 그것이 자기들의 영락된 생활을 하루빨리 추켜 세워 주려는 조선 노동당과 공화국 정부의 올바른 시책이라는 것을 모르지 않았으나 그는 일확천금의 꿈을 버리지 않고 딴 꿍꿍이를 꾸미고 있었다.

창록은 정전 직후 아직 미쳐 복구 정비되지 못한 공장에서 생산한, 그러니까 맵시도 덜 좋고 살이 지내 붙어서 투박해 보이는 뉴쟁개비*를 사모아 다시 녹여서 살이 얇디얇고 맵시가 있는 쟁개비**를 만들었다.

아직 푼푼하지 못한 수량을 늘려서 한 집에라도 더 돌아가게 하는 것이 무엇이 나쁘겠는가……

그때의 창록의 생각은 바로 이러했다. 그러나 그것은 약삭빠른 소시민적 근성을 합리화하려는 것 외의 아무것도 아니었다.

이 밖에도 창록은 쇠쪼박***으로 간단히 만들 수 있는 가정용품과 자질구레한 일용 잡화를 만들기도 하였고 제승기****를 놓고 새끼를 꼬기도 했다.

그러나 그 어느 것도 오래 계속할 수 없었다. 가정용품과 잡화가 공장에서 쏟아져 나왔고 새끼 생산은 원료인 짚에 걸리군 했다.

* 뉴쟁개비 : 알루미늄 냄비.
** 쟁개비 : 무쇠나 양은 따위로 만든 작은 냄비.
*** 쪼박 : '조각'의 북한어.
**** 제승기製繩機 : 새끼틀.

'이제부터 나는 어떻게 살아야 할 것인가' 하고 창록은 들끓는 현실 앞에서 방향을 잡지 못해 갈팡질팡하다가 큰 공장으로 가자 하고 결심하고 비료공장에 들어간 것은 1958년 가을이었다.

창록은 성도 앞에 자신의 생활에 대하여 고백한 그 얼마 뒤에 집을 옮겼다.

훌륭한 아파트로 이사를 간 날 창록은 자기도 모르게 궤짝 속에 파묻혀 있던 케케묵은 장부책이며 되박, 수판 같은 낡은 유물들을 탄불을 피우는 불쏘시개로 죄다 태워버렸다. '지입증'도 불살랐다. '지입증'은 그가 공장에 입직했을 때 수공업자 시절에 쓰던 공구를 공장에 바치고 받은 증서다.

'지입증'만 가지고 있으면 언제든지 공구를 도로 찾아내올 수 있었다.

그 몇 달 뒤에 창록은 천리마기수의 영예를 지니게 되었고 몇 년 후에 아들 명수는 공장 사로청위원회의 추천을 받아 대학으로 갔다. 그때로부터 세월은 어느덧 또 몇 해가 흘렀다. 달이 가고 해가 바뀜에 따라 창록의 몸에는 기름 냄새가 더욱 짙게 배어갔다. 상고머리가 하이칼라머리로 변하고 중절모를 노동모로 바꿔 쓴 창록은 한결 젊어지고 생기 있어 보였다.

'어머니당 제5차대회를 높은 정치적 열의와 빛나는 노력적 성과로 맞이하자!'

우리 당의 전투적 구호가 길게 가로 나붙고 대고조 전투 성과를 알리는 도표와 속보판들이 두리를 병풍처럼 둘러싼 비료공장 정문은 노동자들로 들끓었다.

아직 새벽 어슬녘인데 벌써 출근하는 남녀 노동자들이 밀물처럼 정문으로 밀려들고 있었다.

노동자들의 흐름 속을 창록이와 성도가 명수를 가운데 세우고 정문을 들어갔다.

"아버지! 정말 대단한데요."

명수는 걷는다기보다 노동자들의 물결에 밀려가면서 못내 감탄했다. 신입 기사는 대학생복에 대학생모였다.

"이것이 우리의 보통 생활이란다."

창록은 아들과 나란히 걷는 감격에 잠겨 있었다.

"제가 이 공장에 있을 때는 옛날이군요."

명수는 성도에게로 얼굴을 돌렸다.

"옛날이구 말구, 하루가 다른데 그때가 언제라구."

성도는 또 성도대로 창록 부자와 함께 걷는 것이 마음에 무척 기뻤다.

"이건 바로 속보판의 숲이군요. 숲 속을 걷고 있는 것 같습니다."

그도 그럴 것이 정문에서 곧게 뻗어간 수백 미터의 구내길 양옆이 속보판으로 꽉 들어찼다.

'공칭능력*이 따로 없다.'

'계획량을 5백 프로로 초과 완수.'

걸어가는 명수의 눈에 속보판의 표제가 스쳤다.

"아……."

명수가 한 속보판 앞을 지나다가 주춤 걸음을 멈추었다.

'정덕녀 아주머니 지원 작업에서 모범.'

"네 어머니다. 날마다** 나오는구나."

속보판에 시선을 박은 아들에게 아버지는 말했다. 그제야 명수는 아까 정거장에서 본 어머니의 얼굴이 거멓게 탄 까닭을 알 수 있었다. 어머

---

* 공칭능력公稱能力 : 일반에게 널리 알려진 생산 기계나 무기 따위의 능력.
** 날마나(원문) → 날마다.

니의 그 열성이 아들의 가슴을 높뛰게 하였다. 명수는 그 속보판의 숲 속에서 박성도 천리마작업반원들의 전투성과도 찾아보았다. 거기에는 분명히 오창록이라는 자기 아버지의 이름도 들어 있었다.

얼마 뒤에 명수가 자기가 노동하던 직장에 들렀을 때 수리공들은 명수를 둘러싸고 몹시 기뻐했다. 명수는 아버지와 함께 기중기가 네 다리를 뻗디디고 거연히 솟은 1암모니아 직장 지붕 위에 올라섰다. 공장 전경이 한눈에 안겨왔다. 만부하*를 건 온 직장의 기계 소리가 드높은 숨결마냥 들려왔다. 명수는 정겨운 눈으로 새로 많이 건설된 공장 전경에 정신을 쏟고 있었다.

창록은 오른팔을 들어 바다의 서남쪽을 가리키며 말하였다.

"명수야! 평양이 저기 저 섬이 있는 바로 저 방향이 아니냐?"

"옳습니다. 저리로 곧바로 가면 수상님께서 계시는 혁명의 수도 평양입니다."

"평양! 평양!"

나래 돋친 마음이 평양으로, 평양으로 날고 있는 창록의 눈앞에 노을 비낀 바다를 배경으로 숱한 이 나라의 아들딸들을 거느리신 위대한 어버이 수령님의 영상이 거연히 나타났다. 만면에 자애로운 웃음을 담으신 그이께서 분명히 자기를 부르시고 계시는 것만 같이 느껴져서 창록은 못내 가슴이 후더워 올랐다.

"해돋입니다, 아버지!"

명수는 기쁨 어린 얼굴로 창록의 옆에 다가섰다.

"오늘 아침에 솟는 해는 더 찬란하구나."

햇살이 온 누리에 부챗살처럼 퍼졌다. 창록은 아들과 함께 그 햇살을

| * 만부하滿負荷 : 기계가 자기의 성능이나 능력을 완전히 내는 상태.

가슴에 받아 안았다. 그것은 김일성 수상님께서 창록이와 그의 아들에게 안겨주신 휘황한 햇발이기도 했다.

아침을 맞은 공장은 더욱 부글부글 끓었다.

비료들을 산더미처럼 실은 화물열차가 기적 소리를 잦게 울리며 공장 전용선을 내달린다. 부두에선 화물선이 거쉰* 고동을 길게 뽑으며 떠나간다.

하늘을 치받고 솟은 굴뚝들이 서로 빛깔 다른 연기를 뭉게뭉게 뿜어 올린다.

공장 유선방송이 격조높이 비료 전사들의 자랑찬 전투성과를 보도하고 비료 도시의 사람들을 새 승리에로 힘차게 불렀다.

"애야, 지금 공장이 이만저만 끓는 게 아니다. 그러니까 너두 쉬이 나와서 일해라."

창록은 지붕을 내리면서 아들에게 말했다.

"아버지! 저는 내일부터 나오겠습니다."

"모두 너한테 크게 기대를 가진다는 것을 잊지 말아라. 그리구 우리 모두 수상님의 말씀대로 자신을 부단히 단련하구 혁명화를 계속해야 하느니라."

—수록 : 「새로운 출발」, 고병삼(외), 『빛나는 자욱』, 문예출판사, 1970년

| * 거쉬다 : 북한어. 목소리가 쉰 듯하면서 굵직하다.

제2부 작가 수업

공장은 나의 작가 수업의 대학이었다

문 동무!

소설 「질소비료공장」을 중심으로 나의 작가 수업에 관한 글을 써 달라는 수삼차의 동무의 요청에 대답하기 위하여 미안한 대로 늦게나마 붓을 들었습니다.

나는 지금으로부터 27, 8년 전인 1930년대에 작품 「질소비료공장」을 가지고 당시 '조선 문단'의 말석에 끼우게 되었습니다. 하기야 「질소비료공장」 이전에도 발표한 글이 없는 것은 아니었으나 나로서는 훌륭한 스승의 지도에 고무되면서 공장의 기계 옆에서 고된 노동의 짬짬을 이용하여 창작한 단편소설 「질소비료공장」을 나의 처녀작으로 삼았으며 또한 '카프'의 선배 작가들과 독자들도 그것을 공인하여주었습니다. 한 문학 청년에게 있어서 그의 처녀작이라면 반드시 그가 맨 처음으로 창작한 작품을 두고 말하는 것은 아닐 것입니다. 그것이 처녀작으로 될 수 있는 반면에 그렇지 못한 경우도 또한 있을 것입니다.

그런데 내가 아는 바에 의하면 일부 사람들 가운데는 처음 습작을 시작한 당시의 습작품을 가지고 처녀작으로 자처하려고 하며 따라서 그 시기를 자기의 작가로서의 첫출발의 연대로 삼으려고 하는데, 이것은 지내 조급한 타산이 아닐 수 없습니다.

문 동무! 나는 동무가 이런 조급한 타산을 염두에 두지 않고, 오로지 진지한 태도에 문학 작품을 열독하며, 꾸준히 습작을 계속할 뿐만 아니라 겸손한 태도로 선배 작가들에게서 허심하게 배우고 있음을 대단히 믿음직하게 생각합니다. 나는 동무가 앞으로 인민의 사랑을 받을 수 있는 훌륭한 처녀작을 들고 나올 것을 기대합니다. 처녀작이란 결국 문학에 뜻을 둔 청년이 비로소 작가로서 인정을 받게 되는 작품이니만큼 그것은 그 작가 자신이 평가할 것이 아니라 어디까지나 독자와 인민이 그것을 평가해 주어야 할 것입니다. 이야기가 다소 기로에 들어간 것을 용서하십시오.

그러면 나는 이제부터 당시 23세였던 내가 처녀작 「질소비료공장」을 가지고 '조선 문단'에 나타나기까지 누구의 지도 밑에 작가 수업을 하였으며(그이의 지도를 나는 오늘 현재까지 계속 받고 있으며 앞으로도 계속 받을 것입니다. 뒤에다 상세히 쓰겠습니다.) 프롤레타리아 작가로 또한 세칭 '노동자 출신의 작가'로서 '조선프롤레타리아예술동맹'(카프) 대열에 참가하게 되었는가에 대하여 쓰럽니다.

나는 1927년 봄에 H고보를 졸업하였습니다. 나는 학교 재학 중에 문학연구소조에 참가하여 닥치는 대로 문학작품을 탐독, 아니 난독*하는 한편 습작의 붓을 들었는데 주로 시와 소설이었습니다. 그러나 시와 소설이 씌어질 리가 없었습니다. 난독의 결과는 한때 나의 머리를 혼란시켰으며, 지어는 실망으로 이끌어가려고까지 하였습니다. 그때 나는 한 선배에게서 어떤 작품부터 읽어야 하는가에 대하여 독서의 방법을 배웠

---

* 란독(원문) → 난독亂讀. 책의 내용이나 수준 따위를 가리지 아니하고 아무 책이나 닥치는 대로 마구 읽음.

습니다. 그 후부터 나는 '카프' 작가의 작품을 비롯하여 일본어로 번역된 막심 고리키, 톨스토이, 체호프 등 작가의 작품을 정독하는 한편 일본 좌익 작가들의 작품도 읽었습니다. 부르주아 작가들의 퇴폐적이며 색정적인 작품에 비해서 전자의 작품들이 얼마나 내용이 건전하며 그 생활에 동정할 수 있었으며 예술적 향훈을 풍겨주는지 몰랐습니다. 이 작품들 속에 등장하는 억센 의지의 인물과 배경들을 나는 비록 어린 눈이었으나 나의 주위에서 찾아보기 어렵지 않았습니다. 누구를 위하여 씌어진 작품인가를 짐작할 수 있었습니다. 이리하여 나는 어느덧 이런 종류의 작품에 흥미와 매력을 느끼는 동시에 공감을 가지게 되었습니다.

나도 작가가 되리라. 되되 반드시 이런 작품을 쓰는 작가가 되리라……. 이것이 학창 시절의 나의 결의인 동시에 꿈이자 또한 희망이기도 하였습니다. 이 결의와 희망은 전기 계통의 상급 학교에 진학하게 된 나를 끝내 공장의 길로, 다시 말해서 노동 계급 속으로 돌려 세웠던 것입니다. 지금도 나는 과거를 회상할 적마다 그때가 바로 '나'라는 새파란 청춘의 진로를 결정하는 중대한 '모멘트'였다고 생각합니다.

문 동무! 생각하여보십시오. 만약 내가 처음 먹었던 마음을 헌신짝처럼 버리고 그 상급 학교로 갔더라면 나는 작가로 될 대신에 전기기사가 아니면 그 부문의 기술자로 되었을 것이 아닙니까? 길은 이렇게 달라지는 것입니다.

그러면 나는 왜 교복 대신 노동복을 입게 되었던가?

바로 말해서 나는 좌익 사상이나 문학 이외의 그 어떤 뚜렷한 목적의식을 가지고 H질소비료공장의 노동자가 된 것은 아닙니다. 그 당시의 나로서는 확고한 사상의식을 소유하기에는 어느 모로 보든지 아직 어렸던 것입니다.

나는 『카프 작가 7인집』과 막심 고리키의 장편소설 『어머니』 외에 몇 권의 문학서적을 책보에 싸쥐고 공장으로 갔습니다.

현실 속으로! 무산대중 속으로! 그리하여 거기서 생활의 진실을 체득해야 한다는 '카프'의 선배 작가들의 교훈이 나를 공장으로 고무 추동시킨 것은 사실입니다. 이미 교문을 단념한 나에게는 공장 문 외에는 달리 찾을 문이 있을 듯싶지 않았습니다.

그리하여 나는 그때까지 내가 읽은 노동자들의 정의로운 투쟁을 테마로 한 작품에서와 노동자들의 고혈을 탐욕스럽게 빨아먹고 사는 기생충인 자본가의 내막을 폭로한 '팸플릿'에서 얻은 지식을 밑천으로 난생처음으로 무시무시한 기계 앞에서 노동을 체험하기 시작하였습니다. 이때로부터 육체적으로 괴로운 나날이 계속된 것도 또한 사실입니다. 나는 이 괴로움을 용솟는 문학에로의 정열로 이겨나갈 수 있었습니다.

'노구치 왕국'으로 불리우는 H질소비료공장의 속통을 파보리라! 그리고 노동자들의 비참한 처지와 그들의 생활을 몸소 체득함으로써 노동자들을 위한 '공장소설'을 써보리라! 말하자면 그때 나는 좋은 의미에서의 '야심'에 충만되어 있었던 것입니다.

동무는 혹시 내가 이 공장에 쉽게 들어가서 사무원 노릇쯤은 할 수가 있지 않았겠느냐고 생각할는지 모르나 결코 그렇지 않았습니다. 수학, 물리, 화학 등 필답과 구답 시험을 치르고 5대 1의 비율로 겨우 뽑혀가지고 유안 직장의 현장 노동자로 되었습니다. 보통학교를 나왔거나 나오지 못한 청년들은 따로 해당한 시험을 받게 되는데 그 채용율은 낮은 경우에라야 4대 1이고 높은 경우에는 10대 1도 훨씬 더 되는 것이었습니다.

그럴 수밖에 없는 것이 H질소비료공장의 거리거리에는 날마다 수백 명의 구직자, 즉 당시의 용어대로 말해서 '산업 예비군'이 굶주린 창자를 움켜쥐고 욱실거리고 있지 않았습니까! 이렇듯 이 공장에 취직하기란 여간 힘든 일이 아니었습니다. 그리하였기 때문에 당시 항간에는—딸을 주겠거든 질소비료공장에 다니는 총각에게 주라―는 말이 떠돌았는데 이 것은 공장의 속통은 알려고도 하지 않고 많은 경쟁자를 물리치고 들어갔으니 여북 똑똑하랴 하는 다만 그 한 가지 조건만을 가지고 억측한 뜬소문이었습니다. 이 한마디 말만으로써도 그 당시에 실업자의 홍수가 얼마나 심하였는가를 가히 짐작할 수 있을 것입니다.

H질소비료공장의 형편은 내가 이미 소설이나 '팸플릿'에서 읽은 그 것보다 훨씬 더 비참하였습니다. 하루 11시간 내지 12시간의 노동을 강요당하였으며 그 삯전은 겨우 40전 내외였습니다. 이것으로는 최저의 생활도 이어나갈 수가 없었습니다.

노동자들에 대한 멸시와 모욕, 조선 사람에 대한 흑심한 차별 대우와 착취, 노동자의 권리란 쥐뿔만큼도 찾아볼 수 없는 소위 '노구치 왕국'이었습니다.

밤낮 없이 사이렌이 피에 굶주린 야수처럼 울부짖고 왜나막신 소리가 요란한 공장의 거리거리의 눈꼴사나운 풍경과 아울러 수천 명의 노동자의 무리가 날마다 왜놈들의 살기등등한 횡포 속에서 위험하고 힘에 겨운 노동을 강요당하고 있던 그 당시의 광경이 지금 이 순간에도 나의 눈앞에 역력히 나타납니다. 그러나 어찌 이것뿐이었겠습니까?

기계에 한쪽 팔을 잘린 젊은 노동자의 창백한 얼굴! 골수에 사무친 원한을 풀지 못하고 값없이 희생되어 묘지로 향하는 노동자의 시체! 이렇다 할 이유도 없이 공장을 쫓겨나는 노동자들! 그러나 내가 목격한 것은 이런 광경뿐이 아니었습니다. 왜놈들에 대한 참을 수 없는 증오와 함께 이대로 있을 것이 아니라 한마음, 한뜻으로 힘을 뭉쳐가지고 싸워보자는 노동자들의 목소리가 직장에서 직장으로 퍼져갔습니다. 이런 환경이 나를 목석처럼 그냥 둘 리가 있었겠습니까? 나의 머릿속에 차츰 프롤레타리아 사상의식이 형성되어갔던 것은 사실입니다. 내가 사상의식의 형성기를 노동 계급 속에서 보냈다는 것은 참으로 고귀한 소득이 아닐 수 없었습니다.

1930년대로부터 해방을 맞이하기까지, 그리고 해방 후 오늘에 이르기까지 나의 적지 않은 작품의 대부분이 노동 계급의 투쟁 모습을(해방 전에는 주로 일제와의 투쟁이었고, 해방 후에는 주로 애국적인 증산과 건설의 투쟁입니다.) 취급하였다는 사실을 어찌 우연한 일이라고 말할 수 있겠습니까?

문 동무! 솔직히 말해서 나는 훌륭한 재능을 가진 작가는 아닙니다. 나는 배우고 또 배워야 하겠습니다. 다만 한 가지 내가 동무에게 말할 수 있는 것은 30년에 가까운 작가 생활에서 내가 노동 계급을 잊지 않고, 미력한 재능이나마 그들을 위하여 바치기에 노력하였다는 것과, 앞으로도 계속 그들을 위하여 나의 재능과 정열을 아끼지 않겠다는 것입니다. 가장 고귀하고 아름다운 이 사람들을 우리 어찌 잊을 수 있겠습니까? 우리의 문학예술은 첫째로도 둘째로도 노동 계급을 위하여 복무할 것이라는 나의 신념에는 예나 지금이나 변함이 없습니다.

공장은 나의 작가 수업의 대학이었습니다. 왜놈들에 대한 불타는 증오를 느끼게 됨과 동시에 절대 다수의 노동 대중이 소수의 자본가에게 얽매인 채 이처럼 착취를 당하며, 무권리 속에서 학대를 받는 것이 무슨 때문인가? 그 당시 나에게는 심각한 문제였습니다. 노동 대중과 자본가는 물과 불처럼 결코 합칠 수 없을 뿐더러, 소련에서처럼 노동자의 단결된 힘으로 자본가를 없애버리기 전에는 노동 대중 앞에 광명한 새날이 올 수 없다는 것을 깨닫게 되었습니다.

잃을 것은 철쇄요, 얻을 것은 전 세계다. 만국의 노동자는 단결하라! 나는 이 문구를 얼마나 가슴속 깊이 간직했는지 몰랐습니다. 이 명언은 또한 문학을 공부하는 나에게 창작 방향을 제시하여 주었습니다.

나는 가난한 노동자의 집에 하숙을 정하고 촌가*를 아껴가면서 문학 서적을 탐독하는 한편 습작을 계속하였습니다. 작품의 테마로 될 수 있는 생생한 소재는 많았으나 그것을 어떻게 취사선택하여 '플롯'을 세우며, 어떻게 구성하여 형상화할 것인가에 대해서는 전혀 자신이 생기지 않았습니다. 이때까지 나는 한 사람의 작가와도 친교는커녕 서신 거래도 맺지 못하고 있었던 것입니다. 지금도 그렇게 생각하지만 이것은 아주 다감하고 고독을 즐기며 게다가 비위 없는 나의 못난 성격의 탓이었습니다. 나는 이 나의 못남으로 하여 시간적으로 손실을 보았다는 것을 자인하는 바입니다.

　　나는 습작을 두 가지 방법으로 진행하였습니다. 일어로 번역된 막심 고리키의 『어머니』를 비롯한 좋은 작품의 대목을 따서 모방하는 것과, 실재의 노동자를 주인공으로 설정한 콩트 또는 단편소설을 써본 것이었습니다. 그런데 선배 작가를 알지 못하다 보니 내가 쓴 작품을 내가 읽고, 내가 평하는 수밖에 달리는 도리가 없었습니다. 만약 내가 선배 작가를 스승으로 모셨더라면 이런 졸한 1인 3역은 하지 않았을 것입니다.

　　나는 나의 습작에 대하여 많은 경우에 그다지 미련을 남기지 않았습니다. 왜냐하면 습작을 한 번 읽고, 두 번 읽고, 세 번 읽어보면 볼수록 허다한 결함이 발견되었기 때문입니다. 그보다 더 잘 쓸 수 있는 자신이 생겼고, 사실 또 그다음의 습작이 전의 것보다 좋았던 것만은 사실입니다. 나는 이것을 내가 발전하고 있는 증좌라고 생각하였습니다. 이것이 사실인 이상 한 편의 습작에 언제까지 미련을 남겨둘 필요가 어디 있겠습니까? 나의 경험에 의하면 한 편의 습작품에 지내 미련을 걸고 그 자리에서 답보한다는 것은 그의 문학적 정열과 노력이 아직 부족하거나,

---

| * 촌가寸暇 : 촌극寸隙. 얼마 안 되는 짧은 겨를.

발전의 속도가 더딘 탓이 아닌가고 생각됩니다. 보다 좋고 생신한* 것을 위하여서는 좋지 못한 것을 대담하게 버리거나 개작하고 전진하는 것이 필요하다고 생각합니다. 경우에 따라서는 개작이 다른 테마를 가지고 새로 쓰는 것보다 더 많은 시간과 노력을 허비하면서도 결국 소기의 성과를 거두지 못한 실례를 나 자신도 가지고 있습니다.

세월은 흘러 흘러 내가 H질소비료공장**에 온 지도 어느덧 3년이 지나갔습니다. 손에 못이 박이고 몸에서 제법 기름내가 풍기게 되었습니다. 그간 몇 편의 작품—아니 작품이라기보다 잡문이라고 말하는 것이 타당할 것입니다.—을 발표하였습니다만 나는 그것을 자랑하고 싶은 아무런 긍지도 가지고 있지 않았습니다.

나는 이때부터 단 한 편이라도 작품다운 작품을 써보리라는 새로운 결의를 다지고 「질소비료공장」을 구상하기 시작하였습니다. 문학에 뜻을 둔 청년들이 한때 가질 수 있는 '야심'으로 나도 이 작품을 중편소설로 완성함으로써 일약 문명을 떨쳐보려는 꿈에 사로잡혔던 것입니다.

그러나 소재를 정리하고 구상을 익히는 과정에서 내가 이도 나지 않아서 콩밥부터 먹자고 덤빈다는 것을 깨닫게 되었습니다. 사실 말이지 내가 소유하고 있는 현실, 즉 노동 계급에 대한 지식과 나의 문학적 재능 사이에는 아직 너무나 먼 거리가 있었던 것입니다. 단편소설이 장편소설이나 중편소설보다 어떤 의미에서는 더 쓰기 힘들다는 것을 모른 바 아니나 나로서는 역시 선배 작가들의 교시대로 순서를 따라 단편소설로부터 물고 늘어질 뱃심이었습니다.

나는 이 작품을 쓰는 데 제 딴에는 심혈을 경주한 것으로 생각하였습니다. 그러나 초고가 떨어진 후 며칠 머리를 쉬고 읽어보았더니 아주 형

* 생신하다(生新—) : 생기 있고 새롭다.
** N질소 비료 공장(원문) → H질소비료공장.

편이 무언지경이었습니다. 도대체 무엇을 어떻게 형상화하려고 했는가? 싸우는 노동자의 전형이 어디 있으며 그들의 생활이 어디 있다는 말인가? 나는 이렇게 반문하면서 자신을 증오하고 원망하지 않을 수 없었습니다. 나는 며칠 동안 비관과 실망 속에 잠겨 있었습니다. 심신을 짓누르는 고독 속에서 몸부림도 무척 쳐보았습니다. 초고의 여부를 갈기갈기 찢어버리려고 한 적도 한두 번이 아니었습니다. 말하자면 나의 작가적 재능과 실력의 여부를 타진하는 시련기였습니다.

내가 은사 한설야 선생을 처음으로 만나 뵌 것이 바로 이 때였습니다. 이것은 진실로 나에게 있어서 영원히 잊을 수 없는 중대한 '모멘트'였습니다.

하루는 내가 공장을 쉬고 어둠침침한 하숙방에서 번민하고 있는데 뜻밖에도 K라는 친구가 찾아왔습니다. 나는 그에게다 나의 울울한* 심경을 실토하였습니다.

"자네는 못나기두 하네. 서울이라면 몰라두 엎어지면 코 닿을 데다 훌륭한 스승을 두고도 지도를 안 받아? 삼 년 석 달을 두고 그렇게 벙어리 냉가슴 앓듯 해보게, 문학이 나오는가……."

K는 나의 못남을 비웃는 듯한 표정으로 이렇게 말하였습니다.

"스승이라니? 어데?"

그 말에 대뜸 귀가 솔깃해진 나는 다우쳐 물었습니다.

"한설야 선생 말이네."

"뭐? 한설야 선생?"

내 어찌 이 이름 높은 작가의 성함을 모를 리 있었습니까? 꽉 막혔던 나의 가슴이 불시에 탁 트이면서 울렁거리기 시작하였습니다. 희망이 부

---

* 울울하다(鬱鬱—) : 마음이 상쾌하지 않고 매우 답답하다.

풀어 올랐던 것입니다.

"지금 H시에 계시네. 내일이라도 찾아가보게."

"H시에?"

선생의 고향이 H라는 것을 나는 이미 어느 잡지에 발표된 작가 주소록에서 알았고 또한 많은 경우에 H에 계시다는 것을 듣기는 하였으나 작품을 통하여 사숙하였을 뿐 감히 찾아가서 지도를 청할 용기까지는 가지지 못하고 있었습니다. H는 또한 나의 고향이기도 합니다.

"글쎄……."

나는 H로 냅다 달리려는 나의 마음을 간신히 달래면서 망설이지 않을 수 없었습니다. '카프'의 창건자의 한 분이며 고명한 프롤레타리아 작가인 그이를 어떻게 빈손을 들고 가서 뵐 수 있겠는가! 문학은 공담이 아니거늘 선생은 반드시 작품을 가지고 왔느냐고 물을 것이 아닌가! 나에게 무슨 작품이 있단 말인가! 나는 다시 우울하여졌습니다.

그러나 그 며칠 후에 나는 더는 참을 수가 없었기에 비상한 용기를 내여 선생을 찾아갔습니다. 그의 댁은(초가삼간인데 그 후에 알고 보니 그나마 셋집이었습니다.) S강반에 있었습니다.

"잘 와주었습니다. 반가운 일입니다. 양심 있는 작가가 되자면 그렇게 해야 합니다. 현실과 진실을 모르고 작품을 쓴다는 것은 거짓이니까요. 여하튼 동무는 길을 옳게 택하였습니다……."

나의 실토를 듣고 난 그는 이런 의미의 이야기를 하면서 사뭇 만족해하는 것이었습니다. 선생께서는 이름도 없는 일개의 노동자요, 문학청년인 나를 진정으로 친절하게 대하여주었습니다. 그의 부드러운 음성과 평민적인 태도가 처음 대하는 나에게 잊을 수 없는 좋은 인상을 준 것은 사실입니다.

"그런데 작품을 가지고 왔습니까? 어떤 작품을 썼습니까?"

H질소비료공장에 관한 나의 이야기가 끝나자 선생은 이렇게 물었습니다.

"아직 없습니다."

순간 나의 얼굴은 불을 맞은 듯이 화끈 달아올랐습니다. 어찌도 부끄러웠던지 구멍이 있으면 숨어 버리기라도 싶었습니다.

"글을 쓰는 사람들이란 작품을 놓고 이야기해야 합니다. 습작도 없습니까?"

나는 부끄러운 대로 갓 끝낸 초고가 있는데 가지고 오지 않았다고 대답했더니 그는 그것을 정리하는 대로 가져오라고 하였습니다.

"동무도 이미 알고 있겠지만 프롤레타리아 문학의 길이란 평탄하지 않습니다. 고난과 싸워야 하며 모진 바람도 각오해야 합니다. 때문에 애당초부터 일생을 이런 문학 활동에 바치겠다는 불굴의 의지와 결의가 없어서는 안 됩니다. 언제든지 찾아와주시오. 배우는 사람이란 가르치는 사람보다 몇 갑절 열성이 있어야 하니까……. 그럼 동무의 작품을 기다리고 있겠습니다."

그는 끝으로 이렇듯 전투적이며 교훈적인 말로 나를 고무하여주었습니다.

문 동무! 상상하여보십시오. 이날 문학의 스승을 처음으로 만나 뵌 나의 흥분과 감격이 어떠하였겠는가를―그렇다, 나는 문학 활동을 위하여 나의 모든 것을 깡그리 바쳐 나가리라.―불타는 정열과 결의를 안고 높은 쌍굴뚝이 바라보이는 공장으로 향하는 가슴속에서 아름다운 공상과 벅찬 희망이 쫙쫙 나래를 펴고 있었습니다.

선생과의 첫 상봉에서 용기를 얻은 나는 그 이튿날부터 직장에서 노동의 촌가를 이용하는 한편 밤을 꼬박 세워가면서 「질소비료공장」을 개작하는 데 전력을 다하였습니다. 그야말로 제 딴에는 침식을 잊은 결사전이었던 것입니다.

일주일 후에 나는 기계 기름으로 얼룩진 「질소비료공장」의 원고를 가지고 그를 찾아갔습니다. 솔직히 말해서 나는 선생네 집 마당에 들어선 그 순간까지도 나의 작품에 대하여 자신을 가지지 못하였습니다. 아니 점점 더 자신이 없어져가고 있었습니다.

그는 전일과 다름없이 나를 반가이 맞아주었습니다. 그리고 손님들에게 나를 소개까지 시켜주었습니다.

"사흘 후에 와줄 수 있겠습니까? 그때 이 작품에 대해서 충분히 이야기합시다."

나는 한동안 선생 댁에서 놀다가 떠났습니다.

사흘—나에게는 이 사흘이란 시간이 일 년 열두 달보다도 더 안타깝게 기다려졌습니다. 그것이 나의 모든 희망과 앞길을 판가름하는 시간인 이상 어찌 그렇게 생각되지 않았을 리 있겠습니까?

"당신은 작가가 되자면 아직 멀었습니다."

선생의 입에서 필시 이런 말이 나올 것만 같은 예감으로 하여 나는 얼마나 가슴을 태웠는지 몰랐습니다. 만약 이것이 사실이라면 상급 학교까지 포기하고 작가 수업을 위하여 몇 해를 공장에서 노동한 것이 어떻게 되겠습니까? 이때의 나의 심경은 형언할 수 없이 복잡하였습니다.

끝내 선생과 약속하였던 그날은 왔습니다. 나는 새벽 조반을 필하기가 바쁘게 30리 길을 단숨에 내달려 선생을 찾아갔습니다. 때마침 식사 중이던 그는 나를 보자 숟가락을 놓고 마루에까지 나와서 나의 손을 덥석 잡아주면서 말하는 것이 아니겠습니까?

"이 동무! 좋은 작품을 쓰느라고 수고했습니다. 어서 올라오시오."

나는 그의 뒤를 따라 방으로 들어가면서 불시에 눈시울이 와락 따가워 오르는 것을 어찌할 도리가 없었습니다. 정녕 내 이날이 오기를 얼마나 은근히 기다렸던 것이겠습니까! 다함없는 기쁨과 감격이 가슴 뿌듯하게 용솟는 순간이었습니다.

"내가 동무의 원고에 다소 손을 댔습니다. 그대로는 안 되겠기에……."

하고 그는 원고를 나의 앞에 내놓았습니다. 그러나 나는 그 원고를 보고 놀라지 않을 수 없었습니다. 왜? 선생께서는 자신의 창작이 바쁜데도 불구하고 백로지*에다 닭이 뛰쳐놓은 듯이 어지럽게 쓴 나의 원고를 첫 장부터 끝장까지 손수 원고용지에 깨끗이 정서하여 놓았기 때문이었습니다.

문 동무! 신인에 대한 선생의 이 각별한 배려에 대하여 나는 무슨 말로써 감사를 드렸으면 좋을는지 알지 못하였습니다. 동무는 혹시 아는지 모르지만 이름도 없는 문학청년의 원고를 고쳐서 손수 정서까지 하여준 실례를 나는 아직 그다지 알고 있지 못합니다. 이런 선배의 지도 밑에서 문학의 후비 부대가 장성한 것은(나만을 두고 하는 말이 아닙니다.) 지극히 당연한 일일 것입니다.

나는 이날 그에게서 작가로서 우선 가져야 할 태도, 나의 「질소비료 공장」에 나타난 이러저러한 결함에 대하여, 소재로부터 작품을 완성하기까지의 과정과 약속, 어휘를 풍부히 소유할 필요성에 대하여, 그리고 '카프' 작가들의 활동 정형 등등에 대하여 실로 몇 권의 책을 읽어 얻은 것보다 더 많은 창작상의 지식을 얻었습니다.

"동무의 작품을 '카프'에 보내서 발표하겠는데 작자의 이름을 어떻게 하겠습니까? '펜네임'이 있으면 좋겠는데……."

선생의 의견대로 나 역시 본명보다 '펜네임'을 쓰고 싶었습니다. 그

| * 백로지白露紙 : '갱지更紙'를 속되게 이르는 말.

러나 이때까지 나에게는 그런 필명이 없었습니다. 「질소비료공장」과 동시에 불리게 된 것이 지금의 나의 성명 석 자입니다.

　나의 처녀작 「질소비료공장」은 당시 《조선일보》 지상에(아마 3회라고 기억됩니다.)* 발표되고 그만 게재 금지를 당하고 말았습니다. 게재 금지를 당한 바로 그날 나 자신 역시 '개'들에 의하여 자유를 잃게 되었습니다. 동시에 공장을 쫓겨난 것은 물론입니다. 이러한 경우를 나는 미리 각오하고 있었던 것입니다.

　그 후 나의 「질소비료공장」은 당시 일본의 좌익 계통의 문학잡지 《문학평론》에 번역 전재되었습니다. 독자들은 조선 작가가 쓴 작품을 조선말로써가 아니라 일본 잡지를 통하여 왜말로 읽을 수밖에 없었으나 그렇게 되기까지에는 작품은 이미 만신창이의 운명을 면하지 못하였습니다. 그렇다고 해서 나는 자기의 처녀작을 우수한 작품으로 과찬하는 것은 결코 아닙니다. 그것은 어디까지나 당시 사회의 제약성을 고려하면서 씌어진 신인의 결함 많은 작품입니다.

　나는 처녀작 「질소비료공장」을 발표한 후 계속하여 「공장가」, 「민보의 생활표」, 「어둠 속에서 주운 스케치」, 「기초 공사장」, 「오전 3시」, 「암모니아 탱크」 등등 수 십 편을 발표하였고 장편 『제3로』와 『야광주』는 일제에게 원고를 압수당하였습니다. 이상 작품들은 대부분이 H질소비료공장의 노동자들의 생활과 투쟁을 테마로 한 것들입니다. 물론 그 가운데는 좋다고 생각되는 작품 외에 지금 발표하자면 다소 수정을 요하는 것도 있습니다. 「질소비료공장」의 원고는 줄에 줄을 놓아보았으나 찾을 길이 바이없었습니다. 몇 달 전에 겨우 입수한 외국문으로 된 원고를 나 자신의 창작 당시의 기억을 더듬어가면서 다시 번역하였습니다. 이렇게 하여 나

---

* 이북명의 「질소비료공장」은 1932년 5월 29일, 31일, 《조선일보》에 2회 연재된 후 게재 금지된다.

는 작품을 쓰기 시작하였으며, 프롤레타리아 작가로, 또한 세칭 '노동자 출신의 작가'로 불리게 되는 동시에 '카프'의 일원으로 되었습니다.

문 동무! 이것은 여담일는지 모르나 다음에 쓰는 이야기를 참고로 하여주십시오.

나와 동시에 부르주아 문학에 뜻을 둔 어떤 문학청년이 있었습니다. 이 사람이 어떤 '선배'(물론 부르주아 작가)에게 어떻게 하면 당신의 지도를 받을 수 있는가? 작가가 되자면 어떤 공부가 필요한가? 라는 편지를 보냈다고 합니다. 며칠 후에 답장이 왔습니다. 거기 의하면 지도를 받는 데는 다달이 지도료를 바쳐야 한다는 것, 작가가 되자면 대학을 나와야 하는데, 못 나왔으면 일본 '와세다'대학 문학 강의록을 공부하라는 것이었습니다. 음달*에서 자라난 나약한 풀대와 같은 부르주아 문학청년은 가산의 일부를 팔아가지고 소위 '선배'를 찾아 서울로 올라갔더랍니다. 서푼짜리도 안 되는 자기의 연애소설을 발표시켜주겠다는 언약 밑에 그는 '선배'에게 돈봉투를 안겨주었던 것입니다. 그러나 얼마 후에 그는 자기의 원고가 '선배'가 일하는 잡지사의 변소에서 뒤지로 사용되는 것을 발견하였다고 합니다. 문 동무! 어떻습니까? 과거나 현재나 부르주아 작가들이란 이런 비인간적이며 사기한적인 측면도 가지고 있는 놈들입니다. (작품은 말할 필요도 없고) 지금 남한부에서 반인민적 독소를 뿌리고 있는 부르주아 작가들 속에서 이런 기만과 유혹이 벌어지고 있으리라는 것쯤은 상상하기 어렵지 않습니다.

문 동무! 당신은 '카프' 작가가 소유하고 있는 고상한 정신면과 목적지향성을, 일개의 신인을 육성하는 데서 모범적으로 보여준 한설야 선생의 경우만을 가지고도 넉넉히 이해할 수 있었을 것입니다. 그들은 명예

| * 음달(陰—): '응달'의 북한어.

453

나 지위 같은 것은 아예 당초부터 생각조차도 하지 않았습니다. 지금처럼 원고에 대한 보수가 있었는가 하면 그렇지도 않았습니다. 그들은, 1930년대에 우리 혁명 운동의 타수舵手로, 민족해방운동의 영도자로 출현한 김일성 원수의 항일무장투쟁에 고무되면서 오로지 프롤레타리아 문화 건설을 위하여 활동하였습니다.

나는 나의 문학의 스승에 대하여 좀 더 이야기할 것이 있습니다. 공장을 쫓겨난 후 나는 H시에서 살게 되었는데 나의 집에서 그의 댁까지의 거리가 5백 미터에 불과하였습니다. 나는 낮이나 밤을 가리지 않고 뻔질나게 찾아가서 배우고 또 배웠습니다. 그는 바쁜 원고를 쓰다가도 내가 배우러 가면 언제나 나의 물음에 응하여주었습니다. 이런 스승 밑에서 내가 어찌 자라지 않을 수 있었겠습니까?

이런 반면에 모르는 것은 누구에게서나 아주 겸손하게 그리고 허심하게 배울 줄을 아는 그이기도 하였습니다. 그는 배울 때에는 귀로만 듣는 것이 아니라 반드시 노트를 하였습니다. H질소비료공장의 제조 공정과 노동자들의 노동 정형과 생활 형편에 대하여 나에게 물은 것만 하여도 한두 번이 아니었습니다. 그는 나의 서투른 이야기를 주의 깊게 들으면서 적어 내려갔습니다. 선생의 이런 태도가 그의 작품으로 하여금 형식에 있어서나 내용에 있어서 진실감과 예술적 향훈을 갈수록 더 돋구게 하는 데 도움으로 되었으리라고 나는 생각합니다. 우리는 반드시 이런 모범을 따라 배워야 하겠습니다.

'바른쪽 굴뚝에서 연기 나는 선생'—이것이 누구의 대명사인지 알겠습니까? 선생의 자제들이(당시는 어린 소년들이었습니다.) 나를 가리켜 부르던 대명사였습니다.

하루는 선생께서 H질소비료공장에 대하여 자세히 묻기에 나는 그림을 그려가면서(아마 어떤 직장의 바른쪽 굴뚝에서 연기가 뭉게뭉게 솟아

오르는 그림을 그린 것으로 생각됩니다.) 설명하였는데 그때 소년들이 그것을 보았던 모양입니다. 그때로부터 소년들은 오랫동안을 두고 나를 이렇게 불렀습니다. 나에게는 지금도 이 대명사가 잊을 수 없는 추억의 하나로 나의 머릿속에 남아 있습니다.

문 동무! 동무는 이상에서 읽은 나의 글에서 내가 어떤 길을 걸어왔으며 누구의 지도 밑에 어떻게 작가 수업을 하였는가에 대하여 개력이나마 알았으리라고 믿습니다. 또한 후진을 양성하는 문제에서 선배 작가의 역할이 얼마나 큰 것이었었는가에 대하여서도 느낀 바가 있었으리라고 생각됩니다.

그러기에 나는 나를 프롤레타리아 작가로 키워준 선배에 대한 존경심을 언제나 깊이 간직하고 있으며 그에게서 계속 배우고 있습니다.

문 동무! 나의 작가 수업에 관한 근 30년 전의 이 낡은 이야기가 동무의 작가 수업에 조금이라도 도움이 될 수 있다면 다행으로 생각하겠습니다.

그러면서 나는 마지막으로 해방 전후를 통하여 내가 체험한 공장 생활에 대하여 결론적으로 동무에게 이렇게 말할 수 있습니다.

공장은 역시 나의 작가 수업의 대학이었습니다……라고.

—1957년 10월

—「공장은 나의 작가 수업의 대학이였다」, 《청년문학》 19, 1957년 11월

—수록 : 「공장은 나의 작가 수업의 대학이였다」, 『질소비료공장』(리북명단편선집), 조선
작가동맹출판사, 1958년

—「공장은 나의 작가 수업의 대학이였다」, 한설야(외), 『작가 수업』, 조선작가동맹출판사,
1959년

이북명 그리고
노동자 작가, 노동소설

_남원진

1

1930년대 이북명의 등장은 문인들의 시선을 끄는 하나의 사건이었다. 왜 그랬을까? 이에 대한 그 속내를 알 수 있는 것이 1932년 12월 20일 오후 4시부터 동아일보사 2층 응접실에서 있었던 「문인좌담회」(《동아일보》, 1933년 1월 1일~11일)이다.

서항석 : 1933년에는 조선 문예계의 좌우익은 어떠한 형태로 또는 어떠한 관계를 갖고 나갈 것 같습니까? (……)

정인섭 : 맑스주의 입장에 선 작가들을 보면 혹자는 붓대로는 프로이지 그 생활은 부르와 같습니다. 카페나 술집에 오히려 더 많이 가는 것 같습니다. 우선 그 자체에 있어 철저한 청산이 없고는 아무런 투쟁도 하기 어려울 것이 아니냐고 생각합니다. (9시 50분 박용철 씨 퇴석)

백 철 : 내가 보기에는 프로작가의 활동이 아직 미약하다는 것은 승인하지 않을 수 없는 일이지만은 그러나 우리는 자포자기적은 아닙니다. 나 자신 역시 앞으로 좀 더 진전이 있기 위하여 큰 결심이 필요하다고 생각

합니다. 그리고 카프는 공장과 농촌에 기본을 두는 동시에 동반자 작가 문제에 대하여 앞으로 더 유의할 것입니다.

정인섭 : 나는 카프는 앞으로 새로운 양식을 가지고 나가는 것이 좋을까 합니다.

백 철 : 그러나 카프를 해소하는 데는 있지 않겠지요. 그리고 앞으로 노동자 농민 중에서 작가가 나올 것입니다. 함흥에 이북명 같은 사람이 지금도 있습니다.

정지용 : 그 사람은 인텔리로서 공장에 들어간 사람이지요.

이병기 : 인텔리로서 공장에 들어가 좌익작가가 된 사람은 일본에도 있지만은 일본에도 노동자 출신으로의 작가는 없다는데요.

정지용 : 거기 대해서 잠깐 말씀하겠습니다. 33년에라고 좌익 대립의 특수한 것이 나타나리라고는 보지 않습니다. 그런데 이런 말을 하면 카프에서 야단들이겠지마는 순수한 작가의 소질로 본다면 그분들은 틀렸습니다요.

백 철 : 그것은 입장과 견지를 달리한 말씀입니다.

—정지용(외), 「문인좌담회」, 《동아일보》, 1933년 1월 11일

서항석의 '1933년에는 조선 문예계의 좌우익은 어떠한 형태로 또는 어떠한 관계를 갖고 나갈 것 같습니까'에 대한 질문에 이헌구, 이태준 등의 대답이 이어진 후 백철과 정지용의 대립은 흥미롭다. 백철은 조선프롤레타리아예술동맹KAPF의 새로운 진전을 위해 노동자, 농민 작가의 등장에 기대를 걸고 있었다. 특히 이북명이라는 노동자 작가의 등장은 카프의 새로운 방향으로의 진출에 일정한 영향을 주었다. 즉, 1930년대 초반 카프는 그들이 지니고 있던 소시민성을 극복하고 대중적 기반 위에서 프로문학운동을 추진하던 시기였다. (김윤식이 지적하듯, 카프의 대중화

론이 창작의 빈곤 타개, 매스컴의 위축, 카프 자체의 기관지 미확보, 엄격한 검열제도, 대중과의 괴리 등을 극복하려는 위장적 방법으로 제시되었다고 하더라도.) 이런 상황에서 이북명의 등장은 하나의 사건이었다. 이에 반해 카프 문학운동에 대해 비판적 입장을 견지한 정지용은 노동자 출신 작가가 아니라 지식인 출신 작가라는 것을 강조하여 카프가 새로운 방향으로 진전하기가 매우 힘들 것을 은밀히 내비치고 있다. 그들의 대립적인 입장에도 불구하고 이북명의 등장이 긍정적이든 부정적이든 여하튼 지대한 관심을 끌었다는 사실에서 그의 등장이 하나의 문단적 사건이었음은 부인할 수 없다.

2

그렇다면, 도대체 이북명은 누구인가?

① 나는 노동자 출신 작가에 대한 규정 문제를 논평하고 검토하여 주는 평가評家의 출현을 대단히 기다렸습니다. 그러나 내가 알기에 이 문제에 대하여 규정을 지어준 평가는 아마 한 분도 없었다고 생각합니다. / 나는 이 문제에 대하여 퍽 생각하여보았습니다. 노동자 출신의 작가는 무엇을 어떻게 써야 할까 하고 나는 과거의 작품을 다시 한 번 읽어볼 필요를 느꼈습니다. 이렇게 되고 보니 나는 창작활동보다도 나의 창작태도의 재검토와 음미가 선결문제가 되었습니다.
　　　　　　—이북명, 「자기비판과 소설의 순수성 파악—침묵작가의 변」(상),
　　　　　　　　　　　　　　　　《동아일보》, 1939년 6월 2일

② 나는 왜 교복 대신 노동복을 입게 되었던가? / 바로 말해서 나는 좌익사상이나 문학 이외의 그 어떤 뚜렷한 목적의식을 가지고 H질소비료공장의 노동자가 된 것은 아닙니다. 그 당시의 나로서는 확고한 사상의식을 소유하기에는 어느 모로 보든지 아직 어렸던 것입니다. (······) 현실 속으로! 무산대중 속으로! 그리하여 거기서 생활의 진실을 체득해야 한다는 '카프'의 선배 작가들의 교훈이 나를 공장으로 고무 추동시킨 것은 사실입니다. 이미 교문을 단념한 나에게는 공장 문 외에는 달리 찾을 문이 있을 듯싶지 않았습니다.

—이북명, 「공장은 나의 작가 수업의 대학이였다」, 『질소 비료 공장』,
조선작가동맹출판사, 1958년, 312∼313쪽

이북명은 1908년 9월 18일 함경남도 함흥의 사무원 가정에서 출생했다. (가끔 1910년 출생이나 1988년 사망 이후 행적을 기술하고 있는데, 이북명단편집 『해풍』(1959년)의 저자 약력이나 『문학대사전(2)』(1999년) 『조선대백과사전(8)』(1999년)의 '리북명' 항목 등을 참조할 때, 이는 명확한 오류이다.) 1927년에 함흥고등보통학교를 졸업했고, 교복 대신 노동복을 입고 조선질소비료주식회사 흥남 공장(흥남질소비료공장)에서 3년간 노동자 생활을 했고, 친목회 사건으로 피검되어 공장을 나오게 되었다. 이런 작가의 노동 체험은 작품 해석에 중요한 근거로 작용했다.

그런데 '노동자 출신 작가란 무엇인가'에 대해서 진지하게 고민했던 30년대 후반의 작가의 입장(①)에서 본다면, 해방 이후 기술된 작가의 입장(②)은 사후적 판단이 개입하여 '노동자 작가'라는 자부심을 은밀하게 드러낸 것에 해당된다. 그래서 두 번째 인용(②)과는 달리, '카프' 선배 작가들의 교훈에 이끌려 공장에 들어갔다기보다는 가난에 의해서 들어갔다는 것이 더 현실적인 이유로 보인다. 그는 사무원 가정에서 출생

했으나 함흥고보를 다닐 정도로 집안이 부유했던 것도 아니고 가까스로 학업을 마칠 정도였을 것으로 추정되기 때문이다.(함흥고보에서 최우등 졸업생에 주어지는 상급 학교 추천의 혜택이 주어졌다는 사후 기술도 있지만) 여하튼 이런 흥남질소비료공장에서의 노동 체험은 작가적 자존심의 근거이며 그의 작품의 원형질을 형성한 것이었다.

> 문호는 소음 같은 피곤한 육신을 기지개 펴면서 중얼거렸다./아침 7시부터 오후 5시까지 쉴 새 없이 급속도로 돌아가는 분리기에서 훑어내는 하얀 사탕가루 같은 유안을 도루코에 박아서 '엔드레스'에 운반하는 일은 쉬운 일이 아니었다. 이층에서 가끔 낙숫물같이 떨어지는 유산은 문호(문호뿐 아니다.)의 작업복을 벌집같이 구멍을 내어주었다. 그리고 유안 결정이 마치 얼음이 얼어붙은 듯이 들어붙어서 걸을 때마다 와사삭와사삭 쓰리웠다.
>
> ─이북명, 「질소비료공장」, 《조선일보》, 1932년 5월 29일

흥남질소비료공장에서 노동자 생활을 하던 시기 몇 편의 시들과 희곡 「마지막 종소리」를 창작했다고 하는데, 여하튼 그는 1932년 흥남질소비료공장의 노동자 생활 경험을 바탕으로 한 처녀작 「질소비료공장」(《조선일보》, 5월 29일, 31일)을 발표했다. 그의 처녀작은 《조선일보》에 2회 연재되었으나 중단되었고, 1935년 일본 《분가쿠효론文學評論》지에 「초진初陳」이란 제목으로 개작하여 실렸으며, 이후 이 작품을 분실해서 일본어판 「초진」을 바탕으로 조선어로 다시 고쳤는데, 이것이 이북명단편선집 『질소 비료 공장』(1958년)에 실려 있다.(김재용의 지적과는 달리, 이 작품은 「질소비료공장」→「초진」→「질소 비료 공장」으로 바뀌었으며, 큰 줄거리는 동일하겠지만 세부 형상에서 많은 개작이 이루어진 것으로

판단된다.) 이 작품은 문길('문호'에서 '문길'로 개작됨)을 중심축으로 하여 공장의 '산업합리화' 조치에 의한 조선 노동자들의 열악한 노동 조건(대량 해고, 임금 저하 등)과 앙양된 노동 운동을 제시하고 있다. 현실감 넘치는 세부 묘사를 통해 식민지 시대 자본주의 현실을 묘파한 문제작이다.

이북명은 이와 마찬가지로 조선 노동자들의 억압적인 현실과 그것을 타개하기 위한 그들의 투쟁을 다룬 「출근 정지」(1932년), 「여공」(1933년), 「오전 3시」(1935년) 등을 발표했으며, 1930년대 중반에 접어들면서 도시의 변두리에서 가난하게 생활하는 노동자나 떠돌이 도시빈민들의 생활을 담은 「암야행로」(1936년), 「답싸리」(1937년), 「아들」(1937년) 등을 발표했다.

또한 중일전쟁(1937년)에 이어 태평양전쟁으로 확대되면서 국가의 중요 정책에 발맞춘 국책문학이 발표되는데, 그의 친일적 경향의 작품이 「형제」(1942년), 「빙원」(1942년) 등이다. 특히 「빙원」은 국가(일제)를 위한 건설을 독려하는 기술자 최호를 통해 국가의 목소리를 담아내는 국책문학(생산소설)의 성격이 짙지만, 그렇다고 작가는 최호를 긍정적으로만 형상화하고 있지 않다. "최호의 흐리멍텅한 머리에는 건설에 대한 위대한 정열이 부글부글 용솟음친다."와 같은 인물에 대한 풍자적 표현. 이런 표현이나 빙원을 건너는 장면에서 멍청하고 나약한 최호의 희극적인 일면을 부각시킴으로써 최호를 비꼬는 면모를 은연중에 드러낸다. 그래서 이 작품들은 소극적으로 대처하면서 그 당대를 견디려는 자의식의 징후를 읽을 수 있어 섬세한 읽기가 필요하다.

1937년 4월에 함흥을 떠나 장진으로 이주했으며, 해방을 장진강 수전 공사장에서 맞이한 이북명은 노동자들과 함께 발전소 보위에 나섰다. 1946년 3월 북조선예술총연맹에 참가했으며, 흥남지구 공장에서 문예총 흥남시위원회 위원장, 흥남노동예술학원 원장으로 활동했고, 1948년 3월 북조선노동당 제2차 대회에 참가하여 북조선노동당 중앙위원회 위원으로 선출되었다. 이 시기 「전기는 흐른다」(1945년), 「야화夜話」(1946년), 「개(狗)」(1947년), 「맹세」(1947년), 「애국자」(1948년) 등을 창작했으며, 특히 이북에서 성과작으로 평가되는 「노동일가」(1947년)를 발표했다.

해방 후 첫 작품인 「전기는 흐른다」는 "통쾌하구나. 오만 가지 감정이 가슴속에서 부글부글 끓"는 해방의 환희와 "세기의 심장부, 문화의 원천지"인 장진강 발전소 보위의 과정을 그렸다. 또한 흥남지구 공장의 현지 파견작가로 활동하던 당시에 창작한 「노동일가」는 긍정적 주인공인 김진구와 부정적 인물인 이달호의 증산 경쟁을 한 축으로 해서, 1947년 인민경제계획을 실천하는 노동자의 성장, 더 나아가 노동 가정의 성장에 역점을 둔 작품이다. 이 작품에서는 해방 후 식민지의 질곡에서 해방된 생산 현장의 활력을 생생하게 실감할 수 있다. (작가의 현실에 대한 환희가 객관적 현실에 대한 성찰을 가리고 체제를 찬양하는 쪽으로 나아가며, 긍정적 주인공의 성장에 역점을 두다 보니 부정적 인물의 개변의 필연성이 미흡한 단점도 있는 것이 사실이다.)

직맹 위원장의 말에 의하면 자기가 자재를 애호하고 출근율이 100% 고 가장 열성적으로 학습하고 작업하고 가풍을 개변하고 창의 고안에 열중하는 것은 다른 노동자들의 모범이 된다는 이유로 모범 노동자로 추천하였다는 것이다.

그러나 자기가 하고 있는 그런 일쯤은 다른 동무들도 하고 있지 않을까?
—이북명, 「노동일가」, 《조선문학》, 1947년 9월, 87쪽

옳다. 진정 옳다. 어느 법령 어느 과업 하나가 조선 인민의 이익과 행복을 위해서 내리지 않은 것이 있느냐 말이다!

이 은혜를 무엇으로 보답하랴! 머리털을 베어 신을 삼아 올려야 옳을까.

아니다, 아니다. 나는 오직 47년도 인민경제계획의 책임 숫자를 초과 달성함으로써 또 그 정신과 기술과 창의성을 조국 창건을 위해서 길이길이 살리는 데서만 김일성 장군의 은혜에 보답하리라!

—위의 글, 43쪽

개인 경쟁보다는 가정, 직장 등과 연계된 전체 증산 경쟁이 중요하다고 생각하는 선반 노동자 진구와 달리 달호는 경쟁에 이겨 자신의 이름을 빛내겠다는 공명심에 사로잡혀 있다. 개인주의에 역점을 둔 달호와 집단주의에 무게 중심을 둔 진구, 두 인물의 경쟁에서 진구가 승리한다는 것, 진구를 통해 달호가 개변한다는 것. 이런 긍정적 인물과 부정적 인물의 대립 구도는 이북소설의 기본 서사구도로 정착된다. 「노동일가」가 보여준 바와 같이, 성장과 개변을 축으로 한 사회주의적 인간상을 형상화하는 것. 이것은 이북문학의 본연의 임무가 된다. 그래서 작품들은 이 축에서 결코 벗어나지 않는다.

또 하나 주목되는 것은 머리털을 잘라 신이라도 만들어 바치겠다는 보은의 논리이다. 진구를 비롯한 노동자들은 조선 인민의 이익과 행복을 가져다준 당과 영도자에 대한 은혜를 인민경제계획의 초과 달성, 더 나아가 민주 조선 창건으로 보답하겠다는 논리로 답한다. 은혜와 보답이라는 서사 구도, 즉 보은의 논리, 이 또한 이북문학의 기본 서사구도의 축이 된다. 당과 영도자의 은혜에 보답하는 것이 북한 인민의 기본 임무임을 이북명의 소설, 더 나아가 이북소설은 여실히 증명한다. 그리고 유일

사상체계가 성립하면서 이 축은 공고화된다.

> '구경!' 그것은 상상조차 할 수 없으며 이 세상에서 두 번 다시 있을
> 수 없는 미국식 구경이었다. / 쇠줄로 코를 꿴 박 첨지가 거북이처럼 네발
> 걸음을 걷고 있다. (……) 박승갑의 머리와 삼단 같은 머리칼을 풀어헤친
> 며느리의 머리가 쇠줄에 꿰여 달려 있고 죽은 손자의 발간 몸뚱이를 업고
> 있지 않은가! 악한들은 불 속에서 뛰어나온 며느리를 잡아서 발가벗겨 가
> 지고 온갖 고문을 다하였으나 역시 아무것도 얻지 못한 채 총살을 시키고
> 어린것은 구맹호란 놈이 발로 밟아 죽였던 것이다.
>
> —이북명, 「악마」, 《문학예술》, 1951년 4월, 62~63쪽

이북명은 '조국해방전쟁'(한국전쟁) 시기 종군작가(문화공작대성원)
로 해주, 개성, 서울 등에서 활동하였다. 당시 전쟁의 끔찍한 악몽을 묘
사한 것이 「악마」(1951년)이다. 미군에 의해 점령된 '가무사리'에서 미
군 오장 '쟉크'는 약탈과 살인을 일삼고 부녀자를 폭행하며, '국군'은 악
행에 방조자 역할을 한다. 충실히 그들은 아버지인 박 첨지에게 인민위
원장인 아들 승갑의 머리를 잘라 '선물'하는가 하면 급기야 마을 사람들
을 구경하도록 한자리에 모아 죽은 아들과 며느리의 머리를 쇠줄로 꿰어
네발걸음으로 걷도록 하는 섬뜩한 만행을 연출한다. 이 작품은 미군과
국군이 인간이 아니라 악마라는 점을 강조하여 증오의 감정을 상승시킨
다. 전쟁 이후 이런 흉악한 악마로 미군과 그 방조자인 국군을 형상화하
는 것은 이북문학의 하나의 정석으로 자리 잡게 된다.

전쟁 이후 이북명은 조선작가동맹 중앙위원회 소설분과 위원장, 조
선작가동맹 중앙위원회 부위원장, 조선노동당 중앙위원회 선전선동부
부부장 등의 중요한 직책에서 활동하였다. 이 시기에 단편소설 「새날」

(1954년), 「투쟁 속에서」(1964년), 「새로운 출발」(1970년), 시나리오 「단결의 노래」(1960년) 등과 이북명단편선집 『질소 비료 공장』(1958년), 이북명단편집 『해풍』(1959년), 중편소설 『당의 아들』(1961년), 장편소설 『등대』(문예출판사, 1975년) 등의 단행본을 간행했다. 그 후 말년에는 금성청년출판사 창작실에서 '현역작가'로 활동하다가 병으로 1988년에 사망했다.

> 바로 그 병원 자리에 앉은 홍남비료공장 병원에서 방하수 소년의 생명을 구원한 눈물겨운 이야기를 들었을 때 나는 샘솟는 감격의 눈물을 금할 수 없었다. / 나는 오늘과 해방 전을 대비하여보고(마치 이 소설에 나오는 이발사 아바이가 그러하듯이) 노동당 시대에 사는 행복감과 사회주의 제도의 우월성을 더욱 가슴 뿌듯이 느꼈다.
> —이북명, 「작자의 말」, 『당의 아들』, 조선작가동맹출판사, 1961년, 6쪽

> 등대! / 그렇다, 바다의 등대가 선박의 뱃길을 환히 밝혀주듯이 장군님께서 마련하여주신 희망의 등대가 자기가 나아갈 앞길을 휘황히 밝혀주고 있다. 그 빛발을 따라 이 한 몸 다 바쳐 싸우리라.
> —이북명, 『등대』, 문예출판사, 1975년, 347쪽

이북명의 『당의 아들』(1961년)은 중화상을 입은 소년을 완치하기까지의 과정을 통해 천리마 시대를 그린 중편소설이며(남한의 장편소설 분량이지만), 『등대』(1975년)는 식민지 시대 화학비료공장에서 일하는 조선인 노동자의 투쟁을 형상화한 장편소설이다. 전자가 '노동당 시대에 사는 행복감과 사회주의 제도의 우월성'에 바쳐진 작품이라면 후자는 1930년대 후반기 '항일무장투쟁의 영향 아래' 진행된 홍남질소비료공장

의 노동운동에 역점을 두고 있다. 이는 전자에 비해 후자가 '김일성 중심
의 역사'에 모든 것을 수렴하는 유일사상체계를 전면화하고 있다는 사실
을 방증한다. 해방 이후 시작된 당과 영도자에 대한 보은의 논리는 유일
사상체계가 성립하면서 김일성에 대한 보은의 논리로 고착된다. 이런 보
은의 논리 위에 성립한 것이 인민의 사상 의식적 성장, 달리 개변의 역사
를 다룬 이북문학이다. 이를 증명하는 것이 해방 후 이북명의 문학이다.

3

그런데 식민지 시대 이북명에 대한 카프의 기대는 현실과 유리된 관
념적 단체(카프)에 소속되었던 지식인이 가질 수밖에 없는 노동 체험의
부재라는 강박 관념이 만든 허상이 아닐까?

나는 「초진」이 무엇보다도 위대한 대중적 작품이라고 말하기를 주저
치 않는다. (……) 첫째, 「초진」은 근대사회의 심장인 공장을 중심해서
생산 및 노동자의 생활상을 옳게 그린 때문이니 누구나 이런 버젓한 우월
성을 부인하지 못할 것이다. 더구나 그것은 관념 혹은 관조에서 빚어진
것이 아니고 작자 자신이 공장 노동자로서 친히 체험을 한가지로 한 모든
기록을 소재로 하였으며 오늘날 같이 시기에 실로 이것은 혜성과 같이 출
현한 것이라 하겠다. 둘째, 「초진」은 내용이 정연하며 예술적 형상화에
있어 큰 결함이 없는 때문이다. (……) 그것은 외국의 유명한 프로작가의
작품에도 손색이 없다고 생각되는 까닭이다. 셋째, 「초진」은 진실적인 의
미에서 리얼리스틱한 작품이기 때문이다.

—박승극, 「이북명 씨의 「초진」에 대하여」,

박승극은 「질소비료공장」의 일역본에 해당하는 「초진」에 대하여 '위대한 대중적 작품'이라고 평가한다. 그 우월성의 근거로 공장을 중심으로 해서 노동자의 생활상을 올바르게 그린 것에 두고 있다. 그것은 관념이나 관조에서 빚어진 것이 아니고 작자 자신이 공장 노동자로서 직접 체험한 기록을 소재로 한 것이기에 더욱 그러하다. 이런 그의 평가는 이북명에 대한 카프의 기대를 액면 그대로 반영하고 있다. 이런 기대의 핵심은 공장 노동자의 생활을 직접 체험한 작가의 기록이라는 현장 체험에 두고 있다. 그런데 과연 그렇게만 볼 것인가?

> 대규모의 근대적 공장을 건설한 '노구치' 재벌은 특히 조선인 노동자들의 생명과 생활에 대해서 전혀 무관심했다. 그들에게는 노동자의 생명보다 유안 비료—뿐 아니지만—가 더 소중했다. (……) 인간보다 이윤의 획득에만 정신이 환장한 무리들인 것이다.
>
> —이북명, 「질소 비료 공장」, 『질소 비료 공장』,
> 조선작가동맹출판사, 1958년, 52쪽

> "천대, 천대해도 우리 노동자들처럼 개천대를 받아온 사람이 어데 있겠소? 기계는 우리의 피와 땀으로 돌아 회사 놈들의 배통만 불리고 있소. 그런데 우리는 굶주리기를 부자 놈 밥 먹듯 하니 이런 놈의 세상이 어데 있소? 우리는 우리가 잃어버렸던 생활과 권리를 도로 찾아야 하오."
>
> —위의 책, 68쪽

선악의 윤리가 선명하게 개입된 위의 인용에서 보듯, 이북명의 소설은 가해자와 피해자, 지배자와 피지배자, 무산계급과 유산계급이라는 선명한 이분법적인 의미 구도를 갖고 있다. '좋은' 편에 위치한 못 가진 자는 '선한' 방법으로, '악한' 방법을 모두 동원하는 '나쁜' 편인 가진 자에 대립하는 것, 이것이 그의 노동소설의 기본 서사 골격이다. 이런 서사 구도가 나타내듯, 이북명이 겨냥하고 있는 것은 가진 자의 횡포와 그것을 가능하게 하는 자본주의, 더 나아가 제국주의에 대한 고발이다. 여기서 선한 편의 행위가 '무조건' 정당하다고 말할 근거란 없다. 단지 작가가 미리 설정해 놓은 좋은 편과 나쁜 편이라는 이분법적 근거에 의해서 정당화될 뿐이다. 선악 이분법적 구도의 설정은 가독성을 높이는 강점에도 불구하고 작품의 문학성을 해치는 약점에 해당된다. 즉, 선악 이분법적 구도에서 늘상 문제되는 것이 단순성과 경직성이다. 이런 이분법적인 의미 구도가 경직성과 단순성의 차원에 머물게 되면 예술은 무엇을 위한 도구 정도로 전락한다. 이북명의 소설이 현장성으로 인해 다른 작가의 소설에 나타나는 경직성에서 일정하게 벗어난 측면도 있지만, 그렇다고 그렇게 멀리 벗어난 것은 아니다. 해방 이후 그의 노동소설의 이분법적 선악 구도는 이북에서 활동하면서 고정되고 유일사상체계 성립 이후 더욱 고착된다. 그 대표적인 사례가 이북명의 노동소설의 결정판이라 할 수 있는 『등대』가 아니고 무엇이겠는가. 그래서 이 문제는 두고두고 숙고해야 할 사항이다.

1908년   9월 18일 함흥에서 출생, 본명 이순익李淳翼.

1925~6년 함흥고등보통학교 재학 중 습작 활동 시작.

1927년   함흥고등보통학교 졸업. 조선질소비료주식회사 흥남공장(흥남질소비료 공장)에서 3년간 노동자 생활. 공장 내 친목회 사건으로 피검됨.

1932년   흥남질소비료공장의 노동자 생활의 경험을 바탕으로 한 처녀작 「질소비 료공장」(《조선일보》, 5월 29일, 31일) 발표. 2회 게재 후 중단됨. 일제 경 찰에 피검됨. 단편소설 「암모니아 탱크」, 「기초공사장」, 「인텔리」 발표. 「기초공사」(《신계단》 3, 12월) 전문 삭제.

1933년   단편소설 「여공」 발표. 단편소설 「야구野球」(《신계단》 10, 7월) 전문 삭제.

1934년   단편소설 「병든 사나이」, 「정반」 발표. 희곡 「그래도 나는 가야 한다」 발표.

1935년   「질소비료공장」을 「초진初陳」으로 개명하여 일본 잡지 《분가쿠효론文學評 論》에 일본어로 번역 게재함. 일제 경찰에게 재피검됨. 단편소설 「오전 3시」, 「어리석은 사람」, 「민보의 생활표」, 「편지」 발표.

1936년   단편소설 「구제사업」, 「현대의 서곡」, 「요양원에서」, 「어둠 속에서 주운 '스케치'」, 「도피행」, 「암야행로」, 「한 개의 전형」 발표. 장편소설 『야광 주』(연재 중단) 발표.

1937년   4월 함흥을 떠나 장진으로 이주함. 단편소설 「답싸리」, 「연돌남煙突南」 발 표. 「아들」(미완) 2회 발표.

1938년   콩트 「비곡」 발표, 단편소설 「의학박사」 발표.

1939년   장진강 수력발전소 공사장에 다시 들어가 활동함. 단편소설 「칠성암」, 「야회」 발표.

1940년   단편소설 「화전민」, 「희비춘喜悲春」 발표.

1942년   단편소설 「형제」, 「빙원氷原」, 「鐵を掘る話(철을 파내는 이야기)」 발표.

1944년   단편소설 「갑돌 어미」 발표.

1945년   장진강 수력발전소에서 해방을 맞이함. 조선프롤레타리아문학동맹에 참 여함.

1946년   북조선예술총연맹에 참여함. 흥남지구 공장에서 문예총 흥남시위원회 위원장, 홍남노동예술학원 원장으로 활동함. 단편소설 「야화夜話」 발표.

1947년 콩트 「개(狗)」 발표. 벽소설 「맹세」 발표. 단편소설 「노동일가」 발표.(현지 파견작가로 홍남지구 공장에 파견되어 창작함.)

1948년 3월 북조선노동당 제2차 대회 참가함. 북조선노동당 중앙위원회 위원. 단편소설 「애국자」 발표.

1949년 11월 중국에서 열린 아시아 및 대양주 직맹 대회에 참가함.

1950년 홍남 지구에서 평양으로 올라옴. 한국전쟁 때 종군작가(문화공작대성원)로 활동함.(해주, 개성, 서울 등에서 활동.) 이북명단편집 『노동일가』(문화전선사) 출간. 단편소설 「전사」 발표.

1951년 단편소설 「악마」 발표.

1952년 소설 「조선의 딸」 발표.

1954년 조선작가동맹 중앙위원회 소설분과 위원장(1954년~1956년). 소비에트 작가동맹의 초청을 받고, 조선작가동맹 대표단의 일원으로 소련을 방문함. 단편소설 「새날」 발표.

1956년 4월 조선노동당 제3차 대회, 조선노동당 중앙위원회 후보위원. 10월 조선작가동맹 중앙위원회 위원.

1958년 조선작가동맹 중앙위원회 부위원장. 1월 조선 · 소련친선협회 중앙위원회 위원. 11월 조선 네팔 친선 중앙위원회 부위원장. 이북명단편선집 『질소 비료 공장』(조선작가동맹출판사) 출간.

1959년 루마니아 평화 옹호 위원회의 초청으로 루마니아를 방문함. 이북명단편집 『해풍』(조선작가동맹출판사) 출간.

1960년 시나리오 「단결의 노래」(제1부) 발표. 영화 〈단결의 노래〉로 상영됨. 『조국의 딸(2)』(조선녀성사) 출간.

1961년 3월 조선문학예술총동맹 위원회 위원. 5월 조국평화통일위원회 위원. 8월 조소친선협회 대표단장으로 소련을 방문함. 9월 조선노동당 중앙위원회 위원(제4차 조선노동당 대회). 12월 친선대표단장으로 쿠바를 방문함. 중편소설 『당의 아들』(조선작가동맹출판사) 출간.

1962년 4월 평화옹호전국민족위원회 부위원장. 8월 최고인민회의대의원 중앙선거위원회 위원.

1964년 단편소설 「투쟁 속에서」 발표.

1970년	단편소설 「새로운 출발」을 단편집 『빛나는 자욱』(문예출판사)에 수록. 수기 「어머니당의 은덕을 생각할 때마다」 발표.
1972년	수필 「크나큰 배려 속에서」 발표.
1975년	장편소설 『등대』(문예출판사) 출간.
1981년	수기 「작가와 함께」 발표.
1985년	수기 「새삶의 탄생과 개화」, 「두 청춘기를 살며」 발표.
1988년	생의 말년에 금성청년출판사 창작실에서 현역작가로 활동하다가 병으로 사망함.

| 작품 연보 |

■ 소설

1932년	「질소비료공장(1, 2)」, 《조선일보》, 5월 29일, 31일. 게재 중단.
	「암모니아탱크」, 《비판》 2-8, 9월.
	「기초공사장」, 《신계단》 2, 11월.
	「기초공사」, 《신계단》 3, 12월. 전문 삭제.
	「인테리―중편 『전초전』의 일부」, 《비판》 2-11, 12월.
	「출근정지」, 《문학건설》 1, 12월.
1933년	「여공」, 《신계단》 6, 3월.
	「야구野球」, 《신계단》 10, 7월. 전문 삭제.
	「질소비료공장(1)」, 《조선일보》, 7월 28일.
1934년	「병든 사나히」, 《조선문학》 5, 1월.
	「정반」, 《우리들》 4-2, 2월.
1935년	『공장가』, 《중앙》 4-4(18), 4월. 장편소설 제1부.
	「오전삼시」, 《조선문단》 23, 6월.
	「어리석은 사람」, 《조선문단》 24, 7월.
	「민보의 생활표」, 《신동아》 47, 9월.

「편지-가난한 안해의 수기에서」, 《신인문학》 10, 12월.

1936년 「구제사업」, 《문학》 1, 1월.

「현대의 서곡」, 《신조선》 14, 1월.

「요양원에서」, 《사해공론》 2-2, 2월.

「어둠에서 주은 '스켓취'」, 《신인문학》 12, 3월.

「도피행」, 《조선문학》 2, 6월.

『야광주』, 《사해공론》 2-9, 9월. 장편소설 연재 중단.

「암야행로」, 《신동아》 59, 9월.

「한 개의 전형」, 《조선문학》 5, 10월.

1937년 「답싸리」, 《조선문학》 17, 1월.

「연돌남煙突南」, 《비판》 5-3, 3월.

「아들(1, 2)」, 《조선문학》 10~11, 5~6월. 미완.

1938년 「비곡」(초하콩트), 《동아일보》, 5월 11일.

「의학박사」, 《동아일보》, 5월 17~25일.

1939년 「칠성암」, 《조선문학》 16, 3월.

「야회」, 《동아일보》, 7월 28일, 30일, 8월 2~4일, 6일, 8일, 10일, 12~13일, 15일, 17~18일.

1940년 「화전민」, 《매일신보》, 1월 31~2월 3일, 5~10일, 12~22일.

「희비춘喜悲春」(봄의 단편), 《신세기》 2-3, 4월.

1942년 「형제」(근로소설), 《야담》 75, 3월.

「빙원氷原」, 《춘추》 3-7, 7월.

「鐵を掘る話(철을 파내는 이야기)」, 《국민문학》 10, 10월.

1944년 「갑돌 어미」(모성애의 소설), 《야담》 106, 10월.

1945년 「전기는 흐른다」, 발표지 불명.

1946년 「빈대」, 발표지 불명.

「야화」, 《조소문화》 3, 12월.

1947년 「개(狗)」(콩트), 《건설》 3, 2월.

「새길」, 발표지 불명.

「맹세」(벽소설), 《함남로동신문》, 8월 9일.

「노동일가」, 《조선문학》 1, 9월.

「조국의 산성」, 발표지 불명.
1948년 「부부」, 강승한(외), 『창작집』, 국립인민출판사.
「애국자」, 《문학예술》 3, 3월.
1949년 「석별」, 한설야(외), 『위대한 공훈』(쏘련군 환송 기념 창작집), 문화전선사.
「새길」, 한설야(외), 『소설집』(8·15해방4주년기념출판), 문화전선사.
「해풍」, 발표지 불명.
1950년 「전사」, 《문학예술》 3-5, 5월.
1951년 「악마」, 《문학예술》 4-1, 4월.
「포수 부부전」, 발표지 불명.
1952년 「조선의 딸(1~3)」, 《문학예술》 5-10~12, 10~12월.
1954년 「새날」, 《조선문학》, 3월.
「제5브리가다」, 발표지 불명.
1955년 「로동일가」, 김사량(외), 『개선』, 조선작가동맹출판사.
1959년 「기초공사장」, 《청년문학》 37, 5월.
1960년 『조국의 딸(2)』, 조선녀성사.
1961년 『당의 아들』(중편소설), 조선작가동맹출판사.
1964년 「투쟁 속에서」, 《조선문학》 200, 4월.
1970년 「새로운 출발」, 고병삼(외), 『빛나는 자욱』, 문예출판사.
1975년 『등대』(장편소설), 문예출판사.
1978년 「로동일가」, 리기영(외), 『조선단편집』 2, 문예출판사.

■ 희곡, 시나리오
1934년 「그래도 나는 가야 한다」(희곡), 《우리들》 4-3, 3월.
1960년 「단결의 노래(제1부)」(씨나리오), 《조선문학》 151, 3월.
1964년 「철쇄는 끊어진다(「단결의 노래(속편)」)」(씨나리오), 발표지 불명.

■ 수필, 평론
1933년 「시대가 요구하는 신작가 진출의 기회」, 《조선일보》, 6월 4일.
1934년 「1933년도에 읽으신 작품 중 가장 인상에 남은 것, 1934년에 기대하는 작
가」(설문), 《조선문학》 2-1, 1월.

「응시와 사색 속에 매일을-작가의 시간표」,《우리들》4-3, 3월.

「연극인 김승일을 조함(상, 하)」,《조선중앙일보》, 12월 27~28일.

1935년 「사실주의 절대지지!-창작방법 · 리얼리즘 · 작가(4)」,《조선중앙일보》, 7월 11일.

「아관문학」,《신동아》47, 9월.

1936년 「주제의 적극성 기타-내가 본 조선문단의 신경향(기 2)」,《동아일보》, 1월 4일.

「홍등가-인생스켓취(1)」,《동아일보》, 1월 10일.

「노인부-인생스켓취(17)」,《동아일보》, 1월 23일.

「용광로에 봄이 오면-어떤 작가의 독백」,《조선문학》6, 5월.

「소복의 처녀-5월 수필」,《중앙》4-5(19), 5월.

「조그만 제의-작가의 생활노트에서」,《조선문학》6, 5월.

「태아의 명명은 시기상조가 아닐가-조선문단에 파시즘문학이 서지겟는가(긴급토의)」(설문),《삼천리》8-6, 6월.

「공장문학과 농민문학-문단일제」,《중앙》32, 6월.

「불살라버린 '청춘 ABC'-잃어버린 여주인공」,《신동아》57, 7월.

「'예술'이냐 '사死'냐-문사심경」(설문),《삼천리》8-12, 12월.

「연애냐 돈이냐-문사심경」(설문),《삼천리》8-12, 12월.

「다시 젊어지고 십흔가-문사심경」(설문),《삼천리》8-12, 12월.

1937년 「소화 11년도 조선문학의 동향」(설문),《조선문학》3-1, 1월.

「해변만담-봄바람을 타고」,《풍림》2, 1월.

「산상의 춘신-반룡산 벤취에서」(수필),《풍림》5, 4월.

「정열의 재생-생활보고」,《풍림》6, 5월.

1939년 「강한 지성과 인간적 본능의 옹호! 문학건설에 자할 신제창(상, 하)」,《동아일보》, 2월 3일, 5일.

「자기비판과 소설의 순수성 파악-침묵작가의 변(상, 하)」,《동아일보》, 6월 2일, 4일.

「창작일기」,《조선문학》20, 7월.

「지방어」(엽서),《청색지》9, 12월.

1940년 「준군에게」, 명성출판사편집부(편),『조선명사서한대집』, 명성출판사.

「문학적 독백」(수필), 《신세기》 11, 1월.

김기림, 김광섭, 박계주, 이북명, 이용악, 이찬, 이헌구, 최정희, 한설야, 현경준, 「관북, 만주 출신 작가의 '향토문화'를 말하는 좌담회」(향토문화 좌담회), 《삼천리》 12-8, 9월.

1942년 「今後如何に書くべきか? - 特に貴下の興味を感ずる主題は?」(葉書問答), 《국민문학》 2-1, 1월.

1947년 「농민과 혁명」(신간평), 《독립신보》, 3월 30일.

1948년 「발문」, 『승리』(홍남지구인민공장써-클문집), 북조선직업총동맹중앙위원회군중문화부.

「승리의 선포」(레쁘르따쥬), 《문학예술》 1, 1월.

「승리한 동무에게-비료공장의 희보를 듣고(상)」, 《투사신문》, 12월 14일.

1949년 「흥남의 환희-쏘련예술대표단을 맞이하던 날」, 《조쏘친선》, 12월.

1950년 「새중국을 다녀와서-아셰아직맹대회 일대표의 수기」, 《인민교육》 5-1, 1월.

1951년 「쏘련군대를 처음 맞던 날」(수필), 《문학예술》 4-5, 8월.

1954년 「위대한 쏘련 인민은 언제나 우리와 함께 있다」(수필), 《조선문학》, 8월.

1956년 「1956년도를 맞이하는 작가들의 창작 계획에서」(독자 · 편집부), 《조선문학》 101, 1월.

「조국의 평화적 통일과 우리 문학」(평론), 《조선문학》 110, 10월.

1957년 「위대한 10월은 언제나 우리와 함께」(수필), 《조선문학》 123, 11월.

「공장은 나의 작가 수업의 대학이였다」, 《청년문학》 19, 11월.

1958년 「공장은 나의 작가 수업의 대학이였다-후기를 대신하여」, 『질소 비료 공장』, 조선작가동맹출판사.

「조국이여! 길이 번영하라」, 《조선문학》 133, 9월.

「9월의 전투적 과업을 받들고-조선 로동당 중앙 위원회 9월 전원 회의에 참가하여」, 《문학신문》, 10월 2일.

「당이 부르는 길로」(작가 연단), 《조선문학》 136, 12월.

1959년 「공장은 나의 작가 수업의 대학이였다」, 한설야(외), 『작가 수업』, 조선작가동맹출판사.

「쏘베트 과학의 위력」, 《문학신문》, 1월 4일.

「승리와 더 높은 발전을 위하여-전국 농업 협동 조합 대회 참관기」, 《문학신문》, 1월 8일.

「새해 창작 계획」, 《문학신문》, 1월 15일.

「붉은 농민들에게 영광을」(오체르크), 《조선문학》 138, 2월.

「공산주의 새 봄을 위하여-2월 전원 회의에 참가하고」, 《문학신문》, 2월 26일.

「녀성 투사를 장편 오체르크로」, 《문학신문》, 4월 12일.

「평화를 사랑하는 사람들-루마니아 기행 중에서」, 《문학신문》, 8월 21일.

「작가들의 현실 탐구를 보다 더 강화할 데 대하여-평양시 현직 작가들의 협의회에서 한 리 북명 동지의 보고」(요지), 《문학신문》, 8월 21일.

「위대한 가정 속에서-루마니야 기행 중에서」(기행), 《청년문학》 41, 9월.

「위대한 10월의 생활력」(수필), 《조선문학》 147, 11월.

「가는가 1959년!」, 《청년문학》 44, 12월.

「조국이 있음으로 하여」, 《문학신문》, 12월 18일.

「모두 다 왕성한 창작적 앙양에로」, 《문학신문》, 12월 25일.

1960년 「위대한 레닌의 기치 아래」, 《문학신문》, 4월 22일.

「일 미 군사 동맹을 규탄한다」, 《문학신문》, 5월 17일.

「우리는 월남 인민의 편에 서 있다」, 《문학신문》, 7월 19일.

「내가 본 작가 한 설야」, 《청년문학》 52, 8월.

「창성은 황금산을 자랑한다-창성 기행」, 《문학신문》, 9월 23일.

1961년 「하고 싶은 말」, 《청년문학》 57, 1월.

「당의 부름을 받들고-제4차 당대회에 참가하여」, 《문학신문》, 9월 12일.

「천리마 기수들에 대한 형상화의 심화를 위하여」(서적 해제 및 평론), 《근로자》 192, 11월.

「영원히 쏘련 인민과 함께」(수필), 《조선문학》 171, 11월.

「여섯 개 고지를 향하여 앞으로!」(정론), 《조선문학》 172, 12월.

1962년 「큐바는 싸운다 큐바기행(1~8)」, 《문학신문》, 2월 6일, 9일, 13일, 16일, 20일, 23일, 27일, 3월 2일.

「자랑찬 봄을 맞는다」(수필), 《청년문학》 71, 3월.

「그이가 가꾸어 주신 붉은 화원에서」(수필), 《조선문학》 176, 4월.

「학교 지대와 학교 도시(큐바 기행문 중에서)」, 《문학신문》, 7월 27일.

1963년	「생활의 탐구」, 《문학신문》, 4월 30일.
1964년	「위대한 계급의 명절」(수필), 《문학신문》, 5월 2일.
	「「철쇄는 끊어진다」를 쓰면서」(창작 수기), 《문학신문》, 6월 2일.
1965년	「고심의 나날」(창작 수기), 《문학신문》, 6월 15일.
	「강선의 백양나무」, 《문학신문》, 8월 3일.
1966년	「비약의 새해는 밝았다」, 《문학신문》, 1월 4일.
	「그해 8월」, 《문학신문》, 8월 16일.
1970년	「기념비적 대작의 모범-불후의 고전적 명작인 「피바다」, 「한 자위단원의 운명은 혁명적 대작창작에서의 위대한 모범」, 《조선문학》 276, 8월.
	「어머니당의 은덕을 생각할 때마다」(수기), 《조선문학》 279, 11월.
1972년	「크나큰 배려 속에서」(수필), 《조선문학》 297, 5월.
1981년	「작가와 함께」(수기), 《조선문학》 400, 2월.
1985년	「새삶의 탄생과 개화-조국과 문학」(수기), 《조선문학》 454, 8월.
	「두 청춘기를 살며」(당의 품속에서 자라난 작가들), 《청년문학》 321, 8월.

■ 작품집

1950년	『노동일가』(이북명단편집), 문화전선사.
	―수록 작품 : 「노동일가」, 「애국자」, 「부부」, 「새길」, 「석별」, 「해풍」
1958년	『질소 비료 공장』(리북명단편선집), 조선작가동맹출판사.(*표지 : 1957년 발행, 판권지 : 1958년 1월 30일 발행)
	―수록 작품 : 「질소 비료 공장」, 「출근 정지」, 「어리석은 사람」, 「오전 삼시」, 「민보의 생활표」, 「구제 사업」, 「도피행」, 「하나의 전형」, 「대싸리」
1959년	『해풍』(리북명단편집), 조선작가동맹출판사.
	―수록 작품 : 「전기는 흐른다」, 「로동 일가」, 「애국자」, 「해풍」, 「석별」, 「악마」, 「맹세」, 「새날」
1961년	『현대조선문학선집』(리북명 편) 12, 조선작가동맹출판사.
	―수록 작품 : 「질소 비료 공장」, 「어둠에서 주은 스케치」, 「출근 정지」, 「인테리」, 「어리석은 사람」, 「오전 삼시」, 「민보의 생활표」, 「구제 사업」, 「도피행」, 「하나의 전형」, 「대싸리」, 「기초 공사장」, 「편지」, 「칠성암」, 「료양원에서」, 「아들」, 「야회」

2003년 리북명(외), 『현대조선문학선집』(질소비료공장) 35, 문학예술출판사.
—수록 작품 : 「질소비료공장」, 「출근 정지」, 「오전 3시」, 「칠성암」, 「아들」

■ 기타

1987년 「암야행로」, 「댑싸리」, 이태준(외), 『한국단편문학』 35, 금성출판사.
「암모니아 탱크」, 「민보의 생활표」, 「답싸리」, 김성수(편), 『카프대표소설』 II, 사계절.

1988년 「여공」, 「어리석은 사람」, 「민보의 생활표」, 「편지」, 「어둠에서 주은 스케치」, 「도피행」, 「암야행로」, 「댑싸리」, 「아들」, 「칠성암」, 이북명·송영, 『한국해금문학전집』 8, 삼성출판사.
「로동일가」, 《실천문학》, 겨울.

1989년 「기초공사장」, 「암모니아 탱크」, 서경석(편), 『소설로 본 근대사(1930 전반기)』, 예문.
「칠성암」, 「구제사업」, 「답싸리」, 「병든 사나히」, 「아들」, 「야회」, 「화전민」, 「암야행로」, 「오전 세시」, 「어리석은 사람」, 이북명·최인준, 『월북작가대표문학』 2, 서음출판사, 1989년.
「정열의 재생」, 김윤식(편), 『애수의 미, 퇴폐의 미』(재북·월북·해금수필 61선), 나남, 1989년.
「소복의 처녀」, 「불살라버린 '청춘 ABC'」, 「창작일기」, 고은(편), 『구름만 북으로 몰려가는구나』(납·월북 예술가 산문 축전 2), 동아, 1989년.
「질소비료공장」, 《한국문학》, 11월.

1990년 「오전삼시」, 「연돌남」, 주종연·이정은(편), 『1920~1930년대 민중문학선(1부)』, 탑.
「공장은 나의 작가수업의 대학이었다」, 한설야·이기영(외), 『나의 인간수업, 문학 수업』, 인동.

1991년 「질소비료공장」, 문학교육연구회(편), 『(다시 읽어야 할)우리 소설 2(1935년/1940년)』, 사계절.
「어리석은 사람」, 조명희(외), 『우리 시대의 한국문학』 3, 계몽사.

1994년 「민보의 생활표」, 구인환(편), 『한국대표작선집』 소설(1), 명문당.
조중곤, 「작가 이북명과 「질소 비료 공장」」, 이선영·김병민·김재용

(편), 『현대문학비평자료집(이북편)』 8, 태학사.

1995년 「기초공사장」, 「인테리」, 「출근정지」, 안승현(편), 『한국노동소설전집』
Ⅱ, 보고사.

「여공」, 「병든 사나이」, 「공장가」, 「질소비료공장初陳」, 「오전 3시」, 「민보
의 생활표」, 「구제사업」, 「현대의 서곡」, 「어둠에서 주은 '스켓치'」, 안승
현(편), 『한국노동소설전집』 Ⅲ, 보고사.

「질소비료공장」, 「암모니아 탱크」, 「출근 정지」, 「민보의 생활표」, 「댑싸
리」, 「칠성암」, 최서해 · 조명희 · 이북명 · 송영, 『한국소설문학대계』 12,
동아출판사.

1996년 「질소비료공장」, 「댑싸리」, 임형택 · 정해렴 · 최원식 · 임규찬 · 김재용
(편), 『한국현대대표소설선』 4, 창작과 비평사.

1997년 「어리석은 사람」, 박계주(외), 『우리 시대의 한국문학』 38, 계몽사.

「민보閔甫의 생활표生活表」, 이병렬(편), 『작품으로 읽는 현대소설사』 1, 평
민사.

2001년 「로동일가」, 송기한, 『북한 문학의 이해』, 형설출판사.

「공장은 나의 작가수업의 대학이었다」, 한설야 · 이기영(외), 『우리시대의
작가수업』, 역락.

2005년 「질소비료공장」, 최원식 · 임규찬 · 진정석 · 백지연(편), 『20세기 한국소
설』 7, 창비.

2007년 「노동일가」, 「악마」, 신형기 · 오성호 · 이선미(편), 『북한문학』(문학과 지
성사 한국문학선집 1900~2000), 문학과 지성사.

「빙원」, 신희교, 『일제말기 소설연구』, 새미.

「철을 파내는 이야기」, 이경훈(편), 『한국 근대 일본어 소설선(1940-
1944)』, 역락.

|연구 목록|

1. 일반 논문

강능수, 「리 북명과 단편 소설집『해풍』」, 《문학신문》, 1960년 3월 18일.

_____, 「작가 리 북명」, 윤세평(외), 『현대 작가론(2)』, 조선작가동맹출판사, 1960년.

권영민, 「이북명·송영의 작품 세계」, 이북명·송영, 『한국해금문학전집』 8, 삼성출판사, 1988년.

김남천, 「문학시평-문화적 공작에 관한 약간의 시감」, 《신계단》 8, 1933년 5월.

김동훈, 「식민지시대 프로소설의 리얼리즘-최서해, 조명희, 송영, 이북명의 소설세계」, 최서해·조명희·이북명·송영, 『한국소설문학대계』 12, 동아출판사, 1995년.

김성수, 「제2차 방향 전환기 카프의 문학」, 김성수(편), 『카프대표소설』 II, 사계절출판사, 1988년.

김수복·양은창(편), 「이북명李北鳴」, 『한국현대소설 이해와 감상』, 한림출판사, 1991년.

김재용, 「「질소비료공장」에 대하여」, 《한국문학》, 1989년 11월.

_____, 「일제하 노동 계급의 소설적 형상화-이북명론」, 『민족문학운동의 역사와 이론』, 한길사, 1990년.

_____, 「일제하 노동 계급이 걸어온 길-이북명의 『등대』」, 『민족문학운동의 역사와 이론』, 한길사, 1990년.

_____, 「일제하 노동운동과 노동소설」, 『민족문학운동의 역사와 이론』, 한길사, 1990년.

_____, 「프로소설의 확대와 동반자 작가의 변모」, 임형택·정해렴·최원식·임규찬·김재용(편), 『한국현대대표소설선』 4, 창작과 비평사, 1996년.

김진민, 「이북명의 「로동일가」 개작 양상 연구」, 《경상어문》 15, 2009년 8월.

김태준, 「소설강좌-조선소설발달사(속)」, 《삼천리》 8-1, 1936년 1월.

김환태, 「회고을해년문단총관-창작계편-을해년총관」, 《학등》 21, 1935년 12월.

_____, 「2월창작계개관-이 달의 수확은 무엇인가(3)」, 《조선중앙일보》, 1936년 2월

21일.

민병휘, 「3월의 창작계-설야, 민촌 등 제씨의 작품에 대하야(3)」, 《조선중앙일보》, 1936년 3월 25일.

_____, 「문예수감」, 《삼천리》 8-6, 1936년 6월.

박대호, 「노동문학의 현실성과 목적성-이북명론」, 김윤식 · 정호웅(편), 『한국문학 의 리얼리즘과 모더니즘』, 민음사, 1989년.

박승극, 「조선문학의 재건설-상반기창작급평론의 비판과 일반문학문제에 관한 토 구」, 《신동아》 44, 1935년 6월.

_____, 「문예시평-이북명씨의 「초진」에 대하여」, 《조선중앙일보》, 1935년 10월 13~16일.

박영희, 「상반기단편소설총평-'제2의 과도기를 넘는 조선문학의 제경향'」, 《신동 아》 34, 1934년 8월.

박웅걸, 「로동계급의 형상화-리 북명 단편 선집 『질소 비료 공장』에 대하여」(신간 평), 《문학신문》, 1958년 5월 1일.

박호범, 「작가의 고향-창작 기지-소설가 리 북명을 찾아서」, 《문학신문》, 1961년 8월 4일.

백 철, 「창작계총평-과거 1년 간 각계 총결산」, 《신동아》 13, 1932년 11월.

_____, 「1932년도 기성 신흥 양문단의 동향(1~4)-문단시평(기 1)」, 《조선일보》, 1932년 12월 21~24일.

_____, 「1933년도 조선문단의 전망-조선문단의 전망」, 《동광》 40, 1933년 1 · 2월.

_____, 「1933년 창작계총결산(4)」, 《조선중앙일보》, 1934년 1월 4일.

_____, 「「답사리」의 건실미-신년본지의 우수작품」, 《조선문학》 3-2, 1937년 2월.

송승훈 · 채호석, 「1930년대 노동현실과 문학인의 대응」, 최원식 · 임규찬 · 진정 석 · 백지연(편), 『20세기 한국소설』 7, 창비, 2005년.

신희교, 「일제말기 액자소설의 양면성 연구-이북명의 「병원」을 중심으로」, 《한국언 어문학》 47, 2001년 12월.

신희교, 「일제말기 액자소설의 양면성-이북명의 「병원」을 중심으로」, 『일제말기 소 설연구』, 새미, 2007년.

안동수, 「이북명론」, 《풍림》 4, 1937년 3월.

안승현, 「일제하 한국노동소설의 제양상(작품 해설)」, 안승현(편), 『한국노동소설전집』, 보고사, 1995년.

안함광, 「작금문예진총검-금년도하반기를 주로」, 《비판》 25, 1935년 11월.

_____, 「북조선창작계의 동향」, 《문화전선》 3, 1947년 2월.

_____, 「북조선민주문학운동의 발전과정과 전망」, 《조선문학》 1, 1947년 9월.

엄호석, 「작가들의 사업과 정열-최근의 창작을 중심으로」, 《문학예술》 4-4, 1951년 7월.

엄흥섭, 「평범, 성급한 공식적 수법(3)-6월 창작평」, 《조선중앙일보》, 1935년 6월 16일.

에비하라 유타카, 「일제강점기 한국작가의 일어작품 재고-《文學案內》지 「朝鮮現代作家特輯」을 중심으로」, 《현대소설연구》 40, 2009년 4월.

윤고종, 「이북명씨 「초진」을 읽고(1~3)」, 《조선중앙일보》, 1935년 8월 30일~9월 1일.

윤세평, 「리 북명李北鳴」, 『해방전 조선문학』, 조선작가동맹출판사, 1958년.

이미림, 「이북명의 공장체험과 노동소설」, 《학술논총》(원주전문대학) 28, 1998년 12월.

_____, 「이북명의 공장체험과 노동소설」, 『월북작가 소설연구』, 깊은샘, 1999년.

이병순, 「이북명 소설 연구」, 이인복(편), 『작가의 이상과 현실』, 태학사, 1999년.

이오덕, 「카프 작가들의 소설문장-이북명」, 『우리글 바로쓰기』 2, 한길사, 1992년.

이원조, 「6월창작계일별(4)-문예시평」, 《조선일보》, 1935년 7월 2일.

_____, 「독자의 분노를 사는 인간성이 무시된 작품(4)-7월창작평」, 《조선일보》, 1935년 8월 1일.

이재인, 「날아가버린 문인들-이북명」, 『북한문학의 이해』, 열린길, 1995년.

이해문, 「작가의 시야와 문예비평의 중용성-공장작가 이북명론을 중심으로-시감수제(기 1)」, 《조선중앙일보》, 1936년 3월 8일.

이해월, 「이북명군-동무를 말함」, 《조선문단》 25, 1935년 12월.

임 화, 「신춘창작개평(4)」, 《조선일보》(특간), 1934년 2월 22일.

_____, 「조선문학의 신정세와 현대적 제상(완)」, 《조선중앙일보》, 1936년 2월 13일.

임영봉, 「노동체험의 소설적 형상화-이북명의 후기 노동소설」, 중앙어문학회, 《어문논집》 35, 2006년 9월.

임헌영·김재용(편), 「암모니아 탱크」, 『한국문학명작사전』, 한길사, 1991년.

장혁주, 「문단의 페스토균」, 《삼천리》 7-9, 1935년 10월.

_____, 「조선문학의 신동향」, 《삼천리》 12-3, 1940년 3월.

정지용(외), 「문인좌담회(9)-사조경향, 작가작품, 문단진영」, 《동아일보》, 1933년 1월 11일.

조남현, 「한국 현대 소설의 저층」, 조명희(외), 『우리 시대의 한국문학』 3, 계몽사, 1991년.

조중곤, 「작가 리 북명과 『질소 비료 공장』」, 《조선문학》 134, 1958년 10월.

조진기, 「일제말기 생산소설 연구」, 《우리말글》 42, 2008년 4월.

채호석, 「1930년대 후반기 이북명 소설 연구-「답싸리」와 「화전민」을 중심으로」, 《한국학보》 65, 1991년 12월.

최갑진, 「1930년대 노동소설 연구」, 『일제 강점기의 농민소설과 노동소설 연구』, 서울 : 세종출판사, 2001년.

최준국, 「리 북명 선생님에게」(독자~작가), 《문학신문》, 1960년 6월 17일.

파　봉, 「상실된 성격과 전형적 성격-최근의 창작(4)」, 《조선중앙일보》, 1935년 8월 2일.

표언복, 「'이산문인' 찾기와 낯 익히기」, 한설야·이기영(외), 『우리시대의 작가수업』, 서울 : 역락, 2001년.

한　식, 「노동 계급과 문학」, 《문학예술》 3-5, 1950년 5월.

한　효, 「우리문학의 전투적 모습과 제기되는 몇가지 문제」, 《문학예술》 4-3, 1951년 6월.

_____, 「생활과 보조를 같이하는 것은 작가들의 신성한 의무이다」, 《조선문학》, 1954년 10월.

_____, 「민주 건설 시기의 조선 문학」, 안함광(외), 『해방후 10년간의 조선 문학』, 조선작가동맹출판사, 1955년.

_____, 「우리 문학의 10년(1~3)」, 《조선문학》, 1955년 6월~8월.

한국비평문학회, 「체제 아부꾼들의 말로-이북명」, 『혁명전통의 부산물』(납·월북 문인 그 이후), 신원문화사, 1989년.

한설야, 「이북명군을 논함-그외 작품에 대하야(1~3)-작가가 본 작가(6~8)」, 《조선일보》, 1933년 6월 22~24일.

_____, 「작가 리 북명 동무에 대하여」, 리북명, 『질소 비료 공장』, 조선작가동맹출

판사, 1958년.

현길언, 「이북명」, 『(일제 강점기)소설에서 만나는 한국인의 얼굴』, 태학사, 2003년.

2. 학위 논문

김규화, 「이북명의 노동소설 연구-골드만의 발생론적 구조주의 방법론에 의한 고
　　찰」, 전주대 석사 논문, 2003년.

김기태, 「이북명 소설 연구」, 공주대 석사 논문, 1995년.

김진민, 「해방기 이북명 소설 연구」, 경상대 석사 논문, 2000년.

신상돈, 「식민지 시기 이북명 소설연구」, 명지대 석사 논문, 2008년.

심규찬, 「이북명과 김남천의 노동소설 비교 연구-공장 내 사건을 다룬 작품에 한정
　　하여」, 국민대 석사 논문, 1996년.

심혜선, 「이북명 소설 연구」, 고려대 석사 논문, 1992년.

안승현, 「이북명 소설 연구」, 인하대 석사 논문, 1991년.

이원배, 「한국 노동소설의 변화양상 연구-이북명, 김영석, 방현석의 단편소설을 중
　　심으로」, 가톨릭대 석사 논문, 2004년.

정명호, 「이북명 소설 연구」, 단국대 석사 논문, 1992년.

조병남, 「이북명 소설 연구」, 성균관대 석사 논문, 1992년.

조성면, 「이북명 소설 연구」, 한국정신문화연구원 한국학대학원 석사 논문, 1991년.

한국문학의재발견-작고문인선집

이북명 소설 선집

지은이 | 이북명
엮은이 | 남원진
기 획 | 한국문화예술위원회
펴낸이 | 양숙진

초판 1쇄 펴낸날 | 2010년 3월 10일

펴낸곳 | ㈜현대문학
등록번호 | 제1-452호
주소 | 137-905 서울시 서초구 잠원동 41-10
전화 | 516-3770
팩스 | 516-5433
홈페이지 www.hdmh.co.kr

값 12,000원

ISBN 978-89-7275-536-4 04810
ISBN 978-89-7275-513-5 (세트)